Von Ngaio Marsch sind außerdem
im Goldmann Verlag lieferbar:

Bei Gefahr Rot (4968)
Das Schloß des Mr. Oberon (4954)
Das Todesspiel (4990)
Der Champagner-Mord (4917)
Der Handschuh (4934)
Der Hyazinthen-Mörder (5036)
Der Tod auf dem Fluß (4997)
Der Tod des Narren (4946)
Der Tod im Frack (4908)
Der Tod und der tanzende Diener (4974)
Fällt er in den Graben, fällt er in den Sumpf (4912)
Hinter den toten Wassern (5033)
Letzter Applaus (5008)
Mord im Atelier (5000)
Mord in der Klinik (5040)
Mord vor vollem Haus (4994)
Mylord mordet nicht (4910)
Ouvertüre zum Tod (4902)
Tod im Lift (4980)
Tod im Pub (4986)

NGAIO MARSH

STUMME ZEUGEN
TOD IN DER EKSTASE
EIN SCHUSS IM THEATER

DREI KLASSISCHE KRIMIS IN EINEM BAND

GOLDMANN VERLAG

Der Goldmann Verlag
ist ein Unternehmen der Verlagsgruppe Bertelsmann

Made in Germany · 6/90 · 1. Auflage

Umschlaggestaltung: Design Team München
Druck: Elsnerdruck, Berlin
Verlagsnummer: 11972
AR · Herstellung: Heidrun Nawrot
ISBN 3-442-11972-3

STUMME ZEUGEN

Titel der Originalausgabe: Scales of Justice
Aus dem Englischen übertragen von Alix Koenig

ERSTES KAPITEL

1

Schwester Kettle schob ihr Rad bergauf, bis sie den Kamm des Watt Hill erreicht hatte. Von der Anstrengung etwas erhitzt, blieb sie stehen und sah auf das Dorf Swevenings hinunter. Sah schläfrig kräuselnde Rauchfahnen aus Kaminen, Dächer ins Grün gebettet, den Forellenbach Chyne, der sich bedächtig durch Gehölz und Wiesengrund schlängelte und sodann unter zwei Brückenbogen hinwegglitt. Eine wahrhaft wohlgeplante Landschaft.

Die Aussicht erinnerte Schwester Kettle an die Bildlandkarten, die man so häufig in der Untergrundbahn zu sehen bekommt und deren Häuschen, Bäumchen und emsig beschäftigte Figürchen so verlockend und amüsant wirken. Von oben gesehen, präsentierte sich Swevenings um kein Haar anders. Schwester Kettle sah auf dieses ordentliche Muster aus Feldern, Bach und Baumgruppen hinunter, auf die drei peinlich genau abgegrenzten Grundstücke von Mr. Danberry-Phinn, Commander Syce und Oberst Cartarette – führende Persönlichkeiten des Dorfs Swevenings – und schmückte das Bild im Geist mit den zierlich gerollten Schildchen sowie den gewollt naiven Figuren ihrer Besitzer, wie sich das für eine solche Landkarte schickt.

Doch jetzt wurde Schwester Kettle aufmerksam. Denn weit im Hintergrund der wirklichen Landschaft sah sie den ebenso wirklichen Oberst Cartarette auf dem Pfad die Uferstrecke des Chyne entlanggehen, die er fürs Angeln gepachtet hatte, Fischkorb über der Schulter und Angel in der Hand, gefolgt von seinem Wachtelhund Skip.

›Aha‹, dachte Schwester Kettle, ›der wartet aufs abendliche Anbeißen, hofft vielleicht auf den Fang des Alten‹, und fügte ihrer Phantasiekarte das Bild einer Riesenforelle und auch ein Schildchen hinzu, auf dem zu lesen stand: »Der Alte.«

Auf ihrer Landkarte versah sie den gegenüberliegenden Hang gebührlich mit dem Abbild des Schlosses Nunspardon, den Figuren seiner Besitzer, der Familie Lacklander, und dessen Oberhaupt, Sir Harold, in dem saalartigen Schlafzimmer auf seinem trübseligen Krankenlager, dessen Baldachin abgenommen war – wie sich's auf solchen Karten gehört – um dem Beschauer den rechten Einblick zu gewähren.

Selbstverständlich ging aus ebendieser Karte auch hervor, daß die Windungen der Watt Lane die pedantisch genaue Trennungslinie zwischen den Herrschaften und den gewöhnlichen Sterblichen in Swevenings darstellten: westlich der engen Straße die Besitztümer der Danberry-Phinn, Syce, Cartarette und Lacklander und östlich fünf sorgfältigst erhaltene Dorfhäuschen mit ihren traditionellen Strohdächern, der Dorfladen und jenseits der Monk-Brücke Kirche, Pfarrhaus und das malerische Wirtshaus »Zum Eseltreiber«. Damit war Schwester Kettles Phantasiekarte vollständig. Denn Swevenings besaß keine Teestuben im falschen Tudorstil, die zwar den Touristenverkehr fördern, doch die Einheitlichkeit des Gesamtbilds zerstört hätten.

Ein zufriedenes Lächeln auf dem gutmütigen Gesicht, schwang Schwester Kettle sich wieder aufs Rad und begann die Watt Lane im Freilauf hinunterzugondeln. An Bäumen und Hecken vorbei, bis der Weg wieder ebener wurde und hinter einer Hagedornhecke das Jacobs Cottage in Sicht kam. Von jenseits dieser Hecke erklang die Stimme seines Besitzers, Mr. Octavius Danberry-Phinn.

»Krone der Schöpfung«, intonierte Mr. Danberry-Phinn, »genehmigt euch Fisch!« Diese Einladung wurde mit freudigen Lauten aus mehreren Katzenkehlen beantwortet.

Schwester Kettle bog in den Pfad ein, der zum Hause führte, schwankte bedenklich und landete dann glücklich an Mr. Danberry-Phinns Gartenpforte.

»Guten Abend«, rief sie laut und hielt sich krampfhaft am Holzpfeiler fest. Durch den Bogen der gestutzten Hecke sah sie Mr.

Danberry-Phinn, der seinen Katzen das Abendessen servierte. Im Dorf galt er selbstverständlich als schwerer Exzentriker. Er trug eine altmodische, perlenbestickte Raucherkappe mit langer Quaste, die sichtlich in Zerfall begriffen war. Auf dieser Kappe thronte seine offenbar im Ramschverkauf erstandene Brille, die er jetzt abnahm, um Schwester Kettle damit zuzuwinken.

»Guten Abend auch, Schwester Kettle! Was ist denn mit Ihrem Wagen passiert, daß Sie auf diesem seltsamen Stahlroß angeritten kommen?«

»Ach, der braucht wieder einmal einen kleinen chirurgischen Eingriff. Wie geht's Ihnen denn? Mit der Fütterung beschäftigt, wie ich sehe.«

»Sehr richtig. Die Herrschaften nehmen ihr Abendessen ein.« Acht Katzen schenkten seinen Lobpreisungen sichtlich bedeutend weniger Aufmerksamkeit als dem Inhalt ihrer Futternäpfe. Nummer neun, eine Katzenmutter, bedachte ihn nach beendeter Mahlzeit mit einem gnädigen Blick und streckte sich zur Fütterung ihrer drei dicken Jungen auf den Boden.

»Die Milchbar von Ihro Gnaden funktioniert«, bemerkte Mr. Phinn.

Schwester Kettle äußerte höfliche Bewunderung: »Tja, *die* weiß, was sich gehört.« Dann mit beruflichem Ernst: »Ein wahrer Jammer, daß meine Mütter hier im Dorf nicht soviel Grips haben. Du bist eine kluge Mieze!«

»Ihr Name ist Thomasine Twitchett und nicht Mieze«, korrigierte Mr. Phinn mit Nachdruck. »Übrigens, welcher Samariterdienst wartet Ihrer jetzt, meine Verehrte?«

»Nur die gewöhnlichen Besuche. Eigentlich habe ich im Schloß droben Dienst beim alten Herrn.« Schwester Kettle sah übers Tal hinweg zum Schloß Nunspardon hinauf.

»Ach ja«, murmelte Mr. Phinn. »Ach, du lieber Gott! Darf man fragen... ist Sir Harold...?«

»Fünfundsiebzig«, erklärte Schwester Kettle kurz, »und sehr müde. Doch mit Herzanfällen weiß man ja nie... Vielleicht erholt er sich wieder.«

»Glauben Sie das?«

»Natürlich. Wir haben ja eine Tagschwester, aber niemand für die Nacht. Da muß ich eben einspringen. Ich muß doch Dr. Mark beistehen.«

»Behandelt denn Dr. Mark seinen Großvater?«

»Ja. Er konsultierte zwar einen Kollegen, doch mehr zu seiner eigenen Beruhigung. Na, aber so was! So aus der Schule zu schwatzen. Schäm dich, Kettle.«

»Ich bin die Verschwiegenheit selbst«, versicherte Mr. Phinn. »Ist er bei Bewußtsein?«

»Hie und da. Aber sehr verwirrt. Da schwatz' ich ja schon wieder. Und weil wir gerade beim Klatschen sind – ich sah eben den Oberst. Der wartet beim Chyne unten aufs abendliche Anbeißen.«

Mr. Phinns Gesicht verwandelte sich plötzlich auf das erstaunlichste. Funkelnde Augen, Zähne entblößt wie ein bleckender Hund, puterrot im Gesicht.

»Die Pest über ihn und sein verdammtes Angeln! Wo steckt er denn?«

»Gerade unterhalb der Brücke.«

»Der soll sich nur eine Handbreit oberhalb der Brücke wagen, und ich zeig' ihn an. Was für eine Fliege hat er denn? Hat er schon was gefangen?«

»Das konnte ich doch vom Watt Hill aus nicht sehen«, protestierte Schwester Kettle und bereute ihre Schwatzhaftigkeit.

Mr. Phinn wurde immer wütender. »Sosehr ich das bedaure, muß ich ganz offen sagen, daß ich Oberst Cartarette verdächtige, sich verpönter und unerlaubter Praktiken zu bedienen.«

Jetzt wurde die Schwester puterrot.

»Was meinen Sie eigentlich?«

»Was ich meine? Brot! Würmer! Was es nur gibt. Dem ist ja nichts zu minder.« Mr. Phinn breitete die Arme weit aus. »Sehen Sie sich nur Cartarettes Freunde an – wenn Ihr Magen das aushält. Zum Beispiel diesen Commander Syce.«

»Was hat Ihnen denn der arme Commander getan?«

Mr. Phinn erbleichte. »Dieser besoffene Freibeuter, der nichts Besseres zu tun weiß als trinken und seinen idiotischen Bogen abschießen wie ein bejahrter Cupido, hat mir die Mutter meiner geliebten Thomasine Twitchett hier ermordet.«

»Doch gewiß nicht absichtlich.«

Mr. Phinn lehnte sich über seine Gartentür und griff nach der Lenkstange von Schwester Kettles Rad.

»Wenn Sie mir weismachen wollen, daß er nicht wußte, was oder wen sein Pfeil damals traf, dann lehne ich das glatt ab. Ich bin fest überzeugt, daß er sich meine geliebte Madame Thomasina damals absichtlich zum Ziel erwählte. Jawohl, Thomasine, mein Schatz, ich rede von deiner lieben Mama.«

Die Mutterkatze betrachtete Mr. Phinn mit deutlichem Erstaunen. Genau wie Schwester Kettle.

›Bei dem ist wirklich eine Schraube los‹, dachte sie. ›Das kommt davon, wenn einer so allein leben muß und niemanden hat als diese Katzen.‹ Sie lächelte ihn strahlend an, so strahlend, wie das nur die erfahrene Krankenschwester fertigbringt, ließ den Pfosten an der Gartentür los, verabschiedete sich von Mr. Phinn und radelte davon.

2

Mr. Phinn war Witwer, doch Commander Syce, sein Nachbar, war Junggeselle und lebte allein in Uplands, einem kleinen Biedermeierhaus, das er von seinem Onkel geerbt hatte. Der große Garten war arg verwildert – mit Ausnahme der Gemüsebeete, die von einem ausgedienten Matrosen und seiner Frau gepflegt wurden – und der großen Rasenfläche, wo Commander Syce sich im Bogenschießen übte, bekanntlich sein einziges Interesse. Er galt als erstklassiger Schütze, und wenn er seinen Sechzigpfünder gespannt hielt, war seine Hand sicher und stetig, obgleich es seinen Beinen sehr häufig an solcher Sicherheit mangelte. In Swevenings wußte man von seinem einsamen Leben, und viele, denen er leid tat, hätten Commander Syce gerne ihre Freundschaft bezeugt, wenn er sich allen Annäherungsversuchen nicht mit solcher Hast entzogen hätte. Er zeigte sich niemals in der Bar, zählte jedoch im Wirtshaus »Zum Eseltreiber« zu den besten Kunden. Auch jetzt, als Schwester Kettle den verwachsenen Pfad zu des Commanders Haus aufwärts fuhr, flitzte der Botenjunge vom Wirtshaus mit seinem leeren Flaschenkorb an ihr vorbei.

Auch sie selber brachte dem Commander eine Flasche, doch die war aus der Apotheke in Chyning. Als sie näher kam, sah sie ihn gerade noch, Bogen in der Hand, um die Hausecke verschwinden, und rief ihm nach:

»Guten Abend, Commander Syce.«

Syce wandte sich um, zögerte und kam dann näher.

Er war ein blonder, sonnengebräunter Mensch, der etwas vernachlässigt aussah. Auch jetzt noch war er der typische alte Seebär – roch sozusagen nach Salzwasser und nach Whisky, wie Schwester Kettle konstatierte. Seine blauen verschreckten Augen starrten sie fragend an. Er sprach rasch, überstürzt, als sei das Reden ihm ungewohnt.

»Ach, entschuldigen Sie bloß. Guten Abend. Entschuldigen Sie bitte.«

»Dr. Mark bat mich, Ihnen Ihre Medizin zu bringen. Hier haben Sie sie.«

Seine Hand fuhr zur Flasche.

»Zu gütig von Ihnen. Verzeihen Sie die Mühe. War ja gar nicht so dringend.«

»Keine Mühe für mich«, beruhigte Schwester Kettle. »Wie ich sehe, gehen Sie Bogenschießen.«

»Ja«, bestätigte der Commander hastig und überlaut. »Jawohl. Danke auch schön. Tausend Dank.« Er machte ein paar Schritte rückwärts.

»Ich muß in der Hammer Farm einen Besuch machen. Sie haben doch sicher nichts dagegen, wenn ich durch Ihren Garten gehe?«

»Selbstverständlich. Natürlich. Gestatten Sie?«

Er steckte seine Medizinflasche in die Rocktasche, griff nach ihrem Rad und legte seinen Bogen über die Lenkstange.

»Jetzt mach' *ich* Ihnen aber Mühe. Soll ich nicht den Bogen tragen?«

Doch er scheute vor ihr zurück, sagte kein Wort und begann das Rad um die Hausecke zu schieben. Sie folgte ihm durch den Garten, an seiner Übungswiese vorbei, bis sie zu einer Stelle gelangten, von der man das Chyne-Tal überblicken konnte. Unterhalb der Brücke sah man Oberst Cartarette, der gerade seine Angelschnur aufrollte. Ja man sah sogar bis zum Golfplatz von Nunspardon, wo die alte Lady Lacklander in Begleitung ihres Sohnes George eben ihren Verdauungsspaziergang absolvierte.

»Wie wunderbar klar es heute abend ist!« Schwester Kettle war entzückt. »Alles sieht so unglaublich nahe aus – wie zum Greifen. Als könnten Sie Lady Lacklander von hier aus einen Pfeil in den Rücken jagen, nicht?«

Der Commander warf einen Blick auf die gedrungene Gestalt auf der anderen Talseite, murmelte etwas Unverständliches und schob das Rad durch verwildertes Unterholz, Schwester Kettle folgte ihm.

»Man erzählte mir nämlich, daß einmal Ihr Pfeil dort unten im Tal in ein Ziel traf, das Sie sich nicht gerade ausgewählt hatten.«

Syce blieb plötzlich stehen. Auf seinem Hals glitzerten Schweißperlen. ›Typischer Alkoholiker‹, dachte Schwester Kettle. ›Ein wahrer Jammer. Muß einmal ein Prachtkerl gewesen sein.‹

Syce versetzte dem Radsattel einen wütenden Faustschlag. »Sie meinen sicher das verdammte Katzenvieh!«

»Na und?«

»Aber das war doch nur Pech. Ich hab's dem alten Idioten doch erklärt. Nichts als verdammtes Pech. Ich hab' Katzen wirklich gern. Wirklich!«

»Na, keiner von uns ist fehlerlos«, tröstete ihn Schwester Kettle.

Syce wies auf eine kleine Gartentür am Ende des Pfades. »Die Tür dort führt zur Hammer Farm. Ich muß mich wirklich bei Ihnen entschuldigen. Daß ich nicht unter Menschen gehöre, haben Sie jetzt selber gemerkt. Tausend Dank noch für die Medizin. Danke schön. Herzlichen Dank.«

Schwester Kettle nahm ihr Rad wieder in Empfang. »Unser Dr. Lacklander ist zwar noch sehr jung«, meinte sie geradeheraus, »doch er ist einer der tüchtigsten Ärzte, die mir in dreißig Jahren als Krankenschwester untergekommen sind. An Ihrer Stelle, Commander, würde ich mich mit ihm einmal gründlich aussprechen. Danke für Ihre Hilfe. Auf Wiedersehen.«

Sie schob ihr Rad durchs Gartentor und die hier gut gepflegten Büsche, und dann den Weg entlang, der zum Haus führte. Plötzlich hörte sie den singenden Ton einer gestrafften Sehne und gleich darauf den Aufschlag eines Pfeils in die Zielscheibe.

»Armer Teufel«, murmelte Schwester Kettle. »Wirklich ein armer Teufel, der nichts im Leben hat, das ihm Halt geben könnte.« Beim Näherkommen hörte sie aus dem Rosengarten der Cartarettes das Klappern einer Gartenschere und eine weibliche Stimme, die leise vor sich hin sang.

›Aha, die Gnädige selbst, oder ihre Stieftochter‹, dachte Schwester Kettle. ›Hübsche Melodie.‹

Jetzt fiel ein Tenor ein und sang die zweite Stimme.

»Komm, süßer Tod, geborgen will ich sein
In der Zypressen dunklem Hain.«

Obgleich ihr das Lied selbst gefiel, fand Schwester Kettle den Text etwas deprimierend. Der Rosengarten war von einer hohen, dichten Hecke umgeben, die keinen Durchblick gewährte, doch Schwester Kettles Weg führte hier durch, war der einzige Zugang zum Haus. Weil ihre Schuhe Gummisohlen hatten und ihr Rad nur sehr leise und diskret klapperte, wurde ihr peinlich bewußt, daß sie bei einer intimen Situation zum unfreiwilligen Eindringling werden mußte. Als sie sich dem Durchgang in der Hecke näherte, verstummte der Gesang, und eine weibliche Stimme sagte: »Das Lied hab' ich am allerliebsten.«

»Merkwürdig«, meinte eine Männerstimme, die Schwester Kettle sehr bekannt vorkam, »merkwürdig, daß einer für ein Liebeslied in einem Lustspiel einen so tragischen Text geschrieben hat. Findest du nicht auch, Rose? Mein Schatz du, mein Liebstes…«

Schwester Kettle ließ die Glocke an ihrem Rad laut schrillen, schritt unter dem grünen Laubbogen durch und sah nach rechts. Dort standen Rose Cartarette und Dr. Mark Lacklander und sahen einander mit einer Innigkeit in die Augen, die niemand mißverstehen konnte.

3

Miss Cartarette schnitt Rosen ab und legte sie in den Korb, den Dr. Mark Lacklander ihr hinhielt. Der junge Arzt errötete bis in die Haarwurzeln und stammelte:

»Du lieber Himmel... Guten Abend!« Auch Miss Cartarettes Gesicht war rosig überhaucht, als sie Schwester Kettle begrüßte.

»Guten Abend allerseits«, strahlte die. »Sie verzeihen doch, daß ich den kürzeren Weg hier durch benutzte.« Dann, sehr beruflich, zu Dr. Lacklander gewandt:

»Das Kind mit dem Abszeß – Sie wissen ja!«

»Ach ja, natürlich. Ich hab' sie mir schon angesehen. Sie wissen, Rose, die Kleine Ihres Gärtners.«

Beide begannen jetzt sehr lebhaft auf Schwester Kettle einzusprechen, die ihnen sichtlich vergnügt zuhörte. Denn sie war eine romantische Seele und begrüßte Dr. Lacklanders Erregtheit und Roses Verschämtheit als ein höchst erfreuliches Symptom.

»Schwester Kettle ist nämlich unser guter Engel«, erklärte Dr. Lacklander, »und wird heute bei meinem Großvater Nachtdienst tun.«

»Das ist auch der Grund, weshalb ich mich schnell auf die Strümpfe machen muß. Denn sonst bin ich zu spät bei meinem Patienten.«

Schwester Kettle ergriff ihr Rad und stapfte durch den Rosengarten davon.

»Unsere gute Kettle ist zwar ein Prachtkerl«, meinte Mark, »aber ausgerechnet heute hätten wir sehr gut ohne sie auskommen können. Doch jetzt muß ich gehen.«

»Wolltest du denn nicht mit meinem Papa reden?«

»Freilich. Doch ich darf nicht so lange von daheim fortbleiben.«

»Ich werde Daddy, sowie er nach Hause kommt, deine Botschaft ausrichten. Er wird natürlich sofort zu euch kommen.«

»Wir wären ihm sehr dankbar. Anscheinend erhofft sich Großvater sehr viel von seinem Besuch.«

Mark Lacklander sah Rose über den Korb hinweg verliebt an. »Mein Liebes, du!«

»Nein, Mark. Bitte, nicht!«

»Bitte, nicht? Soll das heißen, daß du mir den Laufpaß gibst?«

Rose machte nur eine Gebärde der Hilflosigkeit, wollte reden, schwieg aber.

»Na, siehst du! Dann kann ich's dir ja ruhig sagen, daß ich wissen will, ob du meine Frau werden willst. Wie lieb ich dich hab', weißt du. Und ich glaube auch, daß wir sehr gut zueinander passen. Oder täusche ich mich?«

»Nein.«

»Wußt' ich ja. Also, wo hapert's denn? Hm?«

»Ich darf einfach nicht daran denken, mich zu verloben oder gar zu verheiraten.«

»Ha! Jetzt kommen wir der Sache näher. Aber erst muß ich diesen verflixten Korb loswerden. So. Und jetzt komm her und setz dich brav auf die Bank. Ich geh' nämlich keinen Schritt von hier weg, ehe ich diese Sache nicht geklärt habe.«

Sie folgte ihm gehorsam, und beide setzten sich auf eine Gartenbank. Der Korb voll Rosen stand zu ihren Füßen. Mark faßte sie am Handgelenk und streifte den dicken Gartenhandschuh von ihrer Hand. »Also, jetzt heraus damit«, befahl er.

»Du weißt doch, wie die Dinge hier stehen. Ich meine hier im Haus. Du mußt auch gemerkt haben, wie wichtig es für Daddy ist, mich hier bei sich zu haben.«

»Zugegeben. Dein Vater möchte dich gerne in seiner Nähe haben. Und das wird auch der Fall sein – selbst wenn wir verheiratet sind. Denn voraussichtlich werden wir unser halbes Leben ohnehin in Nunspardon verbringen.«

»Ja, aber das ist noch nicht alles.« Rose zögerte. Sie war von ihm weggerückt, saß, die Hände zwischen die Knie gepreßt. Sie trug ein einfaches Hauskleid, hatte das Haar glatt zurückgekämmt und im Nacken zu einem Knoten geschlungen. Doch eine seidige Strähne hatte sich gelöst und hing ihr schimmernd in die Stirn. Rose konnte sich's leisten, auf die Hilfe von Schönheitsmitteln zu verzichten, denn sie war ein bildschönes Mädchen. »Die Sache steht einfach so, daß seine zweite Heirat sich als Fehlschlag herausstellte. Wenn ich ihn jetzt verlasse, nehme ich ihm damit alles, was ihm das Leben noch lebenswert macht, glaub mir's, Mark.«

»Ach Unsinn.« Doch Marks Einwand klang nicht sehr überzeugt.

»Er konnte nämlich nie ohne mich leben. Schon seit meiner frühesten Kindheit nicht. Erst meine Kinderfrau und dann meine Erzieherin und ich, wir gehörten zu seinem ständigen Gefolge. Bei allen Reisen von einem Land ins andere. Auch nach dem Krieg, als er diese Missionen übernahm: Wien, dann Rom und später Paris. Deshalb ging ich auch nie zur Schule. Er konnte eine Trennung nicht ertragen.«

»Natürlich vollkommen falsch. So was ist doch nur ein halbes Leben.«

»O nein. Ganz im Gegenteil. Ich erlebte eine Menge wunderbarer Dinge, von denen andere Mädchen überhaupt nichts ahnen.«

»Doch man hätte dir die eigene Wahl gestatten sollen.«

»Von ›gestatten‹ war nicht die Rede. Denn mir war beinahe alles gestattet. Und du hast ja gesehen, wie die Sache ausging, als ich mich einmal selbständig machte! Damals wurde er nach Singapore abkommandiert, und ich blieb in Grenoble an der Universität. Es gab eine Verzögerung nach der anderen, und ich erfuhr erst viel später, wie vereinsamt er sich dort draußen gefühlt hatte. Dann, noch in Singapore, traf er mit Kitty zusammen.«

Mark unterdrückte einen Ausruf des Bedauerns.

»Na, die Sache ging so schief wie nur möglich und wird jetzt immer unerträglicher. Wenn ich ihn damals nicht allein gelassen hätte, wäre das nie passiert!«

»Das ist gar nicht so sicher. Also, nun paß auf, Rose. Wenn wir erst einmal verheiratet sind und in Nunspardon leben, käme es sogar vielleicht zu einer Verständigung zwischen ihm und deiner Stiefmutter.«

»Ach nein, Mark. Das halte ich für ausgeschlossen.«

»Woher weißt du das? Schau her, Rose, wir haben uns doch lieb. Du heiratest mich, und wenn die Dinge hier für deinen Vater unerträglich werden sollten, wird sich schon ein Ausweg finden lassen. Wenn sie sich trennen, könnte er doch immer zu uns kommen.«

»Nein, gewiß nicht. Kannst du das nicht begreifen? Er würde sich immer nur als Eindringling fühlen. Das könnte er nicht ertragen.«

»Dann werde ich selbst mit ihm sprechen.«

»Nein, Mark. Bitte nicht!«

Einen Augenblick lang umschloß seine Hand die ihre. Dann sprang er auf, packte den Korb voll Rosen.

»Ah, guten Abend, Mrs. Cartarette. Wie Sie sehen, berauben wir Ihren Garten – allerdings um meiner Großmutter eine Freude zu machen. Denn Ihre Rosen hier in Hammer sind den unseren weit voraus.«

Kitty war durch den grünen Bogen der Hecke gekommen und sah jetzt nachdenklich von Rose zu Mark.

4

Der altmodische Kosename Kitty war Mrs. Cartarette nicht gerade auf den Leib geschrieben. Denn sie hatte nichts Zärtliches, nichts Verspieltes an sich. Ihre Blondheit grenzte an Farblosigkeit, und ohne Schminke hätte sie wahrscheinlich wie gebleicht ausgesehen. Ihre Figur war wohlkorsettiert und ihr Gesicht mit Geschick zu einer kunstvollen Maske hergerichtet. Doch ihre größte Stärke war ihre guteinstudierte Pose der Unergründlichkeit. Denn damit wurde Kitty Cartarette zur *femme fatale,* war sozusagen auf »gefährliches Weib« aufgezogen.

»Wie reizend von Ihnen, Mark, sich bei uns sehen zu lassen. Ich habe also eure Stimmen doch richtig erkannt. Ist Ihr Besuch beruflich?«

»Nur teilweise. Ich kam herüber, weil ich für Oberst Cartarette eine Botschaft hatte, und habe mir bei dieser Gelegenheit auch die kleine Tochter Ihres Gärtners wieder angesehen.«

»Wirklich zu gütig von Ihnen«, säuselte Kitty und sah von Mark zu ihrer Stieftochter. Dann ging sie auf Mark zu, griff mit einer behandschuhten Hand in den Korb, holte eine dunkelrote Rose heraus und hielt sie an die Nase.

»Welch bezaubernder Duft! Riecht ja fast verboten, was? Maurice ist nicht daheim, dürfte aber bald zurück sein. Gehen wir zum Haus hinauf?«

Auf dem Weg zum Haus ging Kitty den beiden voran. Die folgten in ihrem Kielwasser – einer Wolke exotischer Düfte. Sie hielt den Oberkörper sehr gerade und wiegte sich leicht in den Hüften. ›Sehr kostspielig‹, dachte Mark Lacklander, ›wenn auch nicht besonders geschmackvoll. Warum er die bloß geheiratet hat?‹

Mrs. Cartarettes Stilettabsätze klapperten auf den Steinfliesen des Pfads. Vor dem Haus standen Gartenmöbel, kissenüberhäuft. Auf dem weißlackierten Tisch standen eine Karaffe und Likörgläser. Mrs. Cartarette ließ sich in einem Schaukelsitz nieder, schwang die Beine hoch und arrangierte sich für Marks Besichtigung.

»Meine ärmste Rose«, flötete sie, »du trägst ja so schrecklich praktische Handschuhe. Sei ein Engel und packe deine stacheligen Namensschwestern für Mark ein. Vielleicht am besten in eine Schachtel?«

Marks Widerspruch war erfolglos.

»O ja, denn eine solche Fahrlässigkeit dürfen wir nicht zulassen. Ihr Ärzte müßt doch auf eure Hände aufpassen. Hab' ich nicht recht?«

Rose nahm ihm den Korb wortlos ab und ging ins Haus. Mark sah ihr nach und wandte erst rasch den Kopf, als Mrs. Cartarette wieder zu ihm sprach.

»Wie wär's mit einem kleinen Drink? Dieser Kognak ist die Lieblingsmarke meines Mannes und soll angeblich erstklassig sein. Gießen Sie mir nur ein Tröpfchen ein. Ich persönlich ziehe nämlich *Crème de Menthe* vor, obwohl Maurice und Rose das für ordinär halten.«

Mark schenkte ihr den Kognak ein, bat jedoch, ihn zu entschuldigen, da er sozusagen im Dienst sei.

»Wirklich? Wen müssen Sie denn verarzten – abgesehen von dem Gärtnerkind?«

»Meinen Großvater.«

»Ach, natürlich. Wie konnte ich das nur vergessen!« Doch ihr Taktfehler brachte sie nicht aus der Fassung. »Wie geht es denn Sir Harold?«

»Heute leider nicht sehr gut. Deshalb muß ich mich jetzt auch verabschieden. Vielleicht treffe ich den Oberst auf dem Flußpfad.«

»Darauf können Sie Gift nehmen«, meinte sie wegwerfend.

»Denn daß er in Mr. Phinns Gehege nach der berühmten Riesenforelle fischen sollte, wäre nicht auszudenken. Dazu ist er ja viel zu sehr der große Herr.«

»Dann werde ich ihn also auf dem Flußpfad nicht verfehlen.« Mark sprach sehr steif und ablehnend.

Kitty winkte ihm mit der Rose zu und hielt ihm ihre Linke hin. Für Mark eine unbeschreiblich zweitklassige Geste.

»Wollen Sie Ihrem Vater meine Grüße bestellen, Mark? Ich weiß, wie sehr er sich um seinen Vater sorgt. Und sagen Sie ihm auch, wie von Herzen gerne ich ihm helfen würde. Bitte vergessen Sie das nicht.«

Rose erschien jetzt wieder. Sie hatte die Blumen in einer Schachtel verpackt. ›Herrgott noch mal‹, überlegte Mark, innerlich wütend, ›ich kann sie doch nicht mitten in meinem Heiratsantrag einfach stehenlassen!‹ Dann meinte er leichthin: »Kommen Sie doch ein paar Schritte mit mir, Rose. Sie brauchen ohnehin ein bißchen Bewegung.«

»Aber ich lebe doch in einem Zustand dauernder Bewegung«, widersprach Rose, »und außerdem bin ich gar nicht fürs Ausgehen angezogen.«

Mrs. Cartarette kicherte schelmisch. »Sie Armer! Rose, sieh doch – dein Vater ist schon auf dem Heimweg.«

Oberst Cartarette tauchte jetzt wirklich aus dem Gehölz am Hang des steilen Hügels auf, gefolgt von seinem alten und getreuen Wachtelhund Skip. Als er die Gruppe auf dem Rasen vor dem Haus bemerkte, hob er die Hand zum Gruß. Mark ging ihm rasch entgegen.

»Guten Abend, Mark«, rief der Oberst, als die beiden sich auf Hörweite genähert hatten. »Raten Sie bloß, was mir passiert ist. Eben hätte ich ums Haar den ›Alten‹ im Netz gehabt.«

»Glaub' ich nicht!« schmetterte Mark mit gebührender Bewunderung.

»Ehrenwort! Den ›Alten‹ in Person. Gerade unterhalb der Brücke. Sie wissen ja, wo er immer lauert. Hab' ihn ganz deutlich gesehen...«

Während er, etwas außer Atem, den Hügel aufwärts stapfte, lieferte der Oberst eine dramatische Schilderung seines geschickten

Manövers mit der Angel, gefolgt von einem mörderischen Zweikampf und dem verhängnisvollen Reißen seiner Angelschnur.

»... Und dann war der Kerl auf einmal verschwunden«, schloß der Oberst. »Haben Sie Worte? Wenn ich ihn tatsächlich gekriegt hätte, gebe ich Ihnen mein Wort, daß der alte Phinn mich umgebracht hätte.«

»Sind Sie denn immer noch auf dem Kriegspfad, Sir?«

»Ja, leider. Ein ganz unmöglicher Mensch. Meint allen Ernstes, daß ich ihm absichtlich ins Gehege komme. Ein armer Wahnsinniger! Wie geht's übrigens Ihrem Großvater?«

»Leider geht es mit ihm jetzt rasch zu Ende. Wir sind da machtlos. Deshalb bin ich auch herübergekommen, Sir.« Mark bestellte seines Großvaters Botschaft an den Oberst.

»Ich komme sofort. Wir fahren lieber hinauf. Ich wasche mir nur rasch die Hände. Sie kommen doch mit mir, Mark, nicht?«

Auf einmal wußte Mark, daß er einem zweiten Zusammentreffen mit Rose jetzt nicht gewachsen war. Er entschuldigte sich hastig und versprach, seinen Großvater auf Oberst Cartarettes Besuch vorzubereiten.

Ehe er sich auf den Weg machte, wandte er sich um und sah in der zunehmenden Abenddämmerung zum Haus hinauf. Sah, wie Rose den Faltenrock ihres Hauskleides hochraffte und rasch über den Rasen lief. Wie der Oberst sein Angelgerät zu Boden fallen ließ, den Hut abnahm und auf Rose wartete. Dann schlang sie die Arme um seinen Hals und küßte ihn. Arm in Arm gingen beide ins Haus. Mrs. Cartarettes Schaukelsitz begann jetzt heftig auf und ab zu schwingen.

Mark drehte sich um, ging rasch ins Tal hinunter und überquerte die Bottom-Brücke.

Der »Alte«, Oberst Cartarettes Angelhaken im Kiefer fest verankert, lauerte wie gewöhnlich im Dunkel unter der Brücke.

ZWEITES KAPITEL

1

Sir Harold sah Schwester Kettle zu, wie sie im Zimmer hin und her ging. Mark hatte ihm ein Mittel gegeben, das seine Beschwerden etwas erleichterte. Im Augenblick schien er sogar das Bewußtsein seiner eigenen, so traurigen Wichtigkeit – das letzte Vorrecht des Todkranken – zu genießen. Schwester Kettle war ihm bedeutend lieber als die Tagschwester. Daß sie aus dem Nachbardorf Chyning stammte, schenkte ihm eine Befriedigung, ähnlich wie das Wissen, daß die Blumen auf seinem Tisch in den Treibhäusern von Nunspardon gezogen wurden.

Sir Harold wußte, daß er im Sterben lag. Als sein Enkel vor sieben Jahren Medizin studieren wollte, war er außer sich vor Empörung gewesen. Doch heute war er froh, daß sich jemand über ihn beugte, der seine eigenen Gesichtszüge trug. Die gesteigerte Bedeutung, die sein herannahender Tod ihm jetzt verlieh, hätte ihm sogar irgendwie geschmeichelt, hätte er nicht die Pein quälenden Leidens zu ertragen gehabt. Denn auf ihm lastete das Bewußtsein schwerer Schuld.

»Lang warten!« flüsterte er. Er war jetzt mit Worten sehr sparsam geworden, denn ihm schien, als bedeutete jede überflüssige Silbe Vergeudung seines rasch dahinschwindenden Kapitals. Schwester Kettle stand an einer Stelle, wo er sie gut sehen und hören konnte. »Dr. Mark sagt, daß der Oberst sehr bald hier sein wird«, beruhigte sie.

Sein glanzloser Blick hielt sie fest. »Papiere?«

»Ich fand sie an der Stelle, die Sie mir angaben. Sie liegen auf dem Tisch.«

»Hierher.«

»Na schön – wenn Sie das beruhigt.« Sie ging in das Halbdunkel am anderen Ende des riesigen Raums und brachte ihm ein verschnürtes, versiegeltes Paket auf seinen Nachttisch.

»Memoiren«, flüsterte er.

»Was Sie nicht sagen! Das muß Sie aber eine schöne Arbeit gekostet haben. So, und jetzt lass' ich Sie ein bißchen allein, damit Sie ein wenig ruhen können.«

Sie nickte ihm lächelnd zu, ging dann vom Bett weg und nahm eine illustrierte Zeitschrift auf. In dem großen Schlafzimmer war eine Zeitlang alles still, bis auf das schwere Atmen des Kranken und das Rascheln der umgewendeten Seiten.

Die Tür öffnete sich. Als Mark Lacklander ins Zimmer kam, stand Schwester Kettle auf. Dann kam Oberst Cartarette herein.

»Alles in Ordnung, Schwester?« fragte Mark leise.

»So ziemlich. Sehr rastlos. Er wird sich freuen, daß der Oberst kommt.«

»Erst werde ich mit ihm sprechen.«

Sein Großvater sah ängstlich zu ihm auf, und Mark griff nach seiner altersmüden Hand, hielt sie fest in der seinen, sagte rasch: »Der Oberst ist jetzt hier, Großvater. Willst du wirklich mit ihm sprechen?«

»Ja. Jetzt.«

»Schön.« Mark hielt die Finger auf das Handgelenk des Großvaters gepreßt. Oberst Cartarette gab sich einen Ruck und ging zum Bett.

»Hallo, Cartarette«, rief Sir Harold so laut und deutlich, daß Schwester Kettle ein Ausruf des Erstaunens entschlüpfte. »Das ist aber schön von Ihnen.«

»Hallo, Sir«, begrüßte ihn der um viele Jahre jüngere Oberst. »Tut mir sehr leid, daß Sie sich so wenig gut fühlen. Ich höre von Mark, daß Sie mich zu sehen wünschen.«

»Ja.« Sein Blick ging zum Nachttisch. »Das Ding da. Nehmen Sie's mit. Jetzt.«

»Das sind die Memoiren«, erklärte Mark.

»Wollen Sie, daß ich sie lese?« Der Oberst beugte sich übers Bett.

»Ja, bitte.« Einen Augenblick herrschte Stille. Mark übergab das Paket. Der alte Mann sah zu, in seinen Augen qualvolle Spannung.

»Ich glaube, mein Großvater hofft, daß Sie seine Memoiren druckreif machen werden.«

»Daß ich... ja, natürlich«, stimmte der Oberst nach kaum merklicher Pause zu. »Mit größtem Vergnügen, wenn Sie glauben, daß Sie mir vertrauen können.«

»Vertrauen. Unbedingt. Unbedingt. Doch noch etwas. Bitte, Mark.«

»Ich verstehe, Großvater. Schwester, einen Augenblick.«

Schwester Kettle folgte Mark aus dem Zimmer. Sie standen in dem dunklen Vorraum, von dem eine breite Treppe nach unten führte.

»Ich glaube kaum, daß er's noch lange machen wird«, sagte Mark ernst.

»Erstaunlich, wie er sich zusammenraffte, als der Oberst erschien.«

»Weil er seine ganze Kraft darauf konzentriert hatte.«

Unten in der Vorhalle ging eine Tür auf, und Licht strömte ins Treppenhaus. Als Mark sich übers Geländer beugte, sah er die schwerfällige Gestalt seiner Großmutter, die jetzt langsam die Treppe heraufkam, hörte ihr stoßweises, keuchendes Atmen.

»Hallo, Gar. Eile mit Weile«, warnte er.

Lady Lacklander blieb stehen und sah zu ihm hinauf.

»Aha, der Herr Doktor spricht.«

Sie war jetzt oben angelangt, zog die Schleppe ihres abgetragenen Abendkleides hinter sich her, und die Diamanten, die sie allabendlich aufs Geratewohl irgendwo an ihrem mächtigen Busen befestigte, funkelten und glitzerten bei jedem ihrer stoßweisen Atemzüge.

»'n Abend, Kettle«, keuchte sie. »Wie geht's ihm, Mark? Ist Maurice Cartarette gekommen? Weshalb steht ihr beide eigentlich hier draußen?«

»Der Oberst ist hier, Gar. Wir gingen hinaus, weil Großvater allein mit ihm sprechen wollte.«

»Sicher wegen dieser verdammten Memoiren. Da bleib' ich vielleicht auch lieber draußen.« Sie sank in einen Lehnsessel, den Mark herbeigeholt hatte.

»Dein Vater döst irgendwo im Wohnzimmer, Mark. Er wollte offenbar auch mit Maurice sprechen.«

Dann sagte sie zu Schwester Kettle:

»Ehe Sie mit dem Nachtdienst beginnen, tun Sie mir sicher noch einen Gefallen, Schwester, ja? Marschieren Sie ins Wohnzimmer, und rütteln Sie meinen verschlafenen Herrn Sohn auf. Sagen Sie ihm, daß der Oberst hier sei. Und kriegen Sie ihn auch dazu, daß er Ihnen einen Drink und ein paar belegte Brote herrichtet. Was meinen Sie?«

»Ja, natürlich, Lady Lacklander«, willigte die Schwester ein und lief rasch die Treppe hinunter. ›Das nennt man abgeschoben‹, dachte sie, ›aber taktvoll gemacht.‹

»Eine sehr anständige Person, diese Kettle«, brummte Lady Lacklander. »Hat genau gewußt, daß ich sie loswerden wollte. Mark, weshalb ist dein Großvater so schrecklich unglücklich?«

»Bildest du dir das nicht ein, Gar?«

»Drück dich nicht rum. Er grämt sich ja zu Tode...«

Sie schwieg. Ihre ringgeschmückte Hand verkrampfte sich.

»Er hat etwas auf dem Herzen, Mark, und zum zweitenmal in unserer langen Ehe hab' ich keine Ahnung, was es ist. Glaubst du, daß es etwas mit Maurice und den Memoiren zu tun hat?«

»Offenbar. Er möchte, daß der Oberst sie herausgeben soll.«

»Das erste Mal«, flüsterte Lady Lacklander, »war's vor zwanzig Jahren. Und jetzt wieder... gerade jetzt, wenn's so weit ist, daß wir voneinander Abschied nehmen müssen... denn so stehn die Dinge doch, Kind. Nicht wahr?«

»Ja, mein liebes Herz. Ja. Er ist sehr müde.«

»Ich weiß. Und ich gar nicht. Fünfundsiebzig, lächerlich fett und trotzdem noch voll Lebenslust.« Lady Lacklanders leicht verschleierte Stimme klang auf einmal wieder sehr klar.

»Es gibt noch ein paar Dinge, die unbedingt in Ordnung gebracht werden müssen. Zum Beispiel die Sache mit George.«

»Was hat mein unglückseliger Herr Papa denn wieder angestellt?«

»Dein unglückseliger Herr Papa ist fünfzig, Witwer und ein Lacklander. Drei sehr ominöse Tatsachen.«

»Die aber nicht zu ändern sind. Selbst von dir nicht.«

»O ja. Doch, vor allem... Maurice! Was ist geschehen?«

Oberst Cartarette hatte die Tür aufgerissen, stand auf der Schwelle, das Paket noch unterm Arm.

»Mark! Kommen Sie rasch!«

Mark lief an ihm vorbei ins Schlafzimmer. Lady Lacklander sprang auf und folgte ihm mit einer Schnelligkeit, die man ihr nicht zugetraut hätte.

Aus der Vorhalle unten kam das unausgesetzte Schrillen einer Glocke. Schwester Kettle, gefolgt von einem großen Menschen im Abendanzug, kam die Treppe heraufgestürzt.

Oberst Cartarette stand auf dem Treppenabsatz und sah zu, wie beide ins Schlafzimmer rannten. Lady Lacklander stand schon am Bett ihres Mannes. Mark hielt ihn mit dem rechten Arm aufrecht und preßte den Daumen seiner Linken auf eine Glocke. Der Kranke atmete schwer, stoßweise, den Mund weit offen. Lady Lacklander hatte seine Hände ergriffen und hielt sie fest.

»Hal, Hal, ich bin bei dir.«

Schwester Kettle kam mit einem Glas in der Hand.

»Kognak! Altmodisch, aber wirksam.«

Mark hielt seinem Großvater das Glas an den Mund. »Versuch's. Es wird dir helfen. Versuch's doch!«

Die Lippen schlossen sich über den Rand des Glases.

»Er hat doch ein bißchen hinuntergebracht. Ich geb' ihm eine Spritze.«

Jetzt stützte Schwester Kettle den Kranken, und als Mark sich vom Bett wandte, stand er seinem Vater gegenüber.

»Kann ich irgend etwas tun?«

»Nur hier warten, Vater, nur warten.«

»George ist auch da, Hal.« Lady Lacklanders Stimme war klar und ruhig. »Wir sind alle bei dir, mein Lieber.«

Aus dem steinernen Gesicht an Schwester Kettles Schulter kamen abgerissene Silben. »Vic... Vic... Vic...« wie das hörbar gewordene Stammeln seiner immer schwächeren Pulsschläge, das stockende Ticken einer Uhr im Ablaufen. Sie sahen einander ratlos an.

»Was willst du? Was willst du, mein lieber Hal?«

»Aber wir kennen doch niemand, der Vic heißt. Um Gottes willen, kannst du ihm denn nicht helfen, Mark?« drängte George Lacklander ungeduldig.

»Sofort«, rief Mark vom anderen Ende des Zimmers.

Wieder das Stammeln: »Vic... Vic... Vic...«
»Vielleicht der Vikar?«
Lady Lacklander, über ihn gebeugt, drückte ihm die Hand.
»Soll der Vikar zu dir kommen, Hal?«
Er sah ihr starr in die Augen. Dann zuckte die Ahnung eines Lächelns um den offenstehenden Mund. Eine fast unmerkliche Bewegung seines Kopfes.
Im nächsten Augenblick kam Mark mit der Spritze und gab ihm die Injektion. Doch Schwester Kettle wandte sich vom Bett. Diese Bewegung drückte irgendwie Endgültigkeit aus. Lady Lacklander, ihr Sohn und ihr Enkel standen jetzt dicht am Bett. Sie hielt die Hände ihres Mannes wieder fest umklammert.
»Was willst du denn, Hal? Was willst du denn, mein liebes Herz? Willst du den Vikar bei dir haben?«
Mit einer Deutlichkeit, die alle erstaunte, flüsterte er:
»Schließlich kann man niemals wissen.« Den Blick immer noch in die Augen seiner Frau versenkt, starb er.

2

An einem Spätnachmittag, drei Tage nach dem Begräbnis seines Vaters, saß George Lacklander im Arbeitszimmer des Schlosses Nunspardon, mit dem Lesen von Dokumenten beschäftigt.
Sir Harold hatte alles in tadelloser Ordnung hinterlassen, und sein Sohn hatte daher keinerlei Schwierigkeiten zu befürchten. Aus den Papieren ging hervor, daß das Wort vom »Glück der Lacklander« nicht umsonst geprägt worden war. Der achte Baron, ohnehin ein schwerreicher Mann, war ein so leidenschaftlicher Sammler von Edelsteinen gewesen, daß allein diese Sammlung ein ungeheures Vermögen darstellte. Dazu kam der geradezu unglaubliche Erfolg des bekannten Rennstalls der Lacklander und schließlich die wirklich phantastische Tatsache, daß im vergangenen Jahrhundert nicht weniger als drei Lacklander in einer berühmten Pferdelotterie den höchsten Preis gewannen. Er selbst war zwar nicht allzusehr vom Glück begünstigt gewesen, als seine Frau bei der Geburt seines Sohnes Mark starb. Andererseits erin-

nerte er sich ihrer – wenn auch etwas nebelhaft – als einer ungewöhnlich langweiligen Dame. Nicht im entferntesten so anziehend wie... Als ausgerechnet in diesem Augenblick der Kammerdiener den Besuch Oberst Cartarettes meldete, schien ihm das beinahe eine Art Gottesurteil. Er stellte sich kampfbereit vor den Kamin. Als der Oberst hereinkam, begrüßte er ihn laut und herzlich.

»Hallo, Maurice. Schön, daß Sie sich sehen lassen.« Dann sah er ihm verlegen ins Gesicht und fragte besorgt: »Ist etwas passiert?«

»Jawohl. Sogar eine verflucht unangenehme Sache. Es tut mir wirklich leid, George, daß ich Sie so bald nach Ihrem Verlust belästigen muß, aber das Ding macht mir so verdammt viele Sorgen, daß ich der Ansicht bin, daß Sie die Verantwortung dafür mit mir zu teilen hätten.«

»Ich?« Sir Georges Ausruf bezeugte Erleichterung und größtes Erstaunen. Der Oberst holte zwei Briefumschläge aus der Brusttasche und legte sie auf den Schreibtisch. Wie Sir George sah, zeigten beide Adressen die Handschrift seines Vaters.

»Sie müssen diesen Brief zuerst lesen.« Der Oberst wies auf den kleineren Umschlag. Erstaunt zog George einen Briefbogen aus dem Umschlag, klemmte sein Monokel ins Auge und begann zu lesen. Bald blieb ihm der Mund offen, und sein Gesicht zeigte wachsende Verständnislosigkeit. Einmal schien er den Oberst etwas fragen zu wollen, schwieg aber. Dann fiel ihm der Bogen aus der Hand. Das Monokel baumelte an seiner Weste.

»Ich versteh' überhaupt kein Wort.«

»Wenn Sie das erst lesen, wird Ihnen schon ein Licht aufgehen.« Der Oberst zog ein dünnes Manuskriptbündel aus dem großen Umschlag und überreichte es George. George begann wieder zu lesen. Sein sonst rotwangiges Gesicht verlor alle Farbe. Sein Mund wurde schlapp, sein Blick unsicher. Das Blatt in seiner Hand zitterte. Ehe er zum Schluß gelangt war, sah er auf und behauptete: »Aber das ist doch nicht wahr. Wir wußten von jeher, was passiert war. Das war doch allgemein bekannt.« Als er die letzte Seite gelesen und auf die anderen gelegt hatte, nahm der Oberst das ganze Bündel und tat es in den Umschlag zurück.

»Mir tut das Ganze schrecklich leid, George. Gott weiß, daß ich Sie nicht mit dieser Last beschweren wollte.«

»Ich seh' auch gar nicht ein, weshalb Sie's überhaupt taten. Wozu es mir bringen? Warum irgend etwas tun, außer es ins Feuer zu werfen?«

»Daraus ersehe ich, daß Sie mir nicht richtig zugehört haben. Ich erklärte Ihnen das doch. Ich habe mir die Sache sehr gründlich überlegt. Er hat mir die Entscheidung überlassen, und ich gelangte zu dem Entschluß, daß ich das Ding hier« – er hielt den Umschlag hoch – »der Öffentlichkeit zu übergeben habe. Ich muß es tun, George. Jede andere Möglichkeit ist hier ausgeschlossen.«

»Ist Ihnen nicht eingefallen, was das für uns bedeuten wird? Das Ganze ist doch – ist doch einfach unausdenkbar. Sie sind ein Freund der Familie, Maurice! Mein Vater vertraute Ihnen doch diese Sache an, weil er meinte, Sie seien unser Freund.« George sah sich vor einem Problem, dem er offenbar nicht gewachsen war. »Irgendwie... irgendwie legte er Ihnen damit unser Schicksal in die Hand.«

»Wenn Sie recht haben sollten, eine höchst unwillkommene Erbschaft. Aber das stimmt natürlich nicht. Sie sehen die Sache viel zu schwarz, George. Glauben Sie mir, daß ich wirklich weiß, wie schmerzlich das für Sie alle sein wird, wenn ich auch überzeugt bin, daß das Urteil der Öffentlichkeit hier weitaus milder sein dürfte, als Sie erwarten.«

»Seit wann«, fragte George mit einer Rednergabe, die man ihm keineswegs zugetraut hätte, »seit wann ist es für einen Lacklander üblich, die Öffentlichkeit mit dem Hut in der Hand um Milde zu bitten?«

Oberst Cartarette antwortete mit einer Geste völliger Hilflosigkeit. »So leid mir das tut, muß ich sagen, daß eine solche Einstellung sich zwar schön anhört, aber von keinerlei Bedeutung ist.«

»Benehmen Sie sich doch nicht so verdammt anmaßend.«

»Also schön, George.«

»Je mehr ich daran denke, desto schlimmer sieht die Sache aus. Schauen Sie, Maurice, wenn nicht aus anderen Gründen, so doch aus Gründen primitivsten Anstands...«

»Gerade dieser primitivste Anstand war meine Richtschnur, George.«

»Für meine Mutter bedeutet das den Tod.«

»Ich weiß, daß es sie tiefunglücklich machen wird. Ich habe sie gewiß nicht vergessen.«

»Und Mark? Für meinen Sohn, einen jungen Menschen am Anfang seiner Laufbahn, ist das der völlige Ruin!«

»Denken Sie denn gar nicht an einen anderen jungen Menschen – auch ein einziger Sohn, und auch am Anfang seiner Laufbahn?«

»Aber der ist doch tot. Der leidet nicht mehr.«

»Wie steht's mit *seinem* Namen? Mit *seinem* Vater?«

»Solchen Sophisterein bin ich nicht gewachsen. Ich bin ein einfacher Mensch, und wahrscheinlich sind meine Grundsätze veraltet. Aber ich glaube an Treue zwischen Freunden und daran, daß es zwischen alten Familien ein Zusammenhalten geben muß.«

»Ganz ohne Rücksicht auf andere alte Freunde und andere alte Familien, was? Lassen Sie doch den Quatsch, George.«

Jetzt stieg George die Röte ins Gesicht. Seine Stimme war unkenntlich. »Geben Sie mir das Manuskript meines Vaters«, schrie er. »Geben Sie mir diesen Briefumschlag. Ich bestehe darauf.«

»Ich kann nicht, alter Junge. Grundgütiger Himmel, glauben Sie denn nicht, daß ich's von Herzen gern verbrennen würde, wenn ich dabei auch nur die Spur eines ruhigen Gewissens hätte? Mir selbst ist doch diese Aufgabe von Grund auf verhaßt.«

Er steckte den Umschlag wieder in seine Brusttasche. »Es steht Ihnen natürlich frei, die Angelegenheit mit Lady Lacklander und Mark zu besprechen. Darüber traf Ihr Vater keinerlei Anordnungen. Übrigens hier ist eine Abschrift seines Briefes, falls Sie das beabsichtigen sollten.« Der Oberst zog einen dritten Umschlag aus der Tasche, legte ihn auf den Schreibtisch und ging zur Tür. »Nochmals, George, ich bitte Sie, mir zu glauben, daß diese Sache mich tief, sehr tief getroffen hat. Ich wäre von Herzen froh, wenn ich einen anderen Ausweg wüßte.«

Aus George Lacklanders Kehle kam ein unartikulierter Laut. Dann wies er auf den Oberst.

»Nach dieser Aussprache brauche ich wohl nicht zu betonen, daß die Frage eines Verständnisses zwischen Ihrer Tochter und meinem Jungen nicht mehr aktuell ist.«

Der Oberst schwieg so lange, daß beide Männer jetzt das Ticken der Uhr auf dem Kamin hören konnten.

»Ich wußte von keinem solchen Verständnis«, sagte der Oberst schließlich. »Ich glaube, daß Sie sich irren.«

»Und ich kann Ihnen versichern, daß ich mich nicht irre. Jedenfalls brauchen wir das jetzt nicht weiter zu diskutieren. Mark – und sicher auch Rose – werden einsehen, daß das nicht mehr in Frage kommt. Denn zweifellos sind Sie genauso entschlossen, die Chancen Ihrer Tochter wie den guten Ruf unserer Familie zu zerstören.« Er schwieg, sah Oberst Cartarettes ungläubiges Gesicht und fuhr fort: »Sie ist Hals über Kopf in ihn verliebt, darauf gebe ich Ihnen mein Wort.«

»Wenn Mark Ihnen das erzählt hat...«

»Wer redet denn von Mark? Ich... ich...«

Auf einmal wußte er nicht mehr weiter.

»Na also. Von wem ist Ihnen diese Information zugegangen, wenn ich fragen darf?«

Die beiden starrten einander an, und erstaunlicherweise spiegelte sich George Lacklanders Ausdruck ängstlicher Frage auf Oberst Cartarettes Gesicht. Der zuckte mit den Achseln. »Jedenfalls bin ich überzeugt, daß Sie falsch unterrichtet wurden. Meine weitere Anwesenheit hier scheint mir nicht mehr am Platze. Ich empfehle mich.«

Damit verließ er das Zimmer. Als der Oberst am Fenster vorbeikam, stand George noch wie gelähmt da. Dann wurde er von Panik ergriffen. Er zog den Telefonapparat über den Schreibtisch und begann mit zitternder Hand Oberst Cartarettes Nummer zu wählen. Eine weibliche Stimme antwortete.

»Kitty!« rief George Lacklander aufgeregt. »Kitty, bist du's?«

3

Auf seinem Heimweg benützte der Oberst einen Privatweg, den sogenannten Flußpfad. Beim Abwärtsgehen sah er über das Tälchen hinweg zu den Gärten am gegenüberliegenden Hang. Sah Mr. Phinn, mit dem er wegen des Fischrechts in Zwist geraten war, sah den armen Commander Syce wieder einmal beim Bogenschießen und sah auch Kitty, seine Frau. Sie kam eben hüftenschaukelnd, in enganliegenden Hosen und knallroter Jacke, aus dem Haus, in der Hand eine ellenlange Zigarettenspitze, den Blick nach Nunspardon gewandt. Oberst Cartarette fühlte, wie sich etwas in ihm zusammenkrampfte, ihn zu der wahrscheinlich unbewußten Frage an sich selbst zwang: »Wie konnte ich nur? Wie, in aller Welt, konnte ich nur?« Rose war, wie allabendlich, mit dem Abschneiden der verblühten Rosen beschäftigt. Der Oberst seufzte tief.

Im Tal angelangt, überquerte er die Brücke – die die Grenzlinie zwischen seinem Fischereirecht im Unterlauf und Mr. Danberry-Phinns Recht im Oberlauf des Flüßchens bezeichnete. Die beiden waren sich über das Problem in die Haare geraten, wer das Fischrecht für die Wasserstrecke gerade unter der Brücke besaß. Der Oberst blieb stehen, legte die Arme aufs Brückengeländer und sah in die grüne Welt gleitender Wasser hinunter. Erst etwas zerstreut, doch bald mit geschärfter Aufmerksamkeit. Am linken Ufer, neben einem zerfallenen Bootshaus, wo ein Prahm vertäut lag, sah er eine Vertiefung. In diesem Loch – ein Schatten unter Schatten – bewegte sich etwas, lauerte etwas Lebendiges. Der »Alte«. ›Vielleicht‹, dachte der Oberst, ›vielleicht wird mir's besser zumute werden, wenn ich nach dem Dinner hier herunterkomme. Wenn ich Glück hab', bleibt der Alte dort unten.‹ Als er unwillkürlich zum Jacobs Cottage hinaufblickte, sah er Mr. Phinn, der ihn unbeweglich wie eine Statue, eine Katze auf der Schulter, durch ein Fernglas beobachtete.

»Hol ihn der Teufel«, brummte der Oberst, überquerte die Brücke und machte sich auf den Heimweg.

Der Pfad führte durch einen Streifen Wiesenlands zum unteren Hang des Watt Hill. Jemand kam ihm jetzt schwerfällig entgegengetrabt. Das hörbare Schnaufen und Keuchen erkannte der Oberst sogleich als die Begleiterscheinung der von Mr. Phinn angewandten Methode der Fortbewegung, selbst ehe dieser Herr zum Vorschein kam. Er trug eine alte Jacke im Norfolk-Schnitt, dazu einen Tweedhut, der rundum mit Forellen-Fliegen besteckt war und aus dessen Hutband überdies seine Lesebrille ragte, wie Iren gewöhnlich ihre Pfeifen tragen. Dazu war er mit einer Sammlung verschiedenster Fischereigeräte beladen. Er hatte sich offenbar mit einiger

Hast auf den Weg gemacht und war von seiner Lieblingskatze begleitet.

Der Pfad war sehr schmal. Einer mußte hier nachgeben. Also blieb der Oberst, des Streits mit Nachbarn gründlich überdrüssig, stehen. Mr. Phinn, Augen geradeaus, kam unentwegt auf ihn losgestampft. Doch plötzlich lief ihm die Katze voran.

»Guten Abend, meine Dame«, begrüßte sie der Oberst, bückte sich und schnappte mit den Fingern. Sie schenkte ihm nur einen Blick und setzte ihren Weg fort. Als er sich wieder aufrichtete, stand er Mr. Phinn gegenüber.

»Guten Abend«, sagte der Oberst.

»Sir!« erwiderte Mr. Phinn, legte einen Finger an seine schauderhafte Kopfbedeckung, blies die Backen auf und rief tadelnd: »Thomasine, etwas mehr Haltung, wenn ich bitten darf.«

Denn Thomasine, von plötzlicher Liebe für den Oberst erfaßt, war umgekehrt, hatte sich ihm zu Füßen geworfen und rollte, alle viere in der Luft, auf den Rücken.

»Du bist aber wirklich schön«, bewunderte der Oberst. Dann zu Mr. Phinn gewandt: »Petri Heil! Übrigens, der ›Alte‹ treibt sich irgendwo unterhalb der Brücke, nämlich auf meiner Seite, herum.«

»Sieh mal einer an.«

»Was Sie ja wahrscheinlich ahnten«, fügte er gegen alles bessere Wissen hinzu, »als Sie mich durchs Fernglas beobachteten.«

Falls Mr. Phinn eine versöhnlichere Haltung geplant hatte, gab er diese Absicht jedenfalls augenblicklich auf. Der Kescher in seiner Hand war kampfbereit gezückt. »Soweit mir bekannt ist«, legte er los, »steht die Landschaft hier unter keinerlei Interdikt im optischen Sinne. Ist also meiner Meinung nach der Betrachtung freigestellt. Auch gibt es meines Wissens keine Rechtstitel bezüglich der Aussicht auf das Chyne-Tal.«

»Nicht im geringsten«, parierte der Oberst. »Von mir aus können Sie den Chyne oder mich, oder was Ihnen sonst Spaß macht, anstieren, bis Sie schwarz werden. Wenn Sie bloß eine Ahnung hätten... Wenn Sie...« Er kratzte sich den Kopf, für den Oberst das Zeichen großer Gefühlserregung. »Mein guter Phinn, wenn Sie wüßten... Aber das ist ja alles umsonst! Guten Abend.«

Er machte einen Bogen um Mr. Phinn und ging rasch den Hügel hinauf. »Wegen eines solchen grotesken Menschen«, wütete er, »wegen eines so absolut unmöglichen, halb verrückten Possenreißers habe ich mir eine Verantwortung aufgeladen, die mich wahrscheinlich bis an mein Lebensende todunglücklich machen wird.«

Der Oberst ging jetzt langsamer den Hügel hinauf. Im Vorbeigehen hatte er eine kurze Unterhaltung mit Commander Syce, der, etwas unsicher auf den Beinen, im toten Laub nach einem seiner Pfeile suchte. Dann durchquerte er ein Gehölz und erreichte den offenen Rasen vor seinem Haus. Seine Frau lag in ihrer Hängematte. Ein samtbekleidetes Bein, ein scharlachroter Jackenärmel sowie ein Paar riesengroßer Ohrringe baumelten im Gleichtakt mit den Schwingungen der Hängematte.

»Du bist aber spät dran«, flötete sie. »Das Dinner ist in einer halben Stunde. Was hattest du denn in Nunspardon zu tun?«

»Mit George zu sprechen.«

»Über was denn?«

»Über etwas, das sein Vater mir aufgetragen hat.«

»Wie aufschlußreich!«

»Eine sehr persönliche Sache, meine Liebe.«

»Wie geht's denn George?«

Der Oberst erinnerte sich an Georges puterrotes Gesicht. »Noch ziemlich aufgeregt.«

»Wir müssen ihn zum Dinner einladen. Übrigens, er wird mir morgen das Golfspielen beibringen. Er schenkt mir sogar ein paar Golfstöcke. Nett von ihm, nicht?«

»Wann hast du das mit ihm besprochen?«

»Gerade eben. Vor etwa zwanzig Minuten.« Sie beobachtete ihn scharf.

»Mir wär's lieber, wenn du das nicht tätest, Kitty.«

»Meinst du vielleicht gar, daß ich dich mit George betrüge?«

»Nein. Trotzdem finde ich es besser, wenn du morgen nicht mit ihm Golf spielst.«

»Aber warum denn nur?«

»Kitty, was hast du George über Mark und Rose erzählt?«

»Nichts, das du nicht selber bemerkt hättest, mein Lieber. Denn offensichtlich ist Rose bis über die Ohren in Mark verschossen.«

»Das glaub' ich dir nicht.«

»Mein guter Maurice, du bildest dir noch nicht etwa ein, daß das Mädel die Absicht hat, ihr ganzes Leben lang ihren Herrn Papa anzuhimmeln, oder ja?«

»Nicht um alles in der Welt. Ganz gewiß nicht.«

»Na, also.«

»Aber ich wußte ja nicht... und glaub's noch immer nicht...«

»Er ist vor kaum fünf Minuten hier angekommen, sah ganz durcheinander aus, und jetzt sind sie beide im Wohnzimmer. Geh nur und überzeuge dich selbst. Meinetwegen brauchst du dich nicht fürs Dinner umzuziehen.«

»Sehr lieb von dir«, bedankte sich der Oberst und ging bedrückt ins Haus.

Wenn er nicht so schrecklich deprimiert gewesen wäre, hätte er sicher daran gedacht, sein Erscheinen irgendwie taktvoll anzukündigen. Indessen ging er rasch über den dicken Teppich der Vorhalle, riß die Wohnzimmertür auf und fand seine Tochter in Mark Lacklanders Armen, ohne die leisesten Anstalten zu machen, sich dieser Umarmung zu entziehen.

DRITTES KAPITEL

1

Rose und Mark boten das klassische Schauspiel des gestörten Liebespaars. Sie ließen einander los, Rose erbleichte, Mark wurde rot, und beide blieben stumm.

»Ich bitte tausendmal um Entschuldigung! Verzeih mir, mein Herz!« Der Oberst verneigte sich leicht vor seiner Tochter.

Rose lief auf ihn zu, schlang die Arme um seinen Hals. »Wir sind ja wirklich füreinander bestimmt, Daddy. Meinst du nicht auch?«

Mark sagte rasch: »Ich bat sie, meine Frau zu werden, Sir.«

Der Oberst befreite sich mit zärtlicher Behutsamkeit aus ihrer Umschlingung und legte den Arm um Roses Schultern.

»Kamen Sie direkt von Nunspardon herüber, Mark?«

»Nein. Von Chyning. Ich hatte Dienst im Spital.«

»Aha. Das dachte ich mir.« Der Oberst sah von seiner Tochter zu Mark. »Setzt euch beide. Was ich euch zu sagen habe, braucht Überlegung. Also, setzt euch.«

Rose und Mark gehorchten erstaunt.

»Wenn Sie nach Nunspardon zurückkommen, Mark, werden Sie Ihren Vater in größter Erregung vorfinden. Als Folge einer Auseinandersetzung mit mir. Es steht mir zwar frei, mit Ihnen über die Angelegenheit zu sprechen, doch meiner Meinung nach hat nur er das Recht, Ihnen die ganze Sache zu enthüllen.«

»Zu enthüllen?«

»Eine äußerst unerfreuliche Sache. Sie werden sehen, daß er sich jetzt Ihrer Heirat mit Rose mit allen Kräften widersetzen wird.«

»Das kann ich einfach nicht glauben.«

»Warten Sie nur ab. Vielleicht werden Sie sogar selbst – verzeih mir, Rose, aber man muß auf alles vorbereitet sein – Ihre Meinung über eine Verbindung mit der Familie Cartarette ändern.« Der Oberst zwang sich ein Lächeln ab.

»Ach, mein armer Daddy«, rief Rose, durch die leichte Ironie in seiner Stimme etwas beruhigt. »In was bist du jetzt wieder hineingeraten?«

»In Teufels Küche, mein Liebling.«

Mark war aufgestanden. »Wie dem auch sei, ich kann Ihnen schon jetzt sagen, daß nichts – nicht einmal Mord und Totschlag – mich von Rose abbringen können.«

»Na, na, von Mord und Totschlag ist wirklich nicht die Rede.«

»Um so besser.« Mark wandte sich zu Rose. »Reg dich nicht unnötig auf, mein Schatz. Ich geh' jetzt heim und werde die Sache in Ordnung bringen.«

»Ja, gehen Sie heim«, stimmte der Oberst zu, »und versuchen Sie Ihr Glück.«

Er nahm Mark beim Arm und brachte ihn zur Tür.

»Ich weiß, daß Ihre gute Meinung von mir sehr bald auf eine harte Probe gestellt werden wird, Mark. Doch ich bitte Sie ernstlich, mir zu glauben, daß die mir aufgezwungene Pflicht mir aus tiefster Seele verhaßt ist.«

»Aufgezwungene Pflicht? Ja, aber… na, natürlich. Eines noch, Sir. Wenn mein Vater mit unserer Verlobung einverstanden sein sollte – das Gegenteil erscheint mir gänzlich unvorstellbar –, hätte ich dann von Ihnen Einwendungen zu erwarten? Ich möchte Ihnen schon jetzt sagen, daß solche Einwendungen, gleichgültig von welcher Seite, nicht den geringsten Erfolg haben werden.«

»Wenn's so steht, ist Ihre Frage ja rein akademisch. Und jetzt verlasse ich Sie, damit Sie sich in Ruhe von Rose verabschieden können.« Er streckte Mark die Hand entgegen. »Leben Sie wohl, Mark.«

Als sie allein waren, wandte Mark sich zu Rose, ergriff ihre Hände. »Das ist ja geradezu lächerlich. Was haben die beiden bloß ausgekocht?«

»Ich hab' keine Ahnung, Mark. Aber ich bin überzeugt, daß es etwas sehr Ernstes sein muß. Mein armer Daddy sieht ja schrecklich besorgt aus.«

»Na, es ist jedenfalls zwecklos, eine Diagnose zu stellen, wenn man die Krankengeschichte nicht kennt. Ich gehe jetzt nach Hause, versuche herauszubekommen, was passiert ist, und rufe dich in einer Viertelstunde an. Auf Wiedersehen, mein Schatz.«

Er gab Rose einen etwas hastigen Kuß und verschwand.

Rose saß eine Weile still, wie benommen vom Wissen, daß Mark sie wirklich liebte. So versenkt in ihr Glück, daß das ungewöhnliche Benehmen ihres Vaters sie gar nicht besonders aufregte.

Dann tönte der Gong fürs Dinner, und gleichzeitig schrillte das Telefon. Rose flog an den Apparat. Riß den Hörer ans Ohr.

»Sag mir sofort, daß du mich liebst«, verlangte Mark.

»Ich liebe dich, Mark.«

»Und jetzt schwör mir, bei allem, was dir heilig ist, daß du mich heiraten wirst. Versprich mir's, Rose.«

»Ich verspreche es dir.«

»Dann ist alles gut. Ich bin um neun Uhr bei dir.«

»Weißt du, was eigentlich geschehen ist?«

»Ja. Eine teuflisch verzwickte Sache. Gott schütze dich, mein Liebstes. Also um neun Uhr!«

»Um neun Uhr«, wiederholte Rose und ging, vor Glück ganz benommen, ins Speisezimmer.

2

Um acht Uhr wurde Commander Syce das Opfer seiner allabendlichen Depression. Bei Genehmigung des ersten Kognaks – etwa bei Sonnenuntergang – fühlte er sich beflügelt. Bei Glas Nummer drei hatte sich dieses Gefühl bedeutend gesteigert. Er sah sich in gehobener Stellung, äußerst erfolgreich. Doch nach solchem Höhepunkt brachte jedes darauffolgende Glas wachsende Verdüsterung. Dann war das Bogenschießen sein einziger Trost.

Heute abend war diese Depression schlimmer denn je, und selbst das Bogenschießen lockte ihn nicht. Trotz der Schmerzen im Bein – eine Kriegsverletzung – hinkte er den Abhang wieder hinauf.

Oben saß Schwester Kettle am Wegrand, in trübselige Betrachtung ihres Rades versunken, das umgekehrt auf Sattel und Lenkstange ruhte.

»Hallo, Commander, ich hab' eine Reifenpanne«, stellte sie fest.

»Abend! Wirklich? Das ist aber schlimm«, bellte der Commander.

»Und weil ich mich nicht dazu entschließen kann, das Ding die drei Meilen bis Chyning zu schieben, werd' ich's selber mit einer Reparatur versuchen. Pumpen nützt nichts.«

Sie hatte die Werkzeugtasche geöffnet und besah sich deren Inhalt mit offensichtlichem Zweifel. Syce stand herum und sah ihr zu, wie sie sich mit einem Hebel am Gummireifen zu schaffen machte.

Dann konnte er es nicht länger mitansehen und polterte: »Heiliger Bimbam, damit kommen Sie doch nicht weiter!«

»Ich glaub' Ihnen aufs Wort.«

»Jedenfalls brauchen Sie einen Eimer Wasser, wenn Sie das Loch finden wollen.« Schwester Kettle sah ihn hilflos an. »Also geben Sie's schon her.«

Er packte das Rad, drehte es um, murmelte etwas Unverständliches und schob es den Weg zu seinem Haus hinunter. Die Schwester nahm ihre Werkzeugtasche auf und trottete hinterdrein.

Ohne den geringsten Versuch zu weiterer Unterhaltung schob

der Commander das Rad in seinen Gartenschuppen und begann den Reifen abzunehmen. Schwester Kettle schwang sich auf eine hohe Bank und sah ihm zu. Allerdings nicht schweigend.

»Ich bin Ihnen wirklich sehr dankbar. Heute ging alles drunter und drüber. Im Dorf hab' ich eine Art Epidemie, dazu noch allerhand sonstige Fälle, und jetzt muß mir noch das passieren. So was! Haben Sie aber geschickte Hände. Heut' abend war ich in Nunspardon oben. Lady Lacklander hat was an einer Zehe.«

Commander Syce brummte vor sich hin.

»Wenn Sie mich fragen, kann ich Ihnen sagen, daß dem neuen Baron seine Verpflichtungen nicht viel Spaß machen. Als ich wegging, kam er gerade herein. Sah sehr blaß und nervös aus«, plapperte Schwester Kettle unentwegt. Sie beobachtete den Commander bei seiner Arbeit, schwang ihre kurzen Beine und machte sich ihre eigenen Gedanken: ›Ein wahrer Jammer. Zitternde Hände. Hat die Haut des typischen Alkoholikers. So ein netter Kerl. Ein Jammer!‹

Jetzt war das Loch geflickt, der Reifen wieder angebracht. Als er sich aufrichten wollte, entfuhr ihm ein Schmerzenslaut, er griff mit der Hand nach dem Kreuz und sank wieder in die Knie.

»Ach herrje! Was soll denn das heißen? Am Ende gar ein Hexenschuß?« fragte Schwester Kettle entsetzt.

Doch der Commander fluchte nur leise, biß die Zähne zusammen und beschwor sie, ihn sich selbst zu überlassen.

Jedoch jetzt bewies Schwester Kettle, weshalb jeder im Dorf sie so viel lieber mochte als die so imponierenden modernen Krankenschwestern. Sie war die Zuverlässigkeit selbst, besaß Erfahrung und vor allem Autorität. Den flehenden Bitten des Commanders, ihn in Ruhe zu lassen, gefolgt von einer Reihe kräftiger Flüche, die ihm der Schmerz abgepreßt hatte, schenkte sie keinerlei Beachtung. Sie ließ sich neben ihm auf alle Viere nieder, redete ihm zu und schob ihn zur Bank und hatte ihn schließlich – auf ihren eigenen Rücken gestützt – so weit, daß er wieder halbwegs auf die Beine kam. Dann half sie ihm ins Haus und ließ ihn in seinem ungemütlichen Wohnzimmer vorsichtig auf einen Diwan niedergleiten. Dort lag er, schwitzte vor Schmerz und starrte sie böse an. Schwester Kettle nahm keine Notiz davon. »So«, sagte sie, »und was machen wir jetzt mit Ihnen? Lag da nicht irgendwo im Vorzimmer eine Decke? Einen Augenblick.«

Gleich darauf brachte sie die Decke, deckte ihn zu, ging wieder hinaus und kam mit einem Glas Wasser in der Hand zurück. »Und jetzt schlucken wir erst mal ein paar Aspirin«, entschied sie.

Die schluckte er auch gehorsam. »Bitte, machen Sie sich keine Mühe«, stöhnte er. »Und danke auch schön. Kann's schon alleine schaffen.« Sie sah ihn nur an und ging wieder hinaus.

Dann meinte er, sie sei weggegangen, versuchte sich aufzurichten, wurde von einem neuerlichen Schmerzanfall gepackt und gab den Versuch auf. Jetzt hörte er ihren Schritt aus der Küche, und im nächsten Augenblick erschien Schwester Kettle mit zwei Wärmflaschen im Arm.

»Wärme ist jetzt die beste Kur.«

»Wo haben Sie die denn hergekriegt?«

»Von den Cartarettes gepumpt.«

»Ach du lieber Gott!«

Sie legte ihm die Wärmflaschen gegen den Rücken. »Und Dr. Mark kommt herüber.«

»O du meine Güte!«

»Ja. Er war nämlich bei den Cartarettes. Und wenn ich mich nicht irre, gibt's von dort bald was Interessantes zu hören. Wenn sie nur nicht allesamt so komisch bedrückt ausgesehen hätten«, fügte Schwester Kettle ärgerlich hinzu und begann dem entsetzten Commander die Schuhe auszuziehen. »Ist Ihr Schlafzimmer im ersten Stock oben?«

»Bitte...«

»Wir werden ja sehen, was der Doktor meint, aber ich glaube, daß Sie sich am besten im Zimmer Ihrer Haushälterin niederlassen sollten. Dann braucht's keine Treppenkletterei. Vorausgesetzt natürlich, daß keine Haushälterin anwesend ist«, bestimmte Schwester Kettle lachend. »Vielleicht eine Tasse Tee gefällig?«

»Danke, nein.«

»Denn was Herzhafteres gibt's nicht – außer der Doktor verordnet es.«

Der Commander wurde rot, sah sie dann an und grinste.

»Na also. So gefallen Sie mir!«

»Ich schäm' mich, daß ich Ihnen so viel Mühe machen muß.«

»Hätte ich mich auch schämen müssen, als Sie mir vorhin das Rad richteten, was? Übrigens, hier ist der Doktor.«

Sie lief hinaus und kam gleich darauf mit Mark Lacklander zurück.

Mark sah bedeutend blasser aus als sein Patient und fiel seinen Dankesbeteuerungen ziemlich schroff ins Wort.

»Ist schon gut. Und wenn es Ihnen lieber ist, betrachte ich das als einen Privatbesuch und nicht als ärztliche Visite.«

»Aber, mein Lieber, das meinte ich ja gar nicht. Bin Ihnen nur zu dankbar... ich meinte nur... bei Ihrer Arbeitsüberlastung... vielleicht wär's von selber besser geworden...«

Die Untersuchung dauerte nicht lange. »Wenn der Hexenschuß nicht besser wird, können wir eine etwas energischere Kur anwenden. Und jetzt wird Schwester Kettle Sie zu Bett bringen...«

»Aber... aber...«

»...und Sie morgen wieder besuchen. Und ich auch. Sie brauchen ein paar Medikamente. Ich rufe das Krankenhaus an und lasse sie Ihnen schicken. In Ordnung?«

»Danke vielmals. Danke herzlich. Sie selber sehen auch nicht gerade blendend aus«, bemerkte der Commander zu seinem eigenen Erstaunen. »Verzeihen Sie, daß Sie so hergeschleift wurden.«

»Ist nicht der Rede wert. Wir werden Ihr Bett hier hereinbringen und neben dem Telefon installieren. Wenn Sie was brauchen, rufen Sie ruhig an. Übrigens, Mrs. Cartarette erbot sich...«

»Nein«, brüllte der Commander und wurde puterrot.

»...Ihnen das Essen herüberzuschicken. Aber vielleicht sind Sie morgen schon wieder auf den Beinen. Bis dahin sind Sie bei Schwester Kettle sehr gut aufgehoben. Guten Abend.«

Als Mark gegangen war, meinte Schwester Kettle vergnügt: »Wenn Sie nicht von schönen Damen umringt sein wollen, werden Sie sich mit mir abzufinden haben. Und jetzt wird man sich schön waschen und für die Nacht bereitmachen.«

Eine halbe Stunde später saß der Commander bequem im Bett, wohlversorgt mit einer Tasse warmer Milch und einem Teller belegter Brote, die Nachttischlampe in Reichweite. Schwester Kettle sah schmunzelnd auf ihn hinunter.

»Und jetzt muß geschieden sein. Also schön brav sein, und keine Dummheiten machen.«

»Danke schön. Danke tausendmal«, stammelte Commander Syce verlegen.

Sie war schon an der Tür angelangt, als er ihr plötzlich nachrief: »Ich – ich nehme nicht an, daß Sie das Buch von Aubrey ›Ein kurzes Leben‹ kennen – oder vielleicht doch?«

»Keine Ahnung. Wer war denn der Herr, wenn man fragen darf?«

»Er schrieb unter anderem die kurze Lebensgeschichte eines gewissen Sir Jonas Moore und fängt so an: ›Den Hexenschuß hat er kuriert, indem daß er sich sein Gesäß ausgekocht hat.‹ Offen gestanden, bin ich sehr erleichtert, daß Sie nicht auf diese Kur verfallen sind.«

»Na, aber so was!« Schwester Kettle war begeistert. »Sie entpuppen sich ja wunderbar. Wünsche wohl zu ruhen.«

3

Während der darauffolgenden drei Tage hatte Schwester Kettle bei ihren Rundgängen häufig den Eindruck, daß sich in ihrem Distrikt irgendwie sonderbare Dinge begaben. Bei allen Besuchen hatte sie immer wieder das Gefühl, daß irgend etwas in der Luft lag, daß sich irgend etwas ereignen würde.

Am Mittwoch, als sie Lady Lacklanders Zehe wieder einmal mit heißen Umschlägen behandelte, wurde ihr aus heiterem Himmel die Frage gestellt, ob ihr vielleicht ein Mittel bekannt sei, das ein schlechtes Gewissen kurieren könnte. Das mußte Schwester Kettle jedoch verneinen.

»Für dieses Übel gibt es leider keine Medizin.«

»Natürlich nicht. Wie lange ist es denn eigentlich her, seit Sie uns hier in Swevenings betreuen?«

»Wenn Sie die fünf Jahre im Krankenhaus in Chyning mitzählen, sind's dreißig Jahre.«

»Also fünfundzwanzig Jahre lang Umschläge, Einläufe, Massagen, Verbände, und was es sonst noch gibt«, meinte Lady Lacklander nachdenklich. »Lang genug, um uns alle gründlich kennenzulernen. Denn nichts enthüllt den Charakter eines Menschen gründlicher als Krankheit – und nichts täuscht erfolgreicher als Liebe.«

Schwester Kettle brachte den Umschlag an die richtige Stelle und erkundigte sich: »Wieso verhüllt Liebe den wahren Charakter?«

»Weil Leute, die verliebt sind, sich instinktiv im besten Licht zeigen. Sich gefällige Eigenschaften genauso unbewußt zulegen wie der Fasan sein buntes Gefieder in der Paarungszeit. Und sie entwikkeln ein geradezu geniales Geschick zur Tarnung ihrer weniger anziehenden Eigenschaften. Tun das alles ganz unbewußt, glauben Sie mir's, meine liebe Kettle. Lediglich dem Trieb gehorchend.«

»Wirklich?«

»Na, tun Sie doch nicht so, als wüßten Sie nicht, was ich meine. Denn Sie sind eine der wenigen in Swevenings, die vernünftig denken können. Sie sind natürlich eine Klatschbase, aber ich glaube nicht, daß Sie auch nur im geringsten böswillig sind, hab' ich recht?«

»Gewiß. Wie können Sie nur so etwas von mir denken, Lady Lacklander!«

»Gut, gut. Und jetzt sagen Sie mir, aber ohne Beschönigungen, was Sie von uns halten.«

»Sie meinen doch die Aristokratie, nicht?«

»Sehr richtig. Halten Sie uns für verweichlicht, unfähig, bösartig, veraltet – einen totalen Fremdkörper?«

»Nein. Keineswegs.«

»Einige unter uns sind das aber, glauben Sie mir.«

Schwester Kettle hockte am Boden, hielt Lady Lacklanders Ferse fest in der Hand. »Es handelt sich da mehr um die Idee als um Leute.«

»Kettle, Sie leben ja im sechzehnten Jahrhundert. Und glauben sogar noch an Rang und Stand. Doch Rang ist heutzutage vom Betragen abhängig, merken Sie sich das.«

Als Schwester Kettle nur lachte und sie etwas verständnislos ansah, führte Lady Lacklander weiter aus: »Damit meine ich, daß wir die Verpflichtung haben, uns in den wenigen öffentlichen Stellungen, die wir aus traditionellen Gründen noch beibehalten dürfen, absolut vorbildlich zu benehmen. Gleichgültig, ob man uns für Idioten hält oder nicht, heißt das also, daß man von uns selbstverständlich erwartet, daß wir uns in bestimmten Situationen in ganz bestimmter Art und Weise verhalten. Habe ich recht, Kettle?«

Damit war Schwester Kettle durchaus einverstanden. Als sie die Behandlung beendet und die Zehe nach allen Regeln der Kunst verbunden hatte, meinte Lady Lacklander noch abschließend: »Kurz, Leuten unseres Standes ist alles gestattet – nur eines nicht: würdeloses Benehmen. Das können wir uns nicht leisten. Ich hab' sehr schwere Sorgen, Kettle.« Dann, auf Schwester Kettles fragenden Blick: »Sagen Sie, wird im Dorf über meinen Enkel geklatscht? Ich meine über seine Liebesgeschichte?«

»Na ja, ein bißchen. Wenn's wahr ist, wär's ja herrlich, nicht? Sie ist doch wirklich ein reizendes Mädchen. Und noch dazu eine reiche Erbin.«

»Pah! Das Vermögen bleibt unantastbar. Und Mark kriegt ja keinen Groschen, ehe er nicht den Titel erbt. Aber das ist nicht meine größte Sorge.«

»Was immer es ist, an Ihrer Stelle würde ich mich mit Dr. Mark beraten, Lady Lacklander.«

»Wie Sie wissen, meine gute Kettle, ist mein Enkel bis über die Ohren verliebt. Und sitzt daher – wie ich Ihnen vorhin erklärte – auf dem hohen Roß. Außerdem geht ihn die Sache selber zu sehr an. Nein, diese Angelegenheit muß ich wohl selbst in die Hände nehmen, Kettle. In meine eigenen Hände. Sie kommen doch auf dem Heimweg bei den Cartarettes vorbei, nicht?«

Das bejahte Schwester Kettle.

»Ich habe Oberst Cartarette ein paar Zeilen geschrieben. Sind Sie ein guter Engel und geben den Brief dort ab, ja?«

Dazu war Schwester Kettle gerne bereit und holte den Brief vom Schreibtisch. Im Weggehen hörte sie Lady Lacklander vor sich hinmurmeln:

»Was für ein Jammer, daß mein armer George so ein Esel ist.«

4

Als sie ihn am nächsten Abend sah, mußte Schwester Kettle zugeben, daß der »arme« George bewies, wie berechtigt die Kritik seiner Mutter war. Sie beobachtete ihn nämlich bei einer Partie Golf mit Mrs. Cartarette. George, der angeblich das gefährliche Alter der Lacklander männlichen Geschlechts erreicht hatte, war Kitty Cartarette offenbar in gänzlich kopfloser Anbetung verfallen. Sie hatte ihm irgendwie das Bewußtsein seiner eigenen Unwiderstehlichkeit beigebracht und ihn damit zu ihrem ergebenen Sklaven gemacht. Doch die Beweise ihrer Anerkennung waren stets sparsam bemessen, und der Lohn seiner Anbetung wurde ihm in homöopathischen Dosen verabreicht. Auch jetzt, beim Golfunterricht, tat sie, als merkte sie nicht, daß sein Interesse für ihr Spiel alles andere als sportlicher Natur war.

In der Kühle des Abends stapfte Lady Lacklander den Flußpfad entlang. Ein Diener folgte ihr, der ihre Malutensilien trug, zu denen neben dem obligaten Klappstühlchen auch ein Jagd-Sitzstuhl gehörte, der wie ein hoher Spazierstock mit Doppelgriff und besonders langer Stahlzwinge aussah. Vom Flußpfad aus beobachtete sie ihren Sohn und seine Schülerin und dachte sich ihren Teil. ›Ob wohl George auf die Idee gekommen war, daß sich hier für ihn Gelegenheit zu einer indirekten Attacke auf Maurice Cartarette bot? Ach wo, dazu ist der arme Kerl ja viel zu blöd.‹

Die beiden Golfer verschwanden jetzt hinter dem Hügelkamm, und Lady Lacklander stapfte schweren Herzens weiter. Ihrer geschwollenen Zehe wegen trug sie ein Paar enorme Jagdstiefel ihres verstorbenen Mannes und statt eines Hutes einen verbeulten Tropenhelm geradezu sagenhaften Alters.

An der Bottom-Brücke wandten sie und der Diener sich nach links, hielten dann vor einer Erlengruppe mit dem Blick auf die nahe Flußbiegung. Malutensilien, der Klappstuhl und der Jagdstock, auf dem Lady Lacklanders erhebliches Gewicht willkommene Stütze fand, wurden richtig placiert, worauf der Diener verschwand.

Als Lady Lacklander sich dort auf der Wiese am linken Ufer,

unterhalb der Bottom-Brücke, auf ihrem Klappstuhl niederließ, war es genau sechs Uhr dreißig.

Um sieben Uhr machte sich Mr. Danberry-Phinn, beladen mit seinen Angelgeräten, auf den Abstieg vom Watt Hill. Doch schon vor der Bottom-Brücke wandte er sich nach links, zum Oberlauf des Chyne.

Um sieben Uhr ging Dr. Mark Lacklander nach einem Patientenbesuch im Dorf die Watt Lane entlang. Er trug seine Instrumententasche für einen späteren Besuch beim Gärtnerkind sowie Tennisschläger und Schuhe, weil er auf ein Spiel mit Rose Cartarette hoffte und daneben eine ernste Unterredung mit ihrem Vater vorhatte.

Um sieben Uhr bog Schwester Kettle, die Lady Lacklanders Botschaft bei den Cartarettes abgeliefert hatte, in den Weg ein, der zu Commander Syces Haus führte, und radelte im Freilauf bis zu seiner Haustür.

Ebenfalls um sieben Uhr machte Sir George Lacklander sich die günstige Position im Schutz einer Baumgruppe zunutze und schloß Mrs. Cartarette energisch, leidenschaftlich und mit sehr gewissen Absichten in die Arme.

Um diese gleiche Stunde schien es, als hätte die Gesamtheit aller Wünsche, aller Leidenschaften und Ängste, die sich seit Sir Harolds Tod gleichsam geballt hatten, plötzlich irgendeinen emotionellen Impuls erhalten und stürzte nun wie ein entfesselter Bergstrom ihrem unausweichlichen Schicksal entgegen.

In Hammer saßen Rose und ihr Vater einander gegenüber und sahen sich fassungslos an.

»Wann hat Mark dir davon erzählt?« fragte der Oberst.

»Am selben Abend noch... nachdem du uns in der Bibliothek fandest. Er ging nach Nunspardon zurück, wo ihm sein Vater alles erzählte, und kam dann gleich wieder hierher. Es hätte gar keinen Sinn gehabt, wenn Mark mir die Sache verheimlicht hätte. Denn erstaunlicherweise weiß jeder von uns immer ganz genau, was der andere sich denkt.«

Der Oberst stützte den Kopf in die Hand, murmelte nur: »Mein armer Liebling.«

»Daddy, du weißt doch, daß Mark im Prinzip absolut auf deiner

Seite steht, nicht? Weil – weil in solchen Fällen Tatsachen immer klargelegt werden müssen. Ich meine, vom wissenschaftlichen Standpunkt aus gesehen.«

Der Oberst verzog den Mund ein wenig, sagte nichts.

»Damit bin ich auch vollständig einverstanden«, fuhr Rose fort, »vorausgesetzt, daß andere Punkte ebenso klarliegen.«

»Aha!«

»Aber das sind sie ja nicht – nicht im entferntesten. Wenn man hier menschliche Gefühle in Betracht zieht, steht doch alles kopf! Mark erzählte mir, daß seine Großmutter über diese Dinge so verzweifelt ist, daß er jeden Augenblick einen Herzanfall erwartet.«

»Sie hat mir ein paar Zeilen geschrieben. Will, daß ich um acht Uhr zu ihr auf die Wiese hinunterkomme. Sehr ungelegen, doch das läßt sich nicht ändern. Ich werde mir eben das Dinner schenken und ein bißchen angeln gehen. Laß mir bitte das Abendessen beiseite stellen und entschuldige mich bei Kitty.«

»O. k.« Diese Bemerkung sollte leichthin klingen, tat es aber nicht. »Übrigens weißt du noch nichts von der Sache mit Marks Vater.«

»Mit George?«

»Jawohl, mit George. Daß er keine Leuchte ist, wissen wir, aber schließlich ist er Marks Vater, und jetzt schlägt er derartig Krach, daß …«

Roses Lippen zitterten, sie warf sich in die Arme ihres Vaters und weinte bitterlich. »Warum soll ausgerechnet ich die Heldin spielen, wenn ich's doch gar nicht bin, Daddy? Jetzt, wo wir uns gerade erst verlobt haben, muß uns das passieren! Daß wir ihnen so etwas Schreckliches antun müssen! Mark behauptet zwar, daß sie nachgeben müssen und daß das Ganze mit uns nichts zu tun hat. Aber das hat es ja doch. Wie kann ich ihn heiraten, wenn ich weiß, wie seine Familie über dich denkt? Wenn ich dich doch lieber hab' als irgend jemandem auf der weiten Welt – ausgenommen Mark. Und jetzt droht ihm sein Vater, sein eigener Vater, daß er es ihm nie verzeihen wird, wenn er mich heiratet.«

»Mein armes Kleines, mein armes kleines Mädchen«, versuchte der Oberst sie zu trösten und versetzte seiner in Tränen aufgelösten Tochter ein paar ungewollt kräftige Klapse auf den Rücken.

»Jetzt steht nicht nur unser Glück, sondern die Ruhe von uns allen auf dem Spiel«, jammerte Rose verzweifelt.

Ihr Vater trocknete ihre Tränen mit seinem Taschentuch, küßte sie und schob sie weg. Ging dann ans Fenster und sah erst zur Bottom-Brücke und dann zu den Dächern von Nunspardon hinauf. Auf dem Golfplatz war niemand mehr zu sehen.

»Du weißt, Rose, daß ich hier nicht der einzig Verantwortliche bin«, sagte er mit ganz veränderter Stimme. »Es gibt noch eine letzte Instanz, von der meine Entscheidung abhängt. Mach dir nicht zuviel Hoffnung, mein Herz, doch wir haben noch eine winzige Chance. Ich überlege mir die Sache noch, ehe ich mit Lady Lacklander spreche – denn das muß ich ja tun. Jede weitere Verzögerung ist nutzlos. Ich gehe jetzt.«

Er ging zum Schreibtisch, schloß eine Schublade auf und nahm einen großen Briefumschlag heraus.

»Weiß es Kitty?«

»O ja. Die weiß davon.«

»Hast du ihr's denn erzählt, Daddy?«

Der Oberst war schon an der Tür. Er sprach vielleicht ein wenig zu leichthin, um wirklich überzeugend zu klingen. »O nein. Nicht die Spur. Doch sie hatte sich mit George zu einer Runde Golf verabredet, und ich kann mir gut vorstellen, daß er sich diese Gelegenheit nicht entgehen ließ. Unser George ist ja eine unglaubliche Klatschbase.«

»Sie spielten eben wieder miteinander, nicht?«

»So? Gut möglich. Ich glaube, er holte sie hier ab. Ganz gut für sie, ein bißchen von hier wegzukommen.«

»Und ob«, stimmte Rose ihm bei.

Ihr Vater machte sich auf den Weg zu einem Besuch bei Mr. Octavius Danberry-Phinn. Er nahm seine Angelgeräte mit, denn er wollte gleich nach seinem Zusammentreffen mit Lady Lacklander – zur Nervenberuhigung – ein wenig angeln gehen. Mit ihm kam auch sein Wachtelhund Skip, der sich immer von seiner besten Seite und wohldressiert zeigte, wenn er seinen Herrn zum Angeln begleiten durfte.

5

Lady Lacklander sah auf ihre diamantenbesetzte Uhr, die sie auf ihrem majestätischen Busen angesteckt trug, und konstatierte, daß es sieben Uhr war. Und auch, daß das Malen sie, wie immer, etwas ruhiger gemacht hatte.

Als die Skizze schon am Trocknen war, erhob sie sich von ihrem Klappstuhl, ging zu einer kleinen Erhöhung, setzte sich auf ihren Jagdstock und betrachtete ihr Werk aus der Entfernung. Unter ihrem beträchtlichen Gewicht sank der Jagdstock so tief in den weichen Wiesenboden, daß selbst die Metallscheibe über der Stockzwinge tief in die Erde gepreßt wurde. Als sie zu ihrer Staffelei zurückging, ließ sie den Jagdstock einfach stehen, der, aufrecht aus dem Boden ragend, aus der Entfernung wie ein etwas ungewöhnliches Gewächs aussah, welches von dem weitsichtigen Mr. Phinn auch sofort bemerkt wurde, als er sich in Begleitung seiner Thomasine Twitchett zur Bottom-Brücke begab. Er hielt sich ans rechte Ufer und begann seine Angel an einer Stelle auszuwerfen, die vom »Alten« häufig aufgesucht wurde. Lady Lacklanders scharfe Ohren hörten das Schwirren der abrollenden Angelschnur, und sie schloß daraus sogleich, wer und wo der Angler war. Zur selben Stunde fand Oberst Cartarette im Jacos Cottage, auf dem Kamm des Watt Hill, niemand daheim vor, außer sieben Katzen. Er ging erst noch einmal ums Haus, sah dann ins Tal hinunter und erspähte sowohl Lady Lacklander als auch Mr. Phinn, beide so klein wie die Figürchen auf Schwester Kettles Phantasiekarte. Eines hockte auf einem Klappstuhl, und das zweite bewegte sich langsam bei der Bottom-Brücke.

›Ich habe sicher noch Zeit, mit ihm zu sprechen, bevor ich sie treffe‹, dachte der Oberst. ›Doch auf jeden Fall lass' ich das lieber hier bei ihm.‹ Er warf den länglichen Briefumschlag in Mr. Phinns Postkasten und machte sich sorgenvoll auf den Weg ins Tal hinunter. Sein Wachtelhund folgte ihm dicht auf den Fersen.

In Uplands blickte Schwester Kettle einen Augenblick lang durchs Wohnzimmerfenster und sah gerade noch, wie Oberst Cartarette in dem Gehölz unterhalb Commander Syces Haus verschwand. Nach einem abschließenden Trommeln auf des Commanders Rückenmuskeln bemerkte sie: »Sieh an! Da geht der Oberst zum abendlichen Fischfang hinunter. So, das genügt für heute. Und mir scheint, daß ich Sie bald überhaupt lossein werde, mein Herr.«

»Natürlich. Natürlich kann ich Sie nicht länger in Anspruch nehmen«, stammelte der Commander verlegen.

Schwester Kettle schien seine Bemerkung gar nicht zu hören und verschwand, um sich die Hände zu waschen. Als sie wieder erschien, saß der Commander aufrecht auf dem Rand seines improvisierten Lagers. In Sporthosen und Hemd samt buntem Halstuch unterm Morgenrock.

»Das lob' ich mir! Und ganz auf eigene Faust. Gratuliere.«

»Und jetzt machen Sie mir bitte das Vergnügen, Ihnen einen Drink anbieten zu dürfen.«

»Was? Im Dienst?«

»Sind Sie denn jetzt nicht dienstfrei?«

»Also schön, dann nehme ich dankend an. Hoffentlich soll das nicht heißen, daß Sie sich, wenn ich verschwunden bin, noch ein halbes Dutzend hinter die Binde gießen werden, wie?«

Der Commander wurde rot und murmelte, daß ein armer Teufel wie er ohnehin nichts anderes zu tun hätte.

»Na, dann suchen Sie sich eben was zu tun! Hat man da Worte!«

Die beiden tranken ein Glas zusammen – genau, als wären sie alte Kameraden. Dann holte der Commander, auf einen Stock gestützt und noch immer etwas gebückt, ein Album mit Fotos herbei, die noch aus seiner Dienstzeit bei der Marine stammten. Schwester Kettle liebte Fotos, und beim Umwenden der Seiten entdeckte sie sogar ein sehr kühn hingeworfenes Aquarell einer Korvette und auch eine Menükarte mit kleinen, amüsanten Karikaturen am Rand. Sie war begeistert, sah jedoch Schrecken und etwas Trotz auf des Commanders Gesicht und rief: »Haben Sie die etwa selbst gemacht? Sie sind ja ein wahrer Künstler!«

Ohne zu antworten, brachte er eine kleine Mappe zum Vorschein und drückte sie ihr stumm in die Hände. Die enthielt eine ganze Sammlung von Skizzen. Obgleich Schwester Kettle von Bildern nichts verstand, besaß sie Urteilsfähigkeit und Geschmack.

Sie wußte sogleich, daß diese Arbeiten ihr gefielen, und machte aus ihrer Bewunderung kein Hehl. Beim Schließen der Mappe bemerkte sie eine Skizze, die umgekehrt gelegen hatte, und wandte das Blatt um. Die Skizze einer Frau, die auf einem Diwan lag und eine Zigarette rauchte, die in einer langen Zigarettenspitze aus Jade steckte. Im Hintergrund sah man Ranken tropischer Blüten.

»Ist das die Möglichkeit? Das ist doch Mrs. Cartarette!«

Der Commander machte Miene, ihr die Skizze zu entreißen, besann sich aber und sagte rasch: »Bei irgendeiner Gesellschaft. Traf sie im Fernen Osten. Auf Landurlaub. Vergaß ganz, daß ich das Ding noch hatte.«

»Das war vor ihrer Heirat, nicht?« Eine simple Feststellung. Sie schloß die Mappe und erklärte: »Wissen Sie, ich glaube, Sie wären der Richtige, der meine Landkarte von Swevenings machen könnte.« Dann erzählte sie ihm, daß sie sich eine solche Landkarte schon immer gewünscht hätte. Als sie aufstand, um ihre verschiedenen Besitztümer einzupacken, erhob der Commander sich ebenfalls, allerdings mit einem unterdrückten Schmerzenslaut.

»Wie ich sehe, habe ich meinen Patienten doch noch nicht ganz kuriert. Paßt's Ihnen morgen, zur selben Zeit?«

»Selbstverständlich. Danke schön. Danke tausendmal.« Er lächelte sogar – ein sehr seltenes, etwas trauriges Lächeln – und sah ihr zu, wie sie den Pfad zum Gehölz hinunterging. Es war gerade ein Viertel vor neun.

6

Schwester Kettle hatte ihr Rad im Dorf gelassen, weil sie den Abend im Frauenverein verbringen wollte, und ging daher den Flußpfad entlang. Über dem Chyne-Tal lag abendliches Dunkel, und beim Abwärtsgehen erschienen ihre eigenen Schritte auf dem sonnenverbrannten Rasen ihr ungewöhnlich laut. Einmal blieb sie stehen, neigte den Kopf und lauschte. Von hinten – von Uplands her – kam das jetzt schon gewohnte Schwirren, gefolgt von einem scharfen Aufprall. Schwester Kettle lächelte vor sich hin und stapfte weiter. Nur ein einziger, flüchtiger und sehr ländlicher

Laut störte die jetzt fast nächtliche Stille. Schwester Kettle hörte das kühle Rauschen des Baches.

Sie ging nicht über die Bottom-Brücke, sondern einen unebenen Pfad am rechten Ufer des Chyne entlang, an Erlen und dann an einer Weidengruppe vorbei. Diese zweite Baumgruppe breitete sich in sichelförmiger Masse vom Bachufer zur Bottom-Wiese und ragte jetzt im Dunkel undeutlich vor ihr auf. Es roch nach Weidenlaub und feuchter Erde. Wie das so geht, wenn man ganz allein ist, hatte sie das Gefühl, als beobachtete sie jemand. Doch als nicht sehr phantasiereicher Mensch schüttelte Schwester Kettle solche Einbildung rasch ab.

Ihr fiel nur auf, wieviel kühler es plötzlich geworden war.

Dann kam ein Jammerlaut, herzzerreißend. Ertönte aus dem Dunkel hinter den Weiden, hing zitternd in der nächtlichen Stille. Eine Drossel schwirrte aus dem Gebüsch dicht an ihrem Gesicht vorbei, und das Jammern brach ab, wurde zum Winseln. Das trostlose Heulen eines Hundes.

Sie drängte sich durchs Dickicht, gelangte an eine offene Stelle am Bachufer und fand Oberst Cartarette, der dort tot auf dem Rasen lag. Dicht neben der Leiche jammerte sein Wachtelhund Skip seine Totenklage in die Nacht.

VIERTES KAPITEL

1

Schwester Kettle war der Tod längst nicht mehr fremd. Sie wußte auch ohne Skips jammernde Klage, daß aus dieser gekrümmten Gestalt, die dort, den Kopf in ein Büschel hohes Gras gebettet, lag, alles Leben entflohen war. Sie kniete im Gras, fuhr mit der Hand in die Tweedjacke und unters Seidenhemd. ›Schon im Erkalten‹, stellte sie fest. Ein Tweedhut, Fischfliegen ins Hutband gesteckt, deckte das Gesicht des Toten. So, als hätte ihn jemand dort versehentlich fallen lassen. Sie hob ihn auf und stand unbeweglich.

Ihm war die Schläfe mit solcher Kraft eingeschlagen worden, als sei sein Schädel unter einen Schmiedehammer geraten. Der Wachtelhund warf den Kopf zurück und heulte laut.

»Ach, um Gottes willen, sei doch still«, stöhnte Schwester Kettle. Sie legte den Hut wieder auf des Toten Gesicht, stand auf und fuhr mit dem Kopf gegen einen Ast. Vögel, die nachts in den Weiden hockten, rührten sich wieder, und ein paar flogen mit lautem Schwirren auf. Der Chyne gurgelte und plätscherte, und irgendwo aus den Wäldern um Nunspardon kam der Ruf einer Eule. ›Das ist Mord‹, dachte Schwester Kettle, ›man hat ihn ermordet.‹

Ihr gingen alle Regeln der Polizei durch den Kopf, die sie aus Detektivromanen kannte: Vor allem, den Toten nicht berühren. Was sie aber getan hatte. Dann sogleich nach der Polizei schicken. Doch sie hatte niemanden, den sie schicken konnte. Den Toten nicht unbewacht lassen. Doch wenn sie Oliphant, den Dorfpolizisten, anrufen oder holen wollte, mußte sie das tun. Und dann würde der Wachtelhund wieder heulen. Es war jetzt fast ganz dunkel geworden, und der Mond war noch nicht aufgegangen. Trotzdem sah sie neben des Toten ausgestreckten Händen einen glitzernden Fischleib im Gras liegen und daneben eine Messerklinge. Seine Angelrute lag dicht am Uferrand, ein paar Schritte von der Leiche. Alles Dinge, die nicht angerührt werden durften. Plötzlich mußte Schwester Kettle an Commander Syce denken und wünschte sich aus Herzensgrund, ihn jetzt an ihrer Seite zu haben. Ein Wunsch, der sie selbst so erstaunte, daß sie ihre Gedanken raschest von Commander Syce auf Dr. Lacklander umschaltete. ›Ja, den muß ich jetzt finden‹, entschloß sie sich.

Sie streichelte Skip. Der winselte und scharrte mit den Pfoten an ihrem Knie. »Heul nicht, mein Armer. Ja, du bist der gute treue Skip. Aber bitte heul nicht«, bat Schwester Kettle mit zitternder Stimme, nahm ihre Tasche auf und wandte sich weg.

Auf dem Weg durch die Weidengruppe dachte sie zum erstenmal daran, wer wohl Oberst Cartarette, der jetzt wie eine zerbrochene Wachspuppe dort am Flußufer lag, ums Leben gebracht hatte. Ob der Täter noch in der Nähe lauerte? Die drei Häuser am Watt Hill waren hell erleuchtet. Schwester Kettle schien es, als seien sie meilenweit weg.

Sie lief über die Bottom-Brücke, erinnerte sich, daß sie ja ihre Taschenlampe im Handkoffer hatte. Sie nahm die Lampe heraus, fand den schmalen Fußweg, der zum Schloß Nunspardon hinaufführte, und war bald in den Gärten und am Tor des imposanten Herrenhauses.

Sie kannte den Diener, der ihr die Tür öffnete. »Ja, ich bin wieder hier, Williams. Ist der Herr Doktor daheim?«

»Er kam vor etwa einer Stunde heim, Schwester.«

»Ich muß ihn gleich sprechen. Etwas sehr Dringendes, Williams.«

»Die Herrschaft ist in der Bibliothek, Schwester. Ich muß mal nachfragen...«

»Machen Sie sich keine Mühe. Oder doch – fragen Sie nach. Aber ich folge Ihnen auf den Fersen. Sagen Sie dem Herrn Doktor, daß er herauskommen soll. Ich muß mit ihm sprechen.«

Der Diener sah sie zweifelnd an, doch dann ging er quer durch die riesige Halle, öffnete die Tür zur Bibliothek, und Schwester Kettle hörte ihn sagen: »Schwester Kettle wünscht Herrn Dr. Lacklander zu sprechen, Mylady.«

»Mich?« fragte Mark. »Lieber Gott! Na schön, ich komme.«

»Bringen Sie sie herein, Williams«, befahl Lady Lacklander. »Sprich hier drin mit ihr, Mark. Ich will Schwester Kettle selber sehen.« Als sie das hörte, ging sie, ohne auf den Diener zu warten, rasch in die Bibliothek hinein. Die drei Lacklanders blickten zur Tür. Mark und George sprangen auf. Mark sah Schwester Kettle forschend an und kam auf sie zu. Lady Lacklander rief laut: »Kettle, was ist Ihnen denn passiert?«

Schwester Kettle begrüßte alle, blieb, die Hände auf dem Rükken verschränkt, stehen, sah Mark in die Augen. »Kann ich mit Ihnen allein sprechen, Sir? Ein Unfall.«

»Schön, Schwester. Wer?«

»Oberst Cartarette, Sir.«

Der fragende Ausdruck auf allen drei Gesichtern schien jetzt wie angefroren, als hätten sie sich plötzlich Masken vorgebunden.

»Was für ein Unfall?« fragte Mark.

Er stand, den Rücken zu den anderen gewandt. Ihre Lippen formten das Wort »tot«.

»Kommen Sie mit hinaus«, murmelte Mark und ergriff ihren Arm.

»Auf keinen Fall«, erklärte seine Großmutter dezidiert, stemmte sich in ihrem Stuhl hoch und kam auf die beiden zu. »Ich sage, auf keinen Fall. Was ist Maurice Cartarette geschehen? Es hat keinen Sinn, Dinge vor mir zu verbergen, denn von uns allen hier im Haus bin ich wahrscheinlich die einzige, die solchen Situationen gewachsen ist. Also raus damit, was ist Maurice passiert?«

Mark hielt Schwester Kettle immer noch fest am Arm.

»Nun gut, Gar. Schwester Kettle wird's uns erzählen.«

»Dann fangen Sie an. Und wenn's so schlimm ist, wie Sie aussehen, Kettle, dann setzen wir uns lieber alle nieder.«

Mark schob Schwester Kettle einen Stuhl hin. Sie war dankbar, denn sie merkte jetzt, wie ihr die Knie zitterten.

»Nun reden Sie schon«, drängte Lady Lacklander. »Er ist tot, hab' ich recht, Kettle?«

»Ja.«

»Wo?« fragte Sir George. Schwester Kettle sagte es ihm.

»Wann fanden Sie ihn?«

»Ich kam direkt hierher.«

»Aber warum zu uns, Kettle?« wunderte sich Lady Lacklander. »Und nicht nach Uplands?«

»Ich muß Kitty darauf vorbereiten«, erklärte Sir George.

»Ich muß sofort zu Rose«, sagte Mark gleichzeitig.

»Kettle, Sie gebrauchten das Wort ›Unfall‹. Was für ein Unfall?«

»Er ist ermordet worden, Lady Lacklander.«

Als niemand ein Wort sprach, fügte sie hinzu: »Deshalb meinte ich, daß ich erst Ihnen davon zu berichten hätte.«

»Wollen Sie damit sagen, daß er in meiner Wiese, in der Bottom-Wiese ermordet liegt?« rief Sir George.

»Jawohl, Sir George. Das will ich damit sagen.«

»Was für Verletzungen?« fragte Mark.

»Am Kopf.«

»Sind Sie ganz sicher, daß er...«

»Ganz sicher.«

Mark sah seinen Vater an. »Wir müssen den Polizeidirektor anrufen, Vater. Bitte, tu's gleich. Ich gehe mit Schwester Kettle hinunter. Einer von uns muß hierbleiben, bis die Polizei kommt. Wenn du den Chef selbst nicht erreichen kannst, dann ruf Wachtmeister Oliphant in Chyning an, ja?«

Sir George strich sich den Schnurrbart, sah seinen Sohn beleidigt an. »Eigentlich dürftest du mir zutrauen, daß ich meine Verantwortung kenne.«

Seine Mutter warf ihm einen Blick zu. »Sei kein Idiot, George. Der Junge hat vollkommen recht.« Ihr Sohn wurde krebsrot und ging zum Telefon. »So, und was tun wir jetzt wegen dieser... wegen seiner Frau?«

»Gar«, begann Mark, doch seine Großmutter hob ihre diamantenglitzernde Hand.

»Ja, ja. Selbstverständlich willst du Rose selber darauf vorbereiten, Mark. Aber ich meine, daß es besser wäre, wenn ich erst mit den beiden rede. Ich bleibe dann dort, bis du kommst. Laß den Wagen kommen.«

Mark drückte auf den Klingelknopf. »Ihr braucht nicht auf mich zu warten«, bestimmte Lady Lacklander. »Nimm nur Schwester Kettle mit dir.« Dann besann sie sich und sagte: »Kettle, wir sind Ihnen verbunden, und wir wollen nicht einfach über Sie verfügen. Was ist Ihnen lieber: mit mir zu kommen – oder mit meinem Enkel zur Wiese hinunterzugehen? Was halten Sie für richtig?«

»Zu gütig, Lady Lacklander«, bedankte sich Schwester Kettle. »Ich glaube, daß ich mit dem Doktor gehen sollte, denn da ich den Toten fand, dürfte man eine Aussage von mir verlangen.«

Mark und sie waren schon an der Tür, als Lady Lacklander ihnen mit etwas zittriger Stimme nachrief: »Und da ich wahrscheinlich der letzte Mensch bin, mit dem Maurice vor seinem Tod sprach, gilt das sicher auch für mich.«

2

Die jetzt im Wohnzimmer der Cartarettes Versammelten waren unleugbar eine etwas gemischte Gesellschaft, nämlich Kitty Cartarette, Mark Lacklander und Schwester Kettle. Lady Lacklander hatte sich mit Rose in Oberst Cartarettes Arbeitszimmer zurückgezogen. In ihrem großen altmodischen Wagen war sie als erste in der Hammer Farm angelangt, während Mark und Schwester Kettle unten im Tal auf die Polizei warteten und George mit der Polizeistation in Chyning telefonierte.

Deshalb war es Lady Lacklander anheimgefallen, Kitty von dem Vorgefallenen zu unterrichten, die sie in schwarzen Samthosen und knallrotem Jäckchen im Wohnzimmer empfing. Im Lauf ihrer langjährigen Erfahrung als Botschaftersgattin in Übersee war Lady Lacklander so ziemlich jede Art exzentrischer Auswüchse an weiblicher Kleidung untergekommen, und die von gewissen Damen im Fernen Osten angewandte Raubtier-Technik war ihr wohlbekannt. Obwohl sie sehr genau wußte, was sie von Kitty Cartarette zu halten hatte, war sie, wie immer, auch jetzt bereit, gute Eigenschaften anzuerkennen, falls Kitty auch nur die Spur solcher Eigenschaften besaß.

Ihr Ton war daher freundschaftlich, als sie ihr eröffnete: »Meine Liebe, ich muß Ihnen leider eine schlimme Nachricht bringen.« Als sie merkte, wie erschrocken Kitty aussah, dachte sie im stillen: ›Aha, die glaubt jetzt, daß ich sie wegen George vornehmen will.‹

»Eine schlimme Nachricht? Was kann das denn sein?«

»Es handelt sich um Maurice.« Nach kurzer Pause: »Leider Gottes, die allerschlimmste Nachricht. Er ist tot.«

Kitty starrte sie nur an. »Tot? Das glaube ich nicht. Wie kann das möglich sein? Er fischte doch dort unten und ist vielleicht nachher noch ins Wirtshaus gegangen.« Ihre Hände mit den langen, blutroten Nägeln begannen zu zittern. »Wie kann er denn tot sein?« wiederholte sie stammelnd.

Lady Lacklander wurde jetzt etwas deutlicher, und Kitty brach in heiseres, ersticktes Schluchzen aus, rang die Hände und wandte das Gesicht ab. Sie begann im Zimmer auf und ab zu gehen – auch jetzt noch hüftenschwingend, wie Lady Lacklander bemerkte – blieb dann vor einem Likörtischchen stehen und goß sich mit zitternden Händen einen Drink ein.

»Glänzende Idee«, meinte Lady Lacklander, als der Flaschenhals gegen das Glas klirrte, worauf Kitty ihr verlegen einen Drink anbot, den sie mit äußerster Höflichkeit ablehnte. Dabei dachte sie: ›Die Frau ist unmöglich. Was mach' ich bloß, wenn George sie heiraten will?‹

In diesem Augenblick kamen Mark und Schwester Kettle an den hohen Fenstern vorbei, und Lady Lacklander gab ihnen ein Zeichen mit der Hand. »Hier kommt mein Enkel mit Schwester Kettle. Dürfen sie hereinkommen? Das wäre vielleicht ganz gut.«

»Ja, bitte. Wenn's Ihnen recht ist«, stimmte Kitty etwas unsicher zu. Lady Lacklander ließ die beiden herein.

»Wachtmeister Oliphant ist schon dort«, flüsterte Mark. »Sie werden Scotland Yard anrufen. Weiß Rose...?«

»Noch nicht. Sie ist irgendwo im Garten.«

Mark sprach jetzt mit ruhiger Autorität auf Kitty ein, setzte sie in einen Lehnsessel, und Schwester Kettle nahm ihr das geleerte Glas aus der Hand. Aus der Vorhalle kam das Singen einer zarten Mädchenstimme. Mark wandte rasch den Kopf.

»Ich gehe jetzt«, sagte seine Großmutter, »und wenn sie nach dir verlangt, hol' ich dich.«

Mit ein paar raschen Schritten, die man weder ihrem Umfang noch ihrem Alter zugetraut hätte, war sie schon in der Vorhalle. Das Singen verstummte, und die Tür fiel hinter Lady Lacklander ins Schloß.

Kitty Cartarette hatte sich inzwischen etwas beruhigt. »Ich kann's immer noch nicht glauben«, beteuerte sie. Sie sah Mark an. »Ist es wahr, daß jemand... daß jemand ihn...?«

»Leider sieht es sehr danach aus.«

»Ach ja«, murmelte sie verwirrt, »ich vergaß, daß sie ihn gesehen haben, und Sie sind ja Arzt.« Sie fuhr sich mit dem Handrükken über die zitternden Lippen und schmierte sich dabei den Lippenstift quer über die Wange. Es war bezeichnend für ihre Verfassung, daß sie das gar nicht bemerkte. Plötzlich fragte sie: »Wo ist George?«

»Sie meinen wohl meinen Vater?« fragte Mark sehr steif.

»Ach ja. Natürlich. Ich vergaß das ganz. Entschuldigen Sie.«

»Er hatte ein paar dringende Angelegenheiten zu erledigen. Die Polizei mußte doch sofort verständigt werden. Dann kommt er wahrscheinlich gleich hierher.«

»Ja. Das glaub' ich auch.«

Schwester Kettle sah, wie Mark die Lippen fest aufeinanderpreßte. Im gleichen Moment kam George herein, und die Stimmung der Anwesenden wurde noch wesentlich gespannter.

Schwester Kettle bewies wieder einmal ihre Gabe, sich im geeigneten Augenblick davonzumachen. Sie ging durch eine der offenen Flügeltüren, schloß sie hinter sich und setzte sich draußen auf einen Gartenstuhl. Mark blieb standhaft, obwohl er ihr nur allzu gern gefolgt wäre. Sein Vater, elegant, ganz der Kavalier, ging sogleich auf Kitty zu. Sie streckte ihm die Linke entgegen, er ergriff sie und küßte sie galant.

»Meine werteste Kitty«, rief Sir George mit dem gewissen Ton in der Stimme, der sich für solche Gelegenheit schickte, »darf ich Ihnen mein tiefgefühltes Beileid aussprechen. Was läßt sich hier sagen? Mir fehlen die Worte.«

Doch damit hatte er offenbar schon bedeutend mehr gesagt als die anderen, um Kittys Schmerz zu lindern, der sich auch sogleich in weitaus anziehenderer Form präsentierte. Sie sah ihm tief in die Augen, und er setzte sich neben sie, begann ihre Hand zu streicheln, bemerkte seinen Sohn und erklärte: »Ich muß nachher ein paar Worte mit dir reden, mein Junge.«

Mark wollte sich gerade auf die Terrasse zurückziehen, als die Tür aufging und seine Großmutter hereinsah. Er ging rasch in die Vorhalle, und im nächsten Augenblick war er in Oberst Cartarettes Arbeitszimmer und hielt die weinende Rose in seinen Armen.

»Kümmert euch nicht um mich«, sagte Lady Lacklander zu den beiden. »Ich will nur Scotland Yard anrufen. Dein Vater sagte mir eben, Mark, daß man Leute von dort beiziehen würde, und ich werde jetzt verlangen, daß sie uns Helena Alleyns Jungen herschicken.«

Mark, der Rose an sich gedrückt hielt, hob den Kopf. »Meinst du etwa Oberinspektor Alleyn, Gar?«

»Sein Rang ist mir ganz egal. Ich erinnere mich nur, daß er vor fünfundzwanzig Jahren, ehe er das Außenamt verließ, um Polizist zu werden, ein sehr netter Bursche war. Zentrale? Hier spricht Lady Hermione Lacklander. Geben Sie mir bitte Scotland Yard in London. Der Anruf ist dringend, es handelt sich um einen Mord... Ganz recht. Ich wäre dankbar, wenn Sie mich sofort verbinden könnten... Danke.« Sie sah zu Mark hinüber. »Bei solchen Gelegenheiten habe ich's immer lieber mit einem wirklichen Herrn zu tun.«

Mark hatte Rose zu einem Lehnstuhl geführt, kniete neben ihr am Boden und trocknete ihre Tränen.

»Hallo!« rief Lady Lacklander nach unglaublich kurzer Zeit. »Scotland Yard? Hier ist Lady Hermione Lacklander. Ich möchte Mr. Roderick Alleyn sprechen. Falls er nicht im Hause sein sollte, können Sie sicher feststellen, wo er zu erreichen ist... Seinen Rang weiß ich nicht.« Dann sprach sie weiter, die Stimme kühl, selbstsicher, aristokratisch. Mark tupfte indes seiner Rose immer wieder die Augen. Im Wohnzimmer erging sich sein Vater in etwas wirren Trostworten, auf die Kitty mit schwacher Stimme erwiderte: »Ich weiß schon, wie sie sich alle den Mund über mich zerreißen werden, Sie vielleicht nicht, aber die anderen. Alles nur Komödie, werden sie sagen. Und nur, weil ich eben nicht Gesellschaft bin, George.«

Doch George war auf einmal etwas abwesend, stotterte: »Ich muß Sie um etwas bitten, Kitty. Wenn Sie nämlich etwas für mich suchen könnten... Sie wissen doch, was ich meine. Wenn das Ding gefunden würde... Ich weiß, wie schrecklich es ist, Sie gerade jetzt um so etwas zu bitten... aber es steht so viel auf dem Spiel. Sie verstehen mich sicher.« Kitty verstand. »Ja, also schön. Aber ich muß mir erst ausdenken, wie.«

3

Alleyn und Fox waren noch spät an der Arbeit, weil sie die Akten eines höchst langweiligen Unterschlagungsfalles abschließen wollten. Zwölf Minuten vor zehn Uhr waren sie endlich fertig. Alleyn schlug mit der flachen Hand auf den Aktendeckel.

»Ein vollkommen phantasieloser Schwindler«, meinte er. »Hoffentlich kriegt er die Höchststrafe aufgebrummt. Dann sind wir ihn los. Kommen Sie doch mit mir auf einen Drink nach Hause, Fox. Ich bin Strohwitwer. Scheußlich. Troy und Ricky sind aufs Land hinaus. Was meinen Sie?«

Fox strich sich das Kinn. »Das klingt sehr verlockend, Mr. Alleyn. Wird mit Dank angenommen.«

»Fein. Dann hauen wir aber gleich ab. Sonst kommt noch was dazwischen.«

Als sie auf halbem Weg zur Tür waren, läutete das Telefon. Fox fluchte, aber mehr aus Gewohnheit, und hob den Hörer ab.

»Zimmer des Oberinspektors«, meldete er sich. »Ja. Er ist noch hier. Aber im Weggehen.« Dann hörte er zu, sah dabei zu seinem Vorgesetzten. »Sagen Sie, daß ich eben gestorben bin«, flüsterte Alleyn verärgert. Fox legte seine große Pfote auf den Hörer. »Sie glauben, daß es eine Lady Lacklander ist, die von einem Ort namens Swevenings anruft.«

»Lady *Lacklander*? Das ist doch die Witwe des alten Sir Harold Lacklander. Was ist denn der passiert?«

»Oberinspektor Alleyn will den Anruf annehmen«, sagte Fox und reichte ihm den Hörer.

Alleyn meldete sich mit einiger Vorsicht.

»Na endlich«, klang es aus dem Hörer. »Hier spricht Hermione Lacklander. Ich brauche Ihnen nicht zu erklären, wer ich bin. Von Ihnen weiß ich, daß Sie Helena Alleyns Junge sind, und ich hätte gern eine Zusage von Ihnen. Einer meiner nächsten Freunde wurde eben ermordet, und ich hörte, daß die Ortspolizei einen von Ihren Leuten zuziehen wird. Es wäre jedoch mir persönlich bedeutend lieber, wenn Sie die Sache übernehmen könnten. Das läßt sich doch wohl einrichten, nicht?«

Alleyn verbarg sein Erstaunen. »Das kann ich leider nur, wenn der Assistant Commissioner mir den Fall übergibt.«

»Wie heißt der denn?«

Alleyn teilte ihr das mit.

»Dann verbinden Sie mich mit ihm«, befahl die Stimme.

Jetzt klingelte das zweite Telefon. Fox antwortete und erhob gleich darauf die Hand.

»Entschuldigen Sie mich einen Augenblick«, bat Alleyn und hielt den Hörer gegen die Brust gepreßt. »Was, zum Kuckuck, ist denn wieder los, Fox?« erkundigte er sich ärgerlich.

»Zentrale, Sir. Befehl für Swevenings. Mord.«

»Heiliger Bimbam! Für uns?«

»Für uns«, bestätigte Fox.

Dann sprach Alleyn in seinen eigenen Apparat. »Lady Lacklander? Wie ich eben höre, habe ich den Fall wirklich zu übernehmen.«

»Das freut mich sehr. Hoffentlich beeilen Sie sich. *Au revoir.*« Damit beendete Lady Lacklander das Gespräch.

Inzwischen notierte Fox sich die Instruktionen. »Ich werde Mr. Alleyn sofort informieren... Jawohl, wird erledigt. Danke sehr.« Dann hängte auch er auf. »Also, es handelt sich um einen Oberst Cartarette. Wir haben in eine Ortschaft in Barfordshire zu fahren, die Chyning heißt. Wir haben in zwei Stunden dort zu sein, wo uns der Orts-Wachtmeister in Empfang nehmen wird. Alles das ist von oben bis unten schon genau festgelegt.«

Alleyn hatte bereits Hut, Mantel und seine Aktentasche ergriffen, Fox folgte seinem Beispiel, und die beiden machten sich durch die Korridore Scotland Yards, die auch jetzt, wie am hellichten Tag, belebt waren, auf den Weg.

Die Luft am Themseufer war drückend schwül. In der Ferne, über Londons East End, zuckte Wetterleuchten. Es roch nach Staub und Benzin.

Im Wagen warteten schon die beiden Detektiv-Sergeanten Bailey und Thompson, und ihre gesamte Ausrüstung war verstaut. Als sie aus dem Yard hinausfuhren, schlug die Uhr am Big Ben gerade zehn.

»Jetzt werden Sie eine wirklich außerordentliche Frau kennenlernen«, erzählte Oberinspektor Alleyn seinem getreuen Fox. »Mit einem Gehirn, das wie eine Turbine arbeitet, und einem Körper wie ein Faß. Meine Mutter, die gerade auch kein Lämmchen ist, hat vor Hermione Lacklander immer eine Heidenangst gehabt.«

»Oho. Ist ihr Mann nicht vor ganz kurzer Zeit gestorben?«

»Stimmt. Vor fünfundzwanzig Jahren war er einer meiner Allerobersten im Außenamt. Immer ganz Amt und Würde, aber irgendwie niemals eine wirkliche Leuchte. Schon damals war sie die Persönlichkeit, mit der man zu rechnen hatte. Was hat sie denn mit dieser Affäre zu tun? Um was dreht es sich eigentlich?«

»Ein Oberst Maurice Cartarette wurde mit Schädelverletzungen tot am Ufer eines Forellenbaches aufgefunden. Der dortige Polizeidirektor behauptet, daß seine Leute wegen des königlichen Besuchs in Siminster zu tun hätten, daß er ohnehin zu wenig Männer zur Verfügung habe und uns daher beiziehen müsse.«

»Wer fand den Oberst?«

»Eine Bezirksschwester. Vor etwa einer Stunde.«

»Na, so was. Ich möchte bloß wissen, weshalb die alte Dame gerade auf mich so versessen war.«

»Ich glaube, daß sie jemand haben wollte, der auch ›Gesellschaft‹ ist.«

»Wirklich?« fragte Alleyn etwas abwesend. Daß keiner von beiden von dieser Tatsache auch nur im geringsten berührt war, bewies ihre Freundschaft. Alleyn war immer noch mit der Familiengeschichte der Lacklander beschäftigt. »Vor Kriegsausbruch war der alte Herr Botschafter in Zlomce. Ich erinnere mich, daß damals unsere Geheimpolizei dort mit einer sehr üblen Sache zu tun hatte: eine Chiffremeldung, die verraten wurde, und darauffolgendem Selbstmord des Betreffenden. Er soll mit Agenten von der anderen Seite unter einer Decke gesteckt haben. Ich war seinerzeit selbst im Geheimdienst und hatte mit dem Vorfall ziemlich viel zu tun. Vielleicht wünscht die alte Dame sich mit mir in Erinnerung zu ergehen, was? Oder ist der Grund bloß der, daß sie das ganze Dorf Swevenings – gleichgültig, ob lebend oder ermordet – mit ebenso starker Hand regiert wie einst das öffentliche Leben ihres Gatten? Kennen Sie Swevenings überhaupt, Fox?«

»Das glaub' ich kaum, Sir.«

»Ich schon. Troy hat dort vor ein paar Jahren eine Woche lang gemalt. Es ist nicht nur hübsch, sondern ausgesprochen schön. Unheimlich historisch. Ist eines der ältesten Dörfer Englands. Angeblich heißt Swevenings ›Träume‹. Schon seit prähistorischen Zeiten haben sich gerade dort immer wieder blutige Schlägereien abgespielt, und Oberst Cartarette ist also keineswegs der erste Krieger, dessen Blut in Swevenings vergossen wurde.«

»Na ja, die Menschen wollen sich eben nicht ändern«, meinte Fox resigniert. Dann schwiegen beide.

»Ich glaube, wir kriegen ein Gewitter«, meinte Alleyn. Schon klatschten dicke Tropfen gegen die Windschutzscheibe, gefolgt von einem geradezu tropischen Wolkenbruch. »Aha, wir sind schon in Chyning. Chyning heißt, soweit mir bekannt ist, ›Gähnen‹!«

»Träume und Gähnen? Muß eine merkwürdige Gegend sein, Sir.« Dann sahen beide die blaue Lampe vor dem Polizeigebäude. Als sie ausstiegen, war die Luft frisch und erquickend kühl. Alleyn ging über das regenüberströmte Kopfsteinpflaster voran, und sie betraten das typisch ländliche Polizeigebäude, wo sie von einem großen, blondhaarigen Wachtmeister begrüßt wurden.

»Oberinspektor Alleyn? Melde gehorsamst, Wachtmeister Oliphant, Sir.« Alleyn stellte Inspektor Fox vor, und nachdem alle drei einander feierlich die Hände geschüttelt hatten, berichtete Wachtmeister Oliphant, daß sein Amt sich wegen eines völligen Mangels an Kräften, die in solchen Fällen Erfahrung besaßen, zur Heranziehung von Scotland Yard gezwungen sah. »Wenn man nicht die richtigen Leute hat, darf man so was nicht anrühren, hab' ich recht? Da der einzige Mann, den ich zur Verfügung habe, jetzt die Leiche bewachen muß, besteht die ganze Polizeimannschaft in Chyning nur aus mir selber. Machen wir uns auf den Weg, Sir? Wird ein bißchen feucht werden, dort unten.«

Während der Fahrt nach Swevenings gab der Wachtmeister Alleyn einen Bericht über den gesamten Hergang.

»Haben Sie sich über diese Sache schon eine Meinung gebildet, Oliphant?« fragte Alleyn. Das war die taktvollste Frage, die der Fachmann der Kriminalabteilung von Scotland Yard einem Landpolizisten stellen konnte, und Oliphant strahlte, verneinte das jedoch. »Meine einzige Sorge war«, erklärte er, »daß am Tatort ja nichts verändert wurde. Den Hut, der auf seinem Gesicht lag, hat Schwester Kettle freilich berührt. Und dann auch Dr. Lacklander, als er die Wunde untersuchte. Die ist in der linken Schläfe. Ein schauerliches Loch, und mit weitgehenden Knochenverletzungen – wie der Doktor sagte – rundherum. Meinem Polizisten ist davon ganz übel geworden«, berichtete Oliphant jetzt weniger dienstlich. »Verständlich, wo der arme Teufel doch sonst nichts anderes zu sehen kriegt als ein paar Besoffene.«

Alleyn und Fox lachten, wie sich das gehörte, und der Wachtmeister fuhr fort: »Von einer Waffe war nichts zu sehen, soweit unsere Taschenlampen reichten. Ich war sehr darauf bedacht, daß die Erde in der Umgegend nicht zertrampelt wurde.«

»Ausgezeichnet«, stellte Alleyn fest. »Ist Ihnen irgend etwas Besonderes am Tatort aufgefallen, Oliphant?« Eine lediglich aus Höflichkeit gestellte Frage, die jedoch ein erstaunliches Resultat zeitigte. »Etwas Besonderes?« brüllte der Wachtmeister. »Das will ich meinen! Sogar etwas sehr Besonderes. Wissen Sie was vom Angeln mit Fliegen, Sir?«

»Nur so ungefähr. Warum?«

»Hören Sie nur zu.« Wachtmeister Oliphant warf jetzt alle Regeln dienstlicher Haltung über den Haufen. Während der Fahrt zum Watt Hill erging er sich in einer fesselnden Schilderung der jahrelangen Versuche, die Riesenforelle – »den Alten« – zu fangen. »Und wissen Sie, was jetzt passierte?« rief er aufgeregt. »Der Oberst brachte es wirklich fertig! Hat ihn endlich glücklich gelandet. Und jetzt liegt er neben dem armen Oberst im Gras. Und wenn's nicht wahr ist, dann weiß ich den Unterschied nicht mehr zwischen einer fünfpfündigen Forelle und einem Stichling. Wenn er schon sterben mußte, dann hat er wenigstens ein glorreiches Ende gefunden, Mr. Alleyn. Ich meine, der Herr Oberst.«

Im strömenden Regen fuhren sie die Watt Lane entlang ins Tal und wieder hinauf zum Dorf, wo Oliphant gegenüber dem »Eseltreiber« haltmachte. Eine Gestalt in Gummimantel und Tweedhut stand in der erleuchteten Tür.

»Der Herr Polizeidirektor, Sir«, meldete Oliphant. »Sir James Punston. Er sagte mir, daß er Sie sprechen wollte.«

»Dann werde ich lieber gleich mit ihm reden. Warten Sie einen Augenblick.«

Alleyn überquerte die Straße. Die kurze Unterredung fand unter dem Vordach des Wirtshauses statt, dann stiegen beide zu, und der Wagen fuhr weiter, gefolgt vom Auto des Yard, das, am Ziel angelangt, hinter ihnen stoppte. Bailey, Thompson und der Fahrer stiegen aus und entluden ihre verschiedenen Gerätschaften. Sodann machten sich alle gemeinsam auf den Weg und marschierten auf einem holprigen Pfad den regennassen Hügel bergab.

»Wie ich höre«, meinte Sir James zu Alleyn, »wurden Sie von Lady Lacklander angerufen.«

»Und ob!«

»Ein Glück, daß man Sie mit der Sache betraut hat. Denn sonst hätte Scotland Yard was zu hören bekommen.«

»Aber ich begreife nicht, weshalb sie mit der ganzen Sache etwas zu tun hat.«

»Hat sie ja auch nicht wirklich. Nur insofern, als sie seit ihrer endgültigen Rückkehr nach Nunspardon in Chyning und Swevenings regiert. Irgendwie scheint das den Leuten zu passen. Offenbar ein Überbleibsel feudaler Instinkte. In so entlegenen Dörfern kommt das vor.«

Während sie den schlüpfrigen Pfad bergab rutschten und stolperten, erhielt Alleyn ein paar kurze, doch prägnante Charakterskizzen der führenden Persönlichkeiten Swevenings, samt deren historischem Hintergrund und den zwischen ihnen bestehenden oder auch abgebrochenen Beziehungen.

Als sie die Brücke überquerten, hörten sie das Plätschern des Regens auf der Wasseroberfläche. Am anderen Ufer sanken sie bei jedem Schritt tief in den Schlamm. Alleyns Schuhe füllten sich mit Wasser, und der Regen rann ihm vom Hut ins Gesicht.

Der Polizeidirektor war wütend. »Dieser verteufelte Regen ruiniert uns alle Spuren«, klagte er.

Sie sahen die beleuchteten Fenster der drei Häuser auf dem Hügel zu ihrer Rechten. Doch als sie weitergingen, schnitt eine Baumgruppe die Sicht auf die Fenster ab.

»Kann man dieses Gelände von dort oben einsehen?« erkundigte sich Alleyn.

Oliphant verneinte das. »Ihre eigenen Bäume und die Weiden hier unten verdecken diese Strecke. Sie sehen nur ans andere Ufer, oberhalb und ein paar Meter unterhalb der Brücke.«

»Oberhalb der Brücke hat Mr. Danberry-Phinn das Fischrecht, nicht?« erkundigte sich Sir James.

»Mr. *Danberry*-Phinn?« fragte Alleyn sehr scharf.

»Der Vollständigkeit halber: Mr. Octavius Danberry-Phinn. Doch auf dem Danberry wird nicht bestanden. Wie ich Ihnen vorhin erzählte, der Exzentriker des Dorfes. Swevenings besitzt zwar keinen Dorftrottel, dafür haben wir diesen mehr als unangenehmen alten Herrn. Wahrscheinlich ist das feiner«, bemerkte Sir James boshaft.

»Danberry-Phinn?« wiederholte Alleyn. »Besteht da nicht irgendein Zusammenhang mit den Lacklanders?«

»Nur, daß natürlich beide Familien aus Swevenings stammen.« Sir James' Stimme klang etwas unsicher, denn er war gerade ins Schilf gestolpert. Ganz nahe winselte ein Hund, und eine tiefe Männerstimme sprach beruhigend auf ihn ein. Licht aus einer Taschenlampe leuchtete auf.

»Wir sind angelangt. Sind Sie's, Gripper?«

»Jawohl, Sir«, antwortete die tiefe Stimme. Im Licht der Taschenlampe sahen sie das regenglitzernde Cape eines Polizisten in Uniform.

»Der Hund heult also noch«, stellte der Wachtmeister fest.

»Ja, leider, Mr. Oliphant. Ich hab' ihn jetzt hier angebunden.« Die Lampe beleuchtete Skip, der mit einem Taschentuch an einem Weidenzweig angebunden war.

Dann warteten die anderen, bis Alleyn ihnen durch das Dickicht vorangegangen war. Der Polizist schob einen triefenden Weidenzweig zur Seite, und Alleyn zwängte sich durch das Unterholz. Der Strahl aus seiner Taschenlampe irrte durch den Vorhang rieselnden Regens, traf jedoch im nächsten Augenblick schon auf eine Erhöhung im Gras.

»Wie's nach Regen aussah, haben wir ihn mit Zeltleinwand zugedeckt. Und auch den Boden rundherum mit ein paar Brettern vom Bootshaus dort drüben abgedeckt. Aber der Regen wird wohl trotzdem überall durchgesickert sein.«

»Alle Achtung! Mehr können wir uns nicht wünschen«, lobte Alleyn. »Ich glaube, bevor wir uns näher wagen, sollten wir ein paar Aufnahmen machen. Bailey, kommen Sie hier durch. Versuchen Sie Ihr möglichstes. Erst in der jetzigen Lage, und dann ohne Leinwand. Und jede Einzelheit, bitte, falls der Regen bis morgen früh alles weggewaschen hat. Aber ich glaube gar, es hört auf.«

Alles lauschte. Im Unterholz hörte man zwar immer noch das Aufklatschen schwerer Tropfen vom dichten Blattwerk, doch das unausgesetzte Trommeln des Regens hatte aufgehört, und als Bailey seinen Apparat in die richtige Stellung gebracht hatte, schien die dünne Sichel des zunehmenden Mondes durchs Gewölk.

Nachdem Bailey mit seinen vielen Blitzlichtaufnahmen fertig war, kam Alleyn vorsichtig näher, beugte sich über den Kopf und richtete den Lichtstrahl auf die Schädelwunde.

»Mit einem scharfen Gegenstand?« fragte Fox.

»Jawohl. Sieht mir sogar wie ein tiefer Stich aus. Aber welches scharfe Instrument kann eine derartige Verletzung beibringen, Fox? Das müssen wir erst herauskriegen – Raten hilft uns nichts.« Der Lichtstrahl glitt vom Gesicht des Toten und streifte etwas silbrig Glitzerndes auf dem Gras neben Oberst Cartarettes Händen, am äußersten Uferrand. »Und das hier scheint der berühmte ›Alte‹ zu sein?« fragte Alleyn leise.

Vom Polizeidirektor und von Wachtmeister Oliphant kamen Ausrufe erregter Zustimung. Der Lichtstrahl wanderte zu den stillen Händen, die dicht beieinanderlagen. Die eine hielt ein Grasbüschel umklammert.

»Abgeschnittenes Gras«, stellte Alleyn fest. »Um die Forelle darin einzuwickeln. Hier sind auch sein Messer und die Angelrute.«

Auf seine Frage nach der Beschaffenheit des Bodens vor dem Regenfall erhielt Alleyn eine eingehende Schilderung, und auch seine zweite Frage nach den Wetteraussichten für den Morgen wurde von den drei Ortsansässigen – nach gründlicher Prüfung des Nachthimmels – beantwortet.

»Hat sich ausgeregnet, Sir«, erklärte der Wachtmeister.

»Schönwetter«, bestätigte der Polizist mit der Baßstimme.

»Aufhellung von Westen«, stellte Sir James fest.

»Dann decken Sie alles wieder gut zu, Wachtmeister, und lassen

Sie bis zum Morgen eine Wache hier. Haben wir irgendwelche Anhaltspunkte über die ungefähre Zeit der Tat? Ist jemand hier vorbeigekommen?«

»Schwester Kettle, Sir, die ihn fand. Der junge Dr. Lacklander, den sie holte, sagt, daß er selber am frühen Abend durchs Tal und über die Brücke gegangen sei. Mit anderen sprachen wir bisher noch nicht.«

»Wie tief ist das Wasser hier?«

»Etwa zweieinviertel Meter.«

»Wirklich? Er liegt auf der rechten Seite, ungefähr parallel mit dem Fluß, und mit dem Gesicht zum Wasser. Etwa dreiviertel Meter vom Uferrand. Kopf flußabwärts, die Füße zur Brücke gerichtet. Der Fisch liegt gerade am Uferrand, neben dem Grasbüschel. Und die Wunde ist in der linken Schläfe. Offenbar hockte er ganz nahe am Ufer und war im Begriff, seinen Fang ins Gras zu wickeln. Falls die Eindrücke seiner Schuhabsätze mich nicht irreführen, ist er in dieser Hockstellung glatt umgekippt und kam so zu liegen, wie wir ihn fanden. Folglich gibt es hier nur zwei Möglichkeiten. Hab' ich recht, Fox?«

»Daß der Schlag gegen seinen Kopf entweder von einem Linkshänder, der hinter ihm stand, erfolgte, oder von einer rechtshändigen Person, die etwa einen Meter entfernt von ihm stand.«

»Was bedeutet, daß sein Angreifer etwa einen Viertelmeter weit vom Ufer im Wasser gestanden haben müßte. So weit wären wir also. Was kommt jetzt dran?«

Der Polizeidirektor, der diesem Gespräch schweigend zugehört hatte, äußerte sich jetzt: »Wie ich höre, wartet eine ganze Horde möglicher Zeugen in Oberst Cartarettes Haus auf Sie. Doch Sie entschuldigen mich sicher, Alleyn, wenn ich nicht mitkomme. Hat ja keinen Zweck. Übrigens habe ich dem Wirt im ›Eseltreiber‹ gesagt, daß Sie wahrscheinlich alle eine Unterkunft brauchen. Wenn Sie Frühstück haben wollen, lassen Sie ihm einen Zettel in der Halle. Ich wünsche Ihnen eine gute Nacht.«

Damit verschwand er, ehe Alleyn ihm danken konnte.

Unter Führung des Wachtmeisters machten Alleyn und Fox sich auf den Weg zu den Cartarettes. Alleyn hatte es fertiggebracht, von des Oberst Wachtelhund als vertrauenswürdig akzeptiert zu werden, der ihm jetzt – nach einigem Winseln und Zaudern – auf den Fersen folgte. Mit Hilfe ihrer Taschenlampe bahnten sie sich langsam den Weg durchs Dickicht, als Oliphant, an der Spitze der Gruppe, plötzlich einen lauten Fluch ausstieß.

»Was ist los?« fragte Alleyn erschrocken.

»*Herrgott!* Ich hab' gemeint, daß mich jemand aus dem Dunkel anstiert. Schauen Sie bloß das an!«

Der schwankende Lichtstrahl aus seiner Taschenlampe glitt über nasse Weidenblätter. Aus diesem Blattwerk starrten ihnen in Augenhöhe ein paar leuchtende Scheiben entgegen.

»Surrealismus in Swevenings«, murmelte Alleyn. Das Licht seiner Lampe enthüllte eine Brille, die an einem geknickten Zweig hing.

»Diese Frucht muß mit dankbarster Sorgfalt gepflückt werden«, erklärte Alleyn und barg die Brille in seinem Taschentuch.

Auf dem Weg zum Hügel fing Skip zu winseln an. Der Grund seiner Erregung entpuppte sich in Gestalt einer riesigen getigerten Katze, die mitten auf dem Pfad saß und sich putzte. Mr. Danberry-Phinns Liebling Thomasine bedachte Skips Gewinsel mit einem verächtlichen Blick, warf sich zu Alleyns Füßen auf den Rücken und wälzte sich verzückt. Alleyn war ein Katzennarr. Er bückte sich und wußte sogleich, daß Thomasine aufgenommen zu werden wünschte. Auf seinem Arm begann sie auf seiner Brust herumzutreten und stieß ihm ihr feuchtes Näschen ins Gesicht.

»Meine werte Dame«, stellte Alleyn fest, »Sie haben Fisch konsumiert.«

Damals wußte er freilich nicht, daß er damit eine Feststellung von ganz besonderer Bedeutung gemacht hatte.

FÜNFTES KAPITEL

1

Auf dem Weg zur Hammer Farm sah Alleyn, daß alle drei Anwesen auf dem Watt Hill tatsächlich durch Baumgruppen vom unteren Hang des Hügels abgegrenzt waren, die die Sicht auf den Chyne unterhalb der Brücke verdeckten. Der sogenannte Flußpfad führte vom Tal durch diese Baumgruppen, bis er dann in drei Privatwege verlief, die zu den Anwesen führten. Als sie in den Weg zur Hammer Farm einbogen, sprang Thomasine aus Alleyns Armen und verschwand in der Dunkelheit.

»Das war sicher eine von Mr. Phinns Kreaturen«, bemerkte Oliphant. »Der ist total verrückt mit seinen Katzen.«

»Was Sie nicht sagen!« Alleyn roch an seinen Fingern.

Dann waren sie bei der Hammer Farm angelangt, deren Reihe hoher Flügeltüren im Erdgeschoß hinter vorgezogenen Portieren hell erleuchtet war.

»Das Haus hat immer noch seinen alten Namen, obgleich es schon längst keine Farm mehr ist«, erklärte der Wachtmeister. »Seit die neue Hausherrin kam, wurde ja auch alles hier auf Hochglanz hergerichtet.«

Skip bellte kurz und schoß ihnen voraus. Ein Vorhang wurde zur Seite gezogen, und Mark Lacklander kam auf die Terrasse, gefolgt von Rose.

»Skip!« rief sie. »Skip!«

Der Hund winselte und sprang an ihr hoch. Rose sank weinend in die Knie und drückte ihn an sich. »Nicht, mein Schatz«, warnte Mark. »Er ist ja ganz naß.«

Alleyn, Fox und der Wachtmeister blieben stehen. Mark und Rose sahen zum Rasen hinunter, zu den drei Gestalten im Mondlicht, das auf ihren nassen Gummimänteln glitzerte, die Gesichter unterm Hutrand schwarz beschattet. Einen Augenblick lang standen beide Gruppen unbeweglich still. Dann kam Alleyn übers Gras auf die jungen Leute zu, nahm den Hut ab. Rose stand auf, und ihr heller Rock zeigte die Spuren von Skips schlammigen Pfoten.

Alleyn verbeugte sich leicht. »Miss Cartarette? Wir sind von der Kriminalabteilung von Scotland Yard. Mein Name ist Alleyn.«

Roses Benehmen war – wie immer – tadellos, und sie besaß ein für ihr Alter erstaunliches Maß natürlicher Haltung und Würde. Sie gab Alleyn die Hand und stellte ihm Mark vor. Dann wurde Fox herbeigeholt, gefolgt vom Wachtmeister, der sich taktvoll an der Gruppe vorbeidrückte und am Ende der Terrasse wartend stehenblieb.

»Bitte, kommen Sie herein«, sagte Rose, und Mark fügte hinzu: »Meine Großmutter ist hier, Mr. Alleyn, und auch mein Vater.«

»Und hoffentlich auch Schwester Kettle?«

»Und auch Schwester Kettle.«

»Fein. Dann wollen wir also hineingehen, Miss Cartarette, ja?«

Alleyn und Fox nahmen ihre nassen Regenmäntel und Hüte ab und legten sie auf eine Gartenbank.

Rose führte sie durch die Flügeltür ins Wohnzimmer – mitten in eine Situation, die Alleyn an ein etwas mißglücktes Genrebild erinnerte. Dort saß Lady Lacklander, eine formlos-dunkle Gestalt, in einen viel zu kleinen Lehnstuhl gezwängt, und trug – wie Alleyn sogleich bemerkte – einen eleganten Samtschuh mit Schnalle an dem einen, und einen ausgedienten Männerpantoffel am anderen Fuß. Kitty Cartarette lagerte auf einem Sofa und wippte ein schwarzes samtumschlossenes Bein, hielt in einer Hand eine lange Zigarettenspitze, in der anderen ein Glas. Anscheinend hatte sie geweint, doch ihre hierbei etwas verunglückte Schminke war bereits erfolgreicher Reparatur unterzogen worden, und obgleich ihre Hände merklich zitterten, schien sie ziemlich gefaßt. Zwischen diesen so gründlich verschiedenen Damen stand Sir George Lacklander vor dem Kamin, die Beine gespreizt, ein Glas Whisky in der Hand, und sah sehr elegant, aber auch höchst unbehaglich und verlegen aus. In einiger Entfernung saß Schwester Kettle sehr behaglich auf einem kleinen Stühlchen.

»Hallo«, rief Lady Lacklander, schnellte ihr Lorgnon vom Busen, hielt es vor die Augen. »Guten Abend. Sie sind Roderick Alleyn, ja? Seit Sie den Außendienst verließen, hab' ich Sie ja nicht mehr gesehen. Wie viele Jahre ist das her? Und wie geht's der Mama?«

»Länger, als uns beiden lieb ist, und den Umständen entsprechend ausgezeichnet«, sagte Alleyn, sämtliche Fragen in einem Atemzug beantwortend.

»Den Umständen? Welchen Umständen? Sie meinen doch nicht etwa ihr Alter? Sie ist fünf volle Jahre jünger als ich, und mir fehlt nichts als Schlankheit. Kitty! Mr. Roderick Alleyn – Mrs. Cartarette. Mein Sohn George.«

»Serr angnm!« kam es von George.

»Und dort drüben ist Schwester Kettle, unsere Bezirksschwester... Guten Abend«, sagte Lady Lacklander und fixierte Fox.

»Guten Abend, Mylady«, erwiderte Fox friedsam.

»Inspektor Fox«, stellte Alleyn vor.

»Was haben Sie also mit uns vor? Aber bitte, lassen Sie sich nur Zeit«, gestattete sie gütigst.

›Ich muß mir nicht nur Zeit lassen, sondern hier auch die Zügel in die Hand nehmen. Diese alte Dame ist kein leichter Bissen‹, dachte Alleyn.

Er wandte sich zu Kitty Cartarette. »Ich bitte mein Eindringen hier nach einem so plötzlichen und schmerzlichen Verlust entschuldigen zu wollen. Leider sind die notwendigen Nachforschungen der Polizei in einem solchen Fall eine schwere Prüfung für die Beteiligten. Wenn Sie gestatten, Mrs. Cartarette, möchte ich Sie zu Beginn fragen« – er sah einen Augenblick zu den übrigen – »möchte Sie alle fragen, ob sich jemand über diesen Vorfall schon eine Meinung gebildet hat.«

Eine Weile herrschte Schweigen. Er sah erst zu Kitty Cartarette und dann sehr eindringlich zu Rose hinüber, die mit Mark am anderen Ende des Zimmers stand.

»Irgendwie ist mir das Ganze völlig unverständlich«, meinte Kitty. »Es erscheint mir so – so unwirklich.«

»Und Sie, Miss Cartarette?«

»Nein. Denn für mich ist es einfach unausdenkbar, daß jemand, der ihn kannte, ihm etwas zuleide tun würde.«

George Lacklander räusperte sich. »Ich... äh... ich persönlich nehme an, daß es sich nur um einen... äh... Strolch handeln kann.

Ich meine einen Vagabunden. Keinen Einheimischen. Ganz undenkbar.«

»Ich verstehe. Als nächstes: wissen wir, ob jemand sich in der Nähe von Oberst Cartarette befand, und zwar – sagen wir, innerhalb einer Zeit von zwei Stunden? Ich glaube, es war fünf Minuten nach neun, als Sie, Schwester Kettle, ihn fanden?«

»Was meinen Sie mit ›in der Nähe‹«, erkundigte sich Lady Lacklander.

»Sagen wir, in Sicht- oder in Hörweite.«

»Ich selber«, erklärte Lady Lacklander. »Ich hatte für acht Uhr eine Verabredung mit ihm, aber er kam um zwanzig Minuten früher an. Wir trafen uns am Ufer, gegenüber dem Weidengebüsch, wo er – wie ich höre – gefunden wurde.«

Fox hatte sich unauffällig neben dem Flügel postiert und begann Notizen zu machen. Obwohl sie mit dem Rücken zu ihm saß, schien Lady Lacklander seine Tätigkeit zu spüren. Sie drehte sich schwerfällig in ihrem Lehnstuhl um und sah ihn wortlos an.

»Na, sehen Sie, das ist wenigstens ein Ausgangspunkt«, sagte Alleyn. »Wenn Sie gestatten, kommen wir später darauf zurück. Weiß jemand, was Oberst Cartarette nach diesem Zusammentreffen tat, das... wie lange dauerte es, Lady Lacklander?«

»Etwa zehn Minuten. Ich erinnere mich, daß ich auf die Uhr sah, als Maurice Cartarette wegging. Er ging wieder über die Bottom-Brücke zurück, wandte sich nach links und verschwand hinter den Weiden. Das war neun Minuten vor acht. Ich packte meine Malsachen zusammen und ließ sie liegen, damit sie später dort abgeholt werden konnten. Und dann ging ich heim. Ich machte nämlich eine Landschaftsskizze.«

»Etwa neun Minuten vor acht?« wiederholte Alleyn.

Kitty sagte: »Ich sah ihn nicht, aber... ich muß dort in der Nähe vorbeigekommen sein, als ich vom Golfplatz zurückkam. Ich weiß, daß ich fünf Minuten nach acht zu Hause war.«

»Vom Golfplatz?«

»Ja. In Nunspardon«, erklärte George Lacklander. »Mrs. Cartarette und ich spielten am Abend eine Runde Golf.«

»Ach so. Der Golfplatz liegt höher als der Fluß, nicht? Und auf der Talseite gegenüber von uns hier?«

»Ja. Doch zum größten Teil jenseits des Hügelkamms.«

»Vom zweiten Erdhaufen sieht man ins Tal«, bemerkte Mark.

»Aha. Und Sie kamen über die Bottom-Brücke zurück, Mrs. Cartarette?«

»Ja. Über den Flußpfad.«

»Sieht man denn von der anderen Seite nicht in die Weidengruppe?«

Kitty Cartarette preßte beide Hände gegen den Kopf.

»Doch, das kann man wohl. Ich glaube kaum, daß er dort war. Sonst hätte ich ihn sicher gesehen. Aber ich guckte nicht so sehr in diese Richtung. Ich sah nämlich tatsächlich zum Oberlauf des Chyne hin, weil ich...«

Sie warf George Lacklander einen Blick zu. »Weil ich sehen wollte, wo Mr. Phinn wohl steckte.«

Das Schweigen, daß dieser Angabe folgte, war für Alleyn ein deutlicher Hinweis, daß die Nervosität der Familie Lacklander jetzt einen gefährlichen Höhepunkt erreicht hatte. Jeder von den dreien machte eine leichte Bewegung, die aber sogleich unterdrückt wurde.

»Mr. Danberry-Phinn? Haben Sie ihn auch wirklich gesehen?«

»Zu dieser Zeit nicht. Nein. Wahrscheinlich war er heimgegangen oder zu einer Stelle oberhalb der Flußbiegung.«

»Sie meinen angeln?«

»Ja.«

»Wildern!« rief George Lacklander.

Von Mark und seiner Großmutter kamen unterdrückte Ausrufe der Ablehnung.

»Wirklich? Weshalb glauben Sie das?«

»Weil wir ihn sahen. Nein, Mama, ich bestehe darauf. Wir sahen ihn nämlich vom zweiten Erdhaufen. Zu meinem Leidwesen hat er die Strecke oberhalb der Brücke von mir gepachtet, und Maurice Cartarette hat – entschuldigen Sie, Kitty – hatte den Lauf unterhalb der Brücke. Und wir beobachteten ihn dabei, wie er – eine Frechheit sondergleichen –, wie er die Angelschnur auf seinem Fischgrund, auf dem rechten Ufer oberhalb der Brücke, so auswarf, daß die Strömung den Köder unter der Brücke durch in Cartarettes Gebiet tragen mußte.«

Von Lady Lacklander kam ein kurzes, bellendes Lachen. George sah sie nur ungläubig und entsetzt an. Mark sagte: »Unerhört! Was der sich so erlaubt!«

»Die größte Unverschämtheit, die mir je vorgekommen ist«, fuhr George fort. »Und der verfluchte Köder trieb wirklich gerade über das Loch neben dem kaputten Boot, wo der ›Alte‹ immer lauert. Ich sah's mit meinen eigenen Augen. Stimmt's, Kitty? So ein Kerl verdient keine Rücksicht. Nicht die geringste Rücksicht«, wiederholte George mit solcher Empörung, daß Alleyn die Ohren spitzte.

»Und wann wurde dieser Schwindel ausgeführt?« erkundigte er sich.

»Das kann ich nicht sagen.«

»Wann fingen Sie denn Ihre erste Runde an?«

»Um halb sieben. Nein!« widerrief George rasch und wurde puterrot. »Später. Etwa um sieben Uhr.«

»Dann waren Sie also kaum später als sieben Uhr fünfzehn beim zweiten Erdhaufen?«

»Ungefähr.«

»Stimmt das, Mrs. Cartarette?«

»Das stimmt ungefähr.«

»Sah Mr. Phinn Sie?«

»Keineswegs. Der war zu sehr aufs Wildern konzentriert«, brummte George.

»Weshalb hast du ihn denn nicht gestellt?« fragte Lady Lacklander.

»Das wollt' ich ja, Mama. Kitty war dagegen. Deshalb zogen wir empört ab«, erklärte George voll Würde.

»Ich sah euch weggehen, aber soweit ich das beurteilen konnte, sahst du, mein lieber George, nicht besonders empört aus.«

Kitty öffnete den Mund, schloß ihn wieder, und George wurde womöglich noch röter.

»Ach ja, Lady Lacklander«, sagte Alleyn. »Sie machten doch eine Skizze, nicht? Wo denn eigentlich?«

»In einer kleinen Senke am linken Ufer, unterhalb der Brücke.«

»In der Nähe einer Erlengruppe?«

»Anscheinend entgeht Ihnen nichts. Jawohl. Genau dort.

Durch diese Erlen sah ich meinen Sohn und Mrs. Cartarette«, ergänzte Lady Lacklander grimmig.

»Aber Mr. Phinn beim Wildern konnten Sie wohl nicht sehen?«

»Ich nicht, aber jemand anders.«

»Wer war das?«

»Niemand anders als unser armer Maurice Cartarette selbst. Er beobachtete ihn, und ich kann Ihnen nur sagen, daß es dann zwischen den beiden zu einem Höllenkrach kam.«

Bei anderen Leuten als gerade den Lacklanders hätte sich die Reaktion auf das eben Gehörte gewiß deutlicher gezeigt, dachte Alleyn. Kaum merkbare Hinweise überzeugten ihn jedoch, daß Mark eher erleichtert als erstaunt war, und daß sein Vater Empfindungen beider Art verriet. Rose sah aufgeregt aus, und Kitty riß bloß die Augen auf. Der erste Kommentar kam erstaunlicherweise von Schwester Kettle.

»Und alles wegen diesem albernen Fisch.«

Alleyn sah zu ihr hinüber. ›Die kommt als erste dran, wenn ich einmal bei den Solo-Interviews bin‹, nahm er sich vor.

»Wieso erfuhren Sie von dem Krach, Lady Lacklander?« fragte er.

»A. weil ich ihn hörte, und B. weil Maurice Cartarette gleich nachher zu mir kam. So und nicht anders, mein Guter.«

»Was spielte sich eigentlich ab?«

»Anscheinend hatte Maurice Cartarette die Absicht – nachdem er mit ihm fertig war –, noch ein wenig fischen zu gehen. Er kam aus dem Gehölz unterhalb seines Hauses und bemerkte, daß Occy Phinn unten bei der Brücke etwas im Schilde führte. Maurice schlich sich von hinten an ihn heran und erwischte Occy auf frischer Tat, denn er war eben dabei, den ›Alten‹ ans Ufer zu holen. Mich sahen sie nicht, weil ich in meiner Vertiefung am anderen Ufer saß. Doch selbst wenn sie mich gesehen hätten, glaube ich nicht, daß die beiden ein Blatt vor den Mund genommen hätten. Es klang, als würden sie sich im nächsten Augenblick an die Kehle geraten. Ich hörte, wie sie auf der Brücke hin und her stampften. Ich überlegte mir gerade, ob ich nicht wie ein etwas verfetteter Friedensengel aus meiner Vertiefung aufsteigen und dazwischenfahren sollte, als Occy brüllte, daß Maurice sich seinethalben den verdammten Fisch an den Hut stecken könne. Worauf Maurice erwiderte, daß er lieber auf der Stelle tot hinfiele, als die Kreatur auch nur zu berühren.« In Lady Lacklanders Augen spiegelte sich plötzlich namenloses Entsetzen. Als hätten ihre stummen Zuhörer ihr im Chor die Worte zugerufen: »Und dann fiel er wirklich tot hin.« Ihre Hände machten eine rasche, abwehrende Bewegung, und sie fuhr fort: »Dann hörte ich etwas Nasses, Schweres klatschend zu Boden fallen. Als Maurice erklärte, daß er die Angelegenheit den Behörden vorlegen werde, erwiderte Occy, daß er dafür sorgen wolle, daß Maurices Hund auch drankomme, weil er seine Katzen jagte. Damit war die Auseinandersetzung zu Ende. Dann kam Maurice wutschnaubend die Anhöhe hinunter und sah mich. Soweit ich weiß, stürmte Occy zu seinem Haus zurück.«

»Hatte Oberst Cartarette, als er sie traf, den Fisch in der Hand?«

»Gewiß nicht. Ich sagte Ihnen doch, daß er ihn nicht berühren wollte. Nein, er ließ ihn auf der Brücke liegen. Auf dem Heimweg sah ich ihn selbst. Wahrscheinlich liegt er immer noch dort.«

»Jetzt liegt er neben Oberst Cartarette«, berichtete Alleyn, »und wir haben uns zu fragen, wer ihn wohl dort hingelegt haben könnte, nicht?«

2

Darauf folgte langes verwirrtes Schweigen.

»Wahrscheinlich ist er doch zurückgegangen und hat ihn aufgehoben«, meinte Mark zweifelnd.

»Nein«, behauptete Rose energisch. Alle wandten sich zu ihr. Ihr Gesicht war tränenüberströmt. Seit Alleyns Ankunft hatte sie kaum ein Wort gesprochen, und er hatte den Eindruck, daß der Schreck sie so gelähmt hatte, daß sie gar nicht fähig war, der Unterredung zu folgen.

»Wirklich nicht?« fragte Alleyn behutsam.

»Er würde das gewiß nicht getan haben. Etwas Derartiges wäre ihm nie in den Sinn gekommen.«

»Stimmt«, bestätigte Kitty. »Dazu war er nicht der Mensch.« Dann schluchzte sie auf.

»Bitte seid mir nicht böse«, entschuldigte Mark sich. »Ich bin ein Esel. Ihr habt natürlich recht. Der Oberst hätte das wirklich niemals getan.«

Der Blick, den Rose ihm zuwarf, sagte Alleyn alles, was er über die Beziehung zwischen den beiden jungen Leuten wissen wollte. ›Aha, ein Liebespaar‹, stellte er fest. ›Und wenn ich nicht mit Blindheit geschlagen bin, hat der Herr Papa mehr als ein Auge auf ihre Stiefmutter geworfen. Eine ganze Menge Verkettungen, wie mir scheint.‹

Dann wandte er sich zu Lady Lacklander: »Sind Sie, nachdem der Oberst Sie verließ, noch lange dort geblieben?«

»Nein. Wir sprachen etwa zehn Minuten lang miteinander, und dann ging Maurice wieder über die Brücke, wie ich Ihnen schon erzählte, und verschwand hinter den Weiden am rechten Ufer.«

»Auf welchem Weg gingen Sie heim?«

»Ich ging durchs Schloßwäldchen nach Nunspardon zurück.«

»Konnten Sie dabei in die Weidengruppe hineinsehen?«

»Natürlich. Auf halbem Weg mußte ich Atem schöpfen und sah nach unten und bemerkte ihn sogleich, wie er gerade die Angel auswarf.«

»Das war um etwa acht Uhr?«

»Ja. Ungefähr.«

»Sagten Sie nicht vorhin, daß Sie Ihre Malutensilien unten liegen ließen, die dann später geholt werden sollten?«

»Jawohl.«

»Bitte, wer holte sie?«

»Einer von der Dienerschaft. Wahrscheinlich Williams.«

»Nein«, fiel Mark ein. »Nein, Gar. Ich holte sie.«

»Du? Was hattest du denn dort…« Lady Lacklander unterbrach sich.

Mark erzählte rasch, daß er nach einem Krankenbesuch im Dorf zum Tennisspiel zu Rose gegangen sei und bis etwa zehn Minuten nach acht Uhr dort blieb. Er sei über den Flußpfad heimgegangen und habe bei der Bottom-Brücke die Malsachen und den bekannten Jagdstock seiner Großmutter auf einem Grashügel gesehen. Er habe die Sachen nach Nunspardon zurückgebracht und den Diener gerade abgefangen, der sie eben holen wollte. Alleyns

Frage, ob er auf der Brücke eine große Forelle liegen sah, verneinte er. Doch seine Großmutter fiel ihm ins Wort.

»Du *kannst* sie doch nicht übersehen haben, Mark. Das Riesentier lag doch sicher noch dort, wo Octavius Phinn es hingeworfen hatte. Auf der Brücke, Junge. Du mußt fast draufgetreten sein!«

»Es war nicht dort«, beharrte Mark. »Entschuldige, Gar, aber als ich heimging, war die Forelle nicht dort.«

»Mrs. Cartarette«, fragte Alleyn, »Sie überquerten die Brücke zweifellos ein paar Minuten nach Lady Lacklander, nicht?«

»Jawohl«, bestätigte Kitty. »Wir sahen sie, als wir beim zweiten Erdhaufen über den Hügel kamen. Sie war gerade auf dem Weg durch das Wäldchen nach Nunspardon hinauf.«

»Und später ging Sir George ebenfalls durchs Wäldchen, und Sie kamen über den Flußpfad herunter?«

»Jawohl.«

»Sahen Sie die berühmte Forelle auf der Bottom-Brücke?«

»Nicht die Spur.«

»Das heißt also, daß jemand in der Zeit zwischen zehn Minuten vor und zehn Minuten nach acht Uhr die Forelle genommen und sie dann später bei den Weiden gelassen hatte. Sind Sie alle der Meinung, daß Oberst Cartarette sich die Sache keineswegs überlegt und die Forelle dann geholt hätte?«

George sah beleidigt aus, konnte sich nicht entscheiden, doch Lady Lacklander behauptete, sie sei fest überzeugt, daß nichts unter der Sonne Oberst Cartarette bewogen hätte, die Forelle auch nur anzurühren. ›Wenn er sie nicht einmal anrühren wollte‹, dachte Alleyn, ›dann hätte er sie auch nicht in Gras gewickelt, um sie in den Fischkorb zu tun. Als er überfallen wurde, war er anscheinend gerade damit beschäftigt.‹

»Es besteht doch kein Zweifel, daß es sich bei diesem Fisch um den berühmten ›Alten‹ handelt?«

»Keineswegs«, behauptete Mark, »denn es gibt keinen zweiten Fisch dieser Größe in unserem Fluß. Das steht fest.«

»Übrigens, sahen Sie bei Ihrem Heimweg nach Nunspardon auf die Weidengruppe hinunter?«

»Ich kann mich nicht erinnern, ob ich das tat. Ich war mit den Malsachen beladen und achtete nicht...«

In diesem Augenblick schrie Kitty Cartarette auf.

Eigentlich war es kein lauter Schrei, sondern eher ein sogleich unterdrückter Schreckensruf. Doch sie war vom Sofa aufgesprungen und starrte – die Hände vor den Mund gepreßt – auf etwas hinter Alleyn.

Alle wandten die Köpfe, konnten jedoch nichts entdecken als die nackten Scheiben der Flügeltür, in denen sich das Licht aus dem Zimmer und auch ihre erschrockenen Gesichter undeutlich spiegelten.

»Dort draußen steht einer«, flüsterte Kitty mit weit aufgerissenen Augen. »Ein Mann schaute herein. George!«

»Mein gutes Kind«, beruhigte Lady Lacklander, »dort draußen ist keine Seele.«

»Doch.«

»Vielleicht war's Wachtmeister Oliphant«, meinte Alleyn. »Er wartet draußen. Fox?«

Fox hatte sich bereits aufgemacht, doch ehe er noch die Flügeltür erreichte, sahen jetzt alle eine männliche Gestalt. Sie bewegte sich merkwürdig unsicher, kam von einer Seite und blieb dann ein paar Schritte vor den Scheiben stehen. Fox hatte die Hand schon auf der Türklinke, als der Lichtstrahl aus Wachtmeister Oliphants Taschenlampe aus dem Dunkel schoß und das Gesicht des Mannes beleuchtete. Ein leichenblasses Gesicht, und darüber eine Raucherkappe mit langer Troddel.

Fox öffnete die Tür.

»Ich bitte mein Eindringen zu so später Stunde zu entschuldigen«, bat Mr. Danberry-Phinn. »Ich bin nämlich auf der Suche nach einer Forelle.«

3

Mr. Phinn benahm sich äußerst merkwürdig. Das Licht schien ihn zu blenden. Er hob den Kopf und kniff die Augen zu und sah daher etwas hochmütig aus. In deutlichem Gegensatz zu seiner erschreckenden Blässe und seinen zitternden Händen.

»Mir scheint, daß ich ungelegen komme. Ich hatte keine Ahnung... ich wollte nämlich...« stammelte er, »ich wollte Oberst Cartarette sprechen.« Er zeigte die Zähne und grinste wie ein Totenkopf.

Von Kitty kam ein unbestimmter Laut. Lady Lacklander ergriff das Wort: »Mein lieber Octavius...« Doch ehe sie weiterreden konnte, ging Alleyn rasch auf Mr. Phinn zu.

»Gestatten Sie, Sir, sagten Sie nicht, daß Sie eine Forelle suchten?«

»Pardon, aber ich glaube nicht, das Vergnügen zu haben...« Mr. Phinn sah Alleyn forschend an. »Oder am Ende doch?« Dann warf er einen Blick auf Fox. Der gehörte zu den heutzutage schon seltenen Detektiven, denen man ihren Beruf sehr deutlich anmerkt. Er war ein großer robuster Mann, leicht angegraut, mit durchdringenden Augen.

Mr. Phinn gab ein kurzatmiges Kichern von sich. »Was diesen Herrn betrifft, ganz gewiß nicht.«

»Wir sind beide Polizeibeamte. Oberst Cartarette wurde ermordet, Mr. Phinn. Wenn ich nicht irre, sind Sie doch Mr. Danberry-Phinn?«

»Aber wie entsetzlich! Meine liebe Mrs. Cartarette! Meine liebe Rose! Ich bin ja außer mir. Außer mir!« Mr. Phinn verdrehte die Augen.

»Kommen Sie lieber ganz herein, Octavius«, bedeutete ihm Lady Lacklander, »denn man dürfte Sie wahrscheinlich hier brauchen.«

»Mich?« schrillte Mr. Phinn. Dann kam er ins Zimmer, und Fox schloß die Flügeltür hinter ihm.

»Ja, ich hätte gerne mit Ihnen gesprochen, Sir«, bestätigte Alleyn. »An sich wäre es jetzt sogar besser, wenn wir uns mit einigen von Ihnen allein unterhielten. Doch vorher möchte ich gerne hören, was uns Mr. Phinn über die Forelle zu erzählen hat, die er sucht.« Er hob die Hand. Falls einer seiner Zuhörer beabsichtigt hatte, Einwendungen zu machen, wurde dieser Impuls damit im Keim erstickt. »Bitte, Mr. Phinn?«

»Ich bin so durcheinander, so entsetzt über diesen Vorfall...«

»Ja, schrecklich. Also, wie steht's mit diesem Fisch, Sir?«

»Mit diesem Fisch? Er ist – oder war – ein Prachtexemplar, Sir. Der König aller Fische. Die Krone aller Forellen. Und meine Wenigkeit hatte die hohe Ehre, sie zu fangen.«

»Wo denn?« erkundigte sich Lady Lacklander.

Mr. Phinn schlug die Augen nieder. »Oberhalb der Bottom-Brücke, Lady Lacklander. Oberhalb der Brücke.«

»Occy, Sie sind ein alter Schwindler!«

»Das ist eine gottverdammte Lüge, Octavius«, brüllte George. »Sie haben gewildert. Haben unter der Brücke geangelt. Wir sahen Sie vom Golfplatz aus.«

Mr. Phinn war bis in die Lippen erblaßt.

Fox war angelegentlich mit seinem Notizbuch beschäftigt.

»Wie kann man nur so reden!« tadelte Mr. Phinn und verbeugte sich ein wenig vor Kitty und Rose. »Und das in einem Trauerhaus.«

»Was geschah dann mit Ihrem Fang?« Alleyn kam einem erneuten Ausbruch Georges knapp zuvor.

Mr. Phinn holte erst tief Atem und legte dann los. Er sprach überstürzt, doch seine Stimme schwankte. »Triumpherfüllt wie ich war, beschloß ich, mich am Oberlauf des Chyne zu versuchen. Daher legte ich meine Beute an der Stelle meines Sieges, *id est* oberhalb – ich wiederhole, oberhalb der Brücke, nieder. Doch als ich später, bedeutend später an den Platz zurückkehrte, wo meine Siegesbeute liegen sollte...« Mr. Phinn machte eine weitausholende Geste, die das Zittern seiner Hände sehr deutlich zeigte. »Weg! Verschwunden! Spurlos! Verloren!«

»Na, hören Sie mal, Occy...« fiel jetzt Lady Lacklander ein, doch Alleyn schnitt auch ihr das Wort ab.

»Bitte, Lady Lacklander.« Sie starrte ihn böse an. »Sie gestatten doch?« bat Alleyn.

Lady Lacklander stützte das Doppelkinn auf ihre gepolsterten, jetzt verkrampften Hände. »Na ja«, erklärte sie dann, »schließlich hab' ich Sie mir selber an den Hals gewünscht. Also weiter.«

»Was taten Sie, als Sie diesen Verlust entdeckten?«

»Was ich tat? Was sollte ich tun? Ich suchte noch in der Umgebung der Brücke. Doch es wurde dunkel. Die Forelle war nicht mehr zu finden. Ich kehrte heim. Schwer enttäuscht. Um meinen Sieg betrogen.«

»Und blieben dann, wie es scheint, etwa vier Stunden daheim? Jetzt ist es fünf Minuten nach ein Uhr morgens. Weshalb Ihr Besuch um diese späte Stunde, Mr. Phinn?«

Als Alleyn ihn ansah, wußte er, daß Phinn auf diese Frage vorbereitet war.

Er ließ eine umständliche und langatmige Erklärung vom Stapel, erzählte von seiner Schlaflosigkeit nach dem unerklärlichen Verlust, von dem Bedürfnis nach frischer Luft, nach einem Spaziergang. »Ich trat aus dem Gehölz, hörte Stimmen, sah Lichter. Da ich wußte« – er schluckte ein paarmal krampfhaft, »da ich wußte, daß der arme Cartarette mit diesem Erlebnis eines Anglers Sympathie haben dürfte... Meine liebe Lady Lacklander, weshalb diese durchbohrenden Blicke?«

»Occy!« rief Lady Lacklander wütend. »Was Scotland Yard will oder nicht will, ist mir jetzt schnuppe. Ich war keinen Steinwurf weit von Ihnen, als Sie diesen Krach mit Maurice Cartarette hatten. Außerdem sahen seine Frau und George Sie, vorher, wie Sie unter der Brücke fischten. Und dann hörte ich, wie Sie oder Maurice den Fisch auf die Brückenbohlen warfen und wie Sie dann wütend abzogen. Überdies erschien Maurice augenblicklich bei mir – ich saß dort und skizzierte –, und ich hörte den Hergang von ihm persönlich. Und jetzt zu Ihnen, mein lieber Roderick Alleyn: meinetwegen können Sie mir so böse sein, wie Sie wollen, aber ich konnte mir dieses blödsinnige Gewäsch wirklich nicht länger anhören.«

Mr. Phinn blinzelte sie an, spitzte den Mund. »Meine liebe Frau und ich«, meinte er, »amüsierten uns ständig darüber, daß man einem Lacklander angeblich niemals widersprechen darf.«

Außer Alleyn und Fox sah ihn niemand an.

»Mr. Phinn«, erkundigte sich Alleyn, »tragen Sie nicht gewöhnlich eine Brille?«

Mr. Phinn machte eine unwillkürliche Geste, als wollte er seine Brille zurechtrücken, und wurde puterrot. »Nicht immer. Nur zum Lesen.«

Lady Lacklander schlug plötzlich auf die Armlehnen ihres Stuhles. »So weit wären wir also. Was ich zu sagen hatte, hab' ich gesagt. Und jetzt sei so gut, George, und bringe mich heim.«

Sie streckte ihren rechten Arm aus, und da George nicht sogleich zur Stelle war, ergriff Alleyn ihre Hand, stemmte sich fest auf den Boden und zog an.

»Ho-ruck!« ironisierte Lady Lacklander ihre eigene Schwerfälligkeit und stand auf den Füßen. Einen Augenblick lang fixierte sie Mr. Phinn. Der starrte sie an und murmelte etwas Unverständliches. Dann sah sie Alleyn fest in die Augen. »Haben Sie wirklich nichts dagegen, wenn ich jetzt heimgehe?«

Alleyn zog eine Braue hoch. »Ganz im Gegenteil, Lady Lacklander. Wenn ich Sie daheim weiß, werde ich mich sogar bedeutend ruhiger fühlen.«

»Dann bringen Sie mich zu meinem Wagen. Du kannst mir in fünf Minuten nachkommen, George. Ich habe mit Roderick Alleyn zu reden.«

Sie schloß Rose in die Arme, hielt sie an sich gedrückt, und Rose klammerte sich aufschluchzend an sie. Kitty war aufgestanden. Sie bedankte sich für Lady Lacklanders Besuch und hielt ihr die Hand zum Abschied hin. Nach kaum merkbarer Pause wurde diese ergriffen und Kitty irgendwie klargemacht, daß man umarmt zu werden wünschte. Dies geschah, allerdings mit einiger Vorsicht.

»Kommen Sie morgen zu mir, Kettle«, befahl Lady Lacklander. »Vorausgesetzt, daß Sie nicht im Kittchen sitzen.«

»Das sollen sie nur versuchen!« meinte Schwester Kettle. Lady Lacklander lachte auf. Sie sah Mr. Phinn nicht an, nickte nur Alleyn zu. Der öffnete ihr rasch die Tür und folgte ihr. Draußen wartete ein riesiges altmodisches Auto.

»Ich werde lieber im Fond sitzen«, erklärte sie. »George fährt nämlich. Wenn was Unangenehmes passiert ist, geht er mir immer besonders auf die Nerven.«

Alleyn öffnete ihr die Wagentür und knipste das Licht an.

»Und jetzt«, begann sie, als sie sich's mit einiger Umständlichkeit bequem gemacht hatte, »und jetzt wollen wir einmal offen miteinander reden. Und zwar nicht als der Herr Polizeioberinspektor mit der alten Dame von Stand, sondern als Mann von Welt mit der ältesten Freundin seiner Mutter. Was halten Sie von Occy Phinns Benehmen?«

»Ist Ihnen nicht bekannt, wie ungehörig es ist, wenn eine alte Dame von Stand – selbst die beste Freundin meiner Mutter – mich ins Dunkel lockt und mir unanständige Anträge macht?«

»Das heißt also, daß Sie nicht mit der Sprache raus wollen?«

»Sagen Sie mir lieber etwas. Hatte Mr. Danberry-Phinn einen Sohn namens Ludovic?«

Im Halbdunkel sah er, wie ihr Gesicht sich straffte, als hätte sie hinter der Maske fetter Falten die Kiefer aufeinandergepreßt. »Ja. Warum?«

»Bei einem so ausgefallenen Namen ist eine Verwechslung kaum möglich, nicht?«

»An Ihre Stelle würde ich den Jungen nicht erwähnen. Wie Sie ja wissen, war er im Außendienst und ließ sich etwas zuschulden kommen. Ein sehr großes Unglück! Hier bei uns wird sein Name niemals erwähnt.«

»Wirklich nicht? Was für ein Mensch war eigentlich Oberst Cartarette?«

»Ein eigensinniger Idealist. Obstinat wie ein Maultier. Einer von den Geschöpfen, die so lange höchsten Idealen nachstreben, bis ihr Gewissen Symptome chronischer Hypertrophie zeigt.«

»Denken Sie dabei an einen bestimmten Fall?«

»Nein. Nein. Das tu' ich nicht.«

»Wären Sie geneigt, mir anzuvertrauen, was Sie und Oberst Cartarette besprachen?«

»Wir sprachen über Occy«, erklärte Lady Lacklander merklich distanziert. »Über sein Wildern. Und dann noch über eine häusliche Angelegenheit, die ich vorläufig als privat betrachte, da sie zu seinem Tod nicht die geringste Verbindung hat. Und jetzt wünsche ich Ihnen eine gute Nacht, Roderick. Ich darf Sie wohl noch Roderick nennen, nicht?«

»Nur wenn wir allein sind.«

»Unverschämter Bengel!« Lady Lacklander versetzte ihm einen Klaps. »Gehen Sie wieder hinein, und schikanieren Sie die armen Teufel weiter. Und sagen Sie George, er soll sich etwas beeilen.«

»Können Sie sich nicht erinnern, was Mr. Phinn und Oberst Cartarette sagten, als sie den Krach hatten?«

Sie warf ihm einen Blick zu, verkrampfte die ringgeschmückten Hände. »Nicht wortwörtlich. Hauptsächlich über die Forelle. Occy kriegt mit jedem Krach.«

»Wurde wirklich nichts anderes erwähnt?«

Lady Lacklander sah ihm immer noch in die Augen, und es klang wieder sehr kühl: »Nein.«

Alleyn verbeugte sich. »Gute Nacht. Falls Sie sich doch an irgend etwas Wichtiges erinnern sollten, das zwischen den beiden erwähnt wurde, würden Sie dann die Gnade haben, sich diesen Punkt zu notieren?«

»Roderick«, sagte Lady Lacklander, »Occy Phinn ist kein Mörder.«

»Tatsächlich? Wie günstig für mich, daß ich das jetzt so gewiß weiß, nicht wahr? Gute Nacht.«

Er schloß die Wagentür. Das Licht im Auto wurde abgedreht.

4

Auf dem Rückweg ins Haus traf er mit George Lacklander zusammen.

»Darf ich Sie einen Augenblick aufhalten?« stotterte George verlegen. »Sie erinnern sich übrigens gewiß nicht mehr, daß wir einander vor einer Ewigkeit schon mal begegneten? Als Sie noch einer der kommenden Staatsmänner in der Abteilung meines Vaters waren.«

Alleyns Erinnerung an den damaligen George Lacklander bestand hauptsächlich aus Reminiszenzen an die beißenden Bemerkungen Sir Harolds über die Unfähigkeit seines Sohnes.

»Aber natürlich. Ich stehe Ihnen ganz zur Verfügung.«

»Ich... ich wollte mich nur erkundigen, was mit dem armen

Maurice jetzt zu geschehen hat... ich meine wegen der Beerdigung. Ich frage nur wegen Kitty... ich meine wegen der Familie. Vielleicht könnte ich schon einige Anordnungen... Na, Sie verstehen mich, nicht wahr?«

»Natürlich. Oberst Cartarettes Leiche bleibt bis zum Morgen unter Bewachung am Flußufer und wird dann vom Polizeiarzt untersucht. Selbstverständlich wird Mrs. Cartarette so bald wie möglich verständigt, wann die Beerdigung stattfinden kann. Wahrscheinlich in drei Tagen, doch in solchen Fällen läßt sich das nicht genau voraussagen.«

»Selbstverständlich. Versteht sich. Gewiß.«

»Übrigens – nur der Ordnung halber: sagten Sie nicht, daß Sie und Mrs. Cartarette Ihre Golfrunde um sieben Uhr begannen?«

»Ich sah nicht auf die Uhr«, erwiderte George rasch.

»Vielleicht erinnert sich Mrs. Cartarette. Trafen Sie sich auf dem Golfplatz?«

»O nein. Nein. Ich holte sie mit dem Wagen ab.«

»Aber Sie fuhren sie nicht wieder heim?«

»Nein.«

Alleyns weitere Versuche, George Lacklander über sein Golfspiel mit Mrs. Cartarette zu genaueren Angaben zu bewegen, blieben erfolglos. Schließlich entschuldigte sich George, beteuerte jedoch seine Bereitwilligkeit, die polizeilichen Erhebungen jederzeit zu unterstützen.

»Sehr gütig«, bedankte sich Alleyn. »Ja, ich glaube, daß wir Sie im Augenblick nicht mehr benötigen. Doch muß ich Sie bitten, vorderhand in Swevenings zu bleiben.«

Als er Georges bestürztes Gesicht sah, fügte er hinzu: »Falls Sie etwas Wichtiges vorhaben sollten, kommen Sie nur zu mir, und ich werde sehen, was sich machen läßt. Ich wohne im Gasthaus unten.«

»Aber mein lieber Alleyn – wie scheußlich!«

»Ich weiß, nicht gerade fürstlich. Doch da unser Mörder sich ausgerechnet Ihre Wiese aussuchte, läßt sich nichts machen. Gute Nacht.«

Er steuerte an George vorbei und kehrte ins Wohnzimmer zurück, wo Rose, Mark und Kitty in unbehaglichem Schweigen verharrten, Mr. Phinn nervös mit seinen Fingern knackte und Fox sich mit Schwester Kettle angeregt unterhielt.

Alleyn sah Fox nur an. Sie verstanden einander. Fox sprang sofort auf. Dann wandte Alleyn sich zu Mrs. Cartarette. »Wenn Sie gestatten, möchte ich jetzt mit Miss Kettle sprechen. Darf ich in ein anderes Zimmer gehen? Vielleicht ins Arbeitszimmer?«

Von diesem Vorschlag war Mrs. Cartarette anscheinend nicht gerade begeistert. Doch Rose erbot sich sogleich, ihn zu führen.

Inzwischen war Fox zur Flügeltür gegangen und hatte Wachtmeister Oliphant ein Signal gegeben. Der kam jetzt ins Zimmer.

»Wachtmeister Oliphant ist Ihnen ja bekannt«, sagte Alleyn. »Er hat alle örtlichen Vorkehrungen zu treffen, und deshalb bitte ich Sie, Mrs. Cartarette, ihm den Namen des Anwalts und der Bank Ihres Gatten und auch etwaiger Verwandter anzugeben. Sie, Mr. Phinn, haben gewiß die Güte, Wachtmeister Oliphant Ihre mir gemachten Angaben in Kürze zu wiederholen. Die Niederschrift werden Sie dann nach Durchsicht freundlichst unterzeichnen.«

Mr. Phinn faßte plötzlich Mut. »Selbstverständlich kann man mich dazu nicht zwingen«, lehnte er sich auf.

»Selbstverständlich nicht. Trotzdem müssen wir leider alle bitten, uns solche unterzeichneten Angaben zu machen. Wenn Sie als erster damit anfangen, Mr. Phinn, können Sie ruhig heimgehen. Und ich hoffe«, schloß Alleyn, »daß Ihnen die Unterschrift ohne Ihre Brille keine Schwierigkeiten bereiten wird. Können wir jetzt ins Arbeitszimmer hinübergehen, Miss Cartarette?«

Rose führte Alleyn und Fox in den Raum, in dem sie vor knapp acht Stunden mit ihrem Vater über ihre große Liebe zu Mark gesprochen hatte. Wahrscheinlich bemerkte sie Alleyns Blick ehrlicher Teilnahme, denn sie wandte sich zu ihm. »Mir kommt es vor, als sei er noch hier. Als könnte das Zimmer ohne ihn gar nicht vorhanden sein. Denn er fühlte sich nirgends im Haus so wohl wie hier.« Einen Augenblick lang versagte ihr die Stimme. »Mr. Alleyn, Sie ahnen gar nicht, was für ein seelenguter Mensch mein Vater war. Für mich war er nicht nur der Vater, sondern beinahe mein Kind. Weil er doch so sehr von mir abhing. Ich weiß wirklich nicht, weshalb ich Ihnen das alles erzähle.«

»Weil's einen manchmal erleichtert, wenn man solche Dinge einem Fremden sagen kann. Vertrauen, das nicht verpflichtet, verstehen Sie mich?«

»Ja, das stimmt«, meinte Rose verwundert.

Alleyn wußte, wie ihr zumute war, kannte die Nachwirkung eines schweren Schocks, der häufig normale Hemmungen beseitigt. Er war nicht erstaunt, als Rose jetzt fortfuhr: »Mark behauptet, daß er gewiß nicht gelitten hat. Und ich weiß, daß er – als Arzt – mir das sicher nur sagt, um mich zu trösten. Also war's vielleicht wirklich eine Erlösung, wie das die Leute so nennen. Erlösung von allem.«

»Hat ihn denn etwas besonders bedrückt?« fragte Alleyn ruhig.

»Ja. Sehr. Doch darüber kann ich wirklich nicht reden. Erstens handelt es sich um eine ganz persönliche Sache, und zweitens könnte es ohnehin nichts mehr nützen – selbst wenn das nicht der Fall wäre.«

»Das läßt sich nicht so einfach voraussagen.«

»In diesem Fall schon.«

»Wann sahen Sie ihn zuletzt?«

»Heute abend, ich meine gestern abend, ungefähr zehn Minuten nach sieben, als er wegging.«

»Wohin wollte er?«

Rose zögerte. »Ich glaube zu Mr. Phinn. Er nahm sein Angelzeug mit, um später noch ein wenig zu fischen. Und weil er meinte, daß er zum Dinner nicht zurück sein würde, bat er mich, ihm das Essen beiseite stellen zu lassen.«

»Wissen Sie, weshalb er Mr. Phinn aufsuchen wollte?«

Rose schwieg erst lange und meinte dann unsicher: »Ich glaube, daß es etwas mit – mit dieser Veröffentlichung zu tun hatte.«

»Mit dieser Veröffentlichung?«

Rose strich sich eine Haarsträhne aus der Stirn und preßte die Handflächen gegen die Augen. »Ich kann's mir einfach nicht vorstellen, daß jemand ihm etwas zuleide tun konnte.«

»Könnten Sie mir vielleicht – nur ganz kurz – etwas über sein Leben und seine Arbeit erzählen?«

Rose saß auf der Armlehne des Lehnstuhls, in dem ihr Vater immer gesessen hatte. Ihr rechter Arm lag auf der Lehne, und ihre

Hand strich immer wieder über die Stelle, wo sein Kopf geruht hatte. Leise, eintönig, berichtete sie Alleyn über Oberst Cartarettes Dienst als Militärattaché an verschiedenen Botschaften, über seine Ernennung nach dem Krieg zum militärischen Berater einer Kommission in Hongkong und Singapore über seine zweite Heirat kurz nach seiner Pensionierung. Sie sprach von seiner lebenslangen Liebe für Bücher, seiner Freude am Angeln. Ihre tränenmüden Augen sahen zu einem Tischchen, auf dem Angelschnüre und Haken und bunte Vogelfedern, als Fliegen gebündelt, vorbereitet lagen.

»Die Fliegen richtete ich ihm immer selbst her. Heute nachmittag war's das letzte Mal.«

Die zitternde Stimme war verstummt. Dann gähnte Rose wie ein müdes Kind.

Die Tür flog auf, und Mark Lacklander kam wütend hereingestürmt. Er ergriff Rose am Handgelenk und fühlte ihren Puls. »Du gehörst ins Bett, aber sofort. Schwester Kettle wartet schon mit einer Tasse heißer Milch. Und später kriegst du ein Schlafmittel. Das muß ich mir erst aus Chyning holen.« Dann zu Alleyn gewandt: »Mich wollen Sie doch gewiß nicht wieder vernehmen?«

»Leider doch. Aber nur ein paar Minuten lang.«

»Also schön. Ich versteh' das ja.«

Als Rose sich von ihm verabschiedete, fragte Alleyn rasch: »Darf ich vielleicht erst mit Schwester Kettle sprechen, Dr. Lacklander, und Sie bitten, ein paar Minuten Geduld zu haben?«

»Gewiß, Sir.« Das klang sehr steif und formell. Mark nahm Rose am Arm und führte sie aus dem Zimmer.

»Ich gäbe was drum, mein lieber Fox«, sagte Alleyn nachdenklich, »wenn ich wüßte, was eigentlich in alle diese Leute gefahren ist. Und zwar ganz abgesehen von dem Mord.«

»Ich selber habe das komische Gefühl – allerdings nur eine Art Ahnung«, betonte Fox, »daß alles im Grunde mit dieser blödsinnigen Forelle zusammenhängt.«

»Und ich habe das komische Gefühl, daß Sie wieder mal recht haben, Genosse Fox.«

SECHSTES KAPITEL

1

Schwester Kettle saß sehr ordentlich auf ihrem Stühlchen, die Hände im Schoß gefaltet, die Schürze nach Vorschrift unterm grauen Uniformmantel hochgesteckt, den Schwesternhut kerzengerade auf dem Kopf. Sie hatte eben ihren Bericht über das Auffinden von Oberst Cartarettes Leiche beendet, und Fox, der sich Notizen gemacht hatte, sah sie mit unverhüllter Bewunderung an.

»Tja, das wäre alles. Abgesehen von der Tatsache, daß ich steif und fest überzeugt war und bin, daß mich jemand dort die ganze Zeit beobachtete.«

Da ihre Angaben sich bisher durchaus auf Tatsachen beschränkt hatten, starrten Fox und Alleyn sie verwundert an. »Jetzt glauben Sie sicher, daß ich ein hysterisches Frauenzimmer bin, weil ich ja wirklich nichts sah. Nicht das geringste. Und trotzdem fühlte ich mich beobachtet. Man erlebt so was manchmal im Krankensaal, beim Nachtdienst. Wenn ein Patient wachliegt und einen anstarrt, weiß man das immer sofort, und ohne sich umzudrehen. Meinetwegen können Sie mich auslachen, wenn Sie wollen.«

»Wer lacht da?« fragte Alleyn. »Wir gewiß nicht. Was meinen Sie dazu, Fox?«

»Keinesfalls. Ich hab' nämlich Ähnliches bei Nachtpatrouillen selbst erlebt, wenn einer mir aus einem dunklen Haustor nachspionierte.«

Schwester Kettle war geschmeichelt.

»Sie kennen die Leute hier gewiß sehr gründlich, Miss Kettle, habe ich recht?« erkundigte sich Alleyn. »Ich habe immer den Eindruck, daß Ihr Bezirksschwestern auf dem Land wie eine Art von Verbindungsoffizieren funktioniert.«

Schwester Kettle strahlte. »Daß wir die Leute gründlich kennen, stimmt. Unsereins hat es zwar gewöhnlich nur mit den Ärmeren zu tun, aber bei dem jetzigen Mangel an Schwestern kriegen wir auch eine Menge Patienten von der anderen Sorte. Ich selbst, zum

Beispiel, pflegte den alten Sir Harold. War sogar bei ihm, als er starb. Natürlich auch seine Familie. Und auch Oberst Cartarette.«

»Oberst Cartarette?« Die Frage klang ganz uninteressiert.

»Jawohl. Halt, einen Augenblick. Ich flunkere. Der Oberst kam gar nicht mehr ins Zimmer zurück. Er blieb mit den Papieren draußen auf dem Treppenflur.«

»Den Papieren?«

»Nun ja, mit den Memoiren des alten Herrn. Ich glaube, daß der Oberst sie veröffentlichen sollte, aber gewiß weiß ich's nicht. Jedenfalls hat sich der alte Herr deswegen große Sorgen gemacht. Quälte sich und konnte nicht einmal in Ruhe sterben, ehe er nicht den Oberst gesehen hatte. Denn Sie dürfen nicht vergessen, daß Sir Harold einmal eine sehr hohe Stellung einnahm, und seine Memoiren sind gewiß sehr wichtige Dokumente.«

»Ganz gewiß. Sir Harold war einer unserer hervorragendsten Botschafter.«

»Ja, von der Art gibt's jetzt nur mehr sehr wenige. Hielt immer auf großen Stil. Wie in feudalen Zeiten.«

»Na, heutzutage können sich nur mehr sehr wenige Familien diesen feudalen Stil leisten. Nennt man sie nicht die ›glücklichen Lacklander‹?«

»Stimmt. Doch meinen manche, daß der alte Herr die Dinge ein wenig übertrieb.«

»Was Sie nicht sagen!« Alleyn hielt sich im Geiste beide Daumen. »Inwiefern?«

»Weil er seinem Enkel keinen Groschen vermachte. Nur weil er Medizin studierte, anstatt Offizier zu werden. Übrigens, von was redeten wir eigentlich vorhin? Ach ja, von den Memoiren des alten Herrn. Er hatte sie kaum übergeben, da fing's auch an, mit ihm zu Ende zu gehen, und der Oberst rief uns rasch. Wir liefen alle hinein. Ich brachte ihm Kognak. Dr. Mark gab ihm eine Spritze. Doch in ein paar Minuten war alles vorbei. Vorher wollte er noch etwas sagen, wiederholte ein paarmal das Wort ›Vic‹, und dann war's aus.«

»Vic?« fragte Alleyn nachdenklich und schwieg dann lange. »Was ich Sie noch fragen wollte: Wer wohnt eigentlich in dem Haus zwischen uns hier und Mr. Phinn?«

»Sie meinen in Uplands? Natürlich unser Commander Syce. Augenblicklich auch eines meiner armen Opfer, mit einem schlimmen Hexenschuß – der arme Teufel«, erklärte Schwester Kettle und wurde aus unerfindlichen Gründen tiefrot.

»Kommt also für uns nicht in Frage?«

»Ja, natürlich, wenn Sie... Ach, du meine Güte! Jetzt versteh' ich erst. Während wir uns in aller Gemütlichkeit unterhielten, dachten Sie die ganze Zeit nur an Ihre Suche nach dem Mörder. Schauerlich!«

»Regen Sie sich nicht auf«, bat Fox.

Alleyn sah ihn nur erstaunt an, lenkte dann ab: »Gehört Mr. Phinn auch zu Ihren Patienten?«

»Augenblicklich nicht. Doch an Ihrer Stelle würde ich mir über den keine Gedanken machen.«

»In unserem Beruf müssen wir uns leider über jeden Gedanken machen, Schwester. Um auf Oberst Cartarette zurückzukommen: Sie mochten ihn doch, nicht? Aus Ihrer ganzen Art schloß ich, daß Sie ihn wirklich gern hatten.«

»Ja. Er war einer der liebsten und gütigsten Menschen. Ein wirklicher Gentleman. Und ein guter Vater. Der immer und für jeden ein gutes Wort hatte.«

»Selbst für Mr. Phinn?«

»Also hören Sie mal«, brauste Schwester Kettle auf, besann sich und fuhr fort: »Allen Ernstes, Mr. Alleyn, ich gebe zu, daß Mr. Phinn ein exzentrischer Mensch ist. Sie sahen das sicher selbst, und andere Leute werden Ihnen das gleiche sagen. Aber er ist nicht bösartig. Oder besser: er ist kein schlechter Mensch. In keiner Beziehung. Der arme Teufel hat eine schwere Tragödie erlebt, und meiner Meinung nach hat er sich von diesem Schlag nie erholt. Das war noch vor dem Krieg. Sein einziger Sohn brachte sich um. Wirklich schrecklich.«

»War er nicht im Außendienst?«

»Ja. Dazu hieß der arme Junge noch Ludovic. Ausgerechnet Ludovic! Jedenfalls war er sonst ein netter Bursche und sehr gescheit. Die Sache passierte irgendwo im Ausland. Bald darauf starb seine Mutter, und Mr. Phinn hat diese Schicksalsschläge nie verwunden. So geht's im Leben!«

»Sehr richtig. Ich glaube, ich hörte auch davon. War er nicht einer von den jungen Leuten in Sir Harolds Abteilung?«

»Jawohl. Der berief ihn ja selber zu sich ins Ausland und war nachher ganz zerschmettert. Fühlte sich verantwortlich.«

»Anscheinend haben die alten Familien in Swevenings eine gewisse Vorliebe fürs Ausland?«

Das wurde von Schwester Kettle durchaus bejaht, denn außer dem jungen Viccy Danberry-Phinn sei ja auch Commander Syce jahrelang in Singapore stationiert gewesen, und der Oberst selbst hatte auch bei mehreren Militärmissionen im Fernen Osten, darunter ebenfalls in Singapore, Dienst getan. Nach kurzer Pause folgte die Mitteilung, daß er dort anscheinend seine zweite Frau kennenlernte.

»Wirklich?« Alleyn zeigte sich nicht sehr interessiert. »Meinen Sie, zur selben Zeit, als Syce auch dort war?« Das war ein Schuß ins Dunkle, traf jedoch mitten ins Ziel. Denn Schwester Kettle teilte ihm errötend und etwas hastig mit, daß sie davon überzeugt sei, denn sie habe mit eigenen Augen eine Skizze gesehen, die der Commander dort von Mrs. Cartarette gemacht hatte.

»Ein merkwürdiger Zufall«, meinte Alleyn leichthin. »Doch trotz der vielen Reisen ins Ausland scheint ihr euch in dieser Grafschaft gegen moderne Einflüsse von außen sehr ablehnend zu verhalten.«

Das gab die Schwester lachend zu.

Dann mischte Fox sich ins Gespräch. »Ich habe das Gefühl, vielleicht – sogar wahrscheinlich – täusche ich mich, daß die jetzige Mrs. Cartarette eigentlich in eine ganz andere Umgebung gehört. Daß sie eigentlich eine sehr mondäne Frau ist, Miss Kettle.«

Darauf murmelte Miss Kettle etwas, das wie »Demimondäne« klang, und fuhr hastig fort: »Freilich sind wir hier in unserem Tal etwas altmodisch und steif, und sie war gewiß an ein lustigeres Leben gewöhnt. Aber da kann man nichts machen. Wenn Sie mich nicht mehr brauchen, möchte ich jetzt mit dem Doktor sprechen und sehen, ob ich für Miss Rose und ihre Stiefmutter noch etwas tun kann.«

»Ja, wir sind fertig. Wir werden Sie nur bitten, Ihre Aussage über das Auffinden der Leiche zu unterzeichnen, und Sie werden dann selbstverständlich zur gerichtlichen Untersuchung vorgeladen werden.«

»Ja, das weiß ich.« Damit erhob sich Schwester Kettle, und die beiden brachten sie zur Tür. Sie blickte von Alleyn zu Fox.

»Sie werden sehen, daß das keiner aus unserem Tal getan hat. Hier ist man nicht auf Mord eingestellt. Darauf können Sie Gift nehmen.«

2

Alleyn und Fox sahen einander nur stumm an – zwei alte Arbeitskollegen, die sich verstanden.

»Ehe wir uns Dr. Lacklander vornehmen«, meinte Alleyn, »wollen wir uns vielleicht eine kurze Übersicht der Tatsachen zusammenstellen. Was meinen Sie dazu? An was denken Sie eigentlich, Bruder Fox?«

»An Miss Kettle«, erklärte Fox ganz offen. »Eine wirklich nette Frau. Mir gefallen eben so nette und sozusagen kompakte Frauen.«

»Sehr erbaulich, mein Herr. Doch jetzt schlagen Sie sich Miss Kettle gefälligst aus dem Kopf. Denken wir mal angestrengt nach.«

Sodann prüften Alleyn und Fox die von den verschiedenen Personen gemachten Zeitangaben, bis zu dem Augenblick, da Schwester Kettle Commander Syce samt Hexenschuß verließ, in die Bottom-Wiese hinunterkletterte, den heulenden Hund hörte und Oberst Cartarettes Leiche entdeckte.

»Hier haben wir also unsere Tatsachen – vorausgesetzt, daß sie Tatsachen sind –, die sich aus den bis jetzt gemachten Aussagen ergeben. Was läßt sich daraus schließen?«

Fox fuhr sich nachdenklich übers Kinn. »Vor allem einmal, daß sich gestern abend in diesem weltfernen Tal des Chyne offenbar ein äußerst lebhaftes Hin und Her verschiedenster Personen zugetragen haben muß.«

»Sehr richtig. Den Hügel runter. Über die Brücke. Dann auf der anderen Talseite wieder rauf und umgekehrt. Wobei keiner die oder den anderen sah, mit Ausnahme des Zusammentreffens des Ermordeten mit dem alten Phinn um sieben Uhr dreißig, und zehn Minuten später mit Lady Lacklander. Anscheinend haben sie einander also chronisch verpaßt. Ich kann mich zwar an die geographischen Einzelheiten des Tals nicht genau erinnern, doch es scheint, daß man von den Häusern hier oben nur den Oberlauf des Chyne und das rechte Ufer unterhalb der Brücke sehen kann. Wir müssen das alles noch genau nachprüfen, sowie es hell wird – was verdammt bald sein dürfte. Falls wir weder einen rachelüsternen Eingeborenen dort im Unterholz aufstöbern sollten noch den geheimnisvollen dunklen Gentleman aus dem Fernen Osten, der im Dorf gesehen wurde – dann sieht's so aus, als hätten wir's nur mit wenigen wirklich Verdächtigen zu tun.«

»Sie meinen, *die Gesellschaft*«, stellte Fox fest und wies mit dem Kopf in Richtung Wohnzimmer.

»Weil mir nämlich – mit Ausnahme der Schwester – jeder einzelne von diesen Unglücksgeschöpfen irgend etwas verschweigt. Jetzt wollen wir uns den jungen Lacklander vornehmen, ja? Bitte, holen Sie ihn rein, mein lieber Fox. Und bei der Gelegenheit sehen Sie nach, wie's mit Mr. Phinns Aussage steht; ich wollte ja eigentlich nur den Wachtmeister unter einem Vorwand im Zimmer haben. Die Brille müssen wir auf Fingerabdrücke untersuchen lassen; ich wette, sie gehört Mr. Phinn. Wenn er uns das, was ihm paßte, anvertraut hat, können Sie ihn heimschicken. Sagen Sie ihm aber, daß er bis auf weiteres in Reichweite zu bleiben hat.«

Alleyn sah sich während Fox' Abwesenheit in Oberst Cartarettes Arbeitszimmer um und fand es erstaunlich unkonventionell. Denn trotz der gewohnten ledernen Klubsessel, des herkömmlichen Gestells für des Obersts Pfeifen und einer Fotografie seines ehemaligen Regimentsstabs, hatte Maurice Cartarette anstellte der sonst üblichen Sport- und Jagdbilder einige ausgewählt schöne chinesische Tuschen an seinen Wänden hängen. Und seine Büchersammlung enthielt neben den obligaten Armeelisten und militärischen Biographien eine große Anzahl offensichtlich häufig zur Hand genommener Dramen des fünfzehnten und sechzehnten Jahrhunderts und ein paar Erstausgaben seltener Werke über den Fischfang. Dort stand auch ein dicker Band mit dem Titel *»Schuppige Leiber«*, und der Name des Autors war Maurice Cartarette.

Auf dem Schreibtisch stand eine Fotografie von Rose, auf der anderen Seite ein Foto von Kitty.

Alleyn untersuchte die Schreibtischschubladen. Die beiden oberen waren unversperrt, enthielten Briefpapier und Notizen in des Obersts Handschrift. Die zwei mittleren Laden waren versperrt, doch die untere, links, war offen – und leer. Er wollte sie gerade näher untersuchen, als er Stimmen hörte. Er schob die Lade rasch zu und entfernte sich vom Schreibtisch.

Mark Lacklander und Fox kamen ins Zimmer.

»Ich werde Sie nicht lange aufhalten«, versicherte ihm Alleyn sogleich. »Ich möchte bloß, daß Sie mich über einen Punkt kurz aufklären und mir vielleicht bei einer etwas komplizierteren Sache helfen. Also erstens: hörten Sie einen Hund heulen, als Sie gestern abend an der Bottom-Wiese vorbeikamen?«

»Nein. Ganz gewiß nicht.«

»Hielt sich Skip immer dicht beim Oberst?«

»Nicht beim Angeln. Der Oberst hatte ihn trainiert, ihm beim Angeln nicht zu nahe zu kommen.«

»Doch Sie sahen Skip nicht?«

»Ich habe keinen Hund gehört oder gesehen. Ich erinnere mich aber an eine getigerte Katze, die mir übern Weg lief. Wahrscheinlich eine aus Occy Phinns Menagerie.«

»Wo war das?«

»Diesseits der Brücke.« Mark sah gelangweilt aus.

»Schön. Sie spielten hier Tennis und kehrten dann über die Bottom-Brücke und den Flußpfad nach Nunspardon zurück. Und nahmen auf dem Heimweg die Malsachen Ihrer Großmutter mit, nicht?«

»Jawohl.«

»Trugen Sie sonst noch etwas?«

»Nein. Nur Tennisschläger und Schuhe. Warum?«

»Um mir ein Bild zu machen. Das Aufnehmen der Malsachen dürfte ein paar Minuten in Anspruch genommen haben. Sahen oder hörten Sie unterdessen irgend etwas Ungewöhnliches?«

»Nichts. Ich glaube gar nicht, daß ich ans andere Ufer sah.«

»Schön. Bitte, wollen Sie mir jetzt sagen, was Sie als Mediziner von den Kopfverletzungen halten?«

»Natürlich. Doch mit dem Vorbehalt, daß meine Untersuchung nur ganz oberflächlich sein konnte.«

»Wie ich hörte, gingen Sie sogleich nach dem ersten Alarm mit Miss Kettle zur Wiese hinunter, hoben dort den Tweedhut hoch, untersuchten die Verletzungen, überzeugten sich, daß der Tod eingetreten war, und legten den Hut wieder zurück. Dann warteten Sie auf die Polizei. Stimmt das?«

»Vollkommen. Ich hatte eine Taschenlampe bei mir und konnte die Untersuchung daher machen, ohne ihn zu berühren. Ich sah die Verletzungen ziemlich deutlich.«

»Verletzungen?« Alleyn betonte den Plural. »Dann sind Sie der Ansicht, daß er mehr als einen einzigen Schlag erhielt?«

»Darüber könnte ich mich nur nach einer zweiten Untersuchung bindend äußern. Mir schien es allerdings, als hätte er erst mit einem Gegenstand einen Schlag gegen die Schläfe erhalten, die dann mit einem anderen Instrument durchbohrt wurde. Andererseits wäre es gut möglich, daß schon ein einziger Schlag gegen die Schläfe mit einem scharfen Gegenstand komplizierte Verletzungen hervorrufen könnte. Doch das weiß ich nicht genau. Der Befund Ihres Arztes dürfte gewisse Erscheinungen, die mir zu denken geben, erklären.«

»Doch als Sie ihn sich ansahen, war Ihr Eindruck, daß die Schläfe erst durchbohrt wurde, nachdem er durch einen Schlag betäubt worden war. Stimmt das?«

»Ja, das stimmt durchaus.«

Alleyns genaue Schilderung seiner eigenen Beobachtungen wurde von Mark in allen Punkten bestätigt.

»Die Autopsie wird ja wohl alle fraglichen Punkte aufklären«, meinte Alleyn und warf einen Blick auf Marks intelligentes und auffallend hübsches Gesicht. Dann entschloß er sich zu einem etwas gewagten Schritt.

»Schauen Sie, mein lieber Doktor, es hat keinen Sinn, wenn wir beide so tun, als wäre Mr. Danberry-Phinn für uns von keinerlei Interesse. Bevor Cartarette ermordet wurde, gab es zwischen den beiden eine wütende Auseinandersetzung. Was halten Sie davon? Was für ein Mensch ist dieser Mr. Phinn? Sie kennen ihn doch sicher sehr genau.«

»Eigentlich stimmt das gar nicht, denn obwohl ich ihn seit meiner Kindheit kenne, besteht ja ein sehr großer Altersunterschied zwischen uns.«

»Also würde Ihr Vater ihn besser kennen?«

»Ja, doch nur als Ortsansässigen und weil sie ungefähr gleichen Alters sind. Sonst haben sie nicht viel gemeinsam.«

»Sie kannten seinen Sohn Ludovic, nehme ich an?«

»Ja, natürlich«, gab Mark vorsichtig zu. »Aber nicht sehr gut. Er war in Eton und ich in Winchester. Er wählte den diplomatischen Dienst, und ich verließ Oxford und verschwand in die verpönten Seziersäle des St. Thomas-Hospitals. Völlig deklassiert.« Mark grinste. »Wahrscheinlich genauso, wie das mein Großvater von Ihnen meinte. Denn Sie verließen ja auch den diplomatischen Dienst und wählten Scotland Yard.«

Alleyn lachte. »Übrigens, war der junge Phinn nicht an der Botschaft in Zlomce, als Ihr Großvater dort Botschafter war?«

»Jawohl.« Diese Bestätigung erschien selbst Mark etwas zu kurz und bündig, und er erläuterte: »Der Lokalpatriotismus meines Großvaters war sehr ausgeprägt. Ganz feudal und alte Schule. Wählte sein ›Gefolge‹ möglichst aus Leuten von unserer Gegend. Wahrscheinlich holte er sich auch Viccy Phinn aus diesen Gründen nach Zlomce. Vielleicht drücke ich mich da etwas zu kraß aus, aber...«

»Sie meinen, weil der junge Phinn sich gerade in Zlomce eine Kugel durch den Kopf jagte.«

»Das wissen Sie also auch?«

»Für Ihren Großvater muß das ein großer Schock gewesen sein.«

Mark preßte den Mund zusammen und wandte sich ab. »Natürlich.« Noch immer abgewandt, holte er seine Zigarettendose aus der Tasche und zündete sich eine Zigarette an. Das Streichholz flammte knisternd auf, und Fox räusperte sich.

»Ich glaube, daß die Absicht besteht, Sir Harolds Biographie zu veröffentlichen?« sagte Alleyn.

»Hat Phinn Ihnen das erzählt?«

»Warum in aller Welt sollte gerade Mr. Phinn mir das erzählen?« fragte Alleyn.

Marks Antwort kam erst nach langer Pause.

»Zu meinem größten Bedauern muß ich jede Antwort auf weitere Fragen ablehnen, Sir.«

»Dazu sind Sie vollkommen berechtigt. Es ist allerdings schwer zu sagen, ob das auch sehr vernünftig ist.«

»Diese Entscheidung müssen Sie wohl mir überlassen. Liegt noch irgendein Grund vor, mich hier zurückzuhalten, da ich jetzt zu meinem Ordinationszimmer hinüberfahren möchte?«

Alleyn zögerte einen Augenblick. »Nicht im entferntesten. Ich wünsche Ihnen einen guten Morgen, Dr. Lacklander.«

»Ich bedaure aufrichtigst«, wiederholte Mark, warf beiden einen betretenen Blick zu und verließ das Zimmer.

»Ich glaube, Genosse Fox, wir sollten uns jetzt ein paar Stunden Schlaf im ›Eseltreiber‹ gönnen. Doch zuvor bitte ich Sie höflichst, sich vorläufig Gedanken an Bezirksschwestern aus dem Kopf zu schlagen und sich auf die linke untere Schublade in Oberst Cartarettes Schreibtisch zu konzentrieren.«

Fox zog die Brauen hoch, stellte sich vor den Schreibtisch, bückte sich und tat, wie ihm geheißen.

»Aufgebrochen. Erst ganz kürzlich. Holz abgeschlagen.«

»Sehr richtig. Der Span liegt auf dem Boden. Das Papiermesser auf dem Pult ist auch beschädigt, und der Splitter liegt noch in der leeren Schublade. Offenbar ein ungeschickter Amateur, der's sehr eilig hatte. Wir werden das Zimmer versiegeln und morgen die Jungens mit der Kamera und dem Fingerabdruckgerät reinlassen. Auf den Aussagen haben wir genug Abdrücke, und wer noch fehlt, kommt morgen dran.« Alleyn zog ein gefaltetes Taschentuch aus der Brusttasche, legte es auf die Tischplatte und enthüllte eine auffallend schäbige Brille. »Ehe wir unsere müden Häupter zur Ruhe betten, wollen wir noch sehen, ob unser Mr. Phinn seine Abdrücke auf dieser Brille hinterließ. Und wenn Sie brav sind, Genosse Fox, sollen Sie morgen die traurige und erschreckliche Mär des Jünglings Ludovic Phinn zu hören bekommen.«

3

Und am Morgen, bei einem Frühstück aus Schinken und gebratenen Eier, das den Herren aus London im Extrazimmer des »Eseltreiber« serviert wurde, hörte Fox die Geschichte Ludovic Phinns.

»Ich weiß deshalb so viel über den jungen Phinn«, erzählte Alleyn, »weil ich 1937, als dieser Skandal sich ereignete, in der politischen Abteilung des Yard arbeitete. Damals war Sir Harold Lacklander Botschafter in Zlomce, und der junge Danberry-Phinn war ihm als persönlicher Sekretär zugeteilt. Man wußte, daß die deutsche Regierung mit den dortigen Behörden umständliche und langwierige Verhandlungen wegen der Erteilung von Eisenbahnkonzessionen angebahnt hatte. Lacklander wurde beauftragt, dafür zu sorgen, daß aus der Sache nichts wurde. Ihm wurde freie Hand gegeben, den Herren in Zlomce gewisse, besonders verlokkende Konzessionen anzubieten, in der nicht unberechtigten Erwartung, daß sie anbeißen würden. Doch die Deutschen erfuhren von Lacklanders Komplott, beschleunigten ihre eigenen Verhandlungen und brachten sie zu vorzeitigem und äußerst erfolgreichem Abschluß. Unsere Regierung wollte natürlich wissen, wie das geschehen konnte. Lacklander wußte sofort, daß es sich nur um die Weitergabe von Geheiminformationen handeln konnte, und da kein anderer diese Informationen besaß, nahm er sich den jungen Phinn vor, der seine Schuld auf der Stelle eingestand. Offenbar war er der ganzen Atmosphäre in Zlomce nicht gewachsen gewesen. Wieder einmal die alte Geschichte: Frisch von der Universität, den Kopf voll Idealläusen, und sonst gänzlich ahnungslos. Er war in Zlomce in zweifelhafte Gesellschaft geraten, darunter war ein junger Mann, von dem wir später erfuhren, daß er ein besonders geschickter deutscher Agent war. Angeblich hängte er sich an den jungen Phinn und kriegte ihn herum, für die Deutschen zu arbeiten. Wie damals häufig, war unser eigener Nachrichtendienst zwar nicht unbedingt zuverlässig, doch allem Anschein nach waren Phinns Handlungen die eines Verräters. In der Nacht, als das bewußte Kabel an seinen Chef eingetroffen war, zog Phinn mit seinem neuen Freund ab. In irgendein Kabarett oder dergleichen. Das Entziffern des Kabels war ihm anvertraut worden. Wie sich herausstellte, soll er seinem Freundchen in Zlomce die ganze Sache brühwarm erzählt haben. Später hieß es, daß er Bestechungsgelder angenommen habe. Lacklander machte ihm die Hölle heiß, und daraufhin schoß sich Phinn eine Kugel durch den Kopf. Da er Lacklander angeblich so verehrt hatte, fanden wir es merkwürdig, daß er sich eines solchen Vertrauensbruchs schuldig machen konnte. Ich hörte, daß er ein außerordentlich begabter, doch sehr unausgeglichener junger Mensch war, einziger Sohn, dessen Vater – der bewußte Octavius Phinn – seine gesamten Hoffnungen auf ihn gesetzt hatte. Ich glaube, seine Mutter starb wenige Monate nach dem Skandal.«

»Tragisch«, sagte Fox. »Mr. Alleyn, meinen Sie, daß unser Mr. Phinn nicht ganz richtig im Kopf ist?«

»Sie meinen, wirklich verdreht?«

»Na, mindestens höchst exzentrisch.«

»Sein Benehmen während unserer gestrigen Nachtwache war jedenfalls merkwürdig. Ein Mann, der schwere Angst hatte, mein lieber Fox – oder mein Name ist Hase. Was denken Sie?«

»Ja, also, die *Gelegenheit* hatte er«, sagte Fox.

»Stimmt. Übrigens hat unser Bailey festgestellt, daß die gefundene Brille Phinns Fingerabdrücke aufweist. Was aber nichts darüber aussagt, *wann* er sie verlor. Doch ich habe eine Idee, weshalb und wann sie an die Stelle gelangte, wo wir sie fanden.«

Dann legte Alleyn seine Theorie dem aufmerksam lauschenden Fox in allen Einzelheiten dar. »Natürlich«, fuhr er fort, »dürfen wir den bewußten Landstreicher und den geheimnisvollen Herrn aus dem Fernen Osten nicht ganz außer acht lassen. Aber eine Tatsache, die sich bei unserer Nachtsitzung herausstellte, ist ernstlich in Betracht zu ziehen. Nämlich, daß Oberst Cartarette von Sir Harold Lacklander noch auf dem Totenbett damit betraut wurde, die Lacklander-Memoiren herauszugeben. Damit war deren Veröffentlichung ausschließlich in seiner Hand.«

»Hm«, machte Fox. »Ich glaube wirklich nicht, daß...«

»Ein Umstand, der vielleicht wichtig oder auch gänzlich unwichtig sein mag«, unterbrach ihn Alleyn. »Er könnte aber möglicherweise ein Bindeglied sein zwischen den Lacklanders und Mr. Octavius Phinn, und zwar in Gestalt des Oberst Cartarette, der doch die Memoiren in seinem Besitz hatte.«

»Womit Sie sagen wollen, daß die Memoiren vielleicht einen ausführlichen Bericht über das Vergehen des jungen Phinn enthalten könnten. Daß sein Vater vielleicht davon erfuhr und sich daher entschloß, ihre Veröffentlichung zu verhindern.«

»So wiederholt, klingt das Ganze allerdings wenig glaubhaft, nicht wahr? Sehen wir einmal, was uns meine schöne Theorie sonst noch beschert. Wir kennen die Vorgänge vor Oberst Cartarettes Ermordung bis zu dem Krach zwischen dem Oberst und Phinn, den Lady Lacklander hörte. Was wir jetzt annehmen, ist, daß Phinn, nachdem Lady Lacklander heimgegangen war, wieder zurückkam und Cartarette umbrachte, weil der die Memoiren und damit die Schande seines Sohnes in die Öffentlichkeit bringen wollte. Allerdings wurde dieser Punkt von Lady Lacklander mit keinem Wort erwähnt, und auch nicht, daß der von ihr belauschte Streit die Memoiren zum Gegenstand hatte. Obwohl sie meiner Ansicht nach keinen Grund hatte, mir das zu verschweigen. Sie erwähnte nur einen Streit wegen des Fischrechts, von dem ihr Cartarette nachher selbst berichtete. Und bestand darauf, daß ihre weitere Unterredung mit Cartarette sich nur um eine private und häusliche Angelegenheit drehte, die mit seinem Tod in keinerlei Zusammenhang stand. Das kann wahr, kann aber auch unwahr sein. Oder könnte sich diese Bezeichnung ›privat und häuslich‹ vielleicht auf die Herausgabe der Memoiren beziehen? Falls das zutrifft, warum dann ihre Weigerung, mit mir darüber zu reden?«

»Haben wir denn Grund, anzunehmen, daß es sich überhaupt um die Memoiren handelt?«

»Keineswegs. Denn ich tu' jetzt etwas, vor dem ich Sie dauernd warne: ich rate. Doch die Reaktion des jungen Lacklander, als ich die Memoiren erwähnte, war mehr als deutlich. Als hätte er seine Zunge verschluckt. Aber sie treten immer wieder in den Vordergrund, mein lieber Fox. Verbinden irgendwie die Cartarettes mit den Lacklanders und beide wahrscheinlich mit Mr. Phinn. Und sind vorderhand die einzige Sache, für den unter diesen scheinbar so konventionellen Menschen ein gemeinsames Interesse besteht.«

»Ich würde allerdings Lady Lacklander kaum eine konventionelle Frau nennen«, bemerkte Fox.

»Sie ist nur dann unkonventionell, wenn sich das mit ihren Traditionen vereinen läßt, glauben Sie mir's, Fox. Jetzt kommt ein Auto. Wahrscheinlich ist es Dr. Curtis. Nun heißt's wieder zurück zu unserer Bottom-Wiese und unserem Problem von Gelegenheit und Beweisen.«

Doch ehe die beiden das Zimmer verließen, blieb Alleyn stehen, rieb sich nachdenklich die Nase und fixierte seinen Kollegen.

»Vergessen Sie nicht, daß der alte Lacklander anscheinend mit einer schweren Gewissenslast auf dem Herzen und dem ›Vic‹ auf den Lippen ins Jenseits ging.«

»Aha! Also ›Vic‹.«

»Jawohl. Und daß Mark Lacklander vom jungen Phinn als ›Viccy‹ sprach. Da staunt der Laie, und der Fachmann wundert sich. Also vorwärts.«

4

Im sommerlichen Morgenlicht wirkte die liegende Gestalt Oberst Cartarettes doppelt unnatürlich. Die schützende Hülle war weggezogen, und er lag jetzt – wie preisgegeben – in dem kleinen Weidengebüsch dicht am Wasser: die Beine leicht hochgezogen, eine stille, leere Hülle, die Schläfe gezeichnet mit dem Schreckensmal roher Gewalt... nur mehr ein Objekt für die Fotografen der Kriminalpolizei.

Bailey und Thompson hatten zwar ihre während der Nacht gemachten Aufnahmen wiederholt, doch der Erfolg schien zweifelhaft. Trotz der Bretter, die den Boden in der Nähe der Leiche vor Regen schützen sollten, stand Wasser an erdigen Stellen und hatte den Uferkies überströmt. Und trotz der Hülle war Oberst Cartarettes Tweedjacke völlig durchnäßt, und in der Handfläche seiner ausgestreckten Rechten stand Regenwasser in einer kleinen Pfütze.

Dr. Curtis hatte seine Untersuchung beendet und stand auf.

»Mehr kann ich hier nicht tun, Alleyn«, sagte er. »Oliphant hat die Sachen, die in seinen Taschen waren. Der übliche Krimskrams. Wie ich hörte, haben Sie festgestellt, daß er um acht Uhr fünfzehn noch am Leben war und um neun Uhr tot aufgefunden wurde. Genaueres könnte ich Ihnen auch nicht sagen.«

»Und die Verletzungen?«

»Ganz unverbindlich würde ich sagen, daß sie durch zweierlei Gegenstände verursacht wurden oder eventuell durch einen einzigen, der auf zweierlei Art gebraucht wurde. Wir haben einen klaren und tiefen Einstich, beziehungsweise eine kreisförmige Eindruckstelle mit dem Einstich im Zentrum, und überdies die Anzeichen eines schweren Schlages, der gegen die gleiche Stelle geführt wurde und anscheinend weitläufige Knochenverletzungen und starke Blutungen zur Folge hatte. Offenbar hatte dieser Schlag Bewußtlosigkeit, vielleicht sogar den Tod zur Folge. Jedenfalls war er damit dem zweiten Angriff völlig wehrlos ausgesetzt.«

»Keine Fußspuren?« fragte Alleyn und sah Bailey an.

»Nur von den Leuten, die ihn fanden, Sir. Und seine eigenen.«

»Ja, das kann ich sehen. Tiefe Eindrücke seiner Absätze. Kauerte hier. Hat mit seinem Messer ein paar Büschel Gras abgeschnitten – zum Einwickeln der Forelle. Hier haben wir Messer, Gras und Forelle.«

Alleyn wandte sich zum Fluß und bemerkte, daß das rasch strömende Wasser sich hier eine winzige Bucht in die Uferböschung gebahnt hatte und daß die nackte Erde der Böschung an einer Stelle tiefe und offenbar frische Schrammen aufwies.

»Sehen Sie sich das mal an, Fox, und das hier auch.« Er deutete auf die frischen Schrammen und auf ein Büschel hochstieliger Margeriten, die etwa einen Meter weit von Oberst Cartarettes Leiche wuchsen. An drei hohen Stengeln fehlten die Blüten.

Dann erteilte Alleyn die Weisung, daß die Leiche weggebracht werden könnte, und machte Fox darauf aufmerksam, daß im Weidengebüsch ein paar Zweige geknickt und das Gras flachgedrückt war, und erinnerte ihn daran, daß Schwester Kettle das Gefühl hatte, beobachtet zu werden, als sie die Leiche fand.

Als die beiden Polizisten den Toten auf eine Tragbahre legten, fiel eine durchnäßte und zerdrückte Margeritenblüte aus des Obersts Rock.

Alleyn hob die Blüte behutsam auf, tat sie in einen Briefumschlag, suchte den Boden neuerlich ab und fand eine zweite Blüte am Ufer, gerade unterhalb der Stelle, wo Oberst Cartarettes Kopf gelegen hatte. »Unser Mörder scheint sich der Blumensprache bedient zu haben. Die dritte Blüte dürfte flußabwärts abgetrieben sein. Na, wir werden sehen.«

Dann sammelte er die Grashalme, die der Oberst abgeschnitten hatte, besah sich sein Taschenmesser, das Grasspuren zeigte und überdies nach Fisch roch, hob die große Forelle auf und untersuchte den steinigen Fleck, wo sie die ganze Nacht gelegen hatte, mit seinem Vergrößerungsglas. »Aha, da haben wir ja was«, rief er plötzlich. »Sehen Sie diesen scharfen Stein. An dem hängt ein Stück Fischhaut! Allerdings kann ich nicht sagen, ob sie von *diesem* Fisch herrührt. Dazu brauchen wir einen Fachmann«, erklärte er schließlich und richtete sich auf. »Seine Meinung dürfte sogar von entscheidender Bedeutung sein. Doch mir ist jetzt schon klar, daß der Oberst selbst etwas gefangen haben muß. Daß sein Fang hier lag, später entfernt und durch den ›Alten‹ ersetzt wurde. Doch wohin verschwand sein Fisch? Wer nahm ihn, und wann?«

»Das Wann ist leicht zu beantworten: vor dem Regen.«

»Was uns überhaupt nicht hilft. Denn er wurde vor dem Regen umgebracht und auch gefunden. Doch bedenken Sie eines, Fox: Als er ermordet wurde, hielt er ein abgeschnittenes Grasbüschel in der Hand. Wahrscheinlich, um seinen eigenen Fang darin einzuwickeln. Denn er hatte sich doch geschworen, den ›Alten‹ auch nur zu berühren, und ließ ihn auf der Brücke liegen. Wer ihn gut kannte, behauptet, daß er unbedingt dabei geblieben wäre. Also schön. Dann bringt ihn jemand um. Wer sonst als dieser gewisse Jemand hätte dann des Obersts Fang mit dem ›Alten‹ ersetzt?«

»Damit könnten Sie recht haben, Mr. Alleyn.«

»Aber warum nur?«

»Das weiß der Himmel!« stöhnte Wachtmeister Oliphant. Die beiden anderen Polizisten gaben Geräusche der Sympathie und Teilnahme von sich, und Dr. Curtis grinste.

»Und in welcher Stellung führte der Mörder seinen ersten Schlag aus? Wie ich die Sache sehe, hockte der Oberst, das Gesicht zum Wasser gewandt, und hielt das Grasbüschel in der Hand –

habe ich recht, Curtis? Die Abdrücke seiner Absätze zeigen, daß er nach dem Schlag gegen die linke Schläfe umkippte, und Schwester Kettle fand ihn auch in dieser Stellung. Hier gibt es dreierlei Möglichkeiten: einen Schlag von hinten durch einen Linkshänder – von vorne, von jemandem, der ihm gegenüber hockte – oder als drittes, als rechtshändiger weitausgeholter Schlag aus größter Entfernung. Nun war aber doch der Abstand zwischen dem Oberst und dem Wasserrand viel zu gering für einen solchen Schlag. Deshalb sagte ich ja schon zu Anfang, daß der Mörder eigentlich einen Viertelmeter weit vom Ufer im Wasser gestanden haben müßte. Doch jetzt wollen wir einmal sehen, wie die Sache sich flußaufwärts präsentiert, Fox. Aber bitte hinten rum – wegen der Fußspuren!«

Die beiden stiegen zur kleinen Bucht hinunter, bis zur Stelle, wo das Weidengebüsch wie ein Vorsprung ins Wasser hinausragte, und sahen dann am Gebüsch vorbei zum anderen Ende der Brücke, wo der alte Kahn in etwa fünfzehn Meter Entfernung an einem Pfahl angebunden lag.

»Ein ganz reizendes Bild, nicht? Sieht aus wie eine Bleistiftskizze aus Großmamas Album. Sehen Sie den Ast, der auf uns zugesegelt kommt? Wie die Strömung ihn herumwirbelt und anscheinend wieder in Richtung der Brücke treibt? Bleiben Sie einen Augenblick an dieser Stelle, Fox. Und zwar hockend. Spielen Sie den Angler, der seinen Fang betrachtet. Und bitte, sehen Sie nicht auf, bis ich's Ihnen sage.« Damit verschwand Alleyn ins Weidengebüsch.

Fox tat gehorsam, wie ihm befohlen, und kümmerte sich nicht um das Raten und die derben Späße der anderen. Alle hörten Alleyns rasche Schritte über die Brückenbohlen und waren irgendwie überzeugt, ihn am anderen Ufer auftauchen zu sehen.

Deshalb waren sie ganz verblüfft, als der alte Kahn plötzlich lautlos um das Weidengebüsch glitt. Im Kahn stand Alleyn und hielt eine verwelkte Margeritenblüte in der Hand.

Die Strömung riß das Boot erst quer durch die kleine Bucht, wirbelte es dann herum, bis es schließlich an der niedrigen Erdböschung zum Halten kam, wobei sein flaches viereckiges Ende genau in die Schrammen paßte, die Alleyn aufgefallen waren. Dabei war das leise Scharren, als der flache Boden des Kahns über die Kiesel am Grund der Bucht glitt, das einzig hörbare Geräusch.

»Das Scharren hörten Sie wohl, Fox?«

Fox sah auf. »Ja, das hörte ich. Aber vorher sah und hörte ich nicht das geringste.«

»Cartarette erging es sicher genauso. Wissen wir also jetzt, wer der Täter ist, Genosse Fox?«

»Wenn ich Sie recht verstehe, Mr. Alleyn, heißt das nur eines, nämlich, daß Sie es wissen.«

SIEBENTES KAPITEL

1

»Es wird gebeten, sich folgendes freundlichst vor Augen halten zu wollen«, dozierte Alleyn vom Kahn her. »Erstens: Die Margerite fand ich im Bug des Boots. Zweitens: Die alte Bütte besitzt ein zweites, etwa zehn Meter langes Vertäuungsteil. Selbiges Seil ist dort drüben, am anderen Ende, festgemacht. Ergo muß ich mich nur an diesem Seil entlangziehen, um wieder an die Vertäuungsstelle zurückzugelangen. Eine Einrichtung, die offenbar den speziellen Zweck hat, Lady Lacklanders künstlerische Ambitionen zu erleichtern. Beweis für diese Annahme: einige Farbkleckse sowie eine zerquetschte Farbtube. Ebendaselbst gefunden: eine gelbe Haarnadel, Riesenformat, sowie mehrere Zigarettenstummel mit und ohne Lippenstiftspuren und offenbar dort schon seit geraumer Zeit vorhanden. Doch dies nur in Parenthese.«

»Wohl Sir George und Herzallerliebst?« riet Fox.

»Daß Sie, Genosse Fox, bei diesem erotischen Detail einhaken würden, kommt mir nicht unerwartet. Doch nun zu Punkt drei: Man erinnere sich, daß diese Kahnfahrt von den Bewohnern des Watt Hill nicht beobachtet werden konnte, da für sie nur dieses Ende der Brücke sowie die kurze Strecke zwischen Brücke und Weidengebüsch sichtbar ist. Jetzt könnt ihr ihn wegbringen.«

Dr. Curtis bedeckte die Leiche, und die Polizisten von Scotland Yard trugen sie zur Watt Lane, wo eine Spitalambulanz aus Swevenings wartete.

»Er war ein sehr feiner und guter Mann«, sagte Wachtmeister Oliphant, »und ich hoffe nur, daß wir den Kerl kriegen werden, Sir.«

»Darüber brauchen Sie sich keine Sorgen zu machen«, beruhigte ihn Fox und sah seinen Vorgesetzten an.

»Meiner Ansicht nach spielte sich das Ganze folgendermaßen ab«, ergriff Alleyn wieder das Wort. »Der Mörder sah Cartarette vom anderen Ufer, über seinen Fang gebeugt. War mit der Funktion des Kahns vertraut, machte ihn los und ließ sich von der Strömung in die kleine Bucht treiben, wo der Bug auf Grund geriet und an der Erdböschung die bekannten Schrammen hinterließ. Weiterhin war diese Person dem Oberst so vertraut, daß er beim Scharren des Kiels auf den Kieseln nur kurz aufsah. Wenn ich mich, wie eben jetzt, in die Mitte des Kahns stelle, bin ich gerade gegenüber der Stelle, wo Cartarette hockte. Und in Reichweite von ihm, wenn der Schlag so ausgeführt wurde, wie ich es annehme.«

»Wenn«, bemerkte Fox.

»Ja, ich weiß: wenn. Wenn Sie eine bessere Theorie haben, dann her damit.«

»O. k., Sir. Ich hab' bis jetzt keine.«

»Der schwierige Punkt hier sind jedoch die Margeriten«, setzte Alleyn fort. »Ein einziger Streich hätte wohl alle drei Blüten so abgeschlagen, daß eine auf den Oberst, die zweite ans Ufer und die dritte in den Kahn gefallen wäre, doch dieser Schlag hätte den Oberst nicht erreicht.« Dann bemerkte Alleyn des Wachtmeisters Blick zu der Stange am Boden des Kahns.

»Nein, mein Lieber. So genau kann man vom Kahn aus nicht zielen. Es sei denn, unser Mörder ist ein preisgekrönter Stangenwerfer aus dem Hochland.«

»Ist es eigentlich unbedingt sicher, Sir, daß zwischen dem Kahn und dem Mord eine Verbindung besteht?« fragte der Wachtmeister.

»Keineswegs. Doch ehe wir den ›Linkshänder‹ nicht gefunden haben, müssen wir den Kahn als praktisch verwendbare Hypothese betrachten. Wenn Sie sich den Boden zwischen dem Kahn und der Stelle, wo die Leiche lag, ansehen, werden Sie merken, daß man vom Kahn mit einem Schritt dicht neben dem Kopf des Ermordeten zu stehen käme, ohne auf diesem steinigen Boden auch nur die geringsten Spuren zu hinterlassen. Doch auf der Seite des Weidengebüsches, wo die Erde weich ist, fanden wir die Spuren des Obersts selbst, Schwester Kettles und Dr. Lacklanders. Wenn wir jedoch für den Augenblick bei unserer Annahme bleiben, daß der Angreifer – nachdem der Oberst schon bewußtlos war – vom Kahn auf diesen steinigen Fleck trat, um seinen zweiten Angriff auszuführen oder auch um festzustellen, ob sein Opfer schon tot war, stehen wir vor der Frage, wie sich diese Theorie mit den Tatsachen der fehlenden Forelle und der abgeschlagenen Blumen vereinbaren läßt.«

Alleyn wandte sich fragend zu Oliphant, der ganz düster dreinsah, und zu seinem etwas verwunderten Kollegen und gab den beiden dann ein vollständiges Bild der Tat, wie sie sich nach seiner Theorie abgespielt haben mußte. »Mir ist natürlich klar«, schloß er seine Ausführungen, »daß das alles so voll Lücken ist wie ein Sieb. Und wenn mir jemand einen anderen Vorschlag zu machen hat, der sich mit den Tatsachen vereinbaren läßt, nehme ich mit Begeisterung an.«

Dazu war jedoch keiner von beiden imstande, und Fox begnügte sich mit einer kurzen Wiederholung von Alleyns Ausführungen, die sich, so dargelegt, noch unglaubhafter anhörten.

Doch Alleyn blieb unbeirrbar und bestand sogar auf einer sofortigen Suche nach dem rätselhaft verschwundenen zweiten Fisch. Dann wandte er sich zu seinem Kollegen: »Treffen Sie mich am anderen Ufer, Fox. Ich habe Ihnen etwas zu zeigen.«

Damit ergriff er das lange Tau, straffte es mühelos und glitt, von der wirbelnden Strömung getragen, quer übers Wasser zum alten Bootshaus zurück. Dort fand Fox ihn bei aufmerksamer Betrachtung des Bodens.

»Oliphant und Gefolge haben hier gehaust wie eine Herde von Flußpferden.« Alleyn schüttelte bedauernd den Kopf. »Wahrscheinlich, als sie gestern abend die Bretter hier holten. Trotzdem… schauen Sie mal her, Fox.«

Er führte Fox zu einer ziemlich tiefen Mulde im Grasboden. Hier hatte der Regen die deutlichen Spuren von Lady Lacklanders Malstuhl und Staffelei nicht verwischt. »Doch jetzt zeige ich Ihnen etwas wirklich Interessantes. Er wies zu einer leichten Bodenerhöhung. »Sehen Sie sich das einmal an.«

Fox folgte ihm übers Gras, das auch jetzt noch niedergetreten war. Dann standen beide und betrachteten ein kaum wahrnehmbares Loch im Wiesenboden, das noch mit Wasser gefüllt war. Das Gras um das Loch herum zeigte deutlich Druckstellen.

»Wenn Sie sich bücken, Fox, werden Sie sehen, daß diese Druckstellen kreisförmig sind.«

»Ja, bei Gott, das stimmt«, sagte Fox nach langem Schweigen. »Die gleichen Druckstellen wie an Oberst Cartarettes Schläfe.«

»Damit haben wir den klaren Abdruck der zweiten Waffe. Nämlich den Abdruck eines Jagdstockes, Genosse Fox.«

2

»Ganz hübsches Häuschen«, meinte Alleyn, als die beiden aus dem Gehölz traten und vor dem Schloß Nunspardon standen. »Was, Fox?«

»Ein prächtiges Schloß. Empire, würde ich sagen.«

»Ich auch. Doch auf den Grundmauern eines Nonnenklosters erbaut und von Heinrich dem Achten – natürlich – einem Lacklander zum Geschenk gemacht. Jetzt aber sachte mit den jungen Pferden, Genosse Fox. Ich weiß nicht, ob Lady Lacklander ihr Frühstück im Schlafzimmer oder unten im Frühstückszimmer einnimmt. Unten. Da kommt sie schon.«

»Weiß Gott! Und trägt Männerstiefel und einen Jagdstock überm Arm.«

»Sie haben recht, Fox. Doch muß es nicht unbedingt derselbe sein. Oder vielleicht doch?« Alleyn zog seinen Hut und lüftete ihn in Richtung Lady Lacklanders.

»Achtung, sie kommt. Nein, doch nicht.«

»Herrgott, jetzt setzt sie sich auch noch drauf!«

Lady Lacklander, die, gefolgt von einem halben Dutzend Hunden, erst Miene gemacht hatte, auf Alleyn und Fox zuzugehen, hatte sich wirklich eines anderen besonnen, winkte Alleyn mit einem dicken Gartenhandschuh zu, öffnete die zusammengeklappten Griffe des Jagdstocks, der jetzt zu einer Art Stühlchen wurde, und ließ sich darauf nieder.

»Mit ihrem Gewicht bohrt sie ja den ganzen Stock in die Erde!« Alleyn war wütend. »Also vorwärts!«

Als sie in Hörweite waren, rief ihnen Lady Lacklander einen Gruß zu, blieb jedoch unbeweglich sitzen und starrte ihnen nur stumm entgegen. ›Der alte Drache will uns die Sache so schwer wie nur möglich machen‹, dachte Alleyn und lächelte liebenswürdig.

»Sie sind wohl die ganze Nacht auf gewesen«, sagte sie, als sie näher kamen.

»Bitte, entschuldigen Sie, daß wir Sie zu so früher Stunde inkommodieren müssen, Lady Lacklander. Aber wir sind augenblicklich an einem toten Punkt angelangt.«

»Also festgefahren?«

»Nicht ganz, aber beinahe. Hoffentlich verfluchen Sie uns nicht, wenn wir Sie schon in aller Herrgottsfrühe nach Ihren Ansichten über die Sache aushorchen?«

»Was Sie mit *meinen* Ansichten anfangen wollen, möcht' ich wissen!«

Alleyn entschloß sich zu einem vorsichtigen Scheinmanöver. »Wir meinen nämlich, daß Cartarettes Mörder sich möglicherweise schon längere Zeit vor dem Mord versteckt gehalten hat.«

»Wirklich?«

»Ja.«

»Ich sah ihn nicht.«

»Ich meine, wirklich gut versteckt. Wir können zwar leider nicht sagen, wo das war, meinen jedoch, an einer Stelle, wo er die Brücke und das Weidengebüsch wenigstens teilweise sehen konnte. Und vielleicht auch die Mulde, in der Sie saßen und skizzierten.«

»Haben Sie die auch schon gefunden?«

»Das war reines Kinderspiel. Sie hatten eine Staffelei und einen Malstuhl.«

»Und bei meinem Gewicht hat dieser Malstuhl offenbar seine

Spuren hinterlassen«, fiel ihm Lady Lacklander amüsiert ins Wort und schaukelte dabei auf ihrer etwas wackligen Sitzgelegenheit hin und her, daß es Alleyn angst und bange wurde.

»Die Sache ist nämlich die, daß wir glauben, daß der Betreffende so lange in seinem Versteck gewartet hat, bis er Sie weggehen sah. Blieben Sie die ganze Zeit ununterbrochen in Ihrer Mulde?«

»Nein, denn ich sah mir die Skizze einige Male aus der Entfernung an. Schließlich war's doch ein Reinfall. Ganz saft- und kraftlos.«

»Wo standen Sie, als Sie sich die Arbeit besahen?«

»Auf der Erhöhung zwischen Mulde und Brücke. Anscheinend sahen Sie sich die Stelle nicht so genau an, denn sonst hätten Sie das selber gewußt.«

»Glauben Sie? Weshalb denn?« fragte Alleyn unschuldig und drückte im Geiste beide Daumen.

»Weil ich den Jagdstock benutzte, mein guter Roderick, und ihn so tief in die Erde rammte, daß ich ihn da lassen und weggehen konnte, was ich mehrmals tat.«

»Ließen Sie ihn auch stehen, als Sie heimgingen?«

»Selbstverständlich. Damit der Diener, der meine Sachen holen sollte, sie auch gleich finden konnte. Die legte ich neben den Stock.«

»Ich will mir nämlich diese sehr wichtige Stelle genauso rekonstruieren, wie sie gestern abend war, meine verehrte Lady Lacklander. Und ich wäre Ihnen unendlich dankbar, wenn Sie mir Ihren Jagdstock und Ihre Malsachen gütigst für ein paar Stunden leihen würden. Wir versprechen, daß wir Ihre Sachen wie unseren Augapfel hüten werden. Genehmigt?«

»Ich habe keine Ahnung, was Sie im Schilde führen, und habe auch keine Hoffnung, daß ich es je erfahren werde. Also, da nehmen Sie das Zeug.«

Als sie sich schwerfällig hochstemmte, waren Zwinge und Scheibe ihres Jagdstocks tatsächlich so tief in den Pfad eingerammt, daß der Stock von selber stehen blieb. Alleyn hatte zwar beabsichtigt, den Stock höchst sorgfältig herauszuziehen, wenn nötig, sogar auszugraben, doch Lady Lacklander hatte ihn schon gepackt und mit einem kräftigen Ruck herausgerissen.

»Da haben Sie ihn. Das Malzeug ist oben. Wollen Sie sich's holen?«

Alleyn nahm das Angebot mit Dank an, hielt den Jagdstock vorsichtig in der Mitte, und alle drei gingen zum Haus hinauf. In der Vorhalle stand George Lacklander. Seine arroganten Allüren waren über Nacht verschwunden, und abgesehen von einer Bemerkung über sein Amt als Friedensrichter, verhielt er sich ruhig und reserviert.

Lady Lacklander schmunzelte, als sie ihren Sohn sah. »Tja, George, ich weiß zwar nicht, ob sie mich gegen Kaution aus der Haft entlassen werden, doch du wirst mich sicher besuchen dürfen.«

»Aber Mama!«

»Roderick hat mich nämlich unter einem nicht sehr plausiblen Vorwand um meine Malsachen ersucht. Doch bis jetzt warnte er mich noch nicht, daß alles, was ich sage, gegen mich verwendet werden könnte.«

»Aber wirklich, Mama!«

»Also, kommen Sie jetzt mit mir, Roderick.« Lady Lacklander führte Alleyn durch die Vorhalle in ein Garderobenzimmer, das mit einer ganzen Sammlung von Schirmen, Galoschen und Stiefeln aller Art, mit Tennisschlägern und mit Golfstöcken aller Typen vollgepfropft war. »Ich verstaue die Dinge hier, weil ich manchmal im Garten skizziere. So, hier haben wir alles. Bedienen Sie sich.«

Alleyn hob eine Art Brotsack hoch, an den eine Staffelei und ein Malschirm angeschnallt waren. »Benutzten Sie auch den Malschirm?«

»Unser Williams stellte ihn für mich auf, aber ich brauchte ihn nicht, weil die Sonne untergegangen war, und ließ ihn zusammengeklappt stehen.«

»Wir werden ausprobieren, ob er über die Mulde hinausragt.«

»Roderick, sagen Sie mir's – was für Verletzungen hat man ihm zugefügt?«

»Erzählte Ihr Enkel Ihnen das nicht?«

»Sonst hätte ich Sie nicht gefragt.«

»Schädelverletzungen.«

»Sie brauchen mir die Sachen nicht gleich zurückzubringen. Ich bin ohnehin nicht in Stimmung zum Malen.«

»Ich danke Ihnen jedenfalls sehr für Ihre Hilfe.«

»Kettle wird mir sicher alles ausführlich erzählen.«

»Gewiß. Und viel besser, als ich es könnte«, gab Alleyn seelenruhig zu.

»Weshalb verließen Sie den diplomatischen Dienst, Roderick, und wählten diesen wenig anziehenden Beruf?«

»Das ist zwar schon sehr lange her, doch soweit ich mich erinnern kann, weil Tatsachen mir interessanter erschienen.«

»Die jedoch niemals mit dem Begriff der Wahrheit verwechselt werden sollten.«

»Ich glaube immer noch, daß die Wahrheit sich auf Tatsachen aufbaut. Doch jetzt darf ich Sie nicht länger belästigen.« Alleyn hielt ihr die Tür auf und ließ sie vorangehen.

Als er und Fox sich an den Abstieg durchs Wäldchen machten, waren beide sich der Anwesenheit ihrer mächtigen Gestalt fast physisch bewußt, die ihnen völlig bewegungslos nachsah.

Im Schutz der Bäume gingen sie sogleich an die Untersuchung ihrer Beute. Alleyn legte den Jagdstock auf eine Böschung und hockte sich daneben zu Boden.

»Die Scheibe«, erklärte er, »ist oberhalb der Zwinge angeschraubt, und die Spitze ist fünf Zentimeter lang. Überall Erde – selbst zwischen Scheibenkragen und Stock, was beweist, daß die Scheibe seit Wochen nicht abgeschraubt wurde. Ausgezeichnet! Wenn das wirklich die Waffe ist, wurde sie sicher im Chyne gewaschen, und der Stock wurde ja auch vorhin wieder in weiche Erde gerammt. Doch die Hauptsache ist, daß das Ding nicht auseinandergenommen wurde. Wenn wir Glück haben, finden sich noch Blutspuren unter dem Scheibenkragen.«

Dann nahm Alleyn sich die Dinge im Malkasten vor, den er eigentlich gar nicht gewollt hatte. Zwischen dem gewöhnlichen Inhalt – Farbtuben, Bleistifte, Pinsel und dergleichen – fand er auch ein paar Mallappen. Einer darunter zeigte die Spuren von Aquarellfarben, doch daneben auch einen rotbraunen Fleck, der parallel verlaufende helle Streifen aufwies, als sei der Lappen um irgendeinen Gegenstand gewunden worden.

Alleyn sah zu seinem Kollegen auf.

»Riechen Sie mal an dem Ding, Fox.«

Fox tat das gründlich und hörbar.

»Fisch!« stellte er fest.

3

Dann gingen beide zum Golfplatz und sahen vom zweiten Erdhaufen, also von der Schloßseite, ins Tal hinunter, auf die Brücke und den oberen Flußlauf. Doch genauso wie vom gegenüberliegenden Hang, waren das diesseitige Ende der Brücke und der Unterlauf des Chyne durch Bäume verdeckt, durch die jedoch die Mulde wenigstens teilweise sichtbar wurde, in der sich Lady Lacklander mit ihrer Staffelei niedergelassen hatte.

»Von hier aus«, erklärte Alleyn seinem getreuen Fox, »konnten Mrs. Cartarette und dieser Esel George Lacklander also Mr. Phinn beim Wildern unter der Brücke beobachten, und Lady Lacklander sah die beiden von ihrer Mulde aus. Ach, da unten an der Brücke ist ja unser Oliphant.« Alleyn winkte dem Wachtmeister zu. »Der soll uns die Sachen gleich zu Dr. Curtis nach Chyning bringen. Ich weiß, daß er um elf Uhr mit der Autopsie beginnt. Dr. Lacklander hat ihm für diesen Zweck einen Raum im Spital zur Verfügung gestellt. Und ich brauche den Laboratoriumsbericht über den Jagdstock und den Lappen so rasch wie möglich. Als nächstes statten wir aber Commander Syce eine Routinevisite ab.«

»Das ist wohl der Herr mit dem Hexenschuß, im mittleren Haus? Vielleicht konnte er sogar etwas von den Vorgängen am Flußufer beobachten.«

Nachdem Oliphant Lady Lacklanders Besitztümer samt ein paar erklärenden Zeilen übernommen hatte, machten sie sich auf den Weg hügelaufwärts, durchquerten das Gehölz unterhalb der Hammer Farm und hatten gerade das untere Ende von Commander Syces Garten erreicht, als sie etwas schnappen hörten, gefolgt von einem Schwirren und einem harten Aufschlag.

»Donnerwetter noch mal«, rief Fox verblüfft, »das klang doch wie das Abschießen eines Pfeils!«

»Was nicht verwunderlich ist, denn das war's auch.« Alleyn wies mit dem Kopf zu einem Baum in ihrer nächsten Nähe, in dem jetzt ein hübscher rotgefiederter Pfeil in der Mitte eines anscheinend frischgemalten roten Herzens steckte.

»Sehr unvorsichtig.« Fox war böse.

Alleyn zog den Pfeil heraus und betrachtete ihn. »Absolut tödlich, wenn gut gezielt! Sie bemerkten doch das Herz als Zielscheibe, Fox? Mir scheint, daß der Commander zwar seinen Hexenschuß los wird, dafür aber liebeskrank wurde.«

Dann hörten sie einen erschreckten Ausruf des Übeltäters selbst und sahen Commander Syce, der, den Bogen in der Hand und puterrot im Gesicht, auf seinem Rasen stand.

Als Alleyn sich und Fox vorstellte, scheute er zurück wie ein erschrecktes Füllen.

»Wir sind von der Polizei«, erklärte Alleyn.

»Guter Gott!«

»Sie hörten doch sicher von dem Unglücksfall?«

»Welchem Unglücksfall?«

»Der Oberst Cartarette zustieß.«

»Cartarette?«

»Er wurde ermordet.«

»Heiliger Himmel!«

»Deshalb suchen wir seine Nachbarn auf...«

»Wann denn?«

»Etwa um neun Uhr abends, wie wir jetzt annehmen.«

»Wieso wissen Sie, daß es ein Mord war?«

»Die Schädelverletzungen beweisen, daß es sich um einen besonders rohen Gewaltakt handelt.«

»Wer fand ihn denn?«

»Die Bezirksschwester. Schwester Kettle.«

Der Commander wurde wieder krebsrot. »Weshalb holte sie mich denn nicht?«

»Hätten Sie das vorausgesetzt?«

»N-nein.«

»Also dann...«

»Kommen Sie lieber ins Haus. Da draußen zu stehen, hat ja keinen Sinn!« bellte der Commander.

Sie folgten ihm in sein ungemütliches Wohnzimmer, wo die Decken eines Feldbetts sehr ordentlich zusammengelegt waren und auf einem Tisch allerlei Zeichenmaterial und Wasserfarben säuberlich ausgelegt waren. Auf einem Zeichenbrett war eine große illustrierte Landkarte – offenbar im ersten Arbeitsstadium – aufgezogen. Alleyn erkannte sogleich, daß es sich um eine Karte von Swevenings handelte, in die schon ein paar amüsante Figürchen hineingezeichnet waren.

Er betrachtete die Arbeit und meinte bewundernd: »Das sieht ja wirklich sehr lustig aus.«

Auf sein Lob reagierte der Commander mit einem undefinierbaren Laut, stellte sich verlegen zwischen die Karte und seine Besucher und murmelte undeutlich, daß die Arbeit für eine Bekannte bestimmt sei.

»Sie wird sich sicher sehr darüber freuen«, bemerkte Alleyn leichthin. Darauf wurde der Commander womöglich noch röter, und Fox sah ganz niedergeschlagen aus.

Alleyn bezeichnete den Grund ihres Besuchs als eine Routinearbeit der Polizei, die bei derartigen Fällen überall Nachforschungen anstellen müsse.

»Haben Sie den Kerl noch nicht gekriegt?«

»Nein. Wir hoffen, daß unsere Besuche bei Nachbarn des Obersts, die zufällig in der Nähe des Tatorts waren...«

»Das war ich aber nicht. Keineswegs.«

Alleyn fragte rasch: »Dann wissen Sie also, wo er gefunden wurde?«

»'türlich! Sie sagten doch vorhin, um neun Uhr. Miss... Miss... die Dame, die ihn angeblich fand, verließ mein Haus um fünf Minuten vor neun Uhr, und ich sah sie ins Tal hinuntergehen. Wenn sie ihn um neun Uhr fand, muß das im Tal unten gewesen sein, nicht? Ich sah ihr nämlich nach.«

Bei Beantwortung weiterer Fragen im Zusammenhang mit Schwester Kettle wurde der Commander zusehends verlegener, bis Alleyn das Gespräch geschickt auf seinen Lieblingsort ablenkte und sich dabei sehr fachmännisch auszudrücken verstand, was ihm einen bewundernden Blick eintrug. Auf seine nebenbei gestellte Frage, ob der Commander Oberst Cartarette schon lange gekannt habe, antwortete er schließlich ganz entspannt.

»Ziemlich lang. War ja mein Nachbar. Patenter Kerl.«

»Sicherlich. Wie ich hörte, begegneten Sie einander, als er auch im Fernen Osten war. In Hongkong, nicht?« improvisierte Alleyn und hoffte aufs Beste.

»Singapore.«

»Ach ja, natürlich. Ich frage Sie das aus einem bestimmten Grund. Weil wir nämlich aus der Natur des Verbrechens und der Tatsache, daß hier im Ort offenbar keinerlei Motiv für den Mord zu finden ist, schließen, daß die Tat vielleicht mit seiner früheren Tätigkeit im Fernen Osten zusammenhängt.«

»Keine Ahnung.«

»Schauen Sie, Commander, könnten Sie uns nicht etwas über sein Leben im Ausland erzählen? Wann trafen Sie ihn eigentlich?«

»Das letzte Mal war's vor vier Jahren, als ich noch aktiv war. Singapore war der Heimathafen meines Schiffes, und als wir im Hafen lagen, besuchte er mich. Ein halbes Jahr später wurde ich abgesägt.«

»Sahen Sie sie damals öfter?«

»Sie?«

»Ich meine die Cartarettes.«

Der Commander starrte Alleyn an. »Damals war er noch nicht verheiratet.«

»Sie lernten also Mrs. Cartarette erst kennen, als Sie hierher zurückkehrten?«

Commander Syce steckte die Hände in die Taschen und ging zum Fenster. »Nein. Ich kannte sie schon vorher. Dort draußen.«

»Vor ihrer Heirat?«

»Ja.«

»Haben Sie die beiden am Ende gar zusammengebracht?« Die Frage klang ganz unschuldig, doch Alleyn bemerkte, wie des Commanders Halsmuskeln sich plötzlich strafften.

»Ich machte sie tatsächlich miteinander bekannt«, brüllte er gegen die Fensterscheibe.

»Wie lustig! Ich finde so was immer amüsant, weil ich selber ein unverbesserlicher Ehestifter bin«, behauptete Alleyn und sah Fox bedeutsam an.

»Guter Gott, nichts dergleichen!« rief der Commander entsetzt. »Das wäre mir nicht im Traum eingefallen. Keine Spur!«

Dieser Ausbruch war deutlich seine Reaktion auf eine solche Zumutung und bewies sowohl Ärger als auch ein gewisses Maß an Schuldbewußtsein. Alleyns weitere Versuche, ihn über seine Begegnungen mit Cartarette in Singapore auszuhorchen, blieben erfolglos. Er sah die zittrigen Hände, die feuchte, fleckige Haut und den Ausdruck ratloser Verwirrung in des Commanders Augen und dachte: ›Alkoholiker. Armer Teufel.‹

»Es hat überhaupt keinen Sinn, mich etwas zu fragen«, erklärte der Commander plötzlich. »Mir erzählt doch keiner etwas. Ich geh' ja nirgends hin. Mich will auch keiner haben.«

»Wir wollten ja nicht mehr, als uns für das Geschehene einen möglichst klaren Hintergrund aufzubauen, und hatten gehofft, daß Sie uns dabei behilflich sein könnten. Miss Kettle erzählte uns gestern abend von der festen Verbundenheit aller hier in Swevenings – ganz wie in den alten Zeiten der Feudalherrschaft! Selbst Sir Harold Lacklander soll sich ja den jungen Phinn als Sekretär geholt haben. Was sagten Sie?«

»Nichts. Ein Tunichtgut. Aber das macht nichts.«

»Und als Ihr Schiff einlief, suchte Sie Cartarette natürlich sofort auf. Und Sie sind derjenige, der ihn zum erstenmal mit Miss... ich weiß gar nicht, wie Mrs. Cartarettes Mädchenname war.«

Commander Syce murmelte etwas Unverständliches und sah sehr bedrückt aus.

»Vielleicht können Sie uns den Namen angeben«, bat Alleyn entschuldigend. »Wir brauchen solche Einzelheiten für unsere Akten. Sonst müßte ich Mrs. Cartarette aufsuchen.«

Er sah den Commander geduldig und freundlich an. Der warf ihm einen gequälten Blick zu, schluckte krampfhaft und sagte schließlich halb erstickt: »de Vere.«

Stille. Fox räusperte sich.

»Ach so«, sagte Alleyn schließlich.

4

»Hätten Sie je geahnt, daß die jetzige Mrs. Cartarette aus einer so alten Familie der Hocharistokratie stammt, Mr. Alleyn?« erkundigte sich Fox auf dem Wege zum Jacobs Cottage, Mr. Phinns Haus.

»Eigentlich nicht, Genosse Fox. Gewiß nicht.«

»Aber der Name – die de Veres kamen doch schon mit Wilhelm dem Eroberer nach England?«

»Der Name? Da lachen die Hühner!«

»Vielleicht gehört sie zu den Leuten, die man *déclassé* nennt«, fragte Fox, sichtlich stolz auf seine Kenntnis des Französischen, »ich meine etwas heruntergekommen?«

»Ganz im Gegenteil. Die ist sehr auf dem Aufstieg, Fox.«

»Aha. Sie meinen den Herrn Baron, der ihr so deutlich den Hof macht. Glauben Sie, daß diese gegenseitige Anziehung stark genug ist, um einen der beiden zu einem Gewaltakt zu veranlassen?«

»Meiner Ansicht nach leidet er an einem akuten Anfall von Torschlußpanik, wie das bei Männern seines Schlages häufig passiert, ich kann mir bloß nicht vorstellen, daß irgendeine Frau darauf so leidenschaftlich reagiert, daß sie deshalb einen Mord riskiert. Was halten Sie übrigens von des Commanders Benehmen, Fox?«

Fox' Antwort war unzweideutig. Er war überzeugt, daß zwischen dem Commander und Mrs. Cartarette vor ihrer Heirat eine Beziehung intimerer Art bestanden haben müßte.

Alleyn markierte sittliche Entrüstung, erklärte jedoch, daß er sich über diesen Punkt durch eine Nachfrage beim Marineministerium Klarheit verschaffen wolle. Dann blieb er stehen.

»Das ist Mr. Phinns Grundstück, und hier haben wir auch unsere Freundin von gestern abend.«

Als Mr. Phinns Lieblingskatze Thomasine die beiden erblickte, blinzelte sie vertraulich und setzte sich mitten auf den Weg.

»Einen schönen guten Morgen, meine Liebe«, begrüßte Alleyn sie, hockte sich neben sie und streckte seine Hand aus. Thomasine fing laut zu schnurren an.

»Weißt du auch, mein gutes Mädchen, daß du dich mir zuliebe

etwas mehr anstrengen solltest«, tadelte Alleyn. »Wenn du nämlich anstatt nur zu schnurren, auch reden würdest, dann glaube ich, daß du uns alles erzählen könntest, was wir wissen wollen. Denn du, mein Fräulein, warst gestern abend in der Bottom-Wiese und hast – wie ich dich kenne – alles gesehen und gehört, was sich dort zutrug.«

Thomasine machte Schlitzaugen, roch an Alleyns Zeigefinger und begann ihn zu lecken.

»Die hält Sie für ihresgleichen«, grinste Fox.

Alleyn roch jetzt auch an seinem Finger und beugte das Gesicht tief zur Katze nieder. Die Annäherung wurde durch einen zarten Stups von einem feuchten Näschen belohnt.

Alleyn richtete sich auf. »Jedenfalls riecht sie nicht mehr nach rohem Fisch, sondern nach Milch und gekochtem Kaninchen. Wissen Sie noch, wo wir sie gestern abend trafen?«

»Doch ziemlich bald, als wir hier den Hügel hinaufgingen, nicht?«

»Stimmt. Und bei nächster Gelegenheit wollen wir uns die Gegend hier noch einmal genauer ansehen. Aber jetzt vorwärts.«

Alleyn und Fox durchquerten Mr. Phinns Wäldchen und standen auf dem Rasen vor dem Jacobs Cottage, einem großangelegten Bau, der von Mr. Phinn offenbar sehr zu Unrecht als »Cottage« bezeichnet wurde. Als sie diesen Punkt noch erörterten, rief Alleyn plötzlich: »Sehen Sie bloß, wer da kommt!«

Fox riß die Augen auf. »Das ist ja eine ganze Menagerie!«

Sein Erstaunen war berechtigt, denn Mr. Phinn war eben, von einer ganzen Herde Katzen eskortiert – darunter Thomasines drei Babies – aus dem Haus getreten.

»Jetzt aber Schluß!« erklärte Mr. Phinn mit gekünstelt hoher Fistelstimme. »Fischchen alle! Geht und fangt euch Mäuslein, ihr faulen Pelzchen.«

Als er die leere Futterschüssel auf die Erde stellte, fiel etwas aus seiner Brusttasche, das er rasch aufhob und wieder zurücktat. Die drei Katzenbabies hatten ihre Mutter erkannt und hoppelten ihr auf steifen Beinchen entgegen. Dann sah Mr. Phinn die beiden Polizeibeamten.

»Einen schönen guten Morgen, meine Herren«, flötete er ihnen entgegen, fegte sich mit etwas zittriger Hand die Troddeln seiner seltsamen Kopfbedeckung aus dem Gesicht, riß ein Taschentuch zweifelhafter Farbe heraus und bedeckte den Griff des Gegenstands in seiner Brusttasche. »Welch glücklicher Fügung dank' ich solch seltene Ehre?«

»Guten Morgen, Mr. Phinn«, erwiderte Alleyn. »Ich habe eben meine Bekanntschaft mit Ihrer bezaubernden Katze erneuert.«

»Ja, sie ist einfach süß«, bestätigte Mr. Phinn und fuhr sich mit der Zungenspitze über die trockenen Lippen.

Alleyn hockte wieder neben Thomasine auf dem Boden, die eben eines ihrer allzu gierigen Jungen beiseite geschoben hatte. »Für eine Katzenmama ist ihr Fell ja in ausgezeichneter Verfassung«, bewunderte er, und streichelte Thomasina. »Geben Sie ihr eine besondere Diät?«

Diese Frage hatte die zu erwartende Tirade des fanatischen Katzenliebhabers zur Folge – eine genaue Aufzählung des Wochenmenüs, mit Betonung der Tatsache, daß Thomasine auf Abwechslung hielt und nur zweimal wöchentlich Fisch genehmigte.

»Fisch nur zweimal wöchentlich?« staunte Alleyn, und Fox, der merkte, daß auch seinerseits Verwunderung erwartet wurde, gab entsprechende Laute von sich.

»Fangen Sie ihr das Dinner nicht manchmal aus dem Chyne?«

»Wenn ich Glück habe, teilen wir die Beute.«

»Hat man dir gestern abend auch ein frischgefangenes Fischchen serviert, mein Engel?« erkundigte sich Alleyn mit zärtlicher Stimme.

»Nein«, stellte Mr. Phinn fest. Seine Stimme klang auf einmal ganz natürlich.

»Außer dem berühmten ›Alten‹ fingen Sie also nichts?«

»Nein.«

»Könnten wir uns vielleicht noch ein wenig miteinander unterhalten?«

Erstaunlich schweigsam führte Mr. Phinn sie durch einen Seiteneingang ins Haus und durch einen Korridor in eine geräumige Bibliothek.

Alleyns geübter Blick musterte den Raum. Während des Obersts Arbeitszimmer den Eindruck der Gemütlichkeit und zivilisierten Geschmacks gab, den Stempel weiblicher Sorgfalt und Pflege trug, hatte das peinlich saubere und ordentliche Wohnzimmer des Commanders Syce trostlos und penetrant maskulin gewirkt. Mr. Phinns Bibliothek hingegen war unordentlich, unsauber und vernachlässigt und dabei irgendwie geheimnisvoll. Zeigte verwischte Spuren der Grazie des Empire, viktorianischer Steifheit und daneben den hoffnungslosen Stil der Jahrhundertwende. Überall lagen einstmals wohl elegante Kissen, deren Seide und reiche Stickerei jetzt zerschlissen und beschmutzt war. Zwischen Metern bemalter Leinwand, deren Farben alles Leben verloren hatten, hing auch das kleine Porträt einer zarten jungen Frau, deren unerwartet energisches Kinn Alleyn irgendwie bekannt vorkam. Die hohen Bücherregale waren mit prunkvollen »Geschenkausgaben« überladen, und neben einer Unzahl Werken über Katzen standen dicke Romanbände mit unwahrscheinlich sentimentalen Titeln. Doch gab es auch ein paar schöne Sheratonstühle, in einer dunklen Ecke, zwischen Bücherschränken eingezwängt, hing ein bezaubernder Lely, und am Boden lag ein wunderbar seidiger, allerdings betrüblich schmutziger Gebetteppich. In einem der Schränke, neben anderen Sportbüchern, sah Alleyn Oberst Cartarettes Werk über den Angelsport. Doch am interessantesten erschien ihm zweifellos ein kleiner antiker Schreibtisch, dessen wahrhaft chaotischer Zustand die übrige Unordnung im Raum in den Schatten stellte. Seine vollgepfropften Schubladen waren halb herausgezogen – eine war sogar auf dem Boden –, und auf der Platte lagen die verschiedensten Gegenstände so gehäuft, daß ein geübtes Auge sogleich erkennen mußte, mit welcher Hast sie hervorgeholt waren.

Mr. Phinn erkundigte sich nach den Wünschen seiner Besucher und bot ihnen sogar einen Sherry an.

»Danke vielmals, dazu ist's noch zu früh am Morgen«, lehnte Alleyn ab. »Außerdem ist unser Besuch ja leider dienstlich.«

»Wirklich? Ich wünschte nur, ich könnte Ihnen helfen.«

»Davon bin ich überzeugt. Wie war das mit dem Zwist wegen des ›Alten‹?«

Auf diese Frage war Mr. Phinn anscheinend vorbereitet, er beantwortete sie rasch, wenn auch etwas atemlos. »De mortuis... na,

Sie wissen ja – doch wenn's ums Angeln ging, konnte sich der Oberst höchst irritierend benehmen. Daß ein so edler Sport zu unethischen Aktionen führen könnte, ist wirklich paradox.«

»Wie beispielsweise das Auswerfen der Angel unter einer Brücke, mit dem Resultat, daß der Köder in den Bereich des Nachbarn abgetrieben wird?«

»Das ist durchaus erlaubt.«

»Wurden zwischen Ihnen und dem Oberst, abgesehen von ethischen Problemen, noch andere Dinge diskutiert?«

Mr. Phinn starrte Alleyn an, öffnete den Mund, erinnerte sich wahrscheinlich an Lady Lacklanders Anwesenheit bei der Brücke, schwieg.

»Uns ist zu Ohren gekommen, daß zwischen Ihnen, Mr. Phinn, und Oberst Cartarette tatsächlich eine weitere Unterredung stattfand.«

Schweigen.

»Also, Mr. Phinn?«

»Ich warte.«

»Auf was denn?«

»Na, doch auf die bekannte Warnung.«

»Zu dieser so allgemein bekannten Warnung ist die Polizei jedoch nur dann verpflichtet, wenn man sich zu einer Verhaftung entschlossen hat.«

»Und zu diesem Entschluß sind Sie nicht gelangt?«

»Bis jetzt noch nicht.«

»Ihre Information stammt natürlich von der Riesendame – ich meine die Große Dame und Schloßherrin von Nunspardon«, stellte Mr. Phinn fest. Seine Augen waren jetzt seltsam starr auf einen Punkt in Ellbogenhöhe hinter Alleyns Rücken gerichtet. »Damit will ich keineswegs bestreiten, daß das Ausmaß superlativer menschlicher Qualitäten dieser Dame mit ihrem enormen physischen Gewicht nicht durchaus proportional wäre – ganz im Gegenteil! War sie es also, die Ihnen über den Inhalt meiner weiteren Unterredung mit Oberst Cartarette berichtete?«

»Nein.«

»Dann werde ich das auch nicht tun. Jedenfalls noch nicht. Erst wenn ich dazu gezwungen bin.«

Mr. Phinn sah immer noch starr in dieselbe Richtung.

»Nun gut.« Diese Worte, die Art, wie Alleyn sich jetzt wegwandte, hatten etwas Endgültiges.

An der Wand hinter ihm stand der kleine antike Schreibtisch. Auf einem Aufsatz – gerade über dem unglaublichen Wirrwarr gehäufter Papiere – standen zwei Fotografien in fleckigen, glanzlosen Silberrahmen. Eine, das Foto der Frau, deren Porträt an der Wand hing. Die zweite, das Bild eines jungen Mannes, der ihr wie aus dem Gesicht geschnitten war. In energischen Zügen, quer über den unteren Teil der Fotografie, war der Name »Ludovic« geschrieben.

Das war das Bild, das Mr. Phinn so unverwandt betrachtet hatte.

ACHTES KAPITEL

1

Alleyn entschloß sich – freilich nur widerwillig – diesen eventuellen Vorteil auszunützen. Wenn seine Dienstpflicht ihn zu Handlungen zwang, die er aus Gründen der Menschlichkeit abgelehnt hätte, halfen ihm langjährige Erfahrung und Disziplin, seine persönlichen Gefühle hintanzustellen.

Deshalb sah er jetzt auf diese Fotografie und fragte: »Das ist wohl Ihr Sohn, Sir?«

Mr. Phinns Stimme klang völlig verändert. »Jawohl. Mein Sohn Ludovic.«

»Ich kannte ihn nicht persönlich, doch ich war 1937 der politischen Geheimpolizei zugeteilt und hörte natürlich von dem tragischen Vorfall.«

»Er war ein guter Sohn, aber vielleicht verwöhnt. Ja, wahrscheinlich habe ich ihn zu sehr verwöhnt.«

»Ich will Sie erst gar nicht um Entschuldigung bitten, wenn ich diesen Punkt berühre, denn leider ist bei einer Morduntersuchung jede persönliche Rücksichtnahme ausgeschlossen. Uns ist bekannt, daß Sir Harold Lacklander vor seinem Tod mehrmals den Namen ›Vic‹ flüsterte, und auch, daß ihm die Veröffentlichung seiner Memoiren sehr am Herzen lag, die er Oberst Cartarette auftrug. Wir wissen auch, daß Ihr Sohn ihm zur Zeit, als Sir Harold Botschafter in Zlomce war, als Sekretär zugeteilt wurde und daß es ihm daher bei einer wahrheitsgetreuen Schilderung seiner diplomatischen Karriere unmöglich war, den tragischen Tod Ihres Sohnes zu verschweigen.«

Mr. Phinn hob abwehrend die Hand. »Ersparen Sie sich die Umschweife. Ich weiß, auf was Sie hinauswollen.« Dann sah er zu Fox hinüber, der sein Notizbuch in der Handfläche verborgen hielt. »Machen Sie Ihre Notizen nur ganz offen, Inspektor. Sie, Mr. Alleyn, meinen also wahrscheinlich, daß ich mit Oberst Cartarette in Streit geriet, weil mit seiner geplanten Veröffentlichung der Lacklander-Memoiren auch die Verfehlung meines Sohnes an den Tag gekommen wäre. Das trifft nicht im entferntesten zu.«

»Ich möchte bloß wissen, ob bei der von Lady Lacklander mit angehörten Auseinandersetzung, deren Gegenstand sie mir nicht anvertraute, solche Dinge zur Sprache kamen?«

»Da Lady Lacklander Ihnen das verheimlichte, folge ich vorläufig ihrem Beispiel.«

»Und des weiteren, ob eine solche Geheimhaltung«, fuhr Alleyn unbeirrt fort, »nicht die völlig falsche Beurteilung Ihrer eigenen und auch Lady Lacklanders Motive zur Folge haben könnte.«

Jetzt lächelte Mr. Phinn amüsiert und auch eine Spur überlegen. »Hier wagen Sie sich auf gefährliches Terrain, mein lieber Alleyn, denn solche ethischen Fragen und Imponderabilien lassen sich mit der Aufgabe eines Oberinspektors der Kriminalpolizei nur schlecht vereinbaren.«

»Hätten Sie die Güte, uns Ihre Angelgeräte zu zeigen – ich meine alles, was Sie gestern abend zum Fluß mitnahmen?«

»Warum nicht? Doch vorher möchte ich erfahren, ob Sie mich dieses Verbrechens verdächtigen. Ja oder nein?«

»Aber mein werter Mr. Phinn, Sie wissen sicher sehr gut, daß Sie nicht Auskünfte verweigern und gleichzeitig auf Beantwortung Ihrer Frage bestehen können. Dürfen wir jetzt Ihre Angelgeräte sehen?«

Einen Augenblick lang starrte Mr. Phinn ihn schweigend an, erklärte dann: »Die sind nicht hier. Ich werde sie holen.«

»Fox wird Ihnen dabei behilflich sein.«

Obwohl Mr. Phinn von diesem Angebot nicht sehr begeistert schien, verließ er, von Fox gefolgt, den Raum. Alleyn ging rasch zu einem der Bücherschränke und holte sich Oberst Cartarettes Buch *»Schuppige Leiber«* aus einem Fach zur Linken. Auf dem Titelblatt stand zu lesen: »Januar 1930. Für Viccy zu seinem 18. Geburtstag, mit allen guten Wünschen und Petri Heil!« Darunter Oberst Cartarettes Unterschrift.

Beim Durchblättern des Buches – einer Sammlung kurzer Essays über Verhalten und Eigenschaften von Süßwasserfischen – sah er am Rand der Seiten eine Menge sehr geschickter und amüsanter Zeichnungen, die, wie ihn ein neuerlicher Blick auf die Titelseite belehrte, das Werk von Commander Syce waren. Dann sah er die Kapitelüberschrift: »Hier gibt es keine Ähnlichkeit«, und eine Zeichnung, die ihm nur allzu bekannt erschien. Doch was er im ersten Augenblick für die Vergrößerung zweier verschiedener Fingerabdrücke gehalten hatte, war nichts anderes als die Illustration zu einer Abhandlung, in welcher der Oberst anhand mikroskopischer Aufnahmen den Nachweis erbrachte, daß die Schuppen an Forellenleibern genauso verschieden seien wie menschliche Fingerabdrücke und daß daher irgendein Marodeur im Forellenbach ohne besondere Mühe festgestellt werden könnte.

Dann betrachtete Alleyn das Titelbild, eine anscheinend gelungene Porträtskizze Oberst Cartarettes, und fragte sich, ob dieser sicher ungewöhnliche Mann, aus dessen Augen Klugheit und Humor sprachen, sich über die Tatsache amüsiert hätte, daß er selbst ihm den deutlichsten Hinweis auf seinen Mörder in die Hand gab.

Alleyn stellte das Buch an seinen Platz und kehrte zu dem kleinen Schreibtisch zurück. Er schob die obere Schicht gehäufter Papiere vorsichtig beiseite und sah sogleich einen großen Briefumschlag, der in des Obersts unverkennbarer Handschrift an »Octavius Phinn, Esq.« adressiert war.

Er hatte gerade noch Zeit, festzustellen, daß der Umschlag etwa dreißig Schreibmaschinenseiten enthielt, die mit der Zahl »7« bezeichnet waren, als er Fox auf der Treppe reden hörte. Er wandte sich rasch vom Schreibtisch und stellte sich vor das Porträt an der Wand.

Mr. Phinn und Fox samt Angelgeräten erschienen jetzt wieder.

»Ich bewundere gerade dieses besonders reizvolle Porträt, Mr. Phinn.«

»Meine Frau.«

»Finden Sie nicht, daß Dr. Mark Lacklander ihr ähnlich ist – oder bilde ich mir das ein?«

»Die Verwandtschaft ist entfernt«, erklärte Mr. Phinn kurz angebunden. »Hier haben Sie mein ganzes Spielzeug.«

Jedes einzelne Stück dieser komplizierten Ausrüstung – Angelhaken, Netz und eine Reihe modernster Behelfe für den passionierten Angler – war offenbar bester Qualität, äußerst kostspielig und tadellos gehalten.

»Mit welcher Fliege gelang es Ihnen eigentlich, den ›Alten‹ hinters Licht zu führen?« erkundigte sich Alleyn.

»Wenn mir mein Fehltritt auf der Brücke verziehen wird, dann sollen Sie alles haargenau erfahren. Aber nur, wenn Sie da ein Auge zudrücken!«

»Also schön«, grinste Alleyn. »Die Brücke wird Ihnen verziehen, und wir drücken beide Augen zu. Schießen Sie los.«

Das war das richtige Stichwort, und Mr. Phinn setzte sich prompt in Aktion. Mit der Erwähnung seines geschickt errungenen Sieges waren Ärger, vielleicht auch Angst, verflogen, und Mr. Phinn erging sich in einer epischen – manchmal sogar höchst dramatischen – Schilderung seines Triumphes. Schließlich zeigte er Alleyn einen Gegenstand, der wie ein Knüppel aussah, mit dem er dem »Alten« den Gnadenstoß versetzt hatte.

Alleyn wog den Knüppel nachdenklich in der Hand und legte ihn auf einen Tisch. Dann zog er einen kurzen Pfeil aus seiner Rocktasche und legte ihn daneben. »Den vergaß ich Commander Syce zurückzugeben«, murmelte er zerstreut. »Ich fand ihn in einem Baumstamm.«

Diese Bemerkung wirkte, als hätte er eine Portion Sprengstoff zur Entladung gebracht. Mr. Phinn wurde krebsrot und erging sich in einer Flut von Beschuldigungen gegen den Commander, nannte ihn ein Ungeheuer, einen sadistischen Alkoholiker, der selbst zu nächtlicher Stunde – wie am Abend vorher – seinem blutrünstigen Sport des Bogenschießens keinen Einhalt gebot.

Alleyns Einwand, daß der Commander doch – nach Schwester Kettles Bericht – durch einen schlimmen Hexenschuß ans Haus gefesselt sei, hatte nur einen neuen Wutausbruch zur Folge, bei dem auch Schwester Kettle nicht unverschont blieb. Schließlich schwor Mr. Phinn hoch und heilig, daß er das Schwirren der Pfeile noch um Viertel nach acht gehört habe. Lediglich die Sorge um das so gefährdete Leben seiner Lieblingskatze Thomasine, die nicht zu gewohnter Stunde heimgekehrt sei, habe ihn auf der Suche nach ihr zu seinem nächtlichen Besuch in Oberst Cartarettes Haus veranlaßt, versicherte Mr. Phinn schließlich, sah aber dabei nicht so aus, als hoffe er für seine Beteuerungen Glauben zu finden.

»Aha, ich verstehe«, meinte Alleyn und sah so drein, als glaubte er ihm kein Wort. »Also eine Verkettung widriger Umstände. Sie haben doch nichts dagegen, wenn wir uns Ihre Angelgeräte für kurze Zeit ausleihen? Eine reine Routineangelegenheit.«

Dieses Verlangen wurde stillschweigend hingenommen, doch als Alleyn die Bitte nach seinen Schuhen und den beim Angeln getragenen Kleidern hinzufügte, explodierte Mr. Phinn wieder einmal und beruhigte sich erst, als er hörte, daß die gleiche Bitte an mindestens vier weitere Personen gestellt würde.

»Also Blutspuren, was?« erkundigte er sich merklich erleichtert.

»Nicht unbedingt«, war die kühle Antwort. »Aus verschiedensten Gründen. Können wir die Kleider jetzt haben?«

»Meinetwegen können Sie meine gesamte Garderobe haben. Doch ich kann Ihnen jetzt schon sagen, daß meine Kleider, vom kriminalistischen Standpunkt aus gesehen, so rein wie die Unschuld sind.«

Beim Anblick dieser Kleidungsstücke wußte Alleyn, daß ihre fleckenlose Reinheit tatsächlich nur im kriminalistischen Sinne existierte, denn Mr. Phinns Anglerjacke und Hose waren unbeschreiblich schmutzig und strömten einen penetranten Fischgeruch aus. Die Schuhe waren lehmverkrustet, die Strümpfe durchlöchert.

»Wir wollen Sie nicht länger aufhalten«, meinte Alleyn, scheinbar zum Weggehen bereit, »es sei denn, Sie würden sich vielleicht doch entschließen, uns über Ihre nächtlichen Wanderungen die volle Wahrheit zu sagen.«

Mr. Phinn starrte ihn mit offenem Mund an und schwieg.

»Denn bisher haben Sie das noch nicht getan. Ihre erste Angabe, daß die erleuchteten Fenster Sie zum Besuch bei den Cartarettes veranlaßt hätten, wurde von Lady Lacklander durchaus widerlegt. Und die neueste Version – Ihre angebliche Suche nach Thomasine, der Katzenmutter – na, wirklich, Mr. Phinn! Erstens können Sie uns nicht weismachen, daß eine Katze ihre Jungen stundenlang allein läßt, und zweitens haben wir Thomasine selbst getroffen, als sie etwa um halb eins nach Hause lief. Falls aber diese Geschichte wahr sein sollte, kommt die Frage, weshalb Sie uns das nicht gleich erzählten.« Alleyn wartete ein paar Sekunden und schloß dann: »Sie sehen jetzt selbst, daß Sie mir auf keine dieser Fragen antworten können.«

»Schön. Dann mache ich überhaupt keine Aussagen mehr.«

»Soll ich Ihnen sagen, was sich wahrscheinlich gestern abend zutrug? Ich glaube, daß Ihre ersten Worte – als Sie an der Flügeltür in Oberst Cartarettes Haus standen – die Wahrheit waren. Das heißt, daß Sie zu dieser Zeit, oder vielleicht sogar schon früher am Abend, nach Ihrer Forelle zu suchen begannen. Ich glaube weiterhin, daß Sie es bereuten, Ihren Fang auf der Brücke gelassen zu haben. Daß Oberst Cartarette Ihren Fang nicht anrühren würde, wußten Sie. Stimmt es nicht, daß Sie ins Chyne-Tal hinuntergingen, um Ihre Forelle zu holen, und dann auf der Brücke sahen, daß sie verschwunden war?«

In Mr. Phinns Gesicht stieg fleckige Röte. Den Kopf gesenkt, sah er unter spärlichen Brauen rasch zu Alleyn hinüber. Und schwieg.

»Falls ich recht habe – und Ihr Schweigen scheint das zu bestätigen – würde ich allerdings gerne wissen, was Sie nachher vorhatten. Kehrten Sie wirklich um, sahen die erleuchteten Fenster in der Hammer Farm und wollten den Oberst des Diebstahls Ihrer Forelle bezichtigen? Wohl kaum. Denn dann hätten Sie sich anders benommen, wären Sie niemals so zitternd und leichenblaß dort gestanden. Wie ist also Ihr Benehmen zu erklären? Soll ich Ihnen das sagen? Soll ich Ihnen ins Gesicht sagen, daß Sie heute nacht um fünf Minuten nach ein Uhr, als Sie auf der Hammer Farm erschienen, bereits von Oberst Cartarettes Tod wußten?«

Mr. Phinn sagte noch immer kein Wort.

»Wenn meine Annahmen auf Wahrheit beruhen, heißt das, daß Sie uns falsche Angaben machten. Wie beispielsweise Ihr Bericht, um etwa ein Uhr direkt von der Bottom-Wiese zur Hammer Farm gekommen zu sein. Dabei war Ihr Rock staubtrocken. Daraus folgt, daß Sie *vor* dem Regen zur Brücke hinuntergingen. Und zwar zu einer Zeit, als niemand von den anderen sie dort sah, deren genaue Zeitangaben in unserem Besitz sind und von denen auch keiner die Forelle auf der Brücke liegen sah. Aufgrund meiner Berechnungen waren Sie nach acht Uhr fünfzehn im Tal unten, und wahrscheinlich vor acht Uhr fünfundvierzig, als Schwester Kettle dort hinkam. Und in dem Weidengebüsch am Ufer fanden Sie Oberst Cartarettes Leiche, Mr. Phinn. Und daneben lag Ihre Riesenforelle. Stimmt's nicht, daß Sie von Schwester Kettle dort in den Weiden um ein Haar entdeckt wurden?«

»Hat sie denn behauptet...« rief Mr. Phinn und schwieg plötzlich.

»Nein. Nicht ausdrücklich. Doch ich behaupte, daß Sie sich dort versteckt hielten und sich erst wegschlichen, als sie gegangen war. Ferner möchte ich sagen, daß Sie sich so rasch im Gebüsch verstecken mußten, daß ein niedriger Zweig Ihre Lesebrille vom Hut riß. Aus Angst vor dem Entdecktwerden trauten Sie sich nicht, nach der Brille zu suchen, oder Sie merkten ihren Verlust erst bei Ihrer Heimkehr. Das war auch der Grund, weshalb Sie sich, nachdem der Regen aufgehört hatte, wieder aus dem Hause schlichen. Denn die Sache könnte böse für Sie ausgehen, wenn Ihre Gläser in der Nähe des Ermordeten gefunden würden. Doch als Sie die hellerleuchteten Fenster der Hammer Farm sahen, wagten Sie sich nicht weiter. Dann konnten Sie diesen Zustand der Ungewißheit nicht mehr ertragen: Sie mußten erfahren, ob der Oberst gefunden worden war, kamen dicht ans Haus, Oliphant hörte Sie und leuchtete Ihnen mit seiner Taschenlampe ins Gesicht.«

Alleyn griff in die Brusttasche seines Rocks, holte eine Brille heraus, ließ sie an einem Finger baumeln. »Ich glaube, daß ich Ihnen jetzt einen ziemlich korrekten Bericht Ihrer Aktivitäten vom gestrigen Abend geliefert habe, Mr. Phinn. Und Ihre Brille kann ich Ihnen leider noch nicht zurückgeben. Aber wie ich sehe« – er wies auf Mr. Phinns Brusttasche – »haben Sie ohnehin ein Vergrößerungsglas aufgetrieben.«

Mr. Phinn schwieg.

»Ich muß betonen, daß das Bild, das wir uns über Ihre Handlungsweise machten, in der Hauptsache auf Ihr eigenes Benehmen und daneben auf uns bekannten Tatsachen begründet ist. Falls dieses Bild korrekt ist, wäre es nur zu Ihrem eigenen Vorteil, wenn Sie uns das bestätigten.«

»Was geschieht, wenn ich es vorziehe, zu schweigen?« erkundigte sich Mr. Phinn.

»Das ist Ihr gutes Recht, und wir können daraus unsere Schlüsse ziehen.«

»Und trotz allem bekomme ich noch immer nicht Ihre berühmte Warnung zu hören?«

»Nein.«

»Ich bin zwar kein tapferer Mann, doch in bezug auf dieses Verbrechen gewiß ein unschuldiger Mann.«

»Na also«, versicherte Alleyn, »dann haben Sie doch überhaupt nichts zu befürchten.«

Als er Mr. Phinn schweigend beobachtete, sah er die ersten Zeichen einer tiefgehenden Veränderung. Es war, als sei die ganze Persönlichkeit dieses Menschen plötzlich von Grund auf aufgewühlt – wie ein brodelnder Geysir, der im nächsten Augenblick kochend übersprudeln mußte.

Jetzt war dieser Höhepunkt offenbar erreicht, denn Mr. Phinn begann zu reden. Atemlos, überstürzt, mit hoher Fistelstimme.

»Alle Achtung vor Ihrer Logik! Sie ziehen Ihre Schlüsse aus dem Charakter eines Menschen, und erst in zweiter Linie aus den Tatsachen. Also gut. Ich gebe alles zu. Was Sie sagten, entspricht durchaus der Wahrheit. Mein Krach mit Cartarette. Und daß ich die Forelle in meiner Wut auf die Brücke warf. Daß ich heimging, mir dann die Sache überlegte und wieder zum Chyne zurückging. Die Forelle war verschwunden. Es stimmt auch, daß ich mich sogleich auf die Suche nach… nach meinem Rivalen machte. Und dann – weil ich das Heulen seines Hundes hörte, ein widerliches Tier –, dann fand ich ihn.« Mr. Phinn schloß einen Augenblick die Augen. »Ein schrecklicher Anblick! Trotz des Hutes, der auf seinem Gesicht lag, war nicht daran zu zweifeln, daß... Ich ging nicht näher, doch ich sah, daß meine Forelle neben ihm lag. *Meine* Forelle! Und dann hörte ich *sie*! Die Kettle in Person! Immer näher. Und lief. Rannte. Warf mich im Gebüsch zu Boden und wartete, bis sie wieder weg war. Und ging dann heim. Und wie Sie so richtig annahmen, entdeckte ich erst dann, daß ich meine Lesebrille verloren hatte. Und begann mich ernstlich zu fürchten. So, jetzt haben Sie's.«

»Jawohl, jetzt haben wir's«, bestätigte Alleyn. »Doch jetzt brauchen wir noch Ihre Unterschrift für Ihre schriftliche Aussage. Wie stellen Sie sich dazu, Mr. Phinn?«

Mr. Phinn beklagte diesen neuerlichen Anspruch an seine Hilfsbereitschaft, willigte aber schließlich ein, hingegen lehnte er es nach wie vor ab, Alleyns Frage nach dem Inhalt seiner Diskussion mit dem Oberst zu beantworten.

Alleyn zuckte mit der Achsel und ging zum Fenster, sah hinaus. In einiger Entfernung stand Wachtmeister Oliphant, erblickte ihn und hob den Daumen als Zeichen eines Erfolgs.

Auf Alleyns Bitte versprach Mr. Phinn, seine schriftliche Aussage am Nachmittag beim Polizeiamt in Chyning abzugeben, Fox hob das Kleiderbündel auf, und die beiden verließen das Haus und gingen durch den Garten zum Wäldchen hinunter. Dort, an einen Zaun gelehnt, erwartete sie Wachtmeister Oliphant. Als er ihre Stimmen hörte, drehte er sich um, und sie sahen, daß er eine Zeitung auf der Handfläche ausgebreitet hielt.

Auf der Zeitung lagen die halb zerfallenen Überreste einer Forelle.

»Hab' sie gefunden«, sagte der Wachtmeister.

2

»Sie lag ein kleines Stück oberhalb der Brücke, auf dieser Seite und im hohen Gras. Die hat eine Katze in der Mache gehabt, Sir. Man sieht noch die Bisse.«

»Wie wir's uns dachten«, stimmte Alleyn zu. »Madame Thomasines Werk.«

Alleyn legte die Zeitung mitsamt ihrem Inhalt auf ein vorstehendes Brett am Zaun. Obgleich das Fleisch fast überall bis zum Rückgrat abgefressen war, hingen an den seitlichen Gräten noch Fetzen der Fischhaut, die sich Alleyn sehr genau besah. Er faßte die Hautfetzen mit einer Pinzette und zog sie auseinander. Dann wies er auf eine Stelle, die aussah, als sei irgendein Gegenstand gegen die Fischhaut gedrückt worden. Offenbar ein runder Gegenstand. In der Mitte dieses Abdrucks war die Fischhaut von einer scharfen Spitze durchbohrt.

»Gloria, Viktoria!« jubilierte Alleyn. »Sehen Sie sich das an, Genosse Fox. Mein Name ist Hase, wenn das nicht der Abdruck ist, den wir brauchen. Und hier auch!« Damit drehte er die Forelle vorsichtig um und wies auf einen Hautfetzen auf der anderen Seite des Knochengerüstes, der den gleichen Abdruck und in der Mitte eine klare dreieckige Lücke zeigte.

Wachtmeister Oliphant war hingerissen, als Alleyn aus seiner Aktentasche eine flache Emailschüssel sowie ein Glasgefäß mit abschraubbarem Deckel hervorholte. Mit seiner Pinzette legte er erst den Hautfetzen mit der dreieckigen Lücke flach auf die Schüssel. Dann legte er das Stückchen Fischhaut, das er unter der Riesenforelle gefunden und im Glasgefäß verwahrt hatte, vorsichtig daneben – und siehe, die Stücke paßten.

Nach einem ehrlichen Lob über seine geglückte Suche lieferte Alleyn dem Wachtmeister eine ausführliche Schilderung der Dinge und erwähnte auch den Abschnitt, den er in Oberst Cartarettes Buch gelesen hatte. »Natürlich werden wir uns diesen Punkt nochmals von Sachverständigen bestätigen lassen. Doch wenn der Oberst recht hatte, dann *können* unsere beiden Forellen nicht völlig gleiche Schuppen aufweisen. Sein Mörder und niemand sonst hat die beiden Forellen in Händen gehabt. Und jetzt geht's an die Untersuchung der Kleider unserer Freunde, meine Herren. Hoffentlich haben wir Glück!«

Der Wachtmeister räusperte sich, tauchte hinter einen Busch wilder Rosen, erschien dann wieder, bescheidenen Stolz auf dem breiten Gesicht. »Ich hab' da noch 'ne Kleinigkeit für Sie, Sir. Hab' ich am Fluß des Hügels im Unterholz gefunden.«

Auf seiner Handfläche lag ein Pfeil. »Mir scheint, da ist Blut dran, Sir.«

»Wirklich?« Alleyn nahm den Pfeil in die Hand. »Ausgezeichnet! Tadellos! Tadellose Arbeit, Oliphant. Ich glaube, wir kommen ganz gut vorwärts. Und wenn sich das Ding da, wie ich hoffe, in das Gesamtbild einfügen läßt, dann meine ich, daß wir die grundlegenden Züge dieses Verbrechens bald viel klarer sehen werden. Nicht, Fox?«

»Scheint mir auch.«

»Passen Sie auf, Oliphant. Fahren Sie Mr. Fox zur Polizeistation, wo er erst Scotland Yard und dann das Naturhistorische Museum anrufen wird. Und nachher liefern Sie Ihren Schatz zur Untersuchung bei Dr. Curtis ab. Die übrigen Beweisstücke hoffe ich im Laufe des Nachmittags beisammen zu haben. Vorwärts, Freunde! Die Sache kommt allmählich ins Rollen.«

Im Tal angelangt, fuhren Oliphant und Fox davon, und Alleyn machte sich auf den Weg bergauf, zum Schloß Nunspardon, wo er zu seinem Erstaunen auf der Terrasse, im Schatten der hohen Bäume, eine ganze Versammlung vorfand. Nämlich alle drei Lacklander, Kitty Cartarette und auch Rose. Sie hatten Alleyns Kommen nicht bemerkt, und er hörte noch ein paar Worte einer Unterhaltung zwischen Kitty und Sir George. »Stimmt. Der Verlag heißt Brierley und Bentwood«, sagte Kitty. Dann erblickte sie Alleyn und machte eine plötzliche Bewegung, die die Augen aller auf ihn lenkte.

Alleyn bemerkte amüsiert, daß seine Ankunft wieder einmal wie ein Alarmsignal wirkte.

Tatsächlich kam es bei allen, mit Ausnahme Lady Lacklanders, nur zu unwillkürlich ausgeführten Bewegungen, die sogleich unterdrückt wurden. Kitty war schon fast aufgesprungen, als wollte sie davonlaufen, sah hilfesuchend zu George auf und sank dann wieder auf den Stuhl zurück.

›Aha‹, dachte Alleyn, ›hier wird Kriegsrat gehalten.‹

Er begrüßte die Anwesenden, entschuldigte seinen wahrscheinlich unwillkommenen Besuch und versprach, sie nur kurz zu stören.

»Hallo, Roderick«, trompetete Lady Lacklander, »Sie können uns wohl nicht in Frieden lassen, was? Was wollen Sie denn jetzt wieder von uns? Vielleicht gar uns die Kleider vom Leibe reißen?«

»Stimmt. Mehr oder weniger.«

»Was soll das heißen? Mehr oder weniger?«

»Das heißt, die Kleider, die Sie gestern abend am Leibe hatten – wenn Sie gestatten.«

»Was nach meiner etwas spärlichen Kenntnis von Detektivromanen eine Routineangelegenheit genannt wird, nicht?«

»In gewissem Sinn. Jawohl. Eine reine Routinesache«, bestätigte Alleyn ruhig.

»Sie meinen, die Kleider, die wir trugen, als Maurice Cartarette ermordet wurde?«

»Jawohl.«

»Meine Garderobe steht Ihnen mit Freuden zur Verfügung. Was hatte ich denn gestern abend an, George?«

»Aber wirklich, Mama! Ich weiß wirklich nicht...«

Mark grinste. »Soweit mir bekannt ist, ein grünes Ding, wie ein Zelt. Einen Tropenhelm und Großvaters Stiefel.«

»Du hast recht, wie immer, Mark. Mein grüner Homespunmantel. Ich sag's meiner Zofe. Sie sollen alles kriegen, Roderick.«

Auch George Lacklander wagte keinen Widerspruch, als Alleyn seinen Anzug und Stiefel verlangte, und Kitty erklärte, einen karierten Rock und Wolljumper getragen zu haben. »Wie's die Damen hier auf dem Lande tragen, beim Golfspiel nämlich.« Das sollte lustig klingen, doch sie war offenbar den Tränen nahe.

»Und welche Schuhe?«

Kitty zeigte ihre Füße. Alleyn bemerkte, daß sie gute Beine hatte, daß ihre kleinen Füße jedoch in Schuhen aus Eidechsenleder mit unglaublich hohen Absätzen steckten. »Die sind weniger ländlich«, gab sie zu, »aber die besten, die ich hab'.«

Alleyn bat, die Kleider, Handschuhe, Schuhe und Strümpfe von der Hammer Farm abholen zu dürfen.

Mark war im Tennisanzug gewesen und gab an, daß er für den Heimweg feste Schuhe angezogen und seine Tennisschuhe und den Schläger in der Hand getragen habe.

»Und nach der Bottom-Brücke trugen Sie auch noch die Malsachen und den Jagdrock Ihrer Großmutter?«

»Ganz recht.«

»Wie ich hörte, besuchten Sie vorher einen Patienten und hatten also auch noch Ihre Arzttasche zu schleppen?« erkundigte sich Alleyn.

»Die ist nicht sehr schwer.«

»Trotzdem, eine ganz hübsche Ladung. Aber die Malsachen hatte Lady Lacklander gewiß ordentlich zusammengepackt, nicht?«

»Na ja«, meinte Mark etwas zweifelnd und sah lächelnd zu seiner Großmutter. »Sagen wir, mehr oder weniger ordentlich.«

»Unsinn!« wehrte sich Lady Lacklander. »Hier gibt's kein ›mehr oder weniger‹. Ich bin eine ordentliche Person und hinterließ alles ordentlich.«

»Zum Beispiel auch den Farblappen?« fragte Alleyn. Mark warf ihm einen scharfen Blick zu.

»Den übersah ich wirklich beim Einpacken der Sachen«, gab Lady Lacklander großmütig zu. »Aber ich legte ihn säuberlich zusammengerollt unter den Gurt meines Beutels. Weshalb siehst du mich so an, Mark?« fragte sie ärgerlich.

»Na, weil ich diesen Farblappen weder säuberlich gerollt noch unter dem Gurt fand, sondern vier oder fünf Meter weiter unter einem Busch. Ich hob ihn auf und tat ihn in deinen Beutel.«

Alle sahen Alleyn an, als erwarteten sie seinen Kommentar zu dieser Sache. Doch er schwieg, und Lady Lacklander erklärte schließlich: »Jedenfalls ist das nicht von Wichtigkeit. Geh jetzt hinein und sag ihnen, daß sie meine Sachen zusammenpacken sollen. Die Zofe weiß, was ich anhatte.«

Sir George trug seinem Sohn eine ähnliche Botschaft auf.

Dann wandte Lady Lacklander sich zu Rose. »Wie ist's mit dir, Kind?«

Doch Rose hatte wie blind vor sich hingestarrt, die Augen wieder voll Tränen.

»Rose?« rief Lady Lacklander leise. »Sie wollen wissen, was du gestern getragen hast, mein Herz.«

»Sicher Tenniskleider«, kam Alleyn zu Hilfe.

»Ach ja. Natürlich. Tenniskleider.«

»Heute ist doch der Tag für die chemische Reinigung«, stellte Kitty fest. »Ich glaube, ich sah sie schon in der Schachtel. Stimmt's Rose?«

»Ich?... Ja. Ich glaube, du hast recht. Ich muß sie wohl selbst hineingetan haben.«

»Wollen wir sie nicht rasch retten?« schlug Mark vor. Dann sah er sie an. »O. k. Ich komme gleich wieder«, sagte er und ging ins Haus. Rose wandte sich weg, stand abgekehrt.

»Für Rose ist das alles natürlich am schlimmsten«, meinte Kitty ganz unerwartet mitleidig. Dann tat sie einen tiefen Schluck aus ihrem Sherryglas und schien sich an ihre gewohnten Allüren zu erinnern. »Jedenfalls wünsche ich Ihnen viel Glück zu meinem Rock, Mr. Alleyn. Ich glaube nämlich nicht, daß Sie Ihre Arbeit sehr genußreich finden werden.«

»Nein? Warum nicht?«

»Weil er abscheulich nach Fisch riecht.«

3

Alleyn betrachtete Kittys unbedeutendes, ausdrucksloses Gesicht, markierte Überraschung und sah zu den anderen hinüber, die jedoch von Kittys Feststellung keine besondere Notiz nahmen.

»Wollen Sie damit sagen, daß auch Sie eine passionierte Anglerin sind, Mrs. Cartarette?«

»Gott bewahre! Nein, ich versuchte bloß gestern abend einer Katze einen Fisch wegzunehmen.« Die anderen starrten sie an.

»Meine liebe Kitty«, mischte Lady Lacklander sich ein, »ich würde Ihnen raten, sich zu überlegen, was Sie reden.«

»Warum denn?« erkundigte sich Kitty arrogant. Ihre Stimme klang plötzlich sehr ordinär. »Ja, warum denn? Wenn's doch die

Wahrheit ist! Was meinen Sie eigentlich? Was ist denn dabei, wenn ich sag', daß ich Fisch an meinen Rock gekriegt hab'? Sagen Sie mal«, wandte sie sich zu Alleyn, »was wollen die eigentlich von mir?«

»Hören Sie, mein gutes Kind«, begann Lady Lacklander, doch Alleyn fiel ihr ins Wort.

»Verzeihen Sie, Lady Lacklander, aber Mrs. Cartarette ist vollkommen im Recht. Selbstverständlich ist nichts dabei, wenn man die Wahrheit sagt.« Lady Lacklander preßte die Lippen zusammen. »Wo fanden Sie denn die Katze mit dem Fisch, Mrs. Cartarette?«

»Diesseits der Brücke«, murmelte Kitty böse.

»Sieh mal einer an! Wirklich?« Alleyn schien sehr befriedigt.

»Es war eine ganz schöne Forelle und viel zu gut für so ein Katzenvieh. Wahrscheinlich war's eine von Occy Phinns Brut. Jedenfalls wollt' ich ihr die Forelle wegnehmen. Haben Sie eine Ahnung, wie die sich an dem Fisch festgekrallt hatte! Wie ich ihn dann endlich kriegte, sah ich, daß er auf der anderen Seite schon halb aufgefressen war. Da habe ich ihn der Katze wieder hingeworfen.«

»Ist Ihnen auf dem Fischleib irgendein Mal oder eine Druckstelle aufgefallen?«

»Kaum. War ja schon halb aufgefressen.«

»Ja, aber auf der Seite, die noch ganz war?«

»Ich glaub' nicht. Halt! Was meinen Sie mit einem ›Mal‹?« Kitty sah plötzlich ganz ängstlich aus.

»Es hat nichts zu sagen. Nicht das geringste.«

»Die Forelle war nämlich wirklich sehr schön, und ich dachte erst, daß Maurice sie gefangen hätte. Dann fiel mir ein, daß es der alte Phinn gewesen sein mußte, der sie dann seiner Katze gegeben hatte. Der ist doch auf seine Katzenbrut so versessen, daß er ihnen das Blaue vom Himmel gäbe. Hab' ich recht, George?«

»Jawohl. Natürlich. Und ob!« Doch George wich Kittys Blick aus.

Mark kam wieder aus dem Haus und berichtete, daß die von Alleyn gewünschten Kleidungsstücke verpackt würden und daß er die Leute in Oberst Cartarettes Haus telefonisch angewiesen habe, keine Kleider zur Reinigung zu geben.

Alleyn dankte ihm und wandte sich zu Lady Lacklander. »Ich bin überzeugt, daß Sie es verstehen, daß wir in einem solchen Fall mehr als genau sein müssen und auf Dinge zurückgreifen, die sich oft Monate vor der Tat ereigneten.«

Lady Lacklander sah Alleyn erst durchdringend an, schloß die Augen wie ein schläfriger Alligator, öffnete sie langsam. »Worauf wollen Sie hinaus, mein lieber Roderick? Machen Sie sich die Dinge doch nicht noch komplizierter, als sie ohnehin schon sind, und sagen Sie uns klipp und klar, was Sie wissen wollen.«

»Mit Vergnügen. Also, ich will wissen, ob Sie – als ich hier ankam – gerade über Sir Harolds Memoiren sprachen.«

Aus dem allgemeinen Schweigen schloß er, daß dieser Schuß mitten ins Ziel getroffen hatte.

Lady Lacklander überwand diesen Schock rascher als die anderen.

»Richtig! Sie haben Ohren wie ein Luchs, Roderick.«

»Ich hörte eigentlich nur den Namen meines eigenen Verlags«, erklärte Alleyn rasch. »Brierley und Bentwood. Ein ausgezeichneter Verlag. Als nächstes fragte ich mich natürlich, ob sie die Memoiren vielleicht herausbringen werden.«

»Daß Sie so große Stücke auf den Verlag halten, ist mir eine wahre Beruhigung«, meinte Lady Lacklander ironisch. »Meines Wissens haben sie das Buch angenommen.«

»Die Angelegenheit wurde doch Oberst Cartarette übertragen, nicht?«

Nach ganz kurzer Pause wurde das von Mark und Rose einstimmig bejaht.

»Das muß eine sehr interessante Arbeit gewesen sein.«

Sir George murmelte etwas, das wie »scheußliche Verantwortung« klang, und bot Alleyn plötzlich ein Glas Sherry an.

»Mein guter George, weißt du denn nicht, daß Roderick im Dienst ist und außerdem nicht den geringsten Wunsch nach deinem Sherry hat?« belehrte ihn seine Mutter ärgerlich. »Sei doch kein solcher Esel!«

Als George, rot vor Ärger, wie hilfesuchend zu Kitty hinübersah, fuhr sie fort: »Deshalb dürfen Sie sich aber trotzdem setzen, mein lieber Roderick.«

Alleyn verbeugte sich leicht, setzte sich und erklärte: »Ich versichere Ihnen, Lady Lacklander, daß es mir kein Vergnügen macht, wie ein drohendes Gespenst bei Ihnen aufzutauchen, doch wenn alle unverkennbar und geschlossen Front gegen mich machen, können Sie auch nicht erwarten, daß ich mich mit höflicher Konversation abfinden lasse.«

»Ach, das ist ja reiner Unsinn«, behauptete Lady Lacklander. Doch Alleyn sah, wie in ihrem verwitterten Gesicht dunkle Röte aufstieg.

»Nun, wenn das wirklich reiner Unsinn ist, dann kann ich es ja ruhig vergessen und mich desto mehr auf die wahrscheinlich unwichtigen Einzelheiten konzentrieren. Wie zum Beispiel auf die Selbstbiographie. Ich bin froh, daß Mr. Phinn nicht anwesend ist, denn ich möchte Sie fragen, ob Sir Harold in seinen Memoiren auf den tragischen Tod des jungen Phinn besonders eingeht. Daß sich das vermeiden ließ, erscheint mir beinahe ausgeschlossen.«

Er sah von einem zum anderen – in lauter starre, ausdruckslose Gesichter. »Oder war es ihm doch möglich gewesen?«

Lady Lacklander ergriff das Wort. »Ich muß gestehen, daß ich keinen Einblick in die Memoiren meines Mannes hatte. Und abgesehen von Maurice Cartarette, trifft das meines Wissens auf uns alle zu.«

»Wollen Sie damit sagen, daß Sie die Memoiren nur teilweise kannten, oder soll das heißen, daß Sie überhaupt kein Wort daraus lasen oder hörten?«

»Wir besprachen die Arbeit. Manchmal half ich seinem Gedächtnis ein wenig nach.«

»Besprachen Sie bei solchen Gelegenheiten auch die Affäre des jungen Phinn?«

»Niemals«, erklärte Lady Lacklander sehr laut und bestimmt.

Alleyn wandte sich zu Kitty und Rose.

»Hat sich der Oberst vielleicht Ihnen gegenüber über die Memoiren geäußert?«

»Mir gegenüber gewiß nicht«, stellte Kitty fest. »So etwas wäre ihm gegen seine Ehre gegangen.«

Unverkennbar erregte Kittys Antwort allgemeine Bestürzung.

»So peinlich es mir ist, auf diesem Punkt bestehen zu müssen, bitte ich Sie alle, mir ganz klar und unzweideutig zu sagen, ob Sir Harold oder Oberst Cartarette sich Ihnen gegenüber je hinsichtlich der Affäre Ludovic Phinn äußerte – und zwar im Zusammenhang mit seinen Memoiren.«

»Zum Teufel, was wollen Sie denn eigentlich von uns?« brüllte George jetzt. »Wie kommen Sie auf den idiotischen Gedanken, daß diese Memoiren mit dem Mord auch nur im entferntesten zusammenhängen können? Sie sind wohl nicht ganz bei Trost?«

Alleyn beobachtete das Entsetzen der anderen über diesen Ausbruch, blieb aber sehr ruhig. »Es ist jetzt achtzehn Jahre her, daß Ludovic Danberry-Phinn Selbstmord beging. Inzwischen haben wir Krieg gehabt, und die ganze Sache ist sicher von vielen vergessen worden. Mit Ausnahme seines Vaters, dem die Vorstellung, daß das alles wieder ans Licht gezerrt werden sollte, gewiß schwerste Sorge bereitet hat.« Alleyn beugte sich in seinem Stuhl vor und merkte dabei, daß die anderen – wie unter hypnotischem Zwang – diese Bewegung nachahmten. Und auf allen Gesichtern sah er den gleichen Ausdruck größten Erstaunens. Er hob die Hand. »Das würde jeder begreifen. Doch gibt es hier noch eine ganz andere Möglichkeit: nämlich, daß Sir Harolds Memoiren, seine Rückerinnerung an diese halbvergessene Tragödie, zur Folge haben wird, daß der gute Name des jungen Phinn wiederhergestellt wird.«

Diese Feststellung hatte einen durchaus explosiven Effekt. George, der immer am wenigsten Beherrschung zeigte, schrie: »Sie haben kein Recht zu einer solchen Zumutung...« und konnte dann vor Wut nicht weitersprechen. Mark und Rose riefen wie aus einem Mund: »Das kann nicht stimmen«, wurden jedoch von einer herrischen Geste Lady Lacklanders mitten im Satz unterbrochen.

»Roderick«, verlangte Lady Lacklander zu wissen, »haben Sie mit Octavius Phinn gesprochen?«

»Jawohl. Ich kam sogar direkt vom Jacobs Cottage hierher.«

»Einen Augenblick, Mama«, platzte George heraus. »Einen Augenblick! Daß Octavius irgend etwas gesagt haben könnte, ist ganz ausgeschlossen. Denn sonst wäre ja Alleyn gar nicht hierhergekommen. Begreifst du das denn nicht?«

In der Totenstille, die diesen Worten folgte, wandte sich Lady Lacklander langsam und schwerfällig zu ihrem Sohn.

»Du bist ein jämmerlicher Tropf, George. Der größte Dummkopf unter der Sonne.«

Und Alleyn war jetzt überzeugt, daß ihm die Wahrheit über die Zusammenhänge zwischen Mr. Phinn und Oberst Cartarette und Sir Harold Lacklanders Memoiren enthüllt worden war.

NEUNTES KAPITEL

1

Als nächster meldete Dr. Mark sich zum Wort. Er und Rose seien überzeugt, daß rückhaltlose Offenheit Alleyn gegenüber in dieser schwierigen Situation die einzig richtige Handlungsweise sei. Doch sein Appell an die Vernunft stieß auf taube Ohren, denn einer nach dem anderen – auch seine Großmutter – waren dafür, zu warten und die ganze Sache erst einmal gründlich zu überdenken.

»Also schön, dann warten wir eben«, meinte Alleyn achselzukkend und stand auf. »Wenn Sie sich alle über diese Sache einig geworden sind, haben Sie vielleicht die Güte, mich zu verständigen. Botschaften erreichen mich jederzeit im ›Eseltreiber‹. Wenn Sie gestatten, darf ich mich jetzt wieder an meine Arbeit machen.«

Er verbeugte sich vor Lady Lacklander und war im Begriff, wegzugehen, als Mark ihm in den Weg trat. »Ich begleite Sie zu Ihrem Wagen, Sir. Kommst du mit, Rose?«

Die beiden führten ihn um den Ostflügel des imposanten Baues zu einer Art Terrasse, wo Fox im Polizeiauto auf ihn wartete. Daneben stand ein Sportwagen, auf dessen Scheibe ein Etikett besagte, daß der Wagen einem Arzt gehörte, und dann noch ein Privatauto – offenbar der Wagen der Cartarettes. Alleyn sah, wie ein Diener einen Koffer aus dem Haus brachte und ihn Fox aushändigte.

Die drei standen einen Augenblick unentschlossen nebeneinander. Dann ergriff Mark Roses Hand.

»Mr. Alleyn, Rose und ich sind ganz verzweifelt über das Unglück. Nicht wahr, mein Liebes? Wir sind übrigens verlobt.«

»Ich bin platt vor Staunen.«

»Ja, es ist so. Und natürlich muß ich dafür sorgen, daß man Rose nicht unnötig quält. Sie hat einen so schweren Schock erlebt, daß man...« Er sah sie an und verlor den Faden. Dann sammelte er sich wieder.

»Ich bin fest davon überzeugt, daß im Interesse unserer beiden Familien, und auch um Ihretwillen, hier völlige Offenheit notwendig ist. Man hat uns das Versprechen abgenommen zu schweigen. Doch wie die Sache sich jetzt entwickelt, sind wir in einer schlimmen Klemme. Nämlich wegen Octavius Phinn. Sehen Sie, Sir, wir wissen positiv, daß der arme alte Occy jeden, aber auch jeden Grund hatte, dieses Verbrechen nicht zu begehen. Wenn Sie daraus schließen können, was ich damit gemeint habe, ist das nicht mehr meine Sache.«

»Sind Sie derselben Ansicht, Miss Cartarette?«

»Mein Vater wäre entsetzt, Mr. Alleyn, wenn er wüßte, daß man in dem Streit, den er mit dem armen alten Occy wegen dieser Forelle hatte, ein... ein Motiv für die Tat sehen könnte. Und was sonst noch zwischen ihnen besprochen wurde – daß die beiden über andere Dinge sprachen, wissen Sie ja schon –, hätte Octavius meinem Vater gegenüber nur freundschaftlich gestimmt. Deshalb wollte ihn mein Vater ja besuchen.«

»Sagte er Ihnen, weshalb? Hatte es mit der Herausgabe der Memoiren zu tun?«

»Ja. Er – er wollte Occy etwas zeigen.«

»Was denn? Wollen Sie uns das nicht anvertrauen?«

»Ich darf ja nicht!« Rose war den Tränen nahe. »Ich sah, wie er einen großen Briefumschlag aus dem Schreibtisch nahm und in seine Brusttasche steckte. Wo ist der jetzt hingekommen?«

»Wo hielt er dieses Kuvert verwahrt? In welcher Schreibtischlade?«

»Ich glaube in der untersten, links. Die war immer versperrt.«

»Aha. Danke. Und natürlich fand er Mr. Phinn nicht daheim?«

»Nein. Und deshalb suchte ihn Daddy wahrscheinlich am Bach unten. Mir ist zwar das Reden verboten, doch eines kann ich Ihnen versichern: Wenn je ein Mensch einem anderen etwas Gutes tun wollte, dann war's mein Daddy, als er gestern abend Mr. Phinn zum Bach hinunter nachging.«

»Ich verstehe, was Sie meinen. Und ich verspreche Ihnen, daß hier kein Irrtum geschehen soll.«

Roses Stimme zitterte, als sie Alleyn dankte, und sie sah so blaß und verhärmt aus, daß Alleyn, schon zum Weggehen bereit, sich noch einmal umwandte.

»Ich kann mir gut vorstellen, wie Ihnen zumute ist, meine Liebe. Nach diesem Schock brauchen Sie vor allem Ruhe. Doktor, meinen Sie nicht, daß Sie Miss Cartarette hinauffahren sollten, um ihr beim Einpacken der Kleider zu helfen? Und bitte, vergessen Sie nicht, daß wir alles brauchen. Auch Schuhe und Strümpfe. Und behandeln Sie alles sehr vorsichtig – wie rohe Eier.«

»Bedeutet das also, daß diese Dinge sehr wichtig sind?«

»Ich kann Ihnen nur sagen, daß wahrscheinlich die Sicherheit unschuldiger Menschen hier auf dem Spiel steht.«

»Sie können sich auf mich verlassen, Mr. Alleyn.«

»Schön. Wir kommen nach, um die Sachen abzuholen.«

Dann stieg er ins Polizeiauto und setzte sich neben Fox.

»Fahren wir ihnen zur Hammer Farm nach, Genosse Fox. Aber schön langsam.«

Während der Fahrt schilderte er Fox, was sich während seines Besuchs in Nunspardon zugetragen hatte.

»Ich glaube daher«, meinte er schließlich, »daß wir jetzt wissen, weshalb die Herausgabe der Memoiren zu einem solchen Dilemma führte. In einer ausführlichen Selbstbiographie konnte Sir Harold den Verrat von Geheimdokumenten in Zlomce unmöglich übergehen. Damals teilte Sir Harold der politischen Geheimpolizei persönlich mit, daß der junge Phinn nach dem Geständnis seines Verrats und unmittelbar nach einer scharfen Rüge, die er ihm erteilt hatte, Selbstmord beging. Ferner wissen wir, daß Lacklander knapp vor seinem Tod den Namen des jungen Phinn flüsterte, und auch, daß die Memoiren ihm schwerste Sorgen bereitet hatten. Daß er schließlich Cartarette mit ihrer Veröffentlichung betraute. Jetzt ist uns auch bekannt, daß Cartarette kurz vor seiner Ermordung einen großen Briefumschlag aus seinem Schreibtisch nahm und sich damit zu Mr. Phinn begab, den er allerdings nicht daheim fand. Und daß er ihm offenbar aus diesem Grund ins Chyne-Tal folgte. Wir wissen auch, daß er mit Phinn nach einem kurzen Wortwechsel wegen des Fischrechts eine weitere Unterredung hatte. Obwohl Lady Lacklander der Gegenstand dieser Unterredung bekannt war, weigerte sie sich, uns ins Vertrauen zu ziehen. Jetzt sagen Sie mir, Genosse Fox, weshalb alle Lacklanders sowie Mr. Phinn und auch die Cartarettes sich gerade hier ungewöhnlich empfindlich zeigen sollten?«

Fox lenkte den Wagen vorsichtig durchs Gittertor zur Hammer Farm und nickte dann bedächtig.

»Wenn Sie die Sache so darstellen, liegt die Erklärung auf der Hand, Mr. Alleyn. Doch wo ist hier ein wirklich starkes Motiv für einen Mord?«

»Wer, zum Teufel, ist imstande, klar festzulegen, welches Motiv stark oder nicht stark genug wäre, um einen Mord zu provozieren? Aha, da steht schon der Wagen unseres liebeskranken Doktors. Wir warten vielleicht hier draußen, bis sie die Gewänder der beiden Damen zusammengepackt haben. Ich garantiere, daß Mrs. Cartarettes Kleider funkelnagelneu und in Homespun hergestellt sind, ein auffallend grelles Muster haben und durchdringend nach Schiaparelli sowie nach Fisch riechen werden.«

»Die muß sich ziemlich einsam fühlen.«

»Wer?«

»Mrs. Cartarette. Sozusagen als Outsider in so einem gottverlassenen Nest zu sitzen, wo eine Familie die andere kennt, seit sie allesamt noch mit Bogen und Pfeil herumliefen, muß kein Vergnügen sein.«

»Das stimmt, weiß Gott. Und dazu muß ich Ihnen noch etwas sagen, mein lieber Fox: In dieser ganzen Gesellschaft, und zwar eingeschlossen Ihre besondere Herzensfreundin, gibt es keinen, der sich nicht irgendwie erleichtert fühlen würde, wenn es sich herausstellte, daß sie ihren Mann umgebracht hat. Wie war's in Chyning?«

»Alles in Ordnung. Dr. Curtis kommt mit seiner Arbeit gut voran. Die Verletzungen geben bisher keine neuen Anhaltspunkte für uns. Doch glaubt er selbst auch, daß an der Sache der individuellen Fischschuppen etwas Wahres ist, und wird alles darauf mikroskopisch untersuchen. Der Yard wird sich Sir Harolds Testament zur Durchsicht geben lassen und Erkundigungen über die Tätigkeit des Commander Syce in Singapore einholen. Sie meinen, daß die aktive Dienstliste der Marine ihnen dabei Anhaltspunkte geben dürfte, so daß sie uns möglicherweise schon in ein paar Stunden berichten können.«

Alleyn nickte halb abwesend und rief plötzlich: »Der kommt uns wie gerufen!«

Im nächsten Augenblick war er aus dem Auto gesprungen, rannte um den Wagen herum und schlenderte dann plötzlich sehr gemütlich – als käme er aus dem Haus – zur Einfahrt hinunter. Fox sah, wie er eine Pfeife aus der Tasche holte, sie umständlich zu stopfen begann, und erblickte schließlich auch das Objekt dieser unerwarteten Komödie: den Dorfbriefträger.

Nach einer längeren und offensichtlich freundschaftlichen Unterhaltung sah Fox, wie der Briefträger Alleyn einen großen Briefumschlag übergab, die Hand grüßend an seine Kappe hob, aufsaß und davonradelte.

»Sehen Sie, Genosse Fox, was ich hier erbeutet habe«, grinste Alleyn. »Das kommt davon, wenn man so vertrauenswürdig aussieht wie ich und für ein Familienmitglied gehalten wird.«

Er zeigte Fox den Briefumschlag. Auf der Rückseite stand der Name des Absenders: »Brierley and Bentwood, St. Peters' Place, London, W.1.«

»Die Verleger?«

»Jawohl. Und was hier drinsteht, müssen wir unbedingt erfahren, Fox. Und hier kommt ja auch schon Miss Cartarette.«

Auf Rose folgte Mark, der einen Koffer, einen Tennisschläger im Streckrahmen und Golfstöcke in einem sehr neu aussehenden Golfbeutel trug. Als Fox diese Gegenstände im Wagen verstaut hatte, zeigte Alleyn Rose den Briefumschlag und bat sie um die Erlaubnis, vorläufig alle an ihren Vater adressierte Post durchsehen zu dürfen.

Dabei hielt er den Briefumschlag mit der getippten Adresse nach oben. Rose warf nur einen kurzen Blick auf den Umschlag und meinte dann uninteressiert:

»Nehmen Sie's ruhig. Das sieht mir ohnehin nur wie eine Werbeschrift aus.«

Alleyn dankte ihr und wartete, bis sie und Mark wieder in ihren Wagen stiegen und wegfuhren. Dann öffnete er den Umschlag, zog den Brief heraus und entfaltete ihn.

»Sehr geehrter Herr Oberst,

der verstorbene Sir Harold Lacklander besuchte mich drei Wochen vor seinem Ableben, um seine Memoiren mit mir zu besprechen, die in unserem Verlag erscheinen werden. Mit Bezug auf Kapitel 7 haben sich gewisse Schwierigkeiten ergeben, und Sir Harold wollte sich über diesen Punkt mit Ihnen beraten. Dazu teilte er mir auch mit, daß er die Absicht habe, Sie für den Fall seines Ablebens vor Drucklegung seiner Memoiren mit der Durchsicht und Bearbeitung des Gesamtmanuskripts zu betrauen. Natürlich vorausgesetzt, daß Sie bereit wären, diese Verantwortung zu übernehmen. Dazu äußerte er auch den Wunsch, daß ich mich im Falle seines Todes ausschließlich mit Ihnen und keiner anderen Person in Verbindung setzen sollte, und betonte, daß Ihre Entscheidung in jeder Beziehung als endgültig gelten müsse.

Da wir von Sir Harold Lacklander vor seinem Tode keinerlei anderweitige Anweisung oder Mitteilung erhielten, wende ich mich heute, seinem Wunsch entsprechend, mit der Bitte an Sie, mir freundlichst mitzuteilen, ob Sie sich mit der Bearbeitung der Memoiren einverstanden erklären, das Manuskript erhalten haben, und auch, ob Sie hinsichtlich des sehr heiklen und wichtigen Kapitels 7 zu einer Entscheidung gelangt sind.

Ich wäre Ihnen für eine baldige Antwort sehr verbunden.

Mit besten Empfehlungen bin ich

Ihr sehr ergebener
Timothy Bentwood.«

Alleyn faltete den Brief und tat ihn wieder in den Umschlag. »Jetzt dürfen Sie zweimal raten, Genosse Fox, was dieses heikle und wichtige Kapitel 7 enthält.«

2

Während der Fahrt nach Chyning gab Alleyn eine genaue Darlegung seiner Theorie vom Inhalt des Kapitels 7 zum besten.

»Dabei hat man sich vor allem den Charakter Oberst Cartarettes vor Augen zu halten, wie er sich jetzt aus den verschiedenen Aussagen enthüllt«, dozierte er. »Mit Ausnahme Danberry-Phinns war doch die einstimmige Meinung, daß Cartarette ein ganz besonders feiner Kerl war, ein Mensch mit sehr ausgeprägtem Ehrgefühl und daneben übertrieben gewissenhaft. Schön. Zweitens – und zwar zum endgültig letztenmal – müssen wir uns daran erinnern, daß der alte Lacklander vor seinem Tod von einer Sache bedrückt war, die irgendwie mit Cartarette und mit seinen Memoiren zusammenhing, und daß er schließlich mit dem Namen ›Vic‹ auf den Lippen starb. Wiederum richtig. Bei der bloßen Erwähnung der Memoiren oder Viccy Phinns sieht jeder von der Gesellschaft vor lauter Schreck so aus, als würde er auf der Stelle Junge kriegen, und tut dann alles, daß ich's, um Gottes willen, nicht merken soll. Einverstanden? Phinn und Lady Lacklander sagen übereinstimmend aus, daß zwischen ihm und dem Oberst – und zwar nach dem Streit – eine weitere Unterredung stattfand. Doch Lady Lacklander schlägt es ab, sich über deren Gegenstand zu äußern, wozu sie berechtigt ist. Darauf nimmt Phinn das gleiche Recht in Anspruch. Der Oberst verließ das Haus, um Phinn aufzusuchen, mit dem er sonst nicht mehr auf Besuchsfuß stand. Jetzt heißt es aber, diese Fragmente so zusammenzufügen, daß sich ein geschlossenes Bild ergibt. Dabei sind folgende Punkte nicht außer acht zu lassen: Erstens die besonderen Umstände um den Tod des jungen Phinn. Dann George Lacklanders beinahe ausdrückliches Geständnis, daß in den Memoiren die Ehre Viccy Phinns wiederhergestellt wird. Dazu kommt Rose Cartarettes Überzeugung, daß ihres Vaters Besuch beim alten Phinn eine ›gute Tat‹ gewesen sei. Schließlich haben wir noch den Brief vom Verlag. Damit haben wir unsere Fakten beisammen. Und jetzt sagen Sie mir, Genosse Fox, was sich daraus ergibt.«

»Daß Kapitel 7 der Abschnitt ist, der die Ehrenrettung des jungen Phinn enthält. Oberst Cartarette übernahm die Verantwortung, dieses Kapitel in die Memoiren einzufügen. Er konnte zu keiner Entscheidung gelangen und nahm daher das Manuskript zu Phinn mit, um seine Meinung einzuholen«, riet Fox. »Doch Phinn war angeln gegangen, daher folgte ihm der Oberst ins Tal hinunter. Nach dem Krach mit Phinn hat dann der Oberst ... ja, was tat er dann eigentlich?«

»Der? Der warf dem unverbesserlichen Mr. Phinn erst ein paar Komplimente an den Kopf, erzählte ihm dann die Sache vom Kapitel 7 und übergab ihm gleich das Manuskript. Was durch die Tatsache bestätigt wird, daß ich auf Phinns Schreibtisch einen Briefumschlag fand, der in des Obersts Handschrift an Phinn adressiert war und ein Bündel getippter Manuskriptbogen enthielt. Was läßt sich daraus schließen, Genosse Fox?«

»Über Kapitel 7?«

»Richtig geraten.«

»Aufklärung ist erbeten«, grinste Fox.

Diese Bitte wurde prompt erfüllt.

»Na ja«, meinte Fox. »Möglich wär's, Sir. Damit hätten die Lacklanders allerdings einen triftigen Grund, den Oberst aus dem Weg zu räumen.«

»Abgesehen davon, daß bei Richtigkeit unserer Annahme, und falls Lady Lacklander die Unterredung über Kapitel 7 tatsächlich hörte, logischerweise Mr. Phinn und nicht der Oberst das Opfer geworden wäre.«

»Vielleicht hörte sie nicht alles.«

»Weshalb sollte sie sich dann darüber und auch über ihre spätere Unterredung mit dem Oberst so verschlossen zeigen?«

»Ach, hol's der Kuckuck!« Fox riß jetzt die Geduld. »Dann hat vielleicht dieses Kapitel 7 mit unserem Fall überhaupt nichts zu tun!«

»Meinem Gefühl nach schon. Doch nicht in erster Linie.«

»Aber aufgrund Ihrer Folgerungen wäre das doch die einzig logische Erklärung!«

»Ganz richtig. Doch vergessen Sie eines nicht, Fox. Daß nämlich auch hier – wie häufig – das Motiv allein nicht entscheidend ist. So, und jetzt sind wir in Chyning, und da seh' ich auch unsere liebe

Kettle an der Tankstelle, wie sie eben ihren frischlackierten Wagen auftanken läßt. Keine schlechte Idee! Und eine günstige Gelegenheit – nicht nur für Sie, Sie alter Sünder. Einen schönen guten Morgen, Schwester Kettle!«

Nach einem kurzen lustigen Wortgeplänkel brachte Alleyn die Sprache auf ihren Patienten, Commander Syce, und hörte, daß sein Hexenschuß ihm noch immer viel zu schaffen mache und daß sie jetzt auch wieder auf dem Weg zu ihm sei.

»Komisch«, staunte Alleyn unschuldig, »denn Mr. Phinn schwört Stein und Bein, daß er ihn gestern abend noch um Viertel nach acht seinen Bogen abschießen hörte.«

Schwester Kettle errötete bis an die Haarwurzeln, faßte sich jedoch bald und behauptete tapfer: »Da sieht man's wieder, wie tükkisch so ein Hexenschuß sein kann. Kaum denkt einer, er sei ihn los, schon liegt er wieder auf der Nase und kann sich vor Schmerzen nicht mehr rühren.«

Damit kletterte sie rasch in ihren Wagen, winkte den beiden zu und fuhr hupend in die Richtung von Uplands, des Commanders Haus, davon.

»Mein lieber Fox«, lachte Alleyn, »falls Sie nicht imstande sind, auf der Stelle irgendeine tückische Krankheit zu entwickeln, sehe ich hier leider keine Hoffnung für Sie.«

»Eine ganz besonders anständige Frau«, stellte Fox unbeirrt fest und fügte dunkel hinzu: »Ein wahrer Jammer!«

Dann war ihr Tank gefüllt, und sie fuhren zur Polizeistation.

Dort erwartete sie Wachtmeister Oliphant mit zwei Botschaften von Scotland Yard. In der einen hieß es: »Ihre Angaben bezüglich Forellenschuppen vom Naturhistorischen Museum, dem Institut für Erhaltung und Pflege von Forellengewässern in Großbritannien sowie dem Fachwissenschaftler Dr. S. K. M. Solomon bestätigt, daß nach mikroskopischen Befunden die Schuppen an verschiedenen Forellenexemplaren einander niemals gleichen. Cartarette gilt hier als Autorität.«

Dann nahm Alleyn den zweiten Zettel zur Hand, den »Bericht über das Testament des verstorbenen Sir Harold Lacklander«, las ihn rasch durch und sah dann auf. »Die Sache ist so einfach wie nur möglich. Abgesehen von den gewöhnlichen Legaten an Angestellte, geht das gesamte Vermögen an die Witwe und als unveräußerliches Erbgut an den Sohn.«

»Wie Schwester Kettle schon sagte.«

»Stimmt. Und hier haben wir noch einen Bericht vom Marineministerium: ›Commander Geoffrey Syce, Kgl. Marine, in Pension. Dienst auf I.M.S...., Heimathafen Singapore. Dienst an Land. Betragen, abgesehen von Dienstaufführung: Anfänglich zurückgezogen, nahm die gewöhnlichen Einladungen an, sonst viel allein, interessierte sich fürs Zeichnen. Späterhin häufig in Gesellschaft einer gewissen Miss Kitty de Vere, angeblich Bekanntschaft in einem Tanzlokal. Vorgeschichte der de Vere, wenn anverlangt, zur Verfügung. Festgestellt, daß Syce der de Vere eine Wohnung einrichtete. Diese lernte dann einen Oberst Maurice Cartarette kennen, den sie später heiratete. Die Bekanntschaft soll durch Syce vermittelt worden sein. Auskunft durch...‹«

Alleyn legte den Zettel auf Wachtmeister Oliphants Pult.

»Der arme Cartarette«, sagte er leise und nachdenklich. »Oder – der arme Syce. Wie man's nimmt.«

Fox nickte. »Und wie sich die Sache jetzt anläßt, wäre ›arme Kitty‹ beinahe ebenso angebracht.«

3

Vor ihrer Rückkehr nach Swevenings suchten Alleyn und Fox noch Dr. Curtis in der Leichenhalle des Spitals in Chyning auf. Dort hatte der sehr gründliche Arzt die Autopsie zwar noch nicht beendet, konnte jedoch bestätigen, daß es sich bei dem Mord an Oberst Cartarette um eine Reihe von Verletzungen gehandelt hatte. Nämlich als erstes ein heftiger Schlag, dem anscheinend ein Stich gefolgt war. Doch weder dieser Schlag noch der Stich waren die Ursache einer Anzahl Verletzungen, die seiner Meinung nach durch starken Druck hervorgerufen wurden. Deutliche Spuren eines Druckwiderstands waren an mehreren Stellen sichtbar. Obgleich er andere Möglichkeiten nicht ausschloß, schien Dr. Curtis Lady Lacklanders Jagdstock doch das wahrscheinlichste Mordinstrument. Die Untersuchung des Stocks auf Blutspuren sollte diesen Punkt endgültig klären. Der Mallappen zeigte zweifellos Blutspuren, doch war der Test hinsichtlich der Blutgruppe noch nicht ausgeführt. Daß der Lappen nach Fisch roch, war nicht zu bezweifeln.

Alleyns Bitte, die mitgebrachten Kleidungsstücke und Sportausrüstungen auf das Vorhandensein oder Nichtvorhandensein individueller Fischschuppen zu untersuchen, lehnte Dr. Curtis rundweg ab, tröstete Alleyn jedoch mit der Nachricht, daß dieser Test von einem berühmten Analytiker des Innenministeriums durchgeführt würde, Sir William Roskill, der schon auf dem Weg nach Chyning sei.

Dr. Curtis wollte wissen, weshalb Alleyn es mit der Erledigung dieses Falles so eilig habe.

»Weil's ein absolut scheußlicher Mord ist. Weil mir einfach davor graut.«

»Mehr als sonst? Warum das?«

Doch Alleyn schien ihn nicht zu hören, besah sich die ordentlich ausgelegten Besitztümer der verschiedenen Personen, die dort gegenüber dem Seziertisch lagen, als warteten auch sie auf eine Autopsie. Fox holte einen Küchenteller von einem Wandbrett und stellte ihn wortlos auf einen der Tische. Darauf lagen – wie für eine Hungerkur vorbereitet – die Überreste der von Oberst Cartarette gefangenen Forelle samt dem sorgfältig ausgebreiteten Hautlappen mit dem seltsamen runden Abdruck.

»Der Hautlappen wird gewiß passen«, murmelte Alleyn. »Und je mehr er das tut, desto weniger paßt mir die Sache in meinen Kram.«

Mit dieser nicht sehr logischen Bemerkung ging er hinaus.

Sie fuhren zur Polizeistation zurück. Alleyn erteilte dem Wachtmeister Anweisungen wegen verschiedener Anrufe, die für ihn zu erwarten seien, und gab ihm eine Liste der Personen, die er selbst aufsuchen wollte. »Bei dem einen oder dem anderen werde ich sicher zu erreichen sein. Und noch eines, Oliphant: bitte sorgen Sie dafür, daß ein Haftbefehl ausgefertigt wird; es kann sein, daß wir ihn noch heute abend brauchen.«

»Na, so was!« staunte Oliphant. »Auf welchen Namen, Sir? An den Sie schon anfangs dachten?«

Alleyn tippte mit dem Finger auf einen Namen der Liste. Der Wachtmeister starrte wortlos auf diesen Namen, das Gesicht hölzern.

»Es steht noch nicht absolut fest«, sagte Alleyn, »aber verständigen Sie den Friedensrichter lieber rechtzeitig. Und jetzt weiter im Text! Rufen Sie bitte Brierley und Bentwood für mich an, Oliphant. Hier ist die Nummer. Fragen Sie nach Mr. Timothy Bentwood.«

Während der Wachtmeister mit dem Anruf beschäftigt war, meinte Alleyn zu Fox: »Wenn Bentwood hier mitzieht, sollten wir über Kapitel 7 jetzt endgültig Klarheit bekommen.«

Fox hob warnend den Finger, und beide hörten Oliphant zu.

»Ja? So?« sagte der gedehnt. »Bleiben Sie bitte am Apparat, da muß ich erst nachfragen.«

»Was ist los?« fragte Alleyn rasch.

Oliphant legte seine große Hand auf den Hörer. »Mr. Bentwood ist im Krankenhaus, Sir. Wollen Sie mit seinem Sekretär sprechen?«

»So ein hundsverdammtes Pech!« explodierte Alleyn. »Nein, der Sekretär kann mir nicht helfen. Danke schön, Oliphant. Kommen Sie, Fox. Das war ein Reinfall. Wenn wir Zeit haben, Oliphant, werden wir im ›Eseltreiber‹ zu Mittag essen, aber vorher wollen wir wenigstens einen Besuch abstatten.« Sein Finger glitt wieder über die Liste, machte bei einem Namen halt.

»In Uplands, Sir? Bei Commander Syce?«

»Ja. Nun bereiten Sie alles vor, und wenn Sie einen Anruf von mir bekommen, machen Sie sich sofort auf die Strümpfe, Oliphant. Und zwar mit der notwendigen Unterstützung, denn das bedeutet eine Verhaftung. Gehen wir, Fox.«

Bei der Rückfahrt über den Watt Hill war Alleyn ungewöhnlich schweigsam. Auf der Höhe führte die Straße am Jacobs Cottage vorbei, wo Mr. Phinn, ein winziges Kätzchen auf der Schulter, über seinen Zaun gelehnt stand.

Auf ein Zeichen von Alleyn stoppte Fox den Wagen am Gartentor, und Alleyn stieg aus. Mr. Phinn blinzelte ungläubig, nahm das Kätzchen in den Arm und begrüßte Alleyn mit den Worten: »Mein lieber Oberinspektor, Ihr Erscheinen wiederholt sich in geradezu erstaunlichem Maße. Wird sozusagen zu einer chronischen Angelegenheit.«

»Ein Charakteristikum unserer Arbeit, nichts weiter, Mr. Phinn. So eine Art Berufskrankheit.«

Mr. Phinn blinzelte wieder, lachte dann auf. Ein etwas kurzatmiges Lachen. »Soll ich daraus schließen, daß ich selbst ein Objekt von beruflichem Interesse für Sie bin? Oder sind Sie lediglich auf dem Weg zu neuen Taten, teurer Held? Zum Beispiel nach Nunspardon? Sehen Sie im Geiste unsere umfangreiche Matriarchin mit dem Dolch im Gewande durch die Weiden schleichen, oder George, den neuen Ritter ohne Tadel, blutdürstig durch unsere Auen stürmen? Sie halten mich gewiß für den Gipfel der Taktlosigkeit, doch ich gebe Ihnen mein Wort, daß es hier ganz in der Nähe noch einige Herrschaften gibt, die ohne weiteres als Verdächtige kandidieren könnten. Aber was kann ich jetzt für Sie tun?«

Alleyn sah ihm in das blasse Gesicht, die flackernden Augen. »Mr. Phinn, wollen Sie mir die Abschrift des Kapitels 7 zeigen?«

Das Kätzchen quietschte plötzlich und zeigte empört die Zähnchen. Mr. Phinn lockerte seinen Griff, küßte es behutsam und setzte es auf den Boden. Dann öffnete er die Gartentür und forderte die beiden auf, in den Garten zu kommen.

»Natürlich können Sie meine Bitte abschlagen«, betonte Alleyn. »Dann müßte ich die Sache eben anders anpacken.«

Mr. Phinn befeuchtete seine trockenen Lippen. »Wenn Sie sich einbilden, daß das Kapitel 7, das Sie wahrscheinlich auf meinem Schreibtisch sahen, jedoch nicht lasen, auch nur den geringsten Verdacht auf mich wirft, dann befinden Sie sich im Irrtum. Was meine Person betrifft, bedeutet es sogar das gerade Gegenteil.«

»Das war auch meine Ansicht. Aber wäre es nicht besser, wenn Sie mich das Kapitel selbst lesen ließen?«

Mr. Phinn schwieg erst, dann erklärte er: »Ohne Lady Lacklanders Erlaubnis? Ausgeschlossen. Selbst wenn Scotland Yard mich auf den Knien darum bittet.«

»Ich gebe zu, daß Ihre Einstellung hier durchaus korrekt ist. Doch würde es mich interessieren, ob Sie rein prinzipiell der Ansicht sind, daß Kapitel 7 eine Art Geständnis des Autors darstellt. Daß Sir Harold Lacklander hier möglicherweise zugibt, daß er damals in Zlomce selbst für den Verrat politischer Geheimnisse verantwortlich war.«

»Was bewegt Sie zu so ausschweifenden Phantasien, wenn ich fragen darf?« erkundigte sich Mr. Phinn atemlos.

»Meine Phantasie kommt hier nicht in Frage«, stellte Alleyn ruhig und freundlich fest. »Wie ich Ihnen schon heute früh erzählte, bin ich über die Affäre in Zlomce orientiert. Sie behaupten, daß die Neufassung des Kapitels 7 die völlige Entkräftung jedes möglichen Verdachts gegen Sie darstellt. Wenn das zutrifft, das heißt, wenn es eine Ehrenrettung bedeutet, müßten Sie seine Veröffentlichung doch durchaus begrüßen?«

Mr. Phinn schwieg und hatte sich schon weggewandt, als die Gartentür knarrte und Alleyns ruhige Stimme Lady Lacklander begrüßte. Mr. Phinn fuhr herum, konnte einen Ausruf des Schrekkens nicht unterdrücken.

Lady Lacklanders Gesicht war völlig ausdruckslos, sie hielt die Augen im grellen Sonnenlicht halb geschlossen, und ihre Stimme zitterte leicht.

»Ich kam Ihnen nach, Roderick. Denn ich habe ein Geständnis zu machen.«

ZEHNTES KAPITEL

1

Lady Lacklander näherte sich langsam.

»Falls Ihre sogenannte Bank dort mein Gewicht tragen kann, Octavius, werde ich sie in Anspruch nehmen.«

Die drei traten ein paar Schritte zurück, um sie vorbeizulassen. Mr. Phinn brach plötzlich in aufgeregtes Geschnatter aus: »Nein, nein, nein, sage ich! Kein Wort! Ich erlaube es nicht.«

Sie ließ sich behutsam auf den Gartensitz nieder.

»Um Gottes willen«, bat Mr. Phinn verzweifelt, »halten Sie doch den Mund, Lady Lacklander!«

»Unsinn«, schnaufte Lady Lacklander. »Halten Sie lieber Ihren dummen Schnabel, Occy.« Sie wandte ihren schweren Oberkörper zu Alleyn. »Wenn ich Sie hier aufsuche, Roderick, geschieht das eigentlich im Namen meines Mannes. Denn was ich Ihnen zu sagen habe, ist sein Geständnis.«

»Na endlich. Kapitel 7.«

»Richtig. Ich habe natürlich keine Ahnung, wieviel Sie glauben davon zu wissen oder wieviel Ihnen darüber erzählt wurde.«

»Nicht von mir«, verwahrte sich Mr. Phinn. »Kein Wort!«

»Pah! Welcher Edelmut, Octavius.«

Mr. Phinn wollte protestieren, rang die Hände, schwieg.

»Es gibt ja hier noch andere Informationsquellen«, fuhr sie unbeirrt fort. »Ich hörte, daß seine Frau darüber orientiert wurde.« Lady Lacklander sah Alleyn durchdringend an. ›Aha‹, dachte der, ›George hat Kitty Cartarette vom Kapitel 7 erzählt, seine Mutter hat es herausgekriegt und denkt, daß Kitty mir's weitererzählte.‹ Alleyn sagte kein Wort.

»Deshalb meinen Sie vielleicht, daß ich jetzt nur aus der Not eine Tugend mache.«

Alleyn verbeugte sich stumm.

»Das trifft jedoch nicht durchaus zu. Denn in erster Linie sind wir, als Familie, Ihnen, Octavius, in gewissem Sinne verpflichtet.«

»Schweigen Sie!« schrie Mr. Phinn sie an. »Noch ein Wort, und ich ...«

»Mr. Phinn«, fiel Alleyn ihm ins Wort und verstieß damit gegen mindestens drei der wichtigsten Vorschriften des Kriminalpolizisten, »Mr. Phinn, wenn Sie nicht augenblicklich zu schwatzen aufhören, muß ich andere Mittel anwenden. Halten Sie gefälligst den Mund.«

Während Mr. Phinn Alleyn noch zaudernd ansah, nervös an seinen Lippen zupfte, hob Lady Lacklander ihre kurzen Arme in einer weitausholenden Geste und erklärte: »Roderick, mein Mann war ein Landesverräter.«

2

Sie saßen jetzt alle auf Mr. Phinns unbequemen Gartenbänken. Fox machte diskret Notizen, Mr. Phinn hielt beide Hände an den Kopf gepreßt, und Lady Lacklander, unbeweglich hinter der mächtigen Fassade ihres grotesken Umfangs, erging sich in einem wahren Strom der Rede. Katzen kamen, gingen wieder, graziös, gleichgültig gegen menschliche Konflikte.

»Das sind also die Dinge, die Sie im Kapitel 7 finden werden«, sagte Lady Lacklander. »Zur Zeit des Vorfalls in Zlomce war mein Mann in geheimen Verhandlungen mit einer Gruppe preußischer Faschisten. Anscheinend sahen sie in ihm eine Art Trumpfkarte: ein britischer Diplomat, dessen Name« – ihre Stimme schwankte, wurde ruhiger – »dessen Name daheim über jeden Zweifel erhaben war. Er war ein Überläufer und ein Verräter an seinem Land geworden.« Alleyn sah, wie ihre Augen von Tränen überquollen. »Doch von unserer Spionageabwehr wurde das niemals entdeckt, nicht wahr, Roderick?«

»Nein.«

»Heute früh kam mir allerdings vor, als wüßten Sie das alles schon.«

»Sagen wir lieber, ich ›ahnte‹ es schon. Von Wissen war keine Rede.«

»Also hat sie Ihnen nichts davon erzählt?«

»Wer?«

»Kitty. Cartarettes Frau.«

»Nein.«

»Bei solchen Leuten weiß man nie, was sie anstellen werden.«

»Das bezieht sich auch auf andere.«

Lady Lacklander schwieg, wurde aber dunkelrot.

»Das Unbegreiflichste an dieser Sache«, meinte Mr. Phinn plötzlich, »ist das *Warum*. Warum tat Lacklander etwas Derartiges?«

»Vielleicht hat ihm die ›Herrenvolk-Legende‹ imponiert?« riet Alleyn. »Eine deutsch-englische Liga der Aristokratie, als einzige Alternative gegen Krieg und Kommunismus, als einzige Möglichkeit der Weiterexistenz seiner Gesellschaftsklasse? Eine Irrlehre, die damals ziemlich weit verbreitet war. Jedenfalls war er nicht der einzige.«

»Sie schonen ihn nicht, Roderick.«

»Weshalb sollte ich? In dem neuen Kapitel 7 scheint er sich ja selbst nicht zu schonen.«

»Er hat bitter bereut. Seine Gewissensbisse waren reine Qual.«

»Ja«, sagte Mr. Phinn. »Das ist ganz klar.«

»Der Himmel weiß, daß es stimmt, Occy! Am schlimmsten waren die Vorwürfe, die er sich wegen der schrecklichen Ungerechtigkeit gegen Ihren Jungen machte.«

»Eine Ungerechtigkeit?« fragte Alleyn rasch, als er merkte, daß Mr. Phinn wieder einmal eingreifen wollte. »Verzeihen Sie, Mr. Phinn, aber das müssen wir wissen.«

Lady Lacklander war seiner Ansicht. »Warum wollen Sie mich absolut zum Schweigen bringen, Occy? Sie haben es doch selbst gelesen? Sie müßten es doch eigentlich von allen Dächern austrompeten?«

»Hat Sir Harold Ludovic Phinn vollkommen entlastet?«

»Vollkommen – abgesehen von einer gewissen Fahrlässigkeit.«

Lady Lacklander schlug beide Hände vors Gesicht. Eine Geste, die ihr so wesensfremd war, daß sie auf die anderen genauso erschreckend wirkte wie ein hysterischer Anfall.

»Ich glaube«, sagte Alleyn, »ich sehe jetzt die Zusammenhänge. In der Angelegenheit der Eisenbahnkonzessionen in Zlomce hat Sir Harold scheinbar entsprechend den Weisungen der britischen Regierung gehandelt, während er in Wirklichkeit plante, diese Konzessionen den deutschen Interessenten in die Hände zu spielen?«

Alleyn sah, daß er recht geraten hatte, und fuhr fort: »Und während der empfindlichsten Phase der Verhandlungen, als ihm mehr denn je daran gelegen war, auch nicht die leiseste Spur eines Verdachts zu erregen, beschließt sein Privatsekretär eine Reise durch die dortigen Nachtlokale und vertraut einem Zechkumpan – der ein deutscher Agent ist – im Rausch den Inhalt eines äußerst wichtigen Geheimkabels an, das er für Sir Harold zu entziffern hatte. Der erfährt durch seine Regierung von dem Verrat und sieht sich deshalb als Botschafter gezwungen, den Zorn des Vorgesetzten über das Vergehen seines Sekretärs zu markieren. Er läßt den jungen Phinn rufen, droht ihm mit Enthüllungen seiner Schande, mit öffentlicher Entehrung – kurz, macht ihm die Hölle so heiß, daß der Junge zusammenbricht und sich das Leben nimmt. War es so?«

»Ja, so war es«, bestätigte Lady Lacklander. Sie sprach jetzt überlaut, monoton, als zitierte sie einen Bericht, der ihr bis zum Überdruß bekannt war: »Mein Mann schreibt im Kapitel 7, daß er Viccy Phinn in den Tod getrieben hätte. Daß er sich dafür genauso verantwortlich fühlte, als hätte er selbst ihn umgebracht. Der Schock hat ihn damals zur Besinnung gebracht. Ich wußte, daß er tiefunglücklich war, meinte jedoch, daß seine Depression eben durch Viccys Tod und seinen angeblichen Vertrauensbruch oder Verrat veranlaßt war. Doch die Verräter waren wir, mein lieber Occy, und Ihr Junge nichts weiter als ein unerfahrener und leider Gottes fahrlässiger junger Dummkopf.« Sie sah Mr. Phinn an und runzelte die Stirn. »Gestern, nach dem Krach wegen der Forelle, kam Maurice zu mir und erzählte mir, daß er eine Abschrift des Kapitels 7 in Ihren Briefkasten geworfen habe. Weshalb zeigen Sie die nicht? Weshalb wollten Sie mich zum Schweigen bringen? Vielleicht weil...«

»Keineswegs aus irgendeiner verstiegenen Idee der Ritterlichkeit heraus, sondern nur, weil mein Sohn es so wünschte«, erklärte Mr. Phinn. »Vor seinem Tod schrieb er noch seiner Mutter und beteuerte seine Unschuld und beschwor uns, Sir Harold Lacklander, den er bewunderte und verehrte, auf keinen Fall zur Verantwortung zu ziehen oder zu schädigen. Diesen Wunsch habe ich erfüllt.«

Mr. Phinn stand auf. Er sah alt und jämmerlich aus, doch seine Stimme klang energisch. »Die Gefühle der Familie Lacklander gehen mich nichts an. Ich habe auch keinen Wunsch mehr, sie den Tod meines Jungen entgelten zu lassen. Wenn Sie gestatten, werde ich mich jetzt empfehlen. Und wenn Sie, mein lieber Oberinspektor, wissen wollen, was mit dem Kapitel 7 geschehen ist, kann ich Ihnen sagen, daß ich es vor einer halben Stunde bis zum letzten Aschestäubchen verbrannt habe.«

Er lüftete seine schauerliche alte Raucherkappe, verneigte sich vor Lady Lacklander und verschwand ins Haus – gefolgt von seinen Katzen.

Auch Lady Lacklander erhob sich, ging zum Gartentor, schien sich an etwas zu erinnern und blieb stehen. »Ich bin in Nunspardon zu finden, Roderick.« Alleyn ging rasch zum Tor und öffnete es für sie. Sie schritt, ohne ihn anzusehen, an ihm vorbei, stieg in ihren großen altmodischen Wagen und fuhr davon.

»Eine sehr schmerzliche Angelegenheit«, sagte Fox ernst. »Wahrscheinlich hat der arme Junge gewußt, was vorging, als ihn der Botschafter rufen ließ. Bitter.«

»O ja.«

»Doch Mr. Phinn hat recht, wenn er sagt, daß das Kapitel 7 beweist, daß er keinesfalls des Mordes an Oberst Cartarette verdächtigt werden könnte.«

»Nicht so ganz«, sagte Alleyn.

»Nein?«

»Genau genommen, nicht. Der Oberst ließ nämlich das Kapitel 7 im Jacobs Cottage. Phinn sagte aus, daß er das Haus nach seinem Krach mit dem Oberst nicht betrat. Daß er hingegen zum Weidengebüsch am Bach zurückging, die Leiche fand und dabei seine Brille verlor. Daher las er Kapitel 7 erst heute – während der ersten Morgenstunden – und zwar wahrscheinlich mit Hilfe eines Vergrößerungsglases.«

3

»Natürlich war das verbrannte Exemplar eine Kopie«, meinte Fox, als sie in Commander Syces Einfahrt einbogen. »Der Oberst wird ihm sicher nicht das Original gegeben haben.«

»Gewiß nicht. Meiner Meinung nach hielt er dieses Original in der linken untersten Schublade seines Schreibtisches versperrt, aus der es ein Mitglied seiner Familie oder einer der Lacklanders stahl und ebenfalls in Rauch und Flammen aufgehen ließ. Jedenfalls weiß der Verlag, was drinsteht, und es dürfte daher nicht notwendig sein, den ganzen Text bei der Verhandlung verlesen zu müssen. Das hoffe ich wenigstens.«

Alleyn unterbrach seine Warnung an Fox, bei dem Interview mit Commander Syce vorsichtig zu Werke zu gehen mit dem Ausruf: »Sehen Sie bloß, wer da ist!«

Schwester Kettle war aus der Haustür gekommen, gefolgt von Commander Syce, der in einer Hand eine weiße Serviette hielt. Offenbar hatte er sie vor dem anrollenden Polizeiauto gewarnt, denn ihr gemütliches Schlendern zu ihrem Wagen bekam plötzlich Tempo, der Commander hinkte ihr rasch voraus, riß die Wagentür auf und wartete sichtlich ungeduldig, bis sie darin saß und auf den Starterknopf gedrückt hatte.

Alleyn hob grüßend den Hut, als Schwester Kettle – blutrot im Gesicht – mit Windeseile an ihnen vorbeisauste.

Syce hatte an der Tür auf sie gewartet, und auf Alleyns Bitte, ins Haus kommen zu dürfen, führte er sie wortlos ins Wohnzimmer, wo noch die Reste einer bescheidenen Mahlzeit auf einem Tischchen standen, daneben ein halbvolles Glas puren Whiskys.

Auf seine barsche Frage, was schon wieder los sei, erklärte Alleyn: »Ich muß leider ein paar Fragen an Sie stellen, die Sie sicher unverschämt finden werden. Es handelt sich um Ihren letzten Aufenthalt in Singapore. Sie erinnern sich doch, daß wir heute früh diese Zeitspanne besprachen, als Sie uns erzählten, daß Sie die jetzige Mrs. Cartarette ihrem Mann vorstellten?«

Syce schwieg.

»Zu meinem Bedauern muß ich nochmals auf diesen Punkt zurückkommen. Kurz, ich muß Sie fragen, ob Sie zu jener Zeit mit Miss de Vere – wie sie damals hieß – ein Verhältnis hatten.«

»Hol Sie der Teufel! Das ist zu weit gegangen!«

»Sehr richtig. Und in gewissem Sinne trifft das auch auf einen Mord zu.«

Als der Commander ihn wütend anfuhr, was zur Hölle Alleyn mit diesen blödsinnigen Fragen eigentlich vorhabe, gab der seine taktvolle Zurückhaltung plötzlich auf.

»Tun Sie doch nicht so, als ob! Ich weiß aus absolut zuverlässiger Quelle, daß Sie damals in Singapore mit der jetzigen Mrs. Cartarette zusammenlebten. Sie selber erzählten mir, daß Sie Cartarette Miss de Vere vorstellten. Dann kamen Sie heim und fanden die beiden verheiratet. Wie Sie selber sagten, eine Verbindung, die von Ihnen weder beabsichtigt noch vorausgesehen war. Schön. Gestern abend wird Oberst Cartarette in der Bottom-Wiese ermordet aufgefunden. Mit einem Loch im Schädel, das möglicherweise von einem Pfeil verursacht sein könnte. Sie gaben an, daß Sie sich vor Rückenschmerzen nicht rühren konnten. Trotzdem hörte man Sie, wie Sie Ihren Sechzigpfünder mehrmals abschossen – und zwar gerade zu der Zeit, als Sie angeblich ans Bett gefesselt waren. Wenn Sie wollen, können Sie jetzt natürlich jede Aussage verweigern, bis Ihr Rechtsanwalt zugegen ist.«

»Zum Kuckuck, ich hatte Cartarette gern!«

»Das bestreite ich nicht. Die Frage ist nur, ob Sie seine Frau nicht etwa *liebten?*«

»Liebten?« wiederholte Syce und wurde krebsrot. »Nennt man so was Liebe? Jetzt wird mir's aber zu bunt. Wenn Sie noch einmal so etwas Idiotisches fragen, lasse ich allen Ernstes meinen Anwalt kommen.«

»Sie sind, weiß Gott, ein harter Bissen, Commander. Bitte geben Sie mir die Kleider, die Sie gestern abend trugen.«

»Weshalb?«

»Um festzustellen, ob sie Blutspuren aufweisen, und zwar Cartarettes Blut.«

»Total hirnverbrannt.«

»Möglich. Deshalb muß ich sie trotzdem haben. Also, bitte.«

»Aber die hab' ich doch an.«

Auf Alleyns nochmalige Bitte entschloß sich Syce endlich zum Nachgeben. Er entledigte sich seiner Kleider mit dem automatischen Geschick des alten Seebären – trotz seiner merklich zitternden Hände und trotz der Whiskydüfte, die ihm bei jeder Bewegung entströmten. Er faltete sie ordentlich, sicherte das Bündel mit dickem Bindfaden und einem richtigen Seemannsknoten und übergab es Fox. Dann warf er einen Morgenrock über und zog die Kordel mit einem wütenden Ruck an.

»Ist Ihr Hexenschuß jetzt kuriert?« erkundigte sich Alleyn.

Keine Antwort.

»Weshalb reden Sie nicht ganz offen mit mir? Sie wissen sehr gut, daß ich auch diese alten, längst begrabenen Dinge bei meiner Arbeit in Betracht ziehen muß. Und warum diese Ausflüchte wegen Ihres nächtlichen Bogenschießens, wenn Ihr Grund dafür vielleicht ganz unschuldig war?«

Diese letzte Bemerkung brach endlich das Eis. Commander Syce wurde plötzlich aufgeschlossen, sogar – wie das bei gehemmten und einsamen Menschen häufig vorkommt – redselig, geriet vom Hundertsten ins Tausendste, daß Alleyn Mühe hatte, das Gespräch auf den Zweck seines Besuches zurückzulenken. Der Commander warf einen sehnsüchtigen Blick auf das halbvolle Whiskyglas, leerte es auf einen Zug und bot seinen Besuchern einen Drink an. Ihre Ablehnung und Alleyns Bemerkung über die Folgen übermäßigen Alkoholgenusses hielten ihn jedoch nicht davon ab, eine halbvolle Flasche Whisky aus einem Wandschrank zu holen und sein Glas neuerlich zu füllen.

»Ich muß mir die Sache gründlich überlegen. Sie ahnen gar nicht, wie schwierig das alles ist«, behauptete er.

»Vielleicht gelingt Ihnen das besser ohne diesen Drink«, schlug Alleyn vor.

»Meinen Sie das im Ernst?«

»Na, *sie* meint das sicher im Ernst«, stellte Fox fest, ein wahrer Meister, wenn es darauf ankam, das Unerwartete zu sagen, um dem Gespräch auf die Beine zu helfen.

»Wer? Wen meinen Sie?« fragte der Commander erschrocken.

»Miss Kettle.«

»Sie weiß genau, was sie tun muß, wenn sie wirklich will, daß ich das Trinken aufgebe. Aber von *mir* wird sie's nicht hören – niemals«, verkündete der Commander mit Grabesstimme.

»Wissen Sie, daß Sie sehr besoffen sind, mein Verehrtester?« erkundigte sich Alleyn und verbarg ein Grinsen. »War übrigens Miss Kettle der Grund, weshalb Sie diese Komödie von Ihrem chronischen Hexenschuß spielten?«

»Wer denn sonst? Und warum nicht? Aber jetzt weiß sie es ohnehin«, gestand der Commander beschämt. »Und dann hatten wir Krach.«

»Deshalb?«

»Ach wo. *Deshalb*.« Er wies mit dem Finger auf das Glas. »Und jetzt hab' ich ihr versprochen, die Whiskyflasche niemals vor dem Abend auch nur anzusehen.«

»Na, sehen Sie. Viel Glück!« Mit der Schnelligkeit eines Taschenspielers holte Alleyn den Pfeil aus der Tasche und hielt ihn dem Commander unter die Nase. »Ist Ihnen dieser Pfeil bekannt?«

»Der gehört mir. Haben Sie ihn mir weggenommen?«

»Nein. Der wurde in der Bottom-Wiese, am Fuß des Watt-Hügels, gefunden.«

Commander Syce starrte die Spitze mit weit aufgerissenen Augen an. »Da ist Blut dran!«

»Scheint mir auch so. Aber wessen Blut?«

Der Commander fuhr sich durchs schüttere Haar. »Katzenblut«, gestand er.

4

Mit diesem Pfeil habe er vor einiger Zeit versehentlich eine von Mr. Phinns besonders geliebten Mutterkatzen getroffen, behauptete der Commander. Er selbst habe die getötete Katze gefunden und, kopflos vor Schreck, den Pfeil herausgezogen und in die Büsche geworfen.

Aus seiner gemurmelten Antwort auf Alleyns Frage, ob diese Leidenschaft fürs Bogenschießen für seine Nachbarn nicht recht gefährlich sei, war zu entnehmen, daß die Zahl seiner Fehlschüsse zu dem Maß des von ihm genossenen Alkohols zweifellos in gewisser Beziehung stand. Doch damit versank der Commander in melancholisches Schweigen, und Alleyn gab es auf, ihn weiter auszuforschen.

Als sie ins Auto stiegen und wegfuhren, erkundigte sich Fox nach Alleyns weiteren Plänen.

»Eigentlich können wir nichts Entscheidendes unternehmen, ehe wir von Dr. Curtis hören, Genosse Fox. Was uns aber nicht hindern soll, uns George Lacklander gründlich vorzunehmen und damit das Gespenst des armen jungen Phinn endgültig zu bannen. Jetzt ist's halb zwei, Fox. Wir wollen die Verdauung der Lacklanders lieber nicht stören, sondern sehen, ob wir selber im ›Eseltreiber‹ etwas Genießbares auftreiben können.«

Sie widmeten sich ihrem kalten Lunch mit dem Ernst und der

Konzentration von Leuten, die eine rechtzeitige Mahlzeit als außergewöhnlichen Glücksfall betrachten, und waren kaum mit dem Essen fertig, als Dr. Curtis anrief, um einen vorläufigen Bericht abzustatten. Er war jetzt überzeugt, daß der Oberst in hockender Stellung einen Schlag auf die Schläfe erhalten hatte. Seine weiteren Verletzungen waren ihm von einem spitzen Instrument zugefügt worden, nachdem er schon bewußtlos dalag, vielleicht sogar schon tot war. Dadurch waren die Spuren des ersten Schlages fast verwischt worden. Es war unmöglich, eindeutig festzustellen, mit was für einem Instrument der erste Schlag ausgeführt wurde, doch hatte sich bestätigt, daß die zweite Mordwaffe der Jagdstock gewesen war. Sir William Roskill hatte unter dem Kragen der Metallscheibe frische Blutspuren gefunden. Der Test zur Feststellung der Blutgruppe wurde eben durchgeführt.

»Und wie wurde dieser Jagdstock verwendet?« fragte Alleyn.

»Aber lieber Freund – offenbar doch auf die gewöhnliche Art.«

»Auf die gewöhnliche Art? Das heißt also, hineingestoßen und daraufgesetzt? Das ist ja wirklich schauerlich.«

»Ja. Ziemlich brutal«, stimmte Dr. Curtis bei.

»Weiß Gott, der Gipfel der Brutalität! Hat Sir William die Fischschuppen schon untersucht?«

»Lassen Sie den armen Kerl doch zu Atem kommen. Er hat eben damit angefangen. Bei Ihnen was Neues?«

»Wir fahren jetzt nach Nunspardon hinauf. Wenn Sie mich brauchen sollten, rufen Sie mich bitte an, Curtis.«

»O. k.«

Als Alleyn sich vom Telefon wandte, stand Wachtmeister Bailey wartend da. Mit der trübseligen Miene, die immer bedeutete, daß er etwas Interessantes zu melden hatte. Er hatte eben die Untersuchung von Oberst Cartarettes Arbeitszimmer beendet und an der linken untersten Schublade des Schreibtisches die Fingerabdrücke Sir George Lacklanders entdeckt.

»Ich hab' sie mit den Fingerabdrücken auf seinem Glas verglichen«, meldete Bailey und sah dabei auf seine Fußspitzen. »Die Schublade wurde zwar tüchtig abgerieben, aber einen Abdruck auf der Unterseite haben die anscheinend übersehen. Daß es seiner ist, steht fest.«

»Das kommt uns jetzt sehr gelegen«, bemerkte Alleyn zufrieden. »Auf, Bruder Fox, nach Nunspardon.«

Die Art, wie der Diener ihnen die Tür öffnete, ließ klar erkennen, daß in seinen Augen Alleyn als Freund der Familie galt, während Fox für ihn überhaupt nicht existierte. Sir George sei zwar noch beim Lunch, erklärte er, doch wenn Mr. Alleyn die Güte hätte, ihm zu folgen, würde er seinen Besuch melden. Dann führte er ihn – gefolgt von dem gänzlich ungerührten Fox – in die Bibliothek.

Nach überraschend kurzer Zeit erschien George Lacklander auf der Bildfläche – offenbar übler Laune.

»Was wollen Sie schon wieder?« fuhr Sir George Alleyn an.

»Ich will die Wahrheit wissen. Den wahren Grund Ihres nächtlichen Besuchs auf der Hammer Farm und die Wahrheit über Kapitel 7.«

»Diese Dinge haben mit Cartarettes Tod überhaupt nichts zu tun.«

»Davon können Sie mich nicht überzeugen, solange Sie Angaben darüber verweigern.«

»Wer sagt, daß ich diese Angaben verweigere?«

»Also schön«, seufzte Alleyn. »Dann frage ich Sie jetzt ohne jede Umschweife, ob Sie gestern nacht ein Exemplar des Kapitel 7 zu finden hofften, als Sie die Schublade in Oberst Cartarettes Schreibtisch aufbrachen.«

»Das ist eine unverschämte Beleidigung!«

»Also Sie leugnen, die Schublade aufgebrochen zu haben?«

Lacklander schnappte nach Luft, riß sich dann zusammen: »Nicht im geringsten. Keineswegs. Ich tat das um… auf Wunsch der Familie, weil der Schlüssel nicht zu finden war.«

»Auf Wunsch von Mrs. Cartarette?«

»Jawohl.«

»War Miss Cartarette mit von der Partie?«

»Nein.«

»War überhaupt etwas in der Schublade?«

»Nein. Nichts.« Georges Züge hatten sich vergröbert und jeden Ausdruck verloren.

»Und *ich* sage Ihnen, daß Sie die Schublade nicht auf Wunsch von Mrs. Cartarette aufbrachen. Sondern daß Sie es waren, der auf dem Öffnen der Schublade bestand. Weil Sie vor lauter Angst den Kopf verloren und unbedingt erfahren wollten, wo das ergänzte Kapitel 7 der Memoiren Ihres Vaters geblieben sein mochte. Ferner behaupte ich, daß Ihre Beziehung mit Mrs. Cartarette so beschaffen ist, daß Sie in der Lage waren, sie zu dieser Komödie zu zwingen.«

»Das ist nicht wahr!« brüllte George. »Sie haben kein Recht...«

»Daß Sie weiterhin sehr genau darüber orientiert waren, daß Ihr Vater zum Kapitel 7 eine Ergänzung schrieb, die ein Bekenntnis seiner Schuld ist. In dieser Bearbeitung gab er erstens an, daß er für den Selbstmord des jungen Phinn verantwortlich sei, und zweitens, daß er selbst in Zusammenarbeit mit ausländischen Agenten gegen sein eigenes Land konspiriert habe. Durch Veröffentlichung dieses Kapitels wäre der Name Ihres Vaters so sehr geschändet worden, daß Sie meiner Überzeugung nach alle, sogar die äußersten Schritte unternahmen, um diese Veröffentlichung zu verhindern. Sie sind nämlich ein geradezu unglaublich eitler Mensch, der überdies von einem unklaren, dafür aber um so fanatischeren Familienstolz besessen ist. Was haben Sie dazu zu sagen?«

Statt einer Antwort fingen George Lacklanders Hände plötzlich so zu zittern an, daß er sie in die Rocktaschen steckte. Dann begann er zu lachen. Bog sich vor Lachen. »Sie meinen doch nicht etwa, daß ich... daß ich...«

»Daß Sie Oberst Cartarette ermordeten? Wollten Sie das sagen?«

»Na, aber so was! Wie denn? Wann denn? Mit was denn?« gurgelte George, noch immer von Lachkrämpfen geschüttelt.

»Der Mord an Oberst Cartarette wurde so ausgeführt, daß ihm ein Schlag gegen den Kopf und dann ein Stich in den Schädel versetzt wurde. Die Verletzungen wurden ihm gestern abend, etwa fünf Minuten nach acht Uhr, zugefügt. Der Mörder stand dabei in dem alten Kahn. Was das Mordinstrument anlangt...«

Alleyn zwang sich, George Lacklander anzusehen, dessen Gesicht jetzt zu einer Maske geworden war. Einer häßlichen, grinsenden Maske.

»Der Stich, der seinen Schädel durchbohrte, wurde ihm mit dem

Jagdstock Ihrer Mutter beigebracht, und der Schlag...« – er sah, wie George Lacklanders rote Hände sich zusammenkrampften, streckten, dann wieder krampften – »wurde mit einem Golfschläger ausgeführt.«

In diesem Augenblick läutete das Telefon. Dr. Curtis war am Apparat.

Während Alleyn noch mit ihm sprach, öffnete sich die Tür, und Lady Lacklander, gefolgt von Mark, kam herein.

Curtis fragte eben, ob jemand mithören würde.

»Ach ja. Das geht in Ordnung«, meinte Alleyn leichthin. »Ich kann nur leider nichts tun, um Ihnen zu helfen.«

»Das heißt wohl, daß Sie von Lacklanders umgeben sind?« erkundigte sich Dr. Curtis leise.

»Ganz recht.«

»Ich rufe an, um Ihnen über die Sache mit den Schuppen zu berichten. Sir William konnte auf keinem der Kleidungsstücke oder Sportgeräte beide Schuppentypen finden.«

»Nicht?«

»Nein. Nur auf dem Stoff – dem Farblappen.«

»Beide Typen?«

»Ja. Und auch auf dem Sitz im Kahn.«

»So, so.«

»Soll ich weiterreden?«

»Bitte.«

Dr. Curtis sprach weiter. Indessen beobachteten Alleyn und die Lacklanders einander wie Luchse.

ELFTES KAPITEL

1

Nach Erledigung der Nachmittagsbesuche bei ihren Patienten in Swevenings entschloß sich Schwester Kettle, vor ihrer Heimkehr dem kranken Gärtnerkind auf der Hammer Farm noch einen Besuch abzustatten. Gerade als sie aus dem Auto geklettert war und den Pfad zum Gärtnerhaus hinuntertrabte, hörte sie ihren Namen rufen. Von einer weiblichen Stimme.

Von Kitty Cartarette, die auf der Terrasse saß und ein Teetischchen vor sich stehen hatte. »Kommen Sie doch zu 'ner Tasse herauf«, rief sie ihr zu.

Schwester Kettle dürstete nach einer guten Tasse Tee und hatte überdies die Absicht, mit Kitty Cartarette ein Hühnchen zu rupfen. Sie nahm die Einladung an und saß bald darauf vor dem Teetisch.

»Gießen Sie sich ein, Schwester. Ich bin zu müde.«

Kitty zündete sich an ihrer halbgerauchten Zigarette eine neue an. Ihre Hände zitterten.

Mit der Absicht, sie zum Reden zu bringen und damit ihre Nervosität zu beruhigen, fragte Schwester Kettle, was sie den Tag über getan habe.

»Getan? Das weiß ich selber nicht. Außer daß ich am Morgen zu diesen Lacklanders hinüber mußte.«

Kittys wegwerfende Bemerkung kränkte Schwester Kettle. »Nach Nunspardon? Ein wirklich prachtvolles Haus!«

»An dem *Haus* ist nichts auszusetzen.«

Jetzt wurde Schwester Kettle böse, stellte ihre Teetasse klappernd auf den Tisch. »Aber vielleicht sagt Ihnen Uplands besser zu.«

Kitty starrte sie erstaunt an. »*Uplands*? Was meinen Sie damit?«

»Ich meinte nur« – Schwester Kettle stieg die Röte ins Gesicht – »daß Sie sich vielleicht bei dem Bewohner von Uplands mehr daheimfühlen als bei den Lacklanders.«

»Mit Geoff Syce?« Kitty lachte auf. »Mit dem alten versoffenen Wrack?«

Schwester Kettle war jetzt feuerrot. »Wenn ein anständiger Mensch zum stillen Säufer wird, geschieht das meistens, weil irgendein Frauenzimmer ihn betrogen hat.«

»Damit meinen Sie wohl, daß ich dieses Frauenzimmer war, was?«

»Ich meine gar nichts. Doch daß Sie draußen im Fernen Osten mit ihm befreundet waren, stimmt ja, nicht?«

»Na ja, wenn man das so nennen kann«, meinte Kitty verächtlich. »Hat er's Ihnen erzählt? Übrigens – *was* hat er Ihnen darüber erzählt?« fragte sie plötzlich atemlos, aufgeregt.

»Nichts, an dem Sie sich stoßen könnten, Mrs. Cartarette. Commander Syce ist nämlich ein Gentleman.«

»Kommen Sie mir bloß nicht mit dem Blödsinn. Von den sogenannten Gentlemen habe ich die Nase voll.«

»Ich kann nur sagen, daß der Commander gewiß ein ...« Schwester Kettle schwieg plötzlich, und Kitty sah sie ungläubig an.

»Ist das die Möglichkeit. Sie wollen mir doch nicht sagen, daß Sie und Geoff Syce... Ich lach' mich kaputt!«

Kittys offensichtliche Belustigung schlug dem Faß den Boden aus. Schwester Kettle war am empfindlichsten Teil ihrer seelischen Anatomie verletzt, und ihre Reaktion war erstaunlich: ein wahrer Strom von Worten. Kitty hatte Schwester Kettles Tiraden ohne besonderes Erstaunen angehört. Als der endlich der Atem ausging, meinte sie seelenruhig: »Ich möchte bloß wissen, weshalb Sie sich so aufregen. Hat Geoff am Ende ernste Absichten?«

Schwester Kettle schämte sich zu Tode, stammelte, daß sie jetzt gehen müsse.

Doch Kitty schien sie nicht zu hören. »Na, vielleicht *braucht* er sogar eine Kinderfrau. Sie fragen, ob ich in Singapore mit ihm gelebt habe? Na wenn schon! Deshalb können Sie ihn doch ruhig heiraten. Meinetwegen werden Sie glücklich mit ihm und diesen lächerlichen sogenannten Herrschaften hier in Swevenings.«

»Ich verbitte mir solche Ausdrücke!« schrie Schwester Kettle sie an. »Was wissen Sie denn von diesen Familien? Für mich sind sie die Besten der Besten.«

»Im Ernst?« Kitty schob das Teebrett vorsichtig beiseite, als sei es ihr bei der Attacke auf Schwester Kettle im Wege. »Eigentlich wollte ich mich nur mit jemandem aussprechen. Mit jemandem, der halbwegs menschlich ist. Aber Sie beten ja nur nach, was diese Fossilien Ihnen vorquatschen. Was haben die uns eigentlich voraus – außer Geld und idiotischen Traditionen?«

»Eine ganze Menge«, behauptete Schwester Kettle.

»Nicht die Bohne! Und jetzt hören Sie mal hübsch zu. Ich hab' in Singapore mit Ihrem Busenfreund ein Verhältnis gehabt – aber nur, weil mir's damals dreckig ging. Dann stellte er mir Maurice vor, fuhr prompt mit seinem Schiff davon und fiel vom Stengel, als er heimkam und sah, daß ich inzwischen als Mrs. Cartarette seine Nachbarin geworden war. Glauben Sie vielleicht, daß er mir als alter Freund gegen diese Bande von Höhlenmenschen beigestanden hätte? Nicht im Traum! Der drückte sich, riß aus wie Schafsleder und flüchtete zu seiner Whiskyflasche – die alte Geschichte.«

Als Schwester Kettle aufspringen wollte, hielt Kitty sie zurück. »O nein. Bleiben Sie sitzen. Jetzt rede ich. Dann saß ich also in Swevenings fest. Verheiratet. Mit einem Prachtmenschen. Für meinen Geschmack sogar etwas zu prachtvoll. Aber das ließ sich nicht ändern. Für mich gab's nichts als Durchhalten und soviel als möglich davon herauszuschlagen, was mir diese Bande ohnehin schuldig ist.«

Schwester Kettles leise Jammerlaute reinen Entsetzens trugen ihr nur einen verächtlichen Seitenblick ein, als Kitty fortfuhr: »Ja, und dann begann er sein blödsinniges Buch, und die Herrschaften von und zu beehrten uns mit ihren Besuchen. Und glaubten, ich merke nicht, daß sie mich von oben herab behandelten. Alle. Und keiner darunter – kein einziger, der mir auch nur *ein* gutes Wort gesagt hätte!«

»Wie können Sie so was behaupten?« Aus lauter Verzweiflung wurde Schwester Kettle taktlos. »Vergessen Sie denn Sir George?«

»George? Hören Sie mir bloß mit dem auf. Der wollte doch auch nur, was die alle wollen. Und jetzt hat der Herr Baron es mit der Angst gekriegt. Wenn Sie wüßten, was ich von dem weiß!« Plötzlich schwieg sie, ihr Gesicht wurde starr. »Jetzt ist alles schiefgegangen. Aber auch alles. So was nennt man Pech.«

Schwester Kettle saß auf ihrem Stuhl wie angenagelt, unfähig, sich diesem Strom an Worten, dieser Flut von Beschimpfungen der Menschen, die sie achtete und ehrlich gern hatte, zu entziehen. Sie konnte eigentlich kaum mehr hören, was Kitty noch sagte. Dann machte ein Satz sie stutzig.

»... nur ihre Schuld. Sie können mir sagen, was Sie wollen. Ich bleibe dabei, daß alles, was geschehen ist, nur ihre Schuld war.«

»Nein, nein und nochmals nein!« entsetzte sich Schwester Kettle und rang ihre kurzfingrigen Hände. »Das ist ja rein zum Fürchten. Was soll denn das alles heißen?«

2

»Was soll denn das heißen?« wollte George Lacklander wissen, als Alleyn den Hörer abhängte. »Mit wem sprachen Sie? Was meinten Sie eigentlich, als Sie vorhin von dem« – er sah sich nach seiner Mutter und seinem Sohn um – »von diesem Instrument sprachen?«

»George, ich weiß zwar nicht, was zwischen dir und Roderick eben besprochen wurde«, sagte Lady Lacklander rasch, »aber an deiner Stelle würde ich auf jeden Fall lieber den Mund halten.«

»Jetzt muß mein Anwalt her. Das ist das beste.«

Lady Lacklander hielt sich an der Schreibtischkante fest und ließ sich auf einen Stuhl nieder. Dann wies sie auf Alleyn.

»Nun bitte, Roderick. Was hat das alles zu bedeuten? Was haben Sie vor?«

Alleyn zögerte kurz, dann sagte er: »Momentan nichts als eine Unterredung mit Ihrem Sohn, aber allein.«

»Kommt nicht in Frage.«

»Meinst du nicht, daß das vernünftiger wäre, Gar?« drängte Mark.

»Nein.« Sie wies wieder auf Alleyn. »Ich will wissen, was vorhin besprochen wurde und was Sie jetzt mit George vorhaben.«

»Ich berichtete Ihrem Sohn, daß Cartarette mit einem Golfstock niedergeschlagen wurde. Da sie darauf bestehen, jetzt hier anwesend zu sein, muß ich zu Ihrer Information hinzufügen, daß er dann durch einen Stich durch die Schläfe umgebracht wurde. Und zwar mit Ihrem Jagdstock, Lady Lacklander. Dann rieb sich der Mörder mit Ihrem Mallappen die Schuppen von zwei Forellen von den Händen. Der Schlag mit dem Golfstock erfolgte von dem alten Kahn aus. Um unbemerkt zu bleiben, sprang der Mörder nämlich in diesen Kahn und ließ sich am Tau entlang von der Strömung treiben – wahrscheinlich wie Sie's selber oft taten, wenn Sie vom Wasser aus Skizzen machten. Der Kahn trieb also stromabwärts, lief in der kleinen Bucht beim Weidengebüsch am Ufer fest, und der Mörder stand im Boot, schwang seinen Golfstock in der Luft und hieb dabei ein paar Margeriten die Köpfe ab. Diese Person war dem Oberst offenbar so wohlbekannt, daß er ihr Erscheinen nicht weiter beachtete und sich damit beschäftigte, seine eben gefangene Forelle in Grasbüschel zu packen. Dann erhielt er den Schlag gegen die Schläfe und verlor das Bewußtsein. Unserer Meinung nach, Lady Lacklander, kam der Mörder gleich darauf mit Ihrem Jagdstock an. Benutzt ihn, so wie Sie ihn heut früh auf Ihrem Gartenpfad benutzten. Stößt ihn in die Schläfe des Bewußtlosen und setzt sich darauf. Eine wirklich besonders grauenhafte Vorstellung! Sagten Sie etwas? Wir meinen, daß er dann beim Aufstehen – als er den Jagdstock aus dem Schädel herausziehen wollte – einen Fehltritt machte. Einen wirklichen Fehltritt – er rutschte nach rückwärts und trat dabei mit dem Absatz auf des Obersts Forelle. Wenn die nicht zufällig auf einem scharfen Stein gelegen hätte, wäre der Fischleib unter der Last sicher weggeglitten. So aber wurde er auf diesen dreieckigen Stein aufgespießt. Dabei wurde ein Stück der Fischhaut weggerissen, und der Absatz grub sich tief in den Fisch ein, hinterließ einen klaren Abdruck. Den Abdruck eines mit Nägeln beschlagenen Absatzes, wie man ihn an Golfschuhen findet.«

»Das ist ja alles nur geraten«, stammelte George mit erstickter Stimme.

»Nein«, widersprach Alleyn. »Von Raten ist hier nicht die Rede.« Er wandte sich zu Lady Lacklander und Mark. »Soll ich weiterreden?« Lady Lacklander nickte nur stumm, und auch Mark, der während Alleyns Bericht seinen Vater nicht aus dem Auge gelassen hatte, war einverstanden.

»Gut. Der Mörder wußte jetzt, daß er hier einen Hinweis auf seine Identität gegeben hatte – den Abdruck seines Absatzes auf dem Fischleib. Deshalb konnte er den Fisch nicht einfach ins Gebüsch werfen und weglaufen. Er mußte sogar mit einem Zeugen rechnen, der wußte, daß der Oberst einen Fang gemacht hatte. Solange er selbst nicht verdächtigt wurde, war das allerdings unwichtig. Hingegen ist es allgemein bekannt und auch psychologisch verständlich, daß ein Verbrecher unmittelbar nach der Tat von Panik ergriffen wird, sich an Schlauheit übertut und damit sein Schicksal besiegelt. Ich glaube, daß er sich in dieser Panik an Mr. Phinns Riesenforelle erinnerte, die ja noch auf der Bottom-Brücke lag und Gegenstand des Krachs zwischen Mr. Phinn und Oberst Cartarette war. Wie wär's, wenn man die holte und sie an Stelle seines eigenen, jetzt beschädigten Fangs neben ihn legte? Damit träfe man doch zwei Fliegen mit einem Schlag? Hätte die Aufmerksamkeit von seinem unbekannten zu seinem wohlbekannten Feind abgelenkt? Deshalb gab es eine zweite Kahnfahrt, des Obersts Forelle wurde entfernt und durch die Riesenforelle ersetzt. In diesem Augenblick kam das Glück in Gestalt von Mrs. Thomasine Twitchett dem Mörder zu Hilfe.«

»Hören Sie doch um Gottes willen mit diesem Gefasel auf«, schnaubte George Lacklander.

»Von wem sprechen Sie, Roderick?« erkundigte sich Lady Lacklander erstaunt. »Wer ist denn dieses Frauenzimmer?«

»Kein Frauenzimmer, sondern Mr. Phinns Katze. Vielleicht erinnern Sie sich, daß uns Mrs. Cartarette erzählte, sie habe in der Bottom-Wiese eine Katze mit einer angefressenen Forelle gesehen. Die fanden wir. Wir fanden auch die dreieckige Lücke, in die der Hautlappen hineinpaßte, der noch an dem scharfen Stein klebte. Überdies fanden wir auf einer Seite der angefressenen Forelle den Abdruck eines Absatzes samt Spuren von Schuhnägeln – gerade als ob die Gerechtigkeit selbst der Katze im richtigen Augenblick den Appetit verdorben hätte.«

»Aber was hat das alles mit der Sache selbst...« unterbrach Mark, »ich meine das Hineinpassen von Hautresten...«

»Ich kann Ihnen versichern, daß unser Fall sich auf exakten wissenschaftlichen Beweisen aufbaut. Vorläufig gebe ich Ihnen nur die Vorgänge in ihrer chronologischen Folge an. Also: Cartarettes Forelle wurde der Katze hingeworfen. Mit Lady Lacklanders Mallappen reinigte der Mörder die Zwinge des Jagdstocks und seine Hände. Sie erinnern sich, Doktor, daß Ihre Großmutter angab, alle Malsachen ordentlich verpackt zu haben, während Sie behaupteten, Sie hätten den Mallappen in einem Busch hängend gefunden?«

»Sie nehmen also an, daß der Mord in der Zeitspanne zwischen der Heimkehr meiner Großmutter und meiner eigenen Heimkehr begangen wurde«, meinte Mark nachdenklich. »Gut möglich. Wahrscheinlich sah oder hörte der Mörder mich kommen, verlor den Kopf, schleuderte den Mallappen weg, duckte sich im Gebüsch und tauchte erst wieder auf, nachdem ich mit den Malsachen abgezogen war.«

»Eine grauenhafte Vorstellung«, bemerkte Lady Lacklander. »Einfach schauerlich.«

Als Antwort auf Marks Frage nach den wissenschaftlichen Beweisen gab Alleyn ihnen eine ausführliche Darlegung der grundsätzlichen Unterschiede zwischen den Schuppen an einzelnen Fischexemplaren. »Glücklicherweise weisen die Schuppen unserer beiden Forellen ganz besonders deutliche Unterschiede auf. Jetzt werden Sie natürlich begreifen, wohin uns das führt?« schloß Alleyn.

Da George Lacklander das verneinte, fuhr Alleyn fort: »Wir hörten doch, welche Personen die eine oder die andere Forelle in die Hand nahmen, nämlich Mr. Phinn, der den ›Alten‹ fing; Mrs. Cartarette, die der Katze einen Fisch wegzunehmen versuchte; der Oberst selbst, der seinen eigenen Fang landete, während er den ›Alten‹ nicht anrühren wollte. Daß Lady Lacklanders Mallappen die Schuppen beider Forellen aufweist, bedeutet für uns, daß jemand, nämlich der Mörder, beide Fische berührte. An dem Lappen entdeckten wir außerdem winzige Blutspuren und Erdreste, was beweist, daß der Jagdstock erst mit der Zwinge in die Erde gestoßen und nachher mit dem Lappen abgerieben wurde, um Blutspuren zu entfernen. Wenn wir also an irgendeinem Ihrer Kleidungsstücke durch mikroskopische Untersuchungen das Vorhandensein von Schuppen beider Forellen feststellen könnten, hätten wir damit Oberst Cartarettes Mörder gefunden. Das war jedenfalls unsere Ansicht.«

»War?« hakte Mark rasch ein, und Fox, der in die Betrachtung der viktorianischen Wandgemälde vertieft schien, sah seinen Vorgesetzten an.

»Jawohl. Denn mein Telefongespräch war mit einem der Leute vom Innenministerium, die mit der pathologischen Seite des Falles zu tun haben. Dieser Beamte, der mich übrigens auch über die wissenschaftliche Tatsache der verschiedenen Schuppen orientierte, teilte mir eben mit, daß keines der untersuchten Kleidungsstücke beide Schuppentypen aufweist.«

»Ich habe ja von allem Anfang an gesagt, daß es ein Landstreicher gewesen sein muß«, triumphierte George Lacklander. »Der Teufel weiß, weshalb Sie uns derartig drangsalieren mußten, Sie...« Alleyn hob abwehrend die Hand. »Was?« schrie Lacklander mit überschlagender Stimme. »Was kommt denn jetzt?«

»Sei kein solcher Esel, George«, mahnte Lady Lacklander automatisch.

»Ich will Ihnen genau erzählen, was der Pathologe gefunden hat. Er fand Schuppen überall dort, wo wir es erwartet hatten: an des Obersts Händen und an einem Ärmel, an Mr. Phinns Jacke und Knickerbocker, und auch an Mrs. Cartarettes Rock, wie sie das ja selbst wußte. Wie Sie sich erinnern, wurde unserer Meinung nach der erste Schlag gegen den Schädel mit einem Golfschläger ausgeführt. Deshalb muß ich jetzt hinzufügen, daß keiner der Schläger die geringsten Blutspuren aufweist. Denn sie waren allesamt gründlichst gereinigt worden.«

»Selbstverständlich«, bestätigte George. »Von meinem Diener.«

»Doch mit den Schuhen steht die Sache anders. Die waren zwar auch gründlich geputzt. Aber bei einem Paar Golfschuhe fand man am rechten Schuh eine klare und bedeutsame Spur. Der Pathologe ist jetzt sicher, daß der Riß an des Obersts Forelle durch den nägelbeschlagenen Absatz dieses Schuhs verursacht wurde.«

»Eine gottverdammte Lüge!« schrie George Lacklander. »Wen beschuldigen Sie damit? Wessen Schuhe waren das?«

»Ein handgenähtes Paar. Größe sechsunddreißig. Ich würde sagen, vor etwa zehn Jahren gemacht. Und zwar von einer sehr alten, sehr berühmten und sehr teuren Firma in Piccadilly. Ihr Schuh, Lady Lacklander.«

Die Fettfalten machten ihr Gesicht zu einer Maske, ließen keinen Wechsel des Ausdrucks erkennen. Es schien, als starrte sie Alleyn bloß nachdenklich an. Doch sie war leichenblaß geworden, rührte sich nicht, sagte nur: »Jetzt mußt du endlich die volle Wahrheit sagen, George.«

»Daß Sie so reagieren würden, wußte ich, Lady Lacklander«, sagte Alleyn.

3

»Was soll das alles heißen?« fragte Schwester Kettle wieder, sah den Ausdruck in Kittys Gesicht und protestierte laut: »Nein, nein. Ich will nichts mehr davon wissen!«

Doch Kitty war jetzt nicht mehr zu halten. »Bei der Bande zittert doch jeder genauso ums liebe Leben wie jeder andere«, sagte sie. »Und wenn der Herr Baron sich einbildet, daß ich mich von ihm an der Nase rumführen lasse, wird er auf einmal wo sitzen, wo ihm solche Gelüste vergehen werden. Wissen Sie, wozu er mich rankriegte? Daß ich für ihn eine Schublade in Cartarettes Schreibtisch aufbrach. Weil dort angeblich die Papiere des alten Lacklander aufbewahrt waren, die Maurice herausgeben sollte, was aber dem Herrn Baron nicht paßte. Doch die waren nicht drin, und deshalb sollte ich herauskriegen, ob sie nicht irgendwo an seiner Leiche versteckt waren. Ausgerechnet *ich* sollte so etwas tun! Und weil ich nicht anbeißen wollte – was meinen Sie, mit was er mir dann kam?«

»Wie soll ich das wissen? Ich will's auch nicht wissen.«

»O ja. Hören Sie mir schön zu, und freuen Sie sich daran – wenn Sie können. *Das* nach all seinem Getue und seiner Hofmacherei! Bringt mir bei, wie ich einen Golfschläger richtig schwingen ...« Aus Kittys Kehle kam plötzlich ein würgender Laut, und sie sah Schwester Kettle entsetzt an. Fuhr aber gleich fort: »Na, Sie wissen ja – eben das Golfspiel. Aber jetzt kommt das schönste. Heute vormittag bringt er mich zu meinem Wagen und erklärt mir aus heiterem Himmel, daß es besser wäre, wenn wir uns jetzt nicht mehr so häufig sehen würden. Da haben Sie Ihren feinen Sir George!« Dann folgte ein wahrer Strom unflätigster Beschimpfungen.

Doch Schwester Kettle hatte jetzt die Beherrschung, die ihr Beruf sie lehrte, wiedererlangt, und stellte mit größter Ruhe fest: »Sie sind wirklich ein grundschlechtes Frauenzimmer. Wenn Sir George sich so dumm und unwürdig benahm, haben nur Sie ihn dazu verleitet. Erst fingen Sie sich unseren lieben guten Oberst ein, und weil Ihnen das nicht genügte, mußte der arme Sir George herhalten. Denn Ihnen ist es ja egal, wen Sie ruinieren oder wieviel Menschen Sie unglücklich machen. Ich würde mich nicht wundern, wenn *Sie* an alledem schuld wären, was jetzt geschah.«

»Was meinen Sie eigentlich?« Die Frage war nur geflüstert. Kitty stemmte sich gegen die Lehne ihres Stuhls, starrte Schwester Kettle ins Gesicht. »Kommen Sie mir bloß nicht mit Ihrem ›armen‹ Sir George. Wissen Sie, was ich von dem glaube? Daß *er* Ihren geliebten Oberst Cartarette umgebracht hat!«

Schwester Kettle sprang auf. Der eiserne Gartenstuhl kippte erst nach rückwärts, krachte dann gegen den Tisch.

»Das ist eine bodenlose Gemeinheit! Und eine Lächerlichkeit dazu. Er den Oberst ermorden?« Sie brachte es sogar fertig, einen Laut zu produzieren, der wie ein Lachen klingen sollte. »Wie denn, mit was denn, wenn ich fragen darf?«

Kitty war jetzt auch auf den Füßen. Sie bebte, stotterte vor Wut.

»Wie? Mit was? Mit einem Golfschläger und dem Jagdstock seiner Mutter. So, jetzt wissen Sie's. Losgeschlagen wie auf einen Golfball. Geradewegs auf seinen kahlen Schädel. Der glänzte ja wie ein Ei. War leicht zu treffen. Sehr leicht...«

Sie hielt plötzlich den Atem an, blickte nicht mehr zu Schwester Kettle, sondern auf etwas im Hintergrund. Ihr Gesicht verzerrte sich, erstarrte vor Schreck.

Schwester Kettle wandte sich um.

Es war schon spät am Nachmittag, und die beiden Männer, die jetzt vom Gehölz heraufgekommen waren, warfen lange Schatten über den Rasen. Schatten, die fast an Kitty heranreichten. Einen

Augenblick starrten sie und Alleyn einander an. Dann kam er näher. In der Rechten trug er ein Paar altmodischer Halbschuhe kleinster Größe: derbe Sportschuhe, mit spitzen Nägeln an den Absätzen.

»Mrs. Cartarette, ich muß Sie fragen, ob Sir George Lacklander Ihnen die Golfschuhe seiner Mutter geliehen hatte, als Sie das letzte Mal mit ihm Golf spielten. Doch ehe Sie mir antworten, muß ich Sie warnen, daß ...«

Schwester Kettle hörte die bekannte Warnung überhaupt nicht. Sah nur Kitty Cartarettes Gesicht. Das Gesicht einer Schuldigen.

ZWÖLFTES KAPITEL

1

»Du hast gewiß nichts dagegen, George, wenn wir die Sache jetzt endgültig klären«, wandte sich Lady Lacklander an ihren Sohn. »Und zwar ohne den Versuch, die Dinge vor Mark oder« – sie machte eine Geste zu jemandem, der unbeweglich in einer Ecke saß – »oder vor Octavius Phinn zu vertuschen.«

Lady Lacklander wartete, hörte Georges gemurmeltes »Wie du willst, Mama«, und fuhr fort: »Selbstverständlich wußte ich von deinem plumpen Hofieren mit diesem unglückseligen Geschöpf. Und fürchtete, daß du so dumm sein würdest, ihr von den Memoiren deines Vaters zu erzählen. Was ich jetzt wissen will, ist, wieweit diese Affäre sie bei ihrer Tat beeinflußt haben könnte.«

»Ach du lieber Gott, wie soll ich das wissen?«

»Machte sie sich Hoffnungen, daß du sie heiraten würdest, George? Hast du ihr je Dinge gesagt, wie: ›Wenn du nur nicht gebunden wärst‹, oder so was Ähnliches?«

»Ja, Mama«, gestand George zerknirscht und verteidigte sich: »Aber sie war doch gebunden, und deshalb meinte ich, daß sie's nicht so ernst nehmen würde.«

Lady Lacklander zuckte verächtlich mit den Achseln. »Und wie steht's mit den Memoiren? Was hast du ihr davon erzählt?«

»Nur von diesem verdammten Kapitel 7. Und ihr nur gesagt, daß sie zu uns halten solle, wenn Maurice sie wegen der Sache zu Rate ziehen würde. Und als sie nicht darauf einging, gab ich ihr zu verstehen, daß die Geschichte zu einem solchen Krach zwischen unseren Familien führen dürfte, daß wir... daß wir nicht mehr...«

»Ich weiß, was du meinst. Weiter.«

»Heute morgen erzählte sie mir, daß Maurice einen Durchschlag des Kapitels 7 mitnahm, als er wegging. Das wußte sie ganz genau.«

Mr. Phinn räusperte sich, und Lady Lacklander wandte sich zu ihm: »Na, Occy?«

Mr. Octavius Phinn, den ein Telefonanruf nach Nunspardon geholt hatte, war ungewöhnlich milde gestimmt. »Meine liebe Lady Lacklander, ich kann nur wiederholen, was ich Ihnen schon einmal sagte«, beteuerte er. »Nämlich, daß keiner von Ihnen Grund gehabt hätte, sich wegen des Kapitels 7 Sorgen zu machen, wenn Sie sich – wie Cartarette – auf meine Diskretion verlassen hätten.«

»Sie haben sich unglaublich anständig gegen uns benommen, Occy.«

»Ach wo, keine Spur.«

»Doch. Was wahr ist, muß wahr sein. Also weiter, George.«

»Ich glaube nicht, daß es sonst noch was gibt. Außer daß...«

»Sag mir eines, George. Hast du sie verdächtigt?«

»Das kann ich dir nicht genau sagen, Mama. Nicht zu Anfang. Gestern abend noch nicht. Aber heute früh. Du weißt doch, daß sie allein herkam, denn Mark holte Rose ab. Als ich die Treppe hinunterkam, fand ich sie in der Vorhalle. Sie benahm sich merkwürdig. Als ob sie etwas angestellt hätte.«

»Wie mir Roderick erzählte, tat sie die Golfschuhe, die du ihr – ohne mich zu fragen – geliehen hattest, in die Garderobe im Parterre zurück.«

»Ich weiß überhaupt nicht, um was es sich handelt«, beschwerte sich Mr. Phinn.

»Natürlich nicht, Occy.« Lady Lacklander erzählte ihm den Hergang. »Selbstverständlich wußte sie, daß sie diese Schuhe irgendwie loswerden mußte. Die trage ich doch immer beim Malen, und meine Zofe sah sie und packte sie mit all dem anderen Zeug ein, das Roderick verlangt hatte. Weiter, George.«

»Als Alleyn wegfuhr und du ins Haus gingst, sprach ich mit ihr. Und sie war ganz anders zu mir als sonst«, klagte George. »Direkt zudringlich. Und geradezu unverschämt.«

»Wenn du dich bloß ein wenig klarer ausdrücken würdest, George! Was sagte sie?«

»Na, daß die Polizei, wenn sie das Kapitel 7 in Händen hätte, meinen würde, daß wir... daß ich...«

»Aha. Damit spielte sie auf das Motiv an. Vorwärts, George.«

»Es war schrecklich. Einfach schrecklich, das könnt ihr mir glauben. Ich wollte sie einfach nicht mehr sehen. Und sagte ihr das auch. Dann sah sie auf einmal wie eine richtige Giftschlange aus.«

»Und du armer Teufel höchstwahrscheinlich wie das sprichwörtliche Kaninchen«, meinte seine Mutter.

»Jedenfalls benahm ich mich so«, gestand George.

»Daß du dich ganz besonders schlecht benommen hast, ist nicht zu leugnen, George. Anscheinend bist du dir über die Begriffe von Standesehre und Standesverpflichtung beinahe ebenso unklar, wie es unser armer Maurice war. Du hast in einem gänzlich minderwertigen und skrupellosen Frauenzimmer den Glauben erweckt, daß du sie heiraten würdest, wenn sie Witwe wäre. Du hättest sie sicher noch mehr gelangweilt als unser lieber Maurice, aber dein Titel, dein Geld und die Aussicht, Schloßherrin auf Nunspardon zu werden, wären ihr das wert gewesen.« Lady Lacklander schwieg, besah sich ihren unglückseligen Sohn von oben bis unten und fuhr dann fort: »Wie ich unserer Kettle schon unlängst erklärte, läuft das alles auf ein paar grundlegende Tatsachen hinaus, George. Nämlich, daß unsereiner sich's nicht leisten kann, sich schäbig zu benehmen. Wir haben uns nach unserem nun einmal bestehenden Stand zu richten, und jede Verwirrung unserer feststehenden Begriffe wäre gefährlich. Hoffentlich gelingt es Mark und Rose, den Schaden wiedergutzumachen.« Dann wandte sie sich zu Mr. Phinn. »Wenn uns diese ganze schreckliche Affäre ein Gutes beschert hat, dann ist es die Tatsache, daß Sie, Occy, uns in weiß Gott wieviel Jahren zum erstenmal wieder hier in Nunspardon besuchen. Der Himmel weiß, daß wir uns das nicht erhoffen konnten. Geschehenes läßt sich nicht wiedergutmachen. Jeder Versuch wäre nutzlos. So stehen die Dinge eben. Jetzt haben *Sie* das Wort, Occy.« Sie streckte ihm die Hand entgegen, und nach kurzem Zögern stand Mr. Phinn auf, ergriff sie und hielt sie fest.

2

»Sehen Sie, Oliphant«, bemerkte Alleyn mit gewohnter Bescheidenheit, »meiner Meinung nach standen die Dinge von allem Anfang an in Zusammenhang mit Oberst Cartarettes besonderen Charaktereigenschaften, wie sie mir von euch so klar geschildert wurden. Er war ein ungewöhnlich pedantischer Mensch und, wie euer Polizeidirektor sich ausdrückte, auffallend formell und übertrieben höflich, besonders mit Leuten, die er nicht mochte oder mit denen er sich nicht gut stand. Das betraf die Lacklanders. Daher hätte ein Mann seiner Art das Einpacken seiner Forelle keineswegs unbekümmert fortgesetzt, wenn etwa George Lacklander oder gar seine Mutter in dem Kahn erschienen wäre. Oder auch der alte Phinn, mit dem er vorher diesen Krach hatte. Ferner wurde der erste Schlag gegen ihn – wie ja auch einer von euch feststellte – mit einer ganz bestimmten Handfertigkeit ausgeführt. Wahrscheinlich mit der Technik des Golfers. Eines Golfers, der überdies die besondere Verwendung des alten Kahns an seinem Seil sehr gut kannte. Wie Sie wissen, fanden wir im Kahn eine von Mrs. Cartarettes ungewöhnlichen Haarnadeln und daneben eine ganze Sammlung von Zigarettenenden, teils mit und teils ohne Lippenstiftspuren.«

»Aha. Stelldichein in der Gondel.«

»Zweifellos. Als ich mich selbst im Kahn in die kleine Bucht treiben ließ und die abgeschlagenen Köpfe der Margeriten sah, konnte ich mir gut vorstellen, wie sich alles abgespielt hatte. Sah diese Gestalt, wie sie vielleicht nach einem kurzen Gespräch mit dem emsig beschäftigten Oberst den Golfstock erst müßig auf- und abschwang, dann auf den kahlen Kopf niedersah – für sie das Hindernis, die Gattin eines Barons zu werden. Wie endlich Wut und Enttäuschung in ihrem bösartigen Hühnergehirn den Gedanken auslösten, daß hier die Chance sei, ihre Freiheit zu gewinnen. Wie sie den Golfstock nach rückwärts schwang und ihn mit aller Kraft auf den Kopf des Wehrlosen niedersausen ließ. Erst von dem Augenblick an, als sie ihr Opfer bewußtlos, mit dem Abdruck ihres Golfstocks auf der Schläfe am Boden liegen sah, wurde sie zur Mörderin, der in ihrer Panik jedes Mittel recht war, um die Spur ihrer Tat zu verwischen. Daher die absolut phantastische Grausamkeit, mit der sie den Jagdstock verwendete. Die chronologische Folge ihrer weiteren Handlungen ist unschwer festzustellen. Und zwar von ihrem Versuch an, die beschädigte Forelle mit dem verdächtigen Abdruck ihres Absatzes an Mr. Phinns Katze zu verfüttern und durch den Riesenfisch zu ersetzen, bis zur Reinigung des Jagdstocks mit Lady Lacklanders Mallappen. Wenn sie Dr. Lacklander nicht kommen gehört oder vielleicht sogar gesehen hätte, wäre der Lappen sicher auch wieder gefaltet und an seinen alten Platz getan worden. So aber ließ sie ihn fallen, flüchtete ins Gebüsch und sah später, daß er die ganzen Malsachen mitgenommen hatte.« Alleyn schwieg und rieb sich nachdenklich die Nase. »Ich möchte bloß wissen, ob ihr gedämmert ist, daß Lady Lacklander damit belastet erscheinen mußte. Oder auch, daß sie ja Lady Lacklanders Schuhe trug.«

Er sah fragend zu der Gruppe seiner aufmerksamen Zuhörer.

»Na, jedenfalls hat sie sofort nach ihrer Heimkehr ein Bad genommen, Kleider gewechselt und ihren Rock zu den Sachen getan, die zur chemischen Reinigung bestimmt waren. Sicher hat ihr der Absatz an Lady Lacklanders Golfschuhen am meisten Sorge gemacht. Es beweist ihre Schlauheit, daß sie die gründlich gereinigten Schuhe heute früh in die Kleiderablage der Lacklanders zu schmuggeln verstand, wo sie von der Kammerjungfer irrtümlicherweise mit den übrigen Kleidungsstücken verpackt und mir übergeben wurden.«

»Als Sie die Kleidungsstücke verlangten, besann sich Mrs. Cartarette natürlich, daß ihr Rock nach Fisch riechen mußte«, fügte Fox hinzu.

»Natürlich. Sie erinnerte sich, daß die Riesenforelle – beim Austausch – ihren Rock gestreift hatte. Mit der Kaltblütigkeit und Schlauheit, die meiner Meinung nach für diese Frau charakteristisch sind, erzählte sie mir selbst, daß ihr Rock nach Fisch riechen würde, und war frech und dabei schlau genug, mir mit ihrer Erzählung von Thomasines Erscheinen eine fast wahrheitsgemäße Erklärung zu liefern. Sie verdrehte einfach die Tatsachen, indem sie behauptete, Thomasine den Fisch entrissen zu haben, während sie ihr die Forelle in Wirklichkeit zum Fraß hingeworfen hatte. Wenn sie das Buch ihres Mannes gelesen hätte, wäre ihr bekannt gewesen, daß damit für sie nichts gewonnen war. Denn die Schuppen stimmten nicht überein.«

»Daß etwas so Schreckliches in unserem Tal passieren konnte, ist einfach furchtbar«, klagte der Wachtmeister. »Gott weiß, was dabei noch herauskommt! Und wie steht Sir George jetzt da?«

»Blamiert! Und kein Mensch kann sagen, daß er das nicht verdient«, sagte Alleyn.

3

Schwester Kettle fuhr im dritten Gang den Watt-Hügel hinauf und stoppte plötzlich. Dann trieb sie etwas – vielleicht ein ganz unbewußter Wunsch – auszusteigen und den Blick auf Swevenings zu bewundern. Ins Tal des Chyne senkten sich jetzt die ersten Schatten nahender Dunkelheit. Aus ein paar Schornsteinen stiegen Rauchwölkchen gemächlich in die stille Luft. Dächer nisteten behaglich im Grünen. Alles in allem eine wohlgeplante Landschaft. ›So hübsch, wie gemalt‹, dachte Schwester Kettle wieder einmal, erinnerte sich an ihre Phantasielandkarte, seufzte wehmütig und ging langsam zu ihrem Wagen zurück. Als sie gerade einsteigen wollte, hörte sie jemanden rufen. Sie wandte sich um und sah, wie Commander Syce durch die Dämmerung angehumpelt kam. Schwester Kettle verlor auf einmal den Kopf, kletterte ins Auto, schaltete den Motor an und sogleich wieder aus. Dann riß sie sich zusammen und wünschte dem Commander einen guten Abend.

Der war jetzt beim Wagen angelangt und stand dicht am offenen Fenster neben dem Führersitz. Trotz ihrer Verwirrung merkte Schwester Kettle sogleich, daß er nicht nach Whisky roch.

»Hoho, haha«, wieherte der Commander. Dann kam ihm zu

Bewußtsein, daß dies kaum die rechte Einleitung war, und er nahm einen neuen Anlauf und brüllte: »Na so was! Heiliger Himmel! Hab' von der Geschichte erst eben gehört. Muß ja schrecklich für Sie sein. Haben Sie sich nicht zu sehr aufgeregt? Scheußliche Sache, das!«

Jetzt fühlte Schwester Kettle sich sehr beruhigt. Denn sie war darauf gefaßt gewesen, daß der Commander auf die Nachricht von Kitty Cartarettes Verhaftung ganz anders reagieren würde.

»Na, und Sie selber? Für Sie muß es doch auch ein rechter Schock gewesen sein.«

Commander Syce machte eine wegwerfende Bewegung mit der Hand, die etwas Weißes umklammert hielt.

»Um mich brauchen Sie sich keine Sorgen zu machen.« Der Commander zerrte krampfhaft an seinem Kragen. »Aber vielleicht haben Sie die Güte und...«

Jetzt sah sie, daß das Ding in seiner Hand eine Papierrolle war, und bekam sie auch schon in die Hand gedrückt. »Da haben Sie's. Nicht der Rede wert. Nichts zu danken«, schrie er sie an.

Schwester Kettle öffnete die Papierrolle und beugte sich darüber, um in der Dämmerung besser zu sehen. Dann jubelte sie vor Freude. »*Meine* Bildlandkarte! Wie ich sie mir gewünscht habe! Ach, hier sitzt ja Lady Lacklander auf ihrem Stühlchen und malt. Und da geht Doktor Mark, und ein Storch fliegt gerade über seinem Kopf. Was Sie alles können! Und da bin ich ja selber – aber viel zu geschmeichelt.« Sie beugte sich aus dem Fenster und hielt ihre schöne Landkarte so, daß das letzte Abendlicht darauffiel. Dabei lehnte sie die Schulter gegen des Commanders Arm.

Sie sah zu ihm auf, und zwischen diesen beiden so grundverschiedenen Menschen herrschte Schweigen.

»Geben Sie mir sechs Monate Zeit«, bat Commander Syce. »Dann bin ich meiner ganz sicher. Einverstanden?«

Schwester Kettle nickte nur.

TOD IN DER EKSTASE

Titel der Originalausgabe: Death in Ecstasy

1
Eingang in eine Sackgasse

An einem naßkalten Sonntagabend im vergangenen Dezember wurde im Hause der Heiligen Flamme an der Knocklatchers Row ein besonderer Gottesdienst abgehalten.

In London gibt es viele eigenartige Gotteshäuser und viele ungewöhnliche Sekten. Hinter der harmlosen Fassade eines gewöhnlichen Londoner Sonntags verbirgt sich mannigfache, rege Geschäftigkeit, die wohl manchmal unregelmäßig ist, aber um nichts weniger intensiv. Alle möglichen kleinen und absonderlichen Religionen erheben da ihre Stimmen wie Mäuse, wenn sie hinter der Täfelung ehrbarer Häuser ihr Unwesen treiben.

Vielleicht finden die Anhänger dieser frommen Abwegigkeiten darin eine Befriedigung ihres Verlangens nach Farbe, nach Gemeinsamkeit und Aufregung, Dinge, die wohl ihrem ansonst kargen Leben abgehen. Es mag auch sein, daß sie darin einen milden Ersatz für Kulte vergangener, wilderer Zeiten finden. Es gibt für die bunt zusammengewürfelte Menschenschar, die diese religiösen Gemeinschaften bildet, keine anderen Erklärungen.

Warum, zum Beispiel, mußte sich die alte Miß Wade durch den gräßlichen Regenguß und gegen einen eisigen Wind, der die Schilder vor den Geschäften schüttelte und ihr den Regenschirm zu zerbrechen drohte, die Kings Row hinunterkämpfen? Ihr wäre doch zu Hause, in ihrem Wohnschlafzimmer mit Gasheizung, das Buch aus der Leihbibliothek lesend, viel wohler gewesen.

Was verführte Cara Quayne dazu, die Annehmlichkeit ihres kleinen Hauses in Shepherd Market mit der unbehaglichen Aussicht auf nasse, gepflasterte Straßen und einen menschenleeren Piccadilly zu vertauschen?

Welches packende Vergnügen vermochte M. de Ravigne von seinen van Goghs fortzulocken, wofür verließ er die vornehme, strenge Geborgenheit seiner Wohnung in Dover Street?

Hätte man diese Menschen mit solchen Fragen überfallen,

dann hätten sie alle, jeder in seiner Art, mit einer Lüge geantwortet. Sie hätten alle gesagt, daß sie ins Haus der Heiligen Flamme gingen, weil ihnen das richtig und gut erscheine. M. de Ravigne hätte keinesfalls zugegeben, daß er nur darum in jenen Tempel ging, weil er verrückt verliebt war in Cara Quayne, Cara Quayne hätte ebensowenig eingestanden, daß diese Gottesdienste ihr Ventil für einen verhängnisvollen Drang nach öffentlicher Schaustellung bedeuteten, und Miß Wade wäre eher gestorben, als daß sie ehrlich gesagt hätte, wie wenig sie Gott, wie sehr aber den Reverend Jasper Garnette verehrte im Rahmen dieser Religionsgemeinschaft. Was andererseits Mr. Ogden betrifft, so wäre er augenblicklich in einen lauten Vortrag über geistige Erhebung und Erneuerung, Wiedergeburt usw. ausgebrochen, denn Mr. Ogden war so durch und durch Amerikaner, daß es fast unwirklich anmutete.

Cara Quaynes Wagen, das Taxi von Mr. Ogden und Miß Wades Galoschen bogen beinahe gleichzeitig in die Knocklatchers Row ein.

Knocklatchers Row ist eine Sackgasse, die von Chester Terrace abzweigt und unweit von Graham Street liegt. Wie die Graham Street, so ist auch die Knocklatchers Row leicht kenntlich durch ihre Kirche. Im Dezember vergangenen Jahres war das Haus der Heiligen Flamme noch unbekannt. Nur die Mitglieder der Kongregation und einige Freunde wußten von seiner Existenz. Chef-Detektivinspektor Alleyn hatte nie von diesem Haus gehört. Auch Nigel Bathgate, der gelangweilt aus seinem Fenster in Chester Terrace sah, fiel das Wahrzeichen zum ersten Male auf. Es war aus rotem Glas und sollte eine Flamme darstellen, die aus einer Schale aufsteigt. Als ein heftiger Windstoß an ihm rüttelte, glänzte das rote Glas auf. Das bemerkte Nigel und sah gleichzeitig Miß Wade eilig in dem Toreingang verschwinden. Dann fuhr Miß Quaynes Wagen vor und gleich darauf Mr. Ogdens Taxi, und die Insassen stiegen aus. Drei weitere Personen bogen mit gesenkten Köpfen und glänzenden Regenmänteln in die Knocklatchers Row ein. Nigel langweilte sich sehr. Auch regte sich in ihm die Neugierde des Journalisten. Er ergriff also mit einem plötzlichen Impuls Hut und Schirm und rannte die Treppen hinunter, hinaus in den Regen. In diesem gleichen Augenblick sagte Chefinspektor Alleyn in seiner Wohnung zu seinem Diener:

»Ist das ein Sturm heute abend. Ich werde daheim bleiben.«

2
Das Haus der Heiligen Flamme

In Chester Terrace sprang der Wind Nigel mit aller Wucht an, so daß er breitbeinig um festen Stand kämpfen mußte. Der Regen strömte von seinem Schirm herunter, und das nasse Straßenpflaster glänzte im Licht der Bogenlampen. Ein abenteuerliches Gefühl erfüllte Nigel, und er war sehr zufrieden mit sich, daß er dem Impuls, auszugehen in einer solchen Nacht, nachgegeben hatte. Knocklatchers Row schien eine sehr aufregende Straße zu sein. Schon ihr Name klang wie ein Paßwort ins Märchen. Wer weiß, dachte er hoffnungsvoll, in welches merkwürdige Bethaus ich da gerate. Es soll nur recht exotisch und warm sein, und hoffentlich wird Weihrauch verbrannt und finden seltsame Riten statt. Erfüllt von solchen freudigen Vorahnungen überquerte er Chester Street, hielt seinen Schirm möglichst tief, damit ihn der Wind nicht wegreißen konnte, und ging auf das Haus der Heiligen Flamme zu.

Zwei oder drei andere Gestalten überholten ihn, aber als er bei dem schaukelnden Wahrzeichen anlangte, waren sie alle schon in einem Seiteneingang verschwunden. Im Näherkommen hörte Nigel eine Glocke läuten, nicht klar und eindringlich, wie die der Marienkirche in der Graham Street, sondern mit einem gedämpften Klang, so, als ob sie tief innen in dem Gebäude hinge. Er trat rasch unter das schützende Vordach, und im gleichen Augenblick hörte das Glockenläuten auf. Er stand in einem langen, gedeckten Durchgang, an dessen Ende eine einzige Lampe brannte, vielmehr eine Leuchte, denn als er näher kam, bemerkte er, daß es eine offene Flamme war, die aus einer bronzenen Fackel aufstieg. Die ganze sonderbare Beleuchtungsanlage war von einer Art Käfig umgeben, wahrscheinlich um den ortsüblichen feuerpolizeilichen Vorschriften Genüge zu tun. Über die Fackel hinweg sah Nigel große Doppeltüren, durch die eben ein Mann trat, der sie sorgfältig schloß und mit einem Schlüssel absperrte. Dann setzte er sich auf einen Stuhl unter der offenen Flamme. Nigel rollte seinen Schirm ein und näherte sich diesem Türhüter. Es war ein junger, schlanker Mann, bleich und brillentragend, dem man seine gute Herkunft sofort ansah.

»Sie kommen leider zu spät«, sagte er.

»Zu spät?« Nigel war sehr verzweifelt und enttäuscht.

»Leider. Die Glocke schweigt. Ich habe die Türen geschlossen.«

»Aber doch eben jetzt erst. Ich habe Sie die Türen noch schließen sehen, als ich meinen Schirm zumachte. Könnten Sie sie nicht wieder öffnen für mich?«

»Die Glocke schweigt.«

»Gewiß, das höre ich, aber auch erst seit ein paar Sekunden. Können Sie mich denn nicht noch hineinlassen?«

»Ich sehe, daß Ihnen unsere Regeln fremd sind«, entgegnete der junge Mann und wies auf eine gerahmte Notiz, die neben der Türe hing. Nigel wandte sich ihr verärgert zu und las, was ihm der junge Mann nun schon wiederholt gesagt hatte: »Die Glocke verstummt im Augenblick, da der Priester den Tempel betritt. Es werden dann auch die Türen geschlossen und nicht wieder geöffnet, bis die Zeremonie beendet ist.«

»Sehen Sie«, sagte der junge Mann selbstzufrieden.

»Ja, ich sehe. Aber wenn Sie mir eine Bemerkung gestatten, dann möchte ich Ihnen sagen, daß ich es für verfehlt halte, dieser Regel allzu unnachgiebig Geltung zu verschaffen. Wie Sie bemerkt haben werden, bin ich ein Neuling. Irgend etwas bewog mich, hierherzukommen – ein Impuls. Wer kann wissen, ob ich nicht ein begeisterter Anhänger der Religion geworden wäre, die da hinter Ihren verschlossenen Türen gelehrt wird?«

»Für die Neubekehrten haben wir eine besondere Klasse, Mittwoch, um Viertel nach sechs.«

»Die werde ich ganz bestimmt nicht besuchen«, schrie Nigel wutentbrannt.

»Ganz wie Sie wollen.«

Nigel gestand sich beschämt ein, daß sein Benehmen sehr albern war. Es war ihm selbst unbegreiflich, warum er sich so unverhältnismäßig bemitleidenswert und ausgestoßen vorkam, bloß weil man ihm den Eintritt zu einer religiösen Zeremonie verweigerte, von der er gar nichts wußte und an der ihm noch weniger lag, wie er sich ehrlich eingestand. Jedenfalls tat ihm sein grobes Benehmen wirklich leid, und um den Türhüter zu versöhnen, studierte er die Notiz noch einmal eingehend.

Obenan war eine rote Fackel gezeichnet, die von anderen Symbolen umgeben war, aus denen er nicht recht klug wurde, und um das Ganze zogen sich die Zeichen des Tierkreises. Mit neuerlichem Bedauern dachte er, daß es genau das gewesen wäre, wonach ihm heute der Sinn stand. Ganz bestimmt war der Gottesdienst da drinnen sehr ungewöhnlich und voll von exotischem Hokuspokus. Vielleicht hätte er sogar einen guten Artikel darüber schreiben können. Undeutliches Singen, das jetzt gerade herausströmte, erhöhte noch seine Neugierde. Immerhin nahm er sich die Mühe weiterzulesen:

»Im Lichte der Heiligen Flamme werden alle Geheimnisse zu Facetten des Einen Geheimnisses, alle Götter zu verschiedenen Spiegelbildern der Einen Gottheit. Die Zeit ist nur der Widerschein der Ewigkeit. Der Eingang zur Ewigkeit aber ist die Geistige Ekstase.

Jasper Garnette«

»Sagen Sie mir«, fragte Nigel den Türhüter, »wer ist Jasper Garnette?«

»Unser Gründer«, entgegnete der junge Mann sehr steif. »Und unser Priester.«

»Das heißt, er schreibt nicht nur über die Ewigkeit, sondern er bewacht auch zugleich den Eingang zu eben dieser Ewigkeit, die er da in seinem Aufruf erwähnt, wie?«

»Man kann in der Tat sagen, daß hier der Eingang zur Ewigkeit sei!« sagte der junge Mann mit einem Aufflammen echter Inbrunst.

»Und Ihnen ist bestimmt, ewig nur hier draußen auf der Schwelle stehenzubleiben und sich und verspätet Ankommende auszusperren!« erkundigte sich Nigel, dem die Sache langsam Spaß zu machen begann.

»Wir versehen dieses Amt in bestimmtem Turnus.«

»Aha – oh, ich höre jemanden ein Klagelied anstimmen. Ist das die Stimme von Jasper Garnette?«

»Jawohl. Übrigens ist das kein Klagelied, sondern eine Beschwörung!«

»Ach nein? Und was beschwört er denn?«

»Sie sollten wirklich lieber unsere Neubekehrten-Klasse, Mittwoch um Viertel nach sechs Uhr, besuchen! Es ist gegen die Regel, daß ich hier mit jemandem plaudere, während mir das Hüteramt obliegt«, antwortete der Türhüter getragen, und zwar hörte es sich an, als spreche er jedes Wort mit einem großen Anfangsbuchstaben.

»Ich möchte das ja keine Plauderei nennen«, wandte Nigel ein. Plötzlich fuhr er zusammen, denn es wurde von innen laut an die großen Doppeltüren geklopft. Das Klopfen wiederholte sich zweimal.

»Bitte, machen Sie Platz«, rief der junge Mann. Er nahm schnell den Drahtkäfig von der Fackel weg. Dann zog er einen Schlüssel aus der Tasche und öffnete die Doppeltüren.

Nigel war zur Seite gesprungen. Bei den Türen war eine kleine Mauervertiefung, in die er sich drücken konnte.

Über die Schwelle schritten zwei Jünglinge in scharlachroten Roben, über die sie eine Stola aus besticktem Purpursamt trugen. Beide hatten lange, gekräuselte Haare, die nach hinten gebürstet worden waren. Der eine von ihnen war rothaarig, hatte eine spitze Nase und vorstehende Zähne. Der andere war dunkel, hatte schmachtende Augen und volle Lippen. Sie trugen Weihrauchfässer und schritten langsam neben die Fackel, wobei sie sich wiederholt verbeugten. Hinter ihnen schritt ein außergewöhnlich großer Mann, der in reichbestickte, weiße Gewänder gehüllt war, die an die Kleidung keltischer Druiden erinnerten. Er war eine bemerkenswerte Erscheinung, mit einer dichten Mähne silberweißer Haare, großen, tiefliegenden Augen und schwarzen Brauen. Er hatte ein knochiges, durchfurchtes Gesicht, und die Unterlippe seines großen Mundes war enorm. Er hätte ein Schauspieler, ein Heiliger oder der Vertreter spezieller Heilmittel im Mittleren Westen Amerikas sein können. Nigel konnte ihn ausgezeichnet beobachten, denn der Mann stand direkt vor der Fackel und hielt seine kurzen Hände über einer nicht brennenden Kerze gefaltet. Er murmelte etwas vor sich hin, beugte dreimal sein Knie und trat dann an die Fackel heran, um die Kerze an ihr zu entzünden. Als sie brannte, hielt er sie hoch empor. Der Türhüter und die beiden Meßgehilfen sanken in die Knie, der Priester schloß fest die Augen, und Nigel schlüpfte schnell durch die beiden großen Türen ins Innere der Kirche.

Die Finsternis, die ihn umgab, schien undurchdringlich zu sein, aber schon nach wenigen Sekunden konnte er gewisse Umrisse erkennen. Viel weiter vorn, wahrscheinlich auf einem Altar, brannte ein rotes Licht. Nigels Füße versanken in einem dicken Teppich, auf dem er sich vollkommen geräuschlos weiterbewegen konnte. Es roch nach Weihrauch. Er fühlte die Nähe einer großen Menschenmenge, die ringsum in tiefem Schweigen verharrte. Durch die Türen fiel ein schwacher Lichtschimmer herein. Nigel wich ihm behutsam aus und hielt sich rechts von ihm. Daraus, daß er unbehindert weitergehen konnte, ohne an irgendwelche Türen oder Mauern zu stoßen, schloß er, daß er sich ein Querschiff entlangbewegen müsse. Immer mehr gewöhnten sich seine Augen an die Dunkelheit, und er vermochte Rauchschwaden in der Luft wahrzunehmen und hellere Gegenstände, die große, nackte Statuen sein mochten. Auch viele gesenkte Köpfe tauchten verschwommen vor ihm auf, und nun sah er, daß er hinter den letzten Stuhlreihen durch den Vorraum der Kirche ging. Am äußersten Ende einer Reihe schien ein leerer Platz zu sein. Er steuerte auf ihn zu und hatte sich kaum gesetzt, als flackerndes Licht die Rückkehr des Priesters – sicher Jasper Garnette persönlich – mit der brennenden Kerze ankündigte. Er kam durch das Mittelschiff geschritten. Die reichen Stickereien seines Gewandes und sein Gesicht waren durch die Flamme, die er vor sich hertrug, von unten beleuchtet. Eine Zeitlang schien nur sein Gesicht langsam durch die Kirche zu schweben, bis es sich in einen Hinterkopf mit einem gelben Heiligenschein verwandelte. Die Kerze hielt er weit von sich gestreckt. Plötzlich schoß mit einem Knall eine Flamme im Dunkel auf. Der Gemeinde bemächtigte sich unmittelbar darauf eine beängstigende Aufregung. Eine Orgel stieß zwei oder drei der röhrenden Schreie aus, wie sie, ähnlich an den Nerven zerrend, nur dieses Instrument äußern kann, und entlang der Wände glommen überall in gleichmäßigen Abständen rote Lampen auf.

Ein paar Minuten lang herrschte ein unerträglicher Lärm, der sich aber langsam als eine Art von Gesang entpuppte. Neben Nigel saß eine stattliche Dame mit einer schrillen Stimme. Er hörte ihr aufmerksam zu, konnte ihren Lauten aber nicht das mindeste entnehmen, da sie sich einer unbekannten Sprache zu bedienen schien.

»Ii-ai-ii-yah-ii«, sang die Dame.

Endlich gaben die Orgel und die Gemeinde unerwartet ein deutliches Amen von sich. Jedermann erhob sich von den Knien, glitt auf den Kirchenstuhl zurück, und dann senkte sich wieder lautlose Stille über den Raum.

Nigel sah sich um.

Das Haus der Heiligen Flamme glich in seinen Grundrissen jeder anglikanischen oder römisch-katholischen Kirche, Längsschiff, Querschiff, Hochaltar – alles war vorhanden. Links war eine Kanzel, rechts ein Lesepult. Mit diesen wenigen Dingen hatte aber die orthodoxe Überlieferung auch schon ihr Ende gefunden. Denn von ihnen abgesehen, sah die Kirche aus wie eine verrückt gewordene Ausstellung moderner Kunst. Über dem Hochaltar hing ein enormer Leuchter, in Form einer Fackel, in der nun die Flamme brannte – ein Alptraum von Naphta und Theatralik. Auf dem Altar selbst ringelte sich eine gefederte Schlange, in Holz geschnitzt, deren Zunge herausgeschnellt war und die Augen aus Pawamuscheln hatte, dann war da eine Art wagnerianischen Gottes, ein Miniatur-Totempfahl, ferner eine ganze Anzahl anderer heidnischer Antiquitäten, und alles war so wenig einheitlich wie eine Gruppe Bevollmächtigter beim Völkerbund. Überall an den Wänden waren die Zeichen des Tierkreises angebracht, und in den Seitenschiffen standen hin und wieder äußerst bemerkenswerte moderne Skulpturen. Sie waren in der Anlage alle abstrakt gehalten, aber man konnte in ihren gleitenden Konturen und verrenkten Gebilden doch die Formen von Tieren und Vögeln erkennen – einen Löwen, einen Stier, eine Schlange, eine Katze und einen Phönix. Seite an Seite mit ihnen, und darüber anscheinend voll dunkeln Staunens, boten sich eine ganze Anzahl anderer Figuren dar, von denen Nigel annahm, es müsse sich um die robusteren Gottheiten der nordischen Sage handeln. Die Götter trugen Helme und Stiefel. Alle miteinander sahen aus, als habe Epstein sie begonnen und ein wahnsinniger Maurer sie fertiggemacht. In der am nächsten stehenden dieser Figuren glaubte Nigel Odin wiederzuerkennen. Der Gott war in einen eckigen Mantel gehüllt, unter dessen Falten zwei verzweifelte Vierbeiner hervorsahen, die aller Voraussicht nach Geri und Freki vorstellen sollten, daneben spähten hinter einem Paar Beine, die deutlich an fortgeschrittener Elefantiasis litten, zwei tieftraurige Vögel zu Nigel herüber, vermutlich Hugin und Munin. Überall wurde Weihrauch gebrannt. Das Ganze wirkte sehr verschwenderisch und teuer.

Eine prachtvolle, klingende Stimme riß Nigel aus seinen Betrachtungen. Ehrwürden Jasper Garnette hatte die Kanzel betreten.

Später, als er Chef-Detektivinspektor Alleyn diesen Teil des Gottesdienstes schildern wollte, erkannte Nigel, daß er außerstande war, auch nur annähernd eine Inhaltsangabe dieser Predigt anzugeben. Aber im Moment fand er sie sehr eindrucksvoll. Sie kam ihm wie die Äußerung eines Intellektuellen vor. Ein Gefühl der Klarheit erfaßte ihn, als wären gleichsam durch Zauberschlag alle geistigen und seelischen Probleme auf einen großartig einfachen Nenner gebracht. Alles an dieser Ansprache schien mit größter Präzision zu stimmen. Nigel hatte das lebhafte Gefühl, als werde er ganz persönlich angesprochen, und zuerst glaubte er, daß der Priester nur ihn allein ansehe. Sie sahen sich in die Augen, dünkte Nigel, und er fühlte dabei, daß er sich diesen Blicken willenlos ergab. Als der Priester später befahl, die Flamme anzusehen, gehorchte er sofort und glaubte, sie mit dem An- und Abschwellen der Stimme heller und gedämpfter brennen zu sehen. Er fühlte sich seltsam schwerelos in seinem Kirchenstuhl. Kurz und gut, Nigel bekam zum erstenmal die Macht einer Hypnose zu spüren und war auf dem besten Wege, ihr zu erliegen, als die Dame neben ihm ein gewaltiges Niesen heraustrompetete und entschuldigend: »Ach, herrje!« hauchte.

Das, erklärte er später Alleyn, zerbrach den Zauberbann. Auf die Erde zurückgekehrt, hörte er, wie Father Garnette eben seine

Schlußsentenz formulierte, und das war denn auch der einzige Satz, den Nigel hatte behalten können:

»Nun ist das Tor geöffnet, und es brennt die Flamme der Ekstase. Vereinigt euch mit mir in der Einheit des Geistes. Ihr alle entweicht euern leiblichen Hüllen. Ihr alle tretet in ein neues Leben ein. Dort lebt nichts Böses mehr. Laßt eure Bindung an die Erde. Ekstase – sie ergreife euch! Kommt, trinkt aus dem Flammenbecher!«

Ein Gemurmel erhob sich auf allen Seiten. Es schwoll an und wurde manchmal durch vereinzelte Aufschreie durchbrochen. Die stattliche Dame begann zu wimmern, von irgendwoher rief eine Männerstimme etwas absolut Unzusammenhängendes. Inzwischen war der Priester zum Altar getreten und hatte einen silbernen Krug und einen juwelenbesetzten Kelch aus dem Hostienschrein genommen. Er reichte den Krug dem dunklen Ministranten und faltete seine Hände über dem Kelch, aus dem augenblicklich eine Flamme emporschoß, eine Weile bläulich flakkerte und dann erlosch. In der ersten Reihe sprang eine Frau auf. Alle anderen Gemeindemitglieder knieten. Die Frau rannte die Stufen zum Altar mit einem lauten »Heil!« hinauf und warf sich dort nieder. Der Priester blieb hochaufgerichtet stehen und hielt den Kelch über seinen Kopf. Ungefähr ein halbes Dutzend anderer Gläubiger folgten dem Beispiel der Frau und bildeten kniend einen Kreis um sie, wobei sie verlangend die Hände nach dem Kelch ausstreckten. Auch sie schrien unverständliche Worte. Die ganze Szene wirkte irgendwie unanständig, und Nigel, plötzlich ernüchtert, fühlte sich zutiefst angewidert und beschämt. Nun reichte der Priester den Kelch einer großen, üppigen Frau aus dem knienden Kreis. Die kreischte hoch und schrill »Ymir«, und nahm dem Ministranten den silbernen Krug ab, aus dem sie etwas in den Kelch goß und ihn dann an ihren Nachbarn weitergab. Es war ein sehr gepflegter, dunkelhaariger Mann, der ebenfalls ein Wort sagte und dann das Ritual wiederholte. Auf diese Weise ging der Kelch im ganzen Kreise herum. Jeder Geweihte bekam ihn von seinem Nachbarn gereicht, dann gab ihm der Meßdiener den Silberkrug, jeder goß Wein in den Kelch, gab ihn seinem Nachbarn weiter und reichte dem Diener den Krug zurück. Alle sagten ein einziges Wort dabei. Nigel konnte die Namen, »Thor, Ahriman, Vidur« erkennen, aber andere waren so fremdartig, daß sie unverständlich blieben. Als er seine Runde beendet hatte, wurde der Kelch dem Priester zurückgegeben. Die Frau, die ihm zu Füßen gelegen hatte, sprang auf. Sie sprach laut vor sich hin wie eine Irre, fuhr mit den Händen durch die Luft und drehte den Kopf unablässig von einer Seite zur anderen. Dieses Benehmen war um so ekelerregender und widerlicher, als sie eine ziemlich schöne Frau war, großgewachsen, nicht alt, doch ganz weißhaarig. Sie war sehr gut angezogen, aber die gewaltsamen Körperverrenkungen hatten ihr Kleid zerknittert, und der Hut war ihr grotesk auf das eine Ohr gerutscht. Ein Ärmel hing zerrissen und unordentlich herunter. Sie begann deutlicher zu sprechen, es war ein Strom sinnloser Worte, in welchem sich die Namen antiker Götter mit denen der heutigen Religionen seltsam vermischten. »Ich bin eins, und ich bin alles.« Der kniende Kreis brach pflichtschuldig in langanhaltende »Heils!« aus, in die sie schließlich auch einstimmte, die Hände zusammenschlug und heftig vor und zurück schwankte.

Plötzlich, wahrscheinlich auf ein Zeichen des Priesters hin, wurde es ganz still. Die Frau streckte beide Hände aus, und der Priester überreichte ihr den Kelch.

»Der Wein der Ekstase erfreue deinen Körper und deine Seele!«

»Tur-aie!«

»Die heilige Begeisterung der Flamme ergreife Besitz von dir!«

»Heil! – Tur-aie! – Tur-aie!«

Die Frau hob den Kelch an die Lippen. Tiefer und tiefer neigte sie den Kopf nach hinten, bis sie den letzten Tropfen ausgetrunken hatte. Dann keuchte sie stöhnend auf. Jäh warf sie sich herum, als ob sie den Priester etwas fragen oder ihm mit weitausgestreckten Armen den Kelch überreichen wollte. Aber ihre Hände öffneten sich, und der Kelch fiel aufblitzend zu Boden. Das Gesicht der Frau verzog sich zu einer scheußlichen Grimasse, und es schüttelte sie am ganzen Körper. Sie fiel vornüber wie eine große Puppe, zuckte noch zweimal und lag dann ganz still.

3
Der Tod einer ekstatischen Jungfer

Zuerst dachte Nigel, obwohl höchlich erstaunt, daß diese Darbietung lediglich den Höhepunkt der Zeremonie bedeute. Er fand die ganze Geschichte ziemlich unerfreulich, war aber nichtsdestoweniger sehr interessiert an ihr. Es verging mindestens eine Minute, bis ihm klar wurde, daß der völlige Zusammenbruch der Dame weder von der Gemeinde noch von Father Garnette erwartet worden war. Ein junger Mann aus dem Kreise der Geweihten bekundete als erster Zeichen der Beunruhigung. Er erhob sich von den Knien und sah zuerst die Frau, dann den Priester mit aufgerissenen Augen an. Dann sprach er, aber so leise, daß Nigel es nicht verstehen konnte. Der Rest des Zirkels blieb knien, es war, als hätten diese Menschen einfach vergessen, wieder aufzustehen, oder als seien sie auf den Fleck gebannt worden. Die ekstatische Raserei der Zeremonie war verflogen und hatte etwas Beängstigenderem Platz gemacht. Der Priester begann zu sprechen. Vielleicht weil er diese Worte nun so oft gehört hatte, konnte Nigel sie ohne weiteres verstehen.

»Geistige Ekstase...« Es klang wie »Ekstasöh«. »Eine Kundgebung des...«

Der junge Mann war zögernd stehengeblieben und sah starr auf die langausgestreckte Gestalt hinunter.

»Meine Freunde«, erklang nun die Stimme des Priesters plötzlich laut und entschlossen, »meine Freunde, unsere geliebte Schwester ist der größten Gnade unter allen teilhaftig geworden. Sie ist in Ekstase. Überlassen wir sie diesem überwältigenden Erlebnis. Laßt uns unsere Hymne an Pan, den Allgegenwärtigen, singen.«

Er brach ab. Die Orgel setzte zu einem aufreizenden Brummen an, und die Gemeinde erhob sich, murmelnd und verstört, von den Knien.

»Laßt uns«, wiederholte Jasper Garnette sehr entschieden, »die Hymne ––«

Da ertönte ein Aufschrei. Eine kleine, altmodische Frau hatte sich von dem Kreis gelöst und stand nun mit vorgebeugtem Kopf und weit offenem Munde da.

»Nein. Nein! Sie ist tot. Ich habe sie angerührt. Sie ist tot!«

»Ruhe, Miß Wade!«

»Ich will nicht ruhig sein! Sie ist tot!«

»Einen Moment«, sagte jemand neben Nigel mit gelassener Stimme. Ein älterer, gediegen aussehender Mann erkämpfte sich seinen Weg aus der Stuhlreihe. Vorsichtig drückte er sich an der großen Dame vorbei. Nigel stand auf, um ihm Platz zu machen, aber plötzlich beschloß er, seiner journalistischen Eingebung folgend, hinter dem Herrn zum Altar hinaufzuschreiten.

»Ich möchte die Dame gerne untersuchen«, sagte der ruhige Herr.

»Aber, Doktor Kasbek--«

»Es wird besser sein, glaube ich, Father Garnette.«

Inmitten der kleinen Gruppe gelangte Nigel unbeachtet die Stufen des Altars hinauf zu der brennenden Fackel. Ihm war, als betrete er eine Bühne und übernehme irgendeine Rolle in einem Stück. Ein eigenartiges Schauspielerensemble, das da beisammenstand. Alle Gesichter sahen in dem flackernden Lichtschein leichenhaft blaß aus. Der Arzt kniete neben der am Boden liegenden Frau.

Sie war kopfvoran die Stufen hinuntergefallen, halb auf das Gesicht. Der Arzt griff nach ihrem Handgelenk und zog dann vehement die Kappe, die ihr über das Gesicht gefallen war, zur Seite. Starr sahen weitgeöffnete, hervorstehende Augen zu ihm auf. In den Mundwinkeln stand noch Schaum. Der Mund selbst war steif und kreisrund geöffnet, die Zähne waren aufeinandergepreßt, und die Wangen standen kirschrot in dem leichenfahlen Gesicht. Mochte sie auch in Ekstase gewesen sein, jetzt war sie ganz unzweifelhaft tot.

Angesichts dieses grauenhaften Menschengesichts traten die Geweihten, die sich neugierig näherbewegt hatten, mit leisen Aufschreien oder ganz still zurück. Die ältliche Miß Wade äußerte etwas wie ein unterdrücktes Bellen, in dem gleichzeitig Entsetzen und ein gewisser Triumph lag.

»Tot! Ich habe es doch gesagt, daß sie tot ist! Oh! Father Garnette!«

»Decken Sie sie doch zu, um Gottes willen, decken Sie das Gesicht zu«, sagte der große, junge Mann.

Der Arzt kniete noch immer am Boden. Er roch zweimal an den steifen Lippen der Toten und öffnete dann ihr Kleid. Nigel bemerkte, wie er seine Hand fest gegen den starren Körper preßte. Dabei sah er das Gesicht der Frau scharf und prüfend an. Schließlich zog er ihr das Barett wieder über das Gesicht.

»Schrecklich, schrecklich. Das ist einmal ganz sicher, daß das schrecklich ist«, murmelte ein geschäftstüchtig aussehender Herr mit unverkennbar amerikanischem Akzent.

»Sie sollten Ihre Gemeinde nach Hause schicken«, wandte sich der Arzt plötzlich an den Priester.

Father Garnette hatte die ganze Zeit kein Wort gesprochen. Er sah immer noch sehr imposant aus, aber die faszinierende Kraft schien von ihm abgefallen zu sein. Er gab dem Arzt keine Antwort.

»Wollen Sie die Leute gehen heißen?« fragte der noch einmal.

»Einen Augenblick.«

Nigel erschrak selbst, als er seine eigene Stimme hörte. Alle sahen ihn an, nicht erstaunt, sondern eher verwirrt. Er war sich eines erregten, murmelnden Hintergrundes bewußt. Aber es war, als habe sein Sprechorgan sich selbständig gemacht.

»Ist diese Dame eines natürlichen Todes gestorben?« fragte er den Arzt.

»Wie Sie wissen, habe ich sie kaum angesehen.«

»Hegen Sie irgendwelche Zweifel darüber?«

»Was meinen Sie damit?« fiel hier der Priester plötzlich ein, und dann: »Wer sind Sie?«

»Ich habe dem Gottesdienst beigewohnt. Ich bitte meine Einmischung zu entschuldigen, aber wenn der geringste Verdacht eines unnatürlichen Todes besteht, dann dürfte meines Erachtens niemand – –«

»Eines unnatürlichen Todes? Was soll denn das heißen?« mischte sich nun der Amerikaner in das Gespräch.

»Es ist – der Mund und die Augen und – und der Geruch ... Ich kann mich ja täuschen ...« Nigel sah den Arzt an. »Aber wenn an der Sache etwas unklar ist, dann darf niemand fortgehen.«

Der Arzt erwiderte ruhig seinen Blick.

»Ich glaube, daß Sie recht haben«, sagte er dann.

Beide hatten die Stimme nicht erhoben, aber in der Art, wie sie zusammen sprachen, mußte etwas gelegen haben, was für die ganze Gemeinde verständlich war. Viele waren aus den Bankreihen in den Mittelgang des Schiffes getreten, und das Gemurmel war beängstigend angeschwollen. Einige Stimmen wurden laut, und eine Frau schrie plötzlich auf. Die Menschen bewegten sich unsicher und unentschlossen gegen die Altarstätte hin.

»Befehlen Sie ihnen, sich niederzusetzen«, sagte der Arzt.

Der Priester schien sich einen Ruck geben zu müssen. Er schritt rasch die Stufen zur Kanzel empor.

»Meine Freunde« – er hatte seine volltönende Stimme nun wieder in der Gewalt –, »wollt ihr bitte wieder eure Plätze einnehmen und euch ganz ruhig verhalten? Ich glaube, ganz fest glaube ich daran, daß die gewaltigen Kräfte des endlosen Raumes eben diesen Augenblick gewählt haben, um sich uns zu offenbaren. Ihre Wahl fiel auf unsere geliebte Schwester in der Ekstase, Cara Quayne.« Hier schwankte seine Stimme ein wenig und wurde etwas leiser. »Wir müssen unsere Seelen an der Macht des Wortes stählen. Ich bitte euch, nun über das Wort ›Einheit‹ zu meditieren. Bewahrt vollkommene Ruhe.«

Man gehorchte ihm unverzüglich. Tiefe Stille senkte sich über das Kirchenschiff. Das Rauschen seiner Gewänder, als der Priester von der Kanzel herunterstieg, klang wie Lärm in diese absolute Lautlosigkeit. Nigel kam der Mann wie ein riesenhaftes Fabelwesen vor.

Er trat zu den beiden Meßgehilfen, von denen der eine mechanisch sein Weihrauchfaß schwang und der andere noch immer den silbernen Weinkrug festhielt.

»Zieht die Vorhänge«, befahl Father Garnette flüsternd.

»Ja, Father«, lispelte der rothaarige Ministrant.

»Ja, Father«, sagte geziert der andere, der dunkle Meßdiener.

Ein metallisches Klirren, das Rauschen eines schweren Stoffes, und schon waren die Menschen beim Altar von der übrigen Gemeinde durch einen dicken Brokatvorhang abgeschlossen.

»Wenn wir leise sprechen, kann man draußen nichts hören«, sagte Father Garnette. »Die Vorhänge sind gefüttert und sehr dick.«

»Lieber Himmel«, ließ sich nun der Amerikaner wieder vernehmen, »das ist aber schon eine gräßliche Sache. Doktor, sind

Sie ganz sicher, daß sie tot ist?«

»Ganz sicher.« Der Arzt hatte sich wieder neben die Leiche hingekniet.

»Gut, aber es ist doch sonst noch etwas los«, sagte der junge Mann. »Warum darf niemand weggehen? Was bedeutet das?« Er stellte sich vor Nigel hin. »Was reden Sie da von unnatürlichem Tod, und wer sind Sie überhaupt?«

»Maurice!« wollte Father Garnette ihn beschwichtigen. »Maurice, mein lieber Sohn!«

»Diese Frau gehörte gar nicht hierher«, fuhr der Junge verstockt fort. »Sie hatte überhaupt kein Recht auf den Kelch. Sie war schlecht. Ich weiß, daß Sie... Father – ich weiß!«

»Maurice, schweigen Sie!«

»Und ich wiederhole, daß ich weiß--« Der Junge stockte und sah den Priester mit einer fanatischen Verehrung an. Father Garnette ließ ihn nicht aus den Augen. Wenn zwischen den beiden ein unterdrückter Streit geschwelt hatte, dann blieb der Priester absoluter Sieger, denn der junge Mann wandte sich plötzlich ab und trat beiseite.

»Nun, Doktor?« fragte Nigel. »Ist es Gift?«

»Es sieht ganz danach aus. Der Tod ist augenblicklich eingetreten. Man muß die Polizei verständigen.«

»Ist ein Telefon in der Nähe?«

»Ich glaube, in Father Garnettes Zimmer steht eines.«

»In seinem Zimmer?«

»Hinter dem Altar«, gab der Arzt Auskunft.

»Dann – dürfte ich es wohl benützen?«

»Muß das unbedingt sein?« fragte der Priester.

»Unbedingt«, entgegnete Dr. Kasbek. Er sah Nigel an. »Wollen Sie das übernehmen?«

»Bitte, wenn Sie es wünschen. Ich kenne jemanden beim Yard.«

»Gut. Und was ist mit den nächsten Verwandten? Weiß jemand, wer es ist?«

»Sie lebte ganz allein«, sagte ein Mädchen, das bisher unbemerkt geblieben war. »Sie hat mir einmal gesagt, daß sie keine Verwandten in England habe.«

»So. Nun, dann können Sie –« Dr. Kasbek sah Nigel wieder

an, »gleich die Polizei anrufen. Father Garnette, möchten Sie dem jungen Mann den Weg zeigen?«

»Ich glaube, daß ich jetzt besser zu meinen Gläubigen zurückkehren sollte«, erwiderte Father Garnette. »Die brauchen mich. Claude, zeige dem Herrn das Telefon.«

»Gewiß, Father.«

Wie in Trance folgte Nigel dem dunkelhaarigen Meßgehilfen die Stufen des Altars hinauf nach. Der gertenschlanke Claude zog links vom Altar einen Brokatvorhang zur Seite, öffnete die Türe, die dahinter zum Vorschein kam, und warf Nigel einen schmachtenden Blick zu, bevor er das Zimmer betrat.

Ekelhaft! dachte Nigel und folgte ihm nach.

Offensichtlich lebte Father Garnette wirklich hier hinter dem Altar. Sie waren in eine kleine Wohnung getreten. Der erste der Räume war ein sonderbar mythologisches Studierzimmer, das konnte Nigel in aller Geschwindigkeit erkennen, während Claude den Raum durchquerte und etwas emporhob, was wie ein sakramentaler Teewärmer aussah. Darunter stand das Telefon.

»Ich danke Ihnen«, sagte Nigel und hoffte, daß Claude nun gehen würde. Doch der blieb unbeweglich stehen und sah Nigel vertrauensvoll an.

Sonntagabend. Falls er nicht einen ganz besonders schwierigen Fall zu behandeln hatte, dürfte Alleyn zu Hause sein. Nigel stellte die Nummer ein und wartete. Er fühlte seinen Herzschlag und hatte ganz trockene Lippen.

»Hallo!«

»Hallo-- Könnte ich mit Chefinspektor Alleyn sprechen? Ach, Sie sind es? Sie sind also zu Hause. Hier spricht Nigel Bathgate.«

»Abend, Bathgate. Was ist los?«

»Ich telefoniere mit Ihnen von einer Kirche aus, von – vom Haus der Heiligen Flamme in der Knocklatchers Row, einer Abzweigung von Chester Terrace, gerade gegenüber meiner Wohnung.«

»Ich kenne die Knocklatchers Row. Gehört zu meinem Revier.«

»Vor wenigen Minuten ist hier eine Frau gestorben. Ich

glaube, Sie sollten sofort herkommen.«

»Sind Sie allein?«

»Nein.«

»Sie Unglückswurm! Was ist eigentlich los? Wurde die Dame ermordet?«

»Wie soll ich das wissen?«

»Warum, zum Teufel, rufen Sie dann nicht im Yard an? Na, ich werde das nachholen.«

»Ich glaube, Sie sollten selbst kommen. Ich halte hier eine ganze Kirchengemeinde fest.«

»Ich bin in zehn Minuten dort!«

»Danke.«

Nigel legte den Hörer auf die Gabel und ging mit Claude durch die Tür hinaus.

Die Geweihten waren alle um den amerikanischen Herrn versammelt, der im Flüsterton mit ihnen zu sprechen schien. Er war ein Mensch, wie ihn die überseeischen Illustrierten immer wieder als Reklame für Mundwasser, Seifen, Haarwasser und Rasiercreme reproduzieren – groß, eher dick und schlaff, aber unwahrscheinlich sauber. Unregelmäßig an Mr. Ogden waren nur seine Augen, von denen das eine hellblau und das andere braun war. Das gab ihm ein komisches Aussehen und erweckte immer den Eindruck, als scherze er, selbst wenn er todernst war.

Zu Nigels größtem Erstaunen spielte die Orgel, und er hörte undeutliches Singen jenseits der dicken Vorhänge. Die Stimme Father Garnettes übertönte alle anderen. Jemand, wahrscheinlich der Arzt, hatte den Leichnam Cara Quaynes mit einem Stück reichbestickten Satins bedeckt.

Als der Amerikaner Nigel erblickte, kam er auf ihn zu.

»Mich dünkt, wir sollten uns bekannt machen«, sagte er in lustigem Tone. »Sie tauchten da aus dem Nichts auf und übernahmen die Lenkung der Geschicke. Ich für meinen Teil bin damit sehr zufrieden. Mir imponiert schnelle Entschlußkraft. Mein Name ist Samuel J. Ogden – ich müßte noch irgendwo eine Visitenkarte haben.« Der verblüffende Mr. Ogden suchte tatsächlich in seiner Brusttasche herum.

»Bitte, bemühen Sie sich nicht«, bat Nigel. »Mein Name ist Bathgate.«

»Sehr erfreut, Mr. Bathgate.« Die beiden schüttelten sich die Hand. »Darf ich Ihnen die Damen und Herren vorstellen? Mrs. Candour, dies ist Mr. Bathgate. Miß Wade – Mr. Bathgate. Mr. Bathgate – Miß Janey Jenkins, Monsieur de Ravigne, Dr. Kasbek, Mr. Maurice Pringle, dies ist Mr. Bathgate. Und da sind noch unsere beiden Meßgehilfen. Mr. Claude Wheatley und Mr. Lionel Smith – Mr. Bathgate.«

Die sieben sprachlosen Briten sahen Nigel nur hilflos an. M. de Ravigne, ein geschmeidiger Franzose, machte eine verächtliche kleine Verbeugung.

»Na also——«, hob Mr. Ogden mit einem zufriedenen Lächeln an.

»Ich glaube – verzeihen Sie«, fiel ihm Nigel ins Wort, »daß jemand zur Eingangstüre gehen sollte. Inspektor Alleyn ist auf dem Wege hierher, und vermutlich kann er nicht eintreten, wenn nicht...«

»Richtig«, stimmte ihm Mr. Ogden bei. »Einer der Jungen könnte vielleicht...«

»Bitte, darf ich gehen«, bettelte Claude.

»Schön«, sagte Mr. Ogden.

»Ich komme mit dir, Claude«, rief der rothaarige Ministrant.

»Es sind aber wirklich nicht zwei Personen nötig, nicht wahr, Mr. Ogden?«

»Vorwärts, nehmen Sie ihn mit, kleiner Lord Fauntleroy!«

Die beiden Ministranten verschwanden durch den Vorhang. Einen Moment wurde Orgelklang und Gesang von draußen lauter.

»Müssen Meßdiener so sein?« fragte Mr. Ogden.

Jemand lachte herzlich auf. Es war Miß Janey Jenkins. Sie war klein, jung und sah intelligent aus.

»Oh, Verzeihung«, sagte sie gleich darauf. »Ich wollte nicht lachen – aber Claude und Lionel sind doch wirklich gräßlich, nein?«

»Allerdings«, bejahte Nigel sofort ihre Frage.

Sie wandte sich aber nicht ihm zu, sondern Maurice Pringle, dem jungen Mann, der dem Priester so seltsame Sachen gesagt hatte. Er stand nun etwas abseits und sah verzweifelt unglücklich aus. Miß Jenkins ging auf ihn zu und sprach mit ihm, aber so leise, daß Nigel kein Wort hören konnte.

»Dr. Kasbek«, wisperte die kleine, alte Jungfer, die ihm als Miß Wade vorgestellt worden war, »Dr. Kasbek, vielleicht bin ich sehr dumm – aber ich verstehe immer noch nicht. Ist Cara Quayne ermordet worden?«

Diese Bemerkung, erstmals ausgesprochen, wurde von den Anwesenden wie eine große Unschicklichkeit aufgenommen. Mrs. Candour, eine Pfingstrose von einer Frau mit häßlichen Händen, schrie skandalisiert auf, M. de Ravigne zischte wie ein Dampfkessel, Mr. Ogden sagte: »Was ist denn, was ist denn!« Pringle schien noch mehr in sich zusammenzusinken, und Janey Jenkins faßte ihn bei der Hand.

»Gewiß nicht, Miß Wade«, sagte Dr. Kasbek ruhig. »Wir wollen uns doch keinen solchen Vermutungen hingeben.«

»Ich habe ja nur gefragt«, verteidigte sich Miß Wade. »Sie war nicht sehr glücklich, die Arme, und auch nicht sehr beliebt.«

»Miß Wade – bitte!« M. de Ravigne sah die kleine Frau wütend an. »Ich muß protestieren! Das war eine – eine äußerst alberne Bemerkung! Lächerlich!« Er gestikulierte heftig. »Genügt es denn nicht, daß diese Tragödie stattfand? Meine arme Cara, ist das denn noch nicht genug?«

Die Stimme von Father Garnette war wieder hörbar, gedämpft zwar durch die dicken Vorhänge, aber klangvoll und gebieterisch.

»Hört ihr das?« fuhr Pringle auf. »Hört! Er beruhigt seine Gemeinde! Er zwingt uns alle zum Schweigen! Was müssen wir eigentlich von ihm denken?«

»Was soll das heißen?« flüsterte Mrs. Candour empört.

»Das wissen Sie ganz genau! Sie hätten ja gerne ihren Platz eingenommen, wenn Sie das gekonnt hätten. Er kann also nichts dafür. Sie sind schuld. Alles ist so – so grauenhaft...«

»Maurice«, sagte Miß Jenkins sanft.

»Schweig, Janey! Ich will reden. So oder so ist es eine Vergeltung. Das Ganze ist eine Farce – ich halte das nicht mehr aus! Ich werde ihnen sagen – –«

Er riß sich von ihr los und ging schnell auf die Vorhänge zu, aber bevor er sie noch erreichte, wurden sie auseinandergeschlagen, und ein großer Mann betrat die Altarstelle.

»Da sind Sie ja, Bathgate«, sagte Chef-Detektivinspektor Alleyn. »Was geht hier vor?«

4
Scotland Yard

Der Eintritt von Chef-Detektivinspektor Alleyn wirkte sich sonderbar auf die Akteure und den Schauplatz der Handlung aus. Es war wie im Film, wenn die Kamera das Geschehen plötzlich von einem anderen Blickwinkel aus aufnimmt. Nigel selbst, der bis dahin das Gefühl gehabt hatte, in einen grausigen Angsttraum verstrickt worden zu sein, fühlte sich nun befreit von ihm und kam sich nur noch als unbeteiligter Berichterstatter vor. Er gab Alleyn eine knappe und sachliche Schilderung der Dinge. Die übrigen Beteiligten sahen den Inspektor schweigend an. Janey Jenkins hielt Pringles Hand fest, Miß Wade preßte ihr Taschentuch an die Lippen, und M. de Ravigne stand unbeteiligt beiseite. Mrs. Candour war in einem enormen, opernhaften Thron links vom Altar zusammengesunken. Mr. Ogden sah gesammelt, aber sehr beunruhigt drein, und die beiden Ministranten staunten den Inspektor hingerissen an.

Alleyn hörte sich die Ausführungen Nigels mit jener seltsam losgelösten Unachtsamkeit an, die Nigel immer an einen höflichen Faun gemahnte. Bei der Schilderung der ekstatischen Raserei machte er eine Grimasse. Leise sprechend, damit die anderen ihn nicht hören konnten, wiederholte Nigel, so gut er sich zu erinnern vermochte, die Äußerungen von Pringle, Miß Wade und de Ravigne. Alleyn fragte nach Personen, die verständigt werden sollten, aber außer der Dienerschaft der Verstorbenen schien kein Bekannter oder Verwandter zu existieren. Miß Jenkins sagte aus, sie wisse von Miß Quayne selbst, daß ihre Dienstboten am Sonntag abends immer Ausgang hätten. Sie bot sich an, von Father Garnettes Zimmer aus anzurufen, kam aber bald zurück mit der Nachricht, daß sich niemand in Miß Quaynes Wohnung melde. Alleyn notierte sich die Telefonnummer und trat dann zu der Toten. Er zog die Satindecke von ihrem verzerrten Gesicht fort, sah es eine Weile an, sagte leise etwas zu Dr. Kasbek und wandte sich dann zu der ganzen Gruppe. In diesem Augenblick kam Father Garnette zurück. Nigel war der einzige, der ihn beobachtete, wie er zwischen den schweren Vorhängen stehenblieb und kein Auge von Alleyn wandte.

»Ich sehe nicht ein, warum Sie nicht wissen sollten, was hier geschehen ist«, sagte Alleyn. »Diese Frau ist wahrscheinlich an einer Vergiftung gestorben. Bis die ersten Untersuchungen abgeschlossen sind, vertrete ich hier die Polizei. Nach allem, was ich bisher hörte, glaube ich nicht, daß es nötig ist, die ganze Gemeinde hier zurückzuhalten.« Da entdeckte er den Priester.

»Sie sind Mr. Garnette, nicht wahr? Wollen Sie bitte Ihre Gläubigen nach Hause schicken – natürlich erst, wenn sie mit ihrem Gesang fertig sind. Ich habe einen Polizisten an der Eingangstüre zurückgelassen, der sich ihre Namen aufschreiben wird. Sagen Sie ihnen das, ich bitte Sie darum.«

»Gewiß«, sagte Father Garnette und verschwand jenseits der Vorhänge.

Man hörte ihn den Segen erteilen. Es entstand Bewegung, und das Scharren der Füße vermischte sich mit vereinzeltem Husten. Bald erstarb der Lärm. Eine Tür fiel mit abschließendem Getöse ins Schloß, und dann senkte sich tiefe Stille über den Raum. Father Garnette trat wieder durch die Vorhänge.

»Uff!« seufzte Alleyn. »Kann man diese schweren Tücher nicht zurückziehen?«

Father Garnette neigte den Kopf. Claude und Lionel hatten in wenigen Sekunden die Draperien gerafft, und man konnte nun das ganze Kirchenschiff bis zu dem einsamen Türhüter überblikken. Der kam näher und blieb auf der untersten Altarstufe stehen.

»Kann ich noch irgend etwas tun, Father?« fragte er.

»Sperren Sie die Eingangstüre ab, und gehen Sie nach Hause.«

»Ja, Father!« Der junge Mann verschwand eilig.

»Bathgate, seien Sie so gut und rufen Sie den Yard an. Sagen Sie ihnen, was geschehen ist und daß sie die übliche Mannschaft herschicken sollen. Auch den Abteilungsarzt und eine Beamtin.« Damit zog Alleyn sein Notizbuch aus der Tasche.

Nigel ging zum Telefon hinter dem Altar. Als er zurückkam,

hatte Alleyn begonnen, Namen und Adressen der Geweihten aufzuschreiben.

»Das ist leider nötig«, erklärte er. »Es wird natürlich eine Untersuchung stattfinden, und ich fürchte, daß man Sie alle als Zeugen aufrufen wird.«

»O Gott!« entfuhr es Pringle.

»Beginnen wir mit der Toten. Wie ist ihr Name?«

»Sie war Miß Cara Quayne«, gab Mr. Ogden Auskunft. »Sie bewohnte eine sehr, sehr hübsche, kleine Besitzung in Shepherd Market, Nr. 101. Miß Quayne war eine liebenswerte Person, voll Begeisterung für alles Schöne--«

»Nr. 101, Shepherd Market«, unterbrach ihn Alleyn. »Danke.« Er schrieb die Adresse auf und sah sich dann in dem Kreise um.

»Ich glaube, wir beginnen mit Ihnen, Doktor Kasbek.«

»Bitte sehr. Nicholas Kasbek, 189 a, Wigmore Street.«

»Danke.« Inspektor Alleyn wandte sich Miß Wade zu.

»Ich heiße Ernestine Wade«, gab sie deutlich bekannt und so laut, als sei Alleyn stocktaub. »Ich wohne Primrose Court, Kings Road, Chelsea. Zivilstand: ledig.«

»Besten Dank.«

Nun trat Miß Jenkins vor.

»Janey Jenkins. Ich wohne in Yeomans Row, Nr. 99 d. Auch ich bin noch ledig, wenn Sie das zu wissen wünschen.«

»Ach, lediglich wegen ›Miß‹ oder ›Mrs.‹, wissen Sie«, erklärte Alleyn.

»Nun kommst du dran, Maurice«, sagte Miß Jenkins.

»Pringle«, stieß der junge Mann hervor, und es hörte sich wie eine Beleidigung an. »Maurice. Harrow Mansions, Nr. 11, Sloane Square.«

»Ist das Ihre ständige Adresse?«

»Nein. Ich habe keine ständige Adresse – außer dem Haus meiner Eltern. Und dort gehe ich nur hin, wenn es gar nicht zu umgehen ist!«

»Aber im Phönix-Club weiß man immer, wo du bist, nicht wahr?« murmelte Miß Jenkins.

»O Gott! Ja«, erwiderte Mr. Pringle angewidert.

»Der nächste, bitte«, forderte Alleyn vergnügt auf. Daraufhin ertönte Mrs. Candours Stimme von ihrem Thronsessel hernieder.

»Mein Name ist Dagmar Candour. Mrs. Queen Charlotte Flats, Kensington Square, Nr. 12.«

»Schönen Dank.«

Mr. Ogden, der schon wiederholt vorgetreten war und dann höflich jemand anderem den Vortritt gelassen hatte, erhob nun entschlossen seine Stimme.

»Samuel J. Ogden, Chef. Vermutlich interessiert Sie meine Heimatadresse nicht. Ich komme aus den Staaten – New York. Doch ich habe in London auch eine ständige Adresse – York Square, Nr. 93, Achurch Court. Ich kann doch wahrhaftig meine Visitenkarte nirgends finden, aber – na, das genügt Ihnen ja wahrscheinlich, nicht?«

»Besten Dank, Mr. Ogden. Und nun zu Ihnen, wenn es Ihnen beliebt, mein Herr.«

Father Garnette zögerte erst ein wenig. Dann räusperte er sich und antwortete in seiner gewöhnlichen, modulationsfähigen Stimme:

»Father Jasper Garnette. Ich bin der Oberpriester dieser Kirche und wohne hier.«

»Hier?«

»Ich habe mir hinter dem Altar eine kleine Wohnung eingerichtet.«

»Wie bequem«, murmelte Alleyn. »Und nun noch diese beiden« – er sah Claude und Lionel etwas zweifelnd an –, »diese beiden jungen Männer.«

Claude und Lionels Antwort war ein gemeinsamer Erguß.

»Wie bitte?« fragte Alleyn.

»Sei doch ruhig, Lionel«, sagte Claude. »Wir haben eine gemeinsame Wohnung in der Ebury Street – ›Ebury Mews‹. Heißt das, es ist eigentlich keine Wohnung, wie, Lionel? Ach nein, ich vergesse doch immer die Nummer – zu dumm!«

»Du bist ein hoffnungsloser Fall, Claude«, schalt Lionel. »Nr. 17, Ebury Mews, Ebury Street, Inspektor Alleyn. Allerdings sind wir nicht sehr oft dort, weil ich im ›Palladium‹ in der Revue auftrete, und Claude arbeitet bei Madame Karen in der Sloane Street und –«

»Ich weiß Ihre Namen noch immer nicht.«

»Lionel, du machst einen ja ganz verrückt! – Ich bin Claude Wheatley, Inspektor, und das ist Lionel Smith.«

M. de Ravigne trat mit einer kleinen Verbeugung vor.

»Raoul Honoré Christophe Jérôme de Ravigne, Monsieur. Ich wohne Branscombe Chambers, Lowndes Square. Bitte, meine Karte.«

»Merci, Monsieur. – Wollt ihr mir jetzt bitte genau angeben, wo ihr knietet, als der Kelch herumgereicht wurde. Wenn ich recht verstanden habe, dann fand die Zeremonie doch hier an Ort und Stelle statt, nicht wahr?«

»Ich stand hier«, meldete sich Father Garnette, »und hielt den Kelch in meinen Händen. Mr. Ogden kniete rechts von mir und Mrs. Candour links.«

»Das stimmt«, sagte Mr. Ogden und nahm seinen Platz ein. »Zu meiner Rechten kniete Miß Jenkins.«

»Jawohl«, gab die Dame zu, »und Maurice war neben mir.«

Mrs. Candour war inzwischen langsam links neben Garnette getreten. »M. de Ravigne kniete neben mir«, wisperte sie.

»Richtig.« M. de Ravigne stellte sich neben Mrs. Candour, und Miß Wade schlüpfte an seine Seite.

»Ich war hier«, verkündete sie, »zwischen M. de Ravigne und Mr. Pringle.«

»Womit auch der Kreis geschlossen wäre«, sagte Alleyn. »Und was taten die beiden Ministranten?«

»Ja, also, das ist so«, begann Claude eifrig eine längere Ausführung, »ich kam hierher, dicht neben Father Garnette, zu seiner Rechten. Ich war Ganymed, wissen Sie, darum trug ich den Weinkrug. Sobald Father Garnette Mrs. Candour den Kelch überreicht hatte, gab ich ihr den Wein. So hält sie dann den Kelch in ihrer Linken und den Krug in ihrer Rechten. Dann gießt sie ein wenig von dem Wein in den Kelch und spricht den ersten Gottesnamen. Sie sind Hagring, nicht wahr, Mrs. Candour?«

»Ich *war* es«, schluchzte sie auf.

»Ja. Und dann nehme ich den Krug wieder und reiche ihn der nächsten Person und--«

»Und so weiter«, fiel ihm Alleyn ins Wort. »Danke.«

»Und ich schwang das Weihrauchfaß, hier drüben«, mischte

sich nun Lionel sehr dezidiert in das Gespräch. »Ich habe ununterbrochen geweihräuchert.«

»So.« Alleyn nahm auch das zur Kenntnis und fügte dann hinzu: »Ich fürchte, ich muß Sie alle noch etwas länger hierbehalten. Mr. Garnette ist vielleicht so freundlich und läßt die Herrschaften in seiner Wohnung Platz nehmen. Jedermann wird glücklich sein, den Schauplatz der Tragödie verlassen zu können. Ich glaube, meine Kollegen sind eben angekommen.«

»Darf ich sie hereinlassen?« bat Claude.

»Bitte sehr.«

Claude stürmte durch die Kirche und öffnete die großen Türen. Sieben Leute, drei von ihnen Polizisten, traten ein und kamen im Gänsemarsch durch das Schiff gegangen, angeführt von einem großen, festen Mann in Zivilkleidern, der seinen Hut abnahm und die nackten Statuen leicht erstaunt ansah, an denen vorbei er zum Altar hinaufschritt.

»Hallo, Fox«, sagte Alleyn.

»Guten Abend, Sir«, antwortete Inspektor Fox darauf.

»Allerhand los hier. Einer der Beamten soll mit den Leuten in ein Zimmer dort hinten gehen. Father Garnette wird Ihnen den Weg zeigen. Ich werde niemanden länger hier aufhalten, als unbedingt nötig ist. Dr. Kasbek, bitte bleiben Sie noch –«

»Hören Sie«, ließ sich Maurice Pringle plötzlich vernehmen, »ich will verdammt sein, wenn ich einsehe, warum wir wie eine Herde Schafe zusammengetrieben und bewacht werden sollen! Was ist hier eigentlich los? Ist sie ermordet worden?«

»Sehr wahrscheinlich«, sagte Alleyn kühl. »Niemand bewacht Sie, Mr. Pringle. Sie werden ruhig und vernünftig warten, bis wir hier die nötigen Feststellungen machen konnten. Vorwärts jetzt!«

»Ich wußte es ja«, schrie Mrs. Candour plötzlich auf, »ich wußte, daß etwas Gräßliches geschehen wird! M. de Ravigne, habe ich es Ihnen nicht gesagt?«

»Ich bitte Sie, Madame!« gab de Ravigne kalt zurück.

»Solche Dinge hätten nie Eingang finden dürfen«, äußerte nun die kleine Miß Wade. »Niemals hätte – –«

»Wir sollten nun dem Befehl gehorchen«, sagte Father Garnette übermäßig laut. »Bitte, kommt mir alle nach!«

»Uff!« Es war ein tiefer Stoßseufzer, den Alleyn der verschwindenden Gruppe nachsandte. »Oder, wie Sie sich ausdrükken würden, Fox, *›quelle galère‹!*«

»Wunderliche Leute«, stimmte ihm Fox bei, »und ein sehr wunderlicher Ort! Was ist geschehen, Sir?«

»Eine Dame ist soeben hier an einer Blausäurevergiftung gestorben. Mr. Bathgate, Ihr alter Freund, wird Ihnen nähere Einzelheiten schildern.«

»Guten Abend, Mr. Bathgate«, grüßte Fox freundlich. »Da haben Sie ja wieder einmal etwas für uns gefunden, wie?«

»Es war, als die Zeremonie auf ihrem Höhepunkt angelangt war«, begann Nigel, »und als diese Leute, die eben hinausgingen, einen Kelch im Kreise herumreichten. Diese Frau stand inmitten des Kreises, die anderen knieten. Ein silberner Weinkrug machte die Runde, und jeder goß etwas Wein in einen Kelch. Dann überreichte der Priester, Father Garnette, den Kelch dieser Frau. Sie trank ihn aus und – und fiel zu Boden. Ich glaube, daß sie sofort tot war.« Er sah Dr. Kasbek fragend an.

»Innerhalb von zwanzig Sekunden, schätze ich.« Der Doktor wandte sich an den Polizeiarzt. »Ich hätte künstliche Beatmung versuchen können, eine Magenentleerung und was weiß ich noch, aber« – er verzog das Gesicht – »dazu kam ich ja gar nicht. Sie war tot, als ich zu ihr trat.«

»Verstehe«, sagte der Polizeiarzt. Er zog die Decke von der Leiche fort und beugte sich über sie.

»Mir ist der charakteristische Geruch sofort aufgefallen«, fügte Dr. Kasbek bei, »und Mr. Bathgate wohl auch.«

»Jawohl«, gab Nigel zu, »darum habe ich mich ja eingemischt.«

Alleyn kniete neben dem Kelch und schnupperte daran.

»Stinkt auch danach«, stellte er fest. »Bailey, Fingerabdrücke. Wird zwar wenig fruchten, wenn alle ihn in der Hand hatten. Machen wir lieber zuerst die Aufnahmen.«

Der Fotograf hatte seine Kamera bereits aufgestellt und machte drei Blitzlichtaufnahmen von verschiedenen Blickpunkten aus. Alleyn hatte einen schwarzen Koffer geöffnet, ihm ein Paar Gummihandschuhe entnommen und füllte nun mit Hilfe eines kleinen Trichters ein paar Tropfen Wein aus dem Kelch in ein Fläschchen ab. Unterdessen erzählte ihm Nigel alles, woran er sich aus den Unterhaltungen der Geweihten noch erinnern konnte. Detektiv-Sergeant Bailey hatte sich mit einer Blasevorrichtung und weißem Kalk an die Arbeit gemacht.

»Welches war der Krug, den eine dieser beiden Treibhauspflanzen herumreichte?« fragte Alleyn. »Der da?« Er wies auf einen Silberkrug, der in einer samtausgeschlagenen Nische stand.

»Jawohl, der war es«, bestätigte Nigel. »Claude scheint die Nerven nicht verloren zu haben, daß er ihn so säuberlich an seinen Platz zurückstellte, als – nachdem das passiert war.«

»Ist Claude die schwarze Orchidee oder die rote Lilie?«

»Die schwarze Orchidee.«

Alleyn schnupperte auch an dem Silberkrug und füllte von dessen Inhalt ein anderes Fläschchen ab.

»Also, wie war das nun genau?« murmelte er vor sich hin. »Ein Kreis kniender Menschen – Miß Quayne stehend in der Mitte –, Mr. Garnette (ich kann diesen Menschen einfach nicht ›Father‹ nennen!) brachte diesen Kelch zum Vorschein und übergab diesen Weinkrug dem Meister Ganymed Claude. Dann hielt er die Hand über den Kelch, aus dem unmittelbar darauf eine Flamme emporschoß. Ein Tropfen Methylalkohol vermutlich.«

»Vermutlich ja«, sagte Kasbek und sah sehr amüsiert aus.

»Schön. Und dann ging also der Kelch im Kreise herum.«

»Wobei jeder ein Wort sagte«, unterbrach ihn Nigel. »Aber die meisten konnte ich wirklich nicht verstehen.«

»Es sind Namen von Gottheiten, soweit ich informiert bin«, mischte sich Kasbek ein. »Ich bin nicht Mitglied dieser Gemeinde, aber ich war schon wiederholt hier. Es werden sechs Gottheiten namentlich aufgerufen, Hagring, Frigg, Haco und so weiter. Garnette ist immer Odin und das ›Auserwählte Gefäß‹ ist immer Frigg. Der leitende Gedanke ist dabei, daß alle Gottheiten sich zu einer vereinigen und daß die Wesenheit jeder einzelnen in diesen Kelch übergeht. Es ist eine Art populärer Pantheismus.«

»Allmächtiger Braten!« entfuhr es Alleyn. »Und der letzte Mann tat was?«

»Er gab den Kelch dem Ministranten zurück, der ihn dem Priester überreichte, der ihn seinerseits Miß Quayne gab.«

»Die ihn austrank?«

»Ja«, sagte Kasbek, »die ihn austrank, die Ärmste.«

Einen Augenblick blieb es still.

»Mr. Ogden war dieser letzte Mann«, sprach dann Nigel weiter. »Ich erinnere mich, daß er den Kelch an Claude zurückgab.«

»Miß Quayne selbst konnte unmöglich etwas in den Becher praktizieren?« fragte Alleyn.

»Ich glaube es nicht«, überlegte Nigel. »Soweit ich mich erinnere, nahm sie ihn in beide Hände. Sie trug viele Ringe, und ich weiß noch, daß sie genauso aufblitzten im Fackelschein wie die Juwelen auf dem Kelch. Und so, beidhändig, hielt sie ihn auch, als sie trank.«

»Daran kann ich mich nicht erinnern«, sagte Kasbek.

»Ganz sicher, Bathgate?«

»Ja, ich bin ganz sicher. Ich – ich würde es beschwören.«

»Das werden Sie vielleicht auch müssen«, warnte Alleyn. »Bitte, Dr. Kasbek, Sie sagten, daß Sie kein Auserwählter der Heiligen Flamme seien. In diesem Fall könnten Sie mir vielleicht diesen eigenartigen Tempel etwas näher erklären, ja? Zum Beispiel diese intellektuellen Skulpturen. Wer ist der drohende Herr mit der Streitaxt? Sieht ziemlich einschüchternd aus.«

»Ich vermute, daß das Wotan ist, oder Odin, was dasselbe bedeutet. Vielleicht ist es aber auch Thor. Ich weiß es wirklich nicht. Die Grundidee zu diesen Kulten liegt in alten, germanischen Götterverehrungen oder ist der skandinavischen Mythologie entnommen, aber wie Sie sehen, beschränken sie sich keineswegs auf diese eine Religion. Es handelt sich um ein wahres Potpourri, und Garnette ist dessen Leiter. Die Statuen wurden übrigens von einer sehr reichen, alten Dame gestiftet!«

»Sieh mal an – eine alte Dame!« murmelte Alleyn. »Komisch.«

»Ja, es ist überwältigend«, gab Kasbek zu. »Bitte, können wir uns nicht ein wenig niedersetzen?«

»Doch. Fox, machen Sie bitte einen Plan von der Altarstätte«, befahl Alleyn. »Halten Sie die Umrisse des Leichnams mit Kalk fest, und rufen Sie dann an, daß der Leichenwagen kommen kann. – Kommen Sie mit, Bathgate?«

Nigel und Kasbek folgten Alleyn zu der ersten Sitzreihe der Kirche hinunter. Dort standen riesige, mit rotem Samt gepolsterte Sessel.

»Sperrsitz, erste Reihe«, sagte Alleyn, als er sich niedersetzte.

»Sieben, wie Sie bemerkt haben werden«, erklärte Kasbek. »Sechs für die Geweihten, einen für das ›Auserwählte Gefäß‹. Diese Bevorzugten werden aus der Mitte der Gemeinde gewählt, wenn ich mich nicht sehr irre.«

Dr. Kasbek lehnte sich behaglich in einem der bequemen Sessel zurück. Er war ein kleiner, kräftiger Mann, trug seine Haare im Bürstenschnitt, hatte ein blasses, dickes Gesicht und kleine, kluge Augen.

»Dieser religiöse Orden wurde von Garnette vor etwa zwei Jahren gegründet«, fuhr er dann fort. »Ich selbst wurde von einer Patientin auf ihn aufmerksam gemacht. Mich interessieren solche absonderlichen Dinge und die – wie soll ich mich ausdrücken? –, die unberechenbaren Abirrungen des menschlichen Glaubens. Auch Garnette selbst interessierte und amüsierte mich. Woher er das Geld hatte, dieses Haus zu kaufen, es einzurichten und zu unterhalten, entzieht sich meiner Kenntnis. Wahrscheinlich legte er Subskriptionslisten auf. Ogden vertritt das Amt eines Ober-Kustos, oder so ähnlich, er wird Ihnen da besser Bescheid geben können. Jedenfalls ist alles hier sehr kostbar und teuer. Garnette ist der einzige Priester und im wahrsten Sinne des Wortes der ›Vater‹ des Ganzen. Ich bin überzeugt, daß er sich auch der Hypnose bedient, und das hat mich ganz speziell interessiert. Die heutige Zeremonie, der Sie beiwohnten, Mr. Bathgate, ist eine besondere, nur einmal im Monat stattfindende. Das ›Auserwählte Gefäß‹ – Miß Quayne in unserem Fall – muß sich einen Monat lang auf die Übernahme dieser hohen Stellung vorbereiten, was wahrscheinlich eingehende Belehrung und intensive Meditation mit Garnette bedeutet.«

»Odin und Frigg«, sagte Alleyn. »Langsam wird mir verschiedenes klar. Sind Sie mit einigen der Geweihten persönlich befreundet?«

»Nein. Ogden stellte sich mir vor, und Garnette kam nach meinem ersten Besuch hier zu mir, um mich als neuen Anhänger zu kapern.«

»Die andern kennen Sie nicht?«

»Nein. Ogden schlug mir zwar vor, mit ihnen zusammenzukommen, aber sehen Sie« – er lächelte –, »mir ist die Rolle des unbeteiligten Zuschauers lieber. Ja, Inspektor, mehr kann ich Ihnen beim besten Willen nicht sagen.«

»Ihre Ausführungen waren ebenso interessant wie wegweisend, ich danke Ihnen, Dr. Kasbek. Vielleicht wird Dr. Curtis noch etwas fragen wollen, ich schicke ihn sofort zu Ihnen. Sie werden übrigens für die Gerichtsverhandlung als Zeuge angefordert werden.«

»Selbstverständlich.«

»Bathgate, wollen Sie Dr. Kasbek dann hinausführen, sobald er mit Dr. Curtis gesprochen hat?«

Nigel folgte den eifrig debattierenden Ärzten in taktvoller Entfernung. Als sie sich verabschiedet hatten, beeilte er sich, das komplizierte Schloß der schweren Doppeltüren aufzusperren.

»Danke bestens, Mr. Bathgate«, sagte Kasbek freundlich. »Sie haben sich als unschätzbar erwiesen heute abend.«

»Meine eigene Initiative hat mich überrascht«, gestand Nigel. »Es war nur – dieser Geruch, wissen Sie –«

»Gewiß. Ich wollte auch eben bitten, daß niemand weggehen solle, als Sie es bereits aussprachen. – Geht's? Hoffentlich läßt mich der Polizist beim Eingang passieren! Gute Nacht, Mr. Bathgate.«

5
Ein Priester und zwei Meßdiener

Der Leichenwagen war vorgefahren. Man trug eine Tragbahre herein. Nigel, der dieses gräßlich entstellte Gesicht keinesfalls noch einmal sehen wollte, blieb bei der Eingangstüre stehen. Noch immer warf die Fackel flackerndes Licht auf die makabre Szene. Dr. Curtis sprach ein paar Worte, die in dem leeren Gebäude verloren und melancholisch klangen. Nigel konnte »Totenstarre« und »unmittelbar« verstehen. Alleyn nickte. Dann hob man die Gestalt auf die Bahre. Langsam schritten die beiden Männer mit ihr durch das Kirchenschiff, an Nigel vorüber und durch die geöffneten Türen hinaus. Da der Polizist dort stehenblieb, brauchte Nigel sie nicht wieder abzusperren. Er kam zum Altar zurück.

»Gottlob, daß das vorbei ist«, sagte er zu Alleyn.

»Was? – Ach so, die Leiche?«

»Sie scheinen in die Abgründe Ihres beruflichen Nachdenkens vergraben zu sein«, schnob Nigel böse. »Bitte, was geschieht nun weiter?«

»Ich werde die Damen und Herren interviewen. Das hasse ich! Mir ist überhaupt diese Affäre verhaßt! Sehr sogar. Auch dieser Ort! Warum mußten Sie bloß hierherkommen?«

»Ich weiß es nicht. Weil ich mich langweilte und weil dieses Fackelzeichen im Regen baumelte. Außerdem suchte ich hier Abenteuer.«

»Und nun denken Sie sich wohl in Ihrem kindlichen Gemüt, daß Sie eines fanden, was? – Fox, ist der Plan fertig?«

»Noch nicht ganz, Sir, aber ich bin dabei.«

»Bitte, hören Sie die Unterhaltung mit an. Wenn M. de Ravigne an der Reihe ist, können Sie gerne die Befragung übernehmen.«

Fox lächelte etwas verlegen. Er hatte nämlich einen Französischkurs per Grammophon absolviert und war nun eifriger Hörer der Radiokurse in dieser Sprache.

»Ich bin noch nicht ganz so weit, Sir«, antwortete er, »aber ich werde gerne zuhören, wenn Sie mit ihm sprechen.«

»Bailey, rufen Sie den ersten Zeugen herein. Wenn jemand es besonders eilig hat, soll er es sagen.«

»Sehr wohl, Sir.« Bailey verschwand durch die Türe hinter dem Altar, kam aber augenblicklich zurück. »Ein Herr ist eben ohnmächtig geworden da drinnen.«

»O Gott«, seufzte Alleyn, »auch das noch! Sehen Sie bitte nach, Curtis, ja? Wer ist es denn, Bailey?«

»Einer der beiden – Dingsda mit den roten Hemden, der Dunkle.« Bailey ließ Father Garnette eintreten.

»Darf ich Sie zu diesen Sesseln herunterbitten, Sir?« Alleyn war sehr höflich. Garnette nickte und nahm gelassen Platz. Fox setzte sich wie gedankenverloren mit seinem skizzierten Plan auf den nächsten Stuhl, und Nigel ergriff sein Notizbuch, um Stenogramme der verschiedenen Gespräche aufzunehmen.

»Ich bin außer mir«, verkündete Father Garnette laut. Seine Stimme klang honigsüß und übertrieben bekümmert. *»Außer mir!«*

»Unerfreuliche Angelegenheit, wie?« bemerkte Alleyn.

»Ich kann noch immer nicht fassen, was eigentlich geschah! Welche unbekannte Macht konnte diese liebe Seele im Augenblick ihrer höchsten Ekstase fällen?«

»Zyankali, wenn mich nicht alles täuscht«, erwiderte Alleyn kalt. »Aber das ist selbstverständlich noch nicht offiziell.«

»Aber – aber das wäre ja Gift!« Father Garnette war starr.

»Eines der stärksten Gifte, jawohl«, sagte Alleyn.

»Ich bin außer mir«, versicherte Garnette noch einmal. »Ja, glauben Sie, daß hier ein Mord geschah?«

»Das wird das Geschworenengericht zu entscheiden haben. Inzwischen möchte ich Sie aber verschiedenes fragen, Mr. Garnette. Es steht Ihnen frei, die Antworten zu verweigern.«

»Ich will lediglich meine Pflicht tun.«

»Ausgezeichnet«, freute sich Alleyn. »Nun also, ich hätte gerne mehr über die Verstorbene erfahren. Sie kannten sie ja wahrscheinlich sowohl privat als auch in Ihrer Mission als Priester, nicht wahr?«

»Alle meine Kinder sind meine Freunde. Cara Quayne war mir eine sehr, sehr liebe Freundin. Ihr war eine selten schöne Seele zu eigen, Inspektor – Inspektor – mm –«

»Alleyn, Sir.«

»Inspektor Alleyn. Sie war zu hohen, geistigen Entdeckungen auserkoren, zu welchen ich ihr den Weg weisen durfte!«

»Aha. Und wann kam sie zum erstenmal in Ihre Kirche?«

»Das war am – am fünfzehnten Dezember vergangenen Jahres.«

»Und seit diesem Tage kam sie regelmäßig her?«

»Ja. Und sie erreichte den höchsten Grad.«

»Sie wurde ›Auserwähltes Gefäß‹, wollen Sie sagen?«

»Kennen Sie denn unser Ritual, Inspektor Alleyn?«

»Nur oberflächlich.«

»Wissen Sie, daß Sie ein ausgesprochen empfänglicher Typ wären? – Aber ach«, Father Garnette schüttelte betrübt den Kopf, »dazu ist jetzt ja keine Zeit. Was wollen Sie mich fragen, Inspektor?«

»Ich vermute, daß Sie Miß Quayne sehr oft sahen, während sie sich auf die heutige Zeremonie vorbereitete?«

»Gewiß.«

»Und fiel Ihnen auf, daß sie bekümmert war oder verzweifelt?«

»Ich bin des Gegenteils gewiß. Sie war in einem Zustand der Ruhe und Freude!«

»Sie hatte auch keine Geldsorgen?«

»Geldsorgen?« Father Garnette lachte plötzlich offen und knabenhaft heraus. »Aber sie war doch sehr reich, Inspektor!«

»Hatte sie eine unglückliche Liebschaft?«

Father Garnette schwieg erst, dann sprach er traurig:

»Ach, Inspektor, wir sprechen nicht die gleiche Sprache.«

»So? Das ist mir noch gar nicht aufgefallen. Können Sie sich meine Frage in Ihre Sprache übersetzen? Oder wollen Sie sie vielleicht nicht beantworten?«

»Sie mißverstehen mich! Cara Quayne hing keiner irdischen Liebe nach, denn sie stand auf der Schwelle eines neuen, geistigen Lebens!«

»Also, keine Liebesgeschichte«, notierte Alleyn in seinem Buch. »War sie mit anderen Geweihten befreundet?«

»Alle meine Geweihten sind auf der dritten Ebene angelangt, wo menschliche Beziehungen in ekstatischen Gleichmut einmünden. Sie haben erfaßt, daß es keinen Haß gibt, daß Haß Einbildung ist.«

»Und Liebe?«

»Wenn Sie irdische Liebe meinen – auch sie ist Einbildung.«

»Bitte, was meinte Miß Wade damit, als sie sagte: ›Solche Dinge hätten nie Eingang finden dürfen‹?«

»Ich kann mir nicht denken, was sie damit sagen wollte. Die arme Seele war vermutlich ganz aufgewühlt.«

»Eine andere Frage, Mr. Garnette: Während Ihrer häufigen Unterredungen mit Miß Quayne – ist Ihnen nichts aufgefallen, was Licht auf diese ganze dunkle Affäre werfen könnte?«

»Nein.«

»Dieses Gotteshaus ist sehr reich ausgestattet. Darf ich fragen, wer die Auslagen dafür trägt?«

»Meine Gemeinde empfindet es als ein Privilegium, am Unterhalt des Hauses der Heiligen Flamme beteiligt sein zu dürfen!«

»Und Miß Quayne war wohl eine der freigebigsten Geberinnen, wie?«

»Die gute Seele, ja, das war sie.«

»Woher beziehen Sie den Wein für die Zeremonien?«

»Bei Harrods. – Es ist ›Invalid Port‹.«

»Und Sie selbst füllen ihn ab? Ich meine, Sie selbst gießen ihn in den silbernen Krug?«

»Heute abend nicht. Ich glaube, Claude Wheatley hat heute alle diese Vorbereitungen getroffen.«

»Worin bestehen die genau?«

»Nun, er hat eine verschlossene Flasche Port in meinem Zimmer geholt, den Kork herausgezogen und den Inhalt der Flasche in den Krug gegossen. Dann hat er den Kelch zurechtgemacht.«

»Zurechtgemacht?«

Father Garnette sah mit einemmal störrisch und hochmütig drein.

»Ach so, wegen der Flamme, die daraus aufsteigen muß? Wie wird das gemacht? Methylalkohol?«

»In Tablettenform«, gestand Father Garnette.

»Sehen Sie! – Nun, und nachdem Mr. Wheatley den Krug gefüllt hatte, stellte er ihn wohin?«

»In die eigens dazu bestimmte Nische rechts auf dem Altar.«

»Und die Tablette mit dem Brennstoff legte auch er in den Kelch?«

»Ja.«

»Verstehe. Mr. Bathgate hat mir erzählt, daß Sie die Hände über dem Kelch falteten und daß dann die Flamme hochschoß. Wie wird das gemacht?«

»Mit einer kleinen Kapsel, die Zinkäthyl enthält.«

»Sehr raffiniert. Sie wenden sich wahrscheinlich einen Moment ab, wenn Sie das vorbereiten, wie?«

»Jawohl.«

»Das macht vieles klar. Noch eine letzte Frage: Wurde in dieser Kirche Ihres Wissens jemals Gift in irgendeiner Form aufbewahrt?«

Father Garnette wurde weiß wie die Ärmel seines Hemdes und verneinte diese Frage auf das bestimmteste.

»Ich danke Ihnen für Ihre bereitwilligen Auskünfte. Bitte, verzeihen Sie, wenn ich Sie nun ersuche, in der – ist das dort drüben eine Garderobe? ja? –, also in der Garderobe zu warten, während ich die anderen Herrschaften befrage. Sie werden sich gewiß auch gerne umziehen wollen.«

»Ich werde versuchen, in Meditation und Stille meine innere Ruhe und meine geistige Überlegenheit zurückzuerlangen.«

»Tun Sie das«, sagte Alleyn herzlich.

»Mein Unterbewußtsein, genährt vom Wort, wird bei Ihnen sein. Ohne Selbstüberheblichkeit glaube ich sagen zu dürfen, daß es Sie stützen wird bei Ihrer schweren Aufgabe. Es gibt mehr Dinge im Himmel und auf Erden, Inspektor Alleyn——«

»Zweifellos, Sir«, gab Alleyn trocken zu. »Würden Sie etwas dagegen haben, sich durchsuchen zu lassen, ehe Sie gehen?«

»Durchsuchen? Nein – hm – nein, gewiß nicht. Selbstverständlich, bitte!«

»Das ist sehr vernünftig. Durchsuchungen sind üblich, verstehen Sie. Ich schicke gleich einen Beamten hinein.«

Father Garnette verließ die Kirche und ging, gefolgt von einem Mann, in die Sakristei.

»Verdammter, ekelhafter, verlogener Kitschzauber!« fluchte Alleyn hinter ihm her. »Was halten Sie von ihm, Fox?«

»Ja, Sir«, sagte Fox friedlich, »ich glaube, der Herr weiß manchmal nicht mehr von den Dingen, über die er spricht, als ich.«

»Womit Sie den Nagel bestimmt auf den Kopf getroffen haben, mein Füchslein!

Fox! Schicken Sie jemanden zu Mr. Garnette in die Garderobe. Soll ihn durchsuchen, und alle anderen auch, die ich noch hinüberschicke. Wo ist die Beamtin?«

»Draußen in der Eingangshalle.«

»Sie soll sich um die Damen kümmern. Vor allem soll nach einem kleinen Stück zerknüllten Papiers gesucht werden, das unter Umständen ein Pulver enthalten haben könnte. Vermutlich werden wir zwar nichts finden. – Bailey!«

Detektiv-Sergeant Bailey kam von den Altarstufen herunter.

»Ja, Sir?«

»Der nächste, bitte.«

Bailey kam mit Claude Wheatley zurück. »Dieser Herr fühlt

sich nicht gerade gut, Sir. Er möchte heimgehen.«

»Ja, bitte«, flehte Claude, »bitte, bitte!«

»Es tut mir leid, daß Sie sich so aufgeregt haben«, sagte Alleyn.

»Aufgeregt?!« klagte Claude. »Ich bin ganz einfach krank, Inspektor! Sehr krank, das können Sie sich gar nicht vorstellen. Oh, bitte, darf ich mich niedersetzen?«

Claude ließ sich in einen der Geweihten-Sessel fallen und sah den Inspektor mit aufgerissenen Augen an.

»Ach, diese schreckliche alte Frau!« Er stöhnte laut auf. »Sie sagte so schreckliche Sachen. Alte Frauen sind einfach gräßlich, finde ich!«

»Von wem sprechen Sie eigentlich?«

»Von dieser Candour.«

Dr. Curtis kam aus Garnettes Wohnung. »Mr. Wheatley fühlte sich etwas sonderbar«, sagte er fröhlich, »aber es wird bald besser werden. Er bekam ein Gläschen wirklich guten Kognak zu trinken. Father Garnette ist hervorragend versorgt!«

»Schön, schön«, lobte Alleyn. »Wollen Sie so gut sein, Curtis, und wieder zu den anderen hineingehen. Vielleicht braucht sonst noch jemand ärztlichen Beistand.«

»Aber gerne.« Curtis und Alleyn sahen sich einen Augenblick an, und der Arzt verschwand wieder.

»Nun, Mr. Wheatley«, begann Alleyn, »was hat Mrs. Candour denn so Aufregendes gesagt?«

Claude wand sich erst ein wenig.

»Diese eifersüchtige, alte Katze! Sie kann es einfach nicht vertragen, wenn Father Garnette an irgend jemandem Interesse nimmt. Sie ist überhaupt immer so gehässig – man kann es gar nicht mit Worten schildern! –, vor allem zu Lionel und mir! Wie durfte sie wagen –! Und dabei wissen es doch alle, daß ich nicht so dumm gewesen wäre –« Hier brach Claude plötzlich ab.

»Was zu tun?« fragte Alleyn.

»So etwas zu tun, sogar, wenn ich es gewollt hätte, und außerdem fand ich Cara Quayne immer sehr, sehr nett – und so attraktiv.«

»Wozu wären Sie nicht dumm genug gewesen?« wiederholte Alleyn geduldig seine Frage.

»Irgend etwas – etwas in den Wein zu schütten. Alle wissen,

daß ich diese Woche die Vorbereitungen besorge.«

»Das heißt, daß Sie es waren, der den Wein in den Silberkrug goß und die Tablette aus Methylalkohol in den Kelch legte? Und was hat nun Mrs. Candour behauptet?«

»Eigentlich nichts Bestimmtes. Sie sagte nur immer wieder, daß ich an allem schuld sei! Die alte Katze!«

»Nun, nun, regen Sie sich doch nicht auf. Bitte, denken Sie jetzt ganz scharf nach, ob Ihnen irgend etwas auffiel, ein ungewöhnlicher Geruch vielleicht, als Sie den Wein aus der Flasche in den Krug gossen?«

»Ein Geruch? – Ja, natürlich! Ich hatte nämlich eben alle Weihrauchfässer angezündet, wissen Sie. Finden Sie nicht auch, daß unser Weihrauch einfach himmlisch riecht? Father Garnette bezieht ihn aus Indien – Blüten von Süßmandelbäumen. Er bekommt auch das Öl, und davon brennt immer eine ganze Schale vor dem Altar. Das verbreitet einen überwältigenden Geruch.«

»Sicherlich. Sie holten also die Flasche aus Mr. Garnettes Zimmer? War sie verschlossen?«

»Ja. Ich selbst habe sie entkorkt.«

»Und Sie haben nichts anderes in den Silberkrug gegeben?«

Claude sah erbarmungswürdig verzweifelt aus.

»Ja, also – jedenfalls Gift habe ich keines hineingeschüttet, wenn Sie das meinen!«

»Was sonst?«

»Wenn Sie es denn durchaus wissen müssen – etwas aus einer kleinen Flasche, die Father Garnette aufbewahrt. Das gehört zu unserer Zeremonie und wird immer gemacht.«

»Wo ist diese Flasche?«

»In dem kleinen Wandschrank in Father Garnettes Zimmer.«

»Aha. – Dann gingen Sie also mit dem Weinkrug von einem der Geweihten zum anderen, nicht wahr? Ist Ihnen dabei auch kein außergewöhnlicher Geruch aus dem Kelch aufgefallen?«

»Ich habe den Kelch nie berührt, Inspektor, nie! Die Geweihten reichten ihn einander zu. Ich habe wirklich nur den Weihrauchduft gerochen, sonst gar nichts.«

»Gut. Und was geschah, als Miß Quayne den Kelch ergriff?«

»Mein Gott! Es war furchtbar! Ich glaubte, daß sie in heiliger Ekstase sei, weil sie so gesprochen und sich so benommen hatte.

Und dann trank sie. Und dann – oh! es war grauenvoll! Dann stöhnte sie – ein schreckliches, hartes Stöhnen! Dabei verzog sie das Gesicht. Plötzlich drehte sie sich um und ließ den Kelch fallen. Ihre Augen sahen aus wie Puppenaugen! Glänzend und starr! Und dann fiel sie vornüber – so, plötzlich, mit einem Ruck! Mein Gott, mir wird wieder schlecht, glaube ich!«

»Nein, es wird Ihnen nicht schlecht!« Alleyn sprach hart und ungerührt. »Gehen Sie jetzt nach Hause. Aber erst ziehen Sie sich in der Garderobe um.«

»Wo ist Lionel?«

»Er wird gleich kommen. Gute Nacht.«

»Oh!« flüsterte Claude und sah Alleyn schmachtend an dabei, »Sie sind fabelhaft, Inspektor! Ich möchte so viel lieber nicht krank sein. Auf Wiedersehen.«

»Gute Nacht!«

Claude ging unter Begleitung mit kleinen, hastigen Schritten in die Sakristei, wo man ihn mit dünner Fistelstimme zum durchsuchenden Beamten sprechen hörte.

»Oh! Oh! Inspektor!« schrie Fox plötzlich im höchsten Falsett, »ich glaube, mir wird gleich schlecht werden – oh!«

»Das würde mich weiter denn auch nicht wundern«, grinste Nigel. »Welch ein greulicher, übelkeiterregender, unaussprechlicher Zieraffe!«

»Gräßlich, was?« Alleyn stimmte geistesabwesend bei. »Verfluchter Weihrauch«, brummte er wütend. »Süße Mandeln – ausgerechnet! Das hat mir gerade noch gefehlt – –« Er sah Fox nachdenklich an. »Lionel, bitte!« befahl er dann.

Lionel, getreues Ebenbild von Claude, erschien, wurde befragt, hatte nichts Wesentliches auszusagen, verschwand ebenfalls zur Durchsuchung in der Sakristei und verließ dann den Tempel in Begleitung Claudes. Der eine trug einen hellblauen, der andere einen rotbraunen Anzug. Gemeinsam trabten sie durch das Kirchenschiff davon. Alleyn ließ Mrs. Candour rufen.

6
Mrs. Candour und Mr. Ogden

Mrs. Candour hatte geweint. Ihre Tränen hatten die Schminke verwischt. Sie hatte die Tränen getrocknet, und das hatte die Schminke noch mehr verwischt. Nun war ihr Gesicht ein unansehnliches Durcheinander von Wimperntusche, Puder und Wangenrot. Mrs. Candour sah verwirrt, geängstigt und rachsüchtig in einem aus. Sie schritt in einem dichten Gewölk von Veilchenparfum einher. Alleyn wartete, bis sie sich gesetzt hatte, bevor er ihr die üblichen Belehrungen erteilte, daß sie die Antwort auf seine Fragen verweigern könne. Sie beachtete seine Worte scheinbar nicht, sondern starrte mit schwarzen Knopfaugen vor sich hin.

»Fangen wir also an«, sagte Alleyn, »wenn Sie keine Einwände gegen eine Befragung haben. – War Miß Cara Quayne eine persönliche Freundin von Ihnen?«

»Nicht eigentlich eine Freundin – nein.«

»Eine Bekannte?«

»Ja. Wir – wir lernten uns erst hier kennen.« Ihre Stimme klang dünn und leicht ordinär. »Und dann habe ich sie ein-, zweimal besucht.«

»Was halten Sie von dem heutigen, bedauerlichen Geschehen?«

»O mein Gott«, wimmerte Mrs. Candour. »Ich glaube, es war ein Gottesurteil!«

»Was kann Miß Quayne denn verbrochen haben, wofür sie so grausam bestraft worden wäre?«

»Sie trachtete nach dem Verlöbnis Odins!«

»Verzeihen Sie, aber das verstehe ich nicht.«

»So kommt es mir jedenfalls vor«, fuhr Mrs. Candour fort, als habe sie eben eine vollkommen klare und allgemeinverständliche Erklärung abgegeben. »Father Garnette steht weit über diesen Dingen. Er ist nicht von dieser Welt, das hat er uns oft und oft gesagt. Aber Cara war eben eine leidenschaftliche Natur.« Mit abstoßender, lüsterner Vertraulichkeit fügte sie bei: »Cara war außergewöhnlich sinnlich veranlagt! – Oh! Verzeihung!«

»Bitte, bitte«, sagte Alleyn. »Sie glauben also, daß –«

»Ich glaube gar nichts«, unterbrach ihn Mrs. Candour. »Bitte, messen Sie meinen Worten keine Bedeutung bei – es ist nur eine Idee von mir – ich bin außerdem viel zu aufgeregt – ach, die arme Cara! Arme, arme Cara!«

»Mr. Claude Wheatley hat mir gesagt, daß –«

»Glauben Sie ihm kein Wort, Inspektor – Alleyn? Danke. – Claude ist ein kleines Schwein, Inspektor Alleyn! Steckt seine Nase dauernd in anderer Leute Angelegenheiten. Es geschieht ihm ganz recht, wenn er sich vorhin aufregte! Immer redete er von einem Mord und daß Cara eine so reizende Frau gewesen sei – alle seien auf sie eifersüchtig gewesen! Nun, und da habe ich eben geantwortet: ›Wenn sie ermordet worden ist, wer hat denn den Kelch vorbereitet und den Silberkrug?‹ habe ich gefragt. Da wurde er ohnmächtig. Es sah sehr komisch aus.«

»Miß Quayne war wirklich eine schöne Frau, soviel ich hörte.«

»Ich weiß nicht – bitte, wenn Sie natürlich diesen Typ mögen–– Aber nur, weil M. de Ravigne in sie verschossen war–– Ich bitte Sie, man weiß ja, wie diese Ausländer sind! Wenn man sie ein wenig ermuntert, fangen sie sofort Feuer. Ich selbst habe–– Hat Claude mit Ihnen darüber gesprochen – über Caras Aussehen, meine ich? Oder Father Garnette? War es der Father?«

»Ich kann mich leider wirklich nicht daran erinnern.«

Mrs. Candour streckte ihr Kinn vor. Einen Augenblick lang sah ihr Gesicht abgrundhäßlich aus. »Nun, jetzt sieht Cara jedenfalls gar nicht mehr hübsch aus«, sagte sie sanft.

Alleyn wandte sich ab. »Noch eine letzte Frage: Sie haben den Kelch als erste von Father Garnette überreicht bekommen, ist Ihnen dabei irgendein besonderer Geruch aufgefallen?«

»Nein. Ich erinnere mich an nichts. – Kann ich nun gehen?«

»Gewiß. In der Garderobe erwartet Sie eine Beamtin. Haben Sie etwas gegen eine Durchsuchung einzuwenden?«

»Ich soll durchsucht werden? – Ja–– Bitte, wenn es sein muß –«

»Ich danke Ihnen. Man wird Ihnen eine Vorladung zu der Gerichtsverhandlung schicken.«

»Wie schrecklich! Wie soll ich das nur alles überstehen können! Ich bin so entsetzlich sensibel, wissen Sie. Sie, Inspektor Alleyn, waren allerdings zu lieb! Ich dachte immer, die Methoden der Polizei seien so brutal.« Sie versuchte, ihn recht fraulich-hilflos anzusehen, was durch den etwas abschätzenden Ausdruck ihrer Blicke etwas herabgemindert wurde. Sie streckte die Hand aus, verabschiedete sich und stakte auf hohen Absätzen davon.

»Bailey! Der nächste, bitte.« Alleyn trat zu Nigel. »Nun, Bathgate, was halten Sie von Mrs. Candour?«

»Eine durchaus gräßliche alte Jungfer!« lautete Nigels entschiedene Antwort.

»Nicht schlecht, diese unverhohlene Eifersucht, was? Der Fall scheint fast pathologisch zu sein, nicht wahr, Fox?«

»Kann man wohl sagen«, brummte Fox. »Und dieser Garnette dürfte auch ein ganz besonderer Vertreter der Geistlichkeit sein.«

»Mich wundert nur, daß Sie diese Candour-Bestie gehen ließen«, mischte sich Nigel ein. »Die hätte augenblicklich verhaftet werden müssen!«

»Wo ist der Chef?« hörte man nun Mr. Ogdens Stimme von weit her. »Schau, schau, schau, wen haben wir denn da?«

»Die emsig arbeitenden Wühlmäuse, Mr. Ogden!« rief Alleyn.

»Was ist denn, was ist denn? Sie sehen ja direkt bekümmert aus, Inspektor!«

»Wirklich, Mr. Ogden? Vielleicht weil ich Sie jetzt mit ein paar dummen Fragen werde belästigen müssen. Aber Sie verstehen gewiß – Pflicht ist Pflicht.«

Er fragte also auch Mr. Ogden nach einem auffallenden Geruch, bekam auch von Mr. Ogden die Antwort, daß er nur den Weihrauchduft wahrgenommen habe, der alle anderen eventuellen Gerüche überwogen habe.

»Das heißt, da Sie nun davon sprechen, dünkt mich, so stark wie heute habe der Weihrauch noch nie gerochen! Das ist mir aufgefallen.«

»Können Sie sich erinnern, wann Ihnen das auffiel?«

Mr. Ogdens Gesicht lief rot an. Zum erstenmal schien er um eine Antwort verlegen zu sein.

»Ist das nicht zu dumm – aber das kann ich nicht sagen.«

»Neben Ihnen hat Miß Jenkins gekniet, nicht wahr?«

»Jawohl«, kam es ziemlich tonlos von Mr. Ogden.

»Sie sind doch Geschäftsmann, wenn ich recht verstanden habe, Mr. Ogden?«

»Allerdings.«

»Gott sei Dank! Ich weiß zwar nicht, wieviel Ihnen diese Glaubensgemeinschaft bedeutet, und ich will auch bestimmt nichts Kränkendes über sie sagen – aber ich sehne mich wirklich nach der Meinung eines vernünftigen Menschen, nach einer sachlichen und klaren Ansicht über diesen ganzen Fall.«

»Fragen Sie! Vielleicht werde ich reden, vielleicht auch nicht. Es kann ja sein, daß ich gar nichts weiß.«

»Sie sind so etwas wie eine leitende Persönlichkeit innerhalb dieser Kirche, nicht wahr?«

»Stimmt. Ich bin Kustos.«

»Und Sie waren von allem Anfang an maßgeblich an der Gründung dieses – Ordens interessiert?«

»Richtig. Das war vor – ja, zwei Jahre werden es jetzt her sein, da traf ich Father Garnette auf der Überfahrt nach England. Ich reise ziemlich viel, das bringen meine Geschäfte so mit sich. Die damalige Reise unternahm ich zum Beispiel für die Brightwater Creek Gold Mining Company. Ich weiß noch, daß ich Father Garnette einen kleinen Goldklumpen zum Andenken gab. Seine Persönlichkeit hatte mich sehr tief beeindruckt.«

»Wirklich?« fragte Alleyn.

»Yes, Sir! Sehen Sie, ich bin ein Selfmademan. Ich stamme aus ganz ärmlichen Verhältnissen, wissen Sie, und da hat meine Bildung einige Lücken, das weiß ich genau. Aber mir imponiert Kultur, wenn ich ihr begegne. Und in Father Garnette fand ich eben Kultur – in ihrer Höchstform. Als wir in Southampton von Bord gingen, hatten wir die Pläne für eine solche Kirche in allen Einzelheiten ausgearbeitet, und sechs Monate später zählte unsere Kongregation bereits dreihundert Seelen.«

»Sehr bemerkenswert«, lobte Alleyn.

»Es war erhebend.«

»Wer hat die Sache finanziert?«

»Die Gemeinde natürlich. Father Garnette hatte damals nur einen kleinen Betsaal in der Great Holland Road. Dort hat er während eines ganzen Monats jeden Abend gepredigt. Man kann sagen, daß er sich wirklich hineingekniet hat. Zuerst kamen nur ein, zwei einflußreiche Leute, aber dann zogen sie andere mit sich. Und als die alle wirklich begeistert waren, schaltete Father Garnette eine Bittwoche ein, in der er hinreißende Ansprachen hielt – hinreißend! Die Leute waren zu Tränen gerührt. Ich machte den Anfang und spendete fünftausend Pfund.«

»Wer waren die anderen Subskribenten?«

»Nun, Dagmar Candour gab tausend Pfund für die Plüschsessel, und die arme Cara zeichnete gleich viel. Die beiden Damen wollten sich förmlich überbieten in ihrer Freigebigkeit. Dann kamen M. de Ravigne und – und alle anderen Geweihten. Es würde viel zu lange dauern, wenn ich Ihnen hier alle Namen aufzählen wollte.«

»Miß Quayne muß reich gewesen sein.«

»Sehr reich, ja, und sie war eine reizende Frau. Erst vor einem Monat hat sie wieder fünftausend Pfund in Obligationen in dem Safe dort drüben, hinter dem Altar, deponiert. Jetzt warten wir nur, bis noch weitere fünftausend zusammengekommen sind, dann können wir an den Bau einer neuen Kirche gehen. – So großzügig war Cara, die gute!«

Nigel hatte, Feder in der Hand, den enthusiastischen Schilderungen Mr. Ogdens gelauscht und dabei über die Leichtgläubigkeit von Durchschnittsmenschen nachgedacht. Niemand von diesen Geweihten war wirklich dumm, ausgenommen vielleicht Mrs. Candour. Miß Wade fiel ihm im Moment gar nicht ein. Und doch hatten sie sich alle von Father Garnette betrügen lassen, hatten ihm namhafte Summen für seine merkwürdigen Zwecke übergeben! Unglaublich! Doch plötzlich erinnerte sich Nigel an den Eindruck, dem er bei Father Garnettes Ansprache selbst fast erlegen wäre, und fühlte sich augenblicklich weniger überlegen.

»So großzügig war sie«, wiederholte Mr. Ogden traurig.

»Welches waren die Beziehungen zwischen M. de Ravigne und der Verstorbenen?«

»Verschossen in sie«, lautete die knappe Antwort Mr. Ogdens.

»Ich glaube jedoch verstanden zu haben, daß die Geweihten der irdischen Liebe entsagen sollten?« bemerkte Alleyn.

»M. de Ravigne hat wahrscheinlich die Belange der Körperlichkeit noch nicht ganz überwunden gehabt«, erwiderte Mr. Ogden trocken. »Aber merken Sie sich eines: Cara blieb völlig ungerührt. Yes, Sir! In ihr brannte nur das Verlangen nach den verborgenen Mysterien des Geistes.«

Alleyn blätterte in seinem Notizbuch und las laut vor, was Nigel ihm aus den Unterhaltungen der Geweihten berichtet hatte. »Mr. Pringle äußerte sich, nachdem die Tragödie geschehen war, folgendermaßen: ›Das ganze ist eine Farce.‹ Er sprach von einer Vergeltung. Und zu Mrs. Candour sagte er: ›Sie hätten ja gerne ihren Platz eingenommen, wenn Sie das gekonnt hätten.‹ Können Sie mir erklären, was er damit sagen wollte?«

»Keine Ahnung, Chef, wirklich nicht. Vielleicht meinte Pringle, Mrs. Candour wäre gerne ein bißchen das ›Auserwählte Gefäß‹ gewesen. Ich würde diesen Aussprüchen nicht zu viel Bedeutung zumessen. Die Leute waren eben ganz durcheinander. Und dieser Junge besteht doch überhaupt nur aus Nerven. Donnerkeil!« brach es plötzlich aus Mr. Ogden heraus, »ich habe verteufelte Lust nach einer Zigarette!«

»Auch soviel«, stimmte Alleyn bei. »Ich würde mein Seelenheil verkaufen für meine Pfeife! Aber ich muß vorläufig die Hoffnung fahrenlassen – leider! Was nicht heißt, daß Sie sich auch der Abstinenz befleißigen sollen. Sie können gehen, Mr. Ogden.«

Mr. Ogden war sehr erstaunt.

»So? Ich muß sagen – das überrascht mich ein wenig. Ist das alles für dieses Mal?«

»Ich hoffe, Sie überhaupt nicht mehr belästigen zu müssen, wenigstens bis nach der Gerichtsverhandlung«, sagte Alleyn liebenswürdig. »Wenn Ihnen natürlich irgend etwas einfällt, das wir wissen sollten, sind wir für Auskünfte dankbar und –«

»Du lieber Himmel!« rief Mr. Ogden aus. »Sagen Sie, sind alle Leute bei Scotland Yard so überaus höflich und zuvorkommend? Das ist ja nicht zu glauben!«

»Haben Sie etwas dagegen, durchsucht zu werden, Mr. Ogden? Wir machen es schnell und schmerzlos.«

»Also, das ist zum Brüllen!« Mr. Ogden fuhr sich mit der Hand über die Stirne, sah von Alleyn zu Fox und wieder zu Alleyn und brach dann in ein tosendes Gelächter aus.

»Vorwärts«, keuchte er, »los, durchsucht mich! Ob ich etwas dagegen habe, durchsucht zu werden!«

Fox zückte sein Notizbuch, und Alleyn fuhr Mr. Ogden mit der Geschicklichkeit eines Taschendiebes in alle Taschen. »Notieren Sie: Brieftasche mit einer Fünfernote und drei Einpfundscheinen. Brief, maschinegeschrieben, zugeklebt und frankiert, adressiert an ›Hector K. Manville, Ogden-Schultz Gold-refining und Extracting Co., Boston, Massachusetts‹. Handelt von einem neuen Verfahren der Goldveredelung – technische Sache.«

Fox konnte ihm nur mit Mühe folgen.

»Eine Rechnung von Harrods – neun Pfund, zehn Shilling und acht Pence, vom 2. November dieses Jahres. Noch ein Brief, der mit ›Lieber Sam‹ beginnt und ›Heck‹ unterschrieben ist, vom – –«

Alleyn murmelte noch eine Weile weiter, und dann war die Durchsuchung beendet. Mr. Ogden lachte immer noch.

»Gift keines«, sagte Alleyn fröhlich. »Das wäre alles, Mr. Ogden.«

»Es war sehr interessant«, prustete Mr. Ogden. »Also, eines kann ich Ihnen sagen, Chef: Nicht einmal in den Staaten wird ein Mensch gründlicher durchsucht! Und das will etwas heißen! Dann werde ich mich jetzt schönstens empfehlen, was? Verdammt – eigentlich ist das gemein von mir, hier Witze zu reißen, wo doch die arme Cara... Sagen Sie, Chef, muß ich eigentlich ›ermordet worden ist‹ sagen?«

»Das wird die Untersuchung ergeben, Mr. Ogden.«

Das vergnügte Gesicht des Amerikaners veränderte sich plötzlich und sah nun aus wie das eines Clowns oder eines Kindes, denen man Vorwürfe gemacht hat, weil sie lachten.

»Wenn es Mord war«, sagte er ruhig, »und wenn die Spuren noch so verwischt sind – zum Teufel, Chef, ich habe Dollars, und ganz gelähmt bin ich ja auch nicht!«

Mit dieser geheimnisvollen Bemerkung ging Mr. Ogden fort.

»Ist er echt?« fragte Nigel. »Noch nie war ein Amerikaner so durch und durch amerikanisch!«

»Bitte, lassen Sie Ihre Zwischenrufe! Sie kommen mir vor wie ein journalistischer griechischer Chor, Bathgate! Fox, was meinte der Herr mit seiner letzten Bemerkung? Daß er nicht gelähmt sei?«

»Ich habe ihn so verstanden, daß er bereit sei, der Polizei für ihre Nachforschungen unbegrenzt Geld zur Verfügung zu stellen, Sir.«

»Bestechung, leise verbrämt«, sagte Nigel. »Und ich wiederhole, daß kein Amerikaner –«

»Lassen wir das, ja? – Bailey, der nächste, bitte!«

7
Janey und Maurice

Miß Jenkins war klein, fest, hatte schlicht zurückgebürstetes Haar, lebhafte schwarze Augen, eine Stupsnase und einen lustigen Mund. Ohne eigentlich hübsch zu sein, sah sie anziehend aus. Sie war ungefähr zweiundzwanzig Jahre alt. Sie ging entschlossen auf Inspektor Alleyn zu, setzte sich bequem hin und sagte: »Also, Inspektor, ich werde jede Frage vorbehaltlos beantworten, die angenehmen und die unangenehmen, wenn es nur recht geschwind ist!«

»Meinen Dank den Göttern, wie immer sie alle heißen«, sagte Alleyn. »Und davon gibt es schon eine ganze Menge in diesem Haus.« Er sah sie an. »Bitte, ich möchte nicht verletzend sein.«

»Wir sind tatsächlich mit Göttern nicht schlecht versorgt. Ich bitte Sie, ich bin doch keine Idiotin! Gewiß ist dies hier eine absonderliche Schaustellung!«

»Wie Sie reden! Ich hatte mir von einer Geweihten ganz andere Vorstellungen gemacht.«

»Ja? – Nun, ich bin vermutlich keine hervorragende Geweihte, wissen Sie. Ich habe manchmal Ausreißgelüste, Inspektor Alleyn. Oh, nicht wegen dieser scheußlichen Sache jetzt. Sie hat uns alle wohl nicht gerade in einem vorteilhaften Licht gezeigt.« Sie runzelte die Stirne. »Ihnen muß das Ganze wie ein großer Humbug vorkommen, aber – aber es liegt schon etwas darin – oder ich glaubte es wenigstens.«

»Meine liebe junge Dame, als ich noch nicht graduiert war, trat ich der Brüdergemeinde Plymouth bei. Das schien mir damals ungemein wichtig und bedeutungsvoll. Ich glaube, heute ist schwarze Magie die große Mode.«

»Maurice war auch dabei, ja. Dann trat er zu dieser Sekte über.«

»Sie meinen Mr. Pringle?«

»Ja.«

»Hat er Sie dieser Kirche zugeführt?«

»Wie Sie kombinieren können! Ja, vor sechs Monaten.«

»Dann sind Sie aber rasch zu Amt und Würden gekommen.«

»Heute war mein erster Abend als Geweihte. Maurice ist schon länger soweit. Nächste Woche hätte ich dann mit den besonderen Unterweisungen beginnen sollen.«

»Denken Sie daran, die Sache aufzugeben?«

»Allerdings.«

»Würden Sie mir sagen, warum?«

»Ja, vielleicht.« Sie sah Alleyn nachdenklich an. »Ja, ich will es Ihnen sagen. Mir sind Zweifel an verschiedenem gekommen. Wenn ich ehrlich sein will – schon seit langem.«

»Aber warum sind Sie denn –«

»Maurice hing sehr daran. Wir sind verlobt, wissen Sie. Er hat von nichts anderem mehr sprechen können. Dabei ist er so nervös und – schrecklich sensitiv und – leicht verletzlich, daß ich dachte, es sei besser –«

»Sie wollten ihn lieber unter den Augen behalten, nicht?«

»Ja. – Ich weiß gar nicht, warum ich Ihnen das erzähle!«

»Sie sollen es bestimmt nicht bereuen, Miß Jenkins. – Bitte erklären Sie mir, was Mr. Pringle meinte, als er sagte, daß Mr. Garnette alle zum Schweigen zwinge, daß Mrs. Candour gerne Miß Quaynes Platz eingenommen hätte, wenn sie das gekonnt hätte, und daß er allen etwas sagen wolle.«

»Ich glaube nicht, daß ich diese Fragen beantworten kann.«

»Warum nicht, Miß Jenkins.«

»Ich mag nicht alles aufwühlen. Mit dem scheußlichen Vorkommnis von heute abend hat es übrigens gar nichts zu tun. Davon bin ich fest überzeugt.«

»Das können Sie aber nicht sein! Hören Sie mich an: Mr. Bathgate ist bereit zu beschwören, daß Miß Quayne auf keinen Fall etwas in den Kelch schütten konnte, den man ihr übergeben hatte. Sie faßte ihn mit beiden Händen und hob ihn mit beiden

Händen zum Mund empor. Zwanzig Sekunden, nachdem sie ihn ausgetrunken hatte, starb sie. Der Kelch hatte die Runde bei allen Geweihten gemacht. Vordem hatten nur Mr. Garnette und der eine Meßdiener ihn berührt. Sehen Sie nicht ein, daß die Beziehung zwischen diesen sechs Menschen von größter Bedeutung ist? Verstehen Sie nicht, daß ich darüber erfahren muß, was nur irgend möglich ist? Ich will Sie bestimmt nicht in Ihren Ansichten beirren – das wäre eine grobe Verletzung meiner Dienstpflicht. Aber ich bitte Sie, Miß Jenkins, sagen Sie nicht: ›Es hat nichts mit diesem Fall zu tun.‹ Das könnte uns mit Bestimmtheit nur ein einziger Mensch sagen.«

»Der Schuldige – meinen Sie?«

»Ja. Wenn ein Schuldiger existiert.«

»Gut, dann werde ich Ihnen einiges sagen«, entschloß sich Janey nach langem Schweigen. »Maurice hat Father Garnette tief verehrt. Er ist persönlicher Hypnose ungewöhnlich zugänglich. Übrigens hat Father Garnette auch auf mich einen starken Eindruck gemacht. Wenn er predigt – das ist ganz merkwürdig –, ist es wie eine weltbewegende Offenbarung für einen – alles dünkt einen wunderbar klar und ausgeglichen––«

»Ich weiß«, murmelte Alleyn, »genau das Gefühl haben ja zum Beispiel auch Opiumraucher.«

»Wir sind mit Worten betäubt worden, wollen Sie damit sagen, nicht wahr?« Janey errötete. »Das stimmt aber nicht, glaube ich. Wo war ich stehengeblieben? Ach ja. Also, seit einiger Zeit hatte Maurice den Verdacht, daß sich im verborgenen Dinge abspielten, die – Father Garnette stand für ihn auf einem Piedestal, wissen Sie, unantastbar und verehrungswürdig, und auch der leiseste Anflug weltlicher Interessen von seiner Seite schien Maurice falsch und unwürdig zu sein. Das kindische Getue einiger Gemeindemitglieder, vor allem Mrs. Candours und leider auch der armen Cara, die den Father heftig umwarben, stieß Maurice zutiefst ab. Er war manchmal ganz außer sich darüber. Deshalb hat er wahrscheinlich auch in diesem Ton mit Mrs. Candour gesprochen.«

»Er wollte also Mrs. Candour Eifersucht auf Miß Quayne vorwerfen? Und daß Mr. Garnette sie schweigen hieß?«

»Ja.«

»Ich verstehe.«

»Das sollte aber nicht heißen, daß Mrs. Candour eifersüchtig genug gewesen sei, um ... Bitte, bitte, denken Sie das nicht! Maurice war hysterisch. Er sieht dann immer alles gleich in einem so verzerrten und übertriebenen Licht. Bitte, wollen Sie mir das glauben?«

»Ich weiß nicht«, sagte Alleyn langsam. »Vielleicht unterschätzen Sie gewisse Dinge doch sehr.«

»Nein! Ach, warum habe ich überhaupt ein Wort gesagt! Ich antworte auf keine Fragen mehr! Lassen Sie mich gehen.« Janey hatte ihre Stimme nicht mehr in der Gewalt.

»Sie können selbstverständlich gehen, wann Sie wollen, Miß Jenkins«, versuchte Alleyn sie zu beruhigen. »Sie haben eine ziemliche Erschütterung hinter sich, und das zerrt an Ihren Nerven. Bitte glauben Sie mir, daß Sie sich keinerlei Vorwürfe machen müssen, mit mir gesprochen zu haben! Wirklich! Wenn die Leute nur begreifen wollten, daß sie in solchen Fällen die moralische Pflicht haben, die Polizei zu unterstützen, daß sie durch die Verheimlichung von Tatsachen einen unschuldigen Menschen in große Gefahr bringen können! – Entschuldigen Sie, ich werde pathetisch, und das könnte am Ende noch in Geistreichelei ausarten! Retten Sie sich, Miß Jenkins, und gehen Sie nach Hause!« Alleyn sah sie an und rief dann: »Bathgate, lassen Sie ein Taxi rufen für Miß Jenkins.«

»Bitte, dürfte ich nicht auf Maurice warten?«

»Doch, selbstverständlich. Wenn Sie nichts dagegen haben, wird die Beamtin Sie durchsuchen. Sind Sie jemals durchsucht worden?«

»Nein. Es klingt zwar scheußlich, aber ich werde mich wohl fügen müssen.«

Janey wurde von Fox hinausbegleitet. Dann kam Fox mit Maurice Pringle zurück.

»Nun, Mr. Pringle?« Alleyn sah ihn vergnügt an.

»Wo ist Janey? Miß Jenkins?« fragte Maurice.

»Sie wartet auf Sie.«

»Was wollen Sie von mir wissen?«

Alleyn fragte nach dem besonderen Geruch und bekam die übliche Antwort, daß man nur den Weihrauchduft habe wahrnehmen können. Er las in seinem Notizbuch nach, was er sich über Maurice aufgeschrieben hatte.

»Was wollten Sie vorhin sagen, als ich hereinkam?« fragte er.

»Nichts.«

»Pflegen Sie immer in halben Sätzen zu sprechen, Mr. Pringle?«

»Wieso?«

»Weil Sie eben geäußert haben ›Ich werde ihnen sagen ...‹, und dann sahen Sie mich kommen und brachen ab.«

Maurice zog eine Hand aus der Hosentasche und nagte an seinen Fingern.

»Na los, Pringle! Was meinten Sie, als Sie sagten, daß es so oder so eine Vergeltung sei? Was hat Mrs. Candour der verstorbenen Miß Quayne so geneidet? Worüber zwang Mr. Garnette die Leute zum Schweigen? Was wollten Sie ihnen sagen?«

»Ich verweigere die Antwort! Das ist meine Sache!«

»Gut. – Fox, wollen Sie Miß Jenkins sagen, daß sie nicht länger warten soll. Rufen Sie ein Taxi für sie, ja? Sie ist ziemlich angegriffen.«

»Was soll das heißen?« fuhr Maurice wütend auf. »Ich werde Miß Jenkins nach Hause begleiten!«

»Ich fürchte, daß ich Sie noch etwas hierbehalten muß«, sagte Alleyn sehr höflich.

»Mein Gott, wie ich euch Beamte hasse! Sadismus – in seiner widerlichsten Form! – Warten Sie, Sie dort! Ich werde – wie heißt der verdammte Ausdruck? –, ich werde aussagen!«

Alleyn lächelte verstohlen, und Fox setzte sich ungerührt wieder auf einen der Plüschsessel.

»Interessieren Sie sich für Psychoanalyse, Mr. Pringle?« erkundigte sich Alleyn liebenswürdig.

»Was geht das Sie an?« versetzte Maurice, der sich anscheinend die höchstmögliche Ungezogenheit als Ziel gesetzt hatte. »Ich hätte eigentlich gedacht, daß die britische Polizei nicht einmal fähig sei, dieses Wort richtig auszusprechen – bei den Intelligenzbeweisen, die sie liefert!«

»Trotzdem habe ich einmal davon sprechen hören«, kam es bescheiden von Alleyn.

Maurice sah ihn scharf an und wurde dann blutrot.

»Ich bitte um Verzeihung«, murmelte er dann. »Diese ganze Affäre macht mich halb verrückt!«

Alleyn trat nahe zu ihm und sah ihm ganz ruhig ins Gesicht. Nach einer Weile flüsterte er ein einziges Wort, das Nigel nicht verstehen konnte. Maurice nickte.

»Wie konnten Sie das wissen?« fragte er.

»Weil ich Ihre Augen sah. Verengte Pupillen, wissen Sie? Und – entschuldigen Sie bitte – Ihre schlechten Manieren!«

»Ich kann nichts dafür!«

»Ich weiß. – Mr. Garnette?«

»Nein! Ich glaube, jemand bringt ihm davon. Er – er hat mir nur Spezialzigaretten gegeben – wirklich ganz milde. Es steigere die geistige Empfänglichkeit, sagte er. Und es ist ja auch herrlich – alles wird einem so klar – nur – nur –«

»Es blieb natürlich nicht bei den milden Zigaretten, wie?«

»Spielen Sie doch nicht den Überlegenen, Herr! – Oh! Verzeihung!«

»Gebrauchen auch die anderen Geweihten diese – Nachhilfe für geistige Ekstase?«

»Janey nicht. Janey weiß nichts davon. Ogden auch nicht. Bitte, sagen Sie Janey kein Wort davon!«

»Wenn es sich vermeiden läßt – gewiß nicht. Und die anderen?«

»Cara Quayne hat damit angefangen, ja. Auch die Candour – aber die kannte es von früher, bevor sie Father Garnette kennenlernte. Ogden und de Ravigne nicht. Ich wollte de Ravigne einmal dazu bringen. Jedermann sollte es einmal versuchen. Man kann ja immer wieder damit aufhören.«

»Glauben Sie?« fragte Alleyn ernst. »Man traf sich also hier in Mr. Garnettes Wohnung und rauchte diese Zigaretten?«

»Anfangs ja. Aber dann kamen Mrs. Candour und Cara nicht mehr mit den anderen zusammen.« Er zupfte nervös an seiner Unterlippe. »Und dann begannen für Cara die Vorbereitungen für das ›Auserwählte Gefäß‹, und sie kam immer allein her.«

»Ich verstehe.«

»Nein! Sie verstehen gar nichts! Sie wissen gar nichts! Nur ich, ich weiß!« Plötzlich sprudelten die Worte mit einer erschreckenden Vehemenz aus ihm heraus. »Vor ungefähr drei Wochen kam ich in die Kirche, um mit Father Garnette zu sprechen. Ich ging geradewegs auf seine Türe zu. ›Sind Sie da, Father?‹ rief ich. Aber man hatte mich nicht gehört. Da trat ich ein – sie sahen mich nicht. O Gott! Oh, mein Gott! Frigg und Odin! Das ›Auserwählte Gefäß‹!« Er brach in ein hektisches, brüllendes Gelächter aus und warf sich in einen Sessel. Dann legte er den Kopf auf die Arme und begann mit der gleichen Hemmungslosigkeit zu schluchzen.

Inspektor Fox stand auf und schlenderte durch das Kirchenschiff, wobei er vor einem der nordischen Götter stehenblieb und die Statue intensiv zu studieren schien. Nigel, dem die Situation ebenso unangenehm war, beugte sich tiefer über sein Notizbuch. Detektiv-Sergeant Bailey kam aus seinem Versteck im Hintergrund, sah Maurice ziemlich mißbilligend an und verschwand lautlos wieder hinter dem Altar.

»Also deshalb sprachen Sie von einer Vergeltung?« fragte Alleyn behutsam. Pringle versuchte zu nicken, was bei seiner Verfassung einer heftigen Zustimmung gleichkam.

Aus den Schatten der Kirche tauchte eine kleine Gestalt auf. »Sind Sie nun endlich fertig, Inspektor Alleyn?« fragte Janey.

Sie sprach verhalten und ganz ruhig, und es dauerte ein paar Sekunden, bis Nigel bemerkte, wie wütend sie war. Sie beugte sich über Pringle: »Komm, Maurice, ich bringe dich nach Hause.« Eine Minute lang sprach sie ihm sanft zu, dann stand er auf. Sie nahm seinen Arm. Alleyn machte ihnen Platz.

»Ich könnte Sie umbringen dafür«, zischte ihn Janey an.

»Mein liebes Kind, sagen Sie das bitte nicht!« rief Alleyn mit so viel echtem Gefühl, daß Nigel ihn erstaunt ansah. Auch Janey sah den Inspektor lange an, und in seinem Gesicht mochte etwas gelegen haben, das sie umstimmte. »Gut, dann nehme ich es zurück«, sagte sie.

8
M. de Ravignes Temperament

Nachdem Maurice durchsucht und nach Hause geschickt worden war, näherte sich Nigel dem Inspektor mit einer spitzbübischen Miene. »Bitte, will mich niemand über das merkwürdige Benehmen dieses jungen Mannes aufklären«, fragte er in jämmerlich-klagendem Ton.

»Was sagen Sie?« fragte Alleyn gedankenverloren.

»Ich wünsche eine Erklärung über Pringleismus! Warum haben Sie Mr. Pringle so genau angesehen? Was sagten Sie ihm dann ganz leise? Und warum fing er zu weinen an?«

»Fox!« rief Alleyn. »Formular Nummer eins bitte für heute abend!«

»Bitte sehr, Inspektor«, sagte Fox und löste sich von dem nordischen Gott los. »Was wünschen Sie zu wissen, Mr. Bathgate?«

»Die Erklärung für Pringleismus!«

»Für das Benehmen des jungen Herrn? Nun, es war wirklich eher ungewöhnlich, das muß ich sagen. Ich vermute, daß er irgend etwas zu sich genommen hat, was ihm nicht bekommt.«

»Wie meinen Sie das, Fox? Diätische Antagonismen? Austern und Whisky? Oder so ähnlich?«

»Heroin und Empörung!« warf Alleyn schroff dazwischen. »Oh, Mr. Garnette! Mit Ihnen werde ich nicht sehr sanft umgehen, wenn ich Sie erwischen kann!«

»Du meine Güte!« äußerte Nigel verwundert, »glauben Sie, daß Garnette--«

»Den französischen Herrn, bitte«, unterbrach ihn Alleyn.

Bailey führte Monsieur de Ravigne herein, der eine gewisse höhnische Zurückhaltung an den Tag legte. Er sah gut aus, war groß und ausgesprochen gepflegt. Er nahm auf Alleyns Aufforderung hin Platz. »Und nun, Sir?« fragte er herablassend.

»Es handelt sich lediglich um eine Formalität, Monsieur. Wir sind verpflichtet, kraft unserer offiziellen Mission hier einige Fragen zu stellen – ich hoffe, daß Sie das begreifen werden!«

»Gewiß. Lassen Sie uns dieses Geschäft schnell erledigen.«

»Haben Sie während der Zeremonie mit dem Kelch irgendeinen ungewöhnlichen Geruch wahrgenommen?«

»Allerdings. Sie spielen doch vermutlich auf die Blausäure an, nicht wahr?«

»Darf ich fragen, wie Sie erkennen konnten, daß das verwendete Gift ein Zyanidpräparat war?«

»Erstens haben Sie selbst es erwähnt, glaube ich, Monsieur, aber selbst wenn nicht – kein anderes Gift wirkt so schnell, und nachdem sie zu Boden gefallen war« – plötzlich brach er ab, wurde etwas blasser, fuhr aber dann gefaßt fort –, »nachdem sie zu Boden gefallen war, beugte ich mich über sie, und da – dabei roch ich es.«

»Vorher haben Sie nichts von dem Geruch bemerkt?«

»Nein, vorher nicht. Der Weihrauchduft war überwältigend und komischerweise so ähnlich – Süßmandelblüten, sagte mir der Ministrant.« Er wandte sich Alleyn steif zu. »Meine Cara ist ermordet worden! Das weiß ich ganz bestimmt. Ist es möglich, Mr. Inspektor, daß es mit der Ähnlichkeit dieser beiden Gerüche eine besondere Bewandtnis hat?«

»Ich werde diesem Punkt nachgehen, Monsieur. – Sie sagten vorhin ›Meine Cara‹. Darf ich das so verstehen, daß Sie und Miß Quayne –«

»Jawohl! Ich liebte sie! Ich wollte sie heiraten, aber sie hatte leider kein großes Interesse für mich. Sie war ganz dem religiösen Leben verfallen, wissen Sie. – Was sehen Sie mich so starr an, Monsieur? Denken Sie vielleicht, daß ich zu gefaßt und zu ruhig sei? Daß ich als leicht erregbarer Franzose die Hände verwerfen, weinen und die Augen rollen müßte? Oder hysterische Anfälle bekommen wie dieser Claude?«

»Gewiß nicht, Monsieur. Ich dachte nichts Derartiges.«

»N'importe«, murmelte de Ravigne.

»On n'est pas dupe de son cœur«, sagte Alleyn vor sich hin.

»Oh, ich habe Sie scheinbar wirklich falsch eingeschätzt, *M. l'Inspecteur*!« Monsieur de Ravigne sah Alleyn strahlend an. »Sie sind also keineswegs in irrigen Auffassungen über mich und meine Landsleute befangen! Außerdem sprechen Sie ein sehr korrektes und akzentfreies Französisch!«

»Sie sind zu gütig, Monsieur«, dankte Alleyn für das Lob. »Wollen Sie mir bitte sagen, ob im Falle von Miß Quayne ein

Selbstmord möglich wäre.«

»Warum hätte sie sich das Leben nehmen sollen? Sie war schön und – und wurde sehr geliebt!«

»Und sie war keineswegs arm, nicht wahr?«

»Nein, ich glaube nicht, daß sie arm war.«

»Haben sie ihre Bewegungen beobachten können, Monsieur, als sie den Kelch in die Hände nahm?«

»Nein! Ich habe sie gar nicht angesehen.«

»Sie sind zweifellos ein religiöser Mensch, sonst wären Sie ja nicht hier.«

M. de Ravigne bewegte elegant die eine Schulter. »Diese Kirche und ihre Zeremonien fesseln mich, vor allem kommt die Idee von der einen Gottheit, in der sich alle anderen Götter vereinigen, meinem Temperament entgegen. Irgendeinen Glauben muß der Mensch haben, finde ich. Es liegt nicht in meinem Temperament, Atheist zu sein, verstehen Sie mich?«

»Wann erreichten Sie den Grad eines Geweihten, Monsieur?«

»Vor drei Monaten.«

»Und Sie sind sicherlich einer der Mäzene, die diese Kirche so großzügig unterstützen?«

»Gewiß, das ist eine selbstverständliche Pflicht. Ich lege manchmal fünf Shilling, manchmal ein Pfund in den Opferstock – und als ich der Gemeinde beitrat, spendete ich fünfzig Pfund und den Kelch, übrigens ein altes Familienerbstück unseres Hauses. Auch die kleine Statue dort ist von mir.«

Er wies auf einen kleinen Schrein, der rechts im Altar angebracht war, in dem eine seltsame bronzene Statuette stand, die eine unklare, nackte Figur mit einem Federbusch am Helm darstellte, aus welchem immer neue, ebenso unklare Figuren hervorzuquellen schienen.

»Ach, wie interessant«, sagte Alleyn. »Wie heißt der Künstler, der sie schuf?««

»Ich selbst bin der Schöpfer, das Werk entstand in Ekstase«, entgegnete de Ravigne kühl. »Ich habe ein künstlerisches Temperament, obwohl ich leider nur Dilettant bin. Ich modelliere ein wenig, *comme ci, comme ça*. Ich schreibe – ich sammle – ich bin keineswegs reich, Monsieur, aber es amüsiert mich!«

»Eine beneidenswerte Existenz, Monsieur«, lächelte Alleyn

höflich, »aber wir müssen leider zu unserem betrüblichen Geschäft zurückkehren.«

Ein Gebrumm im Hintergrund ließ vermuten, daß Inspektor Fox *revenons à nos moutons* zu sagen versucht hatte, es aber dann doch wieder aufgab.

»Man sagte mir, daß Miß Quayne keine Verwandten in England habe. Aber irgendeinen Menschen wird sie doch noch haben auf der weiten Welt?«

»Nein, *Monsieur l'Inspecteur*. Cara war einziges Kind und Waise. Sie wurde im Kloster erzogen – im Ausland.«

»Haben Sie sie im Ausland kennengelernt?«

»Ja. In Frankreich, vor Jahren schon, im Haus von Freunden.«

»Hat Miß Quayne Sie dieser Kirche zugeführt?«

»Leider nein – leider habe ich sie hierhergebracht.«

»Kennen Sie zufällig ihren Rechtsbeistand oder Notar?«

»Einen Moment – ja, ich weiß den Namen. Es war – *tients!* –, es war etwas wie Rats. Nein! – Rattingtown. Nein.«

»Vielleicht Rattisbon?«

»Richtig! Kennen Sie ihn?«

»Flüchtig. – Wer wird Miß Quayne beerben, Monsieur de Ravigne?« De Ravigne hob die Schultern und ließ sie wieder fallen, riß die Augen weit auf und spitzte die Lippen.

»Ich weiß nur«, sagte er, »daß diese Kirche die Haupterbin sein wird. Fünftausend Pfund sind bereits in dem Safe deponiert, und es wird bestimmt noch mehr folgen. Cara sagte mir einmal, daß sie ihr Testament in diesem Sinne ändern wolle. Durch eben diesen Mr. Rats.«

»Wirklich?« sagte Alleyn höflich. »Bitte, wissen Sie irgend etwas über die Vorbereitungen, die mit dem Kelch jeweils getroffen werden?«

»Nein! Ich will die Maschinerie dieser Gottesdienste gar nicht kennenlernen! Es würde meinem Temperament widersprechen, diese notwendigen, technischen Dinge zu wissen, die den geistigen Abbruch tun könnten. Ich ziehe es vor, mich nur an den Resultaten dieser Vorbereitungen zu freuen.«

»Da haben Sie recht«, stimmte Alleyn zu. »Ich glaube, das ist alles. Ich danke Ihnen verbindlichst für Ihre liebenswürdigen Auskünfte.«

»Der Dank ist ganz meinerseits, Monsieur! Wenn ich Ihnen noch irgendwie behilflich sein kann – ich werde nicht ruhen, bis dieses Tier gefaßt ist, und ich stehe für den Fall von Auslagen ganz zu Ihrer Verfügung – Sie verstehen mich?«

»Besten Dank, Monsieur de Ravigne, aber wir brauchen lediglich Auskünfte! – Haben Sie etwas gegen eine Durchsuchung einzuwenden?«

»Allerdings, sehr viel sogar – aber ich beuge mich der Notwendigkeit!« Fox durchsuchte Monsieur, fand aber nur Geld, ein Scheckbuch und eine Fotografie. Mit einem unterdrückten Ausruf riß der Franzose sie Fox aus den Händen. »Es ist Cara Quayne«, sagte er entschuldigend zu Alleyn. »Verzeihen Sie meine Vehemenz!«

»Inspektor Fox wird das verstehen können. Gute Nacht, M. de Ravigne.«

»Gute Nacht, *M. l'Inspecteur.*«

»Sagen Sie mir, was Sie von dem Franzosen halten«, wandte sich Alleyn an Fox.

»Ja – eigentlich – mich dünkt«, druckste Fox herum, »ich finde es komisch, daß uns schon zwei Herren Geld angeboten haben für die weiteren Untersuchungen. Eigentlich ist das unerhört! Na, es sind ja zwar Ausländer. Auch Mr. Ogden hat uns doch Geld angeboten!«

»In den Staaten ist das vielleicht gar nichts Ungewöhnliches«, warf Alleyn ein.

»Ogden ist viel zu echt, um wahr zu sein«, mischte sich nun Nigel in das Gespräch. »Merken Sie sich meine Worte«, fügte er dunkel bei, »er hat Sie zu bestechen versucht!«

»Was zu tun, mein lieber Bathgate? Einen Mörder zu fassen?«

»Seien Sie doch nicht kindisch«, wies ihn Nigel hochmütig zurecht.

»Und wollte M. de Ravigne vielleicht auch die Moral der englischen Polizei untergraben?«

»Ach, de Ravigne – ein Franzose!« Nigel gab nicht nach. »Überempfindlich, reizbar und... Ach was! Lassen Sie mich doch in Ruhe!«

»Dann wollen wir uns also in Mr. Garnettes Wohnung etwas genauer umsehen. Wo ist der Herr eigentlich? Noch immer bei der Durchsuchung?«

Wie aufs Stichwort kam der Priester durch die Türe der Sakristei geschritten. Er trug nun ein langes, dunkelgrünes Gewand aus einem schweren Stoff. Die beiden Beamten, die ihn begleitet hatten, blieben in der Türe stehen und sahen ihm verblüfft nach.

»Ich bedaure unendlich, daß Sie so lange dort drinnen warten mußten.« Alleyn befliß sich größter Höflichkeit.

»Lange?« fragte Garnette erstaunt. »Ich habe mich völlig der ekstatischen Meditation überantwortet und dabei das dritte Portal durchschritten, jenseits dessen es keine Zeit mehr gibt.«

»Da haben Sie ja Glück gehabt«, bemerkte Alleyn.

Bailey näherte sich dem Inspektor. »Diese Miß Wade, Sir«, meldete er, »hat ergeben gewartet, aber jetzt wird sie gleich einschlafen da drüben.«

Alleyn und Fox sahen einander sprachlos an.

»Teufel noch mal!« sagte Fox.

»Allmächtiger Braten!« entfuhr es Alleyn. »Ich bin scheinbar auch schon in Ekstase! Die Dame habe ich doch total vergessen. Herrgott! Das tut mir wirklich leid. Bringen Sie Miß Wade sofort hierher, Bailey.«

9
Miß Wade

Father Garnette machte Anstalten, der folgenden Unterhaltung beizuwohnen. Es wurde ihm aber unmißverständlich bedeutet, daß er nun in seine Wohnung zurückkehren müsse. Auf den Altarstufen traf er mit Miß Wade zusammen. Verängstigt sah die kleine Frau ihn an.

»Father«, wisperte sie, »haben sie etwas – verdächtigen diese Leute––«

»Mut, meine Beste, Mut!« unterbrach Father Garnette sie schnell und sehr laut. »Wir stehen alle in guten Händen! Ich werde für Sie beten!«

Dann eilte er, gefolgt von Bailey, seiner Wohnungstüre zu. Miß Wade sah ihm verstört nach und blickte dann mit kurzsichtigen Augen in das dunkle Kirchenschiff hinunter. Alleyn kam ihr ein paar Schritte entgegen.

»Ich kann mich nicht genug entschuldigen, daß Sie so ungebührlich lange warten mußten«, sagte er bedauernd.

Miß Wade sah ihn forschend an. »Ich bin überzeugt, daß Sie nur Ihre Pflicht tun, Wachtmeister«, äußerte sie dann.

»Ich danke Ihnen, Madam. Bitte, setzen Sie sich hierher.«

Sie setzte sich steif und aufrecht auf einen der Sessel.

»Ich werde Ihnen, so schnell es nur irgend geht, die notwendigen Fragen stellen.«

»Das ist nett. Es wird gut sein, heimgehen zu können«, kam es etwas klagend von Miß Wade. »Ich bin sehr unruhig, weil ich nicht weiß, ob ich meinen elektrischen Strahler ausgeschaltet habe. Ich erinnere mich noch ganz genau, daß ich zu mir selbst sagte: ›Vergiß nicht auszuschalten‹ – aber––«

Hier unterbrach sich Miß Wade und sah während mindestens sieben Sekunden gedankenverloren ins Weite.

»Jetzt weiß ich es plötzlich«, rief sie endlich aus. »Ich habe ausgeschaltet! – Wollen wir beginnen? Was sagten Sie doch vorhin?«

»Daß ich Ihnen einige Fragen stellen möchte.«

»Bitte sehr. Ich werde Ihnen sehr gerne behilflich sein. Ich bin zwar in die Methoden der Polizei nicht sehr eingeweiht, obwohl ein sehr lieber Bruder von mir bei der berittenen Polizei von Kapstadt diente, während des Burenkrieges. Er mußte viele Entbehrungen erleiden, und seine Verdauung ist seither nie mehr ganz in Ordnung gekommen.«

Alleyn bückte sich plötzlich und mußte einen Schuh binden.

Als er sich wieder aufrichtete, begann er mit seinen Fragen: »Ganz zuerst, Miß Wade: Haben Sie irgendeinen besonderen oder ungewöhnlichen Geruch wahrgenommen, als Sie den Kelch von M. de Ravigne überreicht bekamen?«

»Einen Geruch? Lassen Sie mich nachdenken. Ja!« rief sie triumphierend, »ja, natürlich!«

»Könnten Sie ihn mir beschreiben?«

»Pfefferminz.«

»Pfefferminz!« Alleyn war sprachlos.

»Jawohl. Und Zwiebel. Claude, wissen Sie, der Kelchträger,

beugte sich nämlich über mich und – und es war wirklich fast überwältigend. Ich habe das schon früher bemerkt – wahrscheinlich liebt er Zwiebeln, aber das ist doch nicht passend bei einem Gottesdienst, finde ich.«

»Sie haben vollkommen recht, Miß Wade«, stimmte Alleyn ihr hastig zu. »Bitte, wollen Sie mir jetzt sagen, warum Miß Quayne – wie Sie selbst sagten – nicht sehr glücklich und nicht sehr beliebt war?«

»Die Arme! Ich glaube, es waren verschiedene Eifersüchteleien. Father Garnette möchte sicher nicht, daß ich darüber spreche.«

»Aber Sie wollen uns doch gewiß helfen, nicht?«

»Ja, natürlich will ich. Wenigstens–– Möchten Sie so gut sein und mir sagen, ob die arme Cara ermordet worden ist?«

»Ich glaube, ja. Es sieht jedenfalls so aus.«

»Sehen Sie! Wenn ich Ihnen erzähle, daß jemand eifersüchtig war, dann denken Sie gleich alles mögliche und schöpfen Verdacht und––«

»Eifersucht muß doch nicht notwendigerweise zu Mord führen.«

»Genau das denke ich auch.«

»Mrs. Candour«, sprach Alleyn nachdenklich vor sich hin, »hat mir gesagt, daß Miß Quayne nicht eigentlich hübsch war.«

»Das ist aber nicht nett von Dagmar! Sie sollte wirklich versuchen, ihre Gefühle besser zu verstecken. Überhaupt hat Father Garnette sie nie ermutigt. Sie hat nur manches gerne mißverstanden. Er ist zu nobel und zu rein, um auch nur zu ahnen, daß –«

»Was zu ahnen, Miß Wade?«

»Ich glaube kein Wort von allem, was sie sagen«, brach es aus dem alten Frauchen heraus. »Es ist so gemein – so gemein! Seine Gedanken sind rein, wie die eines Heiligen. Cara war ein Kind für ihn! Dagmar ist eine schlechte Person, wenn sie immer solche Sachen sagt. Cara war nervös und impulsiv, das wissen wir, und großzügig – sehr, sehr großzügig. Reiche Leute sind auch nicht immer zu beneiden.«

Alleyn schien in Gedanken verloren zu sein und schwieg. »Sagen Sie mir«, sagte er endlich, »hielten Sie die Augen während der Zeremonie mit dem Kelch geschlossen?«

»Ja! Das ist Gebot. Wir müssen alle die Augen schließen. Wenn wir den Wein eingießen, öffnen wir sie natürlich.«

»Dann haben Sie also nicht gesehen, wie die anderen Geweihten den Wein eingossen?«

»Nein – n-natürlich nicht«, antwortete Miß Wade leicht verlegen. Sie war rot geworden.

»Ich hatte mir gedacht, daß Sie vielleicht, als M. de Ravigne Ihnen den Kelch zureichte––«

»Da habe ich freilich blinzeln müssen, ja«, gab sie zu.

»Und als Sie ihn an Mr. Pringle weitergaben?«

»Auch – da ganz besonders, weil Mr. Pringle so zitterige Hände hat. Er raucht zuviel Zigaretten, das habe ich ihm schon oft gesagt. ›Mr. Pringle‹, habe ich ihm gesagt, ›Sie werden noch Ihre Gesundheit untergraben mit dem vielen Nikotin!‹ Mein lieber Bruder raucht nämlich auch so maßlos viel, deshalb kenne ich die Folgen!«

»Hat Mr. Pringle vielleicht von dem Wein verschüttet?«

»Nein. Nein, bestimmt nicht, aber das war eher Glück als Vorsicht. Er mußte dabei beide Hände zu Hilfe nehmen und konnte Claude den Silberkrug kaum abnehmen. Er wackelte damit herum – ich muß schon sagen, gar nicht ehrfurchtsvoll!«

»So. – und M. de Ravigne?«

»Ach, das ist natürlich etwas ganz anderes! Alles ganz tadellos und respektvoll«, schwärmte Miß Wade. »Dagmar hatte ein wenig getropft, und da nahm er sofort ein fleckenlos sauberes Taschentuch und wischte den Kelch ab. Wirklich tadellos. Er könnte fast ein Engländer sein!«

»In Ihrer – begreiflichen! – Angst wegen Mr. Pringle haben Sie vielleicht auch gesehen––«

»Wie er ihn an Janey weitergab? Ja, Wachtmeister, das habe ich. Janey war sicher auch sehr nervös, weil sie die Hände nach dem Kelch ausstreckte, kaum daß Mr. Pringle Wein hineingegossen hatte. Das heißt – ich sage ›hineingegossen‹, aber ich habe das Gefühl, als sei ihm das überhaupt nicht gelungen, so, wie er gezittert hat. Mr. Ogden ist auch immer ein wirklicher Gentleman«, fügte Miß Wade mit einem ihrer verblüffenden Gedankensprünge bei. »Er nimmt den Kelch in beide Hände und faßt den Krug sicher und fest beim Hals. Das tönt zwar ein bißchen so, als ob er drei Hände habe – aber das wäre ja eine lächerliche Annahme!«

»Und dann reichte er den Kelch Mr. Garnette?«

»Father Garnette, jawohl. Und dabei habe ich natürlich auch zugeschaut. Father Garnette macht das so herrlich, wissen Sie! Mit der einen Hand hält er den Kelch unten, und die andere legt er darüber – ach, es ist wie eine segnende Gebärde!«

»Ich nehme an, daß alle Geweihten dann das ›Auserwählte Gefäß‹ ansahen.«

»Ja, natürlich. Sobald die arme Cara den Kelch ergriff, hoben wir die Augen. Sie sprach doch in Ekstase, und das war ein erhebendes Schauspiel. Ich dachte immer, jetzt werde sie gleich zu tanzen beginnen.«

»Tanzen?« entfuhr es dem Inspektor.

»So, wie in alten Zeiten die Priester vor dem Odinstein tanzten«, erklärte Miß Wade in ehrfürchtigem Falsett. »Das ist schon einmal passiert, wissen Sie. Einer Dame, die inzwischen das letzte Portal durchschritten hat.«

»Das heißt, daß sie gestorben ist?«

»Ja.«

»Und woran ist jene Dame gestorben?« fragte Alleyn.

»Sie nannten es Epilepsie«, antwortete Miß Wade, und es klang zweifelnd.

»Nun, Miß Wade«, sagte Alleyn nach einer Pause, »Sie waren außerordentlich gütig, mir soviel Geduld entgegenzubringen, ich danke Ihnen sehr dafür. Jetzt wäre da nur noch eine Sache.« Er sah sie liebenswürdig an. »Wollen Sie unserer Beamtin erlauben, Sie zu durchsuchen?«

»Mich durchsuchen? Du liebe Zeit! Ich – ich – muß gestehen – und es ist ein so kalter Abend – ich konnte natürlich nicht ahnen, daß ich mich – –«

»Sie brauchen nichts auszuziehen«, beeilte sich Alleyn zu versichern. »Oder wenigstens –« er betrachtete hilflos Miß Wades schäbige Pelzpelerine und den mausgrauen Regenmantel, den sie eben aufknüpfte, wodurch ganze Lagen roter und schwarzer Wolljacken sichtbar wurden –, »oder wenigstens nur Ihre Überkleider.«

»Ich will bestimmt die Polizei nicht an der Ausübung ihrer

Pflichten hindern«, ließ sich Miß Wade gemessen vernehmen. »Wo ist diese Frau?«

Sergeant Bailey kam die Altarstufen herunter und flüsterte mit Inspektor Fox. Fox trat hinter Miß Wade und machte Alleyn verzweifelte Zeichen, wobei er ein kleines Stückchen Papier in der Luft hin und her schwenkte.

»Wie?« fragte Alleyn. »Oh! Ich glaube, ich muß Sie gar nicht mehr belästigen, Miß Wade! Lassen Sie uns nur schnell in Ihre Tasche sehen, auch in die eventuellen Mantel- und Rocktaschen. Und Ihre Handschuhe, bitte. – Danke. Das genügt vollständig.«

»Gute Nacht denn, Wachtmeister.«

»Gute Nacht, Madam.«

»Sagen Sie, haben Sie die Polizeischulen absolviert?«

»Nicht eigentlich, Madam.«

»So?« Miß Wade sah ihn forschend an. »Aber Sie haben doch gute Manieren.«

»Chef-Detektivinspektor Alleyn«, begann Fox plötzlich mit überraschender Heftigkeit, »war--«

»Fox!« unterbrach ihn Alleyn, »seien Sie kein Snob. Bitte, rufen Sie ein Taxi für Miß Wade.«

»Besten Dank, aber ich habe ja meine Galoschen.«

»Meine Vorgesetzten würden es wünschen, Madam!«

»Na schön, in dem Fall! Mein Großvater besaß eine eigene Karosse in Dulwich – danke, ich werde also das Taxi nehmen.«

10
Ein Stück Papier und eine Flasche

»Na, Bruder Fox, was war das für ein Papier, das Sie mir zeigten?«

»Bailey hat es gefunden. Es lag auf den Altarstufen.« Er überreichte Alleyn eine kleine Schachtel. Nigel kam näher. Alleyn öffnete die Schachtel und entdeckte ein Stückchen rötliches Papier, das flach gepreßt worden war und in dem irgendein schwerer Gegenstand Abdrücke zurückgelassen hatte.

Alleyn ging zu seinem Koffer und entnahm ihm eine Pinzette.

Damit ergriff er das Papier und trat zu einer der seitlich brennenden Lampen. Zuerst sah er es eingehend an, und dann roch er daran. Schließlich befühlte er das Papier vorsichtig mit den Fingerspitzen.

»Feucht! Also so wurde es gemacht!«

»Was heißt das?« fragte Nigel. »Es ist rot. Wurde es in jemandes Blut getränkt? Warum benehmen Sie sich so rätselhaft?«

»Wer ist hier rätselhaft? Ich vielleicht? Hier ist ein Stück Zigarettenpapier. Das wurde zusammengerollt und zu einem kleinen Röhrchen geklebt. Das eine Ende wurde mehrfach gefaltet, so daß das Ganze wie ein kleiner Briefumschlag aussah. Dann wurde das Papier gefärbt – vermutlich mit roter Tinte. Es ist feucht. Es riecht. – Ein Beweis, verdammt noch mal, das ist ein Beweis!«

»Aber, Alleyn, bitte!« flehte Nigel, »wollen Sie damit sagen, es sei von dieser roten Tinte feucht? Oh! – Warten Sie! Warten Sie einen Augenblick!«

»Gleich wird die kleine Knospe aufbrechen«, sagte Alleyn.

»Das Papier ist feucht vom Wein!« rief Nigel triumphierend.

»Mr. Bathgate, Sie sind ein kluges Kind! Jawohl, dieses Papier schwamm in oder auf dem Wein! – Bailey!«

»Ja, Sir?«

»Zeigen Sie uns, wo Sie das fanden. Gute Arbeit, Bailey!«

Etwas wie störrische Genugtuung erhellte Baileys Gesicht. »Ich habe den Platz genau angezeichnet, Sir.«

»Genau dort, wo der Kelch zu Boden fiel! Da sind meine Kalkzeichen!« sagte Alleyn. »Das beweist alles.«

»Glauben Sie, daß der Mörder dieses Papier in den Kelch warf?« fragte Nigel.

»Allerdings.«

»Vorsätzlich?«

»Ich glaube schon. Sehen Sie, Bathgate: Nehmen Sie an, daß einer der Geweihten Zyankali in dieser kleinen Tüte hatte. Das nimmt er – oder sie – vor der Zeremonie zwischen zwei Finger – so ungefähr.«

»Nein, so«, erklärte Nigel und faltete die Hände. »So machten es alle, das habe ich genau beobachtet.«

»Ausgezeichnet. Die Finger preßten also das offene Ende der

Tüte zusammen. Und als er – ich sage vorläufig einmal ›er‹ – den Kelch ergriff, ließ er das Papier einfach fallen. Es schwimmt in dem Kelch, entfaltet sich, und das Pulver fällt heraus.«

»Ja, aber«, wandte Fox ein, »das ist doch sehr riskant, Sir. Wenn nun jemand das Papier auf dem Wein schwimmen sieht!«

»Richtig, Inspektor!« Nigel war sehr erregt. »Ich weiß, was Sie sagen wollen! Aber der Herr sagt sich, daß er, sobald jemand das Papier bemerkt, es einfach auch ›plötzlich bemerkt‹! Dann würde es auf seinen Vordermann zurückfallen.«

»Hm«, äußerte Fox laut.

»Ich glaube nicht, daß man es sehen konnte«, murmelte Alleyn. »Sie sagten, Bathgate, daß während der Zeremonie die Fackel die einzige Beleuchtung war. Jetzt ist sie ja beinahe ausgebrannt; aber ich glaube, daß selbst wenn sie lichterloh brennt, ein Schatten auf die Stelle fällt, wo die Leute knieten, und zwar der Schatten des Leuchterarmes.«

»Das stimmt«, sagte Nigel. »Ich weiß noch, daß die Gruppe in einem dunklen Rund zu knien schien.«

»Sehen Sie! Und außerdem müssen die Köpfe der Knienden auch Schatten geworfen haben. Trotzdem haben Sie natürlich recht, Fox. Es war doch ein Risiko. Es sei denn –« Alleyn sah seinen Kollegen plötzlich starr an und machte dann Nigel eine abscheuliche Grimasse.

»Was soll das bedeuten?« fragte Nigel mißtrauisch.

»Das sind vorläufig lauter Vermutungen«, schloß Alleyn die Debatte. »Wenn der Gerichtschemiker Giftspuren findet, können wir darüber weiterreden!«

»Ich verstehe nicht, warum er das Papier in den Kelch fallen lassen sollte«, beklagte sich Nigel. »Das war bestimmt nicht vorgesehen.«

»Ich weiß nicht, Mr. Bathgate«, ließ sich Fox in seiner ruhigen, überlegten Art vernehmen. »Es hatte doch viele Vorteile. Keine Fingerabdrücke. Bei einer eventuellen Durchsuchung keinerlei belastendes Material auf sich.«

»Klar«, mischte sich nun auch noch Bailey ein. »Und er wußte ja ganz genau, daß die Dame dann den Kelch zu Boden werfen und daß das Papier herausfallen werde. Dann konnte er es fest in den Teppich treten, wie er es ja auch tat.«

»Ja, aber wenn es an der Seite des Kelches klebenblieb?« gab Fox zu bedenken. »Oder wenn es ihr zwischen die Lippen geraten wäre?«

»Oder wenn sie es geschluckt hätte!!« Bailey wurde langsam wütend. »Ihre ewigen Einwände sind ermüdend, Mr. Fox. Das Papier schwamm selbstverständlich nicht nach vorne, während sie trank, sondern es glitt immer weiter nach hinten, nicht wahr, Chef?«

»Vermutungen, lauter Vermutungen«, lautete Alleyns Richterspruch. »Vorwärts, Fox, es wird ja immer später! Verwahren Sie diesen Fund sehr sorgfältig. Im übrigen warten wir die morgige Untersuchung des Papieres ab.«

Fox legte die Schachtel mit dem Papierchen wieder in den Koffer zurück. »Und was geschieht jetzt, Sir?«

»Jetzt suchen wir die kleine Flasche! Wo ist Mr. Garnette?«

»In seiner Wohnung. Dr. Curtis und ein Beamter sind bei ihm.«

»Na, vielleicht hat er die beiden inzwischen bekehrt. Kommen Sie, Fox. Bailey, bewachen Sie unterdessen die Garderobe!«

Father Garnette saß an seinem Schreibtisch, Dr. Curtis saß am Tisch, und der Beamte stand mit ausdruckslosem Gesicht neben Father Garnettes Betschemel. Alle drei sahen aus, als hätten sie seit geraumer Zeit nicht miteinander gesprochen.

»Hallo, Mr. Garnette«, rief Alleyn, »da sind wir endlich. Sie sehnen sich wohl schon sehr nach Ihrem Bett, wie? Leider müssen wir jetzt trotzdem noch Ihre Wohnung durchsuchen.«

»Durchs... Aber, Inspektor, ist das wirklich nötig? Ich möchte denn doch bemerken, daß ich--«

»Weigern Sie sich vielleicht?« fragte Alleyn barsch. »Dann müßte ich meine Leute hier zurücklassen.«

»Aber – ich kann wirklich nicht verstehen--«

»Ich fürchte, daß wir es mit einem Mord zu tun haben, und da sind solche Durchsuchungen unerläßlich. Aber bitte, wenn Sie sich weigern--«

»Nicht, wenn... Nein. Diese kleine Wohnung ist mir nur sehr, sehr lieb und wert. Sie ist erfüllt von meinen Gedanken – von den Meditationen eines besonders geweihten Lebens. Da läßt mich der Gedanke etwas erschauern, daß nun–– hm––«

»Daß nun seelenlose Idioten hier herumstöbern sollen. Wir werden es so kurz wie nur irgend möglich machen. Das dort drüben ist wahrscheinlich das Schlafzimmer, ja?« Father Garnette nickte. »Noch weitere Räume?«

»Das übliche«, gab Garnette großartig Auskunft. »Badezimmer und so weiter und so weiter.«

»Gibt es hier einen rückwärtigen Ausgang?«

»Mm – ja.«

»Ist der zugesperrt?«

»Immer.«

»Sehen Sie doch einmal nach, Fox. Ich übernehme dieses Zimmer.«

»Brauchen Sie mich noch, Alleyn?« fragte Dr. Curtis.

»Nein, danke, Curtis. Totenschau am Dienstag. Man wird vermutlich eine Autopsie fordern. – Gute Nacht, Sie Glücklicher.«

»Gute Nacht. Gute Nacht, Father Garnette.« Der kleine Abteilungsarzt ging schnell hinaus.

»Nun, Mr. Garnette, wo hat Mr. Wheatley die Flaschen hergenommen, um den Kelch heute abend vorzubereiten?«

Father Garnette wies auf einen kleinen Wandschrank, der nicht abgeschlossen war. Alleyn öffnete die Türen, und es kam eine bemerkenswert wohlassortierte Hausbar zum Vorschein, aus der vom raffiniertesten Cocktail bis zum harmlosen Portwein alles ausgeschenkt werden konnte. Auf einem besonderen Gestell standen vier Flaschen »Invalid Port« beisammen. Die eine davon war leer.

»Das dürfte die heute für die Zeremonie benützte sein«, stellte Alleyn fest, und Garnette bestätigte es.

Dann entdeckte Alleyn eine kleinere Flasche ohne Etikett, die er entkorkte und dabei sorgfältig vermied, sie anders als nur beim Hals oben anzufassen. Er roch an der Flasche und hob die Augenbrauen.

»Ist das vielleicht die zweite Ingredienz, die von Mr. Wheatley dem Kelch beigemischt wurde?« fragte er den Priester.

»Hrrm«, räusperte sich Father Garnette, »ja, gewiß.«

Alleyn zog einen Bleistift aus der Tasche, tauchte ihn in die

Flasche und leckte ihn ab. »Und wieviel wurde davon verwendet?« fragte er dann nachdenklich.

»Bloß ein Hauch«, antwortete Garnette. »Er ist ganz pur.«

»Das walte Gott«, murmelte Alleyn. »Sie haben ja auch hier ohne das einen kompletten Weinkeller«, fügte er laut und kalt bei und legte die Flasche in seinen Koffer.

»Ja. Hätten Sie Lust auf irgend etwas, Inspektor? Der heutige Abend war ja wirklich anstrengend.«

»Danke bestens, nein.«

»Mr. – mm – Bathgate?«

Nigel lief das Wasser im Mund zusammen, aber er lehnte ebenfalls ab.

»Mir ist gar nicht gut«, sagte Father Garnette. »Gar nicht.«

»Dann sollten Sie vielleicht etwas trinken«, regte Alleyn an.

»Ja, vielleicht«, flüsterte Garnette leidend, aber mit einem tapferen Lächeln. Er schenkte sich einen ganz gehörigen Schluck ein, trank und setzte sich an den Tisch.

Alleyn näherte sich dem Schreibtisch.

»Würden Sie sich nun in das andere Zimmer zurückziehen?« Alleyn sah Garnette verbindlich und freundlich an.

»Wirklich, Inspektor, ich möchte doch wenigstens zusehen, wie–«

»Nein, es soll Ihnen erspart bleiben. Inspektor Fox kann Sie inzwischen hier durchsuchen.«

»Aber ich wurde doch bereits durchsucht.«

»Ja, aber das war, bevor Sie sich umzogen. Das beste wäre, Sie gingen jetzt zu Bett.«

»Ich will aber nicht zu Bett gehen«, beklagte sich Father Garnette und nahm wieder einen Schluck aus seinem Glas.

»Nein? Es wäre viel einfacher gewesen. Aber wie Sie wollen. Fox!«

»Ich weigere mich!« Diesen Einspruch stieß Father Garnette laut und energisch hervor. »Ich weigere mich!«

»Ja, Sir?« fragte Fox.

»Mr. Garnette will nicht noch einmal durchsucht werden. Hat er sich das erstemal auch dagegen gewehrt?«

»Nein.«

»Merkwürdig«, murmelte Alleyn.

»Bitte, Sir, ich wollte nur melden, daß die Hintertüre offen ist.«

»Ach?! – Sie sagten doch, Mr. Garnette, daß sie immer abgeschlossen sei!«

»Das ist auch richtig, Inspektor. Das kann ich nicht verstehen – ich habe sie doch heute nachmittag selbst zugesperrt.«

Alleyn zog sein Notizbuch hervor, schrieb etwas hinein und gab es Fox zu lesen. Father Garnette ließ keinen Blick von diesem beschriebenen Blatt.

»Das ist sehr komisch, Sir«, sagte Fox dann. »Hier, sehen Sie.« Er wandte sich ab und zeigte Alleyn etwas, das er in der Hand zu halten schien. Father Garnette starrte Fox wild an. Mit verblüffender Behendigkeit entnahm Alleyn seinem Koffer die kleine Flasche, die er darin verstaut hatte, und goß davon eine ziemliche Menge in Father Garnettes Glas. Dann verkorkte er die Flasche wieder und trat zu Fox.

»Das ist allerdings komisch«, sagte er.

»Was heißt das? Ich verlange, daß –« begann Garnette und sah die beiden Detektive verzweifelt an. Dann ließ er sich plötzlich in seinen Stuhl fallen und leerte das Glas in einem Zug.

11
Ein Schreibtisch, ein Safe und ein Bücherbrett

Im Benehmen Father Garnettes trat eine rasche und auffällige Veränderung ein. Sie äußerte sich ganz zuerst in seinem Gesicht, das nun demjenigen eines Reisenden in Heilmitteln verblüffend ähnlich sah und keineswegs mehr an einen Heiligen denken ließ, denn dieses Gesicht hatte nun zugleich einen verschlagenen und gemeinen Ausdruck.

Unablässig tickte die Standuhr auf dem Kamin. Dann räusperte sie sich und schlug die zwölfte Stunde.

»Hör'n S' mal, Schscheff«, ließ sich Father Garnette plötzlich vernehmen, »warum könn'n wir nich zus-sammenspannen?«

Alleyn wandte sich langsam und sah ihn an.

»Genau sso spricht Ogden, sprich' er, wenn er sprich'«, sagte

Father Garnette und sah sehr pfiffig aus dabei.

»Soso?« sagte Alleyn.

»Jawoll, 'sammenspannen«, wiederholte der geistliche Herr. »'sammentreffen am Fl-fluß, am schönen Fl-fluß, am schönen! W'rum nich am Fluß? Habe anno 14 Erw-weckungspr-pre'gten gepredigt in Michi-chigan unten. Ganz groß, sa'e ich Ihn' – ma-massimal——«

»Wirklich? Haben Sie Mr. Ogden damals kennengelernt?«

»Bei 'r Üffahrt – auf dem 'tlantik. Gab mir 'n G-goldsch-schtück. Ogden 's richtig, jawoll! Einfältig is er, aber richtig.«

»Das kommt mir auch so vor«, stimmte Alleyn bei.

»Aber S-ssie, hör'n S-sie mal, sind aufm Holz-zweg! Ich habe doch der k-kleinen Cara nichts getan! Ich? ? No, Sir!«

Er sah so abgrundtief gemein aus, als er das hervormaulte, daß Nigel einen entsetzten Ausruf nicht unterdrücken konnte.

»Wenn S-sie diese Leute heimsch-schicken, will ich Ihn' alles erklär'n«, sagte Father Garnette. »Na, was das wert, hm?«

»Na, was ist es Ihnen denn wert?«

»S-sie wer'n qui-quietschen«, lautete Garnettes dunkle Antwort.

»Sie bluffen, Mister«, sagte Alleyn darauf, »denn Sie haben ja überhaupt kein Geld mehr!«

Das hingegen brachte Father Garnette in Rage. »S-sso?!« schrie er so laut, daß Fox herbeigelaufen kam. »S-sso!« Und mit einemmal sprach er erstaunlich flüssig und sehr schnell. »Ich sage, was ich sage, sage ich! Wenn Sie mir nicht glauben, dann machen Sie doch, was Sie wollen!«

Er versuchte, in majestätischer Haltung aufzustehen, fiel aber sofort wieder in seinen Stuhl zurück. Dann grub er lange in sämtlichen Taschen herum und brachte einen Schlüsselbund zum Vorschein. »K-kleine Ledersch-schacht'l im Schreibtisch«, brummelte er. »Un' nich nur das! S-ssafe!«

»Besten Dank«, sagte Alleyn, aber da war Father Garnette schon tief eingeschlafen.

»Guter Gott, Sir!« entsetzte sich Fox. »Haben Sie den Herrn betäubt?«

»Aber wo, der ist bloß stockbetrunken!«

»Betrunken?« schrie Fox. »Was war denn in dieser Flasche?«

»Reiner, klarer Alkohol vermutlich«, grinste Alleyn. »Wir werden es ja analysieren lassen. – Das ist ein munterer Fall, wie? Gar nicht mein Genre eigentlich, pfui Teufel!«

»Was haben Sie aufgeschrieben und Fox zu lesen gegeben?« wollte Nigel wissen.

»Ich forderte ihn auf, Mr. Garnettes Aufmerksamkeit irgendwie abzulenken. Aber stören Sie mich jetzt nicht, Mensch! Sehen Sie denn nicht, daß ich scharf nachdenke? – Wie war das mit der Hintertüre, Fox?«

»Sie hat ein ganz gewöhnliches Schloß. Komisch, daß sie offen war.«

»Sehr komisch, ja. – Bitte, durchsuchen Sie jetzt diesen Papierkorb und den Kaminrost.«

Fox kniete sich vor dem Kamin nieder, in dem das Feuer fast ausgegangen war. Eine ganze Weile arbeiteten die beiden Kriminalbeamten schweigend weiter. Plötzlich knurrte Fox etwas vor sich hin.

»Was sagst du, braune Kuh?« fragte Alleyn.

»Hier ist etwas, hier ist etwas!« Mit einer Pinzette holte Fox zwei Fetzen angebrannten Papiers aus der Asche und reichte sie Alleyn zu. Es waren wirklich nur armselige Fragmente, aber man konnte noch zwei, drei Worte lesen, die mit grünem Bleistift darauf geschrieben worden waren.

»O Gott!« stöhnte Alleyn. »Zeigen Sie her! Gleiches Papier, wie das hier auf dem Schreibtisch? Nein. Grünen Bleistift sehe ich auch weit und breit keinen. – Verwahren Sie auch das sehr sorgfältig, Fox, wir werden zusammen darüber brüten müssen!« Mit diesen Worten brachte er ein rotes Kästchen aus Wildleder zum Vorschein. Er suchte nach dem passenden Schlüssel. Father Garnette äußerte ein gewaltiges Schnarchen. Fox sah ihn mißbilligend an. »Dem wäre auch wohler in seinem Bett«, sagte er.

»Sehr richtig. Bringen Sie ihn in sein Bett, Fox, Bathgate wird Ihnen dabei helfen.« Alleyn warf einen angewiderten Blick auf den Priester und las dann in den Briefen weiter, die er aus dem roten Kästchen genommen hatte.

Fox und Nigel schleppten Father Garnette in sein Schlafzimmer, das vorwiegend in rosa Plüsch und Satin gehalten war. Hier waren noch mehr Idole, noch mehr nordische Bijouterie, noch mehr Kissen.

»Direkt klassisch, wie?« bemerkte Fox, als sie den schweren Körper auf das Bett fallen ließen. »Müssen wir den alten, ekelhaften Kerl auch noch ausziehen?«

»Ich fürchte. Können Sie seinen Pyjama finden?«

Unter einem heftig bestickten Bettüberwurf fand Fox tatsächlich ein Nachtgewand aus roter Seide.

»Ekelhaft, wirklich!« fauchte Nigel.

»Na, mein Fall wäre es jedenfalls nicht«, sagte auch Fox, der an Father Garnettes rechtem Schuh zerrte. »Ich trage Sommer und Winter Wolle auf dem Körper. Ich käme mir in so was direkt liederlich vor.«

Nigel versuchte, sich Inspektor Fox in rotseidenem Pyjama vorzustellen, was ihm aber nicht gelang, worüber sich seiner eine gute Laune bemächtigte. Sie brachten Father Garnette schließlich zu Bett. Er murmelte etwas und versank dann sofort wieder in tiefen Schlaf.

Sie gingen zu Alleyn zurück und fanden ihn über einem ganzen Stoß von Briefen. »Alle von Frauen – oder fast alle!« rief er ihnen entgegen.

»Ist einer von der Verstorbenen dabei?«

»Jawohl.« Alleyn schüttelte sich ein wenig. »Da, bitte, lest ihn! Eine Mischung von pseudo-mystischem Larifari und hysterischer Lobeshymne! Garnette scheint sie tatsächlich davon überzeugt zu haben, daß die – die Vereinigung geheiligt sei, daß sie eine geistige Bedeutung habe – puh!« Er warf ihnen den Brief angeekelt zu. »Lest das Zeug! Es ist wichtig!«

Der Brief begann:

»Geliebter Father und Bräutigam in der Ekstase! Ich weiß, daß Sie nicht zu Hause sein werden heute nachmittag, und doch ist mir zumute, als müsse ich ein Opfer bringen für die göttliche, überwältigende, ekstatische Wonne, die ich seit gestern nacht empfinde! Halb bin ich geängstigt, halb freudebebend! Bin ich es wert? Ich – das ›Auserwählte Gefäß‹! Was kann ich dafür opfern? Beiliegend erhalten sie ein kleines Paket. Es enthält die Obligationen im Werte von fünftausend Pfund, von denen ich zu Ihnen sprach. Ach, wie bedrückt es mich, jetzt von Geld sprechen zu müssen, aber – und das werden Sie verstehen, geliebter Father –

es ist ja ein Dankopfer. Erzählen Sie den anderen davon, und lassen Sie sie ihrerseits spenden und spenden, bis wir das Geld für einen neuen Tempel beisammen haben! Ich will, daß Sie diesen Brief finden sollen bei Ihrer Rückkehr – wenn ich längst wieder fortgegangen sein werde. Oh, geliebter, geheiligter ––«

Der Brief war acht Seiten lang. Fox las ihn geduldig bis zum Ende durch. »Sehr seltsam, Sir, wirklich«, sagte er dann unbewegt. »Das muß das Geld sein, von dem Mr. Ogden und Monsieur sprachen. Es liegt laut ihren Aussagen hier im Safe.«

»Dann werden wir uns jetzt diesen Safe beschauen.« Alleyn holte Father Garnettes Schlüsselbund hervor und öffnete den kleinen Geldschrank. Er legte dessen ganzen Inhalt auf den Tisch. »Ein Bankbuch. Letzten Montag hat er fünfzig Pfund eingezahlt. Eine Schachtel mit Geld. Ein Scheck von Mr. Ogden über zwanzig Pfund, datiert vom letzten Mittwoch.«

»Daß er auch aus den Männern Geld herausquetschen kann, das wundert mich eigentlich«, murrte Fox.

»Es ist auch verwunderlich! Aber sehen Sie, Fox, es gibt solche einfachen, unkomplizierten Hirne, gerade bei Geschäftsleuten, die diesen Humbug noch so gerne glauben, nur, weil er außerhalb ihres Alltagshorizontes liegt. – Hallo! Damit kommen wir der Sache schon näher!«

Alleyn legte ein Paket auf den Tisch, das in braunes Papier eingewickelt war und auf dem »An den Ehrwürdigen Father Jasper Garnette« stand. Die Handschrift war zweifellos diejenige von Cara Quayne. Alleyn sah die rote Schnur, mit dem es zugebunden war, lange an. Er drehte das Paket einige Male um und um. Dann streifte er die Schnur sorgfältig ab, so daß er das Papier auf der einen Seite öffnen konnte. Er trat damit unter die Lampe und sah von oben hinein. Nach einer ziemlichen Weile warf er das Paket auf den Tisch.

Fox nahm es auf und sah ebenfalls hinein. »Teufel, Teufel!« fuhr er auf.

»Lassen Sie mich auch hineinsehen!« bat Nigel.

»Vorsicht! Fassen Sie das Papier nicht an!«

»Ja, aber –«, stotterte Nigel, »das – ist – Zeitungspapier!« Er fuhr mit der Hand hinein und befühlte die Scheine. »Hat Garnette die Obligationen gestohlen?«

»Jemand hat sie jedenfalls gestohlen. Rufen Sie Bailey herein, er soll nach Fingerabdrücken suchen!«

Bailey kam mit seinem Blasgerät und machte sich an die Arbeit. Alleyn setzte sich an den Tisch und ordnete die Dinge, die er aus dem Safe genommen hatte. Fox führte eine ganz genaue Untersuchung aller Schubfächer durch. Angesichts des Arbeitseifers der Detektive verkroch sich Nigel in Father Garnettes riesigen Lehnstuhl, zündete sich eine Zigarette an und begann zu schreiben.

»Na, Bathgate? Darf ich Ihren Leitartikel dann lesen?«

»Damit Sie ihn bis zur Unkenntlichkeit zusammenstreichen?«

»Wo werde ich! Aber bitte, erwähnen Sie nichts von diesen Obligationen, ja?«

»Sehen Sie! Es fängt schon an!«

»Und bitte, Bathgate, nennen Sie mich ja nicht ›den unermüdlichen Chef-Detektivinspektor Alleyn‹!«

»Aber, Alleyn!« protestierte Nigel. »Das ist unfair! In meinem Leben habe ich Sie nicht so genannt, nie!« Nigel wandte sich wieder seinem Elaborat zu und strich nach langer Überlegung zwei Worte aus.

»Sind Fingerabdrücke auf dem Paket, Bailey?« fragte Alleyn.

»Ja, Sir. Immer die gleichen. Die des Priesters.«

»Hallo!« schrie Fox plötzlich.

»Was ist los?« fragte Alleyn.

»Hier, Sir«, sagte Fox und legte einen kleinen Zettel vor Alleyn auf den Tisch, auf dem das Datum von Montag gedruckt stand. Darunter hatte jemand ›Sonntag‹ gekritzelt. Drei Ränder des kleinen Papiers waren goldgeschnitten, der vierte Rand war etwas zerfetzt, als sei das Blatt aus einem Kalender herausgerissen worden. Cara Quayne hatte mit Bleistift darauf geschrieben: »Muß Sie sehen. Schreckliche Entdeckung. Heute nach dem Gottesdienst.«

»Wo haben Sie das gefunden?«

»Hier drin.« Fox brachte eine hölzerne Zigarettendose, die fast angefüllt war mit türkischen Zigaretten. »Sie stand dort auf dem Gestell, und dieser Zettel lag zuoberst auf den Zigaretten.«

»Das ist nun wirklich merkwürdig«, sagte Alleyn. Er runzelte die Stirne und sah den Zettel lange an. »Bitte, holen Sie die Handtasche der Verstorbenen«, befahl er dann.

Fox kam mit einer Damentasche aus Marokkoleder zurück. Alleyn schüttete den ganzen Inhalt der Tasche kurzerhand auf den Tisch, nämlich: eine kleine Puderdose, einen Lippenstift, ein Taschentuch, eine Geldbörse, ein Paar Handschuhe und einen kleinen, rotledernen Taschenkalender, an dem ein Bleistift befestigt war. Alleyn öffnete diesen Kalender und legte die Notiz daneben. Das Papier stimmte genau. Er blätterte in dem kleinen Büchlein. Cara Quayne hatte vieles darin notiert – Einkäufe, Verabredungen, Gedenktage. Alleyn las die letzte dieser Eintragungen.

»Weiß jemand, ob die neue Revue im ›Criterion‹ morgen beginnt?« fragte er plötzlich.

»Jawohl, ich weiß es.« Nigel sah ihn fragend an.

»Man kann Sie also doch zu etwas gebrauchen«, brummte der Inspektor. »In diesem Fall hat sie diese Notiz heute geschrieben. Auf der Seite des heutigen Tages steht: Abendessen und ›Hail Fellow‹ im ›Criterion‹ mit Raoul morgen. Ich wollte nur wissen, ob das mit dem Datum übereinstimmt. Die nächste Seite, die für morgen, hat sie herausgerissen, und zwar muß sie das heute getan haben.«

»Es lichtet sich ein wenig, nicht wahr, Sir?« sagte Fox.

»Finden sie? Vielleicht. Stecken Sie sich eine Pfeife an, und sagen Sie mir, was Sie von dem Ganzen halten, Sie alter Geheimniskrämer!«

Fox zündete seine Pfeife an und sah ernsthaft zu seinem Vorgesetzten hinüber. »Ja nun, Sir, es ist zwar reichlich früh, sich feste Vorstellungen zu machen in diesem Fall, aber nehmen Sie an, die Dame hat wie wir über das Paket da Bescheid gewußt. Sagen wir einmal, sie habe es heute herausgekriegt, während der Pfaffe fort war. Vielleicht kam sie her, um ihn zu sprechen – –«

»Und fand dabei den Safe offen?«

»Vielleicht. Es klingt sehr nach Sorglosigkeit, aber es wäre immerhin möglich. Jedenfalls also – sie hat es herausgekriegt und wollte es Garnette mitteilen. Nehmen wir an, er sei hereingekommen, habe diesen Zettel gelesen und – und habe sich überlegt, daß etwas geschehen müsse.«

»Ich glaube nicht, daß er diese Notiz las, Fox. Und wenn er sie las, glaube ich nicht, daß er der Mörder ist!«

»Warum nicht?« fragte Nigel.

»Weil er den Zettel vernichtet haben würde.«

»Richtig«, stimmte Fox bei.

»Aber«, fuhr Alleyn fort, »wie gesagt, ich glaube nicht, daß er sie gelesen hat. Sind hier irgendwo Zigarettenstummel von dieser Sorte?«

Alle drei machten sich auf die Suche. Alleyn ging sogar ins Schlafzimmer hinüber, kam aber nach einigen Minuten wieder zurück.

»Nichts«, meldete er, »außer daß Mr. Garnette gar nicht vorteilhaft aussieht mit offenem Mund! Aber da ist immer noch diese mysteriöse offene Hintertüre. Haben Sie im Schlafzimmer alles genau durchsucht, Fox?«

»Beim Lavabo fand ich eine ganz schwache Spur irgendeines Pulvers, Sir. Sonst gar nichts!«

»Und Zigarettenstummel sind hier auch keine?«

»Nein«, antwortete Fox, der noch im Kamin nachsuchte. »Von Virginiazigaretten sind einige da – wahrscheinlich von Dr. Curtis und Mr. Bathgate. Türkische keine.«

»Dann hat er die Dose nicht geöffnet.« Alleyn zuckte die Achseln. »Packen Sie Dose und Zettel und alles in meinen Koffer. Machen wir Schluß jetzt und gehen wir nach Hause!«

»Und morgen?« erkundigte sich Nigel.

»Morgen wird Mr. Garnette dieses Wunderpaket öffnen.«

»Und der fragliche Herr, Sir?« fragte Fox.

»Ja? Was ist's mit ihm?«

»Ich meine – kann man ihn allein lassen? In diesem Zustand?«

»Himmel, Fox! Welch zarte Rücksichtnahme! Dieser Herr wird morgen aufwachen und eine belegte Zunge haben! Und er wird höchstwahrscheinlich sehr, sehr verstört sein. – Wir werden zwei Leute hierlassen, schon wegen dieser Hintertüre. Los, Fox, machen wir hier Ordnung, ja? Ich übernehme den Schreibtisch.«

Die beiden Detektive legten alles wieder genau dorthin, woher sie es genommen hatten. Alleyn schloß den Safe ab und steckte den Schlüssel ein. Während Fox den Koffer packte, schlenderte der Chefinspektor zum Büchergestell hinüber und las halblaut die Titel. »›Koran, Geistige Erleuchtung eines Fakirs, Von Wotan zu Hitler, Die Seele der Lotosknospe, Auftrag und Sendung, Inana Yoga‹ 5 – Gute Götter! Da ist etwas von ihm selbst! Wahr und wahrhaftig, ein Band Gedichte! Purpurroter Wildledereinband! Himmel, steh mir bei! Purpurrotes Wildleder! ›Eros am Kalvarienberg‹ von Jasper Garnette! Das alte Schwein!«

Alleyn schob die Gedichte des Herrn Garnette in das Regal zurück. Dann griff er in die hintere Bücherreihe und brachte ein paar staubige, brauneingefaßte Bände zum Vorschein.

»Petronius, Casanova, Dekameron«, zählte er auf, »und so weiter! Das ist ja ein recht schlüpfriger Schlupfwinkel! Und alles brav in braunes Papier gewickelt! Oho, was ist denn das?«

Er kam zum Tisch und hielt ein altes Buch ans Licht.

»Abberleys ›Kuriositäten der Chemie‹, herausgegeben bei Gasock und Hauptmann, New York, im Jahre 1865! Ein seltsames, altes Buch! Wo habe ich es bloß gesehen? Wo?«

Er hielt das Buch nachdenklich in den Händen und bemerkte gar nicht, daß es sich von selber öffnete. »Jetzt weiß ich es«, rief er plötzlich. »In der Bodleiana, in Oxford! Vor zwanzig Jahren!«

Er wandte sich zu Nigel um und sah, daß dieser junge Mann mit offenem Munde und vortretenden Augen dastand.

»Na, Bathgate, was ist denn mit Ihnen los?«

Nigel deutete wortlos auf das Buch in des Inspektors Hand. Alleyn und Fox sahen verwundert darauf nieder.

Das Buch hatte sich auf der Seite geöffnet, die die Überschrift trug: »Eine einfache, aber wenig bekannte Methode, Natriumzyanid herzustellen.«

12

Alleyn sammelt Material

»Alle Wetter! Das ist ja eine merkwürdige Sache«, entfuhr es Alleyn. »Ich frage mich, ob es ein reiner Zufall ist!«

»Ich würde das eher die Hand des Schicksals, der Vorsehung nennen, oder dann etwa Nemesis oder so ähnlich«, sagte Nigel.

»Das würden Sie ganz sicher – auf der Titelseite! Aber hier lassen Sie das bitte bleiben, ja?«

»Aber so hören Sie doch, Alleyn«, ereiferte sich Nigel. »Da

steht, daß man Natriumzyanid aus Wolle und Waschsoda herstellen kann!« Er las es laut vor: »Es ist vielleicht gut, daß dieses einfache Rezept nicht allgemein bekannt ist. Anfänger seien ausdrücklich vor seiner Anwendung gewarnt, denn das so gewonnene Gift ist außerordentlich gefährlich.«

»Schön! Aber fassen Sie das Buch nicht so ungestüm an. Bailey muß Abdrücke suchen. Es ist übrigens weniger staubig als die anderen, und der braune Umschlag ist neuer. – Mir gefällt die Sache nicht!« Er gab Bailey das Buch. »Fingerabdrücke! Nach was riecht das Buch eigentlich?«

»Es sind Flecken darauf, Sir, die riechen so komisch.«

»Aber, Alleyn, hören Sie doch zu!« unterbrach Nigel das Gespräch. »Das ist doch alles von größter Wichtigkeit! Wenn der Gerichtsarzt nun irgendeine Zyanidverbindung findet – und wenn dieses Buch hier bei Garnette gefunden wurde––«

»Ich weiß, ich weiß. Ungewöhnlich sorglos, das Buch hierzubehalten? Förmlich dumm, wie?«

»Ja, glauben Sie denn an einen Zufall?«

»Sehen Sie, Bathgate, das ist so: Wir wissen, daß Miß Quayne wahrscheinlich durch ein Zyanidpräparat vergiftet wurde. Wir glauben, daß dieser Mord von einem unter acht Menschen begangen worden sein muß. Wir haben Grund zur Annahme, daß das Gift mittels eines Zigarettenpapiers in den Kelch praktiziert wurde. Wir haben gehört, daß Miß Quayne Obligationen im Werte von fünftausend Pfund im Safe des Mr. Garnette hinterlegte. Wenn das stimmt, dann sind heute diese Obligationen jedenfalls verschwunden und durch Zeitungspapier ersetzt worden. Wir haben ferner die Nachricht gelesen, die Miß Quayne dem Priester zukommen ließ, wonach sie eine schreckliche Entdeckung gemacht habe. Ob sich diese Entdeckung auf die Obligationen bezieht oder nicht, können wir vorläufig noch nicht beurteilen. Dann haben wir ein altes Buch über Chemie in Mr. Garnettes Bücherbrett gefunden, das sich automatisch an der Stelle öffnet, wo das Rezept für hausgemachtes Natriumzyanid steht. Soweit die greifbaren Tatsachen.«

»Und das Motiv?« fragte Nigel.

»Sie meinen, Garnettes Motiv, nicht wahr? Sie haben also scheinbar Mr. Ogden als Bösewicht gestrichen?«

»Ich habe Ogden nicht ernstlich verdächtigt, obwohl es mich nicht wundern sollte, wenn Garnette und er schon in den Staaten gemeinsame Gaunereien gemacht hätten.«

»Das glaube ich nicht, Mr. Bathgate«, ließ sich Fox vernehmen. »Father Garnette war doch unter Alkoholeinfluß ziemlich ehrlich und sagte, daß er Mr. Ogden auf der Überfahrt auf dem Atlantik kennenlernte. Das deckt sich genau mit Mr. Ogdens Aussagen.«

»Sehr richtig, Bruder Fox«, lobte Alleyn. »Außerdem finde ich die Definition etwas gewagt, daß, wenn zwei Männer aus Amerika kommen und einer von ihnen ein Schuft ist, sie deswegen alte Kumpane sein müssen.«

»Allerdings sind sie jetzt doch geschäftlich liiert«, gab Fox zu bedenken, »wobei aber Mr. Ogden eher das Opfer zu sein scheint.«

»Wenn Mr. Garnette diese Obligationen gestohlen und Miß Quayne vergiftet hat«, sagte Alleyn, »dann hat er das auf eine äußerst ungewöhnliche Art getan. Er wählte dafür einen Moment, da er und sieben weitere Personen gleicherweise verdächtigt werden müssen. Er muß sich gesagt haben, daß seine Wohnung gründlich durchsucht werden würde, und doch läßt er dieses Buch hier liegen, wo es bei einer noch so flüchtigen Suche unweigerlich entdeckt werden muß. Er vernichtet keinen seiner Briefe und läßt den Zettel, der von einer schrecklichen Entdeckung spricht, zuoberst in einer Zigarettendose liegen.«

»Aber Sie sagten doch vorhin, er habe diesen Zettel nie gefunden«, rief Nigel.

»Wenn dem so ist – warum mußte er sie töten?«

»Vielleicht hat sie ihn angerufen oder so etwas.«

»Gewiß, aber hätte sie dann diesen Zettel nicht erwähnt?«

»Und die anderen, Sir?« gab Fox zu bedenken. »Es sind doch eigentlich lauter – lauter komische Leute. Vielleicht hat einer von ihnen einen Grund für diesen Mord gehabt.«

»Ja, zum Beispiel Eifersucht«, warf Nigel ein, »oder Leidenschaft! Oder religiöser Wahnsinn!«

»Bathgate, Sie sprechen heute wie ein Märchenbuch, wirklich wahr! Das macht mich langsam müde!«

»Machen Sie jetzt keine Witze, Alleyn! Gehen wir doch die

ganze Gesellschaft systematisch durch!«

»Also gut, meinetwegen«, gähnte Alleyn resigniert. »Es ist zwar schon verdammt spät, aber fangen wir an. A: Mrs. Candour.«

»Eine bösartige Person«, rief Nigel eifrig. »Auf alles und jedes eifersüchtig, sogar auf diesen Laffen Wheatley. Dazu kommen die beiden Papierfetzen aus dem Kamin, auf denen man noch entziffern kann ›Ich möchte Sie warnen‹ und dann M-S und CA und wahrscheinlich das obere Stück eines N – also wieder Mrs. Candour. Und haben Sie ihr Gesicht gesehen, als sie sagte, daß Cara jetzt gar nicht mehr hübsch aussehe? Obszön und widerlich!«

»Allerdings«, gab Alleyn zu, »da haben Sie gut beobachtet. Es war eine scheußliche, kleine Privatvorstellung. Hätte sie das auch getan, wenn sie Miß Quayne umgebracht hätte? Möglich, denn am Schluß versuchte sie ja dann, in Charme und Sympathie zu machen. Soviel von Mrs. Candour. – Folgt B: M. de Ravigne.«

»Ja, der französische Herr«, sagte Fox. »Er war verliebt in die Verstorbene. Zwischen ihr und dem Pfaffen scheint sich verschiedenes abgespielt zu haben. Dafür war Mr. Pringle ja wohl Augenzeuge. Aber Monsieur ließ nichts davon verlauten.«

»Dafür dachte er um so mehr«, murmelte Alleyn nachdenklich. »Jawohl, Fox, Monsieur war sehr kühl, nicht wahr?«

»Auffällig kühl, ja«, sagte Fox, »bis ich die Fotografie der Verstorbenen anfaßte – da fuhr er auf wie ein Berserker. In Frankreich wird ja dem *›crime passionel‹* immer eine Sonderstellung eingeräumt! Man läßt die Leute laufen für so etwas. Haben Sie gehört, Sir, was Miß Wade von dem Taschentuch sagte?«

»Ja, ich habe es gehört. O Gott, ich werde die Freundschaft zwischen Monsieur und Miß Quayne weit zurückverfolgen müssen, bis nach Frankreich«, seufzte Alleyn müde. »Na, schön! Jetzt käme als nächste C: Miß Wade.«

»Uninteressant«, sagte Nigel bestimmt. »Eines dieser leicht heidnisch angehauchten Kirchenhühner, aber sonst eine gute, alte Jungfer, glaube ich.«

»Sie hat sich dem Chef gegenüber frech benommen«, brauste Fox plötzlich auf. »›Wachtmeister!!‹ – Einem Chefinspektor!«

»Ich fand so nett, wie sie behauptete, sie habe die Augen immer fest geschlossen gehalten, und dann doch erzählte, was jeder einzelne tat«, grinste Nigel.

»D wäre demnach Mr. Pringle«, bemerkte Fox. »Und das ist nun etwas anderes. Meiner Meinung nach kommt er als Täter am ehesten in Frage. Neurotiker, leicht erregt, Rauschgift.«

»Zugegeben«, stimmte Alleyn ihm bei, »er ist der Typ für so was. Er ist innerlich wund und aufgekratzt und leidet an den Nachwehen einer hemmungslosen Heldenverehrung. Dummer, junger Kerl! Ich hoffe, daß er es nicht ist!«

»Miß Quayne muß ihm ja offensichtlich wie Garnettes böser Geist vorgekommen sein«, gab Nigel zu bedenken.

»Gewiß«, antwortete Alleyn. »Ich will mich hier bestimmt nicht als Autorität auf diesem Gebiet aufspielen, aber mich dünkt, ein Mensch in Pringles Verfassung würde eher den Gegenstand seiner Verehrung angreifen als dessen – wie soll man das nennen? – Versucherin!« Nach einer langen, gedankenverlorenen Pause sprach Alleyn weiter. »Immerhin – da wäre also einmal Pringle. Neurotisch, süchtig, zutiefst enttäuscht. Er baute Garnette Altäre in seinem Herzen und machte dann eine grauenvolle Entdeckung. – Wir müssen übrigens ein paar von Mr. Garnettes Zigaretten zur Analyse mitnehmen.«

»Jawohl, Sir. – Jetzt kommt Miß Jenkins, E, an die Reihe.«

»Eine nette Person«, fiel Nigel ein, »nicht eigentlich hübsch, aber angenehm. Amüsant und intelligent.«

»Sehr intelligent«, sagte Alleyn. »Also? Im Falle von Miß Jenkins keinerlei offensichtliches Motiv. Folgt Mr. Ogden.«

»Mr. Ogden, F.« Fox blieb ruhig und fast feierlich. »Wir können Mr. Ogden eigentlich nur aus einem Grund verdächtigen, Sir, und das ist, weil er Amerikaner ist und Father Garnette auch einer zu sein scheint. Aber das sind keine wirklichen Anhaltspunkte.«

»Sie haben recht, Fox«, gab Alleyn zu. »Ich persönlich glaube übrigens, daß die beiden sich erst auf dem Atlantik kennenlernten.«

»Dann wären wir ja schon reihum«, sagte Nigel.

»Sie vergessen Lionel und Claude, Bathgate. Aber Lionel war mit dem Weihrauchfaß beschäftigt und kommt nicht in Betracht. Und Claude berührte ja den Kelch nicht, hatte also weit weniger

Gelegenheit, etwas hineinfallen zu lassen, als die andern alle.«

Alleyn stand auf. »Man sagt immer, Gift sei die Waffe einer Frau, das ist eine verhängnisvolle Verallgemeinerung! – Na, jedenfalls wollen wir jetzt nach Hause gehen, wie? Noch eines möchte ich–– Bailey, haben Sie noch irgendwelche Fingerabdrücke gefunden?«

Sergeant Bailey hatte die längste Zeit im Hintergrund gestanden und sich sehr gelangweilt. »Auf dem Buch ist nichts«, gab er jetzt brummig Auskunft. »Auf dem Paket ist Ehrwürden Garnette. Im Schlafzimmer sind neben den seinen noch andere Abdrücke, wahrscheinlich die von Mr. Pringle.«

»Haben Sie herausbekommen, wie diese Fackel funktioniert?«

»Jawohl. Naphta. Flasche steht in der Garderobe.«

»Können Sie die Flamme für einen Moment etwas heller machen.«

»Jawohl, Sir.«

»Haben Sie zufällig Zigarettenpapier bei sich?«

Bailey zog ein paar Blättchen Zigarettenpapier aus der Tasche und reichte sie Alleyn. Alleyn füllte einen Kelch halb mit dem Portwein aus Father Garnettes Wandschrank, streute ein wenig Salz in eines der dünnen Papierchen, klebte es zu, faltete ein Ende zusammen und klemmte das Säckchen zwischen die Finger. Fox hatte inzwischen den Safe versiegelt und reichte Alleyn die Schlüssel.

»Kommen Sie«, befahl Alleyn. Er ging voraus zu den Altarstufen und sah dabei durch das dunkle Mittelschiff hinunter. »Kommt einmal einen Augenblick hierher, alle!« rief er. Aus der Garderobe, von der Eingangshalle und aus dem Seitenschiff kamen ein paar Männer.

Als alle auf den Altarstufen unter der wieder hell lodernden Fackel versammelt waren, bat Alleyn sie, niederzuknien. Man gehorchte ihm zögernd. Nigel war unbehaglich zumute, als sich nun die Szene in großen Zügen wiederholte, der er viel früher an diesem Abend schon einmal beigewohnt hatte. Cara Quaynes Geist schien umzugehen.

Alleyn kniete sich ebenfalls nieder. Sie reichten sich den Kelch zu, wobei sie nach Nigels Angaben die Hände falteten. Zweimal ließ Alleyn den Kelch die Runde machen, dann erhoben sich alle von den Knien.

Plötzlich warf Alleyn den Kelch zu Boden. Er polterte ein wenig, und der Wein floß über den Teppich. Alleyn beugte sich nieder und forderte die anderen auf, sich den Kelch anzusehen. Am Boden des Kelches klebte ein dünnes Blättchen Papier.

»Wann haben Sie es hineinfallen lassen?« fragte Fox.

»Schon beim erstenmal. Sehen Sie, niemand hat es auch nur bemerkt. Es ist bei dieser Beleuchtung einfach zu dunkel hier. Die kleine Tüte glitt in den Wein, öffnete sich, das Salz fiel heraus, und das Papier wurde durchsichtig. Dabei hatte ich das meine nicht einmal rot gefärbt, und trotzdem hat es niemand gesehen.«

»Teufel, Teufel«, sprach Fox.

Bailey brummte etwas in seinen Bart und beugte sich nieder, um das Papier zu examinieren.

»Ja, aber«, fuhr Fox plötzlich auf, »wie konnte der Mörder wissen, daß es so sicher wirken werde?«

»Das, mein Lieber«, antwortete Alleyn, »ist wieder etwas anderes. Und ich glaube, das ist der springende Punkt der ganzen Affäre!«

Zweiter Teil

13
Nannie

Nigel wachte am Morgen nach seinem Besuch im Hause der Heiligen Flamme mit einem Gefühl der Unruhe auf, so, als habe ein Alptraum ihn die ganze Nacht geängstigt. Er nahm ein Bad, las sein Morgenblatt, in welchem noch kein Wort von der nächtlichen Tragödie stand. Um so besser! Er rief seine Redaktion an, kramte in seinen Notizen und arbeitete eine Stunde lang ernstlich und angestrengt. Dann rief er Scotland Yard an. Chefinspektor Alleyn war in seinem Büro – Chefinspektor Alleyn wollte sich mit Mr. Bathgate verbinden lassen.

»Hallo!« sagte Nigel überströmend herzlich.

»Was wollen denn Sie schon wieder?« lautete die Gegenfrage.

»Wie geht es Ihnen, Alleyn?«

»Ich erfreue mich einer ausgezeichneten Gesundheit, danke! Also? Was wollen Sie?«

»Es handelt sich lediglich – es ist nur wegen meines Artikels.« Stille. »Weil ich ihn so bald wie möglich abgeben möchte.«

»In Gottes Namen denn, kommen Sie rasch damit her!«

Der Inspektor grinste Nigel an, als der atemlos bei ihm anlangte. »Sie hartnäckiger Parasit! Setzen Sie sich. Es wird nicht lange dauern.« Nigel legte sein Manuskript vor Alleyn hin, der es sofort durchlas und ein paar wenige Worte durchstreichenswert fand. »Sieh einmal an, Sie lernen es doch noch, sich anständig auszudrücken!« lobte er. »Und jetzt rasen Sie wohl damit gleich in die Setzerei Ihrer Zeitung, wie?«

»Allerdings«, sagte Nigel stolz, »das muß auf die Titelseite! Diesmal werden sie alle anderen Meldungen herauswerfen und meine bringen! Was tun Sie heute morgen, Inspektor?«

»Ich gehe ins Haus von Cara Quayne, Shepherd Market.«

»Ich werde Sie dort aufsuchen!«

»Werden Sie? Wirklich?« lächelte Alleyn.

»Oder – vielleicht wollen Sie mich gar nicht dort sehen?«

»Doch, doch! Es wird mir ein Vergnügen sein. Warten Sie, ich gebe Ihnen lieber meine Karte. Aber zurückgeben, ja? Denken Sie an Ihre früheren Streiche!« Er warf Nigel eine Karte zu. »Also, in einer halben Stunde im Château Quayne!«

Als Nigel vor dem Hause Quayne anlangte, stand ein großer Polizist davor, dem er schon früher begegnet war und der Allison hieß.

»Bedaure, Sir«, sagte Allison amtlich, »Sie können nicht eintreten!«

»Ich fürchte, Sie irren sich gewaltig, denn ich habe eine Eintrittskarte. Hier!«

»In Ordnung, Mr. Bathgate«, sagte Allison. »Aber Sie dort, gehen Sie jetzt schon endlich weg!« Das galt einem eifrigen jungen Reporter, der versuchte, hinter Nigel ins Haus zu schlüpfen.

Nigel fand Alleyn in Cara Quaynes Wohnzimmer, einem reizvollen Raum, der gemäßigt modern eingerichtet war. Ein echter Van Gogh hing über dem Kamin, in welchem ein behagliches Feuer knisterte. Alleyn saß an einem bequemen Schreibtisch. Er wandte Nigel den Rücken zu, aber sein Gesicht spiegelte sich in einem riesigen Spiegel an der gegenüberliegenden Wand. Er war vertieft in seine Arbeit und hatte Nigel scheinbar gar nicht eintreten gehört.

Alleyn sieht eigentlich nicht nach Detektiv aus, dachte Nigel. Man könnte ihn viel eher für einen athletischen großen Herrn halten oder für einen Offizier der Armee. Nein, das klingt zu alltäglich – er ist anders–– irgendwie faunisch. Und dabei bringt er ja doch alles mit für einen Kriminalbeamten! Groß, schlank, dunkel, tiefliegende Augen––

»Sind Sie schon daran, einen neuen Artikel auszudenken, Bathgate?« fragte Alleyn plötzlich spöttisch.

»Ja – ja – das heißt, nein, ich dachte über etwas nach. Wie geht die Sache hier vorwärts?«

»Langsam, leider! Unseligerweise hat Miß Quayne sehr tüchtige Angestellte. Ich werde sie jetzt gleich verhören. Könnten Sie ihre Aussagen mitstenografieren, Bathgate? Dann brauche ich den Sergeanten nicht hereinzurufen.«

»Mit tausend Freuden«, strahlte Nigel.

Als erste erschien eine ältere Frau in schwarzen Kleidern: eisengraues Haar, ein bleiches Gesicht, buschige Augenbrauen und ein etwas verkniffener Mund. Sie hatte geweint, versuchte aber, sich nun sehr gelassen zu geben. Alleyn stand auf und schob ihr einen Stuhl zurecht.

»Sie sind Miß Edith Hebborn, nicht wahr?« fragte er.

»Ja, Sir.«

»Ich bin Inspektor Alleyn. Wir müssen, wie Sie wohl wissen werden, Erkundigungen einholen, die Licht auf den Tod von Miß Quayne werfen könnten. Bitte, nehmen Sie doch Platz.«

Miß Hebborn setzte sich steif auf einen Stuhl, sagte aber kein Wort.

»Wie lange waren Sie bei Miß Quayne in Diensten?« fragte Alleyn.

»Fünfunddreißig Jahre.«

»Fünfunddreißig! Das ist ja fast ihr ganzes Leben lang!«

»Sie war drei Monate alt, als ich kam. Ich war ihre Nannie.«

»Ich verstehe«, sagte Alleyn behutsam. »Dann muß die Sache nicht nur ein Schrecken, sondern vielmehr ein großer Schmerz für Sie sein. Und Sie blieben dann auch späterhin bei ihr?«

»Ja, Sir, als Haushälterin.«

»Würden Sie mir mehr von ihr erzählen, bitte? Von ihrer Kindheit, wo sie aufwuchs und von ihrer Familie?«

»Sie war das einzige Kind und wurde nach ihres Vaters Tod erst geboren.«

»Ihr Vater war Oberst Quayne von Elderbourne Manor, nicht wahr?«

»Ja. Er war mit seiner Frau in Indien. Wurde beim Polo getötet. Mrs. Quayne kam nach England zurück, als Miß Cara einen Monat alt war. Ein Jahr nach ihrer Rückkehr starb Mrs. Quayne.«

»Und wohin gingen Sie dann mit dem Baby?«

»Nach Frankreich«, sagte Nannie. Dann fügte sie noch hinzu: »Ausgerechnet.«

»Und warum?«

»In England lebten überhaupt keine Verwandten mehr. Alle nahen Verwandten waren gestorben. Eine Kusine zweiten Grades von Oberst Quayne lebte in Neuseeland oder da unten irgendwo. Aber eine Tante von Mrs. Quayne war halbfranzösischer Herkunft, man hat es ihr allerdings nie angemerkt.«

Alleyns nette, aufmerksame Art hatte sie etwas aufgetaut. Ungefragt fuhr sie fort: »Wir ließen uns in einem kleinen Haus in der Nähe dieser Tante nieder, die Madame Verné hieß und im Schloß Verné wohnte, nahe von Antibes. Dort blieben wir acht Jahre lang. Dann wurde Miß Cara in ein Kloster geschickt, in ein katholisches Kloster! Madame wünschte das und der andere Vormund auch. Der ist inzwischen gestorben. Ich wohnte von da an im Schloß und sah Miß Cara nur, wenn sie in den Schulferien heimkam. Und so blieb alles, bis Miß Cara siebzehn Jahre alt war. Dann starb Madame, und das Schloß wurde verkauft.«

»Aber Sie hatten immer – ich meine, finanzielle Schwierigkeiten hatten Sie und das Kind nie?«

»Miß Cara war eine Erbin, Sir! Der Oberst, Mrs. Quayne und dann Madame – alle hatten ihr ein ziemliches Vermögen hinterlassen. Es ging uns immer sehr gut in dieser Beziehung.«

»Aber Sie blieben mit Miß Cara in Frankreich?«

»In Paris, ja. Miß Cara liebte diese Stadt sehr und hatte Freunde dort.«

»Gehörte M. de Ravigne zu diesen Freunden?«

»Ja.« Es klang kurz und abweisend.

»Halten Sie ihn für keinen passenden und angemessenen Bekannten?«

»Ich hielt ihn dafür – bis vor kurzem.«

»Und was veranlaßte Sie, Ihre Meinung zu ändern?«

»Erst konnte ich an M. de Ravigne keinen Fehler entdecken. Er war mit Madame befreundet gewesen und hielt sich oft in Schloß Verné auf. Gewiß, er war Ausländer, aber das bemerkte man wirklich kaum. Nun, Sir, als wir nach London übergesiedelt waren, änderte M. de Ravigne sich ganz gewaltig, und zwar zu seinem Nachteil. Kaum waren wir hier eingerichtet, rief er an und sagte, London gefalle ihm sehr, es – es entspreche seinem – ich habe vergessen, was –«

»Seinem Temperament vielleicht?«

»Richtig, Sir. Aber natürlich war er wegen Miß Cara gekommen! Er war immer sehr ergeben, aber sie machte sich nichts aus ihm. Nie! Und dann fing er an, von einer neuen Religion zu sprechen, die er entdeckt habe – einen Haufen dummes Zeug erzählte er davon.«

»Sie meinen das Haus der Heiligen Flamme, Miß Hebborn?«

»Heilige Flamme!! Gemeiner, böser, heidnischer Unfug! Und dieser Mr. Garnette mit seiner weichen Art und dem dummen, gefährlichen Gerede! Ich werde M. de Ravigne in meinem ganzen Leben nicht verzeihen, daß er Miß Cara da hineingezogen hat! Das weiß er aber auch ganz genau! Es veränderte sie vollkommen. Sie war immer ein nervöser, etwas überspannter Mensch gewesen – schon als Kind war sie leicht erregbar, und jetzt als Frau erst recht.«

Sie nagte an der Unterlippe und fuhr dann fort:

»Vom Moment an, wo sie diesen – diesen Tempel besuchte, wurde es immer ärger. Und ich konnte nichts dagegen tun, rein gar nichts! Einmal hat sie mich mitgenommen. Ich kann Ihnen sagen, Inspektor, der Anblick dieser nackten, heidnischen Idole, alle diese satanischen Symbole und so – es war ärger als Rom! Und als ich dann erfuhr, daß sie die Leiterin von den scheußlichen Zeremonien in dieser Kirche werden solle, da wünschte ich nur, daß sie als unschuldiges Kind gestorben wäre! Ich wünschte – –«

Sie brach plötzlich ab und zitterte am ganzen Leib.

»Ruhig, Nannie«, sagte Alleyn tröstend, »ruhig!«

»Ja, Sir. Danke schön. Aber Gott ist mein Zeuge, daß ich lieber gehabt hätte, sie wäre als Kind zur römischen Kirche übergetreten, wirklich, mir wäre das lieber gewesen!«

»War M. de Ravigne der einzige, der sie in diese Sekte einführte?«

»Er hat jedenfalls damit angefangen, ja! Eines Abends nahm er sie mit. Es werde sie bestimmt amüsieren, sagte er. Amüsieren, jawohl! Und dieser Mr. Garnette – ich kann diesen Kerl nicht Ehrwürden nennen! – machte, was schon schlimm genug war, noch viel ärger! Der Teufel in der Hölle kann nicht gemeinere Sachen sagen. Und dann kam dieses Getue! Sie glaubte, daß ich es nicht bemerke. Aber ich habe es sehr wohl bemerkt!«

»Und wie konnten Sie es bemerken?«

Diese Frage schien Nannie ein wenig aus dem Konzept zu bringen. »Nun, ich hörte eben verschiedenes, wenn diese Bande herkam zu Besuch. Diese Mrs. Candour! Keine nette Frau und vor allem keine Lady, das sah man doch auf den ersten Blick, Sir.

Und dann Miß Wade, die in ihrem Alter auch schon etwas gescheiter sein dürfte – die dauernd redete und redete, vom ›Lieben Father Garnette‹. Und ich mußte danebenstehen und zusehen, wie mein Baby immer tiefer und tiefer ins Höllenfeuer versank –«

Sie konnte nicht weitersprechen. Ihre Lippen zitterten, und sie fuhr sich mit der Hand über den Mund.

»Bitte, Nannie, wollen Sie mir jetzt noch genau sagen, was Miß Quayne gestern alles tat?« fragte Alleyn ganz ruhig.

Miß Quayne hatte den Morgen in ihrem Zimmer verbracht, wo sie anscheinend in Meditation versunken gewesen war. Sie hatte nicht zu Mittag gegessen. Ungefähr um zwei Uhr hatte sie nach ihrem Wagen geklingelt, und der Chauffeur hatte Nannie berichtet, daß er sie in die Kirche fahren mußte. Er erinnerte sich auch, daß sie um zehn Minuten vor drei Uhr wieder herauskam. Sie hatte sehr aufgeregt ausgesehen, hatte der Chauffeur den Dienstboten berichtet. Von der Kirche war Miß Quayne direkt nach Hause gefahren.

»Noch eine Frage: Wo waren Sie gestern nacht, als wir Sie anzurufen versuchten?«

»Ich machte einen Spaziergang.«

»Bei diesem Wetter?«

»Ja, Sir. – Sie hatte mir erzählt, daß nun ihr erster Abend als – auserwähltes – irgend so ein Larifari – sei, und das machte mich ganz krank. Als die Türe zufiel und ich ganz allein dasaß, hielt ich es einfach nicht mehr aus. Zuerst dachte ich, ich wolle in einen Abendgottesdienst meiner Kirche gehen, aber ich konnte nicht. Also nahm ich Hut und Mantel und ging Miß Cara nach!«

»Ins Haus der Heiligen Flamme?«

»Ja. Sir. Ich war verzweifelt, wissen Sie.«

»Ich verstehe. Und was wollten Sie dort unternehmen, was gedachten Sie zu tun?«

»Das weiß ich selbst nicht. Außerdem waren die Türen verschlossen, als ich dort ankam. Ein Jüngling mit einem blatternarbigen Gesicht sagte mir, ich könne nicht mehr hinein. Also mußte ich wieder umkehren. Als ich mich zum Gehen wandte, hörte ich sie drinnen lärmen, und diese Katzenmusik machte mich ganz verrückt! Ich rannte lange im Regen herum, und es war spät, als ich heimkam. Die anderen Dienstboten waren schon zu Bett gegangen. Ich wartete auf sie – auf Miß Cara. Ich wartete noch, als die Polizei anrief – da war es schon Morgen.«

»Richtig, ja. Was ich noch fragen wollte – wann haben sie Mr. Garnette geschrieben und ihn gewarnt, die Hände von Miß Cara zu lassen?«

Es würde schwerfallen, zu entscheiden, wer verblüffter aussah, Nigel oder Nannie. Nannie sah während einiger Sekunden starr vor sich hin und stieß dann plötzlich hervor:

»Freitag abend.«

»Dann hat er den Brief also Samstag bekommen?«

»Ja.«

»Und Sie gingen eigentlich in den Tempel, um sich zu vergewissern, ob Ihre Warnung gewirkt habe?«

»Ja.«

»Verstehe. Ich danke Ihnen, Nannie.«

Die alte Frau zögerte, und als sie wieder sprach, kamen die Worte verlegen und unsicher.

»Das ist aber noch nicht alles, Sir. Als mir die Türe vor der Nase zugeschlagen wurde in diesem Tempel, hielt ich es nicht aus. Ich mußte einfach wissen, ob – ob sie doch dieser Zeremonie als – Dingsda – beiwohnen werde. Ich ging um das Gebäude herum und kam in einen Hof, in den der Lärm von drinnen heraustönte. Ich sah eine Tür und horchte an ihr. Plötzlich bemerkte ich, daß die Türe nicht zugesperrt war und – und –«

»Und Sie gingen hinein?«

»Ja, Sir, ich fühlte, daß ich hineingehen mußte. Ich mußte alles wissen. Es war das Wohnzimmer dieses Menschen – Garnette –, durch das ich ging. Von draußen hörte man eine einzelne Stimme immer lauter werden. Miß Cara hatte mir einmal von dieser Wohnung erzählt, und so wußte ich, daß eine Türe in die Kirche führt. Die öffnete ich ein wenig und schob den Vorhang davor beiseite.«

»Und? Was haben Sie gesehen?«

»Ich sah Miß Cara, die eben die Stufen zum Altar heraufrannte. Dieser Garnette stand mit dem Rücken zu mir. Ich sah ihr Gesicht – ihr liebes, hübsches Gesicht –, es war grauenhaft!

Dann wandte sie sich den anderen zu und fing an zu schreien. Ich wollte hineingehen und sie schweigen heißen! Aber ich war unfähig, mich zu rühren. Vielleicht hätte ich sie retten können, Inspektor! Doch, doch – sagen Sie gar nichts, ich weiß es! Und dann kam die ganze Meute auf sie zu.«

»Ja. Bitte weiter!« Alleyn war jetzt ganz gespannte Aufmerksamkeit. »Berichten Sie ganz genau, was dann geschah!«

»Ich werde es bis zu meiner Todesstunde nicht vergessen! Zuerst kam dieser Amerikaner, Mr. Ogden. Dann zwei andere, dann dieser junge Mann und Miß Jenkins. Übrigens die einzige, mit der ich etwas zu schaffen haben möchte. Eine arme Verführte, wie mein liebes Kind! Mrs. Candour und die alte Miß Wade versuchten, neben diesen Garnette zu kommen. Beide stießen und drängten sich an seine Seite, aber schließlich gelang es Miß Wade doch nicht, denn sie prallte mit dem Amerikaner zusammen und fiel beinahe hin. Meiner Ansicht nach hat der Herr das getan, um sie etwas Anstand zu lehren!«

»Aha. Und was geschah weiter?«

»Mr. Ogden schob sie an die Seite von M. de Ravigne und nahm selbst den Platz neben diesem Garnette ein.« Nannie seufzte. »Und dann begann mein armes Kind wieder mit... Ach, fragen Sie mich nicht! Ich konnte das nicht mehr mit ansehen. Es schien etwas in mir zu zerbrechen. Ich wandte mich ab – und gelangte irgendwie wieder auf die Straße.«

Sie drehte den Kopf, schluchzte laut auf und putzte dann geräuschvoll die Nase.

Alleyn stand auf. »Ich will Sie nicht länger zurückhalten. Wissen Sie vielleicht, ob Miß Cara ein Testament gemacht hatte?«

»Sie hat vor Jahren eines gemacht, ja, Sir. Aber ich glaube, das hat sie abgeändert. Sie wollte zu Mr. Rattisbon gehen – das ist der Anwalt. Diese ganze Meute hat viel Geld aus ihr herausgepreßt, das weiß ich.«

»Wieviel?«

»Das weiß ich nicht. Aber ich vermute, daß es sehr viel war. Und ich glaube ferner, daß sie ihnen noch den Rest vermacht hat.« Sie senkte die Stimme und sah Alleyn fest an. »Wenn sie ermordet worden ist, Sir, dann wurde sie wegen ihres Geldes ermordet!«

»Das ist ein sehr häufiger Mordgrund«, gab Alleyn zu. »Und nun gehen Sie, Nannie, und ruhen Sie sich etwas aus. Sie haben es nötig.«

14
Nigel macht Aufstellungen

»Eine prachtvolle Frau«, erscholl Nigels Stimme aus dem tiefen Lehnstuhl.

»Ja, nicht wahr?« sagte Alleyn, »Wir werden den Türhüter im Hause des Verruchten befragen müssen.«

»Ob sie wirklich dort war?«

»Jawohl.«

»Sagen Sie«, fragte Nigel gespannt, »wie konnten Sie wissen daß sie--«

»Ruhe! Wir wollen jetzt die übrigen Leute von der Dienerschaft verhören.«

Der Rest der Dienerschaft erwies sich als ziemlich unintelligent. Zwei Hausmädchen, eine Zofe, ein Chauffeur und eine Köchin, die alle zweifach verstört zu sein schienen: einmal über die stattgefundene Tragödie und dann über den bevorstehenden Verlust ihrer Stellungen. Die Zofe, äußerlich eine kühle Frau, schien das Ganze als persönlichen Affront zu betrachten und befand sich in einer ziemlich explosiven Stimmung. Das erste Hausmädchen war furchtbar aufgeregt, das zweite Hausmädchen brachte keinen zusammenhängenden Satz heraus. Die Köchin weinte, aber sie tat das geistesabwesend und unbeteiligt, als halte sie es einfach für schicklich, nun zu weinen. Alle bestätigten die Aussagen Nannies, soweit sie ihre Tätigkeiten des vorhergegangenen Tages betrafen. Der Chauffeur gab noch einmal an, daß er Miß Cara zur Kirche gefahren und dort gewartet hatte und daß er sie um fünf Minuten vor drei wieder nach Hause gebracht hatte. Sie war ihm sehr komisch vorgekommen, als sie aus der Kirche kam, irgendwie »verbiestert«, wie er sich ausdrückte. Blaß sei sie gewesen und außer Atem. Übrigens sei ihm langweilig geworden im Wagen, und da sei er ausgestiegen und auf die Türe zugegangen, durch die Miß Quayne verschwunden war. Da diese offenstand, habe er Miß Quayne gerade aus einer Türe hinter dem Altar treten sehen. Sie habe anscheinend mit jemandem gesprochen, wahrscheinlich mit Father Garnette. Eine oder zwei Personen hätten die Kirche betreten, während er draußen wartete.

Alleyn fragte die Zofe, die seit längerer Zeit im Hause war, wer von den Geweihten regelmäßig Gast von Miß Cara gewesen sei. Er gab ihr eine Liste mit den Namen, die sie mit kokett weggestrecktem kleinen Finger in der Hand hielt.

»Fast alle diese Namen sind mir bekannt«, sagte sie.

»Und wer von diesen Herrschaften kam besonders oft her?«

»Mr. Ravigne, glaube ich«, gab die Zofe Auskunft, die Wilson hieß, »und Mr. Ogden und Mrs. Candour.«

»Mrs. Candour? Wann war sie das letztemal hier?«

»Das kann man im Buch nachsehen, wo wir die Einladungen aufschreiben.«

Wilson holte dieses Buch, und Alleyn studierte die Eintragungen sehr eingehend.

»Ich sehe, daß Mrs. Candour bis vor drei Wochen ein sehr häufiger Gast war. Sie hat jede Woche einmal mindestens hier gespeist. Und dann kommt ihr Name plötzlich nie mehr vor.« Er sah Wilson scharf an. »Wissen Sie, warum das so ist?«

»Es gab Krach«, sagte sie ungerührt.

»Worüber?«

»Na, hören Sie, ich pflege die Wohnzimmergespräche nicht in die Küche zu tragen!«

»Hier ist ja auch nicht die Küche, und dann könnte es sehr wichtig sein, Wilson! Haben sich Miß Quayne und Mrs. Candour wegen Mr. Garnette gestritten? – Wilson, Sie sprechen hier im Namen der Gerechtigkeit, denken Sie daran. – Also? Wann fand dieser Streit statt? Anläßlich des Mittagessens vom Mittwoch, den 14. November, als Mrs. Candour das letzte Mal hier war?«

»Ja, Sir. Oder eigentlich nach dem Mittagessen, als ich gerade den Kaffee ins Wohnzimmer bringen wollte. Da hörte ich, wie Mrs. Candour zu Miß Quayne sagte: ›Du weißt ganz genau, was ich sagen will‹, sagte sie, ›ich habe euch doch beobachtet und fand es ekelhaft‹, sagte sie. Die beiden Damen haben nicht gesehen, daß ich mit dem Servierbrett bei der Tür stand. Sie kamen aus dem Eßzimmer und gingen ins Wohnzimmer. Miß Quayne sah Mrs. Candour an und sagte: ›Ich hoffe, dich nicht verstanden zu haben, Dagmar‹, sagte sie, ›weil ich nicht glauben will, daß du seelisch auf einer so niedrig-irdischen Ebene stehst, mich und Father Garnette solcher Dinge zu verdächtigen‹, sagte sie. Und Mrs. Candour lachte und sagte: ›Wenn du dich eben jetzt nicht selbst auf niedrig-irdischer Ebene recht wohl fühlst‹, sagte sie, ›dann möchte ich wissen, wer sonst‹, sagte sie. ›Du brauchst gar nicht so Verstecken zu spielen, Cara‹, sagte sie, und Miß Quayne antwortete sehr laut darauf: ›Es ist ja ganz klar, Dagmar‹, sagte sie, ›daß du einfach ganz schrecklich eifersüchtig bist‹, sagte sie. Mrs. Candour stieß einen hohen Schrei aus, Sir, aber Miß Quayne sprach weiter: ›Weil Father Garnette mich auserwählte, um die verborgenen Geheimnisse von Körper und Seele zu entdecken‹, sagte sie – oder so etwas Ähnliches –, und Mrs. Candour lachte darüber. Und wie sie lachte, Sir! Und dann sagte sie: ›Glaube doch nicht, daß du mich beschwatzen kannst!‹ sagte sie. ›Ich schwöre dir heute schon, daß ich dem nicht untätig zusehen werde‹, sagte sie. Und da war ich schon so aufgeregt, daß ich ein wenig mit den Tassen klirrte, und Miß Quayne sagte: ›Pscht!‹, sagte sie, ›Wilson kommt!‹ Und dann trat ich ein.«

»Außerordentlich dramatisch!« rief Alleyn aus. »Ein phänomenaler Auftritt! Und dann tranken die beiden Damen ihren Kaffee?«

»Ihre Hände zitterten so stark, daß sie kaum die Tassen halten konnten, Sir.«

»Und Sie gingen wieder hinaus?«

»Ja, Sir, und machte die Türe hinter mir zu.« Es klang fast ein wenig Bedauern mit. Nach einer Weile ging Wilson, und Alleyn und Nigel waren allein.

»Sind Sie immer mitgekommen, Bathgate?«

»Es kann sein, daß ich das eine oder andere ›sagte sie‹ ausgelassen habe«, lachte Nigel, »aber sonst ist alles notiert. Ob diese Mrs. Candour das wirklich alles sagte?«

»Es würde mich nicht in Erstaunen versetzen«, sagte Alleyn. »Sie ist eine ziemlich ordinäre Person. Außerdem ist sie eine Lügnerin! Sie hat mir erklärt, daß sie nur ein-, zweimal hier war.«

»Ich frage mich, ob sie die Mörderin ist?«

»Zu beschränkt, würde ich sagen«, entgegnete Alleyn nachdenklich, »aber man kann freilich nie wissen. Der Staatsanwalt ist sehr aufgeregt über diesen Fall. Dabei müßte er eigentlich leicht sein – weil er so außergewöhnlich ist. Außergewöhnliche Fälle sind meistens ganz einfach. Die schwierigen Fälle sind die, wo ein Betrunkener einem anderen Betrunkenen einen Ziegelstein auf dem Kopf zerschlägt und ihn dann auf der Straße liegen läßt. – Bathgate, würden Sie eine Ihrer Analysen machen wollen? Die Aufstellung aller Leute und ihrer Motive, wissen Sie? So eine Art Bilanzbogen.«

»Soll ich das wirklich?«

»Ich bitte Sie darum. Ich werde dann einen überlegenen Blick darauf werfen und ein paar geistreiche Bemerkungen dazu abgeben. Es wird mein Selbstbewußtsein stärken! Nein, ernstlich, Bathgate, bitte machen Sie eine solche Aufstellung. Sie sehen die Dinge doch wieder von einem ganz anderen Standpunkt aus an, und das könnte mich auf neue Fährten bringen. Es wäre mir eine wirkliche Hilfe.«

»Aber mit dem größten Vergnügen«, sagte Nigel eifrig und machte sich sofort ans Werk.

Alleyn setzte sich wieder an den Damenschreibtisch und fuhr fort, Papiere zu sichten. Lange Zeit hindurch hörte man keinen Laut als das emsige Kratzen von Nigels Feder, ab und zu ein Knistern im Kamin und das Rascheln von Papier vom Schreibtisch her. Dann stand Nigel auf.

»So. Ich bin fertig.«

»Darf ich sehen?« bat Alleyn.

Nigel legte seine Aufstellung vor Alleyn hin. Er hatte folgendes aufgeschrieben:

DER MORD AN CARA QUAYNE

Verdächtig sind:

Die Geweihten, der Priester und der Ministrant.

Alle diese Personen hätten Gelegenheit gehabt, ein Zigarettenpapier mit – wahrscheinlich – einem Zyanidpräparat in den Kelch zu praktizieren.

Nähere Umstände:

Cara Quayne trank den Wein in einem Zustand äußerster Erregung. Sie kam mir wie hypnotisiert und ihrer selbst nicht ganz bewußt vor. Ich wurde an einen Derwisch oder eine Negerpriesterin erinnert.

»Haben Sie je eine gesehen?« fragte Alleyn.

»Nein. Das hindert nicht, daß sie mich an eine gemahnte!«

Alleyn las weiter:

Die anderen Geweihten waren ebenfalls sehr erregt, und es ist ziemlich unwahrscheinlich, daß einem von ihnen eine besondere Machenschaft mit dem Kelch aufgefallen wäre.

Garnette:

Meiner Ansicht nach der einzige normale Mensch. Er nahm den Kelch zweimal in die Hände. Es begann damit, daß er ihn Mrs. Candour überreichte, dann nahm er ihn Mr. Ogden ab und gab ihn an Miß Quayne weiter. Er hätte also am meisten Gelegenheit gehabt. Miß Wade sagt aus, daß er den Kelch »mit segnender Gebärde zudeckte«, ergo konnte er etwas hineinfallen lassen. *Motiv:* Die Verstorbene hat fünftausend Pfund in Papieren hinterlegt, die gestohlen wurden. Sie könnte ihm von ihrer »schrecklichen Entdeckung« erzählt haben. Wenn er dieses Geld gestohlen hat, kann das ein Mordgrund für ihn geworden sein. Es ist auch möglich, daß sie ihn in einem Testament berücksichtigt hat. *Anmerkung:* Ein Buch über Gifte war in seinem Büchergestell versteckt. Fällt an der Stelle über Natriumzyanid auseinander. Garnette spricht in alkoholisiertem Zustand amerikanischen Dialekt.

Mrs. Candour

Erste Geweihte, die den Kelch bekommt. Eifersüchtig auf Miß Quayne. *Motiv:* Stritt mit der Verstorbenen Garnettes wegen. Sehr sinnlich veranlagt, unhübsch, dumm und rachsüchtig. Die halbverkohlten Papierfetzen aus dem Kamin scheinen auf sie hinzuweisen: »Sir, ich möchte Sie warnen … M – S CAN –« usw. Kann das eine Warnung vor Mrs. Candour sein? Wenn ja, von wem?

M. de Ravigne:

Zweiter Geweihter, der den Kelch bekam. Miß Wade sagte aus, daß er den Kelchrand mit dem Taschentuch abwischte. Könnte auf diese Art Gift hineingestreut haben. *Motiv:* War offensichtlich in Miß Quayne verliebt, die aber sehr wahrscheinlich Mr. Garnettes Geliebte war. Ein sehr kühler Kunde. Hat die Verstorbene länger gekannt als alle anderen.

Pringle:

Vierter Geweihter. Neurotiker. Rauschgift. Verehrt Garnette. *Motiv:* Ertappt Garnette und Miß Quayne. Wahrscheinlich ganz erschlagen von dem Schock, beschließt, Garnette zu »retten«. Miß Wade sagt, er habe mit dem Kelch unehrerbietig herumgefuchtelt.

Miß Wade:

Dritte Geweihte im Kreis. Unwahrscheinlich. *Motiv:* Keines ersichtlich. Scheint die Sache Quayne-Garnette überhaupt nicht bemerkt zu haben.

Janey Jenkins:

Fünfte Geweihte: Mit Pringle verlobt. Unwahrscheinlich. *Motiv:* Keines.

Ogden:

Der letzte Geweihte, der den Kelch berührte. Begegnet Garnette auf der Überfahrt nach England. Sehr interessiert an der Kirche. Scheint ehrlich zu sein, aber man kann nie wissen. Hat großzügig gespendet für die Kirche. *Motiv:* Vielleicht waren Garnette und er bereits in den Staaten »Geschäftspartner« und sind es hier wieder. Wenn ja, dürfte sich Ogden angeboten haben, diesen Mord zu begehen. Garnette bestätigte in seiner Betrunkenheit die Aussagen Ogdens.

Claude Wheatley:

Trug den Weinkrug herum. Hätte Gift hineinschütten können. Gräßlicher Jüngling. Verliebt in Garnette. Vielleicht hatten die Griechen ein Wort für so etwas. *Motiv:* Eifersucht. Trotzdem unwahrscheinlich. Zu feige dazu. *Anmerkung:* Falls die Autopsie eine Zyanidvergiftung bestätigt, ist Buch über Gifte ein absoluter Beweis und belastet Garnette. Die Aussage des Chauffeurs, daß Miß Quayne an dem Nachmittag die Kirche besuchte, scheint darauf hinzuweisen, daß sie dort etwas Bestürzendes entdeckte und daher die Notiz schrieb, die wir in der Zigarettendose fanden.

»Ausgezeichnet«, sagte Alleyn. »Nun fallen ein paar strittige Punkte klar ins Auge, das ist immer gut. Übrigens hat der Chemiker vorhin angerufen. Er hat auf dem Zigarettenpapier Natriumzyanid gefunden. Die Autopsie dauert natürlich noch an.«

»Dann stellt also das Buch doch einen schlagenden Beweis dar, wie?«

»Ich weiß nicht, Bathgate«, murmelte Alleyn, »ich glaube nicht in dem Sinne, wie Sie es meinen.«

»Was soll das heißen?«

»Es sind keinerlei Fingerabdrücke auf diesem Buch. Auch auf der fraglichen Seite nicht. Gar nichts. Bailey hat alles versucht. Demnach hätte also Garnette seine Fingerabdrücke sorgfältig fortgewischt, aber das Buch trotzdem liegenlassen, wo es uns unweigerlich in die Hände fallen mußte! Komische Mischung von weiser Voraussicht und Dummheit, wie?«

»Allerdings«, gab Nigel zu. »Aber sagen Sie mir, was Sie davon halten, daß Garnette und Ogden alte Spießgesellen sind?«

»Nicht sehr viel, Bathgate. Wie ich gestern schon sagte: Ich glaube, daß Garnette im Suff ehrlich war. Ich verstehe zwar die Feinheiten der amerikanischen Sprache nicht immer, aber mir kam vor, als halte Garnette Mr. Ogden für keinen gewichtigen Partner. Trotzdem erscheint Mr. Ogden als der Hauptverdächtige!«

»Was sagen Sie da? Ogden? Dann halten Sie ihn also für einen faulen Kunden?«

»Nein! Er scheint ein sehr friedlicher, freundlicher Kunde zu sein. Ich sage nur, daß so, wie die Dinge liegen oder wie sie vielleicht im Augenblick des Mordes lagen, alles auf Ogden hinweist.«

»Warum?«

»Aber Bathgate, Sie enttäuschen mich. Denken Sie an seine Lage!«

»Ja, aber – warum denn nur? Er lebt in guten Verhältnissen, ist ein reicher Geschäftsmann – –. Warum verdächtigen Sie ausgerechnet Mr. Ogden, Alleyn?«

»Ich verdächtige sie alle gleich! Ich sage nur, daß dieser eine Punkt eher auf ihn hinweist als auf die anderen.«

»Natürlich ist er eher fähig, einen Mord zu begehen, als zum Beispiel Janey Jenkins oder Miß Wade.«

Es wurde an die Türe geklopft. Inspektor Fox trat ein.

»Ein neuer Rapport von Bailey, Sir. Er hat Father Garnettes Abdrücke auf dem Paket im Zeitungspapier gefunden. Außerdem glaubt er, daß doch auch ein paar von Garnette auf dem Giftbuch sind, aber auf der Seite mit dem Rezept sind keine, das wissen Sie ja bereits. Auf der Seite aus dem Notizbuch sind nur Abdrücke von Miß Quayne. Aber jetzt fand Bailey, daß noch ein anderer Abdruck zum Vorschein kommt auf dem Buch, nur hat er ihn noch nicht identifizieren können. Nun bittet er, ob er nicht von allen Herrschaften Abdrücke nehmen könnte?«

»Soll er haben, Fox. Heute nachmittag, ja? – Ich habe hier inzwischen auch nichts von Bedeutung gefunden. De Ravignes Liebesbriefe. Ein schleimiger und vorsichtiger Brief von Garnette.«

»Dürfte ich M. de Ravignes Briefe sehen, Sir?« bat Fox.

»Bitte sehr. Der oberste ist der interessanteste.«

Fox und Nigel beugten sich gemeinsam über den Brief.

»Meine geliebte Cara, ich mache mir sehr schwere Sorgen um Dich. Oh, nicht, weil Du mich zurückweist – Glück in der Liebe ist, wie das Kriegsglück, immer dem Zufall unterworfen. Ich nehme meine Niederlage hin und bleibe, wenn auch verwundet, Dein treuester Freund. Soweit habe ich mir doch schon Dein englisch-kühles Temperament angeeignet. Aber als Dein wirklicher Freund flehe ich Dich an, nicht länger mehr darauf zu bestehen, ›Auserwähltes Gefäß‹ zu werden. Denn in diesem Entschluß liegt so viel Gefahr für Dich. Du bist geblendet von einem falschen Glanz. Man kann wohl gefesselt oder amüsiert sein von einer Religion, aber es müßte auch in diesen Fragen eine gewisse Moderation walten. Wirst Du nun ›Auserwähltes Gefäß‹, dann mußt Du solche Zurückhaltung fallenlassen und Dich verabscheuungswürdiger Verstiegenheit hingeben. Ich bitte Dich, ich flehe Dich an, dieses Amt aufzugeben, das Deiner amour-propre so abträglich sein würde. Du verstehst nicht, wohin Du getrieben wirst. Ich sage Dir noch einmal, daß Du in Gefahr stehst, zu verlieren, was uns allen wert ist. Du bist in großer Gefahr. Ich küsse Deine Hände und bitte Dich noch einmal, auf den Rat Deines ergebenen Freundes zu hören.

Raoul

PS. Ich bitte Dich, diesen und alle anderen Briefe zu zerstören.«

»Und das tat sie nicht«, sagte Nigel.

15
Father Garnette macht Entdeckungen

»Na, was sagen Sie zu diesem Brief?« fragte Alleyn.

»Er kommt mir ausgesprochen verdächtig vor«, sagte Nigel. »Was meint er damit, daß sie sich in große Gefahr begebe? Das tönt doch wie eine Drohung. ›Werde ‚Auserwähltes Gefäß', und dein Leben ist in Gefahr!‹«

»Er sagt tatsächlich ja nie ›Leben‹, Mr. Bathgate«, stellte Fox richtig, der nun die anderen Briefe durchlas.

»Nein, das tut er nicht«, bemerkte Alleyn. »Er mag altmodisch genug sein, vorauszusetzen, daß es im Leben einer Frau etwas gibt, an dem ihr mehr liegt als an ihrem Leben.«

»Was glauben Sie denn, hat diesen Brief inspiriert?«

»Das ist ja das Interessante, Bathgate. Ich weiß es nicht! Eifersucht vielleicht. Oder dann Angst.«

»Am meisten irritiert mich das Postskriptum.«

»Das ist aber auch undurchsichtig, nicht wahr, Fox?«

»Mir kommt vor, Sir, als habe der Herr etwas wohl gewußt, aber nicht schwarz auf weiß niederschreiben wollen. Vielleicht wußte er, wie weit der geistliche Herr zu gehen pflegt, oder vielleicht war es etwas anderes, und er befürchtete, sie könne es herausfinden. Diese Nachschrift dünkt mich ein klarer Ausdruck von Angst zu sein.«

»Sie sind ein weiser, alter Rabe! – Nun, ich muß jetzt gehen und überlasse Ihnen die eingehendere Auskämmung. Die Leute sind momentan alle im oberen Stock. Ich habe eine Verabredung mit Mr. Rattisbon.« Alleyn ging zur Türe. »Wir sehen uns bei Garnette wieder, Fox.«

»Jawohl, Sir.«

»Kommt – kommt sonst noch jemand mit?« fragte Nigel.

»Ganz ohne Zweifel werden Sie dort auftauchen! Außerdem erwarte ich die Geweihten, alle, ausnahmslos. Um zwei Uhr.«

»Natürlich werde ich kommen«, strahlte Nigel. *»Au revoir.«*

Mr. Rattisbon war ein mageres, eifriges Männlein, mit bläulichen Händen und scharfen Augen. Er sprach immer sehr schnell, manchmal vor lauter Geschwindigkeit stotternd. Er verwaltete, wie vor ihm sein Vater und sein Großvater, im gleichen Büro wie sie, die Vermögen von Angehörigen der Mittelstandsklasse. Er war ein sehr wunderlicher, alter Herr.

»Hoffentlich habe ich mich nicht verspätet«, sagte Alleyn.

»Nein, nein, ganz und gar nicht. Sehr pünktlich, sehr pünktlich. Setzen Sie sich.«

»Ich nehme an, daß Sie wissen, warum ich komme.«

»Warum Sie – Ja, gewiß, ja! Diese tragische Geschichte mit Miß Cara Valerie Quayne – ja. Ich habe erst heute morgen davon erfahren. Sehr, sehr betrübliche Geschichte.«

»Von wem haben Sie davon erfahren, Sir?«

»Von ihrer Haushälterin, einer Miß – äh – Miß Edith Laura Hebborn. Es ist gewiß zweifellos ein Mord, nicht wahr? Wie?«

»Ich fürchte es, ja. Ein sonderbarer Fall.«

»Sonderbar?!« rief Mr. Rattisbon angewidert aus. »Tch! Nun, Chefinspektor, womit kann ich Ihnen dienlich sein?«

»Damit, daß Sie mir alles über Miß Quayne erzählen, was irgendwie wichtig ist, und mir ihr Testament zeigen. Morgen ist die amtliche Totenschau. Vielleicht erleichtert es Ihnen die Sache, wenn ich Ihnen berichte, was ich bis jetzt herausgekriegt habe.«

Alleyn umriß in kurzen Zügen die sachlichen Ergebnisse seiner Untersuchungen und Befragungen. Der kleine Anwalt hörte ihm aufmerksam zu.

»Sehr gut«, sagte er dann anerkennend. »Ein ausgezeichnetes und vollkommen richtiges Resümee – vollkommen richtig!«

»Haben Sie von jeher die geschäftlichen Dinge für Miß Quayne erledigt, Sir?«

»Ja, gewiß, ja. Oberst Quayne – ihr Vater – alte Klienten unserer Familie. Reizender Bursche.«

»Haben Sie Miß Quayne in der letzten Zeit gesehen?«

»Morgen sind es genau fünf Wochen her.«

»Und wünschte sie bei dieser Gelegenheit, ihr Testament zu ändern?«

»Ja – hm – wissen Sie davon? Von wem?«

»Von M. de Ravigne. Ich bitte Sie, mir alles zu sagen, was Ihnen wesentlich erscheint, Sir!«

»Es ist mir wirklich gar nicht recht, die Affären meiner Klienten zu besprechen, Inspektor! Bitte, ich sehe selbstverständlich die besonderen Umstände ein, aber——«

Plötzlich riß sich Mr. Rattisbon den Zwicker von der Nase und schwenkte ihn heftig vor Alleyn hin und her.

»Also bitte! Vor fünf Wochen bekam ich plötzlich den Besuch von Miß Cara Valerie Quayne. Sie hatte mir zuerst sagen lassen, daß sie ihr Testament grundlegend abändern wolle, und dann, daß sie überhaupt ein neues Testament zu machen wünsche. Ich hatte alle erforderlichen Papiere vorbereitet. Sie kam.« Er rieb heftig an seiner Nase herum. »Und ich muß schon sagen, daß sie mich in Erstaunen versetzte.«

Alleyn sprach kein Wort. Nachdem der kleine Herr sein Gegenüber während einiger Sekunden strengstens gemustert hatte, lehnte er sich plötzlich über den Schreibtisch.

»Sie setzte mich in Erstaunen! Das erste Testament war ein absolut klares und vernünftiges Dokument gewesen. Verschiedene größere Legate an wohltätige Institutionen. Jahresrenten für ihre Dienerschaft. Verschiedene sonstige Legate. Haupterbe war ein Vetter dritten Grades in Neuseeland. Ein Junge, den sie nie gesehen hatte, der aber den Namen ihres Vaters trägt. Und so weiter und so weiter. Ganz klar und vernünftig. Und nun wollte sie plötzlich ein neues Testament aufstellen. Ungefähr auf der Grundlage: Die Jahresrente für Miß Edith Laura Hebborn solle auf dreihundert Pfund jährlich erhöht werden, an Stelle der vorgesehenen zweihundert Pfund. Das Haus samt Mobiliar, ihre Bilder, Juwelen und so weiter bekommt M. Raoul Honoré Christophe de Ravigne. Ein – ein namhaftes Legat für Father Jasper Garnette. Und der Rest ihres immerhin erheblichen Vermögens fällt an das Haus der Heiligen Flamme, Knocklatchers Row, Eaton Place, wobei wiederum Father Garnette als einziger Verwalter eingesetzt wird.«

»Allmächtiger Braten!« entfuhr es Alleyn.

»Das kann man wohl sagen, Chef! Aufrichtig gesprochen – ich war entsetzt. Denn als mir auffiel, daß Miß Quayne der neuen Sekte dieses Father Garnette immer größeres Interesse entgegenbrachte, da erlaubte ich mir, Erkundigungen über ihn einzuziehen. Und was ich dabei erfuhr, hat mich keineswegs beruhigt. Ich habe auch versucht, ihr klarzumachen, daß vielleicht Father Garnette gar nicht der Mensch sei, den sie in ihm sehe. Ich bat sie, wenigstens noch weitere Verwalter oder Bevollmächtigte über diese große Summe einzusetzen im Namen dieser – religiösen Gemeinschaft, an der sie soviel Interesse nahm. Aber es war alles umsonst!«

»Sie bestand darauf, daß nur Father Garnette dieses Verwalteramt ausübe?«

»Jawohl! Sie hörte überhaupt nicht auf mich.«

Mr. Rattisbon ließ seinen Zwicker auf die Löschblattunterlage fallen, und in dieser kleinen Geste lag die ganze erlittene Niederlage.

»Ich setzte also das neue Testament auf, und drei Tage später kam sie zur Unterschrift!«

»Da kann man nichts machen«, knurrte Alleyn. »Wieviel soll die Sekte nun ungefähr erben?«

»Rund einundzwanzigtausend Pfund.«

»Und ein um wieviel reicherer Mann ist Mr. Jasper Garnette nun geworden?«

»Um zehntausend Pfund reicher.«

»Verdammt!« fluchte Alleyn.

Mr. Rattisbon warf ihm einen eigenartigen Blick zu.

»Soll ich das so auffassen, daß Sie annehmen, er werde sich dieser Erbschaft auch erfreuen können?« fragte er.

»Er wird es tun, bevor ich mich näher mit ihm beschäftige.«

»Das ist eine verklausulierte Antwort, Chefinspektor!«

»Sie stellten mir Ihrerseits eine Suggestivfrage, Sir.«

Mr. Rattisbon zog dreimal schnell nacheinander den Atem ein und stieß ein kleines, keuchendes Geräusch aus. Er hatte gelacht.

»Kann dieses neue Testament nicht angefochten werden?« Was ist mit diesem jungen Quayne, von dem Sie vorhin sprachen? Liegt nicht vielleicht Zwang vor? Wie steht es mit ihrer Geistesverfassung? Bitte, ich verstehe absolut nichts von Juristerei, aber nehmen Sie einmal an – sagen wir, dieser Garnette hätte Miß Quayne Rauschgift gegeben?«

Mr. Rattisbon sah Alleyn lange an. »Wenn Sie mir dafür Beweise liefern könnten, wäre ich für einen Anruf sehr verbunden.«

»Selbstverständlich, Sir.« Alleyn erhob sich. »Noch eines: Können Sie sich erklären, warum das Legat für Miß Hebborn erhöht wurde?«

»Ich habe das Gefühl, daß es sich hierbei um eine Art von Friedensangebot handelt. Miß Hebborn hat sich, glaube ich, ziemlich offen über diese Sekte ausgesprochen, welche ihr eine äußerst verwerfliche Sache zu sein scheint. Miß Quayne war ihrer alten Kinderfrau sehr verbunden und legte Wert darauf, sich wieder zu versöhnen.«

»Und das Vermächtnis an M. de Ravigne? Es wird gar kein kleines Erbe sein, das er da antritt! Die Bilder allein müssen einen erheblichen Wert haben.«

»Sicherlich. M. de Ravigne ist ein alter Freund der Familie, soviel ich weiß, und ein Sammler. Ich habe nicht das Vergnügen, ihn persönlich zu kennen.«

»Er hat ein erstaunliches Temperament! – Ja, nun muß ich gehen. Auf Wiedersehen, Sir, und vielen Dank.«

»Leben Sie wohl. Ja. Danke auch. Danke. Keine Ursache, ich bitte Sie. Ja.« Mr. Rattisbon sprudelte die Worte ziemlich wahllos durcheinander.

Alleyn rief schnell sein Büro an, aß zu Mittag und ging dann geradewegs in die Knocklatchers Row. Dort waren alle Geweihten, einschließlich Claude und Lionel, in Father Garnettes Wohnzimmer versammelt, bewacht von Detektiv-Sergeant Bailey. Der Priester saß, leichenhaft und gelblich, am Mitteltisch. Nigel hatte sich beim Eingang der Kirche mit Inspektor Fox getroffen und betrat nun mit den beiden Kriminalbeamten das Zimmer.

»Guten Tag, meine Damen und Herren«, begrüßte Alleyn die schweigsame Runde. »Verzeihen Sie, wenn ich Sie warten ließ.«

»Sie sind pünktlich«, sagte Janey Jenkins. »Es hat eben erst zwei Uhr geschlagen.«

Mr. Ogden stand auf und rief: »Well, well, well, wer kommt denn da?«

Die übrigen Herrschaften murmelten befangen irgendwelche Begrüßungsworte.

»Ich werde Sie nicht lange aufhalten müssen«, begann Alleyn. »Vor allen Dingen müssen wir Ihre Fingerabdrücke haben. Das ist eine Formsache. Sergeant Bailey wird das schnell machen.«

Janey sah Bailey interessiert zu, Maurice wandte sich angewidert ab, Ogden sah feierlich aus und de Ravigne leicht amüsiert. Mrs. Candour und Miß Wade waren einfach entsetzt, die beiden Ministranten wurden blaß, und Father Garnette blieb geisterhaft und abwesend an seinem Platz sitzen. Bailey nahm von allen die Abdrücke, und als diese Prozedur beendet war, bat Alleyn die ganze Gesellschaft, sich zu setzen.

»Zuerst möchte ich wissen, was dieser Safe alles enthielt, soweit sich jemand daran erinnert. Wenn ich recht verstanden habe, hatten einige der Geweihten Zugang zu ihm.«

Einen Augenblick blieb es ganz still. Dann sagte Mr. Ogden:

»Wir wissen alle, wo der Schlüssel aufbewahrt wird, aber ich glaube, daß sich niemand von uns darum kümmerte.«

»Und wo wurde dieser Schlüssel aufbewahrt?«

»Auf meinem Schreibtisch«, antwortete Father Garnette, »––manchmal.«

»Oder in Ihrer Tasche«, warf Mr. Ogden ein. »Er lag nicht immer so offen herum. Manchmal war ein wenig Geld in dem Safe.«

»Wieviel liegt im Moment drin?« fragte Alleyn.

»Im Moment – ich – das weiß ich nicht genau«, wand sich Father Garnette. »Aber warten Sie – ich werde nachdenken––«

»Die Kasse enthält heute genau einundsechzig Pfund, acht Shilling und sechs Pence«, erklärte M. de Ravigne.

»Oho, das kommt ja wie am Schnürchen«, höhnte Pringle.

»Ich bin Kustos und habe die letzte Kollekte gezählt«, erwiderte M. de Ravigne ruhig.

»Außerdem enthält sie einen Scheck von zwanzig Pfund«, ließ sich nun auch Mr. Ogden vernehmen.

»Gewiß, Monsieur, ein Scheck, den Sie gespendet haben«, bestätigte de Ravigne höflich.

»Und weiter?« forschte Alleyn.

»Da ist vor allem ein Paket mit Obligationen im Werte von fünftausend Pfund zu erwähnen, die von Miß Quayne für den Bau einer neuen Kirche gestiftet wurden und die in dem Safe verschlossen worden sind. Übrigens tragen Sie den Schlüssel meistens bei sich, Father, seit wir diesen namhaften Betrag hier verwahren, nicht wahr?«

»Ganz richtig, mein lieber Raoul, ganz richtig. Sie selbst gaben mir ja den Rat, diese Vorsichtsmaßregel zu treffen.«

»Sonst enthält der Safe meines Wissens nur noch unser Bankbuch«, fuhr M. de Ravigne fort. »Das dürfte alles sein.«

»Gut, dann wollen wir jetzt alles kontrollieren. Bitte, Mr. Garnette, hier sind die Schlüssel. Wollen Sie den Safe öffnen?«

Alleyn trat zu dem kleinen Geldschrank, riß eigenhändig die Siegelverschlüsse herunter, und Father Garnette sperrte das Schloß auf. Er legte den ganzen Inhalt vor sich auf den Tisch. Nigel fiel auf, daß das Paket mit den ›Obligationen‹ wieder an seinem Platz lag. Fox zählte das Bargeld und fand es in Ordnung.

»Haben Sie sich die Obligationen näher angesehen?« fragte Alleyn den Priester.

»Nein – das habe ich nicht«, sagte der und sah Alleyn ängstlich und verwundert an. Dann knüpfte er die rote Schnur auf und schlug das braune Papier auseinander. Das Bündel Zeitungspapier kam zum Vorschein.

Drei Sekunden lang stand Father Garnette mit absolut ausdruckslosem Gesicht unbeweglich da. Dann warf er Alleyn einen feindseligen Blick zu. Nigel kam es vor, als verdächtige der Priester die Polizei, ihm einen dummen Streich gespielt zu haben. Plötzlich packte Father Garnette das Paket und riß es auseinander. Mit einer gierigen, bösen Bewegung kramte er hastig darin herum und ließ dann die Fetzen Zeitungspapier wieder auf den Tisch fallen. Seine Stimme klang leer und tot, als er endlich wieder sprach:

»Gestohlen!« preßte er hervor. »Ausgeraubt – man hat mich ausgeraubt!«

Die ganze Runde hatte Father Garnette unverwandt angesehen und fuhr nun zusammen, als Mr. Ogden aufstand, sich weit über den Tisch beugte und seinem geistigen Führer ungläubig ins Gesicht sah. – »Ach?« sprach Mr. Ogden. »Wirklich?«

16
Mr. Ogden setzt sein Vertrauen in die Polizei

Mit einem Ruck wandten sich alle Mr. Ogden zu. Sein gutmütiges Gesicht hatte einen ausgesprochen harten Ausdruck angenommen. Er sah Father Garnette unverwandt an, richtete aber das Wort an die ganze Versammlung.

»Leute«, sagte er, »mir scheint, wir sind die Simpel aus Simpelhausen! Telegrammadresse: Ha-ha-ha! Man bittet, von Blumenspenden abzusehen!«

»Was, zum Teufel, soll das heißen?« fragte Maurice Pringle.

De Ravigne fluchte leise französisch vor sich hin.

»Was das heißen soll?« Ogden ließ Father Garnette nicht einen Moment aus den Augen. »Was das heißen soll? Merkt ihr das denn nicht selbst? Wer hat denn die Schlüssel zum Safe in vorsorgliche Verwahrung genommen, seit Cara diese Obligationen darin deponierte? Father Garnette hat diese rührende Vorsorge getroffen, nicht wahr? Von wegen der Sicherheit! Sicherheit ist immer gut! Aber ich glaube, diese Obligationen sind so sicher verwahrt, daß wir sie überhaupt nie wieder zu Gesicht bekommen!«

»Was wollen Sie damit sagen, Mr. Ogden?« fragte Miß Wade. »Ich habe leider nicht alles begriffen. Ist dieses Geld gestohlen worden?«

»Aber keine Spur!« fauchte Mr. Ogden sie an. »Es hat sich nur ein wenig verkleidet, wissen Sie, als ›Daily Mail‹!«

»Bitte, das verstehe ich schon wieder nicht ––«

»Herrschaft«, sagte Miß Jenkins ungeduldig. »Caras Obligationen sind gestohlen worden, Miß Wade, und jemand hat sie durch gewöhnliches Zeitungspapier ersetzt. Sehen Sie das denn nicht?«

»Wer hat dies getan?« fragte Father Garnette plötzlich. Er hatte sich zu seiner ganzen Länge aufgerichtet und sah nun auf eine theatralische Art eindrucksvoll aus. Sein Benehmen setzte Nigel in Erstaunen, der darauf geschworen hätte, daß der Priester jäh zusammenklappen werde, sobald der Diebstahl bekannt würde. Er sah den Father gespannt an und dachte bei sich, daß dieser Mensch entweder wirklich hintergangen worden war – oder aber ein außerordentliches Schauspielertalent besaß.

»Wer hat dies getan?« wiederholte Father Garnette seine Frage. Er sah seine Geweihten der Reihe nach starr an.

»Ich schwöre, daß ich den Safe niemals angerührt habe«, kreischte Wheatley.

»Mich dünkt, Father«, kam es sehr sanft von de Ravigne, »daß Sie selbst eigentlich die Frage am besten beantworten könnten. Das scheint mir auf der Hand zu liegen. Wie wir festgestellt haben – und wie Sie ja zugeben –, tragen Sie die Schlüssel zum Safe bei sich, seit die arme Cara ihre großzügige Spende hier deponierte.«

»Wie können Sie sich unterstehen!« schrie Mrs. Candour. »Wie können sie es wagen, so etwas auszusprechen, M. de Ravigne!«

»Ruhig, mein Kind, ruhig!« sagte Father Garnette.

Maurice Pringle brach in ein hemmungsloses Gelächter aus. Alle sahen ihn entsetzt an.

»Seht euch das an!« brüllte er. »Seht ihn an! Dem Reinen ist alles rein!« Es schüttelte ihn förmlich.

»Maurice!« rief Janey angsterfüllt.

»Einen Augenblick, bitte!« warf nun Alleyn ein. »Mr. Pringle, wollen Sie die Güte haben, sich etwas zusammenzunehmen? Sie gebärden sich wie ein hysterischer Backfisch! – Na, sehen Sie! – Und nun möchte ich Ihre geschätzte Aufmerksamkeit auf etwas anderes lenken, meine Damen und Herren. Das Buch, bitte, Fox.«

Fox reichte Alleyn die »Kuriositäten der Chemie«. *»Voilà«*, sagte Alleyn und hielt das Buch in die Höhe.

Garnette sah es ruhig an. Mrs. Candour blieb vor Staunen der

Mund offenstehen. Maurice betrachtete es wie eine beleidigende Reliquie, Janey ermangelte jeglichen Ausdrucks, und M. de Ravigne sah neugierig drein. Mr. Ogden sah immer noch Father Garnette an. Miß Wade suchte nach ihrem Zwicker, setzte ihn auf die Nase und sah das Buch an. Claude Wheatley sagte: »Was ist das? Ich kann es nicht deutlich sehen.«

»Das sind Abberleys ›Kuriositäten der Chemie‹« sagte Alleyn laut und deutlich.

»He?« fuhr Mr. Ogden auf und warf sich herum in seinem Stuhl. Er sah das Buch, und sein Kiefer klappte herunter. »Ja, aber – wie – wie––«, stotterte er.

»Wie meinen Sie, Mr. Ogden?« Nach einer Weile wiederholte Alleyn seine Frage sehr ruhig und freundlich. »Was wollten Sie sagen, Mr. Ogden?«

»Nichts, Inspektor, gar nichts. Mich nimmt nur sehr wunder, wo Sie dieses Buch fanden.«

»Weiß sonst jemand irgend etwas über dieses Buch?« fragte Alleyn.

»Jawohl, ich«, sprach Father Garnette. Er stand noch immer hoch aufgerichtet da und streckte nun die Hand nach dem Buch aus.

»Dieser Band lag vor ein paar Wochen plötzlich auf meinem Büchergestell. Das Buch gehört nicht mir, und ich weiß nicht, wie es hierherkam. Ich habe es auch nicht geöffnet. Es lag einfach plötzlich da.« Er sah sich in dem Kreise um. »Wer hat dieses Buch in meinem Zimmer gelassen?« fragte er.

»Sehen Sie es sich genauer an«, befahl Alleyn.

Garnette schien ihn im ersten Augenblick gar nicht zu verstehen. Dann aber sah er auf das Buch hinunter. Es hatte sich wieder genau auf der Seite des Rezeptes für Natriumzyanid geöffnet. Father Garnette las ein paar Zeilen, dann warf er das Buch mit großer Heftigkeit auf den Tisch.

»Sie sagten, Mr. Garnette, daß dieses Buch eines Tages in Ihrem Büchergestell auftauchte. Wann haben Sie es entdeckt?«

»Ich kann mich dessen nicht erinnern«, sagte Garnette nach längerem Nachdenken.

»Das Buch war am Sonntag vor zwei Wochen bereits da«, warf Claude plötzlich ein.

»Ach?« Alleyn sah den Ministranten verwundert an. »Was wissen Sie denn darüber, Mr. Wheatley?«

»Weil ich – ich meine, ich habe das Buch gesehen, Sir. Und ich weiß genau, daß es am vorvorletzten Sonntag war, weil ich da Tempeldienst hatte – Silberputzen und so, wissen Sie –, und das mache ich alle vierzehn Tage. Und während dieser Arbeit habe ich es auch gefunden.«

»Wie fanden Sie es?«

»Ja – ich – ich war fertig mit meinen Arbeiten, und Father war ausgegangen und – da dachte ich, ich wolle auf ihn warten, und so kam ich in dieses Zimmer und machte noch ein wenig Ordnung hier.«

»Und wo lag dieses Buch?«

»Auf dem Büchergestell.«

»So, daß Sie es auf den ersten Blick sahen?«

»N-nein, nicht eigentlich.«

»Es stand oder lag also hinter den anderen Büchern?«

Claude lief blutrot an, was ihn gar nicht kleidete. »Nun, Sir, wenn Sie es denn wissen müssen – ich selbst habe die Bücher vor ungefähr vier Wochen auf dieses Bücherregal gestellt.« Er sah nervös von Father Garnette zu Ogden. »Ich putzte damals dieses Zimmer. Die Bücher habe ich nicht näher angesehen. Aber das Chemiebuch war an diesem Tage nicht hier. Erst am Sonntag darauf, eine Woche später, war es da. Wissen Sie, ich habe fast alle Bücher von Father bereits gelesen, und da suchte ich nach solchen, die ich noch nicht kannte, und dabei – –«

»Haben Sie dieses Buch über Chemie angerührt?«

»Ich – ich habe nur einen Blick hineingeworfen.«

»Aber Sie haben es berührt? Wissen Sie das ganz sicher?«

»Ja, daran erinnere ich mich, weil ich nämlich meine Handschuhe trug. Ich trage beim Putzen immer Handschuhe, wissen Sie, um weiche Hände zu behalten. Also, ich habe dann dieses Buch wieder hingestellt und etwas anderes zum Lesen mitgenommen.«

»Die Memoiren von Casanova vielleicht?«

»Ja. Ich finde sie wundervoll.«

»Ich kann einfach nicht verstehen«, jammerte Miß Wade.

»Ich auch nicht«, fuhr Mrs. Candour dazwischen. »Warum

wird wegen dieses blöden Buches eine solche Geschichte gemacht?«

»Das interessante an diesem Buch«, sagte Alleyn mit großer Ruhe und Einfachheit, »ist, daß es, wenn man es so in der Hand hält, sich immer an der gleichen Stelle öffnet, und zwar auf der Seite mit dem Rezept für Zyanidpräparate. Bitte, wollen es einige der Herrschaften versuchen?«

Bei de Ravigne klappte es nicht. Lionel hingegen und Claude führten das Experiment erstaunlich gut durch.

»Well, well, das ist ja zum Schreien!« rief Mr. Ogden und schmetterte das Buch auf den Tisch.

»Nun ist da noch eine Sache«, riß Alleyn das Gespräch wieder an sich. »Hier, diese Zigarettendose. Ihr Eigentum, nicht wahr, Mr. Garnette?«

»Ja, gewiß, Inspektor.«

»Wollen Sie die Güte haben, diese Schachtel zu öffnen?«

Garnette hob den Deckel. Cara Quaynes Zettel lag obenauf.

»Was ist das für ein – –«, fragte Garnette. Und dann: »Mein Gott, das ist ja ihre Handschrift.«

»Würden Sie bitte laut vorlesen, was auf dem Zettel steht?«

Garnette hatte sich so sehr einen gewissen Kanzelrednerton angewöhnt, daß er auch jetzt ausgesprochen volltönend und wohlartikuliert die paar Worte vorlas: »Muß Sie sehen, schreckliche Entdeckung, heute nach dem Gottesdienst.« Dann ließ er das Blatt sinken und sah Alleyn an. Seine Lippen bebten, aber er sagte kein Wort. Er sah weder schuldig noch unschuldig aus, sondern ganz einfach erstaunt.

»Wie kam dieser Zettel in meine Zigarettendose?«

»Wir fanden ihn in der vergangenen Nacht darin.«

»Aber – ich wußte nichts davon. Ich habe ihn nicht gesehen.«

»Weiß irgend jemand etwas von dieser Sache?« Niemand rührte sich. »Hat Miß Quayne mit jemandem über diese schreckliche Entdeckung gesprochen, die sie erwähnt?«

»Wann wurde diese Notiz geschrieben?« fragte Maurice plötzlich.

»Gestern.«

»Wie können Sie das wissen?«

»Weil das Datum draufsteht«, antwortete Alleyn höflich.

»Wann hat Miß Quayne Sie aufgesucht?« wandte er sich dann wieder an Father Garnette.

»Ich weiß es nicht. Ich habe sie nicht gesehen. Von Mittag bis ungefähr drei Uhr nachmittags war ich ausgegangen.«

»Father Garnette war mein Mittagsgast, *M. l'inspecteur*«, bestätigte de Ravigne diese Aussage. »Ich hatte auch Cara eingeladen, aber sie lehnte ab, weil sie den Tag in stiller Meditation verbringen wollte.«

»Sie muß dann ihre Ansicht geändert haben. Wie konnte sie hier eintreten?«

»Der Schlüssel zur Kirche ist immer in der Eingangshalle, Monsieur, und zwar hinter der Fackel versteckt. Wir alle benützen ihn manchmal.«

»Kam jemand von euch ebenfalls in die Kirche, während Miß Quayne da war, das heißt also, zwischen zwei Uhr dreißig und drei Uhr?«

Niemand schien hergekommen zu sein. Alleyn fragte alle, wo sie zur fraglichen Zeit gewesen seien. Maurice und Janey hatten gemeinsam in Janeys Wohnung geluncht, und er war bis vier Uhr bei ihr geblieben. Mrs. Candour hatte bei sich zu Hause gespeist, ebenso Miß Wade. Miß Wade sagte allerdings, zur allgemeinen Überraschung, daß sie in der Kirche gewesen sei, in Meditation versunken natürlich, als Cara Quayne in Father Garnettes Wohnung ging. Sie hatte Cara auch wieder herauskommen sehen und fand, daß die Ärmste eher angegriffen ausgesehen habe.

»Warum haben Sie uns das nicht längst gesagt?« fragte Alleyn.

»Weil Sie mich nicht danach fragten, Wachtmeister«, gab das alte Fräulein zur Antwort.

»Goal!« grinste Alleyn und wandte sich wieder den anderen zu.

Mr. Ogden hatte in seinem Klub gegessen, dann einen Verdauungsspaziergang durch den Park gemacht und war zur Teezeit nach Hause gekommen. Garnette und de Ravigne waren in des letzteren Haus beisammengeblieben bis um zwei Uhr vierzig, zu welchem Zeitpunkt de Ravigne sich nach der genauen Zeit bei Garnette erkundigte, um seine Uhr richtig zu stellen. Zehn Minuten später war Garnette gegangen. Um drei Uhr dreißig hatte er eine Neubekehrten-Klasse, aus welcher scheinbar zwei besonders bevorzugte Schüler zuweilen noch auf ein sogenanntes Ruhestündchen in die Wohnung des Priesters kamen, bevor die abendliche Gebetsübung begann. Das war ein absolut festgelegter Stundenplan. Was immer Cara Quayne entdeckt haben mochte – sie wußte, daß vor dem Abendgottesdienst gar keine Möglichkeit bestand, den Priester privat zu sprechen. Father Garnette war übrigens von de Ravignes Haus direkt in die Kirche gekommen. Dort waren bereits ein paar Leute versammelt für die Zeremonie. Er hatte keinen Blick auf den Safe geworfen, war aber überzeugt, daß es ihm aufgefallen wäre, wenn er offengestanden hätte. Garnette war also ungefähr um drei Uhr hier angelangt. De Ravigne sagte aus, daß er zu Hause geblieben sei bis zur Abendandacht. Claude und Lionel hatten ihrerseits bis um halb drei im Bett gelegen.

»Schön, meine Damen und Herren«, sagte Alleyn mit einem ganz kleinen Seufzer, »dann muß ich Sie nicht länger hier festhalten. Die Versammlung ist aufgehoben.«

Einer nach dem anderen stand auf und ging. Nur Garnette blieb sitzen und barg das Gesicht in den Händen.

Mr. Ogden wartete, bis alle gegangen waren. Dann trat er zu Alleyn. »Könnte ich Sie noch einen Moment sprechen, Inspektor?«

»Gewiß, Mr. Ogden.«

»Was wollen Sie ihm sagen?« fragte Garnette.

»Das geht keinen Menschen etwas an, Garnette!« sagte Ogden kurz. »Kommen Sie, Inspektor!«

Er ging voraus in die Kirche, gefolgt von Alleyn, Nigel und Fox.

»Hören Sie einmal, Inspektor«, wandte er sich an Alleyn. »Ich lebe nun schon ziemlich lange auf dieser kleinen alten Insel, aber es ist das erstemal, daß ich mit den Gesetzen dieses Landes in Berührung komme. Bei mir zu Hause, drüben, würde man wahrscheinlich sagen, ich sei verrückt geworden.«

»Warum denn, Mr. Ogden?«

»Zum Teufel«, entfuhr es dem Amerikaner. »Hören Sie also, Inspektor, mir kommt es vor, als ob Sie sich denken, wer dieses Chemiebuch besitzt, müsse auch der Mörder sein, nicht?«

»So sieht es tatsächlich aus, jawohl.«

»Dann sieht es eben verkehrt aus«, schrie Mr. Ogden. »Und wissen Sie auch warum?«

»Ich kann es wahrscheinlich erraten«, lächelte Alleyn.

»Können Sie? Well, dann soll mich doch--«

»Es wäre zum Beispiel möglich, daß das Buch Ihnen gehört.«

»Inspektor, Sie haben es erraten!«

17
Mr. Ogden verliert sein Vertrauen

»Sie haben es erraten, Inspektor«, stieß Mr. Ogden noch einmal hervor und ließ sich in einen der Plüschsessel fallen. »Na, vielleicht habe ich mich selbst verraten, weil ich so verblüfft war!«

»Meine Ahnung datiert etwas weiter zurück«, beruhigte ihn Alleyn. »Sie sagten uns gestern nacht, daß Sie geschäftlich mit der Goldveredelung zu tun haben. Nun, das setzt eine gewisse Kenntnis in chemischen Dingen voraus. Das Buch ist außerdem ein amerikanisches, auch das dünkte mich, ein Hinweis zu sein.«

»Raffiniert«, sagte Mr. Ogden, »bei Gott, raffiniert! Hören Sie, ich habe dieses Buch vor Jahren gekauft, lange vor dem Krieg. Da war ich noch Bürodiener in der Gold Refining Company. Was eben so Bürodiener heißt, wissen Sie – besserer Laufbursche. Und als es mir dann schon viel besser ging, als ich es zu etwas gebracht hatte, da stellte ich dieses Buch mit allen anderen in meine Bücherregale und machte es nie wieder auf. Darum habe ich es auch nie vermißt, Chef, bis letzte Nacht!«

»Letzte Nacht? Um wieviel Uhr?«

»Nachdem ich heimgekommen war. Mir ging die Sache mit Cara immer durch den Kopf. Sie war doch sehr, sehr rasch hinübergewesen, nicht? Und das raschestwirkende Gift, das ich kenne, ist Blausäure. Da wollte ich eben meine Kenntnisse etwas auffrischen und in dem alten Buch über Gifte nachlesen. Und da, sehen Sie, da erst bemerkte ich, daß es weg war. Was halten Sie davon?«

»Nun, was halten *Sie* denn davon, Mr. Ogden?«

»Na, hören Sie«, sagte Mr. Ogden mindestens zum zwanzigsten Mal an diesem Nachmittag, »ich weiß nur soviel: Vor vier Wochen, heute vor genau vier Wochen, hatte ich eine Einladung. Die gesamte Heilige Flamme, inklusive Father Garnette und Cara Quayne. Sogar Miß Wade war eingeladen, die man sonst so leicht zu übersehen pflegt. Well, dieser Ravigne, der ist ja ganz verrückt mit Büchern. Vor allem mit Erstausgaben, wissen Sie. Darum suchte ich die ›Kuriositäten‹ heraus, damit er sie ansehen konnte, aber er zeigte keinerlei Interesse dafür. Darum weiß ich so sicher, daß es damals noch da war. Aber von diesem Tag an bis gestern habe ich mit keinem Gedanken mehr an das Buch gedacht.«

»Hat es vielleicht jemand an jenem Abend mitgenommen?«

»Wie soll ich das wissen? Wenn ich das verfluchte Buch doch nie vermißte!« Mr. Ogden dachte nach. »Einen Moment – einen Moment! Doch, natürlich! Am nächsten Tag, oder vielleicht auch am übernächsten, kam Claude und holte sich Bücher von Garnette ab. Ich war nicht zu Hause, als er kam.«

»Was für Bücher denn?«

Mr. Ogden sah bemerkenswert dämlich drein. »Nun, so eben, Inspektor, wissen Sie – für regnerische Tage, verstehen Sie? Garnette hatte sie mir geborgt. Es seien Klassiker, hatte er gesagt. Klassiker! Und ob!«

»Sind es die, die in braunes Papier eingebunden sind, die hinter den anderen stehen?«

»Uhum.«

»Und Claude Wheatley holte sie also ab.«

»Jawohl! Er sagte meinem Dienstmädchen, Garnette habe ihn geschickt.«

»Standen die ›Kuriositäten‹ zu diesem Zeitpunkt auf dem Büchergestell?«

»Aber Inspektor, das weiß ich ja eben nicht mehr«, rief Mr. Ogden ganz verzweifelt. »Am nächsten Tag sagte Claude zu mir, er habe die Bücher von Father Garnette an den braunen Buchhüllen erkannt––«

»Aber die ›Kuriositäten‹ waren nicht braun eingebunden?«

»Nein, Sir! Die brauchte ich doch nicht zu tarnen! Das ist doch ein anständiges Buch!«

Alleyn lachte herzlich.

»Na, das wird Sie überzeugen, daß Samuel J. Ogden kein Verbrecher ist, nicht, Inspektor? Ich dachte, bevor Ravigne Ihnen sagt, daß das Buch mein Eigentum ist, wolle ich selbst zu Ihnen kommen und Ihnen ehrlich alles erzählen.« Mr. Ogden lachte ein bißchen naiv.

»Sind inzwischen noch Besuche von den Geweihten gekommen?«

»O ja. Am letzten Mittwoch waren Cara, Ravigne, Garnette und Dagmar bei mir. Und am letzten Sonntag Maurice und Janey. Ja, richtig, und Dr. Kasbek kam auch an dem Abend. Claude und Lionel habe ich nicht mehr eingeladen. Mich machen diese beiden Königinnen ganz krank.«

»Sie haben sich ja scheinbar über die Dinge eine eigene Meinung gebildet, Mr. Ogden. Deshalb haben Sie ja wohl auch so bestimmt festgestellt, daß Mr. Garnette diese Obligationen gestohlen haben müsse.«

Mr. Ogden wand sich und machte ein verschlossenes Gesicht.

»Das haben Sie doch, nicht wahr?« drängte Alleyn.

»Ich sage kein Wort mehr«, trotzte Ogden.

»Wie Sie meinen«, brach Alleyn kurz ab. »Dagegen bin ich machtlos.« Er ging ein paar Schritte auf und ab. »Ich wüßte nur gerne, wie viele mit Garnette zusammen an der Sache beteiligt sind.«

»Was, zum Teufel – an was für einer Sache?« Mr. Ogden war aufgesprungen und sah Alleyn wütend an.

»An dieser Kirche, Mr. Ogden«, entgegnete Alleyn ruhig. »Sehen Sie, so hypnotisiert können Sie gar nicht sein, daß Sie Ihre recht weltlichen, geschäftlichen Interessen über einer neuen Religion vergessen könnten. Sie sind nicht ein Mensch, der dicke Einlagen macht, ohne die absolute Gewißheit, daß ihm dieses Geld auch hübsche Zinsen bringt. Rein nur für geistige Erhebung gibt ein Mr. Ogden sein gutes Geld nicht aus.«

»Vielleicht«, sagte Ogden mit einem öligen Lachen.

»Kurz und gut, Mr. Ogden, ich wüßte gerne, wie Sie in dieser Sache drinstehen, wie alle anderen drinstehen. Es hat nicht viel Sinn, die Dinge zu verschleiern, denn alle Geweihten, ausnahmslos, stehen vorläufig unter Mordverdacht. Auch Sie! Es ist bestimmt nicht klug, uns Auskünfte vorzuenthalten, Mr. Ogden.«

»Hören Sie, sagen Sie mir, wann Sie darauf kamen, daß ich an dieser Kirche finanziell beteiligt sein könnte?«

»Im ersten Moment, da ich Sie sah. Sie kamen mir zu tüchtig vor. Und Ihre Stellungnahme gegen Mr. Garnette, als der Diebstahl der Obligationen entdeckt wurde, hat mich in meiner Vermutung noch bestärkt. Aber bitte, wenn Sie nicht reden wollen, dann müssen wir die Tatsachen auf andere Weise herausbekommen. Mr. Garnette ist jetzt derart eingeschüchtert, daß er sicher mit Auskünften nicht mehr hinter dem Berg hält!«

»Dieser dreckige – na!« sagte Mr. Ogden verächtlich. »Hören Sie, Inspektor, Sie haben gewonnen. Eins zu null für Sie! Sehen Sie, bis zum heutigen Tage hatte ich nichts gegen die Lehre der Heiligen Flamme einzuwenden. In meinem ganzen Leben habe ich noch nie mit zweifelhaften Sachen zu tun gehabt, und ich werde nicht jetzt noch damit anfangen. No, Sir! Die Heilige Flamme und Jasper Garnette – das kam mir wirklich wie eine Erhebung vor. Als ich Garnette auf der Überfahrt damals traf, erzählte er mir in großen Zügen von seinen Plänen. Er sagte mir, daß er dazu Geld brauche. Na, und dann hörte ich, wie er einmal zu den Passagieren sprach und sie um eine Unterstützung für den Seemanns-Fonds bat, und das gab mir zu denken! Ich rechnete alles aus, und als wir von Bord gingen, hatten wir eine gesunde Basis für das ganze Unternehmen ausgeknobelt. Ohne mich hätte Garnette gar nicht starten können, wissen Sie. Also gründeten wir zwei eine Gesellschaft – und jetzt hat dieses Dreckschwein die Obligationen gestohlen!«

»Sind noch andere Aktionäre der Heiligen Flamme?«

»M. de Ravigne hat fünfhundert Pfund eingelegt. Mehr könne er nicht aufbringen, sagte er. Übrigens wird er ganz besonders erpicht sein auf diese Obligationen. Er hat in Cara doch eine Gottheit gesehen!«

»Existiert eine schriftliche Abmachung über die finanzielle Lage der Heiligen Flamme?«

»Natürlich, Inspektor! Jeder von uns hat eine Abschrift. Möchten Sie sie lesen?«

»Ich bitte darum. Wo mag Mr. Garnette die seine aufbewahren?«

»Wahrscheinlich in seiner Bank – der schlaue Hund.«

»Sie sind also überzeugt davon, daß Mr. Garnette diese Obligationen verschwinden ließ?«

»Ich wünschte bei Gott, ich wäre es nicht, Inspektor!« lautete die unerwartete Antwort Mr. Ogdens. »Ich – irgendwie verehre ich nämlich diesen Burschen, wissen Sie. Ich! Nun, vielleicht werde ich nächstes Jahr gescheiter!«

»Besteht eine Buchführung in diesem Unternehmen?«

»Natürlich! Ich habe die meisten Aktien, weil ich am meisten Geld einlegte. Garnette hat ein festes Gehalt und bekommt außerdem zwanzig Prozent vom Reingewinn. Das ist doch weiß Gott anständig!«

»Wissen Sie, daß Mr. Garnette ein Landsmann von Ihnen ist?«

Mr. Ogden sah aus, als stehe er Modell für ein Gasthausschild »Zum ungläubigen Thomas«. »Quatsch!« sagte er barsch. »Der? No, Sir! Hören Sie doch nur, wie der spricht. Wie kommen Sie auf so einen Blödsinn, Inspektor?«

»Nehmen Sie an«, antwortete Alleyn hinterhältig, »der Herr habe es mir selbst gesagt.«

»Dann hat er eben dem Total seiner Lügen eine weitere beigefügt.«

»Schön, Mr. Ogden – das wäre alles für den Moment.«

»Hören Sie, Inspektor, ich möchte nicht, daß Sie falsch über die finanzielle Seite dieser Sache denken. Merken Sie sich eines: Ich habe gute Dollars in dieses Unternehmen gesteckt. Ich sah dabei eine gute Verdienstmöglichkeit. Ich habe redlich das Meine getan und habe dafür nicht mehr bekommen, als mir zustand. Das gleiche gilt für Ravigne. Ich sehe die Sache eben so an, daß diese Kirche Farbe und Inhalt in das Leben von ein paar Leuten brachte. Und sogar wenn Garnette, den ich bis jetzt für einen anständigen Kerl hielt, vielleicht ein düsterer Kunde ist – es war doch ein wirklich amüsanter, kleiner Kreis.« Er sann einen Augenblick über etwas nach. Dann wiederholte er wie eine Empfehlung: »Und es hat Farbe und Inhalt in das Leben von Leuten gebracht, die sonst vielleicht nicht viel Freude in ihrem Alltag haben.«

»Nebst Hysterie und Heroin, Mr. Ogden.«

Nigel, der bis dahin möglichst unauffällig seine Stenogramme gemacht hatte, sah nun Ogden gespannt an. Hatte dieser Pfeil ins

Schwarze getroffen? Aber er mußte sich selbst eingestehen, daß die Miene des Amerikaners ehrliches, unverhülltes Erstaunen ausdrückte.

»Was, zum dreigehörnten Teufel, wollen Sie damit sagen?« stieß Ogden nach einer Weile hervor. »Heroin? Rauschgift? Wer gibt hier den Leuten solches Zeug? – Donner und Doria!« fügte er plötzlich hinzu, »ist es das, was den jungen Pringle so zugerichtet hat? Wer hat mit dieser Sauerei angefangen?«

»Soviel ich weiß – Mr. Garnette!«

Der Amerikaner begann zu fluchen, herzlich, solid und mit einer grimmigen Eindringlichkeit. Alleyn hörte ihm höflich zu, während Fox diesen Monolog eher mit dem kritischen Interesse eines Experten verfolgte.

»Bei Gott«, endete Ogden, »ich wünschte, ich hätte mich nie mit diesem Konzern eingelassen! Nie wieder! Es hat zwar eines Mordes bedurft, damit ich Vernunft annehme – leider! Aber nie wieder. Hören sie, Inspektor, Gott ist mein Zeuge, daß ich keine Ahnung hatte–– ach was, es hat doch gar keinen Zweck!«

»Geht in Ordnung, Mr. Ogden«, sagte Alleyn ruhig. »Wir wissen, daß Sie nichts damit zu tun haben.«

»Wie können Sie das wissen?«

»Pringle hat es mir gesagt. Sie brauchen sich also keine Sorgen zu machen. Wegen Rauschgifthandels werden wir Sie bestimmt nicht vor Gericht stellen.«

Ogden sah nervös von Fox zu Alleyn.

»Wegen Rauschgifthandels nicht«, wiederholte er. »Ich bin nicht begeistert von der Art, wie Sie das sagen.«

»Aber seien Sie doch vernünftig, Mr. Ogden. Ich kann doch hier nicht das alte Kinderspiel machen, ›du bist's nicht, du bist's nicht‹, bis ich den richtigen ›Du‹ erwische. Ich kann nur immer wieder mein altes Schlagwort anbringen, daß der Unschuldige nichts zu fürchten hat, solange er strikte bei der Wahrheit bleibt.«

»Hoffentlich haben Sie recht!«

»Bestimmt habe ich recht. Seien Sie also ganz unbesorgt, Mr. Ogden. Und nun muß ich aber wandern!«

»Dieses verdammte Buch! Wenn ich nur wüßte, wann es verschwunden ist.«

»Lassen Sie auch das Buch jetzt ruhen, Mr. Ogden. Ich glaube zu wissen, wann es verschwand und wer es genommen hat.«

»Sie sind also wirklich einer der Hunde, die des Hasen Tod ausmachen, was?«

18
Miß Wade trägt zur Aufklärung bei

Nachdem Mr. Ogden gegangen war, steckte Alleyn beide Hände in die Hosentaschen und sah Fox groß an.

»Jetzt frage ich Sie, Fox, was soll das alles? Was können Sie damit anfangen? Sie sehen so unbefangen und harmlos aus wie immer, wenn Sie sich eine ganz bestimmte Theorie gebildet haben. Los, reden Sie, Fox! Ich bin in einem Zustand, wo ich schon kaum mehr weiß, wer von diesen Kreaturen wer ist!«

»Das glaubt Ihnen kein Mensch, Sir«, sagte Fox gut gelaunt. »Ja, also, ich habe eben ein wenig nachgedacht. Wir wissen, daß Miß Cara Quayne gestern nachmittag ausging. Wir wissen, daß sie zwischen zwei Uhr dreißig und drei Uhr hierherkam. Wir wissen, daß sie anläßlich dieses Aufenthaltes hier irgendeinen Schock erlitt. Wir wissen, daß die Obligationen gestohlen worden sind und daß Miß Quayne gestern abend ermordet wurde.«

»Richtig, jedes Wort richtig, Fox.«

»Gut, und von diesen Tatsachen ausgehend, habe ich eben nachgedacht. Ich frage mich, ob sie den Diebstahl gestern nachmittag entdeckte und ob der Dieb weiß, daß sie ihn entdeckte. Sie gebrauchte das Wort ›Entdeckung‹ in ihrer kurzen Notiz. Wenn also Garnette selbst die Obligationen verschwinden ließ, dann hat sie nicht gewußt, daß er es war, sonst hätte sie ihm nicht diesen Zettel geschrieben. Das heißt, wenn dieser Zettel überhaupt für ihn gedacht war, was aber kaum zweifelhaft scheint. Nehmen wir also einmal an, daß sie herkam, den Safe offen fand und aus irgendeinem Grunde ihre Papiere kontrollieren wollte. Dann entdeckte sie, daß sie verschwunden waren. Sie wartete auf Garnette. Es kamen bereits die ersten Besucher für die Nachmittagsvorstellung – das hat der Chauffeur ausgesagt –, und sie beschloß, nach Hause zu gehen, dem Father aber diese Notiz zurückzulassen.« Fox unterbrach sich für ein paar Sekunden. »Irgend etwas stimmt ja doch nicht. Warum hat sie diese falschen Obligationen denn wieder so säuberlich in den Safe gelegt? Blieb der Safe unverschlossen?«

»Sie könnte zum Beispiel jemanden getroffen haben, der sie durch eine Bemerkung in Aufregung versetzte. Eine Bemerkung – –«

»Es könnte ihr jemand gesagt haben, daß Garnette verdächtigt werde, faule Dinge zu treiben, und sie könnte beschlossen haben, Garnette davor zu warnen. Nun, wie klingt das?« rief Nigel.

»Keine schlechte Idee, Sir«, sagte Fox, »gar keine schlechte Idee! Und Garnette kam dahinter und dachte, er wolle die Dame aus dem Weg räumen, bevor sie vielleicht ihr Testament ändere.«

»Wie sollte er dahintergekommen sein«, warf Alleyn ein, »wenn er doch diese Notiz gar nie zu Gesicht bekam? Und wenn sie ihn hätte warnen wollen, warum sollte sie ihr Testament ändern?«

»Wie lautet eigentlich dieses Testament, Sir?« fragte Fox. Alleyn erklärte es ihm.

»Oho! Zehntausend für den Priester! Und einundzwanzig für diese Religion! – Ein ganz respektabler Mordgrund.«

»Und was haben Sie sich noch so ausgedacht, Bruder Fox? Haben Sie herausbekommen, was es mit den beiden angebrannten Papierfetzen auf sich hat, die Sie im Kamin fanden?« Alleyn brachte sie zum Vorschein. »Ich habe mir eingebildet, daß Miß Quaynes alte Kinderfrau das geschrieben habe«, sagte er nachdenklich.

»Guter Gott!« entfuhr es Fox. »Wie kommen Sie darauf?«

»Ja«, mischte sich Nigel eifrig ein, »wie, zum Teufel, kommen Sie darauf?! Mir wollte er es nicht sagen, Inspektor Fox!«

»Es ist wirklich schlau von mir, was?« Alleyn lächelte. »Aber sobald der erste Glanz verblaßt, ist es gar nicht mehr so außergewöhnlich! Schrift mit grünem Bleistift – grüner Bleistift auf Miß Caras Schreibtisch. M-S ist der Rest von MISS und CA – ist der Beginn von CARA, denn dies hier ist das Oberteil eines R, Fox, und nicht eines N. Ich stelle mir vor, daß das alte Mädchen Garnette ungefähr folgendes schrieb: ›Sir, ich warne Sie, daß, falls Sie mit Miß Cara – (und so weiter) – ich Sie anzeigen werde. Es gibt in England Gesetze, die Frauen vor Männern, wie Sie einer sind, schützen!‹ So ähnlich stelle ich mir das vor.«

»Richtig«, stimmte Fox zu, »das könnte wohl sein.«

»Nun, und vergangene Nacht kam sie dann her und wollte auskundschaften, ob ihre Warnung gewirkt habe, wobei sie die Kelchzeremonie von Garnettes Zimmer aus beobachtete. – Die alte Dame hat uns sehr geholfen durch ihre Aussagen. Diesen Zettel hat Garnette irgendeinmal im Laufe des Tages dann ins Kaminfeuer geworfen. – Und was ist mit dem Buch?«

»Das hat Garnette meiner Meinung nach bei Mr. Ogden gestohlen, Sir. Immerhin sind seine Fingerabdrücke darauf.«

»Und was ist mit diesem kleinen Tropf, diesem Claude?« fragte Nigel. »Ogden hat uns doch gesagt, daß er während seiner Abwesenheit kam, um die Bücher von Garnette abzuholen. Vielleicht hat Claude das Giftbuch mitgenommen.«

»Auch diese Möglichkeit muß erwogen werden«, gab Alleyn zu. »Vielleicht sind die unklaren Abdrücke auf den Buchseiten diejenigen Claudes und nicht Garnettes. Bailey hat ja nicht viel Glück gehabt mit ihnen.«

»Aber«, schrie Nigel plötzlich triumphierend auf, »das Buch hatte ja gar keinen braunen Umschlag! Wenn Claude also die ›Kuriositäten‹ mitgenommen hat, dann tat er das absichtlich!«

»Übernehmen Sie sich nicht, Bathgate«, sagte Alleyn freundlich. »Zuviel Geist kann schädlich sein.«

»Und Garnette hat es ihm befohlen«, überging Nigel eifernd diesen wohlgemeinten Rat. »Verlaßt euch darauf – Garnette hat es ihm befohlen!«

»Das glaube ich nicht, Mr. Bathgate, besonders nicht, wenn er das Buch zu verwenden gedachte«, wandte Fox ein. »Nein, ich bin davon überzeugt, daß Garnette selbst das Buch gestohlen hat.«

»Womit wir im Kreis herum wieder beim Beginn angelangt wären«, sagte Alleyn müde. »Gehen wir ins Amt zurück, Fox. Wie steht es mit den Fingerabdrücken?«

»Sie werden gegenwärtig alle untersucht, Sir. Übrigens haben wir die Aussagen von Dr. Kasbek überprüft, und sie stimmen genau.«

»Wenigstens etwas. Kommen Sie.«

Doch das Haus der Heiligen Flamme wollte sie noch nicht ziehen lassen. In der zugesperrten Eingangshalle wartete, bewacht von einem riesigen Polizisten, die kleine Miß Wade.

»Bitte, Wachtmeister«, sagte Miß Wade und äugte zu Alleyn hinauf, »ich hätte Sie gerne einen Augenblick gesprochen.«

»Aber gerne«, antwortete Alleyn höflich. »Geht nur voraus zum Wagen«, befahl er Fox und Nigel. Die beiden verschwanden, und der Polizist verzog sich mit mammutartigem Takt in die entfernteste Ecke der Halle.

»Was kann ich für Sie tun, Miß Wade?«

»Es ist nur eine Kleinigkeit, die mich beunruhigt hat. Ich fürchte, daß ich nicht Schritt halten konnte mit all den gräßlichen Dingen, die seit gestern nachmittag hier passiert sind. Die liebe Janey sagte, daß das Geld gestohlen worden sei, das die arme Cara für unsere Kirche so edelmütig gestiftet hat. Wann hat man das getan?«

»Das wissen wir leider nicht. Die Obligationen wurden vor ungefähr vier Wochen in dem Safe deponiert und sind seit gestern nacht verschwunden.«

»Sind Sie gestern nachmittag gestohlen worden?«

»Warum fragen Sie mich das, Miß Wade?« fragte Alleyn rasch.

»Ich habe nur gedacht, daß es vielleicht das war, was die arme Cara dem Father sagen wollte.«

Alleyn starrte Miß Wade an, als habe sie eben ein Kaninchen hinter ihren Stockzähnen hervorgezaubert.

»Wollen Sie das bitte wiederholen, Miß Wade?«

Miß Wade tat es wortgetreu, nur etwas lauter.

»Wann hat Miß Quayne das gesagt und zu wem?«

»Gestern nachmittag, wann denn sonst?« entgegnete Miß Wade.

»Wann denn sonst, selbstverständlich«, wiederholte Alleyn ziemlich verwirrt. »Und wie kommt es, daß Sie von diesem Ausspruch wissen, wenn ich fragen darf?«

»Wirklich, Wachtmeister! Weil ich es hörte, natürlich!«

»Natürlich! Im – in der Kirche?«

»Im Tempel, natürlich im Tempel!«

»Natürlich.«

»Es hat mich übrigens recht gestört in meiner Meditation. Ich kam extra früh, um mich auf die Abendzeremonie vorzubereiten. Ich hatte das Wort ›Wonne‹ gewählt und war gerade beim äußeren Portal der Seele angelangt, als diese Unterbrechung stattfand. Es war sehr störend, wirklich! Ich wünschte nur, ich hätte nicht meinen Geweihten-Sessel, sondern einen rückwärtigen Kirchenstuhl ausgesucht für meine Meditationen.«

»Ich bin sehr glücklich, daß Sie das nicht taten«, konnte Alleyn dazwischenwerfen.

»Ich hatte also gerade fünfundvierzig Sekunden den Atem angehalten gehabt und atmete langsam aus, indem ich inwendig immer das Wort wiederholte, als sie die Türe aufmachte.«

»Miß Quayne?«

»Wer denn sonst? Ich hatte vorher gar nicht gewußt, daß sie in Father Garnettes Wohnung war. Sie war vor mir gekommen und durch die Kirche gegangen, nehme ich an. Ich hatte meine Galoschen draußen stehengelassen«, fügte Miß Wade ziemlich unvermittelt noch hinzu.

»Und dann machte sie also die Türe zu Mr. Garnettes Zimmer auf, und da hörten Sie sie sprechen?«

»Ja. Ich muß schon sagen, ich habe mich ein wenig über die arme Cara geärgert. Diese Türe soll während der Meditation nie benützt werden, außer natürlich vom Father selbst. Und es war bereits Meditationszeit damals, ich habe es auf meiner Uhr gesehen, es war Viertel vor drei Uhr.«

»Miß Wade, können Sie mir genau wiederholen, was Cara Quayne sagte?«

»Ganz genau. ›Ich glaube nicht, daß Sie die Wahrheit sagen‹, sagte die arme Cara, ›und ich werde Father Garnette berichten, was Sie getan haben.‹«

»Wem sagte sie das?«

»Ich habe keine Ahnung«, entgegnete Miß Wade gemütlich.

Alleyn unterdrückte ein Stöhnen.

»Nein, das weiß ich wirklich nicht, Wachtmeister. Nicht zu Father Garnette natürlich.«

»Natürlich«, wiederholte der arme Alleyn ganz mechanisch.

»Es blieb wirklich unverständlich, zu wem sie sprach. Und

dann kam sie durch den Tempel gerannt, ganz unehrerbietig, die Ärmste. Sie lief an mir vorüber, ohne mich zu sehen, obwohl ich knien geblieben war und ihr doch einen vorwurfsvollen Blick zuwarf. Im Hintergrund saßen nämlich ein paar Neubekehrte. Und Cara gab ihnen wirklich ein schlechtes Beispiel, das war nicht recht von ihr.«

»Sah sie aufgeregt aus?«

»Voll-kom-men au-ßer sich«, betonte Miß Wade.

»Und kam nach ihr noch jemand aus der Wohnung von Mr. Garnette?«

»Im Gegenteil. Father Garnette ging nach fünf Minuten hinein. Er kam von einem Mittagessen bei M. de Ravigne. Da ich die Meditation schon einmal hatte aufgeben müssen, sprach ich ein paar Worte mit ihm.«

»Erzählten Sie ihm von diesem Vorfall?«

»Habe ich--?« sann Miß Wade nach, wobei sie den Kopf horchend auf eine Seite neigte. »Nein! Nein, ich habe nicht! Wahrscheinlich hätte ich es ihm erzählt, aber er sprach von den Höheren Dingen.«

»Haben Sie sonst mit jemandem darüber gesprochen?«

»Nein, ich glaube nicht.«

»Dann erlauben Sie, daß ich Sie anflehe, mit keinem Menschen darüber zu sprechen, Miß Wade! Die ganze Sache ist von größter Wichtigkeit. Bitte, versprechen Sie mir, niemandem etwas davon zu sagen!«

Miß Wade bäumte sich ein wenig auf. »Wirklich, Wachtmeister, ich bin es nicht gewohnt--«

»Bitte, denken Sie nicht, daß ich mir ungehörige Dinge herausnehme – aber wenn Sie mir nicht Ihr Wort geben, über diese Sache zu schweigen, dann werde ich drastische Maßnahmen ergreifen müssen! Miß Wade! Um Ihrer selbst willen bitte ich Sie zu schweigen. Verstehen Sie das nicht?«

»Nein.«

Alleyn nahm eine ihrer kleinen Hände in schwarzen Handschuhen in die seine, beugte sich etwas vor und lächelte Miß Wade an.

»Bitte«, schmeichelte er, »einem armen Polizisten zuliebe! Versprechen Sie es mir.«

Sie sah zu ihm auf. Ihre farblosen Äuglein wurden förmlich jung, und sie bekam ganz rote Backen.

»Wirklich, es ist zu schade, daß Sie auf so einen Beruf herabgesunken sind«, lispelte Miß Wade. »Denn Sie haben, was meine liebe Mama ein ›Air‹ zu nennen pflegte. Also gut, ich verspreche es Ihnen!«

Alleyn machte ihr eine höfliche Verbeugung. Dann trippelte sie durch die Eingangshalle hinaus.

Er blieb stehen und sah ihr, den Hut in der Hand, nach. Dann ging er zum Wagen hinaus, wo Inspektor Fox ihn erwartete.

»Was ist los mit der alten Dame?« fragte Fox.

»Nichts! Sie hat nur zugehört, wie Miß Quayne ihrem Mörder drohte, Mr. Garnette alles zu erzählen.«

»Teufel, Teufel! – Wann denn um alles in der Welt?«

»Gestern nachmittag, um ein Viertel vor drei Uhr.«

»In der Kirche?«

»Natürlich, wo denn sonst«, kam es prompt von Alleyn. Dann wiederholte er Miß Wades Aussage in großen Zügen.

»Das ist allerdings sehr interessant«, murmelte Fox, als Alleyn geendet hatte. »Hat sie ihn wohl auf frischer Tat ertappt, als er die Obligationen stahl?«

»Wohl möglich, Fox, wohl möglich. Oder er hat (oder sie, je nachdem) sich dann geweigert, Miß Quayne die Papiere zu zeigen.«

»Und sie wurde vergiftet, damit sie nicht reden sollte?«

»Wahrscheinlich wurde sie darum getötet, ja! Aber der Mord war auch ohne das geplant.«

»Wie kommen sie darauf?«

»Weil Natriumzyanid nicht zwischen drei und acht Uhr hergestellt werden kann. Das Gift muß bereits fertiggestellt gewesen sein.«

»Und was für ein Mordgrund lag denn vor?«

»Immer das gleiche, Fox. – Wollen wir nicht fahren? Wohin ist Mr. Bathgate verschwunden?«

»Er hat Miß Jenkins und Mr. Pringle zu sich nach Hause eingeladen.«

»Soso? Nun, das kann recht nützlich sein. Vorwärts denn, Chauffeur!«

Unterwegs telefonierte Alleyn mit seinem Büro, erfuhr von Bailey, daß man in Miß Quaynes Haus noch eine interessante Löschblattunterlage gefunden hatte, ferner ein zusammengeknülltes Blatt Papier, das wie ein Testament aussah, und daß Mr. Rattisbon angerufen habe.

»Wir werden jetzt M. de Ravigne einen Besuch abstatten«, sagte Alleyn, als er aus der Telefonkabine zurückkam.

Branscome Chambers war ein großes Gebäude mit lauter Junggesellenwohnungen, von welchen M. de Ravigne die komfortabelste bewohnte. Sie fuhren mit dem Lift in den vierten Stock hinauf.

»Sind hier gegenwärtig Wohnungen frei?« fragte Alleyn den Liftboy.

»Ja, Sir. Eine. Im obersten Stock.«

»Wie groß?«

»Drei Wohnräume, Schlafzimmer, Dienstbotenzimmer, Bad und so weiter«, gab der junge Mann bereitwillig Auskunft. »Küche ist keine vorhanden, weil das Wohnungen mit Bedienung sind, das heißt, weil das Essen heraufgeschickt wird, wissen Sie.«

»Aha. Und Zentralheizung, nicht wahr?«

»Gewiß, überall.«

»Ich kann nicht leben ohne ein offenes Feuer.«

»Wirklich, Sir? Diese elektrischen Kamine sind aber doch sehr angenehm. Auf Nummer fünf ist übrigens ein Holzkamin eingerichtet worden.«

»Ach? Ist das M. de Ravignes Wohnung?«

»Nein, Sir. M. de Ravigne hat nur die üblichen Heizungsanlagen. – Da sind wir.«

»Danke sehr.«

»Ich danke Ihnen, Sir.«

Ein dunkelhaariger Mann mit blaurasierten Wangen und auffallend diskretem Gehabe öffnete die Tür. Man hörte Klavierspiel von drinnen. War Monsieur zu Hause? Man werde nachfragen. Der Diskrete verschwand mit Alleyns Karte. Er kam sofort zurück. Jawohl, Monsieur war zu Hause. Wollten die Herren bitte hereinkommen? Er führte sie in ein langgestrecktes, niedriges Wohnzimmer, das mit antiken Möbeln sehr geschmackvoll eingerichtet war. Nur die Bilder trugen einen Hauch der Moderne herein – Van Gogh, Paul Nash und ein Gerald Brockhurst.

M. de Ravigne saß an einem kleinen Flügel.

19
Alleyn sucht nach einer Wohnung

M. de Ravigne begrüßte Alleyn und Fox mit großer Herzlichkeit, die seine Herablassung fast vergessen ließ. Er sah sehr nach Grandseigneur aus, wie er dastand, eine blasse Hand auf den Flügel gestützt, ernst, höflich und im passenden Rahmen.

»Bitte, nehmen Sie Platz, Messieurs. Sie kommen ganz sicher, um Ihre Nachforschungen über diese grauenvolle Tragödie fortzusetzen.« Er streckte ergeben die Hände aus. »Was kann ich für Sie tun?«

»Sie sind zu liebenswürdig, Monsieur. Ganz zuerst möchte ich Ihnen diesen Brief zeigen.«

De Ravigne nahm den Brief in Empfang, den er selbst am vergangenen Freitag an Cara Quayne geschrieben hatte. Er las nur ein paar Worte und legte dann das Schreiben neben sich auf die Armlehne. Fox zückte sein Notizbuch.

»Es ist mir ungemein verhaßt«, äußerte de Ravigne verhalten, aber bitter, »wenn meine Briefe von Leuten gelesen werden, an die sie nicht gerichtet sind und die sie nichts angehen.«

Alleyn nahm den Brief wieder an sich. Ruhig las er ihn noch einmal durch. »Vor welcher Gefahr wollten Sie Miß Quayne so eindringlich warnen, M. de Ravigne?« fragte er ungerührt.

»Es war eine persönliche Angelegenheit, *M. l'Inspecteur.*«

»Erklären Sie uns das näher, Monsieur, und wir werden es als eine solche behandeln. Sie sehen doch ganz bestimmt ein, daß bei der heutigen Lage der Dinge ein Brief, der Miß Quayne vor einer unmittelbaren Gefahr warnt, nicht stillschweigend übergangen werden kann.«

De Ravigne neigte kaum merklich den Kopf. »Die Gefahr, auf die ich anspielte, ist keineswegs eine körperliche.«

»Die stattgefundene Tragödie war also nicht damit gemeint?«

»Nein! Tausendmal nein! Ich bitte Sie!«

»Also? Worin denn bestand diese Gefahr?«

»Sie richtete sich gegen ihre Tugend, *M. l'Inspecteur*.«

»Ich verstehe.« Mehr sagte Alleyn nicht.

De Ravigne sah ihn lange an und erhob sich dann. Er ging wie gehetzt durch das Zimmer. Plötzlich blieb er vor Alleyn stehen und begann rasch auf französisch zu sprechen. Inspektor Fox beugte sich angestrengt vor.

»Versetzen Sie sich doch in meine Lage, Monsieur. Ich liebte Cara – sehr. Ich liebte sie, seit sie mit meiner Schwester im Kloster war. Eine Zeitlang glaubte ich sogar, daß wir heiraten würden. Madame Verné, ihr Vormund, war damit einverstanden, meine Familie auch. Dann – ich weiß nicht, wie das kam – wurde sie immer kühler mir gegenüber und – aber das ist nicht wichtig. Sie übersiedelte nach London, wo wir uns nach einem Jahr wieder trafen. Ich war ihr Sklave geblieben. Wir wurden, auf ihre englische Art, Freunde. Es geschah, um ihr eine lustige Abwechslung zu schaffen, daß ich sie in diesen verwünschten Tempel einführte. Damals wußte ich von Father Garnette freilich noch nicht, was ich heute weiß!«

Alleyn fragte: »Wie lange brauchten Sie, um ihn zu durchschauen?«

De Ravigne zuckte leicht die Achseln und sprach in der Folge wieder englisch. »Ich weiß es nicht, Sir. Seine Moral war mir gleichgültig. Mich zogen die Zeremonien, das Ritual, die bizarre, fesselnde Form von Heidentum seiner Religion an. Auch als mir klarwurde, daß er sich recht gerne amüsierte, daß er sich Mätressen hielt, dachte ich, daß sich das gar nicht schlecht mit heidnischen Gebräuchen vereinbaren lasse, und stieß mich nicht daran. Jeder lebt schließlich sein eigenes Leben. Ich kann nicht genau sagen, wann ich bemerkte, daß die Rolle des ›Auserwählten Gefäßes‹ für den Priester eine besondere Bedeutung hatte, aber ich bin immerhin nicht blind. Dagmar wurde dazu ausersehen und – kurz und gut, Monsieur, ich bin ein Mann von Welt, sah, was ich die ›Affäre Candour‹ nennen will, vor sich gehen und kümmerte mich nicht darum. Es ging mich auch nichts an.«

»Gewiß«, sagte Alleyn, »aber als Miß Quayne Anwärterin auf die Sonderstellung wurde – –«

»Ach, damals erschrak ich zu Tode, Monsieur. Bitte, bedenken Sie doch: Ich, ich ganz allein war schuld daran. Ich hatte sie in diese Kirche eingeführt! Ich war außer mir, machte mir die größten Vorwürfe und – und dann schrieb ich ihr den Brief, den Sie in der Hand halten.«

»Und fuhren fort, Ihre Dividenden einzukassieren, wie?«

»Sacre nom!« entfuhr es Monsieur. »Das wissen Sie auch?«

»Allerdings.«

»Dann werden Sie meiner Versicherung keinen Glauben schenken, daß ich fest entschlossen bin, seit gestern fest entschlossen bin, mein Geld aus dieser Sache zurückzuziehen.«

»Fünfhundert, nicht wahr?«

»Jawohl. Als ich den kleinen Betsaal in der Holland Road zum erstenmal besuchte, bemerkte ich, daß Garnette Geld brauchte. Ich konnte es mir nicht leisten, diese Summe zu schenken, aber ich konnte sie leihen. Die geschäftlichen Dinge habe ich alle Father Garnette und Mr. Ogden überlassen. Mir liegen sie nämlich gar nicht. Aber seien Sie versichert, daß ich mein Geld zurückziehe. Man kann nicht finanziell liiert sein mit solchem Gesindel!«

»Ist mit diesem Schimpfnamen auch Mr. Ogden gemeint?«

»Nein, vor allen Dingen der Priester. Obwohl Ogden ebenfalls ziemlich von unten kommt. Was den Priester anbelangt – aber ich möchte lieber gar nicht mehr von ihm sprechen!«

»Wissen Sie, daß Mr. Garnette Mr. Pringle, Mrs. Candour und Miß Quayne Rauschgift gab?«

»Das wundert mich nicht, Monsieur«, kam es nach einigem Zögern. »Aber ich wiederhole, daß die Privatdinge der Geweihten mich nicht interessierten.«

»Aber – Miß Quayne?«

»Von ihr kann ich es nicht glauben«, brauste M. de Ravigne heftig auf, »und ich weigere mich, darüber zu diskutieren!«

»Bitte, wie Sie meinen. – Sagen Sie mir, warum wollten Sie, daß Miß Quayne Ihren Brief vernichten solle?«

»Ich habe Ihnen bereits erklärt, wie sehr ich es hasse, wenn meine Briefe von Unbefugten gelesen werden. Diese alte Hebborn! Ich könnte den Gedanken nicht ertragen, daß sie ihre Nase hineinsteckt!«

»Ach so. Nun, das erklärt Ihre Nachschrift.« Nach einer Weile fügte Alleyn bei: »Und das Chemiebuch haben Sie – wenn ich recht verstanden habe – früher bereits einmal gesehen?«

De Ravigne zögerte merklich, ehe er antwortete: »Es ist komisch – jetzt, da Sie davon sprechen, dünkt mich selbst, ich sei diesem Buch schon irgendwo begegnet. Aber wo? Ich kann mich nicht erinnern.«

»In Mr. Ogdens Haus vielleicht?«

»Ja, natürlich! Bei Ogden, richtig! Er zeigte es mir, weil er es für wertvoll hielt, aber es interessierte mich gar nicht. Darum konnte ich mich auch nicht darauf besinnen. Demnach wäre ja dieses Buch Eigentum des guten Ogden? Das ist ja recht interessant, Monsieur, nicht wahr?«

»Jede Auskunft über dieses Buch ist interessant. Apropos Buch – M. de Ravigne, könnte ich wohl die Bücher der Gesellschaft Heilige Flamme einsehen? Man sagte mir, daß Sie sie aufbewahren.«

»Die Bücher? Ach, die Geschäftsbücher? Ja, gewiß. Der gute Ogden bestand darauf, daß ich sie kontrollieren solle. Sie scheinen übrigens in Ordnung zu sein. Bis auf den Diebstahl der Obligationen, der selbstverständlich noch nicht als ›Ausgang‹ verbucht worden ist. Vielleicht hat ja der gute Ogden selbst bei dieser Sache mitgewirkt! Vielleicht haben er und der Priester diese Überraschung arrangiert! Sie sehen, ich werde bitter, Monsieur. Ich bin kein mißtrauischer Mensch, aber wenn ich mich einmal hintergangen fühle – aber Sie wollen ja die Bücher haben.«

Er klingelte nach seinem Diener, der die Bücher brachte, worauf de Ravigne sie Alleyn aushändigte.

»Noch eine einzige Frage, Monsieur«, sagte Alleyn, »dann werde ich Sie endlich in Ruhe lassen. Ist Ihnen eine Madame la Comtesse de Barsac bekannt?«

»Meine Schwester«, entgegnete de Ravigne sehr kühl.

»Entschuldigen Sie, das wußte ich wirklich nicht. Sie war sehr vertraut mit Miß Quayne, nicht wahr, wirklich eng befreundet?«

»Ja.«

»Dann wollen wir uns jetzt verabschieden, Monsieur. Sie werden für die morgige Totenschau eine Vorladung bekommen. Vermutlich werden bei dieser Verhandlung auch die näheren Bestimmungen des Testamentes von Miß Quayne zur Sprache kommen.« Alleyn sah de Ravigne fest an. »Ich nehme an, daß Sie die kennen, Monsieur?«

»Nein.«

»Ach? Nun kommen Sie, Fox. Wo sind diese Bücher?«

»Sie haben sie unter dem Arm, Sir.«

»Habe ich? Tatsächlich! – *Alors, au revoir, Monsieur!* Ich fürchte, daß wir Sie sehr belästigt haben.«

»Ganz und gar nicht, Monsieur. Ich bin nur zu glücklich, wenn ich – obwohl ich Ihnen zwar keine großen Dienste––«

»Tout au contraire, Monsieur. Merci et au revoir.«

»Au revoir, M. l'Inspecteur. Auf Wiedersehen, mein Herr.«

»Ohrevoor, Monsieur.« Fest und sicher kam es von Fox.

»Scotland Yard«, befahl Alleyn dem Chauffeur. »Na, Fox, wenn wir noch oft mit Monsieur zu tun haben, dann können Sie Ihr Französisch wirklich nutzbringend anwenden.«

»Es ist komisch, Sir«, antwortete Fox todernst. »Wenn ich am Radio die Französischkurse höre, dann komme ich ganz gut mit, aber wenn Monsieur dann anfängt zu sprechen, hört es sich plötzlich an wie eine Häufung von Apostrophen! Was tun wir übrigens als nächstes?«

»Sobald wir im Büro angekommen sind, schicken wir ein Telegramm nach Australien, Bruder Fox. Waren Sie jemals in Australien?«

»Nein, Sir«, entgegnete ein tieferstaunter Fox.

Alleyn erzählte ihm von Australien, bis der Wagen vor Scotland Yard hielt. In seinem Büro erwarteten Alleyn bereits verschiedene Sachen. Einmal der Rapport der daktyloskopischen Abteilung über die Fingerabdrücke der Geweihten, dann ein Brief von Mr. Rattisbon, verschiedene Dinge aus Cara Quaynes Haus, die noch abgeliefert worden waren, und Alleyn versank sofort in eine intensive Tätigkeit. Als erstes öffnete er den Brief des Rechtsanwaltes. Fox sah ihn an, während er ihn las. Wortlos streckte sein Chef ihm das Schreiben dann hinüber.

Mr. Rattisbon teilte mit, daß mit der heutigen Morgenpost ein neues Testament von Miß Quayne eingetroffen sei, das sie wahrscheinlich im Laufe des gestrigen Nachmittags aufgesetzt hatte und das von zwei Zeugen bestätigt worden war. Soweit es die Legate an de Ravigne und Edith Hebborn betraf, war sein Wortlaut unverändert geblieben. Aber sonst war diese Neufassung erstaunlich. Das ganze restliche Vermögen erbte Mr. Garnette. Miß Quayne hatte dazugeschrieben, daß sie hoffe, diese Testamentsfassung sei in Ordnung und rechtsgültig. Sie habe zwingende Gründe, diese grundlegende Abänderung vorzunehmen. Gründe, die mit einer schrecklichen Entdeckung zusammenhingen und die sie mündlich näher erklären wolle. Ihr lieber Father Garnette, berichtete sie, sei das Opfer eines ganz gemeinen Komplottes. In einem beigelegten Brief schrieb Mr. Rattisbon, daß er die ganze Sache äußerst betrüblich finde. Eine unerwartet teilnehmende und menschliche Bemerkung von seiner Seite.

»Teufel, Teufel«, sagte Fox, »es sieht aus, als ob Sie recht hätten, Sir.«

»Erfreulich, nicht?« lächelte Alleyn. »Aber wo sollen wir jetzt anpacken, verdammt noch einmal? Und was geschieht mit unserem Jasper? Wo ist der Bericht über diese Zigaretten, Fox? Ist er schon da? Aha, jawohl. Oh, großer Priester! Die oberen Zigaretten alle harmlos wie Wiesenblümchen, aber unten, zu einem häßlichen, scheußlichen Klumpen geballt, die präparierten! Es wurde ein ziemlich hoher Prozentsatz Heroin darin gefunden. Oh, Jasper, mein Liebster, meine bessere Hälfte, mein himmlisches Juwel, bald wirst du mein!«

»Beruhigen Sie sich, Sir«, grinste Fox. »Wollten Sie damit sagen, daß Sie Garnette verhaften lassen möchten?«

»Ob ich möchte? Mensch, und wie! würde Mr. Ogden sagen! Und wie, mein bester Fuchs! – Was ist übrigens mit den Analysen? Autopsie des Leichnams von Cara Quayne, da ist es schon. Er hat sich beeilt, der Herr Gerichtsmedikus. ›Äußere Merkmale: Nägel blau verfärbt, Finger verkrampft, Zehen ebenfalls, Kiefer fest aufeinandergepreßt––‹ Nun, das wissen wir ja alles. Aha, hier kommt's: ›Innere Merkmale: Magenöffnung ergibt starken Blausäuregeruch–– Silberprobe wurde durchgeführt––‹ « Alleyn las schweigend weiter, warf dann den Rapport auf den Tisch und lehnte sich zurück.

»Natriumzyanid, also doch«, murmelte er. »Wie hübsch, daß ich hier den munteren Wohlgelaunten spiele, während eine schöne Frau zur Leiche wird, zum Tummelplatz medizinischer Analysen–– und ihr Mörder––! Fox, was haben wir doch für einen scheußlichen Beruf! Die gewohnte Routine macht Ungeheuer aus uns, hol's der Teufel! Fühlen Sie das nicht auch manchmal, Fox? Nein, Sie nicht, was? Sie sind ein viel zu gutartiger Mensch, viel zu klar und zu normal! Und ein so weiser, alter Rabe sind Sie noch außerdem! Herrgott, Fox, finden Sie wirklich, das sei ein Beruf?«

»Gewiß, Sir. Ich weiß, wie solche Mordfälle auf Sie wirken. Daran ist aber nur Ihre Vorstellungsgabe schuld, wenn ich das sagen darf, Sir. Mir geht das vollständig ab, die Phantasie, und doch kommt es mir, wenigstens manchmal, komisch vor, wie ruhig wir an unsere Arbeit gehen. Wir schimpfen höchstens und regen uns auf, weil wir unregelmäßige Arbeitszeiten haben, weil unser Essen manchmal kalt wird und so. Und dabei ist doch jedesmal eine Falle, ein Strick und ein gebrochenes Genick das Ende unserer Arbeit, wenn wir sie gut ausgeführt haben. Aber so ist sie nun eben, und jemand muß sie tun.«

»Nach welcher tröstlichen Überlegung wir also diesen Mr. Abberley etwas näher konsultieren wollen«, sagte Alleyn.

Er nahm das Buch der »Kuriositäten« aus seinem Koffer und öffnete es wieder an der Stelle über die Herstellung von Natriumzyanid.

»Das ist eine sehr komplizierte Angelegenheit, Fox, hört, hört! ›Man nehme Wolle, Feilspäne und Waschsoda zu gleichen Teilen. Dies koche man zusammen drei oder vier Stunden auf großem Feuer. Dann lasse man es abkühlen. Man füge Wasser bei und koche das ganze wieder während einiger Stunden.‹ Langweilig. ›Die klare Lösung schütte man ab und lasse sie bis auf einen kleinen Rückstand verdunsten. Dann gelbe Kristalle absondern.‹ Und sind die nun Natriumzyanid? Mitnichten. ›Diesen Kristallen menge man ein Drittel ihres Gewichtes an Waschsoda bei und lasse beides wieder ein bis zwei Stunden kochen. Noch während sie heiß ist, wird die geschmolzene Masse von den schwarzen Überbleibseln gereinigt. Aus dem Ganzen wird, während es abkühlt, ein weißer Kuchen entstehen.‹ Heissa! Natriumzyanid, wie bestellt! Man serviere es mit Invalid Port à la Garnette. Jubelrufe und frohes Lachen der Menge! Der Mann ist gescheit.«

Er las die Stelle noch einmal eingehend nach. Dann schloß er das Buch.

»Dabei fällt mir Mr. Bathgate wieder ein, Fox. Das wäre etwas für ihn. Sie sagten, er sei mit Mr. Pringle und Miß Jenkins zu sich nach Hause gegangen?«

»Jawohl, Sir.«

Alleyn dachte einen Moment nach. Dann griff er nach seinem Telefon. Er wählte eine Nummer und wartete, wobei er Fox gedankenverloren ansah. Jemand meldete sich am Telefon. Alleyn sprach leise und sehr schnell.

»Sind Sie es, Bathgate? Keinen Namen! Sagen Sie ›Hallo‹ und ›Darling‹ – so ist's recht. Antworten Sie nur mit ja und nein, aber mit liebevoller Stimme, falls Ihre Gäste noch bei Ihnen sind. Sind sie? Gut. Hier spricht Angela!«

»Hallo, Darling«, quäkte Nigel im Hörer.

»Ist Ihr Telefon eines der lauten oder leisen? Hört man jedes Wort durch?«

»Nein, mein Süßes. Es ist so herrlich, deine Stimme zu hören!« sagte Nigel in Chester Terrace. Ohne die Sprechmuschel mit der Hand zu bedecken, sagte er zu jemandem: »Es ist Angela, meine – ich bin verlobt mit ihr. Entschuldigt mein hingerissenes Entzücken!«

»Sie glauben also, daß ich ruhig sprechen kann?« fuhr Alleyn fort.

»Angela, Liebling, ich kann dich kaum verstehen. Mein Telefon klingt so dumpf.«

»In Ordnung. Hören Sie nun gut zu. Haben Sie sich angefreundet mit den beiden?«

»Und ob, natürlich«, brach Nigel begeistert aus.

»Schön. Dann sehen Sie zu, daß Sie in ihre Wohnungen eingeladen werden. Geht das?«

»Aber Angela, das habe ich doch längst getan! Wann sehe ich dich?«

»Heißt das, daß Sie bereits in den beiden Wohnungen waren?«

»Nein, natürlich nicht. Wie geht es dir?«

»Ich werde langsam wütend. Was meinten Sie denn vorhin?«

»Nun, gerade jetzt sitze ich hier und sehe deine Fotos an. Ich habe sie übrigens noch jemandem gezeigt.«

»Hol Sie der Teufel!«

»Nein, Liebling, niemand, den du kennst. Aber ich hoffe, du lernst sie bald kennen. Sie sind verlobt, genau wie wir. Wir gehen dann zusammen ins Theater. Angela, wo bist du?«

»Im Yard.«

»Darling, das ist aber so teuer! Yarborough? Und von dort rufst du an! Na, macht nichts. Wann kommst du nach London? Kann ich irgend etwas für dich tun?«

»Jawohl, das können Sie. Wenn ihr dann alle ausgehen wollt, wäre es da nicht möglich, daß Sie nachher in die beiden Wohnungen kommen?«

»Gewiß. Eigentlich hatte ich das bereits vor. Darling--«

»Halten Sie jetzt den Mund und hören Sie zu. Wenn Sie bei den beiden zu Hause sind, möchte ich, daß Sie verschiedenes genau beobachten.«

»Gut, mein Süßes. Ich habe doch nur Scherze gemacht. Sag mir alles, auch das Schlimmste.«

»Also, ich möchte, daß Sie--« Alleyn sprach, Fox hörte feierlich zu, Nigel drüben in Chester Terrace schickte Küßchen durch den Hörer und lächelte dann Pringle und Janey abbittend an.

20
Reine Toren

»Angela verträgt es einfach nicht, wenn ich mit ihr am Telefon moderne Konversation mache«, sagte Nigel, als er aufgehängt hatte, nach Alleyns letztem Fluch.

»Wenn das ein Musterbeispiel solcher Konversation war, dann wundert es mich nicht«, lachte Janey Jenkins. »Ich würde Maurice unbedingt verbieten, mich ›sein Süßes‹ zu nennen, nicht wahr, Blot?«

»Jawohl«, antwortete Maurice unaufmerksam. Er ging ruhelos auf und ab und blieb dann plötzlich am Fenster stehen, wo er an seinen Nägeln kaute.

»Ja, also denn, dann werde ich mich jetzt sofort um Plätze kümmern, wie? Wohin wollen wir eigentlich gehen? Ich finde ein solches unvorhergesehenes Fest sehr schön! Habt Ihr ›Reine Toren‹ im ›Palace‹ schon gesehen?«

»Nein. Aber wir können doch nicht so ins Theater gehen«, wandte Janey ein. »Wir sind nicht angezogen.«

»Nein? Warten Sie einen Moment. Machen wir doch eine wirkliche Galavorstellung, ja? Ich ziehe mich jetzt rasch um, dann fahren wir zu Ihnen und zuletzt zu Pringle. Aber zuerst trinken wir hier etwas. Pringle, machen Sie irgendeinen Cocktail zurecht, während ich schnell ein Bad nehme und mich umziehe. Wird es Ihnen Freude machen? Nicht mein Bad – ich meine sonst so, unser Abend?«

»Sicherlich«, gab Janey zur Antwort.

Maurice wandte sich vom Fenster ab und starrte Nigel an.

»Sie«, herrschte er Nigel an, »sind Sie nicht etwas zu voreilig, mit Leuten auszugehen, die unter Mordverdacht stehen?«

»Aber mein Bester«, erwiderte Nigel, »Sie bringen mich ja in Verlegenheit! Sie mögen vielleicht ein mordwütiger Irrer sein, aber ich persönlich glaube, daß Alleyn Sie längst aus der Liste der Verdächtigen gestrichen hat.«

»Das sollen Sie mir wahrscheinlich sagen, was? Sie sind ja anscheinend dick befreundet mit ihm.«

»Maurice, bitte!«

»Meine liebe Janey, das ist gar nicht unmöglich!«

»Nein«, sagte Nigel ruhig, »das ist es natürlich nicht. Alleyn ist wirklich mein Freund. Ihr Argwohn ist also durchaus gerechtfertigt.«

»Oho, man spielt den kleinen Gentleman. Wahrscheinlich denken Sie, ich sei ein widerlicher Affe.«

»Ehrlich gestanden, ja – aber das wird sich legen, sobald Sie den ersten Cocktail getrunken haben! Mixen Sie jetzt etwas Gutes, bitte. Und rufen Sie das ›Palace‹ an um Plätze.«

»Bitte, entschuldigen Sie mich. Ich bin gar nicht beisammen. Meine Nerven sind zum Teufel, Janey, sag ihm, daß ich nicht immer so ekelhaft bin.«

Janey trat zu Maurice und nahm ihn fest bei einem Ohr. »Er ist nicht immer so ekelhaft«, sagte sie dann.

»Fein, dann ist alles in Ordnung«, damit eilte Nigel in sein Badezimmer.

Während er badete, dachte er angestrengt über die erhaltenen Aufträge nach. Alleyn hatte ihm befohlen, sich mit diesen beiden sehr gut zu stellen und sie dabei auszuhorchen und zu beobachten. Nigel fühlte sich unbehaglich. Mit so dürren Worten ausgedrückt, klang es ziemlich scheußlich. Aber er war überzeugt davon, daß weder Janey noch Maurice, mochte er sich noch so seltsam benehmen, am Tode von Cara Quayne schuld waren. Er zog sich rasch an und lief dann ins Vorzimmer, um seinen Mantel zu holen. Dort hörte er Janey Jenkins sprechen. Die Stimme klang leise und verwischt, aber er konnte doch deutlich hören, wie sie sagte:

»Warum kannst du es mir nicht sagen? Ich weiß doch, daß irgend etwas ist. Maurice, so kann es nicht weitergehen!«

»Was heißt das? Willst du mich fallenlassen? Ich kann es verstehen!«

»Du weißt ganz genau, daß ich dich nie fallenlassen würde. Aber warum hast du kein Vertrauen zu mir?«

»Ich habe Vertrauen zu dir. Würde ich dich sonst bitten, bei unserer ersten Aussage zu bleiben?«

»Wegen gestern nachmittag--?«

»Pscht!«

»Maurice, hat es etwas mit deinen Zigaretten zu tun? Jetzt gerade rauchst du doch eine davon, nicht wahr?!«

»Hör doch um Himmels willen auf zu nörgeln! Wenn alles vorbei ist, höre ich ja damit auf.«

»Wenn! Immer heißt es: wenn!«

»Pscht! Er kann dich ja hören!«

Stille. Nigel schlich zurück in sein Schlafzimmer. Drei Minuten später kam er ins Wohnzimmer. Maurice hatte inzwischen die Drinks gemischt, und Janey drehte am Radio herum. Es kostete Nigel ziemliche Mühe, den gutgelaunten Gastgeber zu spielen. Maurice wurde unversehens sehr friedlich und freundlich und begann, von seiner Arbeit zu sprechen. Es stellte sich heraus, daß er Schriftsteller war und an seinem ersten Roman arbeitete. Um sechs Uhr nahmen sie ein Taxi zu Janeys Wohnung. Während sie sich umzog, mischte Maurice noch mehr Cocktails. Nigel fand Janeys Wohnung sehr kalt, obwohl sie den Gasofen angezündet hatte. Janey rief hinter dem Vorhangverschlag hervor, der ihr Schlafzimmer darstellte, daß sie sich nun wirklich ein wärmeres Quartier suchen wolle, sogar die kleine Kochnische sei kalt, in der doch außerdem die Badewanne stehe. Kochen tue sie auf einem kleinen Gasrechaud, und man könne sich doch schließlich nicht an den Badeofen setzen. Janey war Malerin. Ein paar ihrer Zeichnungen hingen an den Wänden und waren ganz ohne Zweifel talentierte Arbeiten. Nigel wanderte durch das Zimmer und betrat die kleine Küche. Alles war sehr sauber und spiegelte Janeys Wesen wider.

»Was macht ihr eigentlich?« schrie sie. »Ihr seid so still?«

»Ich bewundere Ihre Küche«, schrie Nigel zurück. »Sie haben aber nicht genug Bratpfannen!«

»Ich mache mir nur das Frühstück selbst. Unten ist ein Restaurant«, mit diesen Worten trat Janey im Abendkleid ein.

»So, können wir gehen?« fragte Nigel.

»Ja. Komm, Blot.«

»Ich mag diese Ausgeherei nicht mitmachen!«

»Maurice! Warum nicht?«

»Ich passe nicht zu euch«, murmelte Pringle. Er sah verstockt und kindisch aus. Nigel hätte ihm einen Tritt versetzen können. »Ihr Freund hat aber verblüffende Einfälle«, sagte er. Janey sprach leise mit Maurice. Nigel beobachtete die beiden aus den Augenwinkeln und sah, wie Maurice endlich mißmutig mit dem Kopf nickte. Er rief ein Taxi, und als sie alle drei darin saßen, sagte Janey:

»Maurice fürchtet, daß er sich gestern nacht zu sehr aufgeregt hat, als daß er noch ein guter Gesellschafter sein könnte, aber ich habe ihn nun überredet. Er kommt doch mit.«

»Fein!« schrie Nigel.

Maurice lebte in einem Apartmenthaus am Sloane Square. Es war eine kleine Wohnung – Wohnzimmer, Schlafzimmer und Badezimmer, gut eingerichtet, aber ohne eigene Note.

»Aber es ist wenigstens warm«, sagte Maurice und zündete den elektrischen Ofen an. Er öffnete den Wandschrank.

»Wir wollen doch nicht noch mehr trinken«, widersprach ihm Janey.

»Ich dachte, es soll ein Fest werden, wie?« fragte Maurice laut und stellte ein halbes Dutzend Flaschen auf den Tisch. Nachdem er die Cocktails gemischt hatte, ging er hinaus und nahm sein Glas mit. Die Badezimmertür wurde zugeschlagen. Janey beugte sich vor.

»Ich muß Ihnen etwas sagen«, flüsterte sie. »Wegen Maurice. Er kann nichts dafür, daß er so ist. Sie wissen ja wahrscheinlich, warum.«

»Ich glaube, ja. Pech!«

»Es ist schrecklich! Es sind ja nicht nur die Zigaretten, sondern-- noch schlimmer. Ich weiß, daß er es jetzt gerade nimmt. Sie werden ja sehen. Wenn er zurückkommt, wird er angeregt und – schrecklich liebenswürdig sein. Dann wird er immer zu einem ganz fremden Menschen für mich. Sie wissen ja nicht, wie der wirkliche Maurice ist.«

»Wie hat das begonnen?«

»Father Garnette ist schuld daran! Ich glaube, das ist der gemeinste, der schmutzigste Hund, der je lebte! Das können Sie Ihrem Freund Alleyn sagen, wenn Sie wollen. Aber er weiß es ja. Maurice hat es ihm gestern nacht selbst gesagt. Mr. Alleyn könnte Maurice helfen, wenn-- Er denkt doch nicht, daß Maurice diesen Mord beging, nicht wahr? Das kann er nicht!«

»Ich glaube es nicht, ehrlich.«

»Ich weiß, daß Maurice – unschuldig ist. Aber da ist etwas anderes. Etwas, das er weiß und Mr. Alleyn nicht sagen will. Um keinen Preis! Und ich mußte versprechen zu schweigen. Was soll ich tun, lieber Gott, was soll ich bloß tun?«

»Ihr Versprechen brechen, Miß Jenkins!«

»Nein! Das darf ich nicht! Er würde mir nie wieder vertrauen können, und sehen Sie, ich kann ihm doch nur beistehen, solange er Vertrauen zu mir hat.« Ihre Stimme zitterte. »Es ist eine Schande, daß ich Sie mit diesen Sachen belästige.«

»Unsinn! Ich möchte Ihnen beiden so gerne helfen. Bitte, verstehen Sie doch: Wenn er jemanden deckt, dadurch, daß er etwas verheimlicht, dann müssen Sie ihn dazu bringen, es Alleyn anzuvertrauen. Sie müssen! Erinnern Sie sich an den Fall im Unicorn-Theater?«

»Ja, allerdings nur unklar.«

»Damals wurde ein Mann, der etwas wußte und nicht sprach – getötet!« Nigel beugte sich näher zu Janey. »Hat es mit der

Droge zu tun, der er verfallen ist?«

»Wie konnten Sie das erraten?«

»Aha! Dann ist es also Garnette!«

»O Gott«, flüsterte Janey. Sie packte plötzlich Nigel am Arm. »Es ist nicht Garnette, nicht, nicht, nicht!« Sie war aufs äußerste erregt. »Ich muß Sie nochmals sprechen!«

»Nach der Vorstellung«, murmelte Nigel hastig. »Ich komme in Ihre Wohnung.«

»Aber–– nein, das ist unmöglich.«

»Also morgen, vor der Leichenschau?«

Janey stand auf und setzte das Grammophon in Gang. Sie legte eine Platte auf, die aus der Revue stammte, die sie besuchen wollten, und deren Refrain lautete: »Du bist kein Engel, und ich verlor so oft den Kopf, doch reine Toren treten ein, wo selbst ein Engel nicht mehr hofft.«

»Die Melodie ist ganz gut«, sagte Maurice, als er aus seinem Schlafzimmer kam, »aber die Worte sind blödsinnig wie immer.«

Nigel sah ihn überrascht an. Pringles Augen leuchteten, und er gab sich auf eine unechte Art herzlich und fröhlich. Nigel mußte an eine mechanische Puppe denken, die man zu straff aufgezogen hatte und deren Werk nun jeden Moment zerbrechen konnte. Er sprach laut und anhaltend, und er lachte über jedes Wort, das er sagte.

Maurice hatte sich hinter Janey geschlichen und drückte sie nun fest an sich.

»Janey, wollen wir mit ihm ausgehen? Oder wollen wir lieber hier zusammenbleiben?« Er preßte sein Gesicht an ihre nackte Schulter.

»Laß das, Blot! Und sei nicht so grob mit Mr. Bathgate, der diesen Abend arrangiert hat. Komm, steh auf!«

Maurice lachte schreiend und stieß sie von sich. »Also, los! Kommt! Ich freue mich rasend aufs Ausgehen!«

Sie gingen ins »Hungaria« zum Abendessen. Maurice benahm sich laut und auffällig. Er aß kaum und trank dafür um so mehr Champagner. Im Theater schien er sich zu beruhigen. Gegen Ende des zweiten Aktes klagte er plötzlich über ein rasendes Kopfweh. Er lehnte sich vor und stützte den Kopf in beide Hände. Die Leute ringsum dachten sichtlich, daß er betrunken sei. Nigel war sehr unbehaglich zumute. Als die Lichter im Saal aufflammten, setzte sich Maurice wieder auf. Seine Augen waren halb geschlossen, und er war leichenblaß.

»Geht es besser?« fragte Nigel.

»Ausgezeichnet, danke!« Er war ruhig geworden und folgte den beiden auf die Straße. Im Taxi saß er unbeweglich, und seine Hände lagen, die Innenflächen nach oben, kraftlos neben ihm auf dem Sitz. In dem Licht, das hereinfiel, sah Nigel seine Augen, die weit offen standen und deren Pupillen sehr verengt waren. Nigel sah Janey fragend an. Sie nickte kaum merklich.

»Ich bringe Sie in Ihre Wohnung hinauf, Pringle.«

»Nein, danke«, sagte Maurice laut.

»Maurice, bitte––«

»Nein, danke! Nein, danke! Nein!! Danke!! Verdammt noch einmal! Laßt mich doch um Gottes willen allein, ja?!«

Er war ausgestiegen und schmetterte die Autotür hinter sich zu.

»Lassen Sie ihn gehen«, sagte Janey.

»Yeomans Row, Nummer neunundneunzig«, rief Nigel dem Chauffeur zu.

Janey begann zu lachen. »Reizende Gäste haben Sie sich für heute abend eingeladen! War schon jemals ein Mensch so grob zu Ihnen? Es muß ja ein reiner Genuß für Sie gewesen sein!«

»Ich habe es nicht übelgenommen, glauben Sie mir das! Ich möchte Ihnen beiden ja so gerne helfen!«

»Sie sind sehr liebenswürdig. Nein, nein, ich bekomme keinen hysterischen Heulkrampf, seien Sie ganz beruhigt. Ihre Angela ist ein Glückspilz. Bitte, reden Sie jetzt nicht mehr mit mir!«

Sie legten den Rest der Fahrt schweigend zurück. Nigel begleitete sie bis zur Haustür.

»Ich komme morgen früh. Und bitte denken Sie immer daran: Alles wäre leichter, wenn Sie mit Alleyn sprechen wollten.«

»Ach, was wissen denn Sie!« seufzte Janey.

21
Janey bricht ein Versprechen

Am nächsten Morgen ging Nigel um neun Uhr zu Chef-Detektivinspektor Alleyn ins Büro.

»Hallo, Bathgate! Setzen Sie sich, rauchen Sie! Ich habe eben mit New York gesprochen. Mr. Ogden scheint rein zu sein wie eine Lilie, soweit sie dort drüben informiert sind. Über Mr. Garnette wissen sie überhaupt nichts. Die Kreatur hat wahrscheinlich ihren Namen ein dutzendmal gewechselt seit jenen Erwekkungsmeetings anno 1914 in Michigan.«

Er klingelte und übergab dem Polizisten, der eintrat, einen Briefumschlag und ein Telegrammformular.

»Nachttelegramm nach Australien«, sagte er, »und Eilzustellung nach Frankreich. Bitte, lesen Sie das Telegramm nach Frankreich noch einmal vor.«

Es war an die Comtesse de Barsac gerichtet, teilte ihr den jähen Tod von Miß Quayne mit, besagte, daß ein Brief folgen werde, und schloß mit dem dringlichen Hinweis, daß die gesamten britischen Polizeistreitkräfte Madame la Comtesse unendlich verpflichtet wären, wollte sie keinesfalls irgendeinen Brief, den sie von Miß Quayne erhalten habe, vernichten. Der Polizist sah nach dieser Lesung sehr beeindruckt und erstaunt aus und ging hinaus.

»Was soll das alles?« fragte Nigel.

Alleyn erzählte ihm von Miß Quaynes Brief an Madame de Barsac und von dem neuen Testament. »Da ist es«, sagte er, »und abgesehen von den dreihundert Pfund pro Jahr an Nannie und dem Haus, das de Ravigne erbt, geht der ganze Rest des Vermögens nun an unseren geliebten Garnette!«

»Und dieses Testament wurde am Sonntag verfaßt?«

»Jawohl. Und zwar um halb vier, um ganz genau zu sein. Sie hat nämlich die Zeit säuberlich darauf notiert.«

»Ja, aber-- das ist doch sehr aufschlußreich«, ereiferte sich Nigel.

»O ja«, gab Alleyn trocken zurück.

»Sie ist eine halbe Stunde vorher von ihrem geheimnisvollen Besuch im Tempel zurückgekommen«, fuhr Nigel aufgeregt und wichtig fort, »und die Änderung des Testaments muß das Resultat dessen gewesen sein, was sich dort abspielte.« Nigel sah Alleyn gespannt an. »Was denken Sie? Was halten Sie von dem neuen Testament?«

»*Wenn* jene Unterredung mit dem Unbekannten in dem Tempel einen direkten Einfluß auf den Fall hatte und *wenn* dieser Unbekannte der Mörder war, dann glaube ich auch, daß die Unterredung mit ihm zur Änderung des Testaments führte. Andererseits könnte Miß Quayne ihren Letzten Willen auch nur deshalb abgeändert haben, um Garnette mit Glücksgütern zu segnen. – Morgen, Fox!«

»Guten Morgen, Sir«, sagte Fox, der während der letzten Worte eingetreten war. »Guten Morgen, Mr. Bathgate.«

»Nun, Fox? Ich hoffe zu Gott, daß Mme. de Barsac diesen Brief nicht verbrannt hat. Ich habe letzte Nacht bereits an sie telegrafiert und keine Antwort bekommen. Jetzt geht wieder ein Telegramm an sie ab. Wir brauchen diesen Brief unbedingt.«

»Einen Teil davon haben Sie ja auf der Löschblattunterlage, nicht wahr?« fragte Fox.

»Bruchstücke, ja. Hier sind sie. Übersetzung unnötig, jedenfalls für Sie, Sie alter Turm von Babel!«

»Darf ich auch sehen«, bat Nigel.

»Bitte. Aber das ist nicht zur Veröffentlichung bestimmt.«

Fox setzte seine Brille auf, und Nigel beugte sich mit ihm über die Löschblattunterlage.

›*Raoul est tout-à-fait impitoyable–––*
Une secousse èlèctrique me bouleversa–––
Cette supposition me revoltait, mais que voul–––
Alarmé en me voyant–––
––– il pay–– a––– ses crimes.
––– le placèrent en qualité d'administrateur d–––‹

»Was heißt ›*secousse*‹?« fragte Fox.

»Ein Schlag, ein Stoß.«

»Heißt das, daß sie einen elektrischen Schlag bekam?«

»Das ist eine Redensart, Fox, und heißt, daß sie ungeheuer überrascht war. Der Stil ist übrigens ziemlich überspannt und hysterisch. Sie sollten ihn sich keineswegs aneignen, Fox.«

»Ich finde das sehr aufregend«, sagte Nigel. »Der erste Teil ist ziemlich klar. Raoul – also de Ravigne – ist absolut erbarmungslos, unzugänglich. Sie erlebte einen Schock. Dann war sie über ihre Entdeckung vollkommen verstört. Jemand erschrak sehr, als er sie sah. Und jemand wird – ich nehme an, daß das ›*payera*‹ heißen soll –, jemand wird für seine Untaten bezahlen müssen. Außerdem wurde jemand als Treuhänder eingesetzt. Das ist Garnette«, stellte Nigel triumphierend fest. »In ihrem ersten Testament figuriert er doch als Treuhänder. Meiner Seel, es sieht so aus, als spreche sie in diesem Brief überhaupt nur von Garnette!«

»Und von de Ravigne auch«, wandte Alleyn milde ein. »Ich lehne es ab, mich leeren Vermutungen hinzugeben. Jedenfalls gefällt mir die Freiheit, mit der Sie den letzten Satz auslegen, gar nicht, Bathgate. Erzählen Sie uns jetzt lieber von Miß Jenkins.«

Nigel erging sich in einem detaillierten Bericht über seine abendlichen Erlebnisse. Die beiden Kriminalbeamten hörten ihm schweigend zu.

»Sehr gut, Bathgate«, lobte Alleyn, als Nigel geendet hatte. »Ich danke Ihnen sehr. Also Pringle verlangte von Miß Jenkins, daß sie an der Geschichte wegen Sonntag nachmittag festhalten solle?«

»Ja.«

»Und sie fragte ihn, ob das mit seinen Zigaretten zu tun habe?«

»Jawohl.«

»Sehr gut! Sie wollen sie heute morgen aufsuchen?«

»Ja, vor der Verhandlung.«

»Würden Sie mir Ihren Platz abtreten?«

»Nur, wenn Sie mir schwören, daß ich alles erfahren werde, was dabei herauskam.«

»Einverstanden! Auf Wiedersehen bei der Verhandlung.«

Alleyn nahm ein Taxi zur Yeomans Row. Janeys Wohnung lag an deren entferntestem Ende. Die Gegend war eine Mischung von Armenviertel und Bohemequartier. Er klingelte. Janey kam an die Tür.

»Inspektor Alleyn? Bitte, treten Sie ein.«

Wortlos führte Janey ihn die Treppen hinauf in ihr Studio. Ein Stuhl stand am Gasofen. Der Raum war peinlich sauber und ein bißchen armselig.

»Wollen Sie sich nicht setzen?« fragte Janey ohne große Begeisterung. »Vermutlich hat Mr. Bathgate Sie hergeschickt.«

»Ja, das stimmt.«

»Gott, wie war ich dumm!«

»Warum, Miß Jenkins?«

»Weil ich mich mit Ihrem Freund befreundete!«

»Das war im Gegenteil sehr vernünftig von Ihnen«, widersprach ihr Alleyn. »Und – wenn ich das ohne Überheblichkeit sagen darf – es wäre sehr gut, wenn Sie sich auch mit mir befreunden wollten.«

Janey lachte freudlos. »Sumsala dusala und was noch?«

»Weder sumsala noch dusala, Miß Jenkins! Sie haben doch Miß Quayne nicht umgebracht, nicht wahr?«

»Erwarten Sie vielleicht, daß ich diese Frage bejahe?«

»Ich erwarte einfach eine Antwort.«

»Na schön«, sagte Janey, »ich habe Miß Quayne nicht ermordet.«

»Hat Mr. Pringle es getan?«

»Nein!«

»Sehen Sie«, sagte Alleyn lächelnd, »das geht ja prachtvoll vorwärts. Wo war Mr. Pringle am Sonntagnachmittag um drei Uhr?«

»Hier.« Einen kleinen Moment hatte Janey den Atem angehalten.

»Das«, warf Alleyn schroff ein, »ist nicht wahr! Und Sie wissen, daß es nicht wahr ist! Er mag mit Ihnen hier zu Mittag gegessen haben, aber dann ging er fort. Und zwar ging er in den Tempel der Heiligen Flamme!«

»Sie sind gemein!« brach Janey plötzlich aus. »Gemein! Gemein!« Sie funkelte Alleyn an. »Kommen da in meine Wohnung, um zu spionieren! Um schwache Stellen abzutasten und dann Nutzen daraus zu ziehen! Da spiegeln Sie mir Freundschaftlichkeit vor und stellen mir Fallen dabei, damit ich ein Vertrauen mißbrauchen soll, das– – ohne das jemand nicht leben kann!«

»Ja, solche Dinge machen meinen Beruf aus«, sagte Alleyn still.

»Und Ihnen gefällt dieser Beruf großartig, was?«

»Man gewöhnt sich daran.«

»Ich habe sein Vertrauen mißbraucht«, stöhnte Janey, »und

ich werde ihm nie wieder helfen können. Jetzt ist alles aus!«

»Unsinn!« fuhr Alleyn sie gereizt an. »Bitte, werden Sie nicht dramatisch!«

Sein Ton, die Art, wie er sprach, brachten sie sofort zur Besinnung. Sie sah ihn lange schweigend an und fragte dann sehr ruhig: »Verdächtigen Sie Maurice?«

»Ich werde ihn verdächtigen müssen, wenn ihr beide noch lange so zügellos weiterlügen wollt und noch so schlecht dazu! Also vorwärts! Wissen Sie, zu welchem Zweck er Sonntag nachmittag in den Tempel ging?«

»Ja. Ich glaube es zu wissen. Gesagt hat er es mir nicht.«

»Steht es in irgendeinem Zusammenhang mit der – Gewohnheit, die er angenommen hat?«

»Ja«, hauchte Janey.

»Wir haben die Zigaretten des Mr. Garnette analysiert und Heroin darin gefunden. Ich vermute, daß Mr. Pringle es nicht mehr bei den Zigaretten bewenden ließ. Stimmt das?«

Janey nickte.

»Und Mr. Garnette ist an dieser unseligen Sucht schuld?«

»Ja!« Sie zögerte plötzlich, aber mit einem trotzigen Heben des Kinns wiederholte sie: »Jawohl!«

»Bitte, sagen Sie mir jetzt, wann Mr. Pringle hier am Sonntag wegging.«

»Maurice verließ meine Wohnung um halb drei, wenn ich mich recht erinnere. Er war sehr ruhelos und – und schwierig gewesen. Nachdem er drei seiner Zigaretten geraucht hatte, bemerkte er, daß er keine mehr bei sich trug. Dann stritten wir uns.«

»Wollen Sie mir bitte sagen, worüber?«

»Der Streit drehte sich um mich. Wenn er viel von dem Zeug eingenommen hat, wird er immer zärtlich. Bitte, ich will hier wirklich nicht die achtzehnjährige Unschuld spielen – das gibt es heutzutage überhaupt nicht mehr! –, ich habe keine Angst vor einer Leidenschaft, und ich kann selbst auf mich aufpassen, aber er hatte eine Art, die mich erschreckte. Es ist jedesmal wie ein Alpdruck! Manchmal scheinen sich seine Sinne auf einen ganz bestimmten Punkt zu konzentrieren – auf mein Handgelenk oder auf irgendeine Stelle meines Armes. Es ist beängstigend!«

Sie sprach jetzt schnell, so, als bedeute es ihr eine Erleichterung, einmal mit jemandem rückhaltlos und ohne Verlegenheit über diese Dinge zu sprechen.

»Und so war es auch am Sonntag. Er packte meinen Arm und küßte ihn immer und immer wieder. Ich bat ihn, damit aufzuhören, aber er tat es nicht. Es war grauenhaft. Ich kann es Ihnen nicht beschreiben. Ich wollte mich losreißen, und als er mich nicht gehen ließ, schlug ich ihn ins Gesicht. Und dann begann ein furchtbarer Streit. Ich warf ihm vor, daß er sein Leben ruiniere, seine Gesundheit, und daß er mich kränke und beleidige durch ein solches Verhalten. Dann gerieten wir wegen Father Garnette schrecklich aneinander. Er sei durch und durch verdorben, sagte ich ihm und erwähnte Cara.« Sie brach ab.

»Darüber wurde er ganz besonders wütend?«

»Ja – sinnlos zornig, so daß ich mich einen Moment wirklich vor ihm fürchtete. Er schrie, daß, wenn es *das* sei, was sie getan haben–– Sie verstehen?«

»Gewiß«, sagte Alleyn.

»Dann ließ er mich plötzlich los. Vorher hatte er beinahe geschrien, aber jetzt sprach er ganz ruhig. Er sagte, daß er in die Wohnung Garnettes gehen und sich Heroin holen wolle. ›Einen tollen Haufen Heroin‹, sagte er. Dann lachte er ganz unbeschwert und ging. Am Abend, als er dann genügend von dem Zeug in sich hatte, war er nett und so, als ob nie etwas geschehen wäre. Das ist das glückliche Leben der Verliebten, das wir zusammen führen!«

Sie war sehr blaß geworden und begann nun heftig zu zittern. »Verzeihen Sie«, stammelte sie. »Es ist zu dumm. Ich weiß nicht warum–– ich kann nichts dafür.«

»Lassen Sie nur«, sprach ihr Alleyn tröstend zu. »Es ist ein Schock gewesen und strengt Sie an, wieder daran zu denken.«

Er nahm ihre Hände ganz zart in die seinen.

»Danke«, murmelte Janey. »Und dann sah ich ihn nicht mehr – bis zu der Abendzeremonie. Nachdem Sie uns befragt hatten, begleitete ich ihn nach Hause. Da sagte er mir, ich solle aussagen, er sei den ganzen Nachmittag bei mir gewesen. Das versprach ich ihm auch. Ich habe es ihm versprochen, das ist ja so entsetzlich! Er sagte: ›Wenn sie den falschen Menschen verdächtigen––‹ und dann schwieg er. Ich bin allein nach Hause gegangen. Das ist alles.«

»Ich verstehe jetzt manches«, sagte Alleyn. »Haben Sie Kognak hier?« Er nahm eine Decke von der Couch und legte sie Janey um die Schultern. Dann fand er eine Flasche und schenkte ein Glas voll ein.

»Hinunter damit«, befahl er streng.

»Gut, aber dann schreien Sie nicht mit mir!« Janey leerte das Gläschen auf einen Zug, und gleich bekamen ihre Wangen wieder etwas Farbe.

»Ich benehme mich wohl ziemlich blöd, nicht? Das kommt daher, daß ich alles so lange in mir verschließen mußte.«

»Noch ein Grund, der Polizei volles Vertrauen zu schenken.«

Sie lachte freudlos. »Müssen wir jetzt zu der Verhandlung gehen?«

»Jawohl, es ist Zeit. Darf ich Sie hinführen, oder mögen Sie nicht in einem Polizeiwagen vorfahren?«

»Ich glaube, ich will lieber Maurice abholen.«

»Wie Sie wollen. Dann verlasse ich Sie jetzt.«

22
Seitenblick auf Mrs. Candour

Die amtliche Totenschau wickelte sich sehr rasch ab. Den Geschworenen wurden nur eben die Grundzüge des ganzen Falles aufgedeckt.

Nigel Bathgate, Dr. Kasbek, Dr. Curtis und der Gerichtschemiker wurden als Zeugen einvernommen. Ein kleiner Geschworener fragte Dr. Kasbek, warum er nicht unverzüglich nach Medikamenten geschickt habe, worauf Dr. Kasbek trocken antwortete, daß ihm kein Heilmittel gegen den Tod bekannt sei. Die Kelchzeremonie wurde in ihren Einzelheiten beschrieben. Ferner wurde bekanntgegeben, daß die Autopsie das Vorhandensein von Natriumzyanid ergeben habe. Dann umriß Alleyn in knappen Worten das Ergebnis seiner weiteren Nachforschungen im Hause der Heiligen Flamme.

Father Garnette wurde aufgerufen und gab eine wunderschöne Vorstellung vom Heiligen unter den Räubern zum besten. Mr. Ogden benahm sich so auffallend unterwürfig, daß der Kronrichter mißtrauisch wurde. M. de Ravigne war kühl und herablassend, und seine Miene widerspiegelte unmißverständlich, daß er fand, es rieche schlecht in diesem Gerichtssaal. Mrs. Candour erschien in Schwarz und bühnenmäßig geschminkt. Miß Wade trug drei wollene Jacken und eine Rauchtopasbrosche. Sie neigte dazu, sich zu sehr über Father Garnettes Seelenreinheit zu verbreiten, was dessen Anwalt reichlich nervös machte. Maurice Pringle wurde im Hinblick darauf befragt, daß er als erster den Zustand Cara Quaynes bemerkt hatte, und es gelang ihm auch prompt, den Kronrichter durch seine Unliebenswürdigkeit vor den Kopf zu stoßen. Claude Wheatley, der als nächster befragt wurde, erging sich in derart geschwollenen Gemeinplätzen, daß der Kronrichter ihn zweimal fragen mußte, was er eigentlich damit meine, und dann feststellte, daß die Aussage von Mr. Wheatley derart nichtssagend sei, daß er sich setzen könne. Janey hatte nichts Wesentliches beizufügen. Es war alles sehr schnell vorbei. Dann äugte der Kronrichter zu Alleyn hinüber und beantragte eine Vertagung.

»Ein feiner Kerl«, sagte Alleyn begeistert zu Fox, als sie gingen. »Wenn wir nur mehr solche Justizbeamte hätten.«

»Was machen wir heute nachmittag, Sir?«

»Wir müssen höflich sein, Fox, und einige Besuche machen. Noch haben wir zwei der Damen und einen der Herren nicht beehrt. Ich schlage vor, wir essen irgendwo einen Happen und machen dann mit Mrs. Candour den Anfang. Sie erwartet uns.«

Sie aßen ihren Happen und begaben sich dann zu Mrs. Candour, die sie in einem Salon empfing, der mit grünen und mauven Kissen und langbeinigen Puppen angefüllt zu sein schien. Mrs. Candour konnte nur schlecht ihre Enttäuschung verbergen, daß Alleyn nicht allein gekommen war, lud aber doch beide zum Sitzen ein. Sie selbst lag auf einen Diwan hingegossen und duftete nach synthetischen Veilchen. Sie leide noch unter dem Schock von gestern, erklärte sie.

»Mein Arzt kommt um vier Uhr«, sagte Mrs. Candour. »Er hat konstatiert, daß meine Nerven angegriffen sind. Aber schon sehr angegriffen!«

Sie bewegte sich schwerfällig. Die Smaragde funkelten an ihren derben Fingern. Alleyn begriff, daß sie als Treibhausblume betrachtet zu werden wünschte, nervös, vielleicht ein wenig degeneriert, aber durch und durch »femme fatale«. Mit einem kleinen inneren Schüttelfrost beschloß er, das Spiel mitzuspielen. Er senkte seine Stimme, sah ihr tief in die Augen und sagte:

»Ich kann mir nie verzeihen – Sie sollten ruhen.«

»Ja, vielleicht sollte ich«, seufzte sie und wand sich ein wenig leidend auf ihrem Ruhebett. »Es ist alles so häßlich. Und ich kann Häßlichkeit nicht vertragen. Ich umgebe mich immer mit dekorativen Dingen. Schönheit ist mir Bedürfnis, ohne sie werde ich krank.«

»Sie sind eine sensible Frau«, stellte Alleyn mit dunklen Blikken fest. »Deshalb bitten wir Sie ja auch um Ihre Hilfe, Mrs. Candour. Gerade die sensiblen Menschen sehen und fühlen die Dinge, empfangen Eindrücke, die uns vielleicht sehr, sehr wertvoll sein können.«

»Oh!« äußerte Mrs. Candour mit einem traurigen Lächeln.

»Doch ehe ich Sie solchermaßen um Ihre wertvolle Mitarbeit bitte, möchte ich noch einmal Ihre Bewegungen vom Sonntag feststellen. Das ist natürlich eine reine Formsache. Sie waren den ganzen Tag zu Hause, wenn ich mich recht erinnere?«

»Den ganzen Tag, ja. Wie wünschte ich, ich wäre es auch am Abend gewesen!«

Das glaube ich, dachte Alleyn. Laut sagte er: »Könnten Ihre Dienstboten das bestätigen? Sie werden sich ja zweifellos daran erinnern, daß Sie das Haus nicht verlassen haben.«

»Gewiß werden sie sich daran erinnern. Es sind übrigens nur zwei Mädchen.«

»Dürfte Inspektor Fox ein paar Worte mit ihnen sprechen?«

»Natürlich«, fuhr Mrs. Candour bereitwillig auf. »Sie wollen sie wohl allein sprechen, Inspektor? Ich werde läuten.«

»Danke, Madam. Ich werde sie nicht lange aufhalten.« Ein Stubenmädchen, das jeder Revue wohl angestanden hätte, kam herein und verließ mit Fox zusammen das Zimmer.

»Und nun«, wandte sich Mrs. Candour sehr vertraulich zu Alleyn, »und nun, Mr. Alleyn?«

Alleyn lehnte sich in seinem Stuhl zurück und sah sie starr an, bis sie die Augen senkte. Dann sagte er: »Besinnen Sie sich auf die Einladung bei Mr. Ogden vor ungefähr vier Wochen?«

»Einen Augenblick noch. Möchten Sie mir eine Zigarette geben, bitte. Dort auf dem Tisch. Nein! Nicht die«, rief sie aufgeregt. »Die in der großen Schachtel. Das andere sind Virginia-Zigaretten, die hasse ich.« – Alleyn öffnete die falsche Schachtel.

»So?« fragte er. »Was sind das denn für welche, ich kenne die Marke nicht.« Er nahm eine heraus und roch daran.

»Sie sind scheußlich. Jemand hat sie mir geschickt. Ich wollte sie längst wegwerfen. Meine Zigarette, Mr. Alleyn, bitte!«

»Entschuldigen Sie.« Alleyn brachte die andere Schachtel. Dann gab er ihr Feuer, indem er sich über den Diwan beugte. Sie machte ein furchtbares Aufhebens davon.

»Ich mag Virginiatabak sehr gerne«, sagte er dann. »Darf ich mir eine von diesen nehmen?«

»Nein! Bitte nicht! Sie sind wirklich nicht zu rauchen!«

»Na schön«, Alleyn nahm seine Zigarettendose hervor. »Also: Erinnern Sie sich an diese Einladung?«

»Bei Sammy Ogden? Ja, ich glaube.«

»Und können Sie sich darauf besinnen, daß M. de Ravigne dort ein Buch besonders betrachtete?«

»Warten Sie. Ja!« Sie riß die Augen auf. »Ich weiß noch, daß M. de Ravigne plötzlich rief: ›Wo haben Sie denn das her?‹ Und Ogden fragte: ›Wieso denn? Ist es wertvoll?‹ Alle schauten es dann an. Lassen Sie mich nachdenken. Wie hieß doch nur gleich dieses Buch?« Sie glotzte eine Weile stupid vor sich hin. »Es war doch nicht––! Oh! War es––?! Sie meinen, es war das Buch über Gifte, das Sie uns zeigten? Mein Gott, wollten Sie das damit sagen?«

»Bitte, regen Sie sich ja nicht auf. Geraten Sie nicht außer sich. Ja, das war es. Wir müssen diesem Buch nachforschen.«

»Ja, aber – dann gehört es Sammy Ogden! Er ließ sich nichts anmerken! Als Sie uns nach dem Buch fragten, saß er da und –« Ihre Augen begannen zu glänzen. »Merken Sie denn nichts?« Ihre Lippen bebten.

»Doch, doch, er hatte das Buch nur weiter nicht vermißt, aber er sagte uns, daß es ihm gehöre.«

Das schien ihr eine Enttäuschung zu bereiten. Aber dann fuhr ihr etwas noch Besseres durch den Kopf, denn sie geriet in eine abstoßende Erregung. »Dann war es also ganz bestimmt der Franzose! Hören Sie mich an. Ich habe Ihnen etwas zu sagen!«

Alleyn wartete. Sie sprach leise und rückte näher an ihn heran.

»Er – Raoul de Ravigne meine ich – war in Cara verschossen. Sie hat ihn natürlich ermutigt. Sie wissen doch, wie Ausländer sind. Wenn ich ihm nachgegeben hätte––« Sie lachte schrill auf. »Aber ich dachte ja nicht daran. Einmal gab es eine richtige Szene deshalb. Und erst danach wandte er sich Cara zu. Aus Wut, denke ich. Dann–– aber ich kann Ihnen das gar nicht erzählen – Cara war so schrecklich–– verstehen Sie? Ich habe eine Menge über Psychoanalyse gelesen und weiß genau, daß Cara in den Priester verliebt war. De Ravigne hat das auch bemerkt. Er war natürlich wütend. Und als sie dann ›Auserwähltes Gefäß‹ wurde, da wußte er ganz genau, was das bedeutete. Wissen Sie, was ich damit sagen will?«

Alleyn brachte nur ein Kopfnicken zustande.

»Nun, bei seinem keltischen – nein, gallischen Temperament – vielleicht war es zuviel für ihn. Warum hat er denn nicht gesagt, daß er das Buch kannte? Habe ich nicht recht?«

»Nahm er damals das Buch mit sich?«

Sie sah ihn flüchtig an. »Das weiß ich doch nicht, es hat mich auch gar nicht gekümmert. Aber er interessierte sich für das Buch, sehr sogar. Er fragte Sammy Ogden, wo er es gekauft habe.«

»Mr. Ogden sagte uns aber, daß M. de Ravigne wenig Interesse gezeigt habe für dieses Buch.«

»Dann hat er eben Theater gespielt! Der wäre das glatt imstande! Er posierte den Unbeteiligten! Dieser Schmutzfink!«

Diesen vulgären Ausdruck mußte Alleyn wider Willen mit unverhohlenem Angewidertsein beantwortet haben, denn Mrs. Candour wurde unter der Schminke rot und sah einen Augenblick ehrlich erschrocken aus.

»Nun denken Sie sicher, ich sei eine gräßliche Person«, klagte sie, »aber glauben Sie mir, ich kenne ihn, ich weiß, wie er ist.«

Alleyn fragte sie nach der Szene, die sie vorhin erwähnt hatte, aber sie weigerte sich, noch etwas zu sagen. Sie sprach jetzt von

Selbstachtung und Würde. Dieser Zwischenfall mit de Ravigne habe mit dem jetzigen Fall nichts zu tun.

»Fand er ungefähr zu der Zeit statt, da Sie die Besuche bei Miß Quayne plötzlich aufgaben?«

Der Schuß traf ins Schwarze. Sie wurde so blaß, daß er fürchtete, sie könnte ohnmächtig werden. Sie fiel in die Kissen zurück.

»Was meinen Sie damit? Warum sprechen Sie so mit mir? Was denken Sie denn von mir?«

»Bitte, regen Sie sich nicht auf«, bat Alleyn.

»Wie kann ich ruhig bleiben, wenn Sie anfangen–– Ich bin sehr leidend, das sagte ich Ihnen doch! Wollen Sie jetzt gehen!«

»Selbstverständlich.« Alleyn stand auf. »Sie müssen mich bitte entschuldigen. Ich konnte natürlich nicht ahnen, daß meine Frage einen derart unseligen Effekt haben werde.«

Sie stammelte ein paar Worte, verkrampfte die Hände und brach dann in einen Strom ziemlich hysterischer Tränen aus. Alleyn murmelte noch einmal eine Entschuldigung und ging. Fox erwartete ihn vor der Türe.

»Eine Art Nervenzusammenbruch, das da drinnen«, sagte er.

»Himmel, ja! Eine widerliche Szene, Fox! Ich werde wochenlang einen schlechten Geschmack im Munde haben. Kommen Sie, wir müssen zu Ogden.«

Im Wagen gab er Fox einen zusammenhängenden Bericht über seine Unterredung mit Mrs. Candour.

»Es sieht aus«, bemerkte Fox bedächtig, »als habe die Dame versucht, den französischen Charmeur zu umgarnen und damit wenig Glück gehabt. Demnach hat sie wahrscheinlich auch für Miß Quayne keine sehr freundlichen Gefühle gehegt, die ihr nicht nur den Franzosen, sondern auch den Priester wegstahl.«

»Sie beharrt darauf, daß de Ravigne das Buch fand, bevor ihn jemand darauf aufmerksam machte.«

»Und glauben Sie das?«

»Ich weiß es nicht.«

»Garnette hat das Buch nicht beachtet?«

»Doch, nachdem Ogden gefragt hatte, wieviel dieses Buch denn wert sei, hätten alle davon flüchtig Notiz genommen.« Alleyn lächelte Fox an. »Und Sie, was haben Sie bei der munteren Soubrette von Stubenmädchen erreicht?«

»Ach, Rita meinen Sie? Ja, Rita hat also am Sonntag um zwei Uhr den Kaffee serviert. Als sie zehn Minuten später das Geschirr abräumen ging, hatte sich Mrs. Candour auf die Couch gelegt, sie rauchte und hatte das Radio eingeschaltet. Dort lag sie auch noch, als Rita um vier Uhr dreißig mit dem Tee kam. Man habe übrigens den ganzen Nachmittag Radiomusik gehört.«

»Kein unbedingt unanfechtbares Alibi. Und sonst? Haben Sie sonst etwas Näheres erfahren über diese – diese unaussprechlich gräßliche Person?«

»Über Mrs. Candour? Sie scheint beim Personal nicht besonders beliebt zu sein, Sir. Rita bemerkte, daß die Gnädige fast immer halb gedopt sei, und Mrs. Bulsome, die Köchin, eine sehr offene und resolute Frau, sagte mir, daß die Küchenkatze – ein schönes, bräunliches Weibchen – mehr Sinn für Dezenz und Anstand habe als ihre Herrin.« Fox grinste spitzbübisch.

»Na, Sie haben es gut, Fox, was?«

»Und die Rita erklärte mir noch, daß Mrs. Candour wild hinter Monsieur her war, ihn immer anrief und es vor ungefähr drei Wochen endlich erreichte, daß er zu ihr kam. Dann gab es einen ziemlichen Krach. Mrs. Candour soll sehr laut geschrien haben, und als Monsieur gegangen war, hatte sie alle möglichen Zustände. Sie rief Monsieur danach nie mehr an, und er kam nie mehr zu ihr. Um die gleiche Zeit gab sie auch ihre Besuche bei Miß Quayne auf.«

»Diese Feststellung ist in dem Gästebuch von Miß Quayne ja bereits erhärtet.« Sie waren vor Ogdens Haus angelangt. »Ich muß Ogden sehr behutsam anfassen. Er leidet ohnehin unter der Tatsache, daß das ominöse Giftbuch sein Eigentum ist.«

»Das kann ich ihm nachfühlen«, sagte Fox grimmig.

»Da ist eine Telefonkabine! Rufen Sie schnell mein Büro an, ob Nachricht von Madame de Barsac gekommen ist.«

Fox kam nach einigen Minuten zurück und sah verschlossener aus denn je. »Jawohl, es kam ein Bericht, Sir. Ich habe ihn Wort für Wort notiert. Er ist französisch, und soweit ich ihn verstehe, besagt er, daß Madame la Comtesse in einem Privatspital liegt und nicht belästigt werden darf.«

»Hol's doch der – –«, fluchte Alleyn. »Ich werde sie belästigen, und wenn ich mich dabei als französischen Gynäkologen ausgeben muß!«

23
Mr. Ogden zu Hause

Mr. Ogden lebte in einem kleinen, altmodischen Häuschen. Er machte selbst die Tür auf und begrüßte Alleyn und Fox herzlichst, aber sichtlich nervös.

»Hallo! Hallo! Schau, wer kommt denn da! Hereinspaziert, meine Herren, nur herein!« Er lachte ein wenig forciert. »Nun, Inspektor, was gibt es Neues?«

»Eigentlich gar nichts, Mr. Ogden. Wir sind lediglich auf eine kleine Hausdurchsuchung gekommen.«

Mr. Ogden erblaßte. »Bitte sehr, bitte, wenn es sein muß.«

»Sehen Sie doch nicht so schauderhaft unglücklich drein, Mr. Ogden«, lachte Alleyn. »Wir erwarten keineswegs, eine Leiche in Ihrem Kehrichteimer zu finden.«

»Hören Sie auf!« Ogden schüttelte sich. »Sie machen mich mit dieser Art von britischem Humor ganz nervös.«

Er zeigte den beiden Beamten das ganze Haus, das eigenartig charakterlos anmutete, wie eben möbliert vermietete Häuser immer aussehen. Aber Mr. Ogden schien das kleine Haus sehr zu lieben.

»Es hat sich noch immer nicht von dem Schock erholt, daß Königin Viktoria einst der Einführung des Gaslichtes zustimmte«, sagte er. »Es ist einfach hier vergessen worden, das Haus. Schauen Sie sich diesen alten Herd an! In den Staaten drüben würde er wahrscheinlich längst als Museumsstück für Geld gezeigt! Es ist ein hübsches Zuhause, wirklich. Ich habe gerade dieses Haus gemietet, weil es altmodisch und so britisch ist! Mir macht es einfach Spaß, immer Kohlen für diesen Herd einzukaufen und trotz allem Heizen manchmal zu frieren!«

»Das ist wirklich eine behagliche kleine Küche, Sir«, bemerkte Fox, der keinen Augenblick seine Mission vergaß. »Und wie gut sich die ganz neuen, modernen Glaspfannen ausnehmen.«

»Das alles habe ich mir anschaffen müssen. Es war weder ein

Eisschrank da noch anständiges Geschirr. Und bitte, sehen Sie sich auch diesen uralten Feuerrost an, der unsäglich viel Kohlen frißt und wahrscheinlich den guten Stevenson auf die Idee der Dampflokomotive gebracht hat!«

Fox knurrte etwas in sich hinein.

Die Besichtigung des ganzen Hauses war bald beendet. Die Herren saßen im Wohnzimmer. Mr. Ogden schob Armsessel an den Kamin und stocherte in der Kohlenglut. »Also, was kann ich sonst für Sie tun, Inspektor?«

»Ja, sehen Sie, wir sind mit dieser Buchsache noch keinen Schritt weitergekommen. Ich glaube, daß Sie uns helfen können, wenn Sie das wollen. Ich nehme an, daß das hier das Zimmer ist, in dem damals Ihre Gesellschaft stattfand, ja?«

»Uhum!«

»Und dort stehen Ihre Bücher«, fuhr Alleyn fort und deutete auf ein Gestell mit billigen, broschierten Ausgaben und Bänden von illustrierten Zeitschriften.

»Das ist meine Bibliothek, jawohl«, sagte Ogden. »Keine sehr berühmte, was? Ich mache mir nicht viel aus Literatur, wissen Sie.«

»Ich bemerke, daß keine Bücher mit roten Rücken hier stehen, somit dürften die ›Kuriositäten‹ doch ziemlich herausgestochen haben.«

»Stimmt. Das Buch sah immer aus, als sei es verwundert, hier zu sein.« Manchmal hatte Mr. Ogden solche erstaunlichen bildlichen Vergleiche zur Hand. »M. de Ravigne hatte sein Glas dort neben die Illustrierten gestellt und es umgestoßen. Er rief mich und entschuldigte sich langatmig, bis ich endlich fragte: ›Nun, was ist denn groß geschehen?‹, und da sah ich erst das alte Buch. Bei dieser Gelegenheit habe ich es de Ravigne dann auch gezeigt.«

»Sie haben ihm das Buch gezeigt? Sind Sie dessen ganz sicher? Er hat das Buch also nicht selbst genommen, er hat vorher das Buch nicht angerührt gehabt?«

Mr. Ogden dachte nach. Die Schwere von Alleyns Frage hatte ihn sichtlich beeindruckt. Er sah verwirrt aus, antwortete aber scheinbar ganz offen und ehrlich.

»No, Sir. Raoul de Ravigne hat nicht in meinen Büchern herumgestöbert. Ich habe ihm dieses Buch gezeigt. Und merken Sie sich eines, Inspektor: Wenn ich ihm das Buch nicht gezeigt hätte, wäre es ihm nie in die Hand gekommen. Und wenn Sie vielleicht glauben, Ravigne habe bei diesem faulen Dreh die Hand im Spiel, dann irren Sie sich ganz mächtig. Er hat Cara wirklich geliebt. Er hat sie verehrt.«

»Ja, ich weiß, Mr. Ogden, ich weiß«, sagte Alleyn abwesend. »Und was geschah, als Sie ihm das Buch gezeigt hatten?«

»Warten Sie – was geschah dann? Ja, richtig! Er sah es höflich, aber ziemlich uninteressiert eine Weile an und gab es dann an Garnette weiter.«

»Und? Weiter?«

»Daran kann ich mich nicht erinnern. Ich habe mich wahrscheinlich dann weggedreht.«

Alleyn sah eine Weile vor sich hin. Dann sah er Ogden fest an und sagte: »Hören Sie, Mr. Ogden, ich sehe nicht ein, warum ich Ihnen gegenüber nicht vollkommen offen sein soll. Sagen Sie mir ehrlich, ob Sie glauben, daß dieses Buch an jenem Abend, also nach Ihrer Gesellschaft, verschwunden ist?«

»Ehrlich, Inspektor – ich weiß es nicht. Ich bin nicht sicher. Ich kann Ihnen nur sagen, daß der gute Ravigne nichts mit der Sache zu tun haben kann.«

»Wer besorgt Ihnen die Wirtschaft?«

»Das Prescott-Mädchen, die Tochter des Hausbesorgers.«

»Könnten wir mit ihr sprechen?«

»Aber natürlich! Ich werde sie gleich rufen.«

Er ging ins Vorzimmer, und man hörte ihn laut »Elsie« rufen.

Elsie erschien sofort und entpuppte sich als junge, frische Person. Sie war sauber gekleidet und sah intelligent aus.

»Hören Sie, Elsie, die beiden Herren möchten Sie etwas fragen.«

»Es handelt sich um ein Buch, das man Mr. Ogden gestohlen hat«, wandte sich Alleyn freundlich an das Mädchen. »Es war ein wertvolles Buch, und er bat uns, die Suche danach aufzunehmen.«

Elsie sah ihn erschrocken an.

»Bitte, regen Sie sich ja nicht auf«, bat Alleyn. »Wir haben starken Verdacht, daß ein Mann, der ihm einen Radioapparat verkaufen wollte, das Buch mitgehen ließ. Erinnern Sie sich an die Einladung, die Mr. Ogden vor ungefähr drei Wochen hatte?«

»Gewiß, Sir. Wir mußten ja dabei helfen.«

»Großartig. Und können Sie sich erinnern, daß Sie am nächsten Tag hier saubermachten?«

»O ja, Sir.«

»Dabei haben Sie wohl auch das Bücherregal abgestaubt?«

»Natürlich. Das sah ja aus! Ein Herr hatte darauf sein Glas ausgeleert.«

»Waren die Bücher dadurch beschmutzt worden?«

»Nur eines, ein brauneingebundenes, hatte Flecken bekommen.«

»War ein Buch mit rotem Rücken da?«

»Meinen Sie das alte, das so komisch aussah? Das ist schon seit – ja, mein Gott, schon lange ist das nicht mehr da.«

»Sie sind also sicher, Elsie, daß dieses Buch am nächsten Morgen nicht da war?«

»Ja, Sir, ich bin ganz sicher. Ich legte nämlich das andere Buch, das feucht geworden war, ans Feuer zum Trocknen, und dann stellte ich es wieder ins Regal zurück. Aber es war nicht das rote Buch. Jetzt fällt mir übrigens ein, daß ich zu Mr. Ogden sagte: ›Wo ist eigentlich das große, rote Buch?‹ Nicht wahr, Mr. Ogden?«

»Tatsächlich, das fragte sie mich«, schrie Mr. Ogden.

»Das ist ja großartig, Elsie, wir sind Ihnen sehr zu Dank verpflichtet«, sagte Alleyn.

Elsie verließ das Zimmer geehrt und geschmeichelt.

»Fox, wir müssen ein Haus weiter!« Alleyn sah sich das Büchergestell noch einmal an. »Was hat de Ravigne da ausgegossen? Whisky? – Ja, und nun werden wir darüber nachsinnen, was wohl Mr. Garnette mit dem Buch getan hat?«

»Bei Gott«, fuhr Ogden heftig auf, »wenn Garnette –« Dann schwieg er plötzlich. »Ich sage kein Wort«, fügte er noch verbissen bei.

»Kommen Sie, Fox«, sagte Alleyn. »Wir haben Mr. Ogden schon über Gebühr aufgehalten. Außerdem muß ich Elsie noch ein Trinkgeld geben für ihre Mithilfe. Sie rannte so schnell weg, daß ich es vergaß. Sie wird ja unten irgendwo zu finden sein.«

Sie verabschiedeten sich von Mr. Ogden. Unten in dem kleinen Treppenhaus stand Elsie tatenlos herum. Alleyn schickte Fox voraus zum Wagen und unterhielt sich noch ein ganze Weile mit Elsie. Nach fünf Minuten kam er erst heraus.

»Ein gesprächiges Mädchen«, sagte Fox trocken.

»Jawohl, das ist sie. Abgesehen von den überströmenden Dankesbezeigungen bekam ich alles zu hören über die Fehlgeburt ihrer Schwester, über ihren Freund, der rasend gerne Kriminalromane liest, darüber, daß Mr. Ogden eine seiner feuerfesten Glasschüsseln zerschlagen habe und warum Elsie Polizisten besonders gern hat. Sie erinnert sich genau an den Tag, da Claude die Bücher abholen kam. Sie selbst hat sie in seine Aktentasche gelegt, während Ogden ausgegangen war. Elsie sagt jetzt seltsamerweise, es seien sechs Bücher gewesen, nachdem sie zuerst sagte, es seien fünf gewesen. Wie spät ist es, Fox?«

»Halb sechs.«

»Um sechs Uhr habe ich eine Verabredung mit dem jungen Pringle. Ich werde Sie in der Knocklatchers Row absetzen, Fox. Wenn Garnette zu Hause ist, fragen Sie ihn, was er mit dem Buch gemacht hat. Seien Sie vorsichtig und freundlich. Und wenn Ihnen noch Zeit bleibt, dann suchen Sie auch diesen unausstehlichen Claude auf. Fragen Sie ihn, wie viele Bücher er bei Ogden im Auftrage von Garnette abholte. Er wird vermutlich sagen, daß er das vergessen habe, aber fragen Sie ihn auf jeden Fall danach. Ja, und fragen Sie Garnette auch noch, ob er die Bücher kontrollierte, als sie zurückgebracht wurden. Wollen Sie das tun, Fox?«

»Klar, Sir! – Die Umrisse werden immer schärfer, nicht wahr? Es sieht so aus, als ob Sie recht hätten, Sir.«

»Für eine Verhaftung langt es immer noch nicht. Immerhin, das Telegramm nach Australien kann Früchte zeitigen. Und mit Madame de Barsac bleibe ich ja auch in engster Fühlung. Ich bete wirklich darum, daß der Brief von Cara Quayne noch vorhanden ist. Da sind wir, Fox, der Heilige Tempel! Hinein mit Ihnen! Es ist besser, wenn ich allein mit Pringle spreche. Ich werde ganz gewaltig bluffen müssen, und es ist möglich, daß ich zu ziemlich scharfen Maßnahmen greifen werde. Watkins und Bailey erwarten mich dort. Ich komme irgendwann heute abend in mein

Büro. Ein Leben ist das, meine Herren, ein Leben!«

Alleyn fuhr allein weiter und traf sich vor Pringles Haus mit den beiden Polizisten.

»Stellt euch der Türe gegenüber auf und versucht, gar nicht wie Polizisten auszusehen, ja? Sollte ich dort oben am Fenster erscheinen, dann kommt aber sofort anmarschiert. Hoffentlich wird es nicht nötig sein.«

Er stieg die Treppen zu Maurice Pringles Wohnung hinauf. Der junge Mann war vollkommen verstört. Tiefe, graugrüne Schatten lagen unter seinen Augen, sein Gesicht war aschfahl, und er sah aus, als habe er die Nacht und den Tag in einem ungemachten Bett zugebracht. Alleyn packte ihn ziemlich hart an.

»Guten Abend, Mr. Pringle. Sie sehen miserabel aus.«

»Ich fühle mich auch elend, wenn Sie das interessiert«, lautete Maurice Pringles schroffe Antwort.

Alleyn setzte sich und sah Maurice ruhig und forschend an.

»Was ist los? Sie sind doch wahrscheinlich nicht dazu hergekommen, um mein Gesicht zu studieren, wie?«

»Nur zum Teil«, erwiderte Alleyn kalt.

»Was, zum Teufel, wollen Sie damit sagen? Hören Sie einmal gut zu, Inspektor Alleyn, oder wie Sie heißen – mir hängen Ihre Methoden langsam zum Halse heraus! Diese sogenannten Gentleman-Polizisten! Ich wäre Ihnen sehr verbunden, wenn Sie hier Ihre Arbeit rasch abwickeln würden! Ich bin beschäftigt!«

»Das bin ich auch«, sagte Alleyn. »Ich wäre glücklich, meine Aufgabe sehr schnell zu erledigen. Darf ich kurz sein?«

»So kurz Sie wollen!«

»Schön. Wer versorgt Sie mit Heroin?«

»Das geht Sie einen Dreck an!«

»Wie Sie meinen«, sagte Alleyn ruhig.

Maurice vergrub sein Gesicht in den Händen.

»Verzeihen Sie mir, wenn ich Sie etwas unsanft anpacken muß«, fuhr Alleyn fort, »aber die Sache ist verdammt ernst. Sie haben mich ganz bewußt angelogen. Bitte, unterbrechen Sie mich jetzt nicht. Sie sagten mir, daß Sie den ganzen Sonntagnachmittag bei Miß Jenkins verbrachten. Das war eine Lüge. Sie sind an jenem Nachmittag in der Knocklatchers Row gesehen worden. Sie haben das Haus der Heiligen Flamme aufgesucht. Stimmt's?«

»Ich verweigere jede Antwort!«

»Wollen Sie behaupten, daß Sie vergangenen Sonntagnachmittag nicht im Haus der Heiligen Flamme waren?«

»Jawohl.«

»Versuchen Sie eigentlich, sich selbst zu schützen oder jemand anderen?«

Stille.

»Mr. Pringle«, sagte Alleyn freundlich, »was werden Sie ohne Heroin machen, wenn ich Sie nun einsperren lasse?«

»Sie – Sie Schuft!«

»Ich werde nun Ihre Wohnung durchsuchen. Hier ist die Vollmacht.«

Maurice sah ihn schweigend an. Plötzlich zuckte sein Gesicht wie das eines unglücklichen Kindes.

»Warum können Sie mich nicht in Ruhe lassen! Ich will nur allein gelassen werden! Ich belästige doch niemanden. Es geht keinen Menschen etwas an, was ich tue.«

»Ob Sie mir nun glauben oder nicht«, sagte Alleyn, »mir liegt weder daran, Sie verhaften zu lassen, noch, Ihre Wohnung zu durchsuchen. Ich kam her, weil ich hoffte, Sie würden mir helfen. Sie gingen am Sonntag in die Knocklatchers Row, vermutlich in die Wohnung von Mr. Garnette. Dort haben Sie entweder die Unterredung von Miß Quayne mit einer Drittperson gehört, oder aber Sie selbst haben Miß Quayne gesprochen. Aus irgendwelchen Gründen haben Sie diese Tatsache verheimlicht. Von unserem Standpunkt aus sieht das ziemlich fragwürdig aus. Wir müssen erfahren, was in der Wohnung von Garnette am Sonntag zwischen halb drei und drei Uhr nachmittags geschah! Wenn Sie auf Ihrer Aussageverweigerung bestehen, muß ich Sie verhaften lassen, und dann werden Sie äußerst unvorteilhaft dastehen.«

»Was wollen Sie wissen?«

»Zu wem sagte Miß Quayne: ›Ich werde Father Garnette sagen, was Sie getan haben.‹ Hat sie das zu Ihnen gesagt?«

»Nein.«

»Zu M. de Ravigne?«

»Das sage ich Ihnen nicht. Zu mir hat sie es nicht gesagt.«

Alleyn trat ans Fenster und sah auf die Straße hinunter. »Verschafft Ihnen Mr. Garnette das Heroin?«

»Ich will Ihnen etwas sagen«, fuhr Maurice plötzlich auf. »Garnette hat Cara nicht vergiftet! Das weiß ich!«

»Ich fürchte, daß eine solche Aussage keinem einzigen Richter oder Geschworenen der Welt genügen wird.« Alleyn trat wieder zu Maurice. »Und daß, falls Sie auf der Anklagebank sitzen sollten, eine derartige Versicherung als unsachlich und überflüssig abgetan werden würde.«

»Ich habe sie nicht getötet! Sie können mich nicht verhaften lassen dafür. Ich schwöre vor Gott, daß ich sie nicht getötet habe!«

»Aber Sie können Mitschuldiger sein. Ich bluffe nicht, Mr. Pringle. Ich frage Sie zum letzten Male, wer Sie mit Heroin versorgt!«

»Ich gebe keine Antwort.«

»Na, kommt herein, ihr beiden«, rief Alleyn müde.

Bailey und Watkins traten ein und nahmen die Hüte ab. Alleyn hielt sehr viel auf Etikette.

»Durchsucht alles«, befahl er ihnen.

Die Durchsuchung dauerte eine Stunde, aber bereits nach zehn Minuten fiel den Beamten ein kleines, weißes Päckchen in die Hände, das Alleyn sofort an sich nahm. Briefe fanden sie keine, aber eine Injektionsspritze war der zweite wichtige Fund. Alleyn legte sie, zusammen mit sechs von Pringles Zigaretten, zu dem Päckchen. Nach beendigter Durchsuchung schickte Alleyn die beiden Polizisten hinaus und trat zu Pringle, der die ganze Zeit regungslos neben dem elektrischen Ofen gesessen hatte.

»Nun werde ich Ihnen sagen, was ich hinter Ihrer Beharrlichkeit vermute, Pringle. Ich glaube, das liebe Selbst, die Befriedigung Ihrer unseligen Gelüste, steht hinter Ihrem stupiden und ungehobelten Verhalten! Daß ein Kriminalbeamter eine Vermutung äußert, ist an sich eine verwerfliche Sache – aber ich werde es nun einmal tun. Sie sind vermutlich am Sonntag in die Wohnung von Garnette gegangen, um sich das Päckchen mit Heroin zu holen, das wir eben in Ihrem Schuhkasten gefunden haben. Ich denke, daß Garnette der Empfänger und Verteiler solcher Drogen ist und daß Sie wußten, daß dieses Päckchen in seinem Schlafzimmer liegen werde. Ich vermute, daß Sie durch die Hintertüre und direkt ins Schlafzimmer kamen. Während Sie sich dort aufhielten, kam jemand durch die Kirche in das Wohnzimmer. Sie blieben absolut bewegungslos stehen, um nicht entdeckt zu werden, und hörten, wie diese unbekannte Person ganz nahe an die Schlafzimmertüre trat. Sie hörten das metallische Geräusch des Schlüssels, der die Safetüre öffnete. Dann dürfte eine Unterbrechung eingetreten sein, weil noch jemand das Wohnzimmer betrat, nämlich Cara Quayne. Dem folgte der Dialog zwischen ihr und dem – oder der – Unbekannten, welche Person ich weiterhin als X bezeichnen will. Cara Quayne versetzte X in eine denkbar unbehagliche Lage, weil sie wahrscheinlich aus irgendwelchen Gründen ihre Obligationen zu sehen verlangte. Die Papiere waren aber verschwunden. Sie war darüber sehr aufgeregt und ließ sich nicht beruhigen. Schließlich warf sie X an den Kopf: ›Ich werde Father Garnette sagen, was Sie getan haben‹, und eine Sekunde später hörten Sie das Rasseln der Vorhangringe vor der Wohnzimmertüre, und die äußere Türe wurde zugeschlagen. Cara Quayne war gegangen. Nachher sind mir Ihre Bewegungen nicht mehr ganz klar. Immerhin vermute ich, daß Sie sich recht sonderbar benahmen. Denn Sie gingen nicht geradewegs ins Wohnzimmer, traten vor X hin und sagten: ›X, ich weiß alles‹ oder ›X, ich kann es nicht glauben!‹ Nein! Sie schlichen sich durch die Hintertüre davon, ließen sie außerdem unverschlossen, wie sie denn auch den ganzen Abend nicht zugesperrt war. Dann rasten Sie hierher, in Ihre Wohnung, und versetzten sich an Hand dieses Päckchens in eine Ihrer berühmten tierischen Stimmungen! Warum? Warum taten Sie das? Entweder, weil X jemand ist, der Sie irgendwie in der Hand hat, oder aber, weil X jemand ist, an dem Sie sehr hängen. Dann gibt es natürlich noch eine dritte Erklärung für Ihr Verhalten. Sie können sich mit Hilfe von Heroin in einen derart lamentablen Zustand versetzt haben, daß Sie gar nicht mehr den Mut hatten, X zu stellen!«

»Herrgott!« stieß Maurice Pringle hervor, »ich werde bald den Mut haben, Sie niederzuschlagen, wenn Sie nicht den Mund halten!«

»Ich bin gleich fertig. Dann mußten Sie nur noch Miß Jenkins bearbeiten, daß sie aussagen solle, Sie wären den ganzen Nachmittag bei ihr geblieben. Darum muß ich, wenn Sie sich weigern, mir zu sagen, wer X ist, sehr scharf und häßlich gegen Miß Jenkins vorgehen. Sie ist jedenfalls Mitwisserin und kann dafür verhaftet werden. Gegen Sie selbst werde ich einen Haftbefehl wegen des Rauschgiftes ausstellen. Dann ist allerdings Schluß mit Heroin! Wie Sie das aushalten sollen, hinter Schloß und Riegel in einem Polizeigefängnis – das können Sie sich ja wohl selbst ausmalen. Nun, so liegen also die Dinge. Was Sie tun, kommt einem sinnlosen Opfer Miß Jenkins', Ihrer selbst und einer – möglicherweise unschuldigen – Drittperson gleich. Wollen Sie sich nicht doch entschließen, den Nebel dieses Opferfeuers zu zerstreuen, der vorläufig die Gesichtszüge von Herrn oder Frau X noch verhüllt?«

Alleyn schwieg und zündete sich mit müder Gebärde eine Zigarette an. Maurice sah ihn verzweifelt an. Seine Finger zitterten heftig auf der Armlehne des Stuhles. Plötzlich begann er zu schluchzen und verbarg mit der glühenden Scham eines kleinen Buben das Gesicht in den Kissen.

Nach einer Weile streckte Alleyn seine schmale Hand aus und berührte zart die zuckenden Schultern.

»Es wäre das beste«, sagte er. »Ich bin nicht ganz Unmensch, glauben Sie mir, es wäre das beste für Sie.«

Die Antwort Pringles blieb vollkommen unverständlich.

»Meinen Sie nicht auch?« fragte Alleyn freundlich.

Ohne sich aufzurichten, sagte Maurice erstickt: »– bis morgen – nachdenken – geben Sie mir Zeit – bis morgen.«

Alleyn dachte einen Augenblick nach.

»Gut«, sagte er schließlich, »ich gebe Ihnen Zeit bis morgen. Aber begehen Sie nicht Selbstmord! Das wäre sehr disziplinlos und feig, und außerdem müßte ich dann Miß Jenkins wegen Irreführung der Polizei oder sonst etwas verhaften lassen, und Mr. Garnette würde vermutlich gehängt. Ich werde lieber jemanden bei Ihnen lassen. Ein schwieriger Mensch sind Sie! Guten Abend!«

24
Maurice spricht

An einem stürmischen Dezemberabend des vergangenen Jahres, fünf Tage nach dem Mord an Cara Quayne, sah Nigel Bathgate von seinem Zimmerfenster aus in die regennasse Knocklatchers Row hinunter. Der Regen peitschte fast waagrecht an die Häusermauern und lief in Strömen an der Pelerine eines Polizisten hinunter, welcher vor dem Haus der Heiligen Flamme Posten bezogen hatte. Miß Wades Regenschirm und Galoschen tauchten auf und bogen gleichzeitig mit einem Taxi in die kleine Sackgasse ein. Alle kamen sie wieder gegangen oder gefahren, die vor fünf Tagen zu jener besonderen Zeremonie erschienen waren: Mr. Ogden per Taxi, Maurice Pringle mit hochgeschlagenem Mantelkragen, Claude und Lionel eng aneinandergepreßt unter einem Regenschirm, noch ein Taxi, in dem vermutlich Mrs. Candour saß. Und als alle diese Geweihten in der Vorhalle des Hauses der Heiligen Flamme verschwunden waren, fuhr noch ein geschlossener Wagen vor, dem zwei Männer entstiegen, ein breiter, gesetzter und ein langer, schlanker.

Als Nigel diesen letzten Ankömmling sah, griff er nach Hut und Schirm und stürmte die Treppen hinunter.

Die Fackel hinter ihrem Drahtgehäuse brannte nicht. Neben dem breitschultrigen Polizisten standen Chefinspektor Alleyn und Inspektor Fox.

»Guten Abend«, sagte Nigel.

»Hallo! Der öffentliche Wohltäter Nummer eins! Ihre Information hat aufs Haar gestimmt, Bathgate, danke sehr. Wie sind Sie dahintergekommen?«

»Janey Jenkins hat es mir gesagt. Ich rief sie an, um mich zu erkundigen, wie sie unseren gräßlichen Abend mit Pringle überstanden habe, und da sagte sie mir, daß heute in Garnettes Wohnung eine große Zusammenkunft stattfinde. Ogden habe das arrangiert, um mit den Geweihten einmal grundsätzlich über die vorgefallenen Dinge zu sprechen.«

»Ein geselliges Volk, diese Amerikaner«, bemerkte Alleyn. »Nun, Fox, ist alles eingerichtet, um an den Türen zu horchen?«

»Jawohl, Sir. Es ist ja ein kleines Zimmer, und ich glaube, wir sollten alles hören können.«

»Wovon ist bitte die Rede?« fragte Nigel.

»Von einer ganz gemeinen, kleinen List, Bathgate! Wir werden im Kreise heidnischer Götter sitzen und uns, wie einst weiland Sforza in seinem Renaissancepalast, Mordgeschichten erzählen lassen. Wir haben ein Mikrofon installiert, das mit einem kleinen Lautsprecher verbunden ist. Wie schade, daß Leonardo da Vinci nicht heute lebt! Ich glaube, er wäre der einzige Mensch seiner Zeit, der nicht erstaunt wäre über solche modernen technischen Errungenschaften.«

»Aber die Frauen würden ihm nicht gefallen«, sagte Nigel.

»Er würde sie gar nicht als Frauen erkennen! So, ich denke, jetzt könnten wir es wagen, hineinzugehen.«

Sie betraten ganz leise die Vorhalle. Alleyn führte die schweigsame, kleine Kolonie durch das Kirchenschiff zu einer Art Seitenkapelle, wo auf einem kleinen Altar die Statuette des ekstatischen M. de Ravigne stand. Der kleine Nebenraum konnte durch schwere Vorhänge fast gänzlich von der übrigen Kirche abgeschlossen werden. Fox zog diese Gardinen leise zu. Dann zündete er eine Taschenlampe an und deutete auf die entfernteste Ecke beim Altar. Nigel sah etwas Metallisches glänzen. Fox beugte sich nieder. Ein undeutliches Geräusch begann, das sich in dieser tiefen Stille anhörte wie ein winziges Telefon, das unter einem Berg von Kissen quäkte. Auf ein Zeichen von Alleyn schlichen sich alle in die Ecke und kauerten sich hin. Nigels Knie krachten dabei laut und vernehmlich, was Alleyn mit einem empörten »pscht!« beantwortete. Ein Mr. Ogden in Liliputformat sagte eben:

»O. K. Also, Leute, jetzt kann kein Polizist zuhören. Der Bobby beim Eingang ist quasi nur Dekoration. Wir wollen also eine ganz regelrechte Sitzung abhalten. Und dazu brauchen wir als erstes einen Vorsitzenden.«

»O Gott«, hörte man Pringle sagen.

»Ich bitte Sie, Mr. Ogden«, ertönte nun Garnettes sonores Organ, »es ist doch nicht nötig——«

»Ich stimme Mr. Ogden zu«, sprach nun de Ravigne, »daß es besser ist, wenn wir diese Sache ganz formell behandeln. Wählen wir also einen Vorsitzenden für diesen Abend. Ich möchte für

Mr. Ogden stimmen.«

»Na, Sie, ich habe nicht etwa gemeint, daß ich selbst--«

»Einverstanden!« Das war Miß Wade.

»Also, wenn Sie es wollen. Ich weiß das Vertrauen zu schätzen, das man mir--«

»Allmächtiger Braten«, flüsterte Alleyn. »Jetzt hält er doch wahrhaftig eine Rede!« Und Mr. Ogden hielt wirklich eine Rede. Kurz zusammengefaßt sagte er ungefähr folgendes: Alle hier Versammelten seien gleicherweise des Mordes verdächtig, und alle seien demnach auch gleicherweise daran interessiert, sich von dem Verdacht reinzuwaschen. Ganz ohne Zweifel habe sich jeder von ihnen diese oder jene Theorie gebildet, und die sollten nun ausgetauscht und näher betrachtet werden. Nach dem Unglück, das am Sonntag hier geschehen sei, könnten höchstwahrscheinlich die Gottesdienste im Haus der Heiligen Flamme nicht mehr abgehalten werden. Da aber die Religionsgemeinschaft der Heiligen Flamme ein geschäftliches Unternehmen darstelle, müsse nun deren eventuelle Auflösung auch absolut geschäftsmäßig und sachlich aufgezogen werden. An dieser Stelle wurde Mr. Ogden empört und heftig unterbrochen von Father Garnette, Mrs. Candour und Miß Wade. Dabei fiel der Ausdruck »geistig« zu wiederholten Malen.

»Gewiß, gewiß«, wehrte sich dann Mr. Ogden, »ich bin dem Geistigen auch sehr zugetan. Ich glaubte von allem Anfang an, daß die Sache eine geistige Erhebung zu Gott sei, sonst hätte ich überhaupt nicht mitgemacht. O. K., *good-oh,* verstehen Sie?«

Alleyn entfuhr ein unterdrückter, kleiner Aufschrei.

»Aber«, fuhr Mr. Ogdens Stimme fort, »heute denke ich anders, und darum werde ich nun ganz offen mit euch sprechen.«

Dann erörterte er seinen Zuhörern, wie sich die finanziellen Fragen der Gesellschaft der Heiligen Flamme darstellten, und zwar tat er das genau und mit allen Einzelheiten.

Als Mr. Ogden dann geendet hatte, entstand eine so lange Stille, daß Nigel fürchtete, das Mikrofon sei ausgeschaltet worden. Aber dann begann jemand zu lachen. Es war Maurice Pringle. Er schien nicht mehr aufhören zu wollen. Endlich konnte er doch einige Worte hervorprusten.

»Die ganze Zeit – hahaha – Dankopfer – Selbstverleugnung. –

O Gott! Es ist – es ist einfach – zum Brüllen!«

Stimmengewirr.

»Unerhört––«

»Geschäftliche Abmachung––«

»Alles ist so schrecklich weltlich––«

»Ich gebe nicht vor, etwas von Geschäften zu verstehen, doch meine ganze Sorge gilt meiner Herde––«

»Wenn Father sagt, daß––«

»Ach, halten Sie doch den Mund!«

»Lionel, schweige, bitte. Ich muß sagen––«

»Ruhe, verdammt noch einmal!« donnerte Mr. Ogden.

Schweigen.

»So geht das nicht«, erklärte Mr. Ogden. »Bitte, hier ist eine Kopie unserer Abmachungen bezüglich der Geschäftsführung. Reicht sie herum, lest sie. Sie sind von einem Anwalt beglaubigt und somit absolut unanfechtbar. Die Profite des Unternehmens gehören rechtlich mir, Garnette und Monsieur de Ravigne. In dieser Reihenfolge! Alles eingehende Geld gehört uns. In dieser Reihenfolge! Wir haben diesen Tempel unterhalten und ausstaffiert. Cara Quaynes Obligationen im Wert von fünftausend Pfund haben also ebenfalls uns gehört––«

»Das stimmt nicht«, warf Maurice dazwischen. »Cara hat dieses Geld für einen Kirchenneubau gestiftet und für nichts anderes!«

»Es wäre ja auch für nichts anderes ausgegeben worden, mein bester Pringle. Aber jemand jetzt hier Anwesender hatte die blendende Idee, dieses Paket Obligationen verschwinden zu lassen! Und das mußte die arme Cara dann bitter büßen.«

»Wollen Sie damit sagen«, hörte man nun de Ravigne, »daß, wer diese Obligationen stahl, auch meine geliebte Cara ermordet hat? Ich glaube beinahe, daß Sie recht haben.«

»Klar! Und diese beiden vornehmen Kriminalbeamten glauben das auch! In diesem Zimmer muß Sonntag um ungefähr zwei Uhr irgend etwas passiert sein. Cara kam um diese Zeit hierher. Dieser Alleyn mag zwar mit einer frisierten Schnauze reden, aber so gescheit ist er doch, daß er das herausbekommen hat. Er ist der Ansicht, daß Cara am Sonntag herkam, ihre Obligationen sehen wollte und dabei wahrscheinlich den Dieb auf frischer Tat ertappte. Ich weiß nun nicht, was ihr alle davon denkt, aber mir leuchtet diese Theorie jedenfalls ein. Findet den Mann oder die Frau, die am Sonntag um halb drei Uhr nachmittags hier war, und ihr habt den Mörder von Cara Quayne gefunden!«

»Richtig«, sagte de Ravigne sehr leise.

»Aber ich kann nicht verstehen« – begann Father Garnette.

»Moment, Garnette«, fiel ihm Mr. Ogden ins Wort. »Auf Sie komme ich jetzt gerade zu sprechen! Wer war Caras Vertrauter? Wer ließ mein Buch über Gifte mitgehen? Es war mein Buch!«

»Warum haben Sie das nicht längst zugegeben?« fragte Janey.

»Ich glaubte, daß ihr alle das wißt. Ich hatte übrigens gar nichts zu verbergen und habe Alleyn ganz ehrlich gesagt, daß das Buch mein Eigentum ist. Aber wer nahm es mir fort und band es braun ein? Wer versteckte es hinten in diesem Büchergestell, damit es niemand sehen sollte? Wer hat es so gern benützt, daß es sich heute von selbst öffnet, und zwar an der Stelle über Natriumzyanid? Wer trug die Schlüssel bei sich, seitdem im Safe die Obligationen von Cara deponiert waren? Und wer überredete Cara dazu, ihm so viel zu hinterlassen, daß er in Zukunft den kleinen Rockefeller spielen kann?«

»Was sagen Sie da?« schrie Garnette plötzlich ganz laut. »Dem Tempel hat sie Geld hinterlassen, aber doch nicht mir!«

»Wie, zum Teufel, wissen Sie denn das?«

»Sie sprach mit mir darüber, die arme Seele!«

»Das ist wahr«, kreischte nun Mrs. Candour. »Sie hat es auch mir gesagt, schon vor vielen Wochen – vor drei Wochen –, als sie ›Auserwähltes Gefäß‹ werden sollte. Und ihr Haus und alles andere hinterläßt sie Raoul de Ravigne! Fragen Sie ihn! Er weiß es ganz genau! Schon allein die Bilder sind Hunderte wert! Fragen Sie ihn doch!«

»Ich wünsche nicht, darüber zu verhandeln«, sagte de Ravigne. »Wenn sie mir etwas hinterlassen hat, und es ist wahr, daß sie davon sprach, dann bin ich ihr sehr dankbar. Aber ich will hier nicht davon sprechen.«

»Weil Sie ganz genau wissen––«

»Ruhe, Dagmar! Wo haben Sie dieses Zeugs eigentlich her?«

»Was für Zeugs?« schrie Mrs. Candour. »Was für Zeugs? Meinen Sie das––«

»Er meint nur, wovon Sie eigentlich sprechen«, fiel Pringle rasch ein.

»Ach so, ich dachte schon, Sie meinen das andere Zeug! Sammy, können Sie – dieser Detektiv Alleyn hat den Verdacht, daß——«

»Halten Sie den Mund«, sagte Maurice Pringle schroff.

»Wir wollen bei der Sache bleiben, bitte«, mischte sich nun Mr. Ogden wieder ein. »Ich bin nun einmal an Garnette sehr interessiert!«

»Ich ebenfalls«, vernahm man de Ravignes Stimme. »Mich dünkt, daß Sie klare und einleuchtende Argumente gegen diesen Priester vorbrachten, Mr. Ogden.«

»Ein Mörder? Father Garnette, das ist ungeheuerlich!« Das war Miß Wade.

»Eine ungeheuerliche Tatsache! Jawohl! Hören Sie, Garnette, ich——«

»Ruhe!« Maurice Pringles Stimme erhob sich über alle anderen. Nigel konnte sich vorstellen, wie er jetzt auf die Füße gesprungen war und der ganzen Gesellschaft gegenüberstand.

»Setzen Sie sich, Pringle«, sagte Mr. Ogden ärgerlich.

»Nein! Ich werde jetzt——«

»Jetzt geht's los«, flüsterte Alleyn. »Kommt!«

Alleyn ging voraus durch das Kirchenschiff, über die Altarstufen bis zur Türe, die in Father Garnettes Wohnzimmer führte. Dort gab er Nigel ein Zeichen, und sie stellten sich zu beiden Seiten des Eingangs auf. Sorgfältig drückte Alleyn die Klinke herunter und stieß die Türe etwas auf. Der Vorhang innen war in der Mitte auseinandergefallen, und man konnte durch diesen Spalt das Zimmer überblicken. Nigel sah über Miß Wades Hütchen hinweg direkt in Pringles Augen.

Maurice stand am Ende des Tisches. Sein Gesicht war leichenblaß. Eine Locke war ihm in die Stirn gefallen. Anscheinend hatte er eben eine längere Rede beendet oder war durch den Lärm, in den die Geweihten verfielen, unterbrochen worden. Dann wurde die Sicht für Augenblicke durch einen großen, dunklen Gegenstand versperrt. Jemand stand direkt vor der Türe. Auf diese Person hatte Maurice seine Blicke gerichtet. Dann tat dieser Jemand einen Schritt beiseite, und das Bild erschien wieder zwischen den Vorhängen. Mr. Ogdens Stimme klang dicht neben Nigels Ohr.

»Der Bursche ist wahnsinnig! Setzen Sie sich, Pringle!«

»Sprich weiter, Maurice«, sagte Janey klar und fest.

»Mut, mein lieber Sohn«, trompetete Father Garnette mit einem Anflug seiner früheren Erhabenheit.

Maurice warf seinen Kopf herum, als habe man ihm einen Schlag versetzt.

»Fangen Sie um Himmels willen nicht wieder damit an, oder ich lasse ihnen freie Hand, Sie zu hängen! Bilden Sie sich ja nicht ein, daß ich immer noch in Anbetung vor Ihnen knie. Ich weiß jetzt genau, wer Sie sind, ich habe es wahrscheinlich schon lange geahnt! Talmigold! Ich habe mich vom ästhetischen und moralischen Standpunkt aus ruinieren lassen von einem Gipsheiligen, auf den nicht einmal ein Küchenmädchen hereingefallen wäre. Wenn ich es ruhig geschehen ließe, daß man Sie aburteilt, würde ich eigentlich einem allgemeinen Reinemachen den Weg ebnen. Weiß Gott, warum ich es nicht tue. Weil ich einfach nicht anders kann!«

»Wovon, zum Teufel, reden Sie eigentlich, Pringle? Sie sind ja berauscht!«

»Berauscht?« Maurice wandte sich wieder um und sah den verborgenen Ogden an. »Ich bin seit sechs Monaten zum erstenmal nicht berauscht. Einmal muß man doch um Gottes willen die Wahrheit sagen! Rauschgift! Die Hälfte von uns ist damit vollgesogen. Dagmar, Cara und ich! Der gute Father Garnette gab uns Zigaretten. Andere haben es ja auch probiert! Und wo bekommt der gute Father Garnette Heroin? Das wißt ihr alle nicht. Er selbst weiß es auch nicht. Er bekommt es durch einen Agenten aus Paris, kennt diesen Agenten aber nicht. Ich kenne ihn!«

»Er ist verrückt geworden!« schrie Mrs. Candour.

»Bestimmt ist er verrückt«, warf Mr. Ogden besänftigend ein. »Aber Sie sollen es nicht auch werden, Dagmar.«

Alleyn hatte die Türe noch etwas mehr geöffnet und glitt nun direkt hinter den Vorhang.

»Ich bin ganz normal, und jemand weiß das ganz genau. Seid alle jetzt einmal ruhig. Ich werde erzählen, was sich am Sonntagnachmittag hier abgespielt hat.«

»Reden Sie schon endlich, Pringle«, hörte man de Ravigne sagen.

»Ich bin am Sonntag hergekommen, um ein Päckchen von dem Zeug zu holen, das Garnette für mich vorbereitet hatte. Die Zigaretten sind mir nicht mehr stark genug. Ich brauche eine stärkere Dosis als ihr alle. Das kleine Päckchen kostet mich zehn Pfund. Father Garnette hat natürlich geistige Bedenken, es mir persönlich auszuhändigen. Stimmt's, Ehrwürden? Er bekommt Gewissensbisse, wißt ihr? Also legt er es jeweils auf seinen Wandkasten, wo ich es mir abholen und das Bargeld hinlegen kann. Ich kam kurz nach halb drei Uhr her, durch die Vordertüre, durch dieses Zimmer in das Schlafzimmer. Ich hatte das Päckchen eben an mich genommen und wollte gehen, als ich jemanden hörte, der von der Kirche her hier hereinkam. Es war nicht unser geistiger Vater. Ich kenne seinen Schritt.«

»O Gott--«

»Weiter, Maurice!«

»Ja, Janey. Bitte, laß mich. Es war mir peinlich, hier entdeckt zu werden. Meine Situation war eine ziemlich merkwürdige. Ich zögerte eine Weile. Dann hörte ich ein Knacken. Dann noch zwei, drei solche Geräusche. Jemand mußte am Safe herumfingern. Die Türe war nicht ganz im Schloß. Ich sah ins andere Zimmer und sah, wer es war. Es war--«

»Ich bin der Vorsitzende dieser Versammlung und verbitte mir das! Setzen Sie sich!«

»Nein.«

»Setzen Sie sich.«

»Bei Gott, wenn Sie jetzt nicht schweigen, dann werde ich Sie zum Schweigen bringen!« keuchte Maurice Pringle.

»So? Sie? Und wer noch?«

»Ich«, sagte Alleyn. »Sie sind gestellt, Mr. Ogden.«

25
Alleyn löscht die Flamme aus

Einen Sekundenbruchteil, bevor Ogden seinen Revolver ergreifen konnte, hatte Alleyn seine Arme von hinten gepackt. Ob Ogden beabsichtigte, sich selbst oder Pringle zu erschießen, wird man nie erfahren. Im gleichen Augenblick betrat Detektiv-Sergeant Bailey mit zwei Polizisten das Wohnzimmer von Garnettes Schlafzimmer her. Bailey, der grün aussah, trug eine Selbstladepistole. Während einer ganzen Minute wehrte sich Ogden wie ein Verrückter. Sie mußten ihm Handschellen anlegen. Seit dem Eintritt Alleyns hatte Mrs. Candour, unterstützt von Lionel und Claude, hemmungslos geschrien, jetzt fiel sie, ohne daß es jemand beachtete, in Ohnmacht. Die anderen Anwesenden verhielten sich ruhig. Ogden sprach kein Wort, bis man ihm andeutete, mit den Beamten wegzugehen. Da trat er dicht vor Pringle hin.

»Lassen Sie ihn doch fertig reden«, zischte er. »Er weiß nichts, das ich nicht beantworten könnte. Er soll ruhig weiterreden!«

Maurice sah Alleyn an, der ihm zunickte. Dann wandte sich Maurice wieder Ogden zu und begann zu sprechen.

»Ich habe Sie am Safe stehen sehen. Sie hatten ihn eben aufgemacht. In der Hand hielten Sie die Obligationen. Oder wahrscheinlich bereits das Paket mit den Zeitungen. Dann kam Cara ganz leise herein. Sie fragte, was Sie mit den Obligationen machen wollten. Darauf antworteten Sie, daß Father Garnette Sie gebeten habe, die Papiere zu kontrollieren. Cara starrte Sie an. Ich glaube, Sie merkten, daß sie Ihnen nicht glaubte, denn Sie fingen plötzlich von dem Heroin zu reden an.«

Maurice unterbrach sich, feuchtete seine Lippen an und sah Alleyn in die Augen.

»Er wisse genau, daß sie dem Gift verfallen sei, sagte er ihr. Er fragte sie, ob sie es wohl sehr vermissen würde, wenn sie keines mehr bekommen könnte. Er war sehr liebenswürdig und freundlich und sagte, er wolle sie nun wirklich ins Vertrauen ziehen. Dann erklärte er ihr, wo Garnette das Zeug bekomme, in irgendeinem Gasthaus namens Seven Dials, und gab offen zu, daß er selbst der Besitzer dieser Bude sei. Das müsse aber ein Geheimnis bleiben zwischen ihm und Cara, da selbst Garnette nicht wisse, daß er, Ogden, etwas damit zu tun habe. Dann ließ er durchblikken, daß er Cara und Father Garnette natürlich sofort preisgeben würde, wenn die Sache auffliegen sollte. Er machte sie auch darauf aufmerksam, daß es in seiner Macht stehe, Cara jede Möglichkeit zu vereiteln, sich anderswo von dem Zeug zu verschaffen, falls sie jetzt nicht den Mund halte. Während er sprach, hatte er die gefälschten Obligationen wieder in den Safe gelegt und bemerkte nur: ›So, das wäre o. k.‹ Er stand mit dem Rücken zu Cara, als er den Safe wieder absperrte, und ich vermute, daß sie in diesem Moment die Notiz schrieb für Garnette, sie in die Zigarettendose legte und dabei eine Zigarette herausnahm und anzündete. Sie hatte die ganze Zeit hindurch kein Wort gesagt. Bevor sie wegging, sagte Ogden sehr, sehr freundlich zu ihr: ›Und falls Ihnen das noch nicht genügt – well, es wäre sehr bedauerlich, wenn wir uns so bald nach einem anderen ›Auserwählten Gefäß‹ umsehen müßten.‹ Dann war es lange ganz still. Bis Cara laut sagte: ›Ich werde Father Garnette sagen, was Sie getan haben.‹ Ogden antwortete: ›Nein, das werden Sie ganz bestimmt nicht, Cara.‹ Sie ging ohne ein weiteres Wort hinaus. Ich befürchtete, er könnte ins Schlafzimmer hinüberkommen und schlich mich durch die Hintertüre weg.«

»Warum haben Sie über all das geschwiegen?« fragte de Ravigne.

»Weil ich ein elender, verdammter Feigling bin«, schrie Maurice auf. »Weil ich nicht soviel Mut hatte wie sie, wenn Sie es durchaus wissen wollen! Wir saßen im gleichen Boot. Wir brauchten beide von dem Zeug. Ich werde verrückt, wenn ich keines habe. Ich dachte, er werde nun die Obligationen wieder zurückgeben, aber als er das nicht getan hatte, war es mir auch einerlei. Ich muß einfach Heroin bekommen. Gott, können Sie das nicht begreifen?«

»Warum haben Sie denn jetzt gesprochen?« fragte Miß Wade. »Verzeihen Sie, aber das kann ich nicht verstehen.«

»Weil er eben kein elender Feigling ist!« sagte Janey laut.

»Das ist eine bewundernswerte Erklärung, Miß Jenkins«, stimmte Alleyn zu. »Und damit wollen wir es nun bewenden lassen. – Mr. Garnette, ich fürchte, Sie werden uns auf die Polizei folgen müssen.«

»Warum? Was können Sie mir vorwerfen? Das ist ein ganz gemeines Komplott! Ich bin unschuldig. Dieser Mensch, den ich an meinen Busen nahm – diese Viper –«

»Schnauze! Sie – Sie«, fuhr Ogden ihn so vehement an, daß Garnette augenblicklich schwieg und sich ohne weitere Einwände abführen ließ.

Inspektor Fox, der unmittelbar hinter Alleyn das Zimmer betreten hatte, näherte sich Ogden mit seiner gewohnten unveränderlichen Ruhe und Höflichkeit.

»Wir wollen jetzt auch gehen, wenn es Ihnen recht ist.«

Ogden schien aus einer Trance zu erwachen. Er sah erst Alleyn und dann Fox aus seinen verschiedenfarbigen Augen lange an.

»Ihr – Engländer«, war alles, was er äußerte.

»Aber Australier sind doch auch Engländer, Briten, oder nicht?« fragte Alleyn. Zum erstenmal sah Ogden zutiefst erschrocken aus.

»Ich bin in Michigan geboren!«

»Das ist ja ein Glück für Australien«, entgegnete Alleyn.

»Hol' Sie der Teufel!«

»Mr. Ogden, Sie sind zu verwundbar«, lächelte Alleyn. »Worauf warten wir noch, Fox?«

Ogden wurde abgeführt. Einer nach dem anderen wandten sich nun auch die Geweihten zum Gehen. Mrs. Candour, Claude und Lionel, die eine geheimnisvolle Zusammengehörigkeit entdeckt zu haben schienen, gingen zusammen fort. De Ravigne, der die ganze Zeit vollkommen ruhig geblieben war, machte zeremoniöse Verbeugungen.

»Es wird wahrscheinlich noch mehr hinter der ganzen Affäre stecken, als man auf den ersten Blick sieht, Monsieur«, sagte er zu Alleyn.

»Es wird noch früh genug ans Licht kommen, Monsieur de Ravigne«, bemerkte Alleyn dunkel.

»Ich glaube Ihnen. Wenn nur meine arme Cara gerächt wird, bin ich schon zufrieden. Ich habe den Priester verdächtigt, das gestehe ich unumwunden ein. Er ist Ogden bestimmt mindestens ebenbürtig. Er hat Cara zu so vielen Gemeinheiten verleitet. Das Rauschgift – ihr Gemüt––«

»Ich möchte Ihnen noch einige Fragen stellen«, sagte Alleyn. »Haben Sie sich an die ›Kuriositäten der Chemie‹ erinnert, als Sie das Buch in diesem Zimmer wiedersahen?«

»Ich erinnerte mich, es in der Hand gehabt zu haben, aber ich wußte nicht mehr, wann und wo. Es hatte mich gar nicht interessiert. Später dann, zu Hause fiel mir die Szene wieder deutlich ein. Ich hatte ein Glas mit Whisky ausgeleert, und das Buch hatte Flecken bekommen. Es ist mir unfaßlich, daß ich das vergessen konnte.«

»Ich verstehe«, sagte Alleyn höflich. »Sie haben also dieses Buch entdeckt? Ogden hat es Ihnen nicht gezeigt?«

»Ich habe es entdeckt, Monsieur. Hätte ich nicht mein Glas über das Bücherregal gegossen, dann wäre das Buch wohl nie aus seinem Regal genommen worden. Ich selbst habe Ogdens Aufmerksamkeit darauf gelenkt. Ich rief nach ihm, um ihm mein Mißgeschick zu sagen.«

»Jawohl«, bemerkte Alleyn, »das macht manches klar. Ich danke Ihnen sehr, Monsieur.«

»Keine Ursache, Monsieur. Wenn Sie mich nun entschuldigen wollen--«

De Ravigne schritt gelassen durch die Tür hinaus. Miß Wade näherte sich Alleyn.

»Guten Abend, Wachtmeister«, sagte sie.

»Guten Abend, Miß Wade«, erwiderte Alleyn.

»Ich bin sehr verstört«, bekannte sie, »weil Mr. Ogden mir immer wie ein ordentlicher Mensch vorkam, wenn man bedenkt, daß er ein Ausländer ist. Und nun sagen Sie, er sei ein Giftmörder!«

»Er wurde dafür verhaftet, jawohl«, stimmte Alleyn zu.

»Sehen Sie!« Miß Wade dachte nach. »Mein lieber Bruder war einmal in Michigan. Die Welt ist doch sehr klein.«

»Zweifellos.«

»Es ist ganz klar«, fuhr Miß Wade fort, »daß Father Garnette arg mißbraucht worden ist. Von wem eigentlich?«

»Miß Wade«, sagte Alleyn zu dem kleinen Fräulein, »ich möchte Ihnen einen guten Rat geben, wenn ich das darf. Ich bitte Sie, ernstlich bitte ich Sie, sich diesen Tempel und diese Glaubensgemeinschaft ein für allemal aus dem Kopf zu schlagen.«

»Unsinn, Wachtmeister! Ich werde selbstverständlich weiterhin den Zeremonien beiwohnen.«

»Es werden keine Zeremonien mehr sein.«

Miß Wade sah ihn groß an. Langsam wurde der Blick ihrer Augen ehrlich verzweifelt.

»Keine Zeremonien mehr? Ja, was soll ich denn machen?«

»Es tut mir wirklich leid für Sie«, sagte Alleyn beinahe zärtlich.

Der vernichtende Blick, den sie ihm daraufhin zuwarf, wies ihn auf seinen Platz zurück, auf einen rein beruflichen Standpunkt. Sie zog ihre alten Galoschen an und ging zur Tür.

»Guten Abend«, sprach Miß Wade und betrat die verlassene Kirche.

»Oh, Mr. Garnette!« knurrte Alleyn böse, »und Sie, Mr. Ogden!« Maurice und Janey waren die letzten. Alleyn sah sie an.

»Ich will keine offiziöse Ansprache an euch richten. Miß Wade hat mich bereits abblitzen lassen, und das könnt ihr auch tun, wenn es euch freut. Mr. Pringle, ich muß mich sehr bei Ihnen bedanken für die Haltung, die Sie vorhin einnahmen. Es war zweifellos ein großer Mutbeweis. Sie haben rückhaltlos von Ihrer unseligen Gewohnheit gesprochen. Ich werde ebenso offen mit Ihnen sein. Ich finde, daß Sie in ein Spital gehen sollten, in dem man solche Fälle heilt. Ich wüßte einen ausgezeichneten Platz. Wenn Sie es mir erlauben, werde ich dem Chefarzt schreiben. Er wird Sie verständnisvoll und vernünftig behandeln. Angenehm wird eine solche Kur nicht sein, aber es ist, glaube ich, Ihre einzige Rettung. Antworten Sie jetzt nicht. Denken Sie darüber nach und berichten Sie mir dann. In der Zwischenzeit wird Dr. Curtis sich um Sie kümmern, ich habe ihn darum gebeten. Er wird Ihnen auch helfen. Diese Dinge zu regeln habe ich mir einfach angemaßt und bitte Sie um Entschuldigung dafür.«

Maurice starrte Alleyn an. »Darf ich einmal zu Ihnen kommen?« fragte er erregt.

»Gewiß, wenn ich gerade Zeit habe«, gab Alleyn sehr kühl zur Antwort. »Aber lassen Sie sich ja nicht einfallen, jetzt vielleicht einen Gegenstand von Heldenverehrung aus mir zu machen! Ihre Blicke lassen derartiges befürchten. Ich bin ein viel zu gewöhnlicher Sterblicher, und Sie sind nun wirklich zu alt für solche kindischen Anwandlungen!«

Er wandte sich Janey zu.

»Leben Sie wohl. Man wird Sie wahrscheinlich beide für die Verhandlungen vorladen.«

»Das war zu erwarten«, sagte Janey. »Darf ich meinerseits ein klein wenig in Heldenverehrung machen?«

»Sie würdigen mich zum lächerlichen, unerträglichen Gecken herab«, lachte Alleyn. »Adieu und Gott schütze Sie.«

»Und Sie!« sagte Janey. »Komm jetzt, Blot.«

»Na, Bathgate«, seufzte Alleyn.

»Ja, Inspektor?«

»Sehen Sie, da haben Sie wieder einmal recht gehabt.«

»Ich? Womit?«

»Sie haben mich schon am Sonntag darauf aufmerksam gemacht, daß Ogden viel zu echt sei, um wahr zu sein.«

»Allmächtiger!« rief Nigel. »Stimmt, das hatte ich längst wieder vergessen. Außerordentlich klug von mir, nicht? Bitte, Alleyn, könnten Sie noch zehn Minuten mit mir hier sitzen bleiben und – und mir alles erklären?«

»Das habe ich kommen sehen! Na schön. Doch gehen wir lieber in Ihre Wohnung.«

»Aber gerne«, strahlte Nigel.

Sie schlossen Father Garnettes Wohnung hinter sich ab. In der Kirche brannten nur zwei Lampen, und das weite Gebäude war fast so dunkel wie am Sonntag, als Nigel ungebeten hier hereingekommen war. Eine tiefe Stille lag über dem Kirchenschiff und ließ das Trommeln des Regens auf das Dach als einsames, verzweifeltes Geräusch widerhallen. Die Statuen standen wie graue Schatten da, und der riesige Wotan schien mehr dann je zu dräuen. Aus dem Flammenbecken stieg immer noch ein Phönix. Alleyn blieb an der Eingangstür stehen und drehte sich um.

»Ich frage mich, was aus alldem werden wird. Eines von Garnettes Symbolen ist jedenfalls wahr und ewig gültig! Der Phönix des Sektenunwesens erhebt sich immer und immer wieder aus seiner eigenen Asche. Heute abend schlagen wir nun dieses Tor endgültig hinter dem ganzen Hokuspokus zu, und morgen schon wird irgend jemand eine neue Glaubensabart für andere

Gläubige kreieren! – Kommen Sie, Bathgate.«

Sie durchschritten die äußere Eingangshalle und gingen in den strömenden Regen hinaus. Der Polizist stand noch immer da.

»Es ist alles vorüber«, sagte Alleyn. »Sie können nach Hause gehen.«

In Nigels Wohnung machten sie Feuer und richteten sich mit Flaschen und Gläsern am Kamin gemütlich ein.

»Also? Was wollen Sie von mir wissen?« fragte Alleyn müde.

»Bitte, ich möchte Sie nicht belästigen. Wenn Sie lieber--«

»Nein, nein. Das ist nur die verdammte deprimierende Stille nach dem Sturm. Das packt mich jedesmal nach solchen Fällen. Wenn ich nicht davon spreche, grüble ich darüber nach. Also?«

»Wann haben Sie ihn zuerst verdächtigt?«

»Sobald ich die Reihenfolge wußte, in der die Geweihten bei der Kelchzeremonie knieten. Er nahm den Kelch als letzter, und er gab ihn an Garnette zurück. Das bedeutete, daß er das kleinste Risiko einging, denn der Priester ›segnete‹ ja den Kelch mit der Hand und mußte demnach ein eventuell auf dem Wein schwimmendes Papierblättchen übersehen. Können Sie sich nicht erinnern, daß ich sagte, Ogdens Position erhebe ihn zum ersten Verdächtigen?«

»Doch, doch, aber damals meinte ich – das ist ja ganz egal. Und weiter?«

»Ogden wußte, daß Garnette den Kelch auf diese Weise in Empfang nehmen würde. Er wußte auch, daß Miß Quayne eine ganze Weile mit ihrer hysterischen Vorführung beschäftigt sein würde, ehe sie den Wein trank. Es war also genügend Zeit, damit das Präparat sich auflösen konnte. Die Bemerkung, die Sie machten, daß der Mörder nicht wissen konnte, ob man das Papier nicht sehen würde, war ausgezeichnet! Sie brachte mich erst auf den logischen Schluß, daß wirklich nur Ogden als Täter in Frage kam, wenn wir von Garnette und den beiden Meßdienern absehen wollen. Alle anderen hätten eine vorzeitige Entdeckung viel zu sehr zu befürchten gehabt. Natürlich hatte Garnette ein überwältigendes Motiv, aber er ist andererseits doch ein gerissener Fuchs, und ich konnte einfach nicht glauben, daß er das Buch in seinem Zimmer hätte herumliegen lassen, wo wir es ganz zwangsläufig suchen und finden mußten.«

»Hat Ogden das Buch bei Garnette versteckt?«

»Nein. Das tat Mr. Claude.«

»Claude?« Nigel staunte. »Vorsätzlich?«

»Nein. Zufällig.«

»Wie kommen Sie darauf?«

»Die Bücher, die sich Ogden von Garnette ausgeliehen hatte, waren in braunen Umschlägen. Fünf Bücher waren es. Ogdens Dienstmädchen wußte das ganz sicher, und wir haben ja in Garnettes Zimmer auch fünf eingebundene Bücher stehen gesehen. Mit den ›Kuriositäten‹ sechs. Aber Claude schwört, daß er sechs Bücher zurückgetragen habe. Er hat sie in seine Aktentasche gelegt, und die wurde von sechs Büchern angefüllt. Ich glaube, daß die Dinge sich ungefähr folgendermaßen abspielten: Ogden muß seit einiger Zeit daran gedacht haben, Cara Quayne zu töten. Er hat möglicherweise auch seit langem über das Natriumzyanid nachgedacht, wofür das Rezept in dem alten Buch stand, aber ich vermute, das kommt erst später. Er wußte, daß Miß Quayne entschlossen war, ihr namhaftes Vermögen fast zur Gänze der Gesellschaft zur Heiligen Flamme und Compagnie zu hinterlassen, und er war ja der hauptsächliche Aktionär. Vielleicht wollte er ursprünglich das alte Buch vernichten, aber dann kam ihm die Idee, es in Garnettes Zimmer zu legen. Als de Ravigne anläßlich der Einladung bei Ogden die Aufmerksamkeit aller auf das Buch gelenkt hatte, fand Ogden wahrscheinlich, es sei klüger, das Buch in Garnettes Zimmer zu schmuggeln. Sobald die letzten Gäste fortgegangen waren, wird er das Buch braun eingebunden haben. Deshalb sagt das Mädchen Elsie aus, das Buch sei verschwunden gewesen. Es war aber nicht verschwunden, sondern verkleidet als einer von Garnettes wohltemperierten Wälzern! Als dann Claude am nächsten Tag diese Schmöker abholte, nahm er die ›Kuriositäten‹ nichtsahnend mit. Ogden wird gewartet haben, ob dieser Irrtum entdeckt werde, aber er wurde nie entdeckt, und das war ein Riesenglück für Ogden. Er muß dann eine günstige Gelegenheit abgewartet haben, um seine Fingerabdrücke von dem Buchdeckel wegzuwischen. Wenn seine Pläne schon gefaßt waren, dann muß unser Samuel nicht schlecht verärgert gewesen sein, daß de Ravigne anläßlich seiner Abendgesellschaft just dieses Buch in so helles und auffälliges Licht zerrte.

Aber andererseits kann ihm die Idee, Garnette mit diesem Buch zu belasten, gerade dadurch erst gekommen sein, wie übrigens der ganze Giftmordgedanke. Er hätte ja um ein Haar damit Glück gehabt. Da war einmal Elsie, die schwören würde, daß das Buch am Tage nach der Einladung verschwunden war. Da waren alle andern, die aussagen würden, Garnette und de Ravigne hätten das Buch in der Hand gehabt. Ogden spielte seine Rolle ganz hervorragend. Er kam und sagte mit einem meisterhaften, verlegenen Zögern, daß das Buch sein Eigentum sei. Er gab uns einen absolut ehrlichen Überblick über die finanzielle Lage der Kirche zur Heiligen Flamme. Das mußte er natürlich, um dann seine Ansprüche stellen zu können, sobald das Testament eröffnet worden wäre. Ein schlauer Hund, unser Samuel!«

»Ich bin überzeugt, daß Ihre Überlegungen richtig sind, Alleyn«, warf Nigel ein, »aber sie sind trotzdem ziemlich frei gefolgert, nein? Ohne Pringles Aussage hätten Sie Ogden nie etwas wirklich beweisen können.«

»Es gibt ein, zwei Umstände, die die Sache doch sehr erhärten. Zum Beispiel waren Garnette und Ogden die beiden einzigen, die das Gift am häuslichen Herd brauen konnten.«

»Wirklich?«

»Ja. Nur sie haben ein offenes Feuer im Haus. Alle anderen wohnen – wenn wir Miß Jenkins', Gaskocher ausnehmen – in elektrisch oder zentralgeheizten Wohnungen. Und niemand würde ein solches Gift bei Freunden herstellen gehen! Ferner hat Elsie mir erzählt, daß Mr. Ogden so freundlich war, zwei Tage nach seiner Einladung allen Dienstboten einen freien Tag zu geben und selbst für sich zu kochen. Das war seine große Chance, für Miß Quayne ›mitzukochen‹! Als Elsie dann wieder ihren Pflichten nachging, wird ihr keine Veränderung aufgefallen sein. Vielleicht ein bißchen weniger Waschsoda in dem kleinen Holzkasten und eine neue feuerfeste Pfanne – weiter nichts. Die alte hatte Mr. Ogden unglücklicherweise weggeworfen, aber sofort eine neue gekauft, und damit war klein Elsie zufrieden. Er hatte in ihrer Abwesenheit eben sein Natriumzyanid hergestellt.«

»Gut, aber das *wissen* Sie nicht––«

»Da ist noch ein weiterer Beweis, Bathgate.« Alleyn ging zu seinem Mantel und nahm etwas aus der Tasche: Er legte einen kurzen, schwarzen Eisenhaken vor Nigel hin. »Das habe ich in Ogdens Wohnung gefunden und mitgehen lassen. So verschaffte er sich die Feilspäne. Mir fielen diese Kerben sofort auf, die er zwar zu verwischen versuchte, was ihm aber nicht gelang. Elsie gab zu, daß dieser Schürhaken nicht so verkratzt gewesen sei, bevor sie damals ihren freien Tag hatte.«

»Und was bedeutet, wenn ich fragen darf, dieses Telegramm nach Australien?«

»Wissen Sie noch, was so verblüffend Intelligentes Sie am Sonntag sagten?«

»Ich scheine ja eine ganze Reihe kluger Aussprüche getan zu haben!«

»Allerdings! Ihre Feststellung, Ogden sei zu echt, um wahr zu sein, machte mich nachdenklich. Als Ogden dann in der Erregung einen Mundartausdruck gebrauchte, wurde mir plötzlich alles klar. Er sagte ›*Good-oh*‹*!* Nun, ›*Good-oh* ist reinstes, waschechtes australisches Englisch. Auch sein stereotypes ›zu gut‹ stammt unzweifelhaft aus Sydney. Trotzdem verneinte er meine Frage, ob er jemals in Australien war, auf das entschiedenste. Jetzt habe ich das Polizeihauptquartier von Sydney eben um Auskunft gebeten. Wir werden ja hören. Aber das wichtigste ist und bleibt Mme. de Barsac. Sie hat uns aus dem Spital telegrafiert, das heißt telegrafieren lassen. Ungefähr folgendes: ›Madame la Comtesse hat soeben den Tod von Mademoiselle Quayne erfahren. Sie glaubt, Beweise von äußerster Wichtigkeit in der Hand zu haben, und bittet dringlichst, daß die mit dem Fall Betrauten einen Samuel Ogden verhaften. Mlle. Quaynes Brief vom zehnten Dezember folgt und wird ein solches Vorgehen voll und ganz erklären und rechtfertigen können.‹«

»Das ist wahrscheinlich der Brief, den Cara Quayne schrieb, als sie am Sonntag aus der Kirche nach Hause zurückgekehrt war.«

»Ganz sicher. Cara wird darin schildern, was sie im Tempel erlebte, daß sie Ogden dort antraf und daß sie die Folgen dieses Zusammenstoßes für sich selbst fürchtet. Sie war mit dem Heroin schon zu weit gegangen und konnte nicht mehr ohne dieses Gift existieren. Sie hat wahrscheinlich ihre alte Freundin beschworen, ihr zu diesem Stinkzeug zu verhelfen. Ich hoffe, sie hat in diesem

Brief festgehalten, daß Ogden sie bedrohte.«

»Wenn sie das tat, dann sieht es ungemütlich aus für Mr. Ogden.«

»Und dann habe ich noch einen weiteren Beweis zur Hand. Die alte Nannie Hebborn hat uns doch erzählt, wie sie am Sonntag den Beginn der Kelchzeremonie von Garnettes Zimmer aus beobachtete. Als Miß Wade und Mrs. Candour drängelten und sich stießen, um an Mr. Garnettes Seite zu gelangen, hat Ogden es verstanden, beide Damen fernzuhalten und selbst zur Rechten Garnettes Platz zu nehmen. Nannie sagte, daß er Miß Wade ganz offen zurückhielt und ihren Platz einnahm. Begreiflich, es war der einzig sichere für ihn.«

»Ogdens Verteidiger wird natürlich Garnette beschuldigen.«

»Klar. Ich zweifle nicht daran, daß Mr. Garnettes überseeische Herkunft und Tätigkeit in das sehr grelle Licht gerückt werden, das im allgemeinen auf Zeugenstände fällt. Ich hoffe nur, es wird die Anklagebank sein! Der und sein Heroin! Hol mich der Teufel, aber ich schwöre Ihnen, daß er das ekelhaftere Exemplar von beiden ist.«

»Ob er nun wohl seine Erbschaft antreten wird?«

»Nicht, wenn Mr. Rattisbon das verhindern kann.«

Das Telefon klingelte. Nigel nahm es ab.

»Für Sie, Alleyn. Es ist Fox, wenn ich nicht irre.«

Alleyn nahm den Hörer. »Hallo, Fox. Was ist los?«

Nigel war ans Fenster getreten und sah interessiert in die Straße hinunter. Geistesabwesend hörte er den Telefonhörer hinter sich eifrige Geräusche von sich geben.

»So«, sagte Alleyn endlich. »Nun, das ist wenigstens klar und übersichtlich. Danke, Füchslein. Sind Sie noch im Büro? Jetzt gehen Sie aber nach Hause und ins Bett. Es ist spät. Gute Nacht!«

Alleyn wandte sich zu Nigel um. »Kabel aus Australien: ›Dürfte sich um S. J. Samuels handeln, amerikanischer Gauner, wegen Rauschgifthandels verurteilt, zwei Jahre, in den Walla-Walla-Mordfall verwickelt.‹«

Nigel gab keine Antwort.

»Außerdem hat sich Mr. Garnette herbeigelassen, eine Aussage zu machen. Er habe ein paar interessante Geheimnisse über

Ogden preiszugeben – der kleine Charmeur! – Was ist da draußen eigentlich zu sehen, Bathgate?«

»Die Knocklatchers Row. Es ist ganz komisch, aber ich glaube, jemand nimmt das Zeichen der Heiligen Flamme herunter. Es gießt zwar so, daß ich es nicht deutlich sehen kann.«

»Das ist ein Beamter vom Yard. Nun, da die Akten über die Heilige Flamme geschlossen werden, habe ich den Befehl gegeben, auch das Zeichen zu entfernen, bevor es vielleicht jemand stiehlt!«

EIN SCHUSS IM THEATER

Titel der Originalausgabe: Enter a Murderer

Die Hauptpersonen

Felix Gardener Stephanie Vaughan Arthur Surbonadier Jacob Saint J. Barclay Crammer Susan Max Janet Emerald Howard Melville Dulcie Deamer	Schauspieler
George Simpson	Inspizient
Albert Hickson	Requisiteur
Nigel Bathgate	Journalist
Roderick Alleyn	Chefinspektor

Der Roman spielt in London

1

Am 25. Mai besuchte Arthur Surbonadier, dessen richtiger Name Arthur Simes war, seinen Onkel Jacob Saint, dessen richtiger Name Jacob Simes war. Jacob, der, bevor er Theaterdirektor wurde, Schauspieler gewesen war, hatte den Namen Saint – »Der Heilige« – als Künstlernamen angenommen und ihn für den Rest seines Lebens behalten. Er machte faule Witze darüber – »Ich bin kein Heiliger« – und ließ es nicht zu, daß sein Neffe, als dieser ebenfalls zur Bühne ging, den gleichen Namen annahm. »Es soll nur einen Saint in dem Beruf geben!« donnerte er. »Nenn dich, wie du willst, Arthur, aber komm mir nicht ins Gehege. Ich gebe dir eine Anfangsrolle im Unicorn, und du darfst das ganze Honorar behalten – oder wenigstens den größten Teil. Und wenn du ein schlechter Schauspieler bist, kriegst du keine Rollen mehr – Geschäft ist Geschäft.«

Als Arthur Surbonadier (Das Pseudonym »Surbonadier« hatte ihm Stephanie Vaughan vorgeschlagen) hinter dem Diener zum Arbeitszimmer seines Onkels ging, erinnerte er sich an diese Unterhaltung. Er war ein mittelmäßiger Schauspieler, hielt sich aber selbst für einen hervorragenden. Er steifte sich den Rücken für die bevorstehende Unterhaltung.

Er würde Jacob Saint kleinkriegen. Er würde, wenn nötig, diese letzte Waffe benutzen – die Waffe, von der Saint keine Ahnung hatte. Der Diener öffnete ihm die Tür.

»Mr. Surbonadier, Sir.«

Arthur Surbonadier trat ein.

Jacob Saint saß hinter seinem hypermodernen Schreibtisch in einem hypermodernen Sessel. Eine kubistische Lampe beleuchtete die Speckfalten seines Nackens über der grauweiß karierten Jacke. Das ganze Zimmer roch nach Zigarren und seinem Parfum, das speziell für ihn hergestellt wurde und von dem keine seiner Damen, nicht einmal Janet Emerald, je ein Fläschchen erhalten hatte.

»Setz dich, Arthur«, knurrte er. »Nimm eine Zigarre, ich bin gleich soweit.«

Jacob Saint schrieb etwas, brummte, klopfte mit einem Löscher auf den Schreibtisch und schwang sich schließlich in seinem Stahlsessel herum.

Mit den dicken, roten Hängebacken, der polternden Stimme, den blaßblauen Augen und den wulstigen Lippen wirkte er wie die Karikatur eines Theaterdirektors; es schien, als spiele er seine eigene Rolle.

»Was willst du, Arthur?« fragte er.

»Wie geht es dir, Onkel Jacob? Ist dein Rheumatismus besser?«

»Es ist nicht Rheumatismus, es ist Gicht, und es ist ekelhaft. Was willst du?«

»Ich komme wegen des neuen Stücks im Unicorn«, begann Arthur stockend. »Ich ... ich weiß nicht, ob du über die Umbesetzung orientiert bist.«

»Ja.«

»Oh!«

»Na und?«

»Und«, wiederholte Arthur, verzweifelt um einen leichten Ton bemüht, »bist du damit einverstanden, Onkel?«

»Ja.«

»Ich nicht.«

»Das ist doch ganz egal«, erwiderte Jacob Saint. Arthur verfärbte sich. Er versuchte, die Rolle des Überlegenen zu spielen und nahm im Geiste seine Waffe zur Hand.

»Ursprünglich sollte ich den Carruthers spielen. Ich kenne die Rolle und spiele sie gut. Jetzt hat man sie Gardener gegeben – dem schönen Felix, den alle Welt so sehr liebt.«

»Den Stephanie Vaughan so sehr liebt.«

»Darum handelt es sich nicht«, entgegnete Arthur; seine Lippen zitterten, und er spürte, wie Wut in ihm aufstieg.

»Sei nicht kindisch, Arthur«, donnerte Saint. »Felix Gardener spielt den Carruthers, weil er ein besserer Schauspieler ist als du, und weil er mehr Sex-appeal hat als du, kriegt er wahrscheinlich auch Stephanie Vaughan. Du spielst den Biber. Es ist eine schöne Rolle, und deinetwegen habe ich sie dem alten Barclay Crammer weggenommen, der sie sehr gut gespielt hätte.«

»Ich sage dir, daß ich nicht damit einverstanden bin. Ich will den Carruthers spielen.«

»Das kommt nicht in Frage. Ich habe dir schon gesagt, daß unsere Verwandtschaft nicht dazu dienen kann, dir Starrollen zu verschaffen. Ich habe dir eine große Chance gegeben, die du nie gehabt hättest, wenn ich nicht dein Onkel wäre. Alles Weitere liegt an dir.«

Er starrte seinen Neffen mißbilligend an und schwang sich auf dem Sessel wieder dem Schreibtisch zu. »Ich habe jetzt zu tun«, knurrte er.

Arthur dachte an seine Waffe. Er ging auf seinen Onkel zu, umklammerte die Tischkante und räusperte sich. »Ich weiß zuviel über dich«, sagte er schließlich. »Mehr als du denkst. Ich weiß, warum du ... warum du Mortlake zweitausend Pfund gezahlt hast.« Sie starrten einander an. Aus Saints halbgeöffnetem Mund stieg eine leichte Rauchwolke empor. Nur mühsam konnte er seine Wut unterdrücken.

»So, du willst also eine kleine Erpressung landen, wie?« Seine Stimme überschlug sich fast. »Was hast du getan, du ...«

»Hast du nie einen Brief vermißt, den du im Februar von ihm bekommen hast ... als ... als ich ...«

»Als du mein Gast warst. Bei Gott, ich habe mein Geld gut in dir angelegt, Arthur.«

»Hier ist eine Kopie des Briefes.« Arthur griff, ohne den Blick von seinem Onkel zu wenden, zitternd in die Tasche und reichte ihm einen Bogen Papier. Saint warf einen Blick darauf und ließ ihn fallen.

»Wenn du dich noch einmal unterstehst, so etwas zu versuchen ...« Seine Stimme schwoll zu einem Orkan an ... »werde ich dich wegen Erpressung anzeigen. Ich werde dich ruinieren. Du wirst nie mehr eine Rolle kriegen. Verstanden?«

»Ich werde es tun!« Arthur trat ein paar Schritte zurück, als habe er Angst, angegriffen zu werden. »Ich werde es tun!«

Jacob Saint, mit seinen einsfünfundachtzig ein Riese im Vergleich zu dem etwas schwächlich und weich wirkenden Arthur, stellte sich ihm entgegen.

»Ich gehe!« erklärte Arthur.

»Nein«, widersprach Saint. »Setz dich, wir werden reden.«

Arthur gehorchte.

Am 7. Juni nach der Première von »Die Ratte und der Biber« gab Felix Gardener in seiner Wohnung in der Sloane Street eine kleine Gesellschaft. Er hatte das ganze Ensemble eingeladen.

Wie üblich stand Stephanie Vaughan im Mittelpunkt. Ihre Liebenswürdigkeit übte auf alle Anwesenden eine große Anziehungskraft aus – besonders scheinbar auf Felix Gardener. Sein Freund Nigel Bathgate, der einzige Journalist in der Gesellschaft – er hatte zusammen mit Felix Gardener in Cambridge studiert – genoß es offensichtlich, sich einmal eingehend mit Schauspielern unterhalten zu können. Interessiert hörte er einem Gespräch zwischen George Simpson, dem Inspizienten, Arthur Surbonadier und Felix Gardener zu.

»Die Geschichte mit der Pistole hat gut geklappt, Felix«, sagte Simpson, »obwohl ich deswegen sehr nervös war. Ich mag so einen Schwindel nicht.«

»Wie hat es vom Zuschauerraum aus gewirkt?« fragte Arthur, sich zu Nigel Bathgate wendend.

»Was meinen Sie denn?« fragte Nigel. »Was für eine Geschichte mit der Pistole?«

»Großer Gott, er hat es nicht einmal gemerkt«, seufzte Felix Gardener. »Im dritten Akt, mein lieber Junge, erschieße ich den Biber – Arthur Surbonadier – aus nächster Nähe, und er bricht tot zusammen.«

»Natürlich erinnere ich mich daran«, entgegnete Nigel leicht gereizt. »Es hat sehr gut geklappt, sehr überzeugend. Die Pistole ging los.«

»Die Pistole ging los!« schrie Dulcie Deamer vergnügt. »Hast du das gehört, Felix?«

»Die Pistole ging nicht los«, erklärte der Inspizient. »Das ist's ja gerade. Sowie Felix auf den Abzug drückt, feuere ich einen Schuß in der Souffleurecke ab, verstehen Sie. Er erschießt den Biber aus nächster Nähe, er drückt ihm die Mündung der Pistole auf die Weste; daher können wir keine Platzpatrone verwenden, denn die würde den Stoff versengen. Die Patronen, mit denen der Biber seine Pistole lädt, sind nur Attrappen.«

»Ich bin sehr froh, daß man keine richtigen verwendet«, sagte Arthur. »Ich hasse Pistolen, ich schwitze bei der Szene jedesmal Blut. Das ist der Preis, den man zahlen muß, wenn man Schauspieler ist.« Er warf seinem Onkel einen giftigen Blick zu.

»So ein Quatsch!« brummte J. Barclay Crammer verächtlich zu Gardener und fragte dann laut: »Die Pistole gehört doch dir, Felix?«

»Ja«, antwortete Gardener traurig. »Sie gehörte meinem Bruder – sie hat ganz Flandern mit ihm mitgemacht. Ich lasse sie nicht im Theater, sie ist mir zu kostbar. Da ist sie.« Ein kurzes Schweigen trat ein, während er eine Armeepistole aus der Tasche zog und auf den Tisch legte.

Am Morgen des 14. Juni, nachdem das Stück »Die Ratte und der Biber« eine Woche lang vor vollem Haus gespielt worden war, schickte Felix Gardener seinem Freund Nigel Bathgate zwei Parkettplätze. Da seine Freundin verreist war, rief Nigel in Scotland Yard an und verlangte seinen Freund, den Chefinspektor Alleyn.

»Hast du heute abend etwas vor?« fragte er.

»Was willst du von mir?«

»Wie vorsichtig du bist!« sagte Nigel. »Ich habe zwei Billetts für das Unicorn. Felix Gardener hat sie mir geschickt.«

»Was für interessante Leute du kennst!« erwiderte Alleyn. »Ich komme gern. Iß vorher mit mir zu Abend.«

»Du ißt mit mir. Ich bin heute der Gastgeber.«

»Wunderbar!«

»Also, ich hole dich Viertel vor sieben ab.«

»Sehr gut. Ich habe einen vergnügten Abend verdient. Schönen Dank, Nigel. Bis nachher.«

Am selben Tag, dem 14. Juni, stattete Arthur Surbonadier zur Cocktailzeit Miss Stephanie Vaughan in ihrer Wohnung am Shepherd's Market einen Besuch ab und machte ihr einen Heiratsantrag – es war nicht der erste. Stephanie ging in Abwehrstellung.

»Liebling«, sagte sie und nahm, sich bedächtig eine Zigarette anzündend, unbewußt die beste ihrer sechs Posen am Kamin ein. »Liebling, es tut mir so entsetzlich leid. Es ist meine Schuld, ich weiß, es ist meine Schuld.«

Arthur schwieg. Stephanie wechselte die Pose. Er wußte auf Grund langer Erfahrung, welche ihre nächste sein und daß diese ihn ebenfalls so bezaubern würde, als sähe er sie zum erstenmal. Sie würde ihre Stimme dämpfen und katzenhaft schnurren. Und nun schnurrte sie bereits.

»Arthur, Liebling, ich bin nur noch ein Nervenbündel. Dieses Stück hat mich völlig ausgesogen. Ich weiß überhaupt nicht mehr, wo ich bin. Du mußt Geduld mit mir haben. Ich fühle mich unfähig, überhaupt jemanden zu lieben.« Sie ließ ihre Arme schlaff herunterfallen und legte dann eine Hand vorsichtig auf ihr Decolleté, damit er hinschauen solle. »Völlig unfähig«, wiederholte sie seufzend.

»Sogar Felix Gardener zu lieben?« fragte Arthur.

»Ach ... Felix!« Stephanie produzierte ihr berühmtes dreieckiges Lächeln, zuckte ein wenig mit den Achseln und blickte nachdenklich drein.

»Hat Gardener . . . mich ausgestochen?«

»Aber Liebling, wie altmodisch! Felix spricht meine Sprache, du sprichst eine andere. Arthur, ich muß meine Freiheit haben. Und Felix gibt sie mir.«

»Zum Teufel mit ihm!« knurrte Arthur. Auch er setzte sich, und die Bühne war ihm so zur Gewohnheit geworden, daß er es theatralisch tat. Doch seine Hände zitterten in echtem Gefühl, und Stephanie bemerkte es.

»Arthur, verzeih mir, mein Lieber. Ich habe dich sehr gern, und ich möchte dir nicht weh tun, aber . . . wenn es dir möglich ist . . . hör auf, mich zu lieben. Mach mir keinen Heiratsantrag mehr – ich könnte ›ja‹ sagen, und du würdest dann noch unglücklicher werden.«

Sie hatte kaum zu sprechen begonnen, als ihr auch schon klar wurde, daß sie einen Fehler beging. Er trat rasch zu ihr und nahm sie in die Arme.

»Ich riskiere dieses Unglück«, murmelte er, »ich kann ohne dich nicht leben.« Er preßte sein Gesicht auf ihren Hals. Sie erschauerte, ihr Gesicht drückte Ekel aus. Sie legte die Hände auf sein Haar, stieß ihn dann aber von sich.

»Nein, nein, nein!« rief sie. »Nicht! Laß mich in Ruhe! Merkst du denn nicht, wie ich das alles satt habe? Laß mich in Ruhe!«

In allen Schurkenrollen, die Arthur gespielt hatte, hatte er noch nie so böse ausgesehen wie jetzt.

»Ich denke nicht daran, dich in Ruhe zu lassen«, erwiderte er. »Ich lasse mich nicht in die Ecke stellen. Mir ist es egal, ob du mich haßt, ich will dich haben, und bei Gott, ich werde dich bekommen!«

Er packte sie an den Handgelenken. Sie versuchte nicht, Widerstand zu leisten. Feindselig starrten sie einander an.

Es läutete, und sogleich war der kurze Augenblick ihres Nachgebens – wenn man dies so nennen konnte – vorüber.

»Das ist die Wohnungstür«, sagte sie, »laß mich los, Arthur!«

Sie mußte sich mit Gewalt von ihm losmachen, und er stand noch immer höchst erregt neben ihr, als Felix Gardener ins Zimmer trat.

2

Der alte Blair, der Bühnenportier vom Unicorn-Theater, schaute auf die Uhr: 7 Uhr 10. Sämtliche Schauspieler waren, wie es sich gehörte, in ihren Garderoben, nur die alte Susan Max nicht, die eine kleine Rolle im letzten Akt spielte und vom Inspizienten die Erlaubnis hatte, später zu kommen. Gewöhnlich erschien sie gegen acht.

Auf der Straße hörte man Schritte. Blair stöhnte, erhob sich schwerfällig von seinem Hocker und schaute hinaus. Zwei Herren im Smoking standen vor ihm.

»Guten Abend«, sagte der Kleinere.

»Guten Abend, Sir«, antwortete Blair und wartete.

»Wir möchten zu Mr. Gardener. Er erwartet uns . . . Ich bin Mr. Bathgate.« Er öffnete sein Zigarettenetui und holte eine Visitenkarte heraus. Der alte Portier nahm sie und blickte nun den andern Herrn fragend an. »Mr. Alleyn gehört zu mir«, erklärte Nigel Bathgate.

»Warten Sie bitte einen Moment!« murmelte Blair und schlurfte den Gang hinunter.

»Der alte Knabe hat dich genau gemustert«, sagte Nigel.

»Vielleicht kennt er mich«, erwiderte Alleyn, »ich bin doch sehr berühmt.«

»So? Zu berühmt vielleicht, daß dich der Betrieb hinter der Bühne interessiert?«

»Absolut nicht. Ich bin ebenso einfach wie klug – einer meiner liebenswerten Charakterzüge. Ein Schauspieler in seiner Garderobe ist höchst aufregend für mich. Ich werde dasitzen und ihn anglotzen, das verspreche ich dir.«

»Felix wird dich wahrscheinlich noch mehr anglotzen. Als ich ihm sagte, daß ich dich mitnehmen würde, war er sehr beeindruckt von meiner Bedeutung.«

»Würden Sie bitte hier entlang kommen«, rief ihnen nun der Portier zu, ohne sich zur Tür zu bemühen.

Nigel und Alleyn traten durch den Bühneneingang des Unicorn-Theaters, und Chefinspektor Alleyn tat, ohne es zu wissen, den ersten Schritt zu einem der schwierigsten Fälle seiner Laufbahn.

Sie spürten sofort jene unbeschreibliche Atmosphäre, die hinter den Kulissen eines Theaters vor der Aufführung herrscht. Der Bühneneingang führt in ein seltsames kleines Reich, das eine Welt für sich ist. Der Korridor ging direkt zur Bühne, die trüb erleuchtet war und nach frischgestrichenen Kulissen, Schminke, Kleister und Staub roch.

Blair führte die Besucher in einen hell erleuchteten Korridor, an dessen linker Seite die Garderoben lagen; die erste Tür war mit einem Stern bezeichnet. Aus allen Türen drangen gedämpfte Stimmen – geschäftige, gemütliche, zwanglose. Es war sehr heiß. Ein besorgt dreinblickender Mann eilte um eine Biegung des Korridors und schaute sie prüfend an.

»Das ist George Simpson, der Inspizient«, flüsterte Nigel wichtigtuend. Der Portier klopfte an die zweite Tür.

Ein wohlklingender Bariton fragte:

»Wer ist da?«

Blair öffnete die Tür eine Spalte und antwortete: »Besuch für Sie, Mr. Gardener.«

»Wie? Ach ja, einen Moment.« Dann hörte man ihn sagen: »Du hast vollkommen recht, alter Freund, aber was kannst du tun? Nein, bleib.« Die Tür wurde geöffnet. »Herein, herein!« rief Felix Gardener.

Die beiden traten über die Schwelle, und zum erstenmal in seinem Leben befand sich Chefinspektor Alleyn in einer Schauspielergarderobe und drückte einem Schauspieler die Hand.

Felix Gardener war kein auffallend gut aussehender Mann, das heißt, er war nicht das, was man einen ›schönen Mann‹ nennt. Er machte aber einen distinguierten Eindruck. Sein dichtes, strohblondes Haar lag glatt an dem gut geformten Kopf. Seine eng beieinander liegenden Augen waren überraschend blau, die schmale, gerade Nase und der schön geschwungene Mund waren eine Freude für die Zeitungszeichner; das starke Kinn betonte noch die feinen Gesichtszüge. Er war groß, hielt sich sehr gut, wirkte aber nicht zu sehr wie ein Schauspieler, und seine tragende Stimme klang nicht theatralisch. Die Frauen fanden, daß er das gewisse Etwas habe, die Männer hielten ihn für einen netten Kerl und die Kritiker für einen hervorragenden Schauspieler.

»Ich freue mich, daß Sie gekommen sind«, sagte er zu Alleyn. »Nehmen Sie doch bitte Platz. Oh ... darf ich vorstellen ... Mr. Barclay Crammer ... Mr. Alleyn. Nigel, ihr kennt euch ja.«

Crammer war Charakterdarsteller. Er war dunkelhaarig,

hatte ein volles Gesicht und war ein guter Chargenspieler. Nigel, der ihn bei Gardener nach der Première kennengelernt hatte, fand, daß er schlecht gelaunt wirke.

Gardener setzte sich vor den Toilettentisch, Alleyn und Nigel nahmen in Sesseln Platz.

Der Raum war grell erleuchtet und drückend heiß. Eine Gasflamme blubberte über dem Toilettentisch, auf dem ein Spiegel und Schminktöpfe standen, und es roch nach Schminke. Vor dem Spiegel lagen eine Pistole und eine Pfeife. Durch die Wand drangen Frauenstimmen aus der Stargarderobe.

»Ich freue mich sehr, daß ihr gekommen seid«, wiederholte Gardener. »Man bekommt dich gar nicht mehr zu sehen, Nigel, ihr Journalisten macht euch wirklich rar.«

»Nicht rarer als ihr Schauspieler und die Polizei«, erwiderte Nigel. »Es ist ein Kunststück, daß ich heute abend Alleyn vorführen kann.«

»Ich weiß«, stimmte Gardener zu und betupfte sich das Gesicht mit braunem Puder. »Es macht mich beinahe nervös. Weißt du, Crammer, daß Mr. Alleyn ein Star der Kriminalpolizei ist?«

»So?« fragte Crammer mit seinem Baß. Er zögerte einen Augenblick und sprach dann mit gezwungener Fröhlichkeit weiter. »Mich macht das sogar noch nervöser, da ich einer der Bösewichter des Stückes bin . . . Allerdings ein sehr kleiner Bösewicht«, fügte er bitter hinzu.

»Jetzt verraten Sie nur noch, daß Sie der Mörder sind«, sagte Alleyn. »Das würde mir den Abend verderben.«

»Nein, nein«, entgegnete Crammer. »Eine kleine Nebenrolle, wie die Direktion sagt, und das ist noch euphemistisch ausgedrückt.«

Von draußen ertönte eine Stimme:

»Halb acht, bitte . . . halb acht, bitte!«

»Ich muß gehen«, seufzte Crammer. »Ich bin noch nicht geschminkt, und ich eröffne dieses ekelhafte Stück. Pah!« Er erhob sich majestätisch und machte einen eindrucksvollen Abgang.

»Der arme Crammer ist sehr erbittert«, erklärte Gardener. »Er sollte den Biber spielen, und dann wurde die Rolle Surbonadier gegeben. Das hat ihm fast das Herz gebrochen.« Er lächelte charmant. »Es ist ein komisches Dasein, Nigel.«

»Du meinst, das sind komische Menschen?« entgegnete Nigel.

»Zum Teil. Wie Kinder, und ach, so sehr wie Schauspieler! Sie leben zu sehr in ihren Rollen.«

Es wurde leicht an die Tür geklopft, und ein Mann mit einem aufgedunsenen Gesicht trat ein. Er trug eine karierte Mütze und ein grellrotes Halstuch. Die Alkoholfahne vor seinem Mund wurde nur zum Teil durch einen penetranten Patschuligeruch gemildert.

»Guten Abend, Arthur, komm 'rein«, sagte Gardener freundlich, aber ohne Begeisterung.

»Entschuldige«, sagte der aufgedunsene Mann, »ich dachte, du wärst allein. Ich möchte um Gottes willen nicht stören.«

»Quatsch!« erwiderte Gardener. »Komm 'rein und mach die Tür zu, es zieht höllisch.«

»Nein, nein, es ist nicht wichtig. Ich wollte nur wegen dieser kleinen Sache ... Wir sehen uns später.« Der Mann zog sich zurück.

»Das war Arthur Surbonadier«, erklärte Gardener dem Inspektor. »Er hat Crammers Rolle geschnappt und glaubt, ich hätte ihm die seine weggeschnappt. Das Resultat: Crammer haßt ihn, und er haßt mich.«

»Oh«, sagte Nigel. »Eifersucht!«

»Und wen hassen Sie?« fragte Alleyn leichthin.

»Ich?« entgegnete Gardener. »In dem Fall sitze ich ja obenauf und kann es mir leisten, großmütig zu sein. Aber früher oder später werde ich auch so sein.«

»Hältst du Surbonadier für einen guten Schauspieler?« fragte Nigel.

Gardener zuckte mit den Achseln.

»Er ist der Neffe von Jacob Saint.«

»Ach so!«

»Saint gehören sechs Theater, das hier ist eines davon. Er gibt Surbonadier gute Rollen, und da er nie schlechte Schauspieler engagiert, muß Surbonadier ein guter sein. Aber noch boshafter will ich nicht werden ... Kennen Sie das Stück?« fragte er Alleyn.

»Nein«, antwortete der Chefinspektor. »Ich habe versucht, auf Grund Ihrer Maske herauszufinden, ob Sie ein Held, ein Gangster, ein Polizist oder alle drei zusammen sind. Die Pfeife auf Ihrem Toilettentisch läßt auf einen Helden schließen, die Pistole auf einen Gangster und der ausgezeichnete Schnitt des Mantels auf einen Angehörigen meines Berufes. Ich schließe daraus, mein lieber Nigel, daß Mr. Gardener ein als Gangster verkleideter Held ist und der Kriminalpolizei angehört.«

»Wunderbar!« rief Nigel triumphierend und wandte sich stolz zu Gardener.

»Fabelhaft!« rief Gardener.

»Sie wollen doch nicht sagen, daß ich recht habe?« fragte Alleyn.

»Beinahe. Aber ich benutze die Pistole als Polizist, die Pfeife als Gangster, und diesen Anzug trage ich in dem Stück überhaupt nicht.«

Wieder öffnete sich die Tür, und ein vertrocknetes Männchen in einer Lüsterjacke kam herein.

»Fertig, Mr. Gardener?« fragte er, die andern kaum beachtend.

Gardener zog den Mantel aus, und der Garderobier half ihm in einen andern. »Sie brauchen noch etwas Puder, Sir, wenn ich das sagen darf«, erklärte er. »Es ist sehr heiß.«

»Klappt es mit der Pistolenszene?« fragte Gardener, wieder in den Spiegel schauend.

»Der Requisiteur sagt ja. Soll ich Mr. Surbonadier die Pistole bringen, Sir?«

»Ja, und fragen Sie ihn, ob er nach der Vorstellung mit mir und den beiden Herren essen gehen will.« Er gab dem Garderobier die Pistole.

»Jawohl, Sir.«

»Er ist ein Original«, bemerkte Gardener. »Sie essen doch nachher mit mir, meine Herren? Ich habe auch Surbonadier eingeladen, weil er mich nicht ausstehen kann.«

»Viertel vor acht, bitte ... Viertel vor acht, bitte!« ertönte im Korridor eine Stimme.

»Wir gehen jetzt besser in den Zuschauerraum«, meinte Nigel.

»Ihr habt noch genug Zeit. Ich möchte Sie gerne mit Stephanie Vaughan bekannt machen, Alleyn. Sie interessiert sich sehr für Kriminalistik und würde es mir nie verzeihen, wenn ich Sie nicht vorführen würde.« Alleyn blickte höflich resigniert drein. »Stephanie!« rief Gardener laut. Von der anderen Seite der Wand erklang gedämpft eine Stimme:

»Hallo ... Ja?«

»Darf ich dir Besuch bringen?«

»Natürlich, Liebling.«

»Tolle Frau!« sagte Gardener. »Gehen wir.«

Stephanie Vaughan empfing die Herren mit all ihrem Charme. Trotz dem blauen Fett auf den Lidern und der roten Schminke auf den Nasenflügeln war sie eine entzückende Frau mit wunderbar gepflegtem Haar, riesengroßen Augen und einem herzförmigen Gesicht. Ihr dreieckiges Lächeln war berühmt. Sie begann zu fachsimpeln – Alleyns Fach – und fragte den Inspektor, ob er Irvins Buch über berühmte Kriminalfälle gelesen habe. Er bejahte es und sagte, er finde es ausgezeichnet. Sie fragte ihn dann, ob er noch andere Bücher über Kriminalistik und Psychoanalyse kenne, ob er Freud gelesen habe, ob er Ernest Jones gelesen habe. Mr. Alleyn antwortete, er finde sie alle sehr gut. Nigel wurde nervös.

»Ich habe mich in die kriminalistische Literatur vertieft«, erklärte Miss Vaughan. »Ich bemühe mich, die Psyche des Verbrechers zu erfassen. Ich möchte noch viel mehr darüber lesen. Welche Bücher können Sie mir empfehlen, Mr. Alleyn?«

»Haben Sie Edgar Wallace gelesen?« fragte Alleyn. »Er ist ausgezeichnet.«

»Ein reizendes Bild!« rief Arthur. »Darf ich den Witz auch han, ihr liebliches, klingendes Lachen ertönen zu lassen. Gardener und Nigel stimmten ein, Nigel etwas verlegen. Gardener warf den Kopf zurück, brüllte vor Lachen und legte Stephanie seine Hand auf die Schulter.

Plötzlich wurde die Tür aufgerissen . . . Arthur Surbonadier stand im Raum. Mit der einen Hand hielt er die Klinke, mit der anderen fingerte er an dem roten Halstuch unter seinem Stoppelbart. Den Mund hatte er halboffen, er schien nach Atem zu ringen. Schließlich sagte er etwas verwirrt:

»Eine vergnügte Gesellschaft.« Seine Lippen zitterten. Die andern hörten abrupt auf zu lachen, Gardeners Hand ruhte noch immer auf Stephanies Schulter, Stephanie schien mit offenem Mund erstarrt zu sein – als würden sie für eine Bühnenaufnahme photographiert. Es herrschte drückendes Schweigen.

»Ein reizendes Bild!« rief Arthur. »Darf ich den Witz auch hören?«

»Der Witz war schlecht«, erwiderte Alleyn schnell, »ich habe ihn gemacht.«

»Der Witz geht auf meine Kosten«, sagte Arthur. »Stephanie wird es Ihnen erklären. Sie sind doch ein Detektiv, nicht wahr?«

Gardener und Nigel begannen gleichzeitig zu sprechen. Dann stellte Nigel den Chefinspektor vor, und Gardener sagte etwas von dem gemeinsamen Essen nach der Vorstellung.

»Wir müssen jetzt aber wirklich ins Parkett gehen«, sagte Alleyn. »Wir versäumen sonst die erste Szene, Nigel, ich hasse es, zu spät zu kommen.«

Er nahm Nigel beim Arm, verabschiedete sich höflich von Stephanie Vaughan, reichte Gardener die Hand und zog Nigel zur Tür.

»Lassen Sie sich durch mich nicht verjagen«, sagte Arthur, ohne sich von der Tür zu rühren. »Ich wollte auch etwas von dem Spaß haben. Eigentlich wollte ich Gardener sprechen und habe nun festgestellt ... daß er seinen Spaß hat.«

»Arthur!« Stephanie Vaughan sprach zum erstenmal.

»Ich habe mir vorgenommen«, rief Arthur laut, »euch diesen Spaß zu verderben. Sie dürfen es ruhig hören«, sagte er zu Nigel. »Sie sind doch ein Journalist, ein Literat. Nun kommt die Überraschung ... Gardener ist auch ein Literat.«

»Arthur, du bist blau«, sagte Gardener und ging auf ihn zu. Alleyn nutzte die Gelegenheit und schob Nigel durch die Tür.

»Auf Wiedersehen bis nachher«, rief er. Im Korridor starrten sie einander an.

»Das war ekelhaft!« sagte Nigel.

»Ja. Gehen wir weiter.«

»Ja«, stimmte Alleyn zu.

Sie gingen über die Bühne und traten am Bühneneingang beiseite, um eine ältere Dame vorbeizulassen. Sie hörten den alten Portier sagen: »Guten Abend, Miss Max.« Und dann rief eine Stimme im Korridor:

»Auf die Bühne, bitte!«

3

»Es ist mir völlig unerklärlich«, sagte Nigel in der Pause nach dem zweiten Akt, »wie Surbonadier in diesem Zustand seine Rolle spielen kann. Man hält ihn gar nicht für betrunken.«

»Ich wohl«, widersprach Alleyn. »Von unserem Platz aus kann man seine Augen gut erkennen ... er sieht nicht klar.«

»Es ist eine ausgezeichnete Aufführung«, erklärte Nigel.

»Ja«, murmelte Alleyn. »Du hast das Stück doch schon einmal gesehen?«

»Ich habe es besprochen«, antwortete Nigel gewichtig.

»Spielt Surbonadier heute die Rolle anders?«

Nigel starrte seinen Freund an. »Wenn ich es mir richtig überlege«, antwortete er langsam, »glaube ich, ja. Er ist irgendwie intensiver. Vor allem in der letzten Szene mit Felix, als sie allein auf der Bühne waren. Was hat er zu Felix gesagt? Er würde ihn kriegen, nicht wahr?«

»›Ich werde dich kriegen, Carruthers‹«, zitierte Alleyn und imitierte dabei unheimlich treffend Surbonadiers Stimme. »›Ich kriege dich, gerade wenn du es am wenigsten erwartest!‹«

»Mein Gott, Alleyn, was hast du für ein Gedächtnis!« sagte Nigel erstaunt.

»Ich habe noch nie ein Stück gesehen, das mich so beeindruckt hat.«

»Du bist ganz weg«, spottete Nigel, aber Alleyn lachte nicht.

»Es war unheimlich«, erklärte er. »Die Atmosphäre in der Garderobe, auf der Bühne noch gesteigert, noch stärker als im Leben, wie in einem Alptraum. Und dann sagte er: ›Du glaubst, ich bluffe, ich mache Theater?‹ Und Carruthers entgegnete: ›Ich glaube, du bluffst, Biber, aber wenn nicht, paß auf!‹«

»Du bist ein ausgezeichneter Mime, Inspektor.«

»Trinken wir etwas«, sagte Alleyn statt einer Erwiderung.

Sie gingen an die Bar. Der Inspektor schwieg und studierte das Programmheft. Nigel betrachtete ihn neugierig. Er hatte noch immer ein unangenehmes Gefühl wegen dieser peinlichen Szene in der Garderobe und überlegte, was sich wohl zwischen Gardener, Surbonadier und Stephanie Vaughan zusammenbraute.

»Ich nehme an, daß Felix diesen Kerl bei der Vaughan ausgestochen hat.«

»Ja«, murmelte Alleyn. »Ja . . . sicher.« Es läutete. »Komm!« sagte er, »ich möchte nichts versäumen.« Nervös wartete er, bis Nigel ausgetrunken hatte, und eilte ihm voran ins Parkett.

»Ich fürchte, das Zusammensein nachher wird nicht sehr fröhlich sein«, sagte Nigel.

»Ach . . . nachher. Vielleicht findet es gar nicht statt.«

»Vielleicht. Was sollen wir dann tun? Uns entschuldigen und fortgehen?«

»Abwarten!«

»Ein guter Rat!«

»Ich glaube nicht, daß diese Party stattfindet.«

Langsam erloschen die Lichter und ließen das Publikum in völliger Finsternis.

Der letzte Akt fing an. Es herrschte so tiefe Stille, daß man das Rascheln des Vorhangs vernahm.

Es begann mit einer Szene zwischen dem Biber (Surbonadier), seiner Geliebten (Janet Emerald) und deren Mutter (Susan Max). Sie waren alle in eine große Opiumschiebung verwickelt, und einer von ihrer Bande war ermordet worden. Sie hatten ihn im Verdacht gehabt, als Spitzel im Dienste von Carruthers, alias die Ratte (Felix Gardener), zu stehen. Miss Emerald drohte, Miss Max heulte, Surbonadier tobte. Er zog eine Pistole aus der Tasche und lud sie, während die andern ihm bedeutungsvoll zuschauten.

»Was willst du tun?« flüsterte Jane Emerald.

»Mister Carruthers einen kleinen Besuch abstatten.«

Die Bühne wurde für einen Kulissenwechsel kurz verdunkelt.

Carruthers (Felix Gardener) hielt sich in seiner Bibliothek auf. Es war noch immer unsicher, ob er die berüchtigte Ratte, Organisator des verbotenen Rauschgifthandels, Naziagent, Volksfeind oder der heroische Diener des britischen Secret Service war. Er setzte sich an seinen Schreibtisch und tippte einen Brief. Die Tasten der Schreibmaschine waren unsichtbar.

»Der Buchstabe Q sperrt etwas«, flüsterte Nigel fachmännisch.

Zu Gardener kam nun Jennifer (Stephanie Vaughan), die ihn leidenschaftlich liebte, ihn aber für falsch hielt und, obwohl sie selbst ein edles Gemüt besaß, dem berühmten Felixschen Charme verfallen war. Stephanie Vaughan verstand es ausgezeichnet, das glaubhaft darzustellen; das Publikum war gebannt, vor allem, da es erwartete, daß in jedem Moment der Bücherschrank beiseite geschoben und der Butler (J. Barclay Crammer) auftauchen würde, von dem man bereits wußte, daß er der Anführer der Gangster war. Nigel hatte bei seiner Besprechung des Stückes zwar angeführt, daß dies ein alter, banaler Trick sei, aber Felix Gardener und Stephanie Vaughan spielten diese Szene mit dezenter Zurückhaltung. Selbst als der Bücherschrank zur Seite glitt und der Gangster Miss Vaughan an ihrem Ellbogen packte und sie fesselte, tat er es höflich. Er hatte, obwohl er ein Butler und ein Gangster war, eine höhere Schule besucht.

Miss Vaughan wurde unter bewegenden Klagen abgeführt, und Felix Gardener blieb, scheinbar ungerührt, sitzen. Er zog seine Pfeife aus der Tasche, stopfte sie, zündete sie an, stieß einen leichten Seufzer aus, stand auf und ließ sich in einen Sessel sinken. »Ist er nicht wunderbar?« ließ sich eine Frauenstimme hinter Nigel vernehmen. Nigel lächelte herablassend und schaute Alleyn an. Die dunklen Augen des Inspektors waren auf die Bühne gerichtet.

›Der gute Alleyn ist völlig hingerissen‹, dachte Nigel. Dann sah er, daß Alleyns Brauen hochgingen und seine Lippen sich verkniffen; nun blickte auch er zur Bühne.

Surbonadier, in seiner Rolle als Biber, stand auf der Schwelle des Zimmers, hielt mit der einen Hand die Klinke und fingerte mit der andern an dem roten Halstuch unter seinem Stoppelbart. Der Mund stand ihm halboffen, er schien um Atem zu ringen.

Schließlich sprach er. So vollkommen war die Wiederholung der Szene in der Garderobe, daß Nigel erwartete, ihn sagen zu hören: »Was für eine lustige Gesellschaft«, und zusammenzuckte, als er ihn leise sagen hörte:

»Also die Ratte sitzt schließlich in ihrem Loch!«

»Biber!« flüsterte Felix Gardener. Die meisten Schauspieler hätten bei dieser Szene einen falschen Lacher erzielt, nicht aber Felix Gardener. Es klang grauenhaft.

Der Biber kam näher, in der rechten Hand hielt er eine Pistole. »Du bist kein Mörder, Ratte«, sagte er, »aber ich ... Hände hoch!«

Langsam hob Gardener seine Hände. Surbonadier tastete ihn mit vorgehaltener Pistole ab und trat dann zurück. Er begann Gardener zu beschimpfen. Die Intensität seiner Wut, die er sichtlich nur mühsam unterdrückte, kam dem Publikum wie Gift vor. Zwischen den Schauspielern und dem Publikum entstand eine nervenzerreißende Spannung. Nigel war es höchst unbehaglich zumute. Ihm schien es nicht eine Theaterszene zwischen der Ratte und dem Biber zu sein, sondern die Zurschaustellung einer Feindschaft von zwei Männern, die der Öffentlichkeit auf peinliche Weise vorgeführt wurde. Es war widerlich. Er hätte am liebsten fortgeschaut, konnte es aber nicht.

»Hinter jeder Ecke hast du auf mich gelauert«, wütete Surbonadier jetzt, »jedes Geschäft hast du mir im letzten Jahr verdorben, du Ratte. Du hast mir mein Mädchen ausgespannt!« Seine Stimme steigerte sich hysterisch. »Ich habe jetzt genug. Ich habe es satt! Ich mache jetzt Schluß mit dir!«

»Heute abend nicht, Biber. Du hast dir einen schönen Plan ausgedacht, und es tut mir leid, daß ich ihn dir verderben muß. Aber siehst du, wir sind nicht allein.«

»Was sagst du da?«

»Wir sind nicht allein!« Gardener sagte es mit teuflischem Grinsen. »Ein Schutzengel beobachtet dich, Biber. Du wirst bewacht, lieber Biber. Wenn du es mir nicht glaubst, mach einen Schritt nach rechts, sieh in den Spiegel hinter mir, und du wirst das Spiegelbild des Engels, der dich bewacht, sehen.«

Surbonadier machte einen Schritt zur Seite, in der rechten Hand hielt er noch immer die auf Gardener gerichtete Pistole, aber eine Sekunde lang schaute er in den Spiegel über Gardeners Kopf. Dann wandte er sich langsam ab und starrte auf die Tür. Stephanie Vaughan stand auf der Schwelle, auch sie hielt eine Pistole in der Hand, die auf Surbonadier gerichtet war.

»Jenny!« flüsterte er. Seine Hand fiel schlaff herunter, und wie im Traum ließ er es zu, daß Gardener ihm die Pistole aus der Hand nahm.

»Ich danke dir, Jennifer!« sagte Gardener. Miss Vaughan senkte mit leichtem Lachen ihre Pistole.

»Du hast kein Glück, Biber!« sagte sie.

Surbonadier stöhnte, wandte sich um und packte plötzlich Gardener an der Kehle. Gardeners Hand schnellte hoch, der Knall der Pistole, auf den jeder im Publikum gewartet hatte, ertönte erschreckend laut. Surbonadier zuckte zusammen, starrte Gardener an und sank dann zu Boden.

Bisher war die Szene von allen gleichmäßig hervorragend gespielt worden, doch jetzt überspielte Felix Gardener alle. Sein Gesicht spiegelte in grauenhafter Weise das Staunen Surbonadiers wider. Er stand da, starrte verblüfft auf die Pistole in seiner Hand und ließ sie dann zu Boden fallen. Er wandte sich verwirrt um und schaute das Publikum an, als wolle er eine Frage stellen. Dann blickte er zu den Kulissen, als wolle er entfliehen, und starrte Stephanie Vaughan an, die ihn ebenso entsetzt ansah. Als er schließlich sprach – seine Lippen bewegten sich ein paarmal, ehe er ein Wort hervorbrachte – klang es wie die Stimme eines Automaten, und Stephanie Vaughan antwortete wie ein Echo. Gardener starrte weiterhin auf die Pistole und machte eine Bewegung, als wolle er sie aufheben, zog aber seine Hand wieder zurück.

»Mein Gott, der Mann kann spielen!« ertönte eine Stimme hinter Nigel. Er wachte auf und spürte Alleyns Hand auf seinen Knien.

»Ist das das Ende?« flüsterte der Inspektor.

»Ja«, antwortete Nigel. »Jetzt fällt der Vorhang.«

»Gehen wir 'raus!«

»Was?«

»Gehen wir 'raus!« wiederholte Alleyn, und dann fragte er mit veränderter Stimme: »Suchen Sie mich?«

Ihre Sitze waren am Mittelgang, und Nigel sah, daß sich ein Logenschließer über seinen Freund beugte.

»Sind Sie Inspektor Alleyn, Sir?«

»Ja. Ich werde wohl verlangt? Ich komme. Los, Nigel!«

Völlig verdutzt stand Nigel auf und folgte Alleyn und dem Logenschließer ins Foyer und dann durch einen Gang zur Bühnentür. Erst hier stieß der Logenschließer hervor:

»Es ist entsetzlich, Sir . . . entsetzlich!«

»Jawohl«, erwiderte Alleyn kühl. »Ich weiß.«

»Haben Sie es gemerkt, Sir? Haben es alle Leute gemerkt?«

»Ich glaube nicht. Ist schon nach dem Arzt geschickt worden? Das wird zwar keine Eile haben.«

»Mein Gott, Sir, ist er tot?«

»Natürlich ist er tot.«

Der alte Portier trat händeringend auf sie zu.

Alleyn ging, von Nigel gefolgt, an ihm vorüber. Ein Mann im Smoking mit kreidebleichem Gesicht kam den Gang herunter.

»Inspektor Alleyn?« fragte er.

»Ja. Ist der Vorhang hinuntergegangen?«

»Ich glaube nicht. Soll ich auf die Bühne gehen und nach einem Arzt fragen? Wir haben es zuerst gar nicht gemerkt, darum habe ich nicht abgebrochen. Niemand hat es gemerkt, niemand im Publikum. Er hat gesagt, wir sollten Sie holen!« Seine Stimme klang völlig verzweifelt.

Sie kamen zu den Kulissen, als der Vorhang gerade hinunterging. Stephanie Vaughan und Gardener standen noch immer auf der Bühne. Der Applaus ertönte wie ein Orkan, Simpson, der Inspizient, stürmte aus der Souffleurecke hervor. Sowie der Saum des Vorhangs die Rampe berührte, stieß Stephanie einen Schrei aus und warf sich Gardener an den Hals. Simpson starrte Surbonadier an, der ihm zu Füßen lag. Der Mann im Smoking – es war der Geschäftsführer – kam herbei. Das Orchester stimmte die Nationalhymne an, aber der Mann gab mit der Hand ein Zeichen, so daß es verstummte. Dann trat er vor den Vorhang und sagte zum Publikum:

»Wenn ein Arzt unter Ihnen sein sollte, bitte ich ihn, sofort zum Bühneneingang zu kommen ... Danke schön!«

Wieder stimmte das Orchester die Nationalhymne an, und hinter dem Vorhang sagte Alleyn zu Simpson:

»Gehen Sie zum Eingang, niemand darf das Theater verlassen, verstehen Sie? Nigel, rufe sofort in Scotland Yard an. Sage ihnen in meinem Auftrag, was geschehen ist. Man soll sofort die üblichen Leute schicken.« Dann wandte er sich wieder dem Geschäftsführer zu: »Führen Sie bitte Mr. Bathgate zum Telefon und kommen Sie gleich zurück.« Dann kniete er neben Surbonadier nieder.

Der Geschäftsführer ging Nigel voran durch eine Tür zur Proszeniumsloge, von wo aus man in den Zuschauerraum gelangte, und stieß dort beinahe mit einem großen Herrn im Frack zusammen.

»Ich bin Arzt«, erklärte er, »was ist denn los?«

»Gehen Sie bitte dort durch die Tür auf die Bühne«, sagte Nigel.

Die letzten Zuschauer verließen gerade das Parkett, und ein paar Putzfrauen standen mit ihren Besen wartend da.

»Macht euch an die Arbeit!« schnauzte der Geschäftsführer. »Mein Name ist Stavely, Mr. ... Mr. ...«

»Bathgate«, stellte sich Nigel vor.

»Ah, ja. Entsetzlich, Mr. Bathgate.«

Sie gingen durch das Foyer zum Büro. Am Telefon erklärte Nigel einem Mann:

»Ich spreche im Auftrage von Chefinspektor Alleyn. Im Unicorn ist ein Unfall geschehen ... ein Todesfall. Sie sollen sofort die üblichen Leute herschicken.«

»Sehr wohl. Haben Sie gesagt, ein tödlicher Unfall?«

»Ja«, antwortete Nigel, »ich glaube, und ...« Er hielt inne, schluckte und sagte dann: »... es sieht wie Mord aus.«

4

Als Nigel zur Bühne zurückkam, hatte sich zu seiner Überraschung fast nichts geändert. Der Arzt hatte Surbonadiers Leichnam untersucht und blickte jetzt auf ihn hinunter.

Stephanie Vaughan war noch immer auf der Bühne und weinte in den Armen der alten Susan Max. Felix Gardener stand neben ihr, schien aber nur Augen für Alleyn und den Arzt zu haben. Als er Nigel sah, ging er rasch auf ihn zu; Nigel nahm ihn mitfühlend am Arm. In den Kulissen standen mehrere Leute.

»Ich habe seine Lage nicht verändert«, sagte der Arzt. »Ich habe ihn nur flüchtig untersucht, aber der Fall ist klar. Die Kugel ging durchs Herz, er war sofort tot.«

»Ich habe ihn erschossen!« rief Gardener plötzlich. »Ich habe ihn umgebracht, ich habe Arthur getötet!«

Der Arzt sah ihn unbehaglich an.

»Sei still, Felix!« murmelte Nigel und blickte zu Alleyn hinüber, der gerade mit George Simpson sprach und mit ihm zur Souffleurecke ging, wo Simpson ihm etwas zeigte: die Pistole, mit dem er den Knall zu erzeugen pflegte.

»Die beiden Schüsse gingen gleichzeitig los«, erklärte er wieder und wieder. »Ich weiß nicht, was passiert ist. Es war eine Platzpatrone drin, ich habe nicht einmal gezielt. Ich kann es doch nicht gewesen sein, nicht wahr?«

Alleyn kam zurück und sagte zu den auf der Bühne und in den Kulissen Stehenden: »Ich bitte Sie alle, in die Statistengarderobe zu gehen. Ich werde Sie später befragen. Natürlich wollen Sie sich umziehen und abschminken. Leider kann ich es, ehe ich hier fertig bin, nicht zulassen, daß jemand von Ihnen in seine Garderobe geht. Aber in der großen Garderobe ist ja ein Waschbecken und ein Spiegel, und ich lasse Ihnen Ihre Sachen hinbringen ... ah, noch etwas. Bleiben Sie bitte noch einen Moment.«

Sechs Männer zwängten sich zwischen den in den Kulissen Herumstehenden hindurch, drei waren in Uniform, drei in Zivil.

»Guten Abend, Bailey«, sagte Alleyn.

»Guten Abend, Sir«, sagte einer der Polizisten in Zivil. »Was ist passiert?«

»Schauen Sie.« Alleyn zeigte auf die Leiche. Die Leute nahmen ihre Hüte und Mützen ab. Einer stellte ein Köfferchen neben Alleyn. Sergeant Bailey, der Fingerabdruckspezialist, beugte sich nieder und betrachtete die Leiche.

»Führen Sie die Leute zur Statistengarderobe«, befahl Alleyn den Beamten. »Einer von euch bleibt davor stehen und ein anderer an der Bühnentür. Niemand darf hinaus oder hinein. Mr. Simpson wird euch den Weg weisen, auch er muß in der Garderobe bleiben. Würden Sie so freundlich sein, Mr. Simpson?«

Der Inspizient trat vor und rief, als handle es sich um eine Probe: »Alle in die Statistengarderobe, bitte!«

Die alte Susan Max sagte freundlich zu Stephanie Vaughan: »Komm, mein Kind!« Stephanie wollte die Aufmerksamkeit Gardeners auf sich lenken, er beachtete sie jedoch nicht. Dann wandte sie sich zu Alleyn, der sie neugierig betrachtete, und schließlich ließ sie sich von Susan Max wegführen. An der Schwelle drehte sie sich um, schaute noch einmal mit dem Ausdruck größten Entsetzens auf den Toten und verschwand.

»Ein schöner Abgang!« sagte der Inspektor.

»Alleyn!« rief Nigel empört.

»Gehen wir!« knurrte J. Barclay Crammer. »Wir sind diesen Leuten ausgeliefert.« Er trat auf die Bühne, nahm Gardeners Hand und sagte: »Komm mit, wir gehen zusammen.«

»Ach, machen Sie schon, daß Sie weiterkommen!« rief Alleyn ungeduldig. Mr. Crammer entfernte sich beleidigt.

Aus Gardener brach es nun hervor: »Ich weiß, daß ich ihn getötet habe, aber so wahr ich hier stehe, Mr. Alleyn, ich habe den Revolver nicht geladen!«

»Sei nur ruhig!« entgegnete Nigel. »Es wird alles aufgeklärt werden, du brauchst dir keine unnötigen Sorgen zu machen.«

Gardener blieb noch einen Augenblick stehen und sah sich um, als sei er aus einer Ohnmacht aufgewacht und erkenne erst jetzt die grauenhafte Wirklichkeit.

»Aber jemand muß doch ...« begann er wieder und blickte völlig verstört von einem zum anderen. Nigel ergriff seinen Arm und führte ihn hinaus.

»Endlich!« rief Alleyn erleichtert.

Alle wandten sich ihm zu.

»Was ist eigentlich geschehen?« fragte der älteste der Beamten.

»Also es ...«

Er wurde durch einen schrillen Schrei unterbrochen, der vom Korridor der Garderoben her ertönte. Eine weibliche Stimme, unterbrochen von einer ärgerlichen Männerstimme, rief: »Lassen Sie mich los ... lassen Sie mich los ... lassen Sie mich los!«

»Großer Gott, noch mehr Hysterie!« sagte der Inspektor. »Schauen Sie mal nach, was es gibt, Bailey.«

Gleich danach mischte sich seine Stimme in die der Streitenden: »Also ruhig, das hat ja keinen Zweck!«

Dann sagte der Sergeant: »Wir führen doch nur unsere Befehle aus, Miss.«

Der Lärm wurde schwächer, und eine Tür wurde zugeschmettert. Bailey kam zurück und erklärte wütend: »Eine der Damen, Sir, wollte in ihre Garderobe.«

»Ist sie drin gewesen?« fragte Alleyn scharf.

»Ja, einen Augenblick. Sie hat sich verdrückt, ehe der Sergeant sie aufhalten konnte. Er hat sie aber sofort 'rausgeholt.«

»Wer war es denn?«

»Ich glaube, sie heißt Emerald«, antwortete Bailey ärgerlich. »Das ist ihr Familienname.«

»Was wollte sie denn?«

»Etwas für ihr Gesicht holen, sagte sie, Sir.«

»Also jedenfalls ist sie jetzt mit den andern sichergestellt«, knurrte Alleyn. »Setzt euch alle! Nigel, du kannst bleiben, wenn du willst, und auch Sie, Dr. Milner.«

»Soll ich warten?« fragte der Geschäftsführer.

»Ja, bitte, Mr. Stavely, ich könnte Sie brauchen.«

»Die Situation ist folgende«, begann Alleyn. »Der Tote ist Mr. Arthur Surbonadier. Im Laufe des letzten Aktes spielte er eine Szene mit Mr. Gardener und Miss Vaughan. Er bedrohte Gardener mit der Pistole, die hier liegt. Miss Vaughan hielt ihn dann von der Tür aus in Schach. Gardener nahm ihm die Pistole ab. Mr. Surbonadier wollte Gardener an die Kehle, der hob die Waffe und erschoß ihn aus nächster Nähe. Diese Schlußszene war natürlich immer vorgetäuscht, der tatsächliche Knall wurde hinter den Kulissen erzeugt. Auf der Bühne selbst wurde kein Platzpatrone verwendet, da sie Surbonadiers Kleidung versengt hätte. Es besteht gar kein Zweifel, woher der Schuß erfolgte. Heute abend wurde die Pistole mit scharfen Patronen und nicht wie sonst mit falschen geladen. Wir wollen eine Aufnahme von der Leiche und eine von der Bühne machen.«

Einer der Beamten ging hinter die Bühne und kam mit einer Kamera zurück; es wurden mehrere Aufnahmen gemacht.

»Dr. Milner, hier ist der Polizeiarzt.«

Der Polizeiarzt untersuchte kurz die Leiche und sprach dann abseits mit Dr. Milner.

»Bezeichnen Sie die Umrisse des Leichnams mit Kreide, Bailey, und drehen Sie ihn dann um«, befahl Alleyn.

Surbonadier lag auf dem Gesicht; als er umgedreht wurde, mußte sich Nigel zwingen, ihn anzuschauen. Er hatte noch immer den gleichen erstaunten Ausdruck, den sie vom Parkett aus gesehen hatten. Die Schminke glänzte matt auf dem toten Gesicht, die Augen waren weit aufgerissen.

»Sie sehen die versengte Stelle, er war sofort tot.«

»Herzschuß«, erklärte der Arzt.

»Ich glaube, das genügt«, sagte Alleyn zum Polizeiarzt, der neben dem Leichnam kniete und Surbonadier die Augen zudrückte. Bailey brachte ein Stück Brokat, ein grell leuchtendes Gewebe, und deckte damit die Leiche zu.

»Auf der Pistole werden natürlich Mr. Gardeners Fingerabdrücke zu sehen sein«, sagte Alleyn, »aber Sie müssen auch nach andern suchen, Bailey. Ich habe den Schießprügel um zwanzig nach sieben in seiner Garderobe liegen sehen.«

Bailey schaute ihn überrascht an. »Der Garderobier brachte ihn zwischen sieben Uhr dreißig und sieben Uhr fünfunddreißig zu Mr. Surbonadier. Er war nicht geladen, und Surbonadier lud ihn selbst auf der Bühne. Wir müssen bedenken, daß alle Schauspieler genau wußten, was geschehen würde. Mr. Gardener wußte, daß er die Mündung der Pistole Surbonadier aufs Herz zu pressen und dann abzudrücken hatte. Es gibt eine geringe Möglichkeit, daß man Surbonadier aus Versehen scharfe Patronen gegeben hat, aber das ist höchst unwahrscheinlich. Wenn ihm jedoch bewußt scharfe Patronen in die Hände gespielt wurden, wußte die dafür verantwortliche Person um die Folgen. Surbonadier war erst kurz auf der Bühne, als er die Pistole lud, die nicht abgedrückt werden durfte, da selbst eine nicht geladene Pistole ein lautes Klicken verursacht. Gardener mußte abdrücken, denn seine Hand war deutlich sichtbar, und die Illusion mußte vollkommen sein. Stimmt das, Mr. Stavely?«

»Ich glaube, ja, aber ich bin nicht für die Inszenierung verantwortlich, mein Platz ist im Zuschauerraum. Der Regisseur ist in Manchester, doch Mr. Simpson, der Inspizient weiß darüber genau Bescheid . . . oder Gardener selbst.«

»Natürlich, ja. Würden Sie bitte Mr. Simpson rufen? Und nehmen Sie Sergeant Bailey mit und zeigen Sie ihm die einzelnen Garderoben. Rühren Sie nichts an außer bei Miss Max, dort nehmen Sie Handtuch und Seife und einen Topf mit Fett. Die Schminke wird mit Fett entfernt, nicht wahr? Bringen Sie die Sachen in die Statistengarderobe, damit sie sich abschminken können, dann schließen Sie die einzelnen Garderoben ab. Fox«, er wandte sich an den zweiten Beamten, »sorgen Sie dafür, daß die Leiche abgeholt wird. Mr. Stavely wird Ihnen das Telefon zeigen. Entschuldigen Sie bitte, daß ich Sie so bemühe, aber es wird Zeit sparen.« Er lächelte Stavely liebenswürdig zu. »Und vielen Dank, Dr. Milner, ich benötige Sie jetzt nicht mehr.«

Schließlich blieb Nigel allein mit Alleyn.

Im Theater herrschte nun völlige Stille. Nur von weither hörte man das Zuschmettern einer Tür, danach schlug eine Uhr. . . . Elf! Vor zwanzig Minuten hatte der Mann, der dort unter einer Brokatdecke lag, noch gelebt. Nigel kam es wie mindestens zwei Stunden vor.

»Alleyn, du glaubst doch nicht, daß es Felix war?« fragte er.

»Ich bin kein Hellseher, ich habe nicht die leiseste Ahnung, wer es getan hat, aber er könnte es ebensogut gewesen sein wie jeder andere. Er hat die Pistole nicht geladen. Die Tatsache, daß er sie abgedrückt hat, scheint nicht besonders belastend zu sein. Ich sage, scheint nicht. Er wird wohl formell des Totschlags bezichtigt werden. Ich weiß es nicht, ich kenne das Gesetz nicht.«

»Quatsch!«

»Sag nicht Quatsch zu mir, mein Junge. Kannst du stenographieren?«

»Ja.«

»Dann nimm dieses Notizbuch, setz dich dort hinter die Kulisse und schreibe die nun folgenden Unterhaltungen mit. Tue es mäuschenstill.«

»Ich brauche dein Notizbuch nicht, ich habe selbst eins.«

»Wie du willst. Da kommt Simpson, verdrück dich!« Nigel verschwand hinter der Kulissentür, die er angelehnt ließ. Er schob einen Hocker zur Tür, so daß er einen Teil der Bühne übersehen konnte, und setzte sich.

»Ah, da sind Sie ja, Mr. Simpson«, sagte Alleyn. »Es ist mir sehr peinlich, daß ich Sie alle zurückhalten muß, aber ich möchte möglichst viel feststellen, ehe die Fährte, wenn es eine gibt, kalt wird. Nehmen Sie bitte Platz.«

Simpson erwiderte: »Ich verstehe . . . ich stehe ganz zu Ihrer Verfügung.«

»Ich bitte Sie, mir genau zu erklären, was jeden Abend und speziell heute abend mit der Munition dieser Pistole geschah. Mr. Surbonadier lud doch die Pistole mit Patronen, die er in der ersten Szene des letzten Aktes aus einer Schublade in einem Schreibtisch nahm. Wer hat die Patronen dort hineingetan?«

»Der Mörder.«

»Ich sehe, Sie verstehen mich«, sagte Alleyn nachsichtig. »Ich hätte fragen sollen: Wer hat die falschen Patronen dort hineingelegt?«

»Ich«, antwortete George Simpson.

5

»Sie! Wie interessant! Also, wann haben Sie die falschen Patronen in die Schublade gelegt? Die genaue Zeit, bitte!«

»In der Pause vor dem dritten Akt, gerade bevor der Vorhang hochging.«

»Der Schreibtisch stand also schon auf der Bühne?«

»Ja.«

»Ich wünschte, es hätte kein Bildwechsel mehr stattgefunden. Wo stand der Schreibtisch genau? Ich glaube, hier?«

Nigel hörte Alleyn über die Bühne gehen. Durch die Türspalte sah er, daß er in der Souffleurecke stand, also vom Zuschauerraum aus gesehen auf der rechten Seite der Bühne.

»Ja, die Vorderseite war dem Souffleur zugewandt.«

»Wer war auf der Bühne, als Sie die falschen Patronen in die Schublade legten?«

»Die Mitwirkenden der ersten Szene, Miss Max, Miss Emerald und . . . Mr. Surbonadier.«

»Haben die gesehen, wie Sie sie in die Schublade legten?«

»Ja. Janet sagte noch: ›Ich habe immer Angst, daß du die Dinger einmal vergessen wirst, George. Du wartest immer bis zum letzten Moment damit.‹«

»Die Schublade war leer, als Sie sie aufmachten?«

»Ich glaube. Ich kann es allerdings nicht beschwören – ich habe nicht nach hinten geschaut.«

»Erinnern Sie sich, ob jemand anderer nachher in die Nähe des Schreibtisches kam? Sich vielleicht hingesetzt und darauf gewartet hat, daß der Vorhang hochgeht?«

»Ich kann mich nicht erinnern«, antwortete Simpson hastig.

»Mr. Simpson, bemühen Sie sich.« Eine Pause trat ein.

»Ich kann mich nicht erinnern«, wiederholte Simpson schließlich störrisch.

»Ich will Ihnen helfen. Haben Sie mit einem von den andern gesprochen?«

»Ja. Ich sprach mit Miss Max. Sie sagte, der Teppich klemme an der Tür, und ich schob ihn zur Seite. Dann setzte sie sich dort in den Sessel und zog ihr Strickzeug hervor. Das gehört zu ihrer Rolle.«

»Ja, sie hatte es in einem roten Beutel.«

»Das stimmt.« Simpson sprach jetzt sehr schnell. »Und sie hat sich nicht mehr gerührt, bis der Vorhang aufging. Ich erinnere mich noch daran, weil sie über ihr Stricken lachte und sagte, sie wolle damit fertig werden, ehe die drei Wochen um seien. Es ist ein Schal. Sie legte ihn mir um den Hals, um Maß zu nehmen.«

»Saß sie schon in dem Sessel, als der Vorhang hochging? Saß sie noch dort, als Surbonadier den Revolver lud?«

Nigel sah, daß Simpson den Inspektor erstaunt anschaute.

»Sie haben ein gutes Gedächtnis«, sagte er, »so war es.«

»Ich habe an sich ein miserables Gedächtnis«, entgegnete Alleyn, »aber diese Szene interessierte mich sehr. Was haben Sie getan, nachdem Sie den Teppich zurechtgeschoben und über das Stricken gesprochen hatten?«

»Ich glaube, ich habe mich auf der Bühne umgesehen, ob alles in Ordnung ist.«

»Und dann ...?«

»Dann ging ich zur Souffleurecke. Ich erinnere mich jetzt, daß Surbonadier und Miss Emerald am Fenster standen und ...« Er hielt inne.

»Und?«

»Das ist alles.«

»Nein, Mr. Simpson. Was wollten Sie sagen?«

»Nichts.«

»Ich kann Sie nicht zum Sprechen zwingen, aber ich muß Sie auf den Ernst Ihrer Situation aufmerksam machen. Ich versuche nicht zu bluffen, ich bin kein Schauspieler, Mr. Simpson. Sie haben die Patronen in die Schublade gelegt, und es ist für Sie von größter Wichtigkeit zu beweisen, daß es falsche Patronen waren.«

»Es ist nicht meinetwegen ...« begann Simpson völlig aufgebracht.

»Versuchen Sie doch nicht, einen andern zu schützen. Das ist verdammt gefährlich oder einfach dumm. Aber wie Sie wollen.«

»Sie haben wahrscheinlich recht«, erwiderte Simpson. »Was mich anbelangt, kann ich diese Angelegenheit mit den Patronen klarstellen.«

»Um so besser. Also, was wollten Sie von Miss Emerald sagen?«

»Es ist völlig unwichtig. Surbonadier schien sehr aufgeregt zu sein, und es ist meine Aufgabe als Inspizient, mich um so etwas zu kümmern ... er war nicht ganz bei sich.«

»Sie meinen, er war betrunken ... das weiß ich.«

»Hm ... ja, er war gefährlich betrunken. Als ich zur Souffleurecke zurückging, kam Janet Emerald hinter mir her und sagte: ›Arthur ist besoffen, George, und ich bin nervös‹, und ich entgegnete: ›Dann wird er gut spielen.‹ Das hat er auch getan, wie Sie wissen. Dann sagte sie: ›Das mag sein, aber er ist von Natur aus böse.‹ Und dann hörte ich sie flüstern ... aber mein Gott, es bedeutete natürlich nichts ...«

»Also?«

»Sie flüsterte vor sich hin: ›Ich könnte ihn ermorden!‹ Dann wandte sie mir den Rücken zu und stützte sich mit den Händen auf den Schreibtisch. Das gehört zu ihrer Rolle, das hat nichts zu bedeuten. Ich habe sie nicht wieder angeschaut, ich blickte ins Buch und rief: ›Es ist soweit!‹ und alle begaben sich auf ihre Plätze.«

»Und dann?«

»Dann sagte ich zum Beleuchter: ›Licht aus!‹, gab dem Orchester das Einsatzzeichen und ließ die Bühne verdunkeln. Die Szene beginnt im Dunkeln. Dann rief ich: ›Anfangen!‹, und es ging los.«

»Wie lange war die Bühne verdunkelt?«

»Während der ersten Sätze des Dialogs, etwa vier Minuten,

da wir schon kurz, ehe der Vorhang hochgeht, verdunkeln. Dann drehte Surbonadier die Lampe auf der Bühne an.«

»Wer war die ganze Zeit über hinter der Bühne?«

»Das Personal, der Requisiteur und die andern; der Requisiteur stand neben mir in der Souffleurecke, daran erinnere ich mich. Er blieb, nachdem er mir die Patronen gegeben hatte, dort stehen bis nach der Verdunklung. Ich weiß das, weil er mir zuflüsterte, daß eine der Kugeln in der Patrone locker sei. Er schien zu befürchten, daß sie abfallen würde, wenn Surbonadier die Pistole laden würde.«

»Aha. Und die andern?«

»Ich glaube, Howard Melville lungerte irgendwo herum. Es ist eine kleine Szene, aber die in der nächsten Auftretenden werden erst kurz vorher gerufen.«

»Noch etwas, und dann bin ich fertig. Woher stammen die falschen Patronen?«

»Der Requisiteur hat sie zurechtgemacht. Er ist ein ausgesprochenes Genie in solchen Dingen. Er ist sehr stolz darauf. Er hat sich leere Patronen beschafft, hat die Hülsen mit Sand gefüllt und dann die Kugeln draufgesteckt.«

»Das ist aber gründlich.«

»Weiß Gott!« Simpsons Stimme klang nun wieder sorglos. »Aber der Requisiteur ist nun mal so. Im Krieg war er verschüttet worden, der arme Teufel, und er ist – nicht gerade verrückt – aber er ist ein bißchen komisch. Er war stolz wie ein Pfau, als er mir die Patronen zeigte und sagte, niemand könne erkennen, daß sie nicht scharf wären.«

»Wo wurden die aufgehoben?«

»Nach Schluß der Vorstellung nimmt er immer die Pistole und entlädt sie. Dann bringt er sie Felix Gardener, der großen Wert auf die Waffe legt, da sie seinem Bruder gehört hat, und sie immer mit nach Hause nimmt. Der Requisiteur legt die Patronen stets in die Requisitenkammer und bringt sie mir in der Pause vor dem dritten Akt. Ich lege sie dann selbst in den Schreibtisch, um sicherzugehen.«

»Und so geschah es auch heute abend?«

»Ja.«

»Haben Sie sie geprüft, bevor Sie sie hineinlegten?«

»Ich glaube nicht . . . ich . . . ich weiß es nicht.«

»Hätten Sie es gemerkt, wenn es scharfe Patronen gewesen wären?«

»Ich weiß nicht ... doch, bestimmt.«

»Trotz der Kunst des Requisiteurs?«

»Ich muß offen gestehen, ich weiß es nicht.«

»Schon gut. Wenn der Requisiteur sich Sorge machte wegen der lockeren Kugel ...«

»Ja, ja, natürlich, es müssen falsche Patronen gewesen sein.«

»*Quod est demonstrandum.* Das wäre alles für den Augenblick. Ich sehe, Inspektor Fox wartet draußen. Geben Sie ihm Ihre Adresse und lassen Sie sich von ihm in Ihre Garderobe führen. Zeigen Sie ihm den Anzug, den Sie anziehen wollen ... ach nein, Sie haben ja den Smoking an, Sie werden sich also wohl nicht umziehen ... Fox!«

»Ja?«

»Ist der Wagen für die Leiche gekommen?«

»Gerade eben.«

»Gut. Begleiten Sie Mr. Simpson in seine Garderobe. Und, Mr. Simpson, lassen Sie sich von Inspektor Fox abtasten. Eine reine Formalität ... Aber es muß nicht sein, wenn Sie es nicht wollen. Regen Sie sich deswegen nicht auf.«

Simpsons Erwiderung war unverständlich.

Nigel sah nun, daß Fox rasch und gründlich die Taschen des Inspizienten untersuchte.

»Zigarettenetui, zwei Pfund in Noten und Kleingeld, Brieftasche, Taschentuch, Streichhölzer, nichts Schriftliches. Wollen Sie es anschauen, Sir?«

»Nein. Noch eine letzte Frage. War es immer sicher, daß Gardener abdrückte, wenn er vortäuschte, den Biber zu erschießen?«

»Ganz bestimmt. Das war sorgfältig vorgeprobt. Er ballte stets seine linke Hand den Bruchteil einer Sekunde, bevor er abdrückte. Dann mußte ich den blinden Schuß abgeben.«

»Ich verstehe. Vielen Dank. Guten Abend, Mr. Simpson.«

Fox und der Inspizient gingen davon. Nigel überlegte, ob er sprechen dürfe, als Alleyn die Tür öffnete und zu ihm trat. Dann sah er Leute mit einer Bahre auf der Bühne.

»Hast du alles mitgeschrieben?«

»Ja.«

»Braver Junge! ... Was ist denn da los? Sei ganz still!«

Vor der Bühnentür hörte man streitende Stimmen.

»Was soll das heißen?« fragte jemand laut. »Das ist mein Theater. Gehen Sie mir aus dem Weg!«

Nigel bezog wieder seinen Beobachtungsposten. Die Leiche Surbonadiers war verschwunden. Inspektor Fox eilte einem riesigen Mann im Frack hinterher. Empört ging der Mann auf Alleyn zu und gab schnaubende Geräusche von sich.

»Mr. Jacob Saint, nehme ich an«, sagte der Inspektor höflich.

»Und wer sind Sie?«

»Von Scotland Yard, Mr. Saint; ich habe den Auftrag, mich um diesen unglücklichen Fall zu kümmern. Es tut mir leid, daß Sie solch entsetzliche Nachrichten hören mußten – wie ich sehe, haben Sie schon von der Tragödie vernommen. Mr. Surbonadier war doch Ihr Neffe? Mein herzlichstes Beileid.«

»Welches Schwein hat das getan?«

»Das wissen wir noch nicht.«

»War er besoffen?«

»Da Sie mich fragen . . . ja.«

Jacob Saint starrte Alleyn an und ließ plötzlich seinen massigen Körper in einen Sessel fallen. Nigel begann wieder eifrig zu stenographieren.

»Ich war heute abend im Zuschauerraum«, erklärte Saint.

»Ich habe Sie gesehen«, sagte Alleyn.

»Ich wußte nicht, daß er tot war, aber ich wußte, daß er besoffen war. Er hat das selbst getan.«

»Glauben Sie?« Auf Alleyn schien diese Erklärung keinen Eindruck zu machen.

»Stavely hat mich im Savoy angerufen. Ich war zu Beginn der Vorstellung hinter der Bühne und habe Arthur gesehen. Er war besoffen, und ich sagte ihm, daß er nur noch bis Ende der Woche spielen dürfe. Das hat er nicht ertragen und hat sich umgebracht.«

»Das würde einen außergewöhnlichen Mut erfordern. Eine Pistole zu laden, seine Rolle zu spielen und darauf zu warten, daß ein anderer einen über den Haufen schießt«, erwiderte Alleyn ruhig.

»Er war besoffen.«

»Darüber sind wir uns ja einig. Er hat sich vielleicht die scharfen Patronen besorgt, ehe er betrunken war.«

»Was soll das heißen? Ach so. Wo ist Janet?«

»Wer?«

»Miss Emerald.«

»Alle Schauspieler sind in der Statistengarderobe.«

»Ich muß sie sprechen, ich gehe hin.«

»Bitte, bleiben Sie hier, Mr. Saint. Ich werde ihr Bescheid sagen lassen. Fox, holen Sie bitte Miss Emerald.«

Saint schaute Fox nach, wollte widersprechen, überlegte dann und zog ein Zigarrenetui hervor. »Rauchen Sie?«

»Nein, danke vielmals«, antwortete Alleyn. »Ich rauche Pfeife.«

Saint zündete sich eine Zigarre an.

»Wissen Sie«, erklärte er, »ich bin nicht scheinheilig und tue nicht, als ob ich Arthur nachweinte. Er taugte nichts. Wenn eins meiner Stücke eine Pleite ist, vergesse ich es – eine Fehlspekulation. Und so geht es mir mit Arthur. Er war völlig verkommen und ein Feigling, aber doch immerhin solch ein Schauspieler, daß er sich schließlich in einer Hauptrolle sehen . . . und sie spielen wollte. Er war versessen auf eine Hauptrolle, und als ich ihm den Carruthers nicht geben wollte, hat er mich bedroht . . . mich!«

»Wo haben Sie ihn heute abend gesprochen?«

»In seiner Garderobe. Ich hatte im Büro zu tun und ging hinter die Bühne.«

»Erzählen Sie mir bitte, was dabei geschah!«

»Ich habe es Ihnen ja schon gesagt. Er war besoffen, und ich habe ihn 'rausgeschmissen.«

»Was hat er gesagt?«

»Darauf habe ich nicht gewartet. Ich hatte um Viertel nach sieben eine Verabredung in meinem Büro . . . Janet!« Saints Stimme veränderte sich. Er erhob sich; Janet Emerald stand auf der Schwelle der Bühnentür. Sie stieß einen lauten Schrei aus, rannte über die Bühne und warf sich Saint in die Arme.

»Jacco! Jacco!« weinte sie.

»Armes Baby . . . armes Baby!« murmelte Saint, und Nigel staunte über die Sanftheit seiner Stimme, als er die sonst gar nicht so schutzbedürftige Miss Emerald zu beruhigen versuchte.

»Du warst es nicht«, rief sie plötzlich, »die können nicht sagen, daß du es warst.« Sie warf ihren Kopf zurück, und sie sah nun, von der Schminke befreit, schauerlich aus. Saint drehte zwar Nigel den Rücken zu, aber man merkte ihm deutlich den Schrecken an, den ihm ihre Worte eingejagt hatten. Er wirkte wie versteinert. Als er schließlich sprach, war seine Stimme beherrscht, doch nicht mehr zärtlich.

»Armes Kind«, sagte er herablassend, »du bist hysterisch. Sehe ich wie ein Mörder aus?«

»Nein, nein ... Ich bin wahnsinnig. Es war so entsetzlich, Jacco! Es war so entsetzlich!«

»Hm-m-m-m«, brummte Saint beruhigend.

»Ja, es war höchst unerfreulich«, mischte sich Alleyn ein. »Bestimmt wollen Sie so schnell wie möglich von hier fort, Miss Emerald.«

»Ich bringe dich nach Hause«, bot Jacob Saint an. Er stand neben ihr, und Nigel sah, daß beide totenblaß waren.

»Eine ausgezeichnete Idee, aber erst muß ich Miss Emerald ein paar Fragen stellen.«

»Das werden Sie nicht«, widersprach Saint. »Wenn Sie etwas wissen wollen, können Sie morgen herkommen und mit ihr sprechen ... Verstanden?«

»O ja ... klar und deutlich. Aber leider ändert das nichts daran. Ich habe einen Mordfall zu bearbeiten, Mr. Saint, und dabei könnten Sie eine Rolle spielen, eine wichtige oder unwichtige. Ich bin hier der Vertreter des Gesetzes. Setzen Sie sich und seien Sie ruhig ... Bitte, Miss Emerald!«

6

Nigel schrieb aufmerksam jedes Wort mit.

»Stört es Sie, wenn ich Pfeife rauche, Miss Emerald? ... Danke schön. Eine Zigarette? Hier sind türkische und das sind ... Sie werden die Marke kennen.«

»Nein, danke.«

Alleyn begann: »Würden Sie mir bitte sagen, wie das Laden der Pistole vor sich ging, soweit Sie darüber Bescheid wissen.«

»Ich ... ich weiß nichts davon ... Ich hatte nichts damit zu tun«, antwortete Janet Emerald.

»Natürlich nicht. Aber vielleicht haben Sie bemerkt, wer die falschen Patronen in die Schublade legte, und wann.«

»Ich habe nichts bemerkt ... nichts von den Patronen.«

»Haben Sie nie gesehen, wie sie in die Schublade gelegt wurden?«

»Ich habe nicht aufgepaßt.«

»Wirklich? Hat es Ihnen nicht Sorge gemacht, ob sie dort wären, und sagten Sie nicht zu Mr. Simpson, Sie hätten Angst, er würde sie vergessen?«

»Bestimmt nicht. Wie kommen Sie darauf, daß ich so etwas gesagt hätte? Jacco! Ich weiß nicht, was ich sage. Bitte ... bitte, kann ich nicht gehen?«

»Rühren Sie sich nicht, Mr. Saint, es wird bald vorüber sein. Miss Emerald, beantworten Sie meine Frage, so gut Sie können und möglichst einfach. Glauben Sie mir, Unschuldige haben nichts zu befürchten und können nur gewinnen, wenn sie bei der Wahrheit bleiben. Sie sind gar nicht das alberne, verwirrte kleine Mädchen, das Sie vortäuschen, Sie sind eine erwachsene und sehr intelligente Frau.«

»Jacco!«

»Und ich empfehle Ihnen, sich entsprechend zu benehmen. Also bitte ... haben Sie gemerkt oder nicht, wie Mr. Simpson heute abend die Patronen in die Schublade legte, und haben Sie zu ihm gesagt, Sie hätten Angst, er könnte es vergessen?«

»Nein, nein ... das ist gelogen!«

»Und sind Sie nachher zum Schreibtisch getreten und haben Ihre Hände darauf gestützt?«

»Nein ... ich habe mit Arthur gesprochen ... ich habe nicht bemerkt, was George Simpson getan hat ... er lügt. Wenn er das gesagt hat, hat er gelogen.«

»Was haben Sie zu Mr. Surbonadier gesagt? Es muß etwas sehr Interessantes gewesen sein, da Sie sonst nichts bemerkt haben.«

»Ich weiß es nicht mehr.«

»Wirklich?«

»Ich kann mich nicht erinnern ... ich kann mich nicht erinnern!«

»Danke sehr ... Fox, würden Sie Miss Susan Max herbitten.«

»Heißt das, daß wir gehen können?« fragte Saint.

»Einen Moment. Es ist ja noch früh am Abend. Wie ungeduldig Sie sind!«

»Ah, da sind Sie ja, Miss Max.« Seine Stimme klang liebenswürdig. »Es tut mir sehr leid, daß ich Sie derart behelligen muß.«

»Macht nichts«, erwiderte sie ruhig, »Sie tun ja nur Ihre Pflicht.«

»Miss Max, wenn alle dieser Ansicht wären, würden wir Polizisten wesentlich glücklicher sein. Also, ich habe eine Frage auf dem Herzen, und ich hoffe, daß Sie sie beantworten können. Sagen Sie mir bitte genau, was auf der Bühne geschehen ist, ehe der Vorhang zum letzten Akt hochging.«

»Susan!« begann Janet Emerald. »Du erinnerst dich doch ...«

»Bitte!« unterbrach Alleyn sie scharf. »Also, Miss Max.«

»Das muß ich mir überlegen ... also, ich saß da und habe an dem Schal gestrickt und habe Simpson wegen dieses Teppichs beschimpft. ›George‹, habe ich gesagt, ›willst du, daß ich mir das Genick breche?‹ Und dann hat er das in Ordnung gebracht. Solche Kleinigkeiten machen auf das Publikum einen schlechten Eindruck und können einem den Abgang verderben.«

»Ich habe Ihr Spiel sehr bewundert.«

»Ich habe den Typ doch gut herausgebracht?«

»Ist das eine Plauderei oder ein Verhör?« mischte sich Saint ein.

»Es ist lediglich eine Unterhaltung zwischen zwei Menschen«, erwiderte Alleyn. »Es ist sehr schön, einen Typ richtig herauszubringen, Miss Max.«

»Man muß nur beobachten können«, entgegnete sie strahlend.

»So ist es, und Sie haben gelernt zu beobachten. Sie können mir sehr behilflich sein. Sagen Sie mir nun bitte genau, was geschah, nachdem Mr. Simpson den Teppich in Ordnung gebracht hatte.«

»Lassen Sie mich überlegen«, entgegnete Susan Max.

»Ja«, sagte sie dann. »Janet war aufgeregt und sprach mit dem armen Arthur, der ein bißchen beduselt war.«

»Beduselt?«

»Er hatte ein bißchen zuviel Champagner getrunken. Schade! Also, sie haben miteinander geflüstert, und dann sagte er zu ihr ... Nein, ich erzähle es ja falsch, sie sagte zu ihm: ›Das redest du dir ein‹, und er erwiderte giftig: ›Du solltest nicht von Begünstigung sprechen, Janet. Ohne eine solche wärst du nicht hier.‹ Dann flüsterten sie weiter, ich hörte nicht zu. Ich habe meinen Schal an Simpsons Hals abgemessen. Dann ging er in die Souffleurecke ... nein, ich habe etwas ausgelassen ... Warten Sie. Also vorher, als George die Patronen in die Schublade legte, sagte Janet, sie hätte immer Angst, er würde sie vergessen ... erinnerst du dich, mein Kind? Und dann, nachdem du mit dem armen Arthur über seinen Suff und Begünstigung und so weiter gesprochen hast, bist du in die Souffleurecke gegangen und hast nochmals mit ihm geflüstert . . . mit George Simpson natürlich . . . So war es!« schloß Susan Max triumphierend.

»Bravo!« rief Alleyn. »Wir sollten Sie für Scotland Yard engagieren.«

»Eine gute Idee . . . Ist das alles? Kann ich gehen?«

»Es fällt mir schwer, mich von Ihnen zu trennen.«

Nigel hatte mit einem hysterischen Anfall von Janet Emerald gerechnet, doch es folgte nur ein tödliches Schweigen.

»Es ist entsetzlich«, sagte Susan Max unvermittelt, »es ist entsetzlich für einen jungen Menschen, so zu sterben wie Arthur Surbonadier. Er war nicht bei sich . . . Er war wütend . . . er war schrecklich wütend.«

»Warum?«

»Wegen verschiedener Dinge. Er war nicht zufrieden mit seiner Rolle, und er war auch wegen anderer Dinge unglücklich, glaube ich. Ich vermute, es war Mord?«

»Es sieht so aus.«

»Und der arme Felix. Sie glauben doch hoffentlich nicht, daß er etwas damit zu tun hat, außer, daß er den Abzug gedrückt hat, der arme Kerl.«

»Warum nicht?« fragte Janet Emerald. »Warum nicht Felix Gardener? Er hat ihn erschossen, es war sein Revolver. Wieso sind eigentlich alle so sicher, daß er nichts davon gewußt hat? Alle behandeln ihn wie einen Kranken, während ich . . . ich . . . ich werde behandelt wie eine Verbrecherin. Es ist schandbar!«

»Nur noch etwas«, sagte Alleyn, als habe sie überhaupt nicht gesprochen. »Es läßt sich nicht vermeiden, sonst würde ich nicht darauf bestehen. Alle, die heute auf und hinter der Bühne waren, müssen durchsucht werden, ehe sie das Theater verlassen. Ich kann es nicht erzwingen, aber es würde vieles erleichtern, wenn Sie zustimmten. Miss Max, ich nehme an, Sie wissen, was wir suchen?«

»Ich habe keine Ahnung.«

»Die falschen Patronen.«

»Oh!«

»Die sind ja ziemlich groß. Miss Emerald, würden Sie bitte Ihren Umhang abnehmen?«

Nigel reckte den Hals und sah, daß Janet Emerald über die Bühne ging. Sie trug ein enges Brokatkleid, das wie eine zweite Haut wirkte.

»Miss Emerald, darf ich eine oberflächliche Prüfung vornehmen, oder ziehen Sie vor, zu einem Polizeiposten zu gehen, wo eine Beamtin ist?«

»Laß dich nicht berühren, Janet.«

»Ach, Jacco, sei nicht albern!« Ihre Stimme klang nun nicht mehr hysterisch, sondern nur hart und verächtlich. »Tun Sie, was Sie wollen«, sagte sie, streckte ihre schönen Arme aus und schloß die Augen. Alleyn ließ seine Hände leicht über ihr Kleid gleiten. Auch er hatte die Augen geschlossen. Er hatte etwas unheimlich Geistesabwesendes an sich. Dann hob er den Umhang auf, betastete ihn, schüttelte ihn und hielt ihn ihr höflich hin. »Wollen Sie ihn wieder umnehmen?«

»Und was ist mit Ihnen, Miss Max?« fragte er.

»Ich bin etwas fülliger . . bei mir gibt's mehr zu fühlen«, antwortete sie vergnügt. Sie zog den Mantel aus und stand rundlich in Bluse und Rock da.

»Sie sind sehr liebenswürdig«, entgegnete Alleyn gemessen, »und sehr weise.«

Er durchsuchte sie und dann Jacob Saint, der es ohne Protest oder Bemerkungen über sich ergehen ließ. Alleyn schaute die Papiere in seiner Brieftasche genau durch, schien aber nichts Interessantes zu finden.

»Das wäre alles«, sagte er schließlich. »Ich will Sie nicht länger aufhalten. Wie kommen Sie nach Hause, Miss Max?«

»Ich wohne in South Kensington – der letzte Bus ist wahrscheinlich schon weg.«

»Fox, sagen Sie bitte dem Sergeanten am Eingang, er soll ein Taxi besorgen . . . es ist mir eine Ehre, Miss Max.«

»Sie sind sehr liebenswürdig«, erwiderte Susan Max.

»Gute Nacht, Miss Max . . . Gute Nacht, Miss Emerald . . . Mr. Saint. Inspektor Fox wird Ihre Adressen notieren.«

»Ich war wohl etwas unfreundlich mit Ihnen, Inspektor«, sagte Saint plötzlich, »ich war aber so aufgeregt. Sie tun ja nur Ihre Pflicht, und davor habe ich Respekt. Ich möchte morgen mit Ihnen sprechen.«

»Ich bin um elf in Scotland Yard, falls Sie eine Aussage machen wollen.«

»Zum Teufel mit der Aussage!«

»Bitte schön . . . Gute Nacht.«

Schritte und dann Stille.

»Bist du noch wach, Nigel?« fragte Alleyn.

»Gerade noch«, antwortete Nigel. »Laß mich für eine Minute 'raus, mir sind schon alle Glieder eingeschlafen.«

»Komm 'raus, mein lieber Junge. Was hältst du von der kleinen Janet? Und von Onkel Jacob?«

»Nicht viel. Mein Gott, hat die faustdicke Lügen erzählt.«

»Das kann man wohl sagen.«

»Glaubst du ...«

»Ach, es ist alles höchst verschwommen.«

»Ich traue dir nicht, wenn du so sprichst.«

»Geh wieder in deine Ecke. Wen sollen wir uns jetzt vorknöpfen?«

»Frag mich nicht. Es ist saukalt auf der Bühne.«

»Sollen wir in eine Garderobe übersiedeln?«

»Gute Idee ... in welche?«

»Bailey hat sie durchsucht, während du in deiner Ecke warst. Ich würde die von Arthur Surbonadier vorschlagen.«

»Du Ungeheuer. Darf ich fragen, ob du alle Damen durchsuchen willst?«

»Wäre das nicht nett?«

»Nein.«

»Vielleicht hast du recht ... Hallo, Bailey.«

Der Fingerabdruckspezialist war wieder aufgetaucht.

»Ich habe alle Garderoben und Räume durchsucht«, meldete der gelangweilt. »Keine Spur von den Patronen. Ich habe aber inzwischen die Fingerabdrücke abgenommen.«

»So ... wie denn?«

»Oh, ich habe es verlangt.« Bailey grinste hämisch. »Sie waren ja nicht da, Sir.«

»Schon gut.« Alleyn liebte es nicht, Fingerabdrücke zu erzwingen, er zog es vor, sie ohne Wissen des Betreffenden abzunehmen. »Wir wollen nun mit der Arbeit fortfahren.«

»Wir müssen diese falschen Patronen finden«, sagte Bailey. »Inspektor Fox durchsucht gerade die anderen Männer, Sir. Er wollte Ihnen diese Mühe ersparen.«

»Sehr intelligent und sehr freundlich, aber er wird sie nicht finden.«

»Die falschen Patronen?« fragte Bailey und blickte ihn erstaunt an.

»Ja, es sei denn, daß unser Mörder besonders rachsüchtig wäre.«

»Was heißt das?« fragte Nigel mißtrauisch.

»Das verstehst du nicht«, entgegnete Alleyn ruhig. »Ich glaube«, sagte er zu Bailey, »daß die Patronen an ihrem üblichen Platz sein werden.«

»An ihrem üblichen Platz?« wiederholte Bailey. »Wo soll denn das sein?«

»Aus Ihnen wird nie ein Mörder, Bailey. Schauen wir uns mal den Schreibtisch an. Er steht dort in den Kulissen, helfen Sie mir.«

Als Nigel, der in der Mitte der Bühne gestanden war, zu den Kulissen ging, schrie eine heisere Stimme über ihren Köpfen:

»Achtung!«

Der Inspektor stürzte sich auf Nigel und stieß ihn zurück, so daß er in einen Sessel fiel, und im selben Augenblick krachte etwas von oben herunter, zersprang mit einem ohrenbetäubenden Lärm auf der Bühne und wirbelte eine Staubwolke auf.

Zitternd und verwirrt stand Nigel auf. Auf dem Boden lag ein Haufen zerbrochenen Glases, Alleyn stand daneben und schaute hinauf in die Soffitten.

»Kommen Sie sofort herunter!« schrie er.

»Jawohl, Sir, ich komme sofort.«

»Wer, zum Teufel, sind Sie eigentlich?« brüllte Bailey.

»Ich bin nur der Requisiteur, Sir. Ich komme.«

Sie gingen in die Kulissen, wo ihnen Inspektor Fox entgegenkam, der aufgeregt die Statistengarderobe verlassen hatte. Alle schauten an der Bühnenwand hinauf, an der eine eiserne Leiter in die Dunkelheit hinaufführte. Die Leiter schwankte ein wenig, aus der Dunkelheit tauchte ein Schatten auf, und jemand kam herunter.

7

Nigel, Alleyn und Bailey traten wortlos ein paar Schritte zurück. Nigel war der Schrecken derart in die Glieder gefahren, daß er noch immer zitterte. Verwirrt sah er auf die Sprosse um Sprosse deutlicher werdenden Gummisohlen der abgetragenen Tennisschuhe. Als der Mann unten angekommen war, drehte er sich langsam um.

Bailey packte ihn am Arm und schnauzte ihn an: »Also was ...«

»Hände weg!« knurrte der Mann.
»Lassen Sie mich machen, Bailey«, sagte Alleyn.
»Sie sind der Requisiteur, nicht wahr?« fragte er. Der Mann schlug die Hacken zusammen und legte die Finger an die Hosennaht. Er hatte ein langes, weißes Gesicht, die Brauen waren zusammengewachsen. Er schaute starr auf einen Fleck hinter dem Kopf des Inspektors.
»Jawohl, Sir.«
»Sind Sie schon lange hier?«
»Seit meiner Demobilisierung.«
»Sie waren bei der Garde, nicht wahr?«
»Jawohl, Sir. Bei den Grenadieren, Sir. In der Leibkompanie.«
»Sie haben die Patronen-Attrappen angefertigt?«
»Jawohl, Sir.«
»Wo sind sie?«
»Ich habe sie Mr. Simpson gegeben.«
»Die falschen Patronen? Sind Sie ganz sicher?«
»Jawohl, Sir.«
»Wieso sind Sie dessen so sicher? Es könnten ja auch scharfe gewesen sein.«
»Nein, Sir.« Der Mann schluckte. »Als ich sie anschaute, ist eine auf den Boden gefallen, und die Kugel war lose, Sir.«
»Wo sind sie jetzt?«
»Ich weiß es nicht, Sir.«
»Wieso haben Sie diesen Kronleuchter herunterfallen lassen?«
Schweigen.
»Wie war er dort oben angemacht?«
»An einem Flaschenzug.«
»Und der Strick war an einem Pflock befestigt?«
»Jawohl, Sir.«
»Ist der Strick gerissen, oder hatten Sie ihn gelöst?«
»Ich weiß es nicht, Sir.«
»Gut! Sergeant Bailey, gehen Sie hinauf und sehen Sie nach. Und Sie«, sagte er zu dem Requisiteur, »gehen Sie zum Schaltbrett und drehen Sie das Licht an.«
Einen Augenblick später war der Raum hinter der Bühne in Licht gebadet, und Bailey kletterte die Leiter hinauf.
Alleyn war, gefolgt von Nigel, Fox und dem Requisiteur, zu dem Schreibtisch getreten, der zwischen den Kulissen stand.

Er klappte sein Taschenmesser auf, klemmte es in die obere linke Schublade und zog sie auf.

»Dort holte Surbonadier die Patronen heraus«, erklärte er. »Die Schublade ist leer. Bailey soll sie genau untersuchen, aber er wird nur die Fingerabdrücke von Surbonadier und von Bühnenarbeitern finden, nehme ich an.«

Vorsichtig, um keine Fingerabdrücke zu hinterlassen, zog Alleyn die nächste Schublade auf.

»Und da haben wir es!« sagte er befriedigt.

Die andern beugten sich vor. In der Schublade lagen sechs Patronen.

»Wahrhaftig«, sagte Fox.

Er und Nigel wandten sich gleichzeitig dem Requisiteur zu. Alleyn, noch immer über die Schublade gebeugt, sagte ruhig:

»Schauen Sie bitte in die Schublade, aber rühren Sie nichts an. Sind das die Patronen, die Sie präpariert haben?«

Der Requisiteur reckte seinen langen Hals.

»Na?«

»Jawohl, Sir.«

»Und dort . . . schauen Sie . . . ist die lockere; ein paar Sandkörner sind herausgefallen. Das haben Sie gut gemacht. Warum wollten Sie nicht, daß ich sie finde?«

Der Requisiteur schwieg weiter.

»Sie gehen mir allmählich auf die Nerven«, fuhr ihn Alleyn an. »Sie benehmen sich idiotisch. Sie wußten, daß die Patronen in dieser Schublade sind, und Sie hörten, wie ich sagte, daß ich sie suchen würde. Sie lauschten dort oben in der Dunkelheit und ließen dann vergnügt einen eine halbe Tonne schweren Kronleuchter auf die Bühne fallen, allerdings warnten Sie uns, da Sie anscheinend heute abend nicht noch einen weiteren Mord in Szene setzen wollten.

Wenn Sie glaubten, bei der allgemeinen Verwirrung unbemerkt die Leiter herunterklettern und die Patronen entfernen zu können, so war es ein lächerliches Manöver, und man muß eigentlich den Schluß ziehen, daß Sie das verdammte Ding selbst hineingesteckt haben und nach oben kletterten, als der Mord stattfand.«

»Richtig, Sir«, stimmte der Requisiteur überraschenderweise zu. »So sieht es aus, aber ich habe es nicht getan.«

»Wie ich schon sagte, sind Sie ein Idiot, und ich überlege mir, ob ich Sie nicht auf der Stelle verhaften soll.«

»Bei Gott, ich habe es nicht getan, Sir!«

»Es freut mich, das zu hören. Warum decken Sie den Mörder? . . . Wenn Sie nicht antworten wollen, lassen Sie es, aber ich werde dann nicht mehr so sanft zu Ihnen sein und werde Sie festnehmen.«

Der Mann zitterte am ganzen Leib, und seine Augen öffneten sich weit. Alleyn schaute ihn prüfend an und fragte:

»Na?«

»Ich habe es nicht getan«, flüsterte der Mann atemlos. »Ich habe es nicht getan. Sie werden mich doch nicht einsperren? Ich bin in der Souffleurecke gestanden, und ich hab' geglaubt, einen Kerl zu sehen, es könnte auch eine Frau gewesen sein, der in der Dunkelheit um die Ecke geschlichen ist . . .« Er hielt inne.

»Sprechen Sie lieber weiter«, mahnte Alleyn.

»Ich will niemand 'reinziehen. Er war ein Schwein, und wer es getan hat, hat meiner Ansicht nach nichts Schlimmes getan.«

»Sie mochten Mr. Surbonadier nicht?«

Der Requisiteur gab einige ausdrucksvolle, kräftige Worte von sich.

»Warum sagen Sie das?« fragte Alleyn. »Hat er Ihnen je etwas Böses angetan?«

Der Mann machte Anstalten zu sprechen, zögerte dann aber und begann zu Nigels Entsetzen zu weinen.

»Fox«, befahl Alleyn, »vernehmen Sie bitte mit Mr. Bathgate das andere Bühnenpersonal, einen nach dem andern, in irgendeiner Garderobe oder sonstwo, und schauen Sie zu, daß Sie möglichst viel Informationen erhalten. Sie wissen ja, was wir brauchen. Wenn sich nichts Besonderes ergibt, können Sie die Leute nach Hause gehen lassen. Ich sage Ihnen Bescheid, wenn ich hier fertig bin.«

Erfreut folgte Nigel Inspektor Fox, der die Tür von Felix Gardeners Garderobe aufschloß.

»Also ich glaube, Sir«, erklärte Fox, »daß wir den Richtigen gefunden haben.«

»Glauben Sie wirklich? Der arme Teufel!«

»Er ist genau der richtige Typ. Hysterisch, völlig durchgedreht.«

»Aber der Inspizient hat sein Alibi bestätigt«, wandte Nigel ein.

»Das schon – doch angenommen, die Patronen, die er dem Inspizienten gab, waren scharf?«

»Aber was ist mit der lockeren Kugel und dem Sand? Das ist doch klar.«

»Sie kann locker gewesen sein, als er sie lange vor der Verdunklung in die Schublade legte. Das ist doch höchst merkwürdig, das müssen Sie zugeben, Sir. Er klettert hinauf, während wir alle andern zusammentrommeln, und als der Chefinspektor sagt, er will den Schreibtisch betrachten, läßt der Requisiteur diesen Kronleuchter fallen in der Hoffnung, daß er in der Verwirrung 'runterklettern und die Patronen wegschaffen kann.«

»Ja, aber diese Sache mit dem Kronleuchter war doch zu dumm«, widersprach Nigel, »und wenn er den Mord begangen hätte, könnte er nicht dumm sein. Und warum die Patronen erst dorthin legen und dann auf so plumpe, verdächtige Art versuchen, eure Aufmerksamkeit abzulenken?«

»Sie müßten Detektiv werden, Sir«, entgegnete Fox freundlich. »Doch trotzdem glaube ich, daß er unser Mann ist. Der Chef wird es schon 'rauskriegen, das ist sicher. Jetzt wollen wir uns mal die andern vornehmen.«

Die Erklärungen, die das Bühnenpersonal abgab, waren ausgesprochen uninteressant. Während der Verdunklung der Bühne waren sie alle in der Requisitenkammer gewesen und hatten gepokert. Der Vorarbeiter, Mr. Bert Willings, erklärte, als er nach dem Requisiteur gefragt wurde: »Der Requisiteur ist ein komischer Kauz, sehr zappelig und spricht kaum mit jemandem.«

»Verheiratet?« fragte Fox.

»Nein, aber er geht mit Trixie Beadle, der Garderobiere von Miss Vaughan; sie ist die Tochter des alten Bill Beadle, der der Garderobier von Mr. Gardener ist.«

»Wer war Mr. Surbonadiers Garderobier?«

»Auch der alte Bill.«

Nun erklärte ganz überraschend ein junger Arbeiter:

»Er hat ihn gehaßt.«

»Wer hat wen gehaßt?«

»Der alte Bill hat Mr. Surbonadier gehaßt ... Warum? Weil Mr. Surbonadier hinter Trixie her war.«

Fox spitzte die Ohren. »Und wie nahm der Requisiteur das auf, daß der ... Verstorbene hinter seinem Mädchen her war?«

»Er hat ihn auch gehaßt.«

»So!« stieß Fox hervor.

Ein kurzes Schweigen folgte. Willings schaute verlegen auf seine Stiefel, grinste und sagte nichts mehr. Dann wurden er und seine Leute, nachdem sie ihre Adressen hinterlassen hatten, nach Hause geschickt. Fox rieb sich die Hände.

»Da haben wir es!« rief er. »Der Tote war hinter seinem Mädchen her. Bevor wir weitermachen, müssen wir das dem Chef melden.«

Sie kehrten zur Bühne zurück, wo weder Alleyn noch der Requisiteur zu sehen waren.

»Wo steckt er nur?« fragte Fox.

»Hier bin ich!« rief Alleyn. Nigel und Fox zuckten zusammen und gingen um die Souffleurkulisse herum.

Alleyn und Bailey knieten zwischen den Kulissen, der Chefinspektor betrachtete den Boden durch eine Lupe. Das Köfferchen, das Bailey mitgebracht hatte, stand offen neben ihm. Nigel sah verschiedene Gegenstände, Scheren, Meßbänder, Lupen, Taschenlampe, Gummihandschuhe, Siegellack, Seife, ein Handtuch und ein paar Handschellen.

»Was machst du denn da?« fragte Nigel.

»Du bist doch ein Detektiv? Siehst du es nicht?«

»Was suchst du?«

»Fußspuren, Sandkörner ... Fox, mein Lieber, das Bürstchen ist nicht da. Holen Sie doch bitte aus Miss Vaughans Garderobe die Puderquaste vom Toilettentisch.«

Fox ging und kam bald mit einer mit Lippenrot verschmierten Puderquaste zurück.

»Danke schön. Haben Sie bei den Bühnenarbeitern Glück gehabt?«

»Und wie!« antwortete Fox. »Surbonadier war hinter dem Mädchen des Requisiteurs her, und sie ist Miss Vaughans Garderobiere, und ihr Vater ist Mr. Gardeners Garderobier.«

»Aha!«

»Was sagen Sie dazu?« fragte Fox.

»Das wußte ich bereits.«

»Wie?«

»Der Requisiteur hat es mir gesagt. Vernehmen Sie nun noch die andern außer Miss Vaughan und Mr. Gardener, und stellen Sie fest, was jeder einzelne während der Verdunklung getan hat. Los!«

»Darf ich bleiben?« fragte Nigel, nachdem Fox gegangen war.

»Bitte!« Alleyn nahm ein Fläschchen und einen Lappen aus dem Köfferchen und reinigte gründlich die Quaste. Dann fegte er mit ihr Staub vom Boden in ein kleines Fläschchen. »Was haben Sie gefunden, Bailey?«

»Abdrücke von den Gummisohlen des Requisiteurs und von Simpsons Schuhen. Sonst hatte niemand in der Souffleurecke gestanden.«

»Ich habe jetzt genug Sand, um meine Schlüsse zu ziehen ... mein Gott, es ist ja schon spät!«

»Was ist mit dem Sand?« fragte Nigel.

»Denk nach!«

»Ach so! Wenn es Sand aus der Patrone ist, so bedeutet das, daß der Requisiteur dem Inspizienten die Patronen brachte und daß sie während der Verdunklung ausgetauscht wurden.«

»Der Junge hat recht!« sagte Alleyn. »Bailey, stellen Sie, soweit Sie können, die Fingerabdrücke auf der Pistole und an dem Schreibtisch fest. Meine Güte, was für ein Durcheinander! Jetzt wollen wir uns mal die Patronen in der Pistole anschauen.«

Die Pistole, die er vorsichtig an der Mündung hielt, wurde auf den Tisch gelegt. Bailey suchte nach Fingerabdrücken und stellte einwandfrei fest, daß Gardener, Surbonadier und der Garderobier die Pistole in der Hand gehabt hatten. Dann wurde sie geöffnet, und Bailey untersuchte die Patronen. Die Pistole war eine Smith and Wesson und die Patronen gewöhnliche 45er. Nur Surbonadiers Fingerabdrücke waren auf den Hülsen zu sehen.

»Verdammt!« knurrte Bailey.

»Es war nichts anderes zu erwarten«, sagte Alleyn philosophisch. »Oh ... was ist denn das?«

Er hob eine Patrone auf und hielt sie unter eine Lampe, Nigel trat zu ihm. Alleyn nahm die Lupe, betrachtete erst die eine Patrone, dann die übrigen.

»Was gibt's?« fragte Nigel.

Alleyn gab ihm die Lupe.

»Auf allen ist eine weißliche Masse zu sehen«, sagte Nigel. »Nur ganz wenig, aber hier ist etwas mehr, es sieht fast wie weiße Farbe aus.«

»Riech dran!«

»Es riecht nur nach Messing.«

»Leg deine Zigarette beiseite, putz dir die Nase und riech noch mal.«

»Jetzt rieche ich etwas anderes. Es erinnert mich an etwas! Was ist es?«

»Es sieht nach Abschminke aus und riecht wie Jacob Saint.«

8

»Wie spät ist es?« fragte Alleyn gähnend.

»Fast zwei Uhr, und es ist ein Sauwetter.«

»Ekelhaft! Ich hasse es, so spät noch auf zu sein.«

»Zwei Uhr ist doch nicht spät!«

»Vielleicht nicht für einen Journalisten. Ah, da kommen die Schauspieler!«

Man hörte Stimmen und Schritte im Gang, und eine kleine Prozession tauchte auf: Miss Dulcie Deamer, Mr. Howard Melville, Mr. J. Barclay Crammer, Inspektor Fox. Miss Dulcie Deamer war bereits für die Straße zurechtgemacht, das heißt, sie hatte ihre Wangen rot gefärbt und sich irgendwo unter der Nase ein Paar Lippen gemalt. Das Gesicht von J. Barclay Crammer war noch mit Abschminke verschmiert; er trug einen Umhang, dessen Ende er um die Schultern geschlungen hatte, und blickte höchst unwillig drein. Mr. Melville war blaß und bekümmert.

»Dulcie, wie kommst du nach Hause?« fragte er besorgt.

»In einem Taxi«, antwortete sie trocken.

»Ich wohne in Hampstead«, verkündete Mr. Crammer.

»Es tut uns sehr leid«, erklärte Alleyn, »und wir werden natürlich dafür sorgen, daß Sie nach Hause gebracht werden. Der Sergeant an der Tür wird das Nötige veranlassen. Fox, kümmern Sie sich bitte darum. Gute Nacht, meine Damen und Herren.«

»Gute Nacht, meine Damen und Herren, gute Nacht«, äffte Mr. Crammer ihn erbittert nach. Miss Deamer schaute Alleyn schüchtern und vertrauensvoll an, er machte eine förmliche Verbeugung. Mr. Melville sagte: »Gute Nacht.« Alleyn sah ihn an, und es kam ihm eine Idee.

»Noch einen Moment bitte, Mr. Melville«, sagte er.

Mr. Melville lief sofort grün an.

»Es dauert nur ein paar Minuten«, erklärte ihm der Chefinspektor, »aber die andern Damen und Herren können gehen. Warten Sie bitte in der Garderobe auf mich.«

»Fox, sind alle durchsucht worden?« fragte Alleyn.

»Die Männer gründlich. Die Damen habe ich ... habe ich abgetastet. Sie hatten fast nichts am Leib.«

»Hätten sie einen Handschuh bei sich haben können?«

»Einen Handschuh? ... Das ist was anderes.«

»Jawohl, und ich habe zwei der Damen 'rausgehen lassen, ohne sie gründlich zu durchsuchen, Trottel, der ich bin. Aber die alte Miss Max kommt wirklich nicht in Frage, und unter dem Goldbrokat war tatsächlich nur die Emerald ... sie trägt kein Korsett.«

»Die Deamer auch nicht«, sagte Fox düster.

»Fox, wir vergessen uns. Wenn Sie nicht sicher sind, versuchen Sie, sie zu überreden, sich auf dem Polizeirevier untersuchen zu lassen. Wenn sie nicht will, verfrachten Sie sie in Gottes Namen in ein Taxi und zahlen es.«

»Jawohl, Sir!«

»Wo ist Mr. Gardener?«

»Er wartet in der Garderobe des Toten.«

»Danke schön. Kommst du mit, Nigel, oder sehnst du dich nach deinem Bett?«

»Ich komme mit.«

Felix Gardener stand auf der Schwelle, die Hände in den Hosentaschen. Er zuckte nervös zusammen, als sie kamen, und lachte dann über sich selbst.

»Werde ich verhaftet?« fragte er verkrampft.

»Nur, wenn Sie mich durch ein Geständnis überraschen würden«, entgegnete Alleyn freundlich. »Setzen wir uns.«

»Ein Geständnis? Es ist doch schon klar genug. Ich habe ihn erschossen! Ganz gleich, wer diese Gemeinheit eingefädelt hat, ich habe ihn erschossen. Und das wäscht kein Regen ab!«

»Wenn Sie unschuldig sind, Mr. Gardener, sind Sie völlig unschuldig. Sie haben ebensowenig schuld wie Mr. Simpson, der die falschen Patronen in die Schreibtischschublade legte – oder die scharfen.« Nigel schaute ihn erstaunt an. »Sie waren ebensogut ein Instrument wie die Pistole oder wie Surbonadier selbst, der sie geladen hat.«

»Das sage ich mir wieder und wieder, aber es ändert nichts. Nigel, wenn du gesehen hättest, wie er mich angeschaut hat ...

als hätte er es gewußt ... als hätte er in diesem Bruchteil einer Sekunde gewußt, was geschehen ist, und als hätte er geglaubt, ich hätte es getan. Er schaute mich so erstaunt an. Ich habe es erst gar nicht gemerkt. Ich bekam einen solchen Schock, du kannst es dir nicht vorstellen, als die Pistole losging. Es ist Bills Armeepistole, weißt du. Er hat gesagt, daß er damit nie auf einen Deutschen geschossen hätte. Ein Glück, daß er tot ist und das nicht erlebt hat. Arthur ist hingefallen wie immer ... wie ein Sack. Er hat die Rolle ausgezeichnet gespielt. Findest du nicht auch? Und du weißt, daß ich ihn nicht mochte. Ich habe das auch noch heute abend gesagt, nicht wahr?«

»Mr. Gardener, das hat ja alles keinen Zweck«, erwiderte Alleyn ruhig. »Vielleicht ist der wahrste von all unseren Sprüchen der, daß die Zeit alle Wunden heilt. Als Polizist möchte ich sagen, die Zeit klärt alles auf, aber leider ist das nicht immer der Fall. Und als Polizist muß ich Ihnen jetzt ein paar Fragen stellen.«

»Sie wollen feststellen, ob ich es mit Absicht getan habe?«

»Ich will beweisen, daß Sie das nicht getan haben. Wo waren Sie zu Beginn der ersten Szene des letzten Aktes?«

»Der ersten Szene des letzten Aktes? Sie meinen die Szene, in der Arthur die Pistole lud?«

»Ja. Wo waren Sie da?«

»Ich war ... wo war ich nur? ... in meiner Garderobe.«

»Wann sind Sie hinausgegangen?«

Gardener vergrub sein Gesicht in den Händen und schaute dann hilflos auf.

»Ich weiß es nicht. Ich nehme an, gleich nachdem ich gerufen wurde. Lassen Sie mich nachdenken ... ich kann gar nicht klar denken. Ich wurde gerufen, und dann ging ich auf den Korridor.«

»Wann war das?«

»Während der ersten Szene, glaube ich.«

»Vor oder nach der Verdunklung, in der der erste Auftritt dieser Szene stattfindet?«

»Ich kann mich nicht erinnern. Ich erinnere mich an nichts mehr, was gerade vorher geschehen ist ...«

»Eine Kleinigkeit kann es Ihnen wieder in Erinnerung bringen. Zum Beispiel, sind Sie aus dem Korridor auf eine pechschwarze Bühne gegangen?«

»Jemand trat mir auf den Fuß«, sagte Gardener plötzlich.

»Jemand trat Ihnen auf den Fuß ... im Dunkeln?«

»Ja, ein Mann.«

»Wo war das?«

»In den Kulissen. Ich weiß nicht mehr, wo ... es war stockfinster.«

»Haben Sie eine Ahnung, wer es war?«

Gardener blickte Nigel ängstlich an. »Darf ich einen andern belasten?«

»Um Himmels willen, sag die Wahrheit!« riet Nigel.

Gardener schwieg einen Moment und sagte schließlich: »Nein, ich habe keine Ahnung. Es ist zu unbestimmt, um etwas zu behaupten, und ich könnte jemanden ungerechterweise schwer belasten, und Ihnen würde es nicht helfen, es würde Sie nur beeinflussen. Ich habe für den heutigen Abend schon genug Unheil angerichtet.« Er starrte Alleyn an.

Alleyn erwiderte lächelnd: »Ich lasse mich nicht so leicht beeinflussen, und ich verspreche Ihnen, daß ich Ihrer Aussage keine übermäßige Bedeutung beilegen werde.«

»Nein!« erwiderte Gardener widerspenstig. »Ich bin noch nicht einmal sicher, und je mehr ich darüber nachdenke, desto weniger sicher bin ich.«

»Hat es etwas mit Ihrem Geruchssinn zu tun?«

»Mein Gott!« flüsterte Gardener.

»Danke sehr«, sagte Alleyn.

Gardener und Nigel starrten ihn an, und Gardener brach in ein hysterisches Lachen aus.

»Richtige Detektivarbeit!« rief er.

»Seien Sie ruhig!« herrschte ihn Alleyn an. »Ich habe genug von der Schauspielerei, ich habe Szenen satt, Mr. Gardener.«

»Entschuldigen Sie.«

»Bitte. Also, diese Pistole. Soviel ich weiß, gehörte sie Ihrem Bruder. Seit wann haben Sie sie?«

»Seit seinem Tod.«

»Hatten Sie Munition?«

»Ich habe dem Requisiteur die Patronen gegeben, und er hat sie entschärft.«

»Haben Sie noch welche zu Hause?«

»Nein, ich habe keine mehr gefunden, es waren nur die sechs, mit denen die Pistole geladen war.«

»Was haben Sie getan, nachdem Sie in der Dunkelheit mit dem Mann zusammengestoßen sind?«

»Geflucht und mir den Fuß gerieben. Es hat noch immer weh getan, als das Licht anging.«

»Traten Sie in die Nähe des Schreibtisches, der auf der Bühne, fast in den Kulissen, stand?«

»Ich habe keine Ahnung. Ich werde es wohl getan haben. Sie meinen den Schreibtisch, in dem ... die Patronen waren? Sicher war ich in der Nähe.«

»Und was ist mit dieser Szene, die wir in Miss Vaughans Garderobe miterlebt haben? Warum hatte Surbonadier diesen Skandal gemacht?«

»Er war betrunken.«

»Steckt sonst nichts dahinter?«

»Er mochte mich nicht. Das habe ich Ihnen schon gesagt.«

»Ja«, stimmte Alleyn zu. »Aber es kommt mir so vor, als ob er Sie aus anderen Gründen als nur aus beruflicher Eifersucht nicht mochte.«

»Ja, das müssen Sie ja gemerkt haben.«

»Miss Vaughan?«

»Lassen Sie doch bitte wenigstens Stephanie aus dem Spiel.«

»Sie ist drin. Sie hat ihren Platz in diesem Puzzlespiel. Es tut mir leid, aber bei Mordfällen kann man keine delikaten Rücksichten nehmen. Ich nehme an, daß Sie mit Miss Vaughan verlobt sind und daß Surbonadier der erfolglose Nebenbuhler war.«

»Wir sind nicht öffentlich verlobt. Zweifellos sind meine Chancen zusammen mit meinem einzigen ernsthaften Rivalen zunichte geworden. Die Verlobung sollte heute nach der Vorstellung beim Essen verkündet werden.«

»Ach so. Mr. Gardener, haben Sie in Ihrer Garderobe ein Paar Handschuhe?«

Gardener wurde kreidebleich.

»Ja«, antwortete er.

»Wo?«

»Ich weiß es nicht. Wahrscheinlich in meiner Manteltasche. In diesem Stück trage ich keine.«

Alleyn griff in die Taschen eines Mantels, der an einem Haken ging, und zog ein Paar weiße Waschlederhandschuhe hervor, die er eingehend untersuchte. Er roch an ihnen, hielt sie ans Licht, betrachtete jeden einzelnen Finger und gab sie dann Gardener.

»Völlig harmlose Handschuhe«, sagte er. »Danke sehr, Mr.

Gardener, ich weiß Ihre Offenheit zu schätzen. Und jetzt, wenn es Ihnen recht ist, durchsuche ich Sie wie die andern.«

Nigel sah dieser Prozedur besorgt zu. Er wußte nicht, was Alleyn suchte, oder ob er überhaupt etwas suchte. Jedenfalls fand er nichts.

»So, das wäre alles, Mr. Gardener«, sagte Alleyn. »Ich will Sie nun nicht länger aufhalten.«

»Wenn Sie gestatten, warte ich auf Stephanie«, erwiderte Gardener. »Sie wollte, daß ich mich vor ihr vernehmen lasse.«

»Bitte sehr. Warten Sie auf der Bühne.«

»Soll ich mitkommen?« fragte Nigel schüchtern.

»Nein, danke, mein Lieber. Ich möchte lieber allein sein.«

Gardener ging hinaus.

»Na?« fragte Nigel besorgt.

»Wir machen keine raschen Fortschritte, Nigel«, sagte Alleyn. »Hast du eigentlich die Unterredung mitstenographiert?«

»Ich . . . ich, das konnte ich meinem alten Freund Felix nicht antun.«

»Ich bin nicht nur eine Maschine«, sagte Alleyn freundlich. Dann rief er laut: »Sind Sie fertig, Fox?«

»Jawohl«, antwortete Inspektor Fox vom nächsten Zimmer aus, dann erschien er.

»Er hat die Unterredung mitstenographiert«, erklärte Alleyn, »ich kann mich nicht mehr auf mein lausiges Gedächtnis verlassen.«

»Mein Gott!«

»Möchtest du nach Hause gehen?« fragte Alleyn.

»Nur wenn du mich loswerden willst«, antwortete Nigel.

»Dann bleib. Fox, haben Sie mit dem Garderobier und der Garderobiere gesprochen, mit Mr. und Miss Beadle?«

»Ja. Das Mädchen heulte und sagte, sie hätte nie einem Menschen etwas Böses angetan und Mr. Surbonadier habe sie immer belästigt und der Requisiteur sei ihr Schatz. Ihr Vater hat ungefähr das gleiche gesagt. Er hatte das Mädchen immer vor Mr. Surbonadier gewarnt. Während der Verdunklung waren die beiden in der Statistengarderobe. Sie seien allein dort gewesen, sagten sie. Sie trafen sich an der Biegung des Korridors und gingen zusammen weiter. Sie ist ein gutes Ding. Der Tote war offensichtlich ein übler Geselle. Sie sollten selbst mit dem Mädchen sprechen. Ihr Vater ist eine ehrliche alte Haut.«

»Ja, ich erinnere mich an die beiden. Und jetzt möchte ich

Miss Vaughan sprechen. Ich hätte das schon früher tun müssen und sie nach Hause gehen lassen.«

»Sie wollte, daß die andern erst gingen«, sagte Fox, »ich brachte ihr ihre Kleider in die Statistengarderobe, und sie wollte sich umziehen. Sie ist noch nicht ganz fertig.«

Es war offensichtlich, daß Inspektor Fox sie in eine höhere Kategorie einreihte als die übrigen Schauspieler. Alleyn schaute ihn ironisch lächelnd an.

»Worüber lachen Sie?« fragte Fox mißtrauisch.

»Über nichts. Sind Sie schon weitergekommen?«

»Mr. Melville hat Bailey geholfen, die Szene, in der die Pistole geladen wird, zu wiederholen. Die Handschuhe haben wir nicht gefunden.«

»Das will ich mir mal anschauen, während sie sich umzieht.« Sie kehrten zur Bühne zurück. Felix ging im Korridor auf und ab und kümmerte sich nicht um sie. Nigel sprach ihn an, aber er antwortete zerstreut und sah ihn an, als seien sie Fremde.

»Es wird schon alles wieder in Ordnung kommen, Felix«, sagte Nigel lahm.

»Was wird in Ordnung kommen?«

»Alleyn wird den Täter finden. Unschuldige Menschen werden heutzutage nicht mehr unter Anklage gestellt.«

»Glaubst du, daß ich mir deswegen den Kopf zerbreche?« fragte Gardener und ließ Nigel stehen.

Auf der Bühne betrachtete Alleyn kritisch die Rekonstruktion der vorletzten Szene. Der Schreibtisch und der Sessel von Miss Max standen auf ihrem Platz, ebenso die Fensterbank, vor der Janet Emerald ihren letzten Dialog mit Arthur Surbonadier geführt hatte.

»Etwas fehlt«, sagte Alleyn zu Bailey. Ein Farbfleck, etwas Rotes. Was war es nur?« fragte er Nigel.

»Ich weiß«, antwortete Nigel. »Miss Max' Strickbeutel. Er hing an dieser Sessellehne.«

»Sehr gut!« rief Alleyn. »Suchen wir ihn.« Sie taten es, der eine ging zur Requisitenkammer.

»Wo ist nur das verdammte Ding?« murmelte Alleyn. »Es hing die ganze Szene hindurch an dem Sessel, am Schluß steckte sie ihr Strickzeug hinein und ließ es dort.« Vor sich hinmurmelnd ging er suchend auf der Bühne umher.

»Ist das so wichtig?« fragte Nigel müde.

»Was?«

»Ist es so wichtig?«

»Nein. Ich möchte nur, daß die Bühne hübsch aussieht.«

Nigel schwieg.

»Ist das das Ding, Sir?« fragte der Sergeant, der mit einem großen, roten Beutel in der Hand zurückkam.

»Jawohl!« sagte Alleyn.

Er zog einen langen, gestrickten bunten Schal aus der Tasche, und dann griff er tiefer hinein.

»Hatte einer der Herren ein Bekleidungsstück vermißt?« fragte er. Er schnitt Nigel eine Grimasse und blickte sich herausfordernd um. Dann zog er seine Hand mit einem Ruck aus der Tasche und hielt ein Paar grauer Wildlederhandschuhe hoch.

»Heureka!« rief Chefinspektor Alleyn.

9

»Aber das ist doch toll!« sagte Nigel entrüstet. »Die alte Miss Max ... das ist doch ein starkes Stück. Diese nette alte Dame.«

Alleyn lachte. »Gut, gut, reiß mir nicht den Kopf ab. Nicht ich habe die Dinger da hineingesteckt.«

»Dann ein anderer.«

»Möglich, während der Verdunklung. Oh, es ist alles so geschickt arrangiert. Ich habe mir von Anfang an gesagt, wir haben es mit bester Schauspielkunst zu tun.«

»Ja, mit der allerbesten«, stimmte Nigel nachdenklich zu.

»Was ist am Daumen des rechten Handschuhs?« fragte Fox plötzlich.

Alleyn hielt ihn mit einem Finger hoch.

»Oh, Fox, Sie sind fabelhaft. Riechen Sie mal dran.« Er hielt ihn ihm hin.

»Ich weiß«, sagte Fox. »Er riecht nach Zigarren und Parfum, und ... verdammt nochmal, wo habe ich dieses Parfum gerochen?«

»Bei Mr. Jacob Saint.«

»Bei Gott, Sie haben recht, Sir.«

»Es ist ein sehr gutes Parfum, etwas ganz Besonderes. Aber wie nachlässig von Mr. Saint, seine Handschuhe zu verlieren, erstaunlich nachlässig.« Er reichte Fox die Handschuhe.

»Wann hat er sie verloren? Er hatte keine an, als er hierher kam«, erklärte Fox. »Ich weiß es, weil er mich bei der Tür beiseite schob und sich sein Ring in meine Hand preßte.«

»Sein übertrieben großer Siegelring«, murmelte Alleyn. »Der prägt sich ein . . . Schauen Sie mal!«

Er hielt den kleinen Finger des linken Handschuhs hoch – am unteren Glied war er ausgebeult.

»Er war vor Beginn der Vorstellung hinter der Bühne, dann war er im Zuschauerraum.«

»Könnte er später wieder hinter die Bühne gegangen sein?« fragte Nigel.

»Das müssen wir feststellen. Mein Gott, Fox, was ist eigentlich mit dem alten Mann geschehen?«

»Mit wem?«

»Mit dem Bühnenportier!«

»Ich habe ihn nicht gesehen. Er muß gleich nach der Vorstellung fortgegangen sein.«

»Er war noch da, als wir zur Bühne kamen. Das gefällt mir nicht. Wir müssen seiner habhaft werden. Aber jetzt will ich mir Miss Vaughan vornehmen. Ich möchte mit ihr allein sprechen, Fox. Sonst wäre nichts mehr zu tun, glaube ich. Haben Sie sich den Daumen genau betrachtet?«

»Ja«, antwortete Fox bedächtig. »Es ist ein weißlicher Fleck darauf.«

»Ich möchte, daß er analysiert wird, um ihn mit den Patronen zu vergleichen.«

»Was, meinen Sie, ist es?«

»Irgendeine Creme, Fox. Während ich mit Miss Vaughan spreche, schaut ihr beiden in den Garderoben nach, ob ihr eine ähnliche findet. Nehmt von jeder ähnlichen Creme eine Probe und notiert dabei, woher sie stammt und so weiter. Und jetzt gehen Sie zu Miss Vaughan und bitten Sie sie her.«

Fox und Bailey gingen hinaus. Der Sergeant, der vor der Statistengarderobe Wache gehalten hatte, kam zurück und verschwand auf einen Blick von Alleyn hin durch die Bühnentür. Alleyn folgte ihm, sagte etwas zu ihm, was Nigel nicht verstand, und kam zurück.

»Würdest du die Unterhaltung mitstenographieren?« sagte er.

»Gern, allein schon aus Neugierde. Ich verschwinde in mein Versteck.«

»Danke schön . . . da kommt sie.«

Stephanie Vaughan hatte sich umgezogen und trug nun ein dunkles Pelzcape. Die Bühnenschminke hatte sie entfernt, und sie sah blaß und recht müde aus; sie hatte nichts Theatralisches mehr an sich, sie war ernst und würdevoll und etwas abwesend. ›Das ist ja eine ganz andere Frau!‹ dachte Nigel.

»Sie wollten mich sprechen«, sagte sie ruhig.

»Wollen Sie bitte Platz nehmen?«

Sie setzte sich in einen Sessel, ein kurzes Schweigen entstand.

»Was möchten Sie von mir wissen?« fragte sie schließlich.

»Verschiedenes. Erstens: Was haben Sie zu Beginn des letzten Aktes während der Verdunklung der Bühne getan?«

»Ich war in meiner Garderobe und zog mich um. Dann ging ich zu Felix.«

»War jemand bei Ihnen? In Ihrer Garderobe, meine ich.«

»Meine Garderobiere.«

»Während der ganzen Verdunklung?«

»Das weiß ich nicht. Von meiner Garderobe aus konnte ich nicht sehen, wann das Licht auf der Bühne ausging.«

»Ich dachte, Sie hätten den Dialog hören können.«

»Ich habe nicht hingehört.«

»War Mr. Gardener noch in seiner Garderobe, als Sie sie verließen?«

»Nein, er ging zuerst hinaus. Er tritt vor mir auf.«

»Wann sind Sie auf die Bühne gegangen?«

»Als die erste Szene vorbei war.«

»Danke schön. Was geschah eigentlich, nachdem Mr. Bathgate und ich Ihre Garderobe verlassen hatten?«

Die Frage überraschte sie sichtlich. Nigel hörte sie schwer atmen, doch als sie sprach, klang ihre Stimme gelassen.

»Es gab eine Szene«, antwortete sie.

»Sie fing an, während wir noch dort waren. Was geschah?«

Sie lehnte sich müde zurück, das Cape glitt ihr von der Schulter. Sie zuckte zusammen, als habe ihr jemand einen Schmerz zugefügt, dann beugte sie sich vor und zog das Cape wieder um sich.

»Haben Sie eine Verletzung?« fragte Alleyn. »An der Schulter? Sie haben hingegriffen.«

»Arthur hat mich geschlagen.«

»Was?«

»Jawohl!«

»Lassen Sie mich sehen!«

Sie ließ das Cape fallen, zog ihr Kleid beiseite und hob die Schulter hoch. Nigel sah einen roten Striemen. Alleyn beugte sich über sie, ohne sie zu berühren.

»Was hat Gardener getan?«

»Er war nicht da. Sowie Sie gegangen waren, schickte ich Felix ebenfalls weg. Er wollte natürlich nicht, aber ich bestand darauf, die Sache mit Arthur allein zu klären.

»Und dann?«

»Und dann gab es eine Szene – eine Szene im Flüsterton. Das war nichts Neues. Er war außer sich vor Eifersucht und bedrohte mich mit allem möglichen. Dann wurde er rührselig und weinte jämmerlich. So hatte ich ihn noch nie gesehen.«

»Womit drohte er Ihnen?«

»Er würde meinen Namen in den Dreck ziehen«, antwortete sie leise. »Er würde Felix daran hindern, mich zu heiraten. Wenn Felix über den Haufen geschossen worden wäre, hätte es mich nicht gewundert. Arthur standen Mordgedanken auf dem Gesicht geschrieben. Ich glaube, er hat es selbst getan.«

»Meinen Sie? Hatte er soviel Mut?«

»Ich glaube. Er hoffte, man würde Felix beschuldigen.«

»Wo stand er, als er Sie schlug?«

»Was meinen Sie damit? Ich saß in dem kleinen Sessel, dort, wo ich gesessen hatte, als Sie hinausgingen. Er stand ungefähr so weit entfernt von mir, wie Sie jetzt stehen.«

»Er hat Sie also mit der linken Hand geschlagen?«

»Nein ... ich weiß es nicht. Ich kann mich nicht erinnern. Wenn Sie es täten ... könnte ich mich vielleicht erinnern.«

Alleyn schlug sie mit der rechten Hand leicht auf die linke Halsseite.

»Er müßte so Ihr Gesicht getroffen haben«, erklärte er, »daher glaube ich, daß er es mit der linken Hand getan hat, und auch dann war es merkwürdig.«

»Er war betrunken.«

»Das sagen mir alle. Hat er nicht vielleicht hinter Ihnen gestanden? ... So?«

Alleyn stellte sich hinter sie und legte seine rechte Hand auf ihre rechte Schulter. Nigel erinnerte sich plötzlich lebhaft an die Szene in der Garderobe, als Gardener hinter ihr gestanden war, sie ebenso berührt hatte und wegen Alleyns Bemerkung über Edgar Wallace gelacht hatte.

»Meine Hand ist gerade auf den Striemen gekommen«, sagte Alleyn. »Habe ich Ihnen weh getan?«

»Nein.«

»Darf ich Ihnen das Cape umlegen? Ihnen ist kalt.«

»Danke schön.«

»Glauben Sie, daß es so gewesen ist?«

»Vielleicht. Er drückte sich im Zimmer herum, ich kann mich wirklich nicht mehr genau erinnern.«

»Sie müssen Angst gehabt haben.«

»Nein. Er flößte einem keine Angst ein, aber ich war froh, daß Felix nicht mehr da war. Es gelang mir, Arthur loszuwerden, und dann ging ich in Felix' Garderobe.«

»Nebenan?«

»Ja. Ich sagte nichts von dem Schlag. Der alte Beadle war dort, ging aber sofort, als ich kam. Dann sagte ich Felix, daß Arthur mir gedroht hätte.«

»Was sagte er dazu?«

»Arthur sei ein besoffenes Schwein, aber in einer Hinsicht tue er ihm leid. Er würde mit ihm sprechen und ihn ermahnen, sich zu benehmen und mich nicht mehr zu belästigen.«

»Er regte sich also nicht auf?«

»Nein. Er wußte, daß Arthur nicht zählt, und wir beide hassen Szenen. Wir sprachen nur ein paar Worte, und dann ging Felix auf die Bühne . . . sie war noch immer dunkel, fällt mir jetzt ein. Haben Sie eine Zigarette, Mr. Alleyn?«

»Verzeihung, daß ich nicht daran gedacht habe.«

Sie nahm eine aus seinem Etui, er gab ihr Feuer. Dabei berührten ihre Finger seinen Handrücken, und sie sahen einander an. Dann lehnte sie sich wieder zurück, beide rauchten eine Weile schweigend – Alleyn völlig gelassen, sie ein bißchen weniger.

»Bitte, sagen Sie mir«, begann sie schließlich ernst, »haben Sie jemand Bestimmten in Verdacht?«

»Sie können nicht von mir erwarten, daß ich das beantworte«, erwiderte Alleyn.

»Warum nicht?«

»Alle stehen unter Verdacht. Alle lügen und spielen Theater.«

»Auch ich? Habe ich gelogen oder Theater gespielt?«

»Ich weiß es nicht«, entgegnete Alleyn düster, »woher sollte ich?«

»Sie können mich gar nicht leiden, Inspektor!«

»Meinen Sie ... Spielen Sie manchmal Puzzle?«

»Ab und zu.«

Und empfinden Sie dann manchmal einen besonderen Widerwillen gegen ein bestimmtes Klötzchen, das nicht hineinpaßt?«

»Ja.«

»Das ist die einzige Art von persönlichen Empfindungen, die sich ein Polizist leisten darf. Ich habe dieses Gefühl gegen die Klötzchen, die nicht passen; für die, die passen, empfinde ich eine gewisse Zuneigung.«

»Und ich passe nicht in Ihr Puzzlespiel?«

»Im Gegenteil, ich glaube, ich habe Sie dort, wo Sie hingehören.«

»Meine Zigarette ist zu Ende. Wollen Sie mich noch etwas fragen? – Nein, danke, ich möchte nicht mehr rauchen.«

»Nur noch etwas. Darf ich Ihre Hand sehen?«

Sie streckte ihm beide Hände hin. Nigel sah zu seinem Staunen, daß er sich über sie beugte, dann die Handflächen nach oben drehte und mit geschlossenen Augen dastand, seine Lippen berührten sie fast. Sie entzog sie ihm nicht, aber sie war nun nicht mehr so blaß, und Nigel hatte den Eindruck, daß ihre Hände zitterten. Dann ließ Alleyn sie fallen.

»Chanel Nr. 5«, sagte er. »Ich danke Ihnen vielmals, Miss Vaughan.«

»Hastig schob sie die Hände unter ihren Pelz. »Ich glaubte, Sie würden sie küssen«, sagte sie leichthin.

»Ich weiß, was mir zukommt«, erwiderte Alleyn. »Gute Nacht. Mr. Gardener wartet auf Sie.«

»Gute Nacht. Wollen Sie meine Adresse haben?«

»Bitte.«

»Shepherd's Market, Nun's House, Apartment Nr. 10. Wollen Sie es aufschreiben?«

»Das ist nicht nötig. Gute Nacht!«

Sie sah ihn einen Augenblick an und ging dann durch den Gang zur Bühnentür. Nigel hörte sie rufen:

»Da bist du ja, Felix.« Dann verklangen ihre Schritte.

»Hast du die Adresse aufgeschrieben, Nigel?« fragte Alleyn.

»Ja. Deine Einstellung Stephanie gegenüber hat sich wohl etwas geändert?«

»Wieso?«

»Ich weiß nicht. Vorhin in der Garderobe kam es mir vor, als könntest du sie nicht leiden.«

»Das dachte sie auch.«

»Jetzt bin ich nicht mehr so sicher.«

»Sie auch nicht.«

»Was hältst du denn von dem Striemen?«

»Hast du das nicht gemerkt?«

»Nein. Vielleicht wolltest du nur mit der Dame tändeln.«

»Faß es so auf, wenn du willst«, entgegnete Alleyn.

»Du bist albern«, erklärte Nigel von oben herab, »und ich gehe jetzt nach Hause.«

»Ich auch. Und schönen Dank für den reizenden Abend.«

»Bitte schön. Es hat mich sehr gefreut, daß du kommen konntest. Ich muß noch arbeiten, bevor ich schlafen gehe.«

»Was denn?«

»Die Geschichte für meine Zeitung. Das ist ein Schlager!«

»Morgen früh unterbreitest du mir den ganzen Quatsch, den du schreibst, junger Mann!«

»Aber, Alleyn!« begehrte Nigel auf.

»Jawohl, ich hatte euch entsetzliche Kerle ganz vergessen. Der Sergeant draußen hat schon einen Haufen deiner lieben Kollegen abgewimmelt.«

»Aber laß mich wenigstens etwas schreiben. Es ist doch wirklich ein Schlager!«

»Du legst mir morgen jede Zeile vor.«

»Na schön, von mir aus!«

Alleyn rief seine Leute herbei, und sie marschierten durch die Bühnentür hinaus. Die Lichter wurden ausgedreht.

Alleyn schaltete die Taschenlampe ein, und sie gingen zum Bühneneingang. Nigel trat in die frische Luft. Die andern sprachen draußen mit einem Nachtwächter und zwei jungen Leuten, die Nigel als Kollegen erkannte.

»Moment!« rief Alleyn vom Gang aus. »Schaut mal her!«

Die andern kamen zurück. Die Taschenlampe leuchtete eine Nische links hinter der Tür aus. Der Strahl traf den dort mit geschlossenen Augen liegenden Portier Blair.

»Großer Gott!« rief Nigel. »Ist er tot?«

»Nein, er schläft nur«, antwortete Alleyn. »Wie heißt er?«

»Blair!« sagte der Nachtwächter.

»Wachen Sie auf, Blair!« rief Alleyn. »Der letzte Vorhang ist schon längst 'runtergegangen, und alle sind zu Hause.«

10

Am nächsten Morgen um neun Uhr war Nigels Bericht druckfertig. Er hatte die Redaktion veranlaßt, die erste Seite zurückzuhalten, bis sein Artikel von Alleyn genehmigt war. Die Morgenzeitungen brachten aufsehenerregende Schlagzeilen, aber nur sehr magere Berichte. Nigel suchte seinen Freund in Scotland Yard auf und fand ihn zugänglicher, als er erwartet hatte. Der Artikel wies besonders darauf hin, daß Gardeners Rolle in der Tragödie ihn in keiner Weise verdächtig machte. Alleyn beanstandete das nicht. Nigel hatte von den persönlichen Beziehungen zwischen Surbonadier, Gardener und Stephanie Vaughan nur wenig erwähnt.

»Das Geschreibsel ist weniger schlimm, als ich gefürchtet hatte«, erklärte Chefinspektor Alleyn. »Mit den paar Streichungen, die ich gemacht habe, kann es erscheinen. Gehst du zur Redaktion zurück?«

»Nicht, wenn du mich hier haben willst«, antwortete Nigel prompt. »Ich habe einen Laufjungen bei mir, der den Artikel zur Redaktion zurück?«

»Sehr gut organisiert. Ich bin jetzt in einem Stadium, wo ich Hilfe brauchen könnte.«

Nachdem er den Laufjungen zur Fleet Street zurückbeordert hatte, erschien Nigel in Alleyns Büro. Alleyn telefonierte.

»Sehr schön«, sagte er in den Apparat, während er sich zu Nigel umdrehte, »ich erwarte Sie also in zwanzig Minuten«, und hängte auf.

»Ein unangenehmer Zeitgenosse«, knurrte er.

»Wieso unangenehm?«

»Ein Denunziant.«

»Wer ist es?«

»Mr. Saints Diener. Warten wir ab.«

»Wie kommst du denn voran, Inspektor?«

»Oh, es ist eine verdammte Geschichte«, stöhnte Alleyn.

»Ich habe versucht, mir alles klar zu machen«, erklärte Nigel, »soweit ich Bescheid weiß. Ich habe eine Art Dossier angelegt, natürlich sehr laienhaft.«

»Ich nehme an, daß du gar nicht weißt, was ein Dossier ist«, entgegnete Alleyn, »aber wir wollen es uns einmal anschauen.«

Nigel zog mehrere mit Schreibmaschine getippte Bogen hervor.

»Das sind die Stenogramme, die ich aufgenommen habe.«

»Vielen Dank, Nigel. Jetzt zeig mir deine Zusammenstellung. Sie könnte nützlich sein, so etwas ist nicht meine starke Seite.«

Nigel schaute ihn mißtrauisch an, aber Alleyn schien es ausnahmsweise ernst zu meinen. Er zündete sich eine Pfeife an und nahm einen Bogen vor, den Nigel mit der Überschrift versehen hatte:

MORD IM UNICORN-THEATER

Sachlage:

Surbonadier wurde von Gardener mit der im Stück benutzten Pistole erschossen. Gemäß den Aussagen des Inspizienten und des Requisiteurs wurden mit Sand gefüllte Patronen – bei einer saß die Kugel locker – unmittelbar vor Beginn der Szene, in der Surbonadier die Pistole lud, in die Schreibtischschublade gelegt. In der Souffleurecke gefundene Sandkörner bestätigen diese Behauptung.

»In der obersten Schublade waren auch Sandkörner«, sagte Alleyn aufblickend.

»So? Das ist also noch ein weiterer Beweis.«

Alleyn las weiter:

Der Requisiteur behauptet, die Kugel lockerte sich an dem Abend, weil er die Patrone versehentlich hatte fallen lassen. Wenn er nicht lügt und nicht mit dem Inspizienten unter einer Decke steckt, bedeutet es, daß die unscharfen Patronen vor Beginn der Szene in der obersten Schreibtischschublade lagen. Daher mußte der Mörder die tödliche Patrone entweder unmittelbar vor oder während der Verdunklung der Bühne, die vier Minuten dauert, ausgetauscht haben. Er benutzte Handschuhe, nahm die blinden Patronen aus der oberen Schublade, vertauschte sie gegen die scharfen, legte die blinden in die untere Schublade und entledigte sich der Handschuhe. Ein Paar grauer Herrenwildlederhandschuhe wurden in dem Strickbeutel gefunden, der an einer Sessellehne auf der Bühne hing. Surbonadier nahm die Patronen aus der oberen Schublade und lud die Pistole. Während der folgenden Szene nahm Gardener ihm die Pistole ab und schoß in der üblichen Weise. Die übrigen in der Pistole vorhandenen Patronen waren alle scharf.

In Frage kommende Täter:

Alle hinter der Bühne hatten die Möglichkeit, die Patronen auszutauschen. Die Leute auf der Bühne hatten wohl die beste Möglichkeit dazu. Es waren: Miss Max, Miss Emerald, Surbonadier selbst und der Inspizient. Andererseits konnte jeder von den Kulissen aus auf die verdunkelte Bühne gekommen sein und es getan haben. Miss Vaughan, Barclay Crammer, Howard Melville, Miss Deamer, der Garderobier und die Garderobiere und das Bühnenpersonal kämen dafür ebenfalls in Frage.

Ich führe nachstehend alle in den Fall verwickelten Personen auf:

Miss Emerald. Sie war auf der Bühne. Sie hatte einen Wortwechsel mit Surbonadier gehabt. Der Inspizient und Miss Max hatten gesehen, daß sie über die Bühne zum Schreibtisch ging und sich über ihn lehnte. Sie hat gelogen. Motiv: Unbekannt, aber sie hatte mit Surbonadier gestritten. Sie scheint mit Jacob Saint, dem Onkel von Surbonadier, sehr befreundet zu sein.

Miss Max. Sie war auf der Bühne. Ihr Strickzeug befand sich in dem Beutel, in dem die Handschuhe gefunden wurden. Solange Licht war, ging sie nicht zum Schreibtisch. Motiv: Unbekannt.

Inspizient. War auf der Bühne. Hatte die blinden Patronen in den Schreibtisch gelegt. Er hätte während der Verdunklung unbemerkt zum Schreibtisch gehen können. Ein schwieriger Zeuge. Motiv: Unbekannt.

Requisiteur. Gab die falschen Patronen dem Inspizienten. Konnte während der Verdunklung leicht zum Schreibtisch gehen. Benahm sich nach dem Mord verdächtig, ließ aus den Soffitten einen Kronleuchter herunterfallen. Verbarg sich oben auf der Galerie. Verheimlichte, daß die falschen Patronen in der zweiten Schublade lagen. Motiv: Verlobt mit Trixie Beadle. Surbonadier hatte ihr nachgestellt.

Stephanie Vaughan. War in der Garderobe. Sagt, Trixie Beadle, ihre Garderobiere, sei bei ihr gewesen, kann sich aber nicht erinnern, wie lange. Sagt, sie sei in Gardners Garderobe gegangen und sei dort bis nach der Verdunklung geblieben. Motiv: Surbonadier, der wahnsinnig in sie verliebt war, bedrohte sie. Möglicherweise fürchtete sie, daß er Gardener etwas verraten könnte; ist mit Gardener verlobt.

Felix Gardener. Schoß die Pistole ab, die ihm gehört. Gibt zu, daß er während der Verdunklung auf die Bühne kam. Sagt, jemand wäre ihm auf den Fuß getreten. Er hat die Patronen zur Verfügung gestellt, die der Requisiteur entschärfte. Motiv: Möglicherweise Surbonadiers Drohungen gegen Miss Vaughan.

J. B. Crammer.	Siehe Bericht des Inspektors Fox.
Dulcie Deamer.	
Howard Melville.	

Alleyn schaute auf.

»Hast du nicht gehört? Melville und Crammer waren während der Verdunklung zusammen in Crammers Garderobe. Vorher war Melville auf der Bühne gewesen. Miss Deamer war in der Garderobe gewesen und hatte die beiden sprechen gehört. Das füge ich für dich hinzu.«

Er las nun weiter.

Motiv: Keines, außer bei Barclay Crammer berufliche Eifersucht.

Trixie Beadle. Sie half Miss Vaughan beim Anziehen, erklärte aber Fox, sie sei während der Verdunklung mit ihrem Vater in der Statistengarderobe gewesen. Könnte von der Garderobe aus dorthin gegangen sein. Motiv: Sie war möglicherweise von dem Verstorbenen verführt worden und fürchtete, dieser würde es dem Requisiteur erzählen. Verlobt mit dem Requisiteur.

Beadle. Vater der Vorhergehenden. Sagte Fox, er sei mit seiner Tochter in der Statistengarderobe gewesen. Hatte vorher die Tochter im Korridor getroffen. Motiv: Surbonadiers Beziehungen zu dem Mädchen.

Blair. Bühnenportier. Höchst unwahrscheinlich.

Jacob Saint. Besitzer des Theaters. War vor der Vorstellung hinter der Bühne. Onkel des Verstorbenen. Hatte Krach mit ihm. Vermutlicher Besitzer der in dem Strickbeutel gefundenen Handschuhe. Gardener erinnerte sich anscheinend an den Geruch der Person, die ihm auf den Fuß getreten war. Saint benutzt ein penetrantes Parfum. Motiv: Unbekannt, abgesehen von dem erwähnten Krach.

Bühnenpersonal. Waren alle in der Statistengarderobe.

Bemerkungen: Interessante Punkte. Janet Emerald rief: »Du warst es nicht. Sie können nicht sagen, daß du es warst«, als Saint auf die Bühne kam. Sie hat unwahre Angaben über ihr Verhalten gemacht. Der Requisiteur verhielt sich sehr merkwürdig und verdächtig. Hat Miss Vaughan die Wahrheit gesagt? War Saint auf die Bühne zurückgekommen? Auf der Party nach der Premiere hatte Barclay Crammer sich Surbonadier gegenüber haßerfüllt benommen. Bei dieser Party bemerkte ich, daß Saint und Surbonadier kühl gegeneinander waren.

Hier endete Nigels Bericht. Alleyn legte ihn zur Seite.

»Das ist alles sehr richtig«, lobte er, »es ist sogar recht aufschlußreich. Wenn du ein Polizist wärst, was würdest du als nächstes tun?«

»Ich habe keine Ahnung.«

»Wirklich? Ich werde dir sagen, was wir getan haben. Wir haben in der trüben Vergangenheit Mr. Jacob Saints gewühlt.«

»Mein Gott!«

»Jawohl, wirklich eine recht bewegte Vergangenheit. Du kannst mir helfen.«

»So?«

»Seit wann bist du Journalist?«

»Seit der Beendigung meines Studiums in Cambridge.«

»Du bist also beinahe der Meister der Fleet Street. Seit einem Jahr, nicht wahr?«

»Und drei Monaten!«

»Dann erinnerst du dich nicht an diesen Rauschgiftskandal vor ungefähr sechs Jahren und an einen Artikel im *Morning Express,* auf den hin Jacob Saint eine Klage wegen Beleidigung einreichte und fünftausend Pfund zugesprochen erhielt?«

Nigel stieß einen Pfiff aus und sagte nachdenklich: »Ich erinnere mich dunkel.«

»Es war ein aufsehenerregender Fall. In dem Artikel wurde ziemlich klar angedeutet, daß Saint sein Vermögen durch einen umfangreichen Handel mit Rauschgift erworben habe. Wie ich schon sagte, klagte Saint. Seiner Klage wurde auch stattgegeben, aber die ganze Sache schadete ihm doch etwas. Eine merkwürdige Sache ergab sich: die Identität des Verfassers des Artikels war nicht festzustellen. Ein prominenter Reporter des *Morning Express* war in den Ferien. Der betreffende Artikel kam in die Redaktion mit einem von diesem Reporter unterzeichneten Begleitbrief. Doch die Unterschrift war geschickt gefälscht. Er konnte beweisen, daß der Artikel nicht von ihm stammte. Der Umschlag, in dem der Artikel ankam, trug den Poststempel ›Mossburn‹, ein Dorf in der Nähe von Cambridge. Es wurde der schwache Versuch unternommen, den Verfasser ausfindig zu machen, aber jedenfalls war der *Morning Express* für den Artikel verantwortlich. Mr. Saint war sehr empört und, ach, so tugendhaft.«

»Was hat das mit unserem Fall zu tun?«

»Der Poststempel war von einem Dorf in der Nähe von Cambridge.«

»Denkst du an Felix?« fragte Nigel aufgebracht.

»An Gardener? Wo war er denn vor sechs Jahren?«

Nigel zögerte und sah Alleyn unbehaglich an. »Da du es ja doch erfahren wirst«, antwortete er schließlich, »er war gerade nach Cambridge gegangen. Er ist mir um vier Semester voraus.«

»Ich verstehe.«

»Was denkst du?«

»Ich überlege nur. Dieser Artikel könnte von einem jungen Semester geschrieben worden sein, der Stil war unverkennbar.«

»Und wenn es so wäre? Was willst du damit sagen?«

»Gardener könnte etwas zur Aufklärung dieser Sache beitragen.«

»Ach so, wenn das alles ist . . .« Nigel schaute erleichtert drein. »Ich dachte, du hättest ihn in Verdacht, den Artikel geschrieben zu haben.«

Alleyn betrachtete ihn neugierig.

»In dem betreffenden Jahr wurde Surbonadier in Cambridge relegiert«, erklärte er.

»Surbonadier?« fragte Nigel langsam.

»Jawohl, verstehst du jetzt?«

»Du meinst . . . du meinst, Surbonadier könnte den Artikel geschrieben haben, er hätte also zu viel von seinem Onkel gewußt.«

»Möglich.«

»Hm.«

»Der Haken ist, daß all das vor sechs Jahren passiert ist.«

»Surbonadier könnte Saint sechs Jahre lang erpreßt haben.«

»Möglich.«

Das Telefon läutete, Alleyn nahm den Hörer ab. »Ja . . . Wer? Oh, führen Sie ihn herauf.«

»Wer ist es?«

»Mr. Jacob Saints Diener.«

»Der Denunziant.«

»Ja. Ich hasse das. Man schämt sich direkt.«

»So? Soll ich gehen?«

»Bleib. Nimm eine Zigarette und tue, als ob du hierher gehörst. Hast du Gardener heute morgen gesehen?«

»Nein, ich will ihn nachher anrufen. Ich fürchte, daß er diese Sache nicht so rasch vergessen wird.«

»Das glaube ich auch. Würdest du es an seiner Stelle?«

»Nie. Aber ich glaube, ich würde mir etwas mehr Sorgen darüber machen, ob die Polizei mich für schuldig hält. Er jedoch scheint noch immer unter dem Schock, den Schuß abgegeben zu haben, zu leiden.«

»Das kann man doch von einem unschuldigen Menschen erwarten?«

»Ich bin froh, daß du ihn für unschuldig hältst«, entgegnete Nigel herzlich.

»Ich rede viel zuviel«, erklärte Alleyn. »Herein!«

Ein großer, dünner, unangenehm gut aussehender Mann trat ein. Sein Gesicht war etwas zu blaß, sein Mund etwas zu weich und seine Augen waren etwas zu groß. Er machte die Tür leise zu.

»Guten Morgen«, sagte Alleyn.

»Guten Morgen, Sir.«

»Sie wollten mich wegen der Ermordung von Mr. Arthur Surbonadier sprechen.«

»Ich dachte, daß es Sie interessieren würde, mich zu sprechen, Sir.«

»Warum?«

Der Diener blickte auf Nigel, Alleyn kümmerte sich aber nicht darum.

»Na?«

»Ich möchte fragen, Sir, ob eine kleine Information von mir über die Beziehungen des verstorbenen Mr. Surbonadier zu meinem Dienstherrn . . .«

»Also, Sie möchten eine Aussage machen«, schnitt ihm Alleyn das Wort ab.

»Nein, Sir. Ich wollte mich nur erkundigen. Ich möchte nicht in etwas Unangenehmes verwickelt werden, Sir. Andererseits war da ein Vorfall, der die Polizei interessieren könnte.«

»Wenn Sie eine für die Polizei wichtige Auskunft zurückhalten, könnte das höchst unangenehm für Sie werden. Wenn Sie jedoch eine Belohnung erwarten . . .«

»Ich bitte Sie, Sir.«

»Werden Sie keine kriegen. Sollte Ihre Auskunft wichtig sein, werden Sie als Zeuge zugezogen und erhalten das Zeugengeld.«

»Also, Sir«, sagte der Mann, ärgerlich das Gesicht verziehend, »ich muß schon sagen, daß Sie offen sind.«

»Ich empfehle Ihnen, meinem Beispiel zu folgen.«

Der Diener dachte einen Augenblick nach, und dann blickte er den Inspektor ängstlich an.

»Es ist nur ein kleiner Zwischenfall«, sagte er schließlich.

»Schießen Sie los. Stenographiere es bitte mit, Nigel.«

Nigel trat zum Schreibtisch.

»Sie sind also Diener bei Mr. Jacob Saint?«

»Jawohl, Sir, oder vielmehr, ich war es.«

»Name?«

»Joseph Mincing, dreiundzwanzig Jahre alt. Wohnhaft Hanover Square 299 a«, erklärte Mr. Mincing.

»Also was war es für ein Zwischenfall?«

»Es war ein Monat vor der Premiere dieses Stückes, genau gesagt am 25. Mai, das habe ich mir ausdrücklich gemerkt. Es war am Nachmittag. Mr. Surbonadier suchte Mr. Saint auf. Ich führte ihn in die Bibliothek und wartete draußen in der Halle. Wütende Worte wurden gewechselt, von denen ich viele hörte.« Mr. Mincing hielt verlegen inne.

»Und?« fragte Alleyn.

»Ich wurde aufmerksam, als ich Mr. Surbonadier laut sagen hörte, er wisse, warum Mr. Saint Mr. Mortlake zweitausend Pfund gezahlt habe. Das schien Mr. Saint sehr wütend zu machen, Sir. Er sprach zunächst gar nicht so laut, aber selbst wenn er sich bemüht, leise zu sein, hört man seine Stimme ganz schön weit. Mr. Surbonadier sagte: ›Ich werde es tun!‹ Es klang sehr herausfordernd. Ich entnahm seinen Worten, Sir, daß er auf Mr. Saint einen Druck ausüben wollte, damit er eine andere Rolle in dem Stück bekäme. Zunächst war Mr. Saint so empört, daß er Mr. Surbonadier die Tür wies, aber dann beruhigten sich beide und sprachen vernünftiger.«

»Sie konnten also auch das verstehen?«

»Nicht alles. Mr. Saint schien Mr. Surbonadier eine Hauptrolle im nächsten Stück zu versprechen, er sagte, er könne jetzt die Besetzung nicht mehr ändern. Sie stritten ein bißchen, und dann wurde es abgemacht. Ich hörte Mr. Saint sagen, er habe sein Geld Mr. Surbonadier vermacht, Sir. ›Nicht alles‹, sagte er, ›Janet kriegt etwas. Und wenn du vor ihr stirbst, erbt sie alles.‹ Sie schauten das Testament an, Sir.«

»Woher wissen Sie das?«

»Mr. Saint kam nachher mit Mr. Surbonadier heraus, und ich sah es auf dem Schreibtisch liegen.«

»Und haben es gelesen?«

»Ich habe nur einen Blick drauf geworfen, Sir. Es war mir gewissermaßen schon bekannt. Der Butler und ich waren die Woche vorher als Zeugen bei der Abfassung hinzugezogen worden. Es war ganz kurz: zweitausend Pfund im Jahr für Miss Emerald, der Rest für Mr. Surbonadier, und ein paar Legate. Das Vermögen sollte Miss Emerald zufallen, sollte Mr. Surbonadier vor ihr sterben.«

»Sonst noch etwas?«

»Danach schienen sie ruhiger zu sein. Mr. Surbonadier sagte, er würde einen Brief zurückgeben, sowie das nächste Stück besetzt sei. Danach ging er weg.«

»Waren Sie schon vor sechs Jahren bei Mr. Saint?«

»Jawohl, Sir, als Küchenjunge.«

»Pflegte Mr. Mortlake ihn damals zu besuchen?«

Der Mann schaute ihn erstaunt an. »Jawohl, Sir.«

»Aber in der letzten Zeit nicht mehr?«

»Sehr selten.«

»Wann wurden Sie hinausgeschmissen?«

». . . Verzeihung, Sir?«

»Sie haben doch gehört, was ich sagte.«

»Es war nicht meine Schuld«, erwiderte Mincing mürrisch.

»So. Sie haben also eine Wut auf ihn?«

»Kein Wunder.«

»Wie heißt der Arzt von Mr. Jacob Saint?«

»Sein Arzt, Sir?«

»Ja.«

»Äh . . . Professor Everard Sim, Sir.«

»Hat er Mr. Saint in der letzten Zeit besucht?«

»Er kommt ziemlich regelmäßig.«

»So. Sonst noch etwas? Dann können Sie jetzt gehen. Warten Sie aber draußen, Sie müssen das Protokoll unterschreiben.«

»Danke sehr, Sir.«

Der Mann öffnete ruhig die Tür, zögerte einen Moment und sagte dann leise:

»Mr. Saint . . . hat Mr. Surbonadier gehaßt.«

Sachte machte er die Tür hinter sich zu.

II

»Sei nett«, sagte Alleyn. »Dort ist eine Schreibmaschine, verwandle dein Gekritzel in einen leserlichen Text.«

»Gern. Wer ist Mortlake?«

»Ein höchst verdächtiger Herr, den wir schon seit mehreren Jahren unter der Lupe haben. Bei dem Beleidigungsprozeß wurde sein Name nicht erwähnt, aber er schwebte ständig zwischen den Zeilen. Er ist ein Yankee, und seine Spitznamen sind ›Schnee‹ und ›Koks‹.«

»Wie schön! Das wirft ein schlechtes Licht auf Saint, nicht wahr?«

»Ja. Tippe weiter.«

»Wenn er es getan hätte«, erklärte Nigel, während er klapperte, »muß er ein zweites Mal hinter die Bühne gegangen sein.«

»Aber der alte Blair schwört, daß er es nicht getan hat. Ich sprach gestern abend mit ihm, während du auf der Taxijagd warst.«

»Er kann geschlafen haben.«

»Er behauptet, nein. Er habe sich erst in sein Loch zurückgezogen, nachdem wir vorbeigegangen wären, und er habe dort gewartet. Der Sergeant an der Tür glaubt, er sei mit den andern auf der Bühne gewesen.«

»Merkwürdig, daß Blair nicht mit dem Sergeanten gesprochen hat.«

»Das fand ich auch. Aber Blair sagt, er wäre lieber für sich allein, und so etwas sei im Unicorn noch nie passiert.«

»Warum hast du nach Saints Arzt gefragt?«

»Ich möchte wissen, ob sich der liebe alte Herr einer guten Gesundheit erfreut.«

»Ach, Quatsch!«

»Doch, er sieht herzkrank aus, er hat so rosige Wangen.«

Nigel tippte ärgerlich weiter.

»So, das wäre geschafft!«

Alleyn klingelte, und ein Beamter kam. »Ist Mincing draußen? Der Mann, der vorhin bei mir war?«

»Jawohl, Sir.«

»Lesen Sie ihm das vor, und lassen Sie es von ihm unterschreiben. Dann soll er sich davonmachen, der gräßliche Kerl.«

»Sehr wohl, Sir.« Grinsend ging der Beamte hinaus.

»Also, Nigel, wenn du mir wirklich helfen willst, könntest du etwas für mich tun. Du solltest den Journalisten ausfindig machen, dessen Name als Autor des Artikels mißbraucht wurde. Sprich mit ihm und bohre ein bißchen. Versuche, ausfindig zu machen, ob zwischen ihm und unserem Helden irgendwelche Beziehungen bestehen, ob er Surbonadier oder Gardener kennt ... sei doch nicht so empfindlich ... und ob einer von ihnen ihn vielleicht mit dem andern bekannt gemacht hat. Verstanden?«

»Ja. Ich werde wohl seinen Namen im Archiv finden.«

»Herein!«

Sergeant Bailey steckte den Kopf durch die Tür.

»Störe ich?« fragte er.

»Nicht, wenn es sich um den Unicorn-Fall handelt.«

»Es handelt sich um die Creme auf den Patronen«, begann Bailey. »Sie stammt von Miss Vaughan, aus einer Flasche mit dem Etikett ›Bühnenweiß‹. Diese Flasche ist umgeworfen worden, aber es war noch genügend drin, daß der Chemiker es mit der Creme auf den Handschuhen vergleichen konnte. Alle die Damen brauchen irgend so was, aber die ihre war anders, speziell für sie gemacht. Ich habe mit dem Chemiker gesprochen.«

»Und die gleiche war auf dem Daumen des Handschuhs?«

»Ja. Ich verstehe es nicht, Sir. Wenn es noch die andere Dame wäre. Wie die sich benommen hat. Ist uns durchgebrannt und in ihre Garderobe gerannt und hat gelogen wie gedruckt. Nachdem ich jetzt ihre Aussage gelesen habe, kommt sie mir noch verdächtiger vor.«

»Und durch Surbonadiers Tod ist sie einen Schritt näher zu Mr. Saints Vermögen gekommen ... Sie war seine Nacherbin. Und Mr. Saint konsultiert regelmäßig einen Herzspezialisten und befolgt bestimmt nicht dessen Anweisungen. Da staunen Sie, wie?«

»Das kann man wohl sagen, Sir. Aber wir wollen es uns jetzt mal ansehen. Nehmen wir an, die Emerald nimmt Mr.

Saints Handschuh, während er hinter der Bühne ist. So wie die beiden miteinander stehen, weiß sie bestimmt, daß sie ihn treffen wird. Sie legt die Handschuhe und die Patronen irgendwo hin, wahrscheinlich in eine der leeren Schubladen des Schreibtisches. Sie ist auf der Bühne. Sie steht beim Schreibtisch. Sie wartet, bis die Lichter ausgehen, dann zieht sie die Handschuhe an, wechselt die Patronen aus und steckt die Handschuhe in Miss Max' Strickbeutel. Es wäre zu auffällig, sie in der Nähe des Schreibtisches liegen zu lassen. Sie weiß, daß die schlechten Beziehungen zwischen Saint und seinem Neffen bekannt werden. Saint wird durch den Handschuh, den sie in den Strickbeutel gelegt hatte, in Verdacht geraten, und sie geht vergnügt nach Hause.«

»Und sie hat wohl auch den Daumen des Handschuhs in Miss Vaughans Bühnenweiß getaucht, nur um es noch verwikkelter zu machen.«

»Das ist allerdings der Haken«, gab Bailey düster zu.

»Hört mal«, sagte Nigel, »Miss Vaughan hat dir doch die Stelle an ihrer Schulter gezeigt, auf die Surbonadier sie geschlagen hat. Angenommen, er hatte etwas von der Flüssigkeit auf die Hand bekommen . . . ach nein, das stimmt auch nicht.«

»Wir irren uns alle, Sir«, sagte Bailey tröstend.

Nigel blickte stumm drein.

»Also jedenfalls hat Surbonadier diese Flasche umgeworfen«, sagte er.

»Höchst wahrscheinlich«, stimmte Alleyn zu.

In dem Moment kam Inspektor Fox herein, und Alleyn sagte: »Da kommt ja der Freund des Requisiteurs.«

»Guten Morgen, Mr. Bathgate. Ja, ich habe ihn nach wie vor in Verdacht. Er kann diese merkwürdige Sache mit dem Kronleuchter nicht erklären, und er wußte, daß die blinden Patronen in der zweiten Schublade waren. Da haben wir Motiv, verdächtiges Verhalten und alles.«

»Und die Handschuhe?« fragte Alleyn.

»Mr. Saint hatte sie auf der Bühne verloren, und der Requisiteur benutzte sie.«

»Und das Bühnenweiß von Miss Vaughan auf dem Handschuh von Mr. Saint, hat das der Requisiteur auch zu dem Zweck benutzt?«

»So, das ist von ihr?« knurrte Fox. »Saint war sicher in ihrer Garderobe.«

»Das ist zwar sehr scharfsinnig, Fox«, sagte Alleyn, »aber ich glaube nicht, daß es stimmt. Ich nehme an, daß dieses Bühnenweiß rasch trocknet. Wenn Saint es vor der Vorstellung an seinen Handschuh bekommen hätte, wäre es schon trocken gewesen, als mit dem Handschuh die Patronen angefaßt wurden, und es wäre wohl nicht an den Messinghülsen haften geblieben. Durch die Lupe sieht man, daß diese Masse feucht auf die Hülsen geschmiert wurde.«

»Das könnte auch alles auf Felix zutreffen«, warf Nigel ein. »Laut Aussage der Vaughan verließ er ihre Garderobe kurz nach uns, und danach haben sie sich nur noch in seiner Garderobe getroffen.«

»So ist es«, stimmte Alleyn zu. »Ihre Garderobe war somit während der Verdunklung leer.«

»Ich verstehe«, murmelte Fox.

»Ich nicht«, gestand Nigel.

»Wirklich nicht? Ich kann mich anscheinend nicht mehr verständlich ausdrücken. Als Nächstes müssen wir noch mal mit Mr. Jacob Saint sprechen. Er sagte, er käme vielleicht bei mir vorbei. Jetzt geh und mach dich an deine Arbeit, Nigel.«

»Oh!« widersprach Nigel. »Kann ich nicht hierbleiben und Onkel Jacob anhören?«

»Geh von hinnen!«

Seine Suche im Archiv der Redaktion wurde mit der Entdekkung eines vollständigen Berichtes über die Beleidigungsklage Jacob Saints und des Namens des Reporters belohnt. Es war ein gewisser Edward Wakeford, den Nigel flüchtig kannte und der jetzt Feuilletonredakteur einer Wochenzeitung war. Nigel rief ihn an und verabredete sich mit ihm in einer Journalisten-Bar in der Fleet Street. Sie trafen sich gegen elf Uhr, und hinter riesigen Bierkrügen brachte Nigel das Gespräch auf den Prozeß.

»Sie berichten über den Unicorn-Fall?« fragte Wakeford.

»Ja. Ich kenne Alleyn von Scotland Yard, und wir waren zufällig an dem Abend zusammen in der Vorstellung. Es ist eine tolle Chance, aber ich muß zugeben, daß ich alle Angaben Alleyn verdanke.«

»Er ist fabelhaft, der Mann«, sagte Wakeford, »ich könnte Ihnen von einem Fall erzählen ...« Und er tat es.

»Alleyn hat mich veranlaßt, Sie aufzusuchen«, erklärte Nigel. »Er möchte wissen, ob Sie eine Idee haben, wer damals den Artikel im *Morning Express* über Saint geschrieben hatte. Der Artikel, von dem man annahm, daß er von Ihnen stammte.«

Wakefords Erwiderung war verblüffend. »Ich habe immer gedacht, er wäre von Arthur Surbonadier.«

»Mein Gott, Wakeford, das ... ist ja entsetzlich! Wieso nehmen Sie das an?«

»Ach, eigentlich nur so, ich kannte ihn und hatte ihm einmal geschrieben, so daß er meine Unterschrift nachmachen konnte. Er war Saints Neffe und wußte viel über ihn.«

»Aber warum sollte er das getan haben? Der alte Saint hat seine Erziehung bezahlt, und ihm verdankte Surbonadier überhaupt alles.«

»Sie haben sich nie gut verstanden, und Surbonadier hatte immer Schulden. Übrigens war er damals noch nicht ›Surbonadier‹. Er war Arthur Simes, auch Saint heißt Simes, wissen Sie. Arthur wurde bald danach wegen einer höchst ekelhaften Geschichte relegiert. Dann bot ihm Onkel Jacob eine Chance als Schauspieler, und er änderte seinen Namen in ›Surbonadier‹.«

»Und er erhielt nie ein Honorar für den Artikel?«

»Natürlich nicht.«

»Dann verstehe ich nicht, warum ...«

»Ich auch nicht, außer daß er ungewöhnlich rachsüchtig war, und auch schon damals hat er schwer gesoffen.«

»Hatte Saint ihn nicht in Verdacht?«

»Saint hat stets steif und fest behauptet, daß mein Name nicht gefälscht sei und daß ich den Artikel geschrieben hätte. Gesetzlich machte das nichts aus, der *Morning Express* war dafür verantwortlich, wer auch immer den Artikel geschrieben hatte, und Gott sei Dank glaubte man mir in der Redaktion. Es war auch gar nicht mein Stil, sondern nur eine schlechte Nachahmung.«

»Kennen Sie Felix Gardener?«

»Nein. Warum?«

»Er ist ein Freund von mir. Er ist in einer scheußlichen Situation.«

»Gräßlich. Aber die Polizei hat ihn doch nicht in Verdacht?«

»Nein, bestimmt nicht, aber immerhin hat er ja tatsächlich Surbonadier erschossen. Das ist ein schrecklicher Gedanke für ihn.«

»Ja, entsetzlich. Das wäre alles, was ich Ihnen sagen könnte. Ich bin nicht mehr Reporter, sonst würde ich Ihnen die Geschichte klauen.«

»Felix muß gerade im ersten Semester gewesen sein, als diese Geschichte passierte«, murmelte Nigel. »Vielleicht weiß er etwas darüber, er könnte Surbonadier bereits gekannt haben.«

»Versuchen Sie Ihr Glück bei ihm ... Ich muß jetzt gehen.«

»Vielen, herzlichen Dank, Wakeford.«

»Bitte, gern geschehen. Auf Wiedersehen«, sagte Wakeford freundlich.

Nigel schwankte, ob er mit seiner Beute sofort zu Alleyn eilen oder erst Gardener aufsuchen sollte. Schließlich entschloß er sich für Gardener und fuhr mit einem Taxi zu seiner Atelierwohnung in der Sloane Street.

Gardener war zu Hause und sah, wie Nigel fand, elend und verzweifelt aus. Er hatte am Fenster gestanden und drehte sich sichtlich erschrocken um, als Nigel eintrat.

»Nigel!« stieß er atemlos hervor. »Du bist's!«

»Guten Morgen, alter Junge«, begrüßte ihn Nigel.

»Guten Morgen. Ich habe nachgedacht. Ich glaube, man wird mich belangen. Die ganze Nacht habe ich ihn dauernd vor mir gesehen, wie er mich angeschaut hat, als er zu Boden stürzte, und dann später ... als es hell wurde, weißt du ... wurde mir klar, was geschehen würde. Ich werde wegen Mordes verhaftet werden. Und ich kann nichts beweisen. Das bedeutet ... den Galgen!«

»Ach, halt doch dein blödes Maul!« fuhr ihn Nigel an. »Wieso soll man dich in Verdacht haben?«

»Ich weiß, warum Alleyn mich all das gefragt hat. Er glaubt, ich hätte die Patronen ausgetauscht.«

»Er denkt gar nicht daran. Er ist auf einer ganz andern Spur, und deshalb bin ich auch hergekommen.«

»Entschuldige bitte.« Gardener ließ sich in einen Sessel fallen und preßte die Hände auf seine Augen. »Ich mache mich selbst zum Narren ... also schieß los!«

»Erinnerst du dich an Jacob Saints Beleidigungsklage?«

Gardener starrte ihn erstaunt an.

»Wie komisch, daß du mich danach fragst. Gerade vorhin habe ich daran gedacht.«

»Das ist ja gut. Denk wieder daran. Hast du damals Surbonadier gekannt?«

»Er wurde kurz nach meiner Ankunft in Cambridge 'rausgeschmissen; wir waren in verschiedenen Colleges. Sein richtiger Name war Simes. Ja, ich habe ihn kennengelernt.«

»Hast du es für möglich gehalten, daß er den Artikel im *Morning Express* geschrieben hat, auf den hin Saint die Beleidigungsklage einreichte?«

»Ich weiß leider nur sehr wenig darüber, aber ich erinnere mich, daß damals ein älteres Semester davon sprach.«

»Also der Artikel wurde von einem Unbekannten eingeschickt, der ihn mit dem Namen eines Reporters des *Morning Express* zeichnete. Der Poststempel war von Mossburn, in der Nähe von Cambridge.«

»Ich erinnere mich jetzt.« Gardener hielt einen Augenblick inne. »Ich halte es für unwahrscheinlich, daß ihn Surbonadier geschrieben hat. Er hätte doch kaum die Henne töten wollen, die die goldenen Eier legte.«

»Er stand sehr schlecht mit seinem Onkel.«

»Das stimmt, ich habe es gehört. Er war höchst unberechenbar und sehr jähzornig.«

»Warum wurde er relegiert?«

»Aus verschiedenen Gründen. Wegen einer Frau, und dann war er in einen Rauschgiftskandal verwickelt, ein scheußlicher Skandal.«

»Rauschgift?«

»Ja. Als Saint das herausfand, drohte er, ihn gänzlich fallen zu lassen. Aber wozu all das wieder aufrühren?«

»Verstehst du denn nicht? Wenn er den Artikel geschrieben hat, wäre es möglich, daß er Saint jahrelang erpreßt hat.«

»Was ... das ist doch nicht möglich!«

»Jemand hat ihn erpreßt.«

»Ich neige immer mehr zu der Ansicht, daß er selbst die Patronen ausgetauscht hat. Er wollte mich an den Galgen bringen.« Gardener schien entsetzt über seine eigenen Worte zu sein.

»Schlag dir das aus dem Sinn, Felix. Du bist der letzte, den man in Verdacht hat«, sagte Nigel und hoffte, es sei wahr. »Erinnerst du dich nicht an irgendwelche Leute, mit denen Surbonadier damals befreundet war?«

»Da war ein gräßlicher Kerl, namens ... wie hieß er nur ... ach ja, Gaynor. Sonst erinnere ich mich an niemanden. Gaynor kam meines Wissens bei einem Flugzeugunfall um.«

»Das nützt nichts. Wenn dir noch ein anderer einfällt, laß es mich wissen. Ich gehe jetzt; reiß dich um Gottes willen zusammen, alter Junge.«

»Ich will's versuchen. Auf Wiedersehen, Nigel.«

»Auf Wiedersehen.«

Gardener ging zur Tür und öffnete sie. Nigel bückte sich und suchte sein Zigarettenetui, das in den Sessel gerutscht war. Darum sah ihn Stephanie Vaughan nicht, die gerade hereinkam.

»Felix!« rief sie, »ich muß dich sprechen. Du mußt mir helfen. Wenn sie dich fragen . . .«

»Du kennst doch Nigel Bathgate«, unterbrach Gardener sie.

Jetzt erblickte sie Nigel und verstummte. Er ging an ihr vorbei zur Tür hinaus, ohne etwas zu sagen.

12

Es schlug zwölf Uhr, als Nigel zurück nach Scotland Yard ging. Alleyn hatte Besuch, und so wurde Nigel aufgefordert, im Korridor vor seinem Büro Platz zu nehmen. Als sich die Tür öffnete, erkannte er an der dröhnenden Stimme, daß Mr. Jacob Saint bei Alleyn war.

»Das ist alles, was ich weiß. Sie können 'rumschnüffeln, bis Sie platzen, und Sie werden doch nichts anderes finden. Ich bin ein einfacher Mann, Inspektor . . .«

»Dafür halte ich Sie nicht, Mr. Saint«, erwiderte Alleyn höflich.

»Und dieses Theater, das Sie da machen, hängt mir zum Hals 'raus. Es ist ein Selbstmord. Wann findet die gerichtliche Voruntersuchung statt?«

»Morgen um elf.«

Mr. Saint ging knurrend in den Gang hinaus und verschwand.

»Hallo, Nigel«, sagte Alleyn von der Schwelle aus. »Komm 'rein.«

Nigel gelang es, seine Aufregung zu unterdrücken und scheinbar gelassen seine Unterhaltung mit Wakeford wiederzugeben. Alleyn hörte aufmerksam zu.

»Wakefords Theorie hat etwas für sich«, sagte er. »Surbonadier war ein merkwürdiger Bursche. Er könnte den Artikel unter Wakefords Namen geschrieben haben, um Onkel Jacob einen schweren Schlag zu versetzen. Wir wissen, daß er ihn vor etwa einer Woche zu erpressen versuchte. Es ist also gar nicht so abwegig, wie es aussieht.«

»Saint hatte damals steif und fest behauptet, daß er es nicht getan hätte.«

»Natürlich. Der Artikel hätte wesentlich glaubwürdiger gewirkt, wenn sich herausgestellt hätte, daß der Verfasser nicht irgendein sensationslüsterner Reporter, sondern der eigene Neffe war. Die Theorie hat schon etwas für sich.«

»Du zweifelst aber?«

»Ja.«

»Gardener auch. Er glaubt nicht, daß Surbonadier es getan hat.«

»Was? Hast du mit ihm gesprochen?«

»Ja. Er ist völlig verzweifelt und glaubt, du würdest ihn zur Strecke bringen.«

»Und er glaubt nicht, daß Surbonadier den Artikel geschrieben hat?«

»Er hat das gesagt, und das war ehrlich von ihm, denn er hat bestimmt begriffen, daß diese Theorie Saint verdächtigen und ihn entlasten würde. Trotzdem habe ich das Gefühl, daß er glaubt, es stecke doch etwas dahinter.«

»Erzähle mir genau, was ihr gesprochen habt.«

Nigel tat es. Widerstrebend berichtete er auch Stephanie Vaughans Auftauchen und ihrem nicht zu Ende gesprochenen Satz.

»Wovor wollte sie ihn wohl warnen?« überlegte er.

»Kannst du es nicht erraten?« fragte Alleyn.

»Nein.«

»Denke nach.«

»Ich weiß es nicht!« entgegnete Nigel ärgerlich.

»Wir müssen alten Dreck in Cambridge aufwühlen.«

»Glaubst du an die Selbstmordtheorie?«

»Nein. Er hatte nicht den Mut dazu. Du begreifst doch die Bedeutung von Gardeners Erzählung über diese Rauschgiftgeschichte in Cambridge?«

»Es könnte heißen, daß Surbonadier über die Geschäfte seines Onkels ebenso Bescheid wußte wie andere«, sagte Nigel verwirrt.

»Ich muß jetzt gehen«, sagte Alleyn, auf die Uhr schauend.

»Wohin?«

»In Surbonadiers Wohnung.«

»Kann ich mitkommen?«

»Du? Ich weiß nicht, du bist voreingenommen.«

»Du meinst wegen Felix?«

»Ja. Aber wenn du mitkommst, mußt du mir dein Wort geben, daß du den Mund hältst.«

»Ich schwöre es.«

»Zu niemandem ein Sterbenswörtchen!«

»Ich schwöre es!«

»Gut. Dann essen wir erst und gehen danach hin.«

Sie aßen bei Alleyn und gingen dann zu Surbonadiers Wohnung in Gerald's Row. Ein Sergeant hielt Wache davor und händigte Alleyn sofort die Schlüssel aus. Vor der Tür sagte Alleyn zu Nigel:

»Ich habe keine Ahnung, was wir hier finden könnten. Aber jedenfalls ist es eine düstere Angelegenheit. Willst du dich nicht lieber draußen halten?«

»Schließ schon auf!« erwiderte Nigel.

»Also, wie du willst!« Alleyn schloß die Tür auf.

Die Wohnung bestand aus vier nebeneinanderliegenden Zimmern, einem Badezimmer und einer Kochnische. Alle Türen gingen auf einen langen Korridor. Zuerst kam Surbonadiers Schlafzimmer, dann ein Wohnzimmer, von dem aus eine Schiebetür in ein kleines Eßzimmer führte. Danach kamen die Kochnische und das Badezimmer, und am Ende des Ganges befand sich ein zweites Schlafzimmer. Es schien unbenutzt zu sein und war angefüllt mit Koffern, Kisten, Gerümpel und ausrangierten Möbeln. Ein Dienerehepaar und ihr Sohn, die im Kellergeschoß wohnten, besorgten die Wohnung. Nach einem Blick in das kleine Schlafzimmer seufzte Alleyn, rief in Scotland Yard an und verlangte, daß Inspektor Fox oder Sergeant Bailey kommen sollten. Das Wohnzimmer war luxuriös und auffallend eingerichtet. Ein Titelbild aus der *Vie Parisienne* hing eingerahmt über der Kommode. Die vielen Kissen auf dem Sofa und den Sesseln waren schreiend gelb und purpurrot. Alleyn schnüffelte angewidert.

»Wir können auch hier anfangen«, sagte er. »Natürlich mußte er einen Mahagonischreibtisch haben. Ekelhaft!«

Er zog einen Schlüsselbund aus der Tasche und steckte einen Schlüssel ins Schloß.

»Sind das seine Schlüssel?« fragte Nigel.

»Natürlich!«

Alleyn öffnete den Deckel, eine Menge Papier quoll ihm entgegen und bedeckte bald den Boden.

»Mein Gott! Komm, Nigel, sortiere! Rechnungen auf einen Haufen, Quittungen auf einen andern, Drucksachen hier, Briefe dort. Lies alles durch und sag mir, wenn du auf etwas Interessantes stößt. Die Privatbriefe gib mir. Also los! Versuche, die Rechnungen chronologisch zu ordnen.«

Es waren sehr viele Rechnungen und viele Mahnungen, die zunächst in freundlichem Ton gehalten waren, dann wurden sie immer vorwurfsvoller, bis schließlich mit Pfändung gedroht wurde. Diese schien jedoch nie stattgefunden zu haben, und nach einiger Zeit machte Nigel eine Entdeckung.

»Hör mal, Alleyn. Er hat alle Rechnungen vor ungefähr einem Jahr bezahlt, als er mit Pfändung bedroht wurde. Aber soweit ich sehen kann, hat er seitdem keine einzige mehr bezahlt, und er wurde wieder mit Pfändung bedroht! Ich nehme an, daß der alte Saint ihm jährlich eine Summe auszahlte.«

»Der alte Saint behauptet, er habe Surbonadier keine Rente gegeben. Er habe in Cambridge seine Schulden bezahlt, habe ihm den Weg zur Bühne geebnet und ihm gesagt, nun müsse er sich selber weiterhelfen.«

»So? Also offensichtlich hat er, soweit man aus den Drohbriefen entnehmen kann, mit einer bestimmten Summe gerechnet.«

»Wie hoch ist der Gesamtbetrag der Rechnungen?«

»Einen Moment.«

Nigel addierte fieberhaft, fluchte, begann von neuem und verkündete schließlich triumphierend:

»Zweitausend Pfund. Das hat er im Mai bezahlt, und schuldet jetzt von neuem ungefähr ebensoviel.«

»Was hast du denn da?« fragte Alleyn.

»Sein Bankbuch. Er hat sein Konto überzogen. Wir wollen mal sehen ... Mai, vorigen Jahres ... Da ist ihm kein größerer Betrag gutgeschrieben worden. Er hat ihn also wahrscheinlich in bar einkassiert. Nein ... hier ist er ja. Zweitausend Pfund am 25. Mai vorigen Jahres gutgeschrieben.«

»So ... so«, murmelte Alleyn nachdenklich.

»Sieht das nicht wie Erpressungsgeld aus?«

»Ja.«

»Von Saint. Ich wette, es war von Saint.«

»Mag sein.«

»Du scheinst zu zweifeln.«

»Ja . . . ah, da ist Fox.«

Inspektor Fox hörte die Neuigkeit ohne Begeisterung an.

»Er tippt noch immer auf den Requisiteur«, sagte Alleyn. »Also machen wir weiter mit dieser gräßlichen Sache.«

»Surbonadier scheint jeden Brief, den er je bekommen hat, aufbewahrt zu haben«, sagte Fox. »Da ist ein kleiner Haufen von einem gewissen Steff.«

»Steff?« wiederholte Alleyn scharf. »Zeigen Sie mir.«

Er nahm die Briefe und trat damit zum Fenster. Schweigend überflog er Seite um Seite und legte jeden Brief auf die Fensterbank.

»Ein Schweinehund«, sagte er plötzlich.

»So hat ihn Felix auch genannt«, bemerkte Nigel.

»Das hat sie mir gesagt.«

»Sie?«

»Stephanie . . . Vaughan.«

»Steff . . . ah, ich verstehe«, rief Nigel. »Die Briefe sind von ihr.«

»Mein Gott, bist du klug«, erwiderte Alleyn.

»Gibt es etwas Aufschlußreiches, Sir?« fragte Fox.

»Es gibt viel Peinliches. . . . Ekstase und Liebkosungen und so weiter. Dann muß er sich in seinem wahren Licht gezeigt haben. Sie ist wegen irgend etwas entsetzt, aber sie schreibt noch immer freundlich. Bis vor einer Woche . . . nein . . . bis vor zwei Tagen. Dann sind hier zwei kurze Briefe. ›Bitte, laß uns aufhören, Arthur. Es tut mir leid, aber ich kann nichts dafür, daß ich mich verändert habe.‹ Und die Unterschrift. Das war vor zwei Tagen. Der letzte, der ganz anders lautet, wurde gestern morgen abgesandt.«

»Anscheinend hat sie es mit ihm und Mr. Gardener gleichzeitig gehabt«, sagte Fox, »doch das hilft uns nicht weiter.«

»Ich glaube doch, es wird uns ein bißchen helfen«, entgegnete Alleyn. »Aber machen wir weiter.«

Endlich war der Inhalt des Schreibtisches erschöpft, und Alleyn führte die beiden in das zweite Schlafzimmer, wo die Suche von neuem begann. Die Leute von Scotland Yard waren schrecklich gründlich. Schließlich holten sie einen alten Koffer aus einem Schrank. Nigel drehte das Licht an und zog die Vorhänge zu. Alleyn öffnete den Koffer, in dem sie haufenweise

Briefe von verschiedenen Frauen fanden, doch abgesehen davon, daß sie auf Mr. Surbonadiers Charakter ein noch schlechteres Licht warfen, hatten sie keinen Wert.

Auf dem Boden des Koffers lagen zwei alte, sorgfältig zusammengelegte Zeitungen. Alleyn entfaltete die eine; in großen Buchstaben war die Überschrift »Kokain« zu lesen und darunter: »Erstaunliche Enthüllungen über den Rauschgifthandel. Narrenparadies – und die Folgen.«

Es war der *Morning Express* vom 23. März 1949.

»Das ist die Geschichte im Original!« rief Nigel. »Schau, Alleyn! Und hier ist Wakefords Faksimile-Unterschrift.«

»Wurden alle seine Artikel damit versehen?«

»Ich glaube. Beim *Morning Express* war das Usus.«

»Es ist ein klares Faksimile«, sagte Alleyn, »zum Nachmachen sehr gut geeignet.«

»Natürlich interessierte sich Surbonadier dafür«, sagte Fox langsam, »selbst wenn er nicht daran beteiligt gewesen ist.«

»Richtig!« stimmte Alleyn etwas abwesend zu. »Der Artikel ist natürlich auf Saint gemünzt. Da ist noch eine andere Zeitung. Das wird höchstwahrscheinlich der Bericht über die Beleidigungsklage sein.«

»Stimmt, Sir.«

»Jetzt wollen wir das Schlafzimmer unseres Arthur vornehmen. Wir müssen uns nach einer Kassette umsehen. Was starrst denn du an, Nigel?«

»Dich«, antwortete Nigel.

Das Schlafzimmer war besonders überladen und roch nach abgestandenem Weihrauch. »Ekelhaft!« knurrte Alleyn und öffnete ein Fenster. Dann machten sie sich an die Arbeit. Fox wurde beordert, das Badezimmer zu durchsuchen, und fand als erster etwas: eine Injektionsspritze in einem Wandschränkchen. Nigel fand in der Nachttischschublade eine zweite und daneben ein längliches kleines Paket.

»Drogen!« sagte Alleyn. »Das dachte ich mir, daß er süchtig war. Zeig mal!« Er betrachtete das Päckchen genau. »Es ist das gleiche wie das, welches wir beim ›Schnupfer-Charles‹ fanden«, erklärte er. »Suchen wir weiter. In den Schubladen ist sonst nichts, auch nichts in den Anzugtaschen, außer ... hallo, was ist denn das?«

Es war ein Brief auf sehr gewöhnlichem Papier. Alleyn reichte ihn Nigel, der las:

Sehr geehrter Mr. Surbonadier, bitte tun Sie sich nicht mehr um mich kümmern, denn ich bereue sehr, was ich getan habe, und Papa ist wütend, als er es entdeckt hat, und Bert ist ein anständiger Mann, und so habe ich es ihm gestanden, und er hat mir verziehen, aber er hat gesagt, wenn Sie mich je noch einmal anschauen, wird er Ihnen den Hals umdrehen. Darum bitte ich Sie, mich nicht mehr anzuschauen. Tun Sie mir den Gefallen. Hochachtungsvoll

Ihre Trixie.

P. S. Ich habe nichts davon gesagt, daß ich diese kleinen Päckchen bekommen habe, aber ich werde keine mehr annehmen. T.

»Wer ist Bert?« fragte Nigel.

»Albert Hickson, der Requisiteur«, antwortete Alleyn.

»Eins für Fox«, sagte Nigel.

»So, also Trixie hat sie für ihn in Empfang genommen. Ich muß sie mir noch mal vorknöpfen.«

Er stellte einen Stuhl an den Schrank, stieg hinauf und tastete oben herum.

»Komm!« rief er plötzlich Nigel zu, der zu ihm eilte. Hinter einer ledernen Hutschachtel zog Alleyn eine kleine Stahlkassette hervor.

»Die haben wir gesucht«, erklärte er.

13

»Woher wußtest du, daß die hier ist?« fragte Nigel.

Alleyn stieg vom Stuhl herunter, griff in seine Hosentasche und zog einen kleinen, an einem dünnen Kettchen hängenden Schlüssel hervor.

»Den trug er um seinen Hals. Daher nahm ich an, daß der Schlüssel zu so etwas gehören mußte. Diese Kassetten werden von einer bestimmten Firma fabriziert, und die Schlüssel sind sehr eigenartig.«

Er steckte den Schlüssel ins Schloß, drehte ihn zweimal um und hob dann den Deckel.

»Noch mehr Papiere«, sagte Nigel.

»Ja. Einen Moment.«

Alleyn stellte die Kassette auf die Glasplatte des Toilettentisches, zog dann zwei Pinzetten aus der Tasche, mit denen er vorsichtig ein Blatt Pauspapier hochhob. Es war zusammengefaltet; vorsichtig entfaltete er es. Nigel hörte ihn einen Pfiff ausstoßen.

»Rühre es nicht an«, sagte Alleyn, »aber schau!«

Und Nigel schaute. Auf dem Bogen waren wieder und wieder zwei Wörter geschrieben:

»Edward Wakeford, Edward Wakeford . . .«

Wortlos ging Alleyn aus dem Zimmer und kam mit Fox zurück, der die beiden Zeitungen in der Hand hielt. Er entfaltete sie und legte sie neben das Pauspapier auf den Tisch. Die Unterschrift war die gleiche.

Warum hat er das nur aufbewahrt?« flüsterte Nigel.

»Die menschliche Natur ist sonderbar«, sagte Fox, »sehr sonderbar, Sir. Eitelkeit wahrscheinlich.«

»Vanitas vanitatum!« murmelte Alleyn, »aber hier nicht, Fox.«

Der zweite Bogen war ein Brief mit der Unterschrift: »H. M. J.« Alleyn dachte sofort an Mortlake. Der Brief begann:

»Sehr geehrter Mr. Saint!«
Beiliegend übersende ich Ihnen einen Scheck über fünfhundert Pfund zur Regelung unserer kleinen Schuld. Die Ware ist, wie vorausgesehen, alle abgesetzt worden. Das Geschäft in Schantungseide ist besonders befriedigend, aber ich hege auch große Hoffnungen für Kunstseide im nächsten Juni, wenn unser Mr. Charles herüberkommt. Mit vorzüglichster Hochachtung . . .

Das ist wohl ein Volltreffer. Ein Brief von Mortlake persönlich! Erinnern Sie sich, lieber Fox?«

»Ich erinnere mich sehr gut. Schantung ist Heroin und Kunstseide Kokain. Wir haben sie alle geschnappt außer Mortlake.«

»Und ›unser Mr. Charles‹ ist kein anderer als der ›Schnupfer-Charles‹. Damit ist nun Mr. Mortlake festgenagelt. Also das hatte Surbonadier im Ärmel für seinen Onkel.«

»Sir, es sieht immer mehr aus, als ob Saint unser Mann ist. Allerdings müssen Sie zugeben, daß Trixies Brief meine These unterstützt.«

Alleyn faltete die Papiere wieder mit größter Sorgfalt und verschloß sie in der Kassette.

»Bailey soll sich die Papiere anschauen«, sagte er. »Sonst gibt es hier nichts mehr zu tun. Ich werde nun Miss Vaughan einen Besuch abstatten ... nein, ich rufe sie an.«

Er setzte sich aufs Bett, blätterte im Telefonbuch und wählte eine Nummer.

»Könnte ich bitte Miss Vaughan sprechen ... Mr. Roderick Alleyn ... danke.«

Eine Pause.

»Miss Vaughan? Entschuldigen Sie bitte die Störung. Ich telefoniere von Surbonadiers Wohnung aus. Wir wollten heute seine Papiere durchsehen. Da sind einige Briefe ...« Er machte eine Pause. »Ja. Ich finde es höchst unangenehm, und ich glaube, es wäre das beste, wenn wir uns hier in der Wohnung träfen, damit ich Ihnen nötigenfalls einige Fragen stellen kann ... Sehr liebenswürdig von Ihnen. Ich schließe jetzt die Wohnung ab und gehe fort, werde aber gegen neun Uhr abends zurückkommen. Könnten Sie dann auch hier sein? Darf ich Sie abholen? ... Ah, ich verstehe. Also um neun Uhr. Auf Wiedersehen.« Er legte den Hörer auf und fragte: »Wie spät ist es?«

»Fünf Uhr«, antwortete Nigel.

»Fox ... bringen Sie bitte die Papiere nach Scotland Yard und geben Sie sie Bailey. Und sagen Sie dem Sergeanten draußen, er könne gehen.«

»Gehen?« wiederholte Fox erstaunt.

»Ja, und es soll ihn niemand ablösen. Ich bleibe selbst hier.«

»Bis neun?« fragte Nigel.

»Bis neun ... oder früher.«

»Kann ich etwas tun?«

»Ja. Sprich noch einmal mit Felix Gardener. Sage ihm, die Polizei glaube, Surbonadier habe den Artikel im *Morning Express* geschrieben. Frage ihn, ob er uns noch mehr über Surbonadiers Aufenthalt in Cambridge mitteilen kann. Alles, an das er sich erinnert. Es ist möglich, daß er etwas zurückhält. Er ist sehr nervös, und da er glaubt, wir verdächtigen ihn, will er natürlich alle früheren Beziehungen zu Surbonadier abstreiten.«

Nigel blickte unbehaglich drein.

»Ihn auszuholen gefällt mir gar nicht.«

»Dann kannst du mir also nichts nützen, ich werde selbst mit ihm sprechen.«

»Es tut mir leid, daß ich zu nichts tauge.«

»Kein Amateur taugt zu etwas. Du möchtest dabei sein,

scheust dich aber vor Unannehmlichkeiten. Halte dich also besser draußen, Nigel. Ich hätte dir das von Anfang an sagen müssen.«

»Wenn du mir versicherst, daß Felix nicht in Gefahr ist ...«

»Ich kann dir keine Versicherungen geben. Alle, die hinter der Bühne waren, sind in der gleichen Lage. Ich habe meine Theorie, aber sie kann falsch sein. Neue Umstände können auftauchen und mich auf eine völlig neue Fährte bringen. Ich soll dir zusichern, daß ich mich für Gardener nicht interessiere. Das kann ich nicht. Er hat den Schuß abgegeben. Ich hätte ihn also gleich an Ort und Stelle verhaften können. Er gehört dazu, und ich muß es mir selbst beweisen, daß nicht er die Patronen ausgetauscht hat. Wie alle andern in dem Fall macht er nur ungern Aussagen. Wenn er unschuldig ist, so ist es dumm von ihm, zu versuchen, die Polizei irrezuführen. Er mag seine besonderen Gründe dafür haben. Wenn du willst, darfst du ihm die Theorie über Saint erzählen, und wenn er dir etwas von Surbonadiers Vergangenheit berichtet, das Licht in diese Affäre bringen könnte, dann ist alles in Ordnung. Falls du das jedoch nicht tun willst, kannst du von mir nur solche Informationen erwarten, die du in der Zeitung veröffentlichen darfst. Ist das klar?«

»Vollkommen. Da hab' ich's nun«, stellte Nigel unglücklich fest.

»Tut mir leid, daß du es so ansiehst. Wozu willst du dich also entschließen?«

»Darf ich es mir überlegen?«

»Geht in Ordnung! Gib mir heute abend in meiner Wohnung Bescheid. Jetzt muß ich euch beide bitten zu gehen.«

An der Wohnungstür entließ Fox den Sergeanten und sagte dann zu dem noch immer betrübten Nigel: »Sie halten den Chef wohl für hartherzig, Sir? Aber so dürfen Sie es nicht anschauen. Er wirkt nur so, da ihm seine Arbeit über alles geht. Machen Sie sich keine Sorge wegen Mr. Gardener. Allerdings ist es sehr dumm von ihm, wenn er nicht alles aussagt.«

»Ich glaube nicht, daß er etwas verheimlicht«, entgegnete Nigel.

»Um so besser. Wenn Sie sich entschließen, uns zu helfen, Mr. Bathgate, werden Sie es bestimmt nicht bereuen, und ich bin sicher, daß der Chef sich sehr freuen wird.«

»Es ist nett von Ihnen, mich zu beruhigen, Inspektor.«

»Schon gut, Sir. Ich muß jetzt gehen. Haben wir den gleichen Weg?«

»Ich gehe nach Chester Terrace.«

»Und ich nach Scotland Yard. Keine Ruhe bei Tag und Nacht. Guten Abend, Sir.«

»Guten Abend, Inspektor.«

Nigels Wohnung in Chester Terrace war in der Nähe von Gerald's Row. Er beeilte sich. Die Lektion, die ihm Alleyn erteilt hatte, lag ihm noch schwer im Magen. Als er ein paar hundert Schritte zurückgelegt hatte, fuhr ein Taxi langsam vorbei, als wolle es einen Fahrgast aufgabeln. Nigel sah, daß der Mann einen Gast hatte – eine Frau. Und im Schein der Straßenlaterne erkannte er sie: Es war Stephanie Vaughan. Sie hatte ihn anscheinend nicht gesehen. Er drehte sich um und starrte dem Taxi nach. Sie muß Alleyn falsch verstanden haben, dachte er, und geht jetzt in Surbonadiers Wohnung. Doch das Taxi fuhr langsam die Straße hinunter an Surbonadiers Haus vorbei, bog dann nach links ab und verschwand.

›Komisch!‹ dachte er und ging nachdenklich weiter. »Sehr komisch!« sagte er vor sich hin.

In seiner Wohnung entschloß er sich nach einiger Überlegung, an sein Mädchen zu schreiben, um in bessere Stimmung zu kommen. Sie war eine glühende Verehrerin von Chefinspektor Alleyn und würde Nigel nachfühlen, wie elend ihm zumute war.

Das Telefon läutete schrill. Knurrend nahm Nigel den Hörer ab.

Gardener war am Apparat. Er sprach drängend.

»Bist du's, Nigel? Ich muß dich sprechen. Ich habe dir heute morgen etwas wegen Cambridge verschwiegen. Es war blöd von mir. Kann ich dich sofort sprechen?«

»Ja.«

»Willst du zu mir kommen oder soll ich zu dir kommen? Wie wäre es, wenn du bei mir zu Abend essen würdest?«

»Ja, gern, Felix.«

»Du brauchst dich nicht umzuziehen, komm gleich.«

»Ja.«

Nigel legte den Hörer auf. Er hätte am liebsten vor Freude geschrien. Sein Problem war gelöst. Er stürmte ins Badezimmer, wusch sich, wechselte das Hemd und kämmte sich. Begierig darauf, bei Alleyn wieder Gnade zu finden, läutete er in

Surbonadiers Wohnung an. Er wartete eine Weile, niemand antwortete, Alleyn war also auch gegangen. Er würde später noch einmal anrufen. Er nahm seinen Hut, eilte nach unten, rief ein Taxi und fuhr davon. Erst unterwegs dämmerte ihm die Erkenntnis, mit welch scharfem Spürsinn Alleyn vermutet hatte, daß Gardener mehr über Surbonadiers Studienzeit in Cambridge wissen mußte. Dann kam ihm allmählich ein anderer Gedanke, der ihn mehr und mehr bedrängte. Er machte ihn nervös, ließ ihn nicht locker, und plötzlich ging ihm ein großes Licht auf.

»Das ist es«, flüsterte er. »Jawohl, wie blind bin ich gewesen.« Und dann fügte er hinzu: »Armer Felix!«

Inzwischen war es in Surbonadiers Wohnung stockfinster geworden.

14

»Wenn du nichts dagegen hast, Nigel«, begann Gardener, »möchte ich dir einiges aus der Cambridge-Zeit erzählen, das wird mich erleichtern. Da ist was zu trinken. Setz dich.« Nigel fand, daß Felix weniger verzweifelt aussah.

»Als du heute morgen kamst, war ich noch nicht richtig bei mir. Ich hatte kein Auge zugemacht, und der entsetzliche Gedanke, Arthur Surbonadier tatsächlich getötet zu haben, machte mich fast verrückt. Dazu kam noch die Angst, dein Freund Alleyn könnte mich ernsthaft verdächtigen. Vielleicht gerät ein wirklich schuldiger Mensch weniger in Panik als ich. Ich fürchtete, ich könnte meine Unschuld nicht beweisen und stünde, trotz allem, was du sagst, in Verdacht.«

»Da irrst du dich gewaltig.«

»Ich hoffe es. Also heute morgen konnte ich keinen zusammenhängenden Gedanken fassen, und als du mich nach der Beleidigungsklage fragtest und was ich über Surbonadiers Zeit in Cambridge wisse, dachte ich: ›Alleyn hat ihn beauftragt, mich auszufragen, weil er glaubt, Nigel gegenüber würde ich mich verplappern.‹ Also, daher sagte ich nicht die ganze Wahrheit und behauptete, ich hätte Arthur in Cambridge nur flüchtig gekannt. Das stimmt nicht, ich war eine kurze Zeit sehr befreundet mit ihm, ehe ich merkte, wie ekelhaft er ist. Ich war jünger als er und wohl noch blöder als die meisten jungen Leute. Ich fand es aufregend, kühn und alles mögliche, als er mich zu einer Heroin-Party einlud.«

»Großer Gott!« stieß Nigel hervor.

»Ich war nur einmal dort, und es war gräßlich. Ich habe nicht soviel genommen wie die anderen, und es wirkte daher nicht sehr. Am nächsten Morgen fand ich, daß ich mich zum Narren gemacht hatte, und wollte die Sache klarstellen, und so ging ich zu Surbonadier. Er war noch immer ziemlich betäubt und weinerlich. Er wurde vertraulich und erzählte mir Dinge über seinen Onkel und ... und er sprach von Stephanie Vaughan.« Gardener hielt inne, warf einen prüfenden Blick auf Nigel und fuhr dann fort:

»Ich hatte sie auf der Bühne gesehen, in einer Othello-Aufführung. Wenn ich sage, ich liebte sie auf den ersten Blick, so klingt das banal, aber es stimmt. Und als Surbonadier mir von seinen innigen Beziehungen zu ihr erzählte, haßte ich ihn. Dann sagte er mir, sein Onkel würde ihr Hauptrollen geben, und er erzählte, wie sehr er seinen Onkel hasse und was er alles von ihm wisse. Saint sei in das Rauschgiftgeschäft verwickelt. Und er sprach von Saints Maitressen. Stephanie war für mich die verkörperte Unschuld, und als ich an sie in Verbindung mit dieser Gesellschaft dachte, war ich völlig außer mir. Wahrscheinlich hat auch mich das Heroin etwas beeinflußt. Wir waren beide nicht normal. Aber jedenfalls, als Surbonadier mir sagte, er könne, wenn er wolle, seinem Onkel einen bösen Streich spielen, ermutigte ich ihn dazu. Er sagte, der Onkel weigere sich, seine Schulden zu zahlen, doch er wisse soviel von ihm, daß er ihn dazu zwingen könnte. Und als er von dem Artikel sprach, den er schreiben könnte, riet ich ihm sehr zu. Dann sagte ich ihm, ich würde nicht mehr an diesen Parties teilnehmen. Er hörte kaum zu, er war besessen von dem Gedanken an den Artikel. Ich ging weg, und von da an hatte ich nichts mehr mit ihm zu tun. Als der Artikel erschien, dachte ich mir, daß er ihn geschrieben habe, und als wir uns einmal trafen und er mich nach meiner Stellungnahme in jener Hinsicht fragte, sagte ich kurz, er habe nichts von mir zu befürchten; ich habe auch nie mehr darüber gesprochen.«

»Wieso hast du dich jetzt entschlossen, es mir zu sagen?« fragte Nigel.

Gardener zögerte und antwortete schließlich: »Ich habe mir

gedacht, daß die Polizei in Surbonadiers Vergangenheit wühlen und herausfinden würde, daß ich ihn gekannt hatte.«

»Das ist es nicht«, widersprach Nigel mitleidig. »Du hast geglaubt, sie wären auf einer anderen Fährte. Habe ich recht? Du hast erkannt, daß die Polizei jemand anderen verdächtigen würde, wenn sie nicht erführe, daß Surbonadier seinen Onkel erpreßt hatte. Stimmt's?«

»Dann verdächtigen sie also . . .?«

»Ich glaube nicht. Aber jedenfalls, *sie* hält dich doch nicht für schuldig?«

»Wir haben alle Angst . . . und dann, als sie heute morgen zu mir kam . . . Man kann sie doch nicht verdächtigen?«

»Deswegen brauchst du keine Angst zu haben. Und was dich anbelangt . . .«

»Ja . . . was mich anbelangt?« Gardener starrte ihn an. »Nigel, sage mir offen . . . zweifelst du an mir? Sag es!«

»Nein, auf Ehrenwort.«

»Dann gebe ich dir mein Ehrenwort, daß ich an Surbonadiers Tod nicht schuld bin und sie auch nicht. Es gibt etwas, was ich dir nicht sagen kann . . . aber wir sind unschuldig.«

»Ich glaube es dir, alter Freund.«

»Jetzt fühle ich mich wohler«, sagte Gardener. »Essen wir.«

Das Essen war ausgezeichnet und der Wein hervorragend. Sie sprachen über vieles und kamen auch immer wieder auf den Fall zurück, aber mit weniger Spannung. Auf einmal sagte Gardener:

»Es ist recht traurig, an die nächste Zukunft der Familie Simes zu denken.«

»Dann denk nicht dran. Und was wird mit dem Unicorn geschehen?«

»Du meinst, das Stück? Du wirst es nicht für möglich halten, aber er hat tatsächlich daran gedacht, ›Die Ratte und den Biber‹ weiterzuspielen.«

»Was?«

»Jawohl. Sowie die Polizei weg war. Natürlich weigerte ich mich weiterzuspielen, und Stephanie ebenfalls. Den andern gefiel es auch nicht, aber sie weigerten sich nicht direkt. Dann überlegte er, daß es doch unangenehm auffallen könnte, wenn er die Hauptrollen neu besetzte. Die Zeitungen könnten sich darüber aufregen. So beginnen nächste Woche die Proben für ein neues Stück.«

»Was wirst du tun?«

»Ich warte ab. Es gibt ja noch andere Theaterdirektoren.« Er verzog das Gesicht. »Man sagt mir, ich wäre sehr populär geworden, das habe Reklame für mich gemacht. Gehen wir ins Atelier.«

Gerade als sie sich an den Kamin gesetzt hatten, läutete es an der Wohnungstür. Gleich danach kam Gardeners Diener mit einem Brief herein.

»Der ist eben durch Eilboten abgegeben worden, Sir«, meldete er. »Auf Antwort wird nicht gewartet.«

Gardener öffnete den Brief, Nigel zündete sich eine Zigarette an und ging im Raum umher. Er stand vor der Fotografie von Gardeners Bruder, als sein Gastgeber einen leisen Ruf ausstieß und murmelte:

»Um Himmels willen, was soll das nur heißen?«

Er reichte Nigel einen Briefbogen. Dieser las verdutzt:

Wenn Ihnen Ihre Stellung und Ihr Leben lieb sind, dann kümmern Sie sich nur um Ihre Angelegenheiten. Vergessen Sie, was geschehen ist, sonst wird Ihnen noch mehr passieren, als auf den Fuß getreten zu werden.

Nigel und Gardener starrten einander verblüfft an.

»Großer Gott!« stieß Nigel schließlich aus. »Ist dir jemand auf den Fuß getreten?«

»Ja, das habe ich euch doch gesagt.«

»Jemand, der so wie Jacob Saint roch?«

»Ich war nicht sicher.«

»Hör mal«, sagte Nigel. »Das ist kein Witz. Alleyn muß das sofort erfahren.«

»Muß das sein?«

»Unbedingt. Ich rufe ihn gleich an, wenn du gestattest.«

»Wo ist er denn?«

Nigel überlegte. Wahrscheinlich wünschte Alleyn es nicht, daß er jemanden über seine Schritte orientierte. Nigel wußte ja nicht einmal, ob er noch in Surbonadiers Wohnung war. Er sah die Nummer im Telefonbuch nach und wählte sie.

»Vielleicht ist er nicht zu Hause«, sagte er irreführend. Wieder wartete er lange, und wieder meldete sich niemand. Ein unbehagliches Gefühl kroch in ihm empor.

»Niemand da?« fragte Gardener.

»Ich könnte es ja mit Scotland Yard versuchen«, murmelte

Nigel. »Aber ich werde ihn später anrufen. Schauen wir uns nochmals diesen Brief an!«

Die nächste Stunde zerbrachen sich die beiden über den Schreiber des Briefes die Köpfe. Gardener sagte, er traue es Saint nicht zu, und Nigel stellte fest, er wisse überhaupt nicht, was er davon halten solle.

»Wenn er der Mörder ist . . .« begann er.

»Das weiß ich nicht. Er könnte auch Angst haben, daß ich etwas davon weiß, was Surbonadier über ihn herausgefunden hat, und er fürchtet, ich könnte tun, was ich tatsächlich getan habe: es ausplaudern.«

»Wußte Saint, daß du mit Surbonadier befreundet warst?«

»Ja, Arthur hat mich ihm damals vorgestellt. Später, als ich zur Bühne gegangen war und er mich in meiner ersten größeren Rolle sah, erinnerte er sich an mich. Daher bekam ich wohl auch mein erstes Engagement bei ihm. Gar kein angenehmer Gedanke. Arthur war sehr wütend darüber. Er erzählte überall herum, ich hätte ihn um seine Familienrechte gebracht. Wie widerlich das alles ist! Erinnerst du dich an das, was ich von Schauspielern gesagt habe?«

»Schau dir nur an, wie die sich gestern abend benommen haben, während Surbonadiers Leiche noch auf der Bühne lag – außer Stephanie.«

Nigel schaute ihn neugierig an. Ihm klang noch immer Alleyns höhnische Bemerkung »Schöner Abgang« in den Ohren, nachdem Stephanie Vaughan die Bühne verlassen hatte. Und er erinnerte sich an den lockenden Ton, den sie bei der Befragung Alleyn gegenüber angewandt hatte. Sogar Alleyn hatte länger als nötig seine Hand auf ihrer Schulter gelassen.

»Was mag sie wohl jetzt tun?« unterbrach Gardener seine Überlegungen. »Ich wollte heute abend zu ihr gehen, aber sie sagte, sie würde mich anrufen.«

»Wovor hat sie eigentlich solche Angst?« platzte Nigel heraus.

Gardener wurde leichenblaß. Er sah wieder so verstört aus wie am Morgen.

»Natürlich hat sie Angst«, antwortete er schließlich. »Sie weiß, daß es Alleyn bekannt ist, wie Surbonadier sie belästigte und bedrohte. Das war ja gestern abend offensichtlich. Sie hat mir nie etwas davon gesagt. Sie hat mir ihre Schulter gezeigt und mir erzählt, daß er sie, nachdem ich fortgegangen war, geschlagen hat, dieser Schweinehund! Mein Gott, wenn ich das gewußt hätte!«

»Ein Glück für dich, daß du es nicht gewußt hast«, erwiderte Nigel. »Und er ist ja jetzt tot, Felix.«

»Sie erzählte mir, daß Alleyn den Striemen gesehen hat. Sie glaubt, daß er sie verdächtigt. Sie ist sehr empfindlich, und deshalb ist diese Sache ein entsetzlicher Schock für sie.«

»Und du hast auch ihretwegen Angst gehabt?«

»Ja – aber erst im Lauf des Morgens. Bis dahin hatte ich immer nur an mich gedacht. Daß überhaupt nur der Schatten eines Verdachtes auf sie fallen könnte! Es ist ungeheuerlich!«

»Also mach dir keine Sorgen. Kein Mensch hat auch nur die leiseste Andeutung in der Hinsicht gemacht. Ich kann dir nur sagen, daß sie auf einer ganz anderen Spur sind. Es wäre ein Vertrauensbruch, wenn ich dir mehr darüber sagte. Jetzt muß ich aber gehen, Felix. Es wurde ja verdammt spät gestern nacht.«

»Gute Nacht, Nigel. Ich weiß gar nicht, wie ich dir danken soll.«

»Quatsch! Gute Nacht.«

Als Nigel um halb elf nach Hause kam, war er todmüde. Er mußte jedoch noch einen Bericht schreiben, und er wollte es nicht auf morgen verschieben.

Müde setzte er sich an die Maschine und spannte einen Bogen ein. Er dachte einen Moment nach, und dann begann er zu tippen:

DER MORD IM UNICORN-THEATER

Neue Enthüllungen

Erinnerungen an die Beleidigungsklage Saint

Während er tippte, dachte er an Alleyn. Er mußte ihm die Sache von Felix mitteilen. Schließlich nahm er den Hörer ab. Bestimmt würde Alleyn jetzt zu Hause sein. Er wählte die Nummer seiner Wohnung und wartete.

15

Nachdem Nigel und Inspektor Fox gegangen waren, stand Chefinspektor Alleyn ganz still da. Er nahm wahr, wie Fox mit dem Sergeanten an der Wohnungstür sprach, und etwas später hörte er ihre Stimmen von der Straße her.

Alleyn schaute auf die Uhr, drehte das Licht aus, trat zum Fenster und versteckte sich hinter den Vorhängen. So konnte er ungesehen die Straße überblicken. Es waren erst zwei Minuten vergangen, daß Nigel und Fox ihn verlassen hatten. Ein einzelnes Taxi fuhr langsam am Haus vorbei. Obwohl er es deutlich sah, konnte er das Gesicht des Fahrgastes nicht wahrnehmen, so daß er annehmen mußte, dieser knie auf dem Boden, um sich zu verbergen. Das Taxi verschwand, und er trat vom Fenster zurück. Drei, vier Minuten verstrichen, dann wurden seine Überlegungen durch das Läuten des Telefons unterbrochen. Er lächelte und setzte sich aufs Bett. Das Telefon läutete zwanzigmal und verstummte dann. Nun ging er wieder zum Fenster. Die Straße war jetzt ganz ruhig, so daß er, als jemand eilig zu Fuß von der Elizabeth Street kam, die Schritte von weitem hörte. Er versuchte nun, sich ganz flach unter das Bett zu schieben.

Plötzlich wurde ein Schlüssel in der Wohnungstür umgedreht. Die Person, die hereinkam, mußte die Schuhe ausgezogen haben, denn er konnte nur ungefähr wahrnehmen, wie sie, Schritt um Schritt, den Korridor entlangkam. Dann hörte er, wie die Klinke gedrückt wurde, und sah im schwachen Licht der Straßenlaterne, daß die Tür aufging und ein dunkler Schatten sich vorwärtsbewegte. Ein leises Rascheln, dann wurden die Vorhänge vorgezogen. Als die Stille schon unerträglich geworden war, läutete abermals schrill das Telefon, es schien nicht aufhören zu wollen. Das Bett über ihm senkte sich und berührte seine Schultern.

Nigel hatte in seiner Wohnung den Hörer aufgelegt und war zu Gardener zum Essen gegangen.

Alleyn hörte einen schwachen Seufzer der Erleichterung. Dann raschelte das Bett wieder, und der Druck auf seinen Schultern ließ nach. Als nächstes hörte er, daß ein Stuhl über den Teppich gezogen wurde, und dann das Knarren einer Schranktür. Er hörte, daß im Schrank herumgetastet wurde, und dann klickte etwas. Nun räusperte er sich.

»Sie brauchen nur das Licht anzumachen, Miss Vaughan«, sagte er.

Sie schrie nicht, aber er merkte, wie sie erschrocken den Atem anhielt. Schließlich flüsterte sie:

»Wer ist da?«

»Das Gesetz!« antwortete Alleyn.

»Sie!«

»Ja. Machen Sie Licht, der Schalter ist gleich neben der Tür.«

Das Zimmer wurde von Licht überflutet. Alleyn hatte nun Kopf und Schultern unter dem Bett hervorgeschoben.

Sie stand da, die eine Hand noch immer am Schalter, in der andern hielt sie die kleine Stahlkassette. Sie sah ungemein schön aus.

Alleyn wand sich hervor und stand auf.

»Ich glaube, der Staub unter Betten ist der schlimmste Staub, den es gibt«, klagte er.

Sie ließ den Schalter los, auf einmal schwankte sie und fiel nach vorn. Alleyn fing sie auf. Die Kassette fiel klappernd zu Boden.

»Das hat keinen Zweck«, sagte er, »Sie sind nicht die Frau, die in Ohnmacht fällt, wenn etwas schiefgeht. Sie mit Ihren eisernen Nerven. Sie sind nicht in Ohnmacht gefallen, ihr Herz schlägt regelmäßig.«

»Ihres dagegen hämmert wie toll!« flüsterte sie.

Er richtete sie auf und hielt sie an den Armen.

»Setzen Sie sich!« befahl er barsch.

Sie setzte sich in den Sessel, den er ihr hingeschoben hatte.

»Sie haben mir aber einen Schrecken eingejagt«, sagte sie und blickte ihn durchdringend an. »Wie dumm ich war! Die Falle war ja so offensichtlich.«

»Es wundert mich, daß Sie darauf hereingefallen sind. Als ich Sie im Taxi sah, wußte ich, daß es mir gelungen war, und dann, als Sie anriefen . . . dachte ich mir, daß Sie einen Schlüssel von Surbonadier hatten.«

»Ich hatte ihn zurückgeben wollen.«

»So? Ich kann mir nicht denken, worin seine Anziehungskraft für Sie lag. Sie haben einen schlechten Geschmack.«

»Nicht immer.«

»Vielleicht nicht immer.«

»Sie haben doch wohl nichts gegen mich? Warum sollte ich nicht hierherkommen? Sie haben es doch selbst vorgeschlagen.«

»Um neun, zusammen mit mir. Was haben Sie in der Kassette gesucht?«

»Meine Briefe«, antwortete sie rasch. »Ich wollte sie vernichten.«

»Sie sind nicht dort.«

»Dann wurde ich getäuscht.«

»Sie wurden nicht getäuscht«, widersprach er.

»Mr. Alleyn . . . bitte, geben Sie mir meine Briefe. Wenn ich Ihnen mein Wort gebe, mein Ehrenwort, daß sie nichts mit seinem Tod zu tun haben . . .«

»Ich habe sie gelesen.«

Sie wurde leichenblaß.

»Alle?«

»Ja, selbst den von gestern.«

»Was werden Sie tun . . . mich verhaften? Sie sind hier allein.«

»Ich glaube nicht, daß Sie sich wehren und eine Szene machen werden.«

»Nein, das wäre zu unwürdig.«

Sie begann zu weinen, ohne ihr Gesicht häßlich zu verzerren. Ihre Augen füllten sich mit Tränen und flossen dann über.

»Mir ist kalt«, sagte sie.

Er nahm die Steppdecke vom Bett und reichte sie ihr. Sie entglitt ihrer Hand, und sie blickte ihn hilflos an. Nun legte er sie ihr um die Schultern. Sie faßte plötzlich seinen Rockkragen und sagte:

»Schauen Sie mich an! Sehe ich wie eine Mörderin aus?«

Er versuchte sich ihrer Hand zu entledigen, aber sie klammerte sich fest an seine Jacke.

»Ich versichere Ihnen, daß ich das, was ich in dem Brief schrieb, nicht ernst meinte. Ich wollte ihn erschrecken, er bedrohte mich, und ich wollte ihn nur erschrecken.«

Er packte sie jetzt fest am Handgelenk und machte sich frei.

»Sie haben mir weh getan«, sagte sie.

»Sie haben mich dazu gezwungen. Aber hören Sie jetzt mit dieser Komödie auf!«

»Ich möchte Ihnen wenigstens eine Erklärung geben, und wenn Sie mich danach noch immer für schuldig halten, gehe ich ohne ein Wort der Widerrede mit Ihnen.«

»Ich muß Sie warnen . . .«

»Ja, ich weiß. Aber ich muß sprechen. Setzen Sie sich für fünf

Minuten hin und hören Sie mich an. Ich brenne nicht durch, schließen Sie meinetwegen die Tür ab.« – »Gut.«

Er schloß die Tür ab und steckte den Schlüssel in die Tasche, dann setzte er sich aufs Bett und wartete.

»Ich habe Arthur Surbonadier vor sechs Jahren kennengelernt. Ich spielte damals in Cambridge bei einer Wohltätigkeitsvorstellung mit Studenten Othello. Ich war die Desdemona. Ich war Anfängerin und blutjung. Arthur sah sehr gut aus und hatte eine gewisse Anziehungskraft auf Frauen. Sie werden das zwar nicht verstehen. Er stellte mir Felix vor, aber ich erinnerte mich kaum an ihn, als ich ihn wieder traf, doch er sagte, er hätte mich nie vergessen. Arthur stellte mich seinem Onkel vor, und dadurch faßte ich erst Fuß als Schauspielerin. Beide bekamen wir Rollen in einem Stück, das Saint am Ende des Jahres aufführte. Arthur war leidenschaftlich in mich verliebt. Nur ich schien für ihn zu existieren. Ich war fasziniert – und so geschah es. Er hat mir wieder und wieder Heiratsanträge gemacht, aber ich erkannte bald, was für ein Lump er war. Er hat mir alles mögliche erzählt, was er getan hat. Er hegte einen tödlichen Haß gegen seinen Onkel, und einmal, in Cambridge, schrieb er einen Artikel gegen ihn mit den schwersten Beschuldigungen. Saint reichte deswegen eine Klage wegen Beleidigung ein – Sie werden sich daran erinnern – aber er hatte Arthur nie im Verdacht, weil Arthur von ihm abhängig war. Er erzählte mir alle möglichen Sachen von sich und seinen Lastern, doch trotzdem hing ich an ihm. Dann lernte ich Felix kennen und . . .« Sie machte eine kleine Geste, die er von der Bühne her kannte.

»Von da an wollte ich mit Arthur brechen. Ich hatte Angst vor ihm, und er drohte mir, Felix zu erzählen – alles zu erzählen.« Sie hielt inne, und als sie weitersprach, war ihre Stimme verändert. »Felix war ganz anders, er gehört einer anderen Klasse an. Wenn Arthur es ihm erzählt hätte! Ich hatte entsetzliche Angst. Ich begann diese Briefe zu schreiben, als ich nach New York ging, doch als ich zurückkam, beherrschte Arthur mich noch immer. Gestern – es kommt mir vor, als seien seitdem Jahre vergangen – kam er zu mir in die Wohnung und machte mir eine Szene. Ich wollte ihn erschrecken, und nach seinem Weggehen schrieb ich diesen Brief.«

»Sie schrieben darin: ›Wenn Du mir heute abend nicht versprichst, mich in Ruhe zu lassen, werde ich Dich erledigen.‹«

»Ich meinte damit, ich würde Saint verraten, daß er den Artikel geschrieben hat!«

»Er hat Saint seit Jahren erpreßt. Das wußten Sie doch?«

Sie schaute ihn völlig entgeistert an.

»Wußten Sie es?« fragte Alleyn.

»Nein, er hat es mir nie gesagt.«

»So«, knurrte er.

Sie schaute ihn kläglich an und rieb sich die Handgelenke, wo er sie gepackt hatte. Wie auf einen plötzlichen Einfall hin streckte sie ihm ihre Hand entgegen.

»Können Sie mir nicht glauben ... haben Sie kein Mitleid mit mir?« flüsterte sie.

Ein Schweigen folgte. Ein paar Sekunden lang sprachen sie nicht, noch bewegten sie sich, dann trat er zu ihr, nahm ihre Hand und blieb still, als sei er in tiefe Betrachtung versunken.

»Sie haben gewonnen«, sagte er schließlich.

Sie preßte seine Hand auf ihr Gesicht, dann zog sie mit der freien Hand die Steppdecke von sich und ließ sie zu Boden gleiten.

»Gestern abend glaubte ich, Sie würden mir die Hand küssen«, sagte sie.

»Heute abend ...« Er küßte ihr bedächtig die Hand. In der Stille, die folgte, hörten sie, wie jemand rasch die schmale Straße herunterkam. Dieses Geräusch schien sie in die Wirklichkeit zurückzubringen, sie entzog ihm ihre Hand und stand auf.

»Ich gratuliere Ihnen«, sagte sie.

»Wozu?«

»Zu Ihrer Intelligenz. Sie hätten einen schlimmen Fehler gemacht, wenn Sie mich verhaftet hätten. Lassen Sie mich jetzt gehen?«

»Wenn Sie müssen.«

»Ja, ich muß gehen. Sagen Sie, wieso hatten Sie Verdacht gegen mich geschöpft?«

»Ihr Bühnenweiß war auf den Patronen.«

»Wir merkwürdig«, entgegnete sie ruhig. »Die Flasche wurde auf meinem Tisch umgeworfen. Arthur hat es getan.« Sie schien darüber nachzudenken und sagte dann hastig: »Das heißt also, daß der Täter in meiner Garderobe gewesen ist, nicht wahr?«

»Ja. Ihre Garderobe war, kurz bevor es geschah, leer. Sie hatten mit Gardener in der Garderobe nebenan gesprochen.«

»Nein, nein, das stimmt alles nicht. Er hätte hineingehen können, aber er war nicht dort, er war ja zu der Zeit auf der Bühne. Arthur hat die Flasche umgeworfen und hat sich mit der Flüssigkeit bespritzt. Als er die Patronen aus der Schublade holte und die Pistole lud, waren seine Finger noch verschmiert. Er war sich klar, daß er völlig erledigt war, und er wollte, daß Felix der Mord in die Schuhe geschoben würde . . . oder mir. Es ist möglich, daß er absichtlich mein Bühnenweiß dazu verwendete. Das sähe ihm ähnlich.«

»So?«

»Jawohl, ich weiß, daß es so ist.«

»Ich frage mich, ob Sie recht haben«, erwiderte Alleyn.

»Ich bin sicher.«

»Ich will es mir noch einmal von dem Gesichtspunkt aus überlegen«, sagte er, schien sich aber seiner Worte kaum bewußt zu sein. Er schaute sie an, als könne er sich an ihr nicht sattsehen.

»Ich muß jetzt gehen«, sagte sie. »Darf ich die Briefe mitnehmen oder werden sie verlesen?«

»Sie können sie haben.«

Er ging ins Nebenzimmer und holte die Briefe. Sie schaute sie sorgfältig durch.

»Aber einer fehlt«, sagte sie.

»Ich glaube nicht.«

»Sind Sie sicher, daß Sie keinen verloren haben?«

»Wir haben nur die gefunden.«

Sie schaute sich verstört im Zimmer um.

»Ich muß ihn finden«, sagte sie hartnäckig, »er muß hier sein. Er hat mir gedroht, gerade diesen Felix zu zeigen.«

»Wir haben alles durchgeschaut, er muß ihn verbrannt haben.«

»Nein, nein, ich bin sicher, daß er das nicht getan hat. Bitte, lassen Sie mich nachsehen, ich weiß, wo er seine Sachen aufbewahrt hat.«

Fieberhaft durchsuchte sie alle Zimmer. Auf einmal blieb sie stehen und schaute ihn an.

»Sie haben doch nicht etwa . . .?«

»Ich habe keinen Ihrer Briefe zurückbehalten, auf mein Ehrenwort.«

»Entschuldigen Sie bitte«, sagte sie und setzte die Suche fort. Schließlich gab sie sich geschlagen.

»Wenn er gefunden werden sollte, bekommen Sie ihn«, versicherte ihr Alleyn. Sie bedankte sich, und er sagte: »Ich bestelle Ihnen ein Taxi.«

»Nein, danke. Ich gehe bis zur Ecke, dort werde ich eins bekommen. Mir ist das lieber.«

»Ich begleite Sie, ich will hier sowieso zuschließen.«

»Nein. Wir sagen uns hier gute Nacht.« Sie lachte. »Ich kann mich mit Ihnen nicht blicken lassen, Sie sind zu kompromittierend.«

»*Nous allons changer tout cela.*«

»Glauben Sie das, Inspektor? Gute Nacht.«

»Gute Nacht, Stephanie. Wenn ich kein Polizist wäre ...«

»Ja?«

»Geben Sie mir den Schlüssel.«

»Oh. Den Wohnungsschlüssel? Wo habe ich ihn hingelegt? Der ist verloren.«

»Ist er nicht an Ihrer Kette?«

Er zog an ihrer Halskette und fand den Schlüssel, den sie unter ihrem Kleid verborgen hatte. Sie standen dicht beieinander, und er sah, daß sie zitterte.

»Sie sind völlig erschöpft«, sagte er. »Soll ich Sie nicht begleiten? Gönnen Sie mir das Vergnügen.«

»Nein, danke. Gute Nacht.«

Er berührte ihre Hand.

»Gute Nacht.«

Sie trat einen Schritt näher, blickte ihm lächelnd in die Augen, und er umarmte sie.

»Was ist mit mir los?« murmelte er. »Ich weiß, ich dürfte es nicht ... und doch ... darf ich Sie küssen?«

»Warum nicht?«

»Aus vielen Gründen.«

»Wie merkwürdig Sie mich anschauen! Als wollten Sie jeden Zug meines Gesichtes studieren.«

Er ließ sie plötzlich los und sagte: »Bitte, gehen Sie!«

Sie ging. Er beugte sich aus dem Fenster und sah ihr nach, wie sie zum South Eaton Place ging. Ein paar Sekunden später kam ein Mann aus einer Seitenstraße, blieb stehen und zündete sich eine Zigarette an, dann schlenderte er in der gleichen Richtung davon.

Alleyn schloß das Fenster und drehte das Licht aus. Als er durchs Zimmer ging, stieß er mit der Zehe an die Stahlkassette, die noch immer auf dem Boden lag. Er bückte sich und öffnete sie. Unendliche Erleichterung drückte sich auf seinem Gesicht aus. Er stellte sie auf den Tisch und verließ die Wohnung.

Wieder läutete das Telefon hartnäckig.

16

Etwa zehn Minuten, nachdem Alleyn in seine Wohnung gekommen war, erreichte ihn Nigel.

»Habe ich dich endlich«, sagte er.

»Hast du in Surbonadiers Wohnung ungefähr zwanzig Minuten nach deinem Weggehen angerufen?« fragte Alleyn.

»Ja, woher weißt du das?«

»Ich habe das Läuten gehört.«

»Warum hast du dann nicht geantwortet?«

»Weil ich unter dem Bett lag.«

»Was? Ich weiß nicht, ob ich dich richtig verstanden habe. Mein Telefon funktioniert anscheinend schlecht.«

»Macht nichts. Was ist los?«

»Ich war bei Felix, er hat mich darum gebeten. Du hast recht.«

»Nicht am Telefon. Komm morgen um neun zu mir ins Büro.«

»Gut«, sagte Nigel. »Gute Nacht.«

Am nächsten Morgen kam Nigel mit seinem Artikel und seinem Laufjungen nach Scotland Yard.

»Das wird ja direkt ein Laster«, knurrte Alleyn und zensierte den Artikel. Der Rest wurde zur Fleet Street geschickt.

»Jetzt hör zu«, sagte Nigel.

Er berichtete die Geschichte von Gardeners Geständnis und von dem anonymen Brief, den er hervorholte. Alleyn lauschte aufmerksam und prüfte den Brief sorgfältig.

»Ich bin froh, daß er sich entschlossen hat, dir das zu erzählen«, sagte er. »Glaubst du, er würde es wiederholen und eine entsprechende Erklärung unterzeichnen?«

»Ich nehme an. Soweit ich es sehe, hat er gefürchtet, daß du ihn böser Absicht verdächtigen würdest. Später, als er glaubte, Stephanie Vaughan sei in Gefahr, entschloß er sich, alles, was er wußte, zu erzählen, damit du sie nicht mehr verdächtigst. Er weiß, daß das, was er gesagt hat, Saint ausgesprochen belastet und auch ihn selbst belasten könnte. Er ist gar nicht überzeugt, daß Saint es getan hat. Er hält es eher für einen Selbstmord.«

»Zu der Annahme neigt auch Mr. Saint«, erwiderte Alleyn grimmig und drückte auf die Klingel.

»Inspektor Fox soll zu mir kommen«, sagte er zu dem Sergeanten, der sich gemeldet hatte.

Wieder betrachtete er prüfend den Brief, bis der Inspektor kam.

»Gute Nachrichten, Fox«, sagte Alleyn. »Unser Mörder ist literarisch geworden, er schreibt Briefe. Ein Lichtschimmer taucht am Horizont auf.«

»So?« fragte Nigel.

»Jawohl, Fox. Mr. Gardener erhielt gestern abend gegen halb neun diesen Brief durch Eilboten in seiner Wohnung. Hier ist der Umschlag. Die Eilbotenzentralen müssen befragt werden, und lassen Sie ihn auf Fingerabdrücke untersuchen. Man wird die von Gardener und einem ›Unbekannten‹ finden. Ich habe eine Ahnung, wer der Unbekannte ist.«

»Darf ich fragen, wer?« fragte Fox eifrig.

»Ein Mann, den wir bisher bei all unseren Mutmaßungen nicht verdächtigt haben, ein Mann, der durch seinen scheinbaren Eifer, der Polizei zu helfen, durch seine häufigen Ratschläge sowie durch seinen besonderen Charme bisher unserer Aufmerksamkeit entgangen ist. Und dieser Mann heißt . . .«

»Keine Ahnung, Sir.«

»Nigel Bathgate!«

»Welch irrsinnige Idee!« rief Nigel wütend. Dann sah er das entrüstete Gesicht von Fox und sprach ruhiger weiter: »Entschuldige bitte, Chefinspektor Alleyn. Aber mir geht es wie Mr. Saint. Ich kann deine faulen Witze auch nicht immer vertragen. Es stimmt, Inspektor Fox, Sie werden meine Fingerabdrücke auf dem Brief finden.«

»Ich fürchte, daß Sie uns diesmal entkommen, Sir«, entgegnete Fox feierlich, mußte aber mühsam sein Lachen unterdrükken.

»Also Spaß beiseite«, sagte Alleyn, »wir wollen jetzt weitermachen. Gehört zu den Bühnenrequisiten eine Schreibmaschine?«

»Ja, eine Remington, die im ersten und im letzten Akt benutzt wird.«

»Wo wird sie aufbewahrt?«

»In der Requisitenkammer. Wir haben sie nach Fingerabdrücken untersucht. Auf den Tasten sind die von Mr. Gardener und an den Seiten die des Requisiteurs, der sie hin- und herträgt.«

»Wer hat die Maschine im letzten Akt benutzt?« fragte Alleyn. »Ah, ich erinnere mich – Gardener. Lassen Sie eine Kopie von dem Brief machen, Fox, und geben Sie das Original Bailey. Der soll noch mal die Schreibmaschine prüfen. Jetzt muß ich mich für die Voruntersuchung vorbereiten. Gott sei Dank haben wir einen vernünftigen Vorsitzenden.«

»Ich gehe zurück zur Fleet Street«, sagte Nigel. »Dann hole ich Felix ab und gehe mit ihm zusammen zur Voruntersuchung. Sein Anwalt wird auch dort sein.«

»Es wird wohl ein Haufen von den Vögeln da sein. Meine Spione haben mir berichtet, daß Sankt Jacob den berühmten Phillip Phillips mitbringt. Also bis nachher.«

Nigel blieb eine Zeit in der Redaktion und schrieb eifrig über den Charakter der Hauptpersonen des Falles. Um zwanzig vor elf fuhr er mit der Untergrundbahn zum Sloane Square und ging zu Gardeners Wohnung. Der Anwalt, ein junger Mann, war bereits dort.

Die Voruntersuchung stellte sich für die vielen Zuschauer als eine Enttäuschung heraus. Es kam nur wenig von der Tätigkeit der Polizei zur Sprache. Alleyn, der vom Vorsitzenden mit besonderem Respekt behandelt wurde, erstattete einen eingehenden Bericht über die Vorgänge im Theater.

»Haben Sie etwas Auffallendes an der Pistole oder an den Patronen bemerkt?« fragte der Vorsitzende.

»Es waren die üblichen 45er, die man für die Smith und Wesson-Pistolen benutzt. Es waren keine Fingerabdrücke darauf.«

»War ein Handschuh benutzt worden?«

»Wahrscheinlich.«

»Wie waren die falschen Patronen?«

Alleyn beschrieb sie und erklärte, daß er Spuren von Sand aus der locker gewordenen Patrone in der Souffleurecke und in beiden Schubladen gefunden habe.

»Was schließen Sie daraus?«

»Daß der Requisiteur die falschen Patronen dem Inspizienten gab, der sie, wie üblich, in die oberste Schublade legte.«

»Sie meinen, daß sie jemand später in die zweite Schublade legte und durch scharfe Patronen ersetzte?«

»Jawohl, Sir.«

»Haben Sie sonst etwas an den Patronen bemerkt?«

»Ich sah weiße Flecken auf den Hülsen.«

»Haben Sie eine Erklärung dafür?«

»Ich glaube, daß sie von einer gewissen Flüssigkeit, Bühnenweiß genannt, herrühren, die die Schauspielerinnen zum Schminken benutzen.«

»Nicht die Schauspieler?«

»Ich glaube, nein. In den Garderoben der Schauspieler gab es diese Flüssigkeit nicht.«

»Sie haben Flaschen mit dieser Flüssigkeit in den Garderoben der Schauspielerinnen gefunden?«

»Ja.«

»Ist der Inhalt dieser Flaschen der gleiche?«

»Nein.«

»Konnten Sie feststellen, aus welcher dieser Flaschen die Flecken auf den Patronenhülsen stammten?«

»Die Analyse ergab, daß die Flasche aus der Garderobe der Hauptdarstellerin stammte. Eine Flasche mit dieser Flüssigkeit war vor Beginn der Vorstellung umgeworfen worden.«

»Wer benutzt diese Garderobe?«

»Miss Stephanie Vaughan und ihre Garderobiere. Vor der Vorstellung erhielt Miss Vaughan in der Garderobe Besuch von Kollegen des Ensembles. Auch ich besuchte sie dort vor dem ersten Akt. Die Flasche war da noch nicht umgeworfen. Ich begegnete in der Garderobe auch Mr. Surbonadier, der sichtlich unter dem Einfluß von Alkohol stand.«

»Schildern Sie bitte den Geschworenen die Nachforschungen, die Sie sofort nach dem tragischen Vorfall anstellten.«

Alleyn tat es ausführlich.

»Sie haben die Bühne abgesucht. Fanden Sie etwas, das Licht auf die Angelegenheit wirft?«

»Ich fand in einem Strickbeutel, der auf der Bühne benutzt worden war, ein Paar Handschuhe und die falschen Patronen in der zweiten Schublade des Schreibtisches.«

»Was bemerkten Sie an den Handschuhen?«

»Der eine hatte weiße Flecken. Die Analyse ergab, daß sie von derselben Flüssigkeit herrührten, die man auch auf den Patronen gefunden hatte.«

Diese Erklärung erregte Unruhe im Publikum. Alleyn schilderte nun seine Befragung der Schauspieler und erklärte, sie hätten alle das Protokoll ihrer Aussagen unterzeichnet. Alleyn sagte wenig von den folgenden Nachforschungen der Polizei und wurde vom Vorsitzenden auch nicht dazu gedrängt.

Felix Gardener wurde aufgerufen. Er war sehr bleich, machte aber klare Aussagen. Er gab zu, der Besitzer der Pistole zu sein, er habe sie von seinem Bruder geerbt, und er fügte hinzu, er habe die sechs Patronen dem Requisiteur gegeben, der sie dann entschärft hatte.

»Waren Sie vor dem Vorfall in Miss Vaughans Garderobe gewesen?«

»Jawohl. Ich war dort mit Chefinspektor Alleyn, der mich mit einem Freund vor Beginn der Vorstellung besuchte. Ich kam erst nach dem ersten Akt wieder zurück.«

»Bemerkten Sie, daß auf dem Toilettentisch eine Flasche mit einer weißen Flüssigkeit umgeworfen war?«

»Nein, Sir.«

»Mr. Gardener, beschreiben Sie bitte genau, wie Sie die Pistole abgefeuert haben.«

Gardener tat es. Dabei zitterte seine Stimme, und er wurde noch blasser.

»Wurde Ihnen sofort klar, was geschehen war?«

»Nicht sofort, glaube ich«, antwortete Gardener. »Ich war betäubt von dem Knall der Pistole. Zuerst kam mir der Gedanke, daß eine der Platzpatronen, die zwischen den Kulissen abgefeuert werden, versehentlich in die Kammer der Pistole geraten sei.«

»Sie spielten Ihre Rolle weiter?«

»Ja«, antwortete Gardener leise. »Ganz automatisch. Dann wurde mir klar, was geschehen war. Aber wir spielten weiter.«

»Wir?«

Gardener zögerte.

»Miss Vaughan trat ebenfalls in der Szene auf.«

Ein Paar graue Wildlederhandschuhe wurden ihm gezeigt.

»Gehören die Ihnen?«

»Nein.« Gardener schaute erstaunt und erleichtert zugleich drein.

»Haben Sie sie je gesehen?«

»Nein, nicht, daß ich wüßte.«

Der anonyme Brief wurde ihm vorgelegt, und Gardener

schilderte, wie er ihn erhalten hatte, und erklärte die Bedeutung der Bemerkung ›auf den Fuß treten‹.

»Haben Sie eine Ahnung, wer Sie auf den Fuß getreten hatte?«

Gardener zögerte und schaute Alleyn fragend an.

»Ich hatte eine vage Idee, fand aber nachher, daß sie nicht für eine Behauptung ausreicht.«

»Auf wen bezog sich diese Idee?«

»Muß ich das beantworten?«

Wieder sah er zu Alleyn hinüber.

»Sie hatten schon mit Chefinspektor Alleyn darüber gesprochen?«

»Ja, ich erklärte aber, daß ich nichts Bestimmtes weiß.«

»Welchen Namen erwähnten Sie?«

»Keinen. Chefinspektor Alleyn fragte nur, ob ich ein bestimmtes Parfum gerochen hätte. Das glaubte ich.«

»Wen brachten Sie damit in Verbindung?«

»Mr. Jacob Saint.«

Mr. Phillip Phillips sprang, mit Recht entrüstet, auf. Der Vorsitzende setzte sich kurz mit ihm auseinander und sagte dann zu Gardener:

»Danke sehr, Mr. Gardener.«

Als nächste kam Stephanie Vaughan an die Reihe. Sie war sehr gefaßt und würdevoll und machte klare Aussagen. Sie bestätigte alles, was Alleyn über das Bühnenweiß gesagt hatte, und erklärte, Surbonadier habe die Flasche umgeworfen, nachdem die andern ihre Garderobe verlassen hatten. Die Geschworenen schauten sie mitfühlend und zweifelnd an.

Die übrigen Mitglieder des Ensembles wurden der Reihe nach vernommen. Barclay Crammer gab eine gute Vorstellung eines gebrochenen Gentleman der alten Schule. Janet Emerald zog alle Register einer geübten Schauspielerin. Als sie über den auffallenden Widerspruch zwischen ihrer Aussage und denen von Miss Max und dem Inspizienten befragt wurde, weinte sie bitterlich und erklärte, ihr Herz sei gebrochen. Der Vorsitzende schaute sie kühl an und erwiderte, sie sei eine schlechte Zeugin. Miss Deamer war jugendlich aufrichtig, aber ihre Aussage war nicht besonders wichtig. Der Inspizient und Miss Max waren vernünftig und sachlich. Der Requisiteur sah aus und benahm sich derart wie ein Mörder, daß er den Zeugenstand unter einer Wolke von Mißtrauen verließ. Trixie Beadle führte sich als unschuldiges Mädchen auf, hatte aber offensichtlich Angst und wurde freundlich behandelt.

»Sie sagen, Sie kannten Mr. Surbonadier gut. Heißt das, daß Sie intime Beziehungen zu ihm hatten?«

»Man kann es so nennen«, antwortete die arme Trixie.

Ihr Vater war wortkarg und respektvoll. Howard Melville war ernst und aufrichtig, aber was er sagte, war nicht sehr nützlich. Der alte Blair machte seine Aussage recht störrisch. Er wurde nach den Namen der Leute gefragt, die durch den Bühneneingang gekommen waren, und er führte die Namen auf, einschließlich jenen von Inspektor Alleyn, Mr. Bathgate und Mr. Jacob Saint. Ob er bemerkt habe, daß jemand diese Handschuhe getragen habe?«

»Ja«, antwortete der alte Blair gelangweilt.

»Wer war es?«

»Mr. Saint.«

»Mr. Jacob Saint? . . . Wenn sich eine solche Unruhe wiederholt, muß ich den Zuschauerraum räumen lassen . . . Sind Sie sicher?«

»Ja«, antwortete Blair und trat ab.

Mr. Jacob Saint erklärte, daß er der Besitzer des Theaters sei, daß der Verstorbene sein Neffe war und daß er ihn noch vor der Vorstellung gesprochen habe. Er erkannte die Handschuhe als die seinen und sagte, er habe sie hinter den Kulissen liegen lassen, er wisse nicht, wo. Er habe Miss Emerald in ihrer Garderobe besucht, glaube aber, daß er sie da nicht mehr gehabt hätte; wahrscheinlich habe er sie irgendwo auf der Bühne liegen lassen. Zu Nigels Staunen wurde nichts von der Spannung zwischen Saint und Surbonadier erwähnt. Mincing, der Diener, war nicht vorgeladen. Mr. Saint sei nach dem Vorfall nicht mehr auf die Bühne zurückgekehrt.

Der Vorsitzende gab eine ausführliche Zusammenfassung der Aussagen, er sprach auch von der Möglichkeit eines Selbstmordes, glaubte aber offensichtlich nicht daran. Dann zogen sich die Geschworenen zurück und fällten nach zwanzig Minuten das Urteil: Mord durch einen Unbekannten oder mehrere Unbekannte.

Als Nigel mit Alleyn das Gerichtsgebäude verließ, schob Janet Emerald ihn beiseite und packte Alleyn am Arm.

»Inspektor Alleyn!« stieß sie hervor.

Alleyn blieb stehen.

»Sie stecken dahinter!« Sie sprach zwar ruhig, aber mit unterdrückter Heftigkeit. »Sie haben dem Vorsitzenden gesagt, er solle mich so behandeln, wie er es getan hat. Wieso wurde ausgerechnet ich beschimpft und verdächtigt? Wieso kam Felix Gardener so leicht davon? Wieso hat man ihn nicht verhaftet? Er hat Arthur erschossen. Es ist schmachvoll!« Ihre Stimme steigerte sich hysterisch, einige Leute blieben auf der Straße stehen und schauten sich nach ihnen um.

»Janet«, redete Saint auf sie ein. »Bist du wahnsinnig? Komm!«

Sie starrte ihn an, dann fing sie ganz plötzlich zu weinen an und ließ sich von ihm fortführen.

Alleyn sah ihr nachdenklich nach.

17

Nigel verbrachte den Nachmittag damit, einen Artikel über die Verhandlung zu schreiben. Er staunte noch immer, daß so viele wichtige Dinge nicht zur Sprache gekommen waren. Der Vorsitzende war über Jacob Saints Beleidigungsprozeß hinweggegangen, hatte nichts von Surbonadiers Betrunkenheit geäußert und nichts über die Besuche in Stephanie Vaughans Garderobe. Und die Geschworenen hatten offensichtlich nicht das Bedürfnis empfunden, von sich aus unbequeme Fragen zu stellen.

Nigel, der gefühlt hatte, wie zufrieden Alleyn mit dem Ausgang der Untersuchung war, neigte nun zur Ansicht, daß Saint den Mord begangen habe. Doch Saint hatte ein ausgezeichnetes Alibi: er war während der Vorstellung im Zuschauerraum gewesen, und Blair hatte geschworen, daß er den Theaterdirektor während der Vorstellung nicht auf die Bühne habe zurückkommen sehen. Nigel hatte nun einen Geistesblitz: Saint war zwar in einer Loge gesessen, hätte jedoch während der Bühnenverdunklung hinausschleichen und durch die Tür der Proszeniumsloge hinter die Bühne gehen können. Diese Tür war verschlossen gewesen, als Stavely und Nigel dort hindurchgegangen waren, aber Saint konnte leicht einen zweiten Schlüssel haben. Er war also, ehe die Lichter ausgingen, groß und breit, von allen Seiten sichtbar, in seiner Loge gesessen. Nigel erwog nun folgende Möglichkeiten: Saint schlich sich, als es dunkel wurde, aus seiner Loge und durch die Tür der Proszeniumsloge auf die Bühne, ging direkt zum Schreibtisch, stieß in den Kulissen mit Gardener zusammen, zog die Schubladen auf und vertauschte die blinden Patronen gegen die scharfen. Als dann das Licht wieder anging, saß Mr. Saint in der Loge seines Theaters. Nigel war hell begeistert von sich und rief Scotland Yard an. Alleyn war ausgegangen, es hieß aber, er habe auf vier Uhr jemanden bestellt, und so hinterließ Nigel, daß er um halb fünf käme.

Er war ob seiner Feststellung so aufgeregt, daß er zu keiner Arbeit mehr fähig war. Er beschloß, Felix Gardener aufzusuchen und mit ihm über die Sache zu sprechen. Er rief ihn nicht an. Wenn Felix nicht zu Hause war, würde er bis zur Knightsbridge zu Fuß gehen, dort einen Autobus nehmen und nach Scotland Yard fahren. Er brauchte Bewegung.

Sloan Square war in Sonne gebadet. Gardeners Fenster im ersten Stock standen weit offen. Nigel wechselte ein paar Worte mit dem Portier und rannte, zwei Stufen auf einmal nehmend, die mit dicken Teppichen belegte Treppe zu Gardeners Wohnung hinauf.

Die Wohnungstür stand offen, und er trat, ohne zu läuten, in den kleinen Flur, auf den die Tür des Ateliers führte. Er schöpfte eben gerade Atem, um nach Gardener zu rufen, als er eine weibliche Stimme aus dem Atelier hörte.

»Wenn ich es getan habe«, rief die Stimme, »dann habe ich es für dich getan, Felix. Er war dein schlimmster Feind.«

Gardener erwiderte langsam: »Ich kann es nicht glauben.«

Die Frau lachte.

»Alles umsonst!« sagte sie. »Macht nichts ... ich bereue es nicht. Hörst du? Aber ich glaube nicht, daß du es wert bist.«

Voll Panik klopfte Nigel an die Wohnungstür und rief:

»Hallo, Felix, bist du zu Hause?«

Tödliche Stille, dann Schritte, die Ateliertür wurde geöffnet.

»Ah ... du bist's, Nigel«, sagte Felix Gardener.

Nigel schaute ihn nicht an, sondern blickte über ihn hinweg ins Atelier: Stephanie Vaughan saß in einem Sessel beim Fenster. Sie hatte ein Taschentuch auf die Lippen gepreßt.

»Oh, Nigel Bathgate!« rief sie theatralisch.

»Ihr kennt euch doch?« fragte Gardener.

Nigel gelang es, etwas zu murmeln, ja sogar die Hand zu drücken, die sie ihm freundlich reichte.

»Ich bin nur auf einen Sprung vorbeigekommen«, sagte er zu Gardener.

»Das stimmt doch nicht«, widersprach Stephanie fröhlich. »Sie sind hergekommen, um ein Männergespräch zu führen – das bedeutet trinken, Zigaretten rauchen, langes Schweigen und ein paar unanständige Witze. Ich gehe auf jeden Fall weg, ihr braucht euch also durch mich nicht stören zu lassen.«

Sie stand auf und blickte Nigel gerade in die Augen. Dann lächelte sie ihr dreieckiges Lächeln.

»Kommen Sie doch mal mit Felix zu mir. Sie gefallen mir, Bathgate. Hast du gehört, Felix? Du sollst ihn einmal mitbringen.«

Gardener begleitete Stephanie noch hinaus, und Nigel hörte im Flur leises Sprechen. Schließlich wurde die Wohnungstür zugeschlagen, und Gardener kam ins Atelier zurück.

»Das ist sehr nett von dir, daß du gekommen bist, Nigel«, sagte er. »Ich bin völlig erledigt.«

So sah er auch aus. Er setzte sich vor den Kamin und hielt die Hände zum Feuer. Sie zitterten.

»Du solltest zum Arzt gehen, Felix«, riet Nigel.

»Nein, nein! Das sind wohl nur die Nachwirkungen des Schocks. Es wird schon alles wieder in Ordnung kommen. Jetzt lege ich mich ins Bett und versuche zu schlafen, ich habe in der letzten Zeit nicht genug geschlafen.«

»Das ist das Beste, was du machen kannst.«

»Gibt es etwas Neues?« fragte Gardener.

Sie hatten beide vermieden, Stephanie Vaughan zu erwähnen. Nigel dachte an seine Theorie, Saint betreffend. Nun lächelte er bei der Erinnerung an seine vorherige Begeisterung. Wußte Gardener, daß er ihn belauscht hatte? Nigel nahm an, daß seinem Freund dieser Gedanke nicht gekommen war. Felix litt ja, wie er selbst gesagt hatte, noch unter dem Schock. Nigel zwang sich, von etwas Gleichgültigem zu sprechen. Dann schwiegen beide eine Weile, bis Nigel durch eine Frage von Gardener aufgeschreckt wurde:

»Ihre Aussage war doch geschickt, nicht wahr?«

»Wessen?«

»Stephanies.«

»Ah so, ja.«

Etwas in Nigels Stimme erweckte Gardeners Aufmerksamkeit. Er schaute seinen Freund gequält an.

»Nigel, du erinnerst dich doch an das, was ich sagte: Weder sie noch ich sind schuldig. Ich habe dir mein Wort gegeben, und du hast gesagt, du glaubst mir.«

»Ich weiß«, sagte Nigel etwas unbestimmt.

»Fängst du an . . . zu zweifeln?«

»Bist du so sicher, daß du recht hast, Felix? Sie . . . mein Gott!«

Gardener lachte.

»Du fängst also an zu zweifeln. Wenn du nur wüßtest, was für ein tapferer Mensch sie ist.«

»Willst du nicht dein Herz erleichtern, Felix?«

»Ich kann nicht, ich kann nicht . . . Nicht, was Stephanie anbelangt. Ich weiß, ich kann dir keinen Vorwurf machen. Wir beide sind schwer belastet. Was hält Alleyn von der Selbstmordtheorie?«

»Er sagt mir nur wenig«, erwiderte Nigel.

»Das Urteil der Geschworenen war falsch«, erklärte Gardener heftig. »Es war Selbstmord. Ich werde mit Alleyn sprechen und versuchen, ihn zu überzeugen . . .« Er hielt inne. »Er muß davon überzeugt werden, daß es Selbstmord war.«

»Ich muß jetzt gehen. Versuche zu schlafen, Felix.«

»Auf Wiedersehen, Nigel.«

»Auf Wiedersehen!«

Nigel ging die Treppe hinunter und verließ das Haus.

Ihm war klar, daß er vor einer schweren Entscheidung stand. Mußte er Alleyn die Unterhaltung, die er belauscht hatte, mitteilen? Eine Frau! Er scheute sich vor einem Entschluß, doch zwang er sich schließlich, wieder darüber nachzudenken. Was würde geschehen, wenn er den Mund hielt? Würde Felix, der sie liebte, zulassen, daß Saint des Mordes bezichtigt würde? Er dachte an Alleyns Reaktion auf seine Skrupel, und er erkannte plötzlich, daß er seinen Seelenfrieden zu retten versuchte.

Als er zur Hydepark Corner gelangt war, faßte er einen Entschluß. Er hatte nicht das Recht, sein Wissen für sich zu behalten, er würde es Alleyn sagen. Schweren Herzens hielt er ein Taxi an.

»Scotland Yard«, sagte er.

Er kam vor vier Uhr hin. Der Chefinspektor war in seinem Büro und bereit, ihn zu empfangen. Er ging sofort hinauf.

»Hallo, Nigel«, empfing ihn Alleyn. »Was ist denn los? Hast du wieder einen Mörder gefunden?«

»Spotte nicht«, bat Nigel. »Ich komme jetzt nicht mit einer Theorie, sondern mit einer ganz bestimmten Nachricht.«

»Setz dich und schieß los.«

Man merkte es Nigel an, wie schwer es ihm fiel, über das Gehörte zu berichten.

»Ich habe ein Geständnis belauscht«, sagte er.

Alleyn wartete eine Sekunde, dann nahm er einen Bleistift.

»Wann?«

»Vor ungefähr einer Stunde.«

»Wo?«

»In Gardeners Wohnung.«

»Gut. Weiter!«

»Es ist schnell erzählt. Ich ging in seine Wohnung, ohne zu läuten, und hörte Stimmen im Atelier, wie er es nennt. Eine Frau sagte: ›Wenn ich es getan habe, tat ich es für dich, Felix. Er war dein schlimmster Feind.‹ Felix erwiderte: ›Ich kann es nicht glauben . . . ich kann es nicht glauben.‹ Dann lachte sie schrecklich und sagte: ›Es war alles umsonst. Macht nichts, ich bereue es nicht. Hörst du? Aber ich glaube, du bist es nicht wert.‹ Dann machte ich mich bemerkbar. Felix kam an die Tür, und sie war dort.«

»Es war . . .«

»Stephanie Vaughan.«

»Unmöglich!« stieß Alleyn heftig hervor.

»Du glaubst doch nicht, daß ich mich in einer so wichtigen Sache irren könnte? Ich kann dir nur sagen, daß ich diese beiden Stimmen mein ganzes Leben lang nicht vergessen werde.«

Alleyn schwieg so lange, daß Nigel ihn unbehaglich anschaute. Alleyn sah aus, als habe er ein Visier über sein Gesicht heruntergelassen. Schließlich sagte er:

»Trotz allem ist das kein Beweis. ›Wenn ich es tat, habe ich es für dich getan. Er war dein schlimmster Feind.‹ Angenommen, sie hätte Gardener gesagt, sie habe Surbonadier bedroht, um ihn abzuwehren, und sie glaubte nun, daß ihn das zum Selbstmord getrieben habe? Angenommen, sie haben überhaupt nicht von Surbonadier gesprochen?«

»Wenn du Felix gesehen hättest, würdest du das nicht annehmen.«

»Wieso . . . was meinst du damit?«

»Er ist ein gebrochener Mann!« antwortete Nigel mit bedeutendem Blick.

»Ein gebrochener Mann! Ein gebrochener Mann! Du wirst genauso theatralisch wie die andern. Barclay Crammer war heute morgen auf dem Zeugenstand auch ein ›gebrochener Mann‹, der alte Esel.«

Nigel stand auf.

»Das wäre alles«, sagte er. »Wenn du es für keinen Beweis hältst, bin ich sehr froh.«

Alleyn beugte sich über den Schreibtisch und schaute Nigel an, als sei er ein Museumsstück.

Dann fragte er: »Und was geschah weiter?«

»Wir machten eine höchst unangenehme Konversation. Ich muß sagen, daß Stephanie eine herrliche Vorstellung gab.«

»Das glaube ich.«

»Sie hat mich aufgefordert, sie zu besuchen.« Nigel wirkte nicht sehr begeistert.

»Du gehst nicht hin?«

»Soll ich?«

»Hör gut zu: Du wirst diesen Leuten keine weiteren Besuche mehr abstatten! Verstanden?«

»Ja ... aber was hast du denn?«

»Nur in meiner Gesellschaft. Schreibe deine Artikelchen und kümmere dich um deine Angelegenheiten.«

»Das ist der Dank, den ich für die Durchführung der peinlichsten Aufgabe meines Lebens erhalte.«

»Mein lieber Nigel, ich verstehe deine Schwierigkeiten wirklich, und ich bin dir sehr dankbar, aber ich bitte dich zu tun, um was ich dich ersucht habe. Ich belohne dich auch.«

»Was?«

»Du kannst deinen Lesern mitteilen, daß Mr. Jacob Saint verhaftet wurde, aber daß der Grund nicht bekannt ist.«

18

»Allerdings ist Mr. Saint einstweilen noch auf freiem Fuß«, fuhr Alleyn fort, nachdem er mit Vergnügen Nigels aufgerissenen Mund betrachtet hatte. »Ich will gerade meine Pflicht erfüllen. Willst du mitkommen?«

»Natürlich. Darf ich die Redaktion anrufen? Ich möchte die Spätausgabe zurückhalten.«

»Gut. Sag aber nur, sie sollen zwanzig Minuten warten. Wenn er nicht verhaftet wird, kannst du dann anrufen. Bin ich nicht reizend zu dir?«

»Wir müssen uns schleunigst auf den Weg machen«, erklärte Alleyn. Bitte sorge dafür, daß ich die Handschellen nicht vergesse.«

Nigel stimmte ehrlich begeistert zu.

»Willst du Saint wegen Mordverdacht verhaften?«

»Das möchtest du wohl gerne wissen?«

Es wurde an die Tür geklopft, und Inspektor Fox kam herein.

»Unser Mann hat gerade angerufen«, meldete er. »Der Herr ist im Büro des Unicorn. Guten Tag, Mr. Bathgate.«

»Handschellen!« mahnte Nigel.

»Also los!« rief Alleyn.

»Was würde ich ohne dich tun. Haben Sie die Handschellen, Fox?«

»Jawohl.«

»Hier ist der Haftbefehl«, murmelte Alleyn, schlüpfte in den Mantel und stülpte sich den Filzhut auf.

Ein Sergeant und zwei Geheimpolizisten warteten im Polizeiauto.

»Unicorn-Theater!« befahl Alleyn dem Chauffeur.

»Zwei von diesen verdammten Presseleuten warten vor dem Theater«, sagte Fox, als sie abfuhren. »Verzeihung, Mr. Bathgate.«

»Das macht nichts«, entgegnete Alleyn. »Wir fahren hinten vor, da gibt es einen Nebeneingang. Dann gehen wir durch die Logen ins Büro. Nigel, du gehst zum Haupteingang, unterhältst ein bißchen deine lästigen Kollegen, und dann kommst du uns durch den Bühneneingang nach. Zeige diese Karte dem Sergeanten, der dort Wache hält, und er läßt dich 'rein.«

Der Wagen wand sich durch ein Gewirr von engen Gassen, schließlich klopfte Fox ans Fenster, und sie hielten.

Nigel wurde zum Haupteingang geschickt. Wie erwartet, fand er dort zwei seiner Kollegen vor, die er flüchtig kannte.

»Auf Wache?« fragte Nigel freundlich.

»Und Sie?« antwortete der eine mit einer Gegenfrage.

»Ich habe eine Verabredung mit einer Schauspielerin. Wenn Sie dort die Gasse hinaufschauen, könnten Sie etwas Interessantes zu sehen bekommen.«

»Was haben Sie denn vor?« fragten sie ihn mißtrauisch. »Sie mit Ihren Freunden von Scotland Yard.«

»Beobachten Sie mich, dann werden Sie es merken.«

Er schlenderte die Gasse zum Bühneneingang entlang, bis er zu einer Seitentür kam. Ein Sergeant hielt dort Wache. Er schaute ihn drohend an, aber nachdem er die Karte gelesen hatte, verzog er sein Gesicht zu einem freundlichen Grinsen und öffnete die Tür.

»Direkt dort die Treppe hinauf, Sir«, sagte er.

Nigel blickte sich triumphierend nach seinen Kollegen um.

Die mit dicken Teppichen belegte Treppe führte ins Foyer, wo er Alleyn, Fox und die zwei Geheimpolizisten vorfand, die mit einem fünften Mann sprachen, den er noch nie gesehen hatte.

»Er kam vor einer Viertelstunde her«, erklärte der Unbekannte ruhig. »Ich stand hier, dem Sergeanten unten hatte ich gesagt, er soll ihn hereinlassen. Er schaute mich mürrisch an und fragte, wann die Polizei endlich das Theater räumen würde, damit er wieder Herr im eigenen Haus sei. Er müsse unbedingt einige wichtige Briefe erledigen. Ich machte ihm Schwierigkeiten und hielt ihn auf, während der Mann unten Sie sofort anrief. Sein Büro ist dort, Sir, am Ende dieses Ganges.«

»Sehr schön«, lobte Alleyn. »Also los!«

»Haben Sie einen Revolver, Sir?« fragte Fox.

»Nein. Ich wußte, daß Sie einen bei sich haben. Komm, Nigel!«

Schweigend gingen sie den langen Gang hinunter und blieben schließlich vor einer Tür stehen.

Alleyn klopfte, drückte die Klinke herunter und trat ein. Die andern folgten ihm, Fox mit der Hand in der Rocktasche.

Jacob Saint saß am Schreibtisch, den steifen Hut auf dem Kopf, eine dicke Zigarre im Mund. Bei ihrem Eintritt schwang er sich herum und fragte knurrend:

»Was soll das heißen?«

Alleyn trat auf ihn zu und erklärte ruhig:

»Mr. Saint, ich habe einen Haftbefehl für Sie.«

Saint wirkte völlig verwirrt und brachte schließlich ein paar Worte hervor:

»Sie sind wahnsinnig, ich habe es nicht getan. Ich war ja gar nicht dort, ich war im Zuschauerraum.«

»Ehe Sie weitersprechen, hören Sie die Anklage.«

Saint ließ sich in den Drehsessel fallen, blickte rasch von einem zum andern und griff in die Schublade.

»Ich habe einen Revolver, Mr. Saint«, rief Fox. Saint ließ seine Hand auf die Sessellehne fallen.

»Wessen klagt ihr mich an?« fragte er.

»Sie stehen im Verdacht des Rauschgifthandels. Fox, lesen Sie bitte vor!«

Inspektor Fox las monoton die Anklage vor, Saint hörte sie aufmerksam an und kaute dabei an den Nägeln.

»Es ist eine Schande!« rief er, als Fox zu Ende gelesen hatte. »Es ist eine Schande. Sie werden sich lächerlich machen, Alleyn, Sie werden Ihre Stellung verlieren.«

»Das wird mir dann eine Lehre sein«, erwiderte Alleyn. »Aber kommen Sie, Mr. Saint.«

Saint nahm die Hand von den Lippen, stand langsam auf und wandte sich zur Seite.

Alleyn packte ihn am Handgelenk, die dicken Finger hielten ein Stück Papier.

»Bitte, Mr. Saint«, sagte Alleyn ruhig. »Wir können nicht zulassen, daß Sie Papier essen.«

Ein heftiges Ringen entspann sich, Saint schien wahnsinnig geworden zu sein. Der Sessel wurde umgeworfen, und die beiden Männer lagen ringend halb auf dem Schreibtisch. Die andern hielten nun Saint fest, der noch immer krampfhaft das Papier umklammerte, aber aufhörte, sich zu wehren.

»Es wird Ihnen gleich besser werden, Mr. Saint. Macht die Fenster auf!«

Saint lag im Sessel, sein Gesicht war purpurrot, sein Atem ging stoßweise. Alleyn nahm ihm die Krawatte ab, öffnete ihm den Kragen und knöpfte die Weste auf. Dann ging er zum Telefon und wählte eine Nummer.

»Scotland Yard? Hier Chefinspektor Alleyn. Der Polizeiarzt soll sofort ins Unicorn-Theater kommen. Sagen Sie ihm, es handelt sich um eine Herzattacke, verstanden? Im Büro im ersten Stock. Der Sergeant unten an der Tür wird ihm Bescheid sagen. Also sofort! Danke.« Er legte den Hörer auf.

»Ihr geht 'raus«, befahl Alleyn den drei Beamten. »Er braucht Ruhe. Fox, Sie bleiben hier.«

Nigel verzog sich in die hinterste Ecke und hoffte, nicht bemerkt zu werden.

»Herzanfall?« fragte Fox.

»Anscheinend. Aber er wird sich erholen, denke ich.« Schweigend betrachteten sie das immer noch purpurrote Gesicht. Alleyn schaltete einen Ventilator ein und stellte ihn auf den Schreibtisch.

»Sprechen Sie nicht«, sagte Alleyn. »Es kommt gleich ein Arzt.«

Er zog einen Stuhl herbei, legte Saints Füße darauf, so daß er fast flach lag. Er tat das sehr rasch und geschickt. Den schweren Körper hob er scheinbar mühelos hoch. Dann trat er zum Fenster. Nigel sah, daß er das Stück Papier in der Hand hielt, es las und dann in die Tasche steckte.

Im Zimmer war es still. Saint atmete jetzt leichter, plötzlich seufzte er tief und schloß wieder die Augen. Alleyn sprach leise mit Fox, und Nigel betrachtete das aufgedunsene Gesicht Saints und überlegte, ob es das Gesicht eines Mörders sein könnte.

Auf einmal hörte man Stimmen im Gang, die Tür öffnete sich, und der Polizeiarzt trat ein. Er ging sofort zu Saint, beugte sich über ihn, nahm seine Hand und fühlte den Puls; dann gab er ihm eine Spritze. Saint öffnete mühsam die Lippen und sagte: »Es geht schon etwas besser.«

»Sie bleiben noch eine Weile hier ruhig liegen«, sagte der Arzt, »dann werden wir Sie ins Krankenhaus bringen.«

Er wandte sich zu den andern und sagte: »Wir lassen ihn jetzt einen Augenblick allein.«

»Es ist das Herz«, sagte er draußen, »es ist ziemlich schlimm, er ist ein schwerkranker Mann. Wer ist sein Arzt?«

»Professor Everard Sim«, antwortete Alleyn.

»Er soll ihn untersuchen. Ist er verhaftet?«

»Ja.«

»Hm ... unangenehm. Ich lasse einen Krankenwagen kommen. Ich warte hier, stellen Sie mir bitte zwei Leute zur Verfügung. Ich rufe Professor Sim an, er ist zwar sehr beschäftigt, aber er wird schon kommen.«

»Gut«, sagte Alleyn, »ich lasse Ihnen Fox hier.«

»Ah«, sagte der Arzt, »das hätte ich beinahe vergessen. In Ihrem Büro ist eine Nachricht für Sie. Ich soll es Ihnen ausrichten. Ein gewisser Albert Hickson will Sie dringend sprechen. Es handelt sich um diesen Fall, er will es keinem andern sagen.«

»Albert Hickson!« rief Nigel. »Das ist ja der Requisiteur!«

»Ich muß nun schleunigst ins Büro«, sagte Alleyn.

Gleich darauf begab er sich mit Nigel zum Auto. Kurz vor Scotland Yard fragte er:

»Ist deine Meldung über die Verhaftung jetzt schon veröffentlicht?«

»Ja, ich habe sie nicht zurückgehalten, und so wird sie schon in ganz London verbreitet sein. Das ist doch sehr schön«, fügte er bescheiden hinzu.

»In ganz London . . . Ja, das ist gut«, murmelte Alleyn nachdenklich.

Nigel folgte ihm ins Gebäude. Der Mann, der den Requisiteuer empfangen hatte, wurde gerufen.

»Hat er eine Zeitung in der Hand gehabt?« fragte Alleyn.

»Ja, Sir.«

»Haben Sie festgestellt, welche?«

Der Sergeant antwortete stolz, daß der Requisiteur Nigels Zeitung bei sich gehabt hatte.

»Sehr gut«, lobte ihn Alleyn, »Sie wissen Ihre Augen zu benutzen.«

Der Sergeant errötete vor Freude und zog einen Zettel aus der Tasche.

»Das hat er dagelassen und gesagt, er käme wieder.«

»Danke schön.«

Nigel, der Alleyn in sein Büro folgte, blieb auf der Schwelle stehen und fragte höflich:

»Darf ich 'rein? Oder willst du allein sein?«

»Ja, komm schon«, antwortete Alleyn.

Er nahm aus seinem Schreibtisch ein Aktenstück und legte es neben das Stück Papier, das er Saint abgenommen hatte, sowie den Zettel, den der Requisiteur für ihn hinterlassen hatte.

»Was ist denn das?« fragte Nigel.

»Wie du siehst, ein sogenanntes Dossier, das Dossier des Unicorn-Mordfalles.«

»Du willst neue Schriftstücke hinzufügen?« fragte Nigel, zum Tisch tretend.

»Lies schon«, sagte Alleyn. »Das eine ist ein zweiter Brief von Mortlake, der einen schweren Schlag für den heiligen Jacob bedeutet. Dieser Zettel ist vom Requisiteur.«

Nigel las die in unbeholfenen Buchstaben geschriebene Botschaft:

Ich weiß, wer es war, Sie haben den falschen Mann geschnappt. Mr. Jacob Saint hat es nicht getan. Sie dürfen einen unschuldigen Mann nicht verhaften.

Hochachtungsvoll, A. Hickson.

»Was bedeutet das?« fragte Nigel.

»Daß der Requisiteur sehr bald dem Mörder einen Besuch abstatten wird«, antwortete Alleyn.

19

»Durchlöchere mich nicht mit deinen Fragen«, knurrte Alleyn. »Wenn du hierbleiben willst, mußt du den Mund halten.«

Er klingelte und hob dann den Telefonhörer ab. »Inspektor Boys, bitte ... Hallo, sind Sie es, Boys? Wer beobachtet diesen Hickson? ... So, Thompson. Wann wird er abgelöst? ... Das wäre also in einer Viertelstunde. Hat er schon angerufen? ... Ja? Wo ist er? ... Ach so. Vielen Dank.«

Zu dem Sergeanten, der auf das Klingeln hereingekommen war, sagte er: »Der Mann, der Hickson empfangen hat, soll sofort zu mir kommen.«

Der Betreffende erschien sofort.

»Sie heißen?« fragte Alleyn.

»Naseby, Sir.«

»Ich habe einen Auftrag für Sie, Naseby. Sie kennen doch Thompson?«

»Jawohl, Sir.«

»Er beobachtet Hickson, das ist der Mann, der mich heute nachmittag sprechen wollte. Augenblicklich sind beide in einem Restaurant an der Ecke Westbourne Street und Pimlico Road. Nehmen Sie sich ein Taxi dorthin. Warten Sie, bis Hickson herauskommt, dann sprechen Sie ihn auf der Straße an, als seien Sie zufällig auf ihn gestoßen. Verwickeln Sie ihn in ein Gespräch, sagen Sie, daß Sie jetzt dienstfrei hätten, erzählen Sie ihm, daß Sie mir seinen Zettel gegeben haben, es hätte aber Ihrer Ansicht nach keinen Zweck, daß er wieder herkommt. Sie hätten gehört, wie ich zu Mr. Bathgate sagte, Hickson sei nicht ganz bei Trost und ich hätte jetzt den richtigen Mann geschnappt. Richten Sie ihm von mir aus, ich könnte ihn nicht empfangen, wenn er herkommt. Er soll den Eindruck gewinnen, daß ich mich für ihn und seine Nachrichten gar nicht interessiere. Er ist vorhin in die Kneipe gegangen ... Wahrscheinlich finden Sie ihn dort. Setzen Sie sich zu ihm und zahlen Sie ihm einen Drink. Sagen Sie ihm, Saint würde Ihrer Ansicht nach gehängt. Versuchen Sie nicht, etwas aus ihm herauszukriegen, stellen Sie sich, als sei der Fall erledigt. Dann verabschieden Sie sich von ihm. Dem Mann, der Thompson ablöst, sagen Sie, ich würde ihm, wenn er Hickson aus den Augen verliert, den Hals umdrehen. Er soll nicht zurückkommen, ehe er nicht sicher ist, daß Hickson schlafen gegangen ist. Dann soll er anrufen, und wir werden ihn ablösen. Vor allem soll er die Adresse von jedem Haus, in das Hickson geht, notieren. Haben Sie mich verstanden?«

»Jawohl, Sir.«

»Also, machen Sie sich auf den Weg, und melden Sie sich bei mir, sowie Sie zurück sind ... Ein tüchtiger Mann«, sagte er zu Nigel, nachdem Naseby gegangen war.

Als nächstes verlangte er einen Bericht über die Befragung der Eilboten-Zentralen.

Der anonyme Brief war in der Zentrale am Piccadilly aufgegeben worden. Es war gerade Hochbetrieb gewesen, als ein Herr ihn brachte, und man hatte ihn nicht weiter beachtet. Er habe einen Mantel angehabt, einen weichen Hut und Handschuhe. Den Brief habe er auf den Schaltertisch gelegt und gesagt: »Sorgen Sie, daß er sofort abgeliefert wird. Der Junge soll das Wechselgeld behalten, ich habe es eilig.« Größe? Mittel. Stimme? Konnte man sich nicht mehr erinnern. Glattrasiert? Man glaubte, ja. Gestalt? Ziemlich stämmig. »Unser alter Freund, der Mann von der Straße. Das könnte jeder sein«, stellte Alleyn fest.

Er ließ Sergeant Bailey kommen, der erklärte:

»Zweifellos wurde dieser anonyme Brief auf der Maschine im Theater geschrieben. Wir hatten sie am Abend des Mordes untersucht und nur Mr. Gardeners und Hicksons Fingerabdrücke festgestellt. Mr. Gardener tippte ja darauf, und so ist das völlig in Ordnung. Auf Ihre Anweisung hin haben wir sie nochmals geprüft, Sir, und jetzt sind gar keine Fingerabdrücke mehr auf den Tasten, mit Ausnahme der Taste Q, auf der noch immer die von Mr. Gardener sind. Zuerst konnte ich es mir gar nicht erklären, aber jetzt ist mir eine Idee gekommen.«

»So? Was denn, Bailey?«

»Nachdem wir die Maschine an dem Abend untersucht hatten, wurde sie in die Requisitenkammer gebracht. Wie Sie sich erinnern, waren alle Schauspieler in der Statistengarderobe, Mr. Jacob Saint aber nicht. Er kam erst später hinter die Bühne. Angenommen, er wäre in die Requisitenkammer gekommen und hätte die Tasten abgewischt? Der Raum war nicht abgeschlossen. Von der Bühne aus hätten wir ihn nicht hören können, und er hätte nur ein paar Sekunden gebraucht. Der Bogen war eingespannt. Er hätte ihn nur in die Tasche zu stecken brauchen – Sie hatten ihn bereits durchsucht – und hätte sich bequem davontrollen können. Der Buchstabe Q steht am weitesten links in der Reihe, und er hat ihn verfehlt, als er die andern Tasten abwischte.«

»Wo ist die Requisitenkammer?« fragte Nigel.

»Im Gang beim Bühneneingang. In Wirklichkeit ist sie nur ein Durchgang. Auf der einen Seite gehen große Doppeltüren auf die Bühne, und auf der andern Seite, neben der Portiersloge, führen andere Doppeltüren auf den Hof. Verstehen Sie, was ich meine, Sir? Als Saint mit Miss Emerald fortging, kam er beim Bühnenportier vorbei, ging in den Hof und ist von dort aus in die Requisitenkammer geschlichen. Die Tür zur Bühne ist geschlossen. Er dreht eine Lampe an, tippt seinen Brief, wischt die Tasten ab und schleicht wieder hinaus. Die Dame weiß, was er tut und steht Wache.«

»Sie sind also immer noch hinter der Emerald her, wie ich sehe«, sagte Alleyn.

Nigel fiel seine eigene Theorie von Saint und der Tür der Proszeniumsloge ein. Er trat vor und erklärte bescheiden seine Theorie, und Sergeant Bailey hörte halb mürrisch, halb respektvoll zu.

»Das wäre schon möglich, Bailey«, sagte Alleyn. »Aber auch jeder andere hätte dort diesen Brief tippen können, zum Beispiel Simpson. Überlegen Sie einmal. Wer war dem Bühneneingang am nächsten und hätte unbemerkt hinausschlüpfen können?«

Bailey starrte ihn an.

»Großer Gott!« stieß er schließlich hervor.

»Du meinst . . . den alten Blair?« sagte Nigel langsam.

»Der hat geschlafen!« erklärte Alleyn gelassen. Die beiden starrten ihn an.

»Es ist noch nichts Endgültiges, aber ich sehe schon klarer«, fügte Alleyn hinzu. »Alles fängt an, sich einigermaßen zusammenzufügen.«

»Es freut mich, daß Sie zufrieden sind, Sir«, meinte Bailey sarkastisch.

»Was ist mit Fingerabdrücken auf dem Brief?«

»Nur die von Mr. Gardener und Mr. Bathgate.«

»Und der Blaubogen in Surbonadiers Wohnung? Mit der gefälschten Unterschrift?«

»Voll mit Mr. Surbonadiers Fingerabdrücken, Sir, und ein Fingerabdruck, der höchst undeutlich und alt ist. Ich habe eine Vergrößerung der Aufnahme bestellt und kann erst etwas sagen, wenn ich sie bekommen habe. Aber es könnte sich herausstellen, daß es sich ebenfalls um Mr. Surbonadiers Abdrükke handelt.«

»Geben Sie mir sofort Bescheid, Bailey, und ich möchte die Aufnahme sehen.«

Bailey war bereits an der Tür, als ihn Alleyn zurückrief und sagte:

»Übrigens, Bailey, Sie haben bestimmt gehört, daß wir mit den Patronen nicht weiterkommen. Fox sagt mir, daß alle Büchsenmacher und Sportgeschäfte des ganzen Landes vergebens befragt worden sind.«

»Leider ist es so, Sir«, bestätigte Bailey und zog sich endgültig zurück.

»Alleyn«, fragte Nigel nach einer Pause, »kannst du nicht den Requisiteur zwingen auszusagen, wen er während der Verdunklung in den Kulissen gesehen hat?«

»Ich könnte es versuchen, aber es ist leicht für ihn zu behaupten, er habe ihn nicht erkannt. Er hat gesagt: ›Wenn ich es mir überlege, habe ich einen Mann, es hätte aber auch eine Frau sein können, in der Dunkelheit ’rumschleichen sehen . . .‹ Das ist nicht gerade aufschlußreich.«

»Aber jetzt, da er glaubt, du hättest den Falschen erwischt, wird er dir sagen, wer es war, um Saint zu retten.«

»Er ist sehr darauf bedacht«, entgegnete Alleyn, »den Mörder zu retten.«

»Wahrscheinlich ist Saint der Mörder«, sagte Nigel. »Ich verstehe. Aber was ist mit Stephanie Vaughan? Alleyn, wenn du sie gehört hättest wie ich . . . mein Gott, ich glaube, sie hat es getan!«

»Hör mal, Nigel. Könntest du dich morgen nicht freimachen und für mich etwas auf dem Land erledigen?«

»Unmöglich!« erwiderte Nigel erstaunt. »Was denn? Ich habe ja schließlich meine Arbeit, wie du wissen dürftest.«

»Ich möchte, daß du nach High Wycombe gehst und versuchst, dort einen Mann namens Septimus Carewe ausfindig zu machen.«

»Du willst mich loswerden!« rief Nigel empört. »Septimus Carewe, so ein Quatsch!«

»Es ist mein Ernst!«

»Wozu soll ich das tun?«

»Ich mache mir deinetwegen Sorgen.«

»Blödsinn!«

»Wie du willst!«

»Was willst du denn morgen tun, wenn ich fragen darf?«

»Ich werde eine kleine Aufführung im Unicorn veranstalten«, antwortete Alleyn.

»Was soll denn das wieder heißen?«

»Die Mitglieder des Ensembles sind verpflichtet, sich täglich bei ihren Polizeirevieren zu melden. Sie sind nun beauftragt worden, sich morgen früh um elf im Unicorn einzufinden. Ich möchte die Mordszene wiederholen lassen, um meine Theorie zu beweisen.«

»Ich werde auf jeden Fall dort sein!«

»Ich möchte dich nicht dabei haben.«

»Warum eigentlich nicht?« fragte Nigel.

»Es ist eine höchst unerfreuliche Sache. Deshalb möchte ich, daß du dich fern hältst.«

Fox kam herein.

»Alles in Ordnung?« fragte Alleyn.

»Jawohl. Saint liegt im Bett, und man hat den Professor gerufen.«

»Ich habe gerade Mr. Bathgate verboten, morgen früh ins Theater zu kommen«, erklärte Alleyn, »und er ist deshalb sehr böse.«

»Der Chefinspektor hat ganz recht, Sir«, stimmte Fox zu. »Halten Sie sich aus der Sache 'raus, nach dem, was Sie heute morgen belauscht haben.«

»Glauben Sie, daß Miss Vaughan mir Strychnin in die Suppe tun wird?«

Die beiden Detektive wechselten einen vielsagenden Blick.

»Gut, ich geh' schon.« Nigel war wütend.

»Guten Abend«, rief ihm Alleyn vergnügt nach.

Nigel aß in einem ungarischen Restaurant in der Regent Street kostspielig zu Abend. Als er die hohe Rechnung für das Essen, das er gar nicht so besonders gefunden hatte, zahlte, murmelte er:

»Verdammt noch mal, ich gehe morgen hin, ob er will oder nicht!«

Chefinspektor Alleyn aß, ebenfalls allein, in einem Restaurant in der Nähe von Scotland Yard zu Abend. Kurz nach acht kehrte er in sein Büro zurück, nahm das Dossier des Unicorn-Falles vor und ging es mit Inspektor Fox sorgfältig durch. Nachdem sie zwei Stunden gearbeitet hatten, kam Naseby und erstattete Meldung. Er hatte den Requisiteur erreicht und war in ein freundliches Gespräch mit ihm gekommen. Hickson schien sehr aufgeregt gewesen zu sein, und als er zum letztenmal gesehen wurde, ging er in Richtung King's Road. Naseby hatte ihn dort in eine Telefonzelle gehen sehen und hatte ihn dann Sergeant Thompson überlassen, der vorzog weiterzumachen, ohne sich ablösen zu lassen.

Alleyn und Fox beschäftigten sich nun wieder mit dem Dossier. Stück um Stück rekonstruierten sie die Geschehnisse der letzten drei Tage, Alleyn sprach und Fox hörte zu. An einem Punkt lehnte sich Fox zurück und starrte zehn Sekunden lang seinen Vorgesetzten an.

»Sind Sie einverstanden?« fragte Alleyn.

»Jawohl, Sir«, antwortete Fox.

Dann dachte er einen Augenblick nach und fuhr fort:

»Bei schweren Mordfällen ist entweder kein Motiv erkennbar oder zu viele. In diesem Falle gibt es zu viele: Jacob Saint war von dem Ermordeten erpreßt worden, Stephanie Vaughan wurde von ihm belästigt und bedroht, Trixie Beadle war von ihm wahrscheinlich verführt worden, den Requisiteur und den Vater des Mädchens hatte er dadurch in ihrer Ehre gekränkt, und diese Miss Emerald wird nun Saints Alleinerbin. So steht die Sache.«

»Ich weiß«, sagte Alleyn. »Ich habe das gleiche überlegt. Schauen Sie mal, Fox, es scheint, daß es ein oder zwei Hauptklötze in diesem Puzzlespiel gibt. Für mich ist der eine die unerklärliche Tatsache, daß Surbonadier diesen Bogen Blaupapier mit den Unterschriftsversuchen Edward Wakeford, Edward Wakeford, Edward Wakeford aufbewahrt hat. Das finde ich in jeder Hinsicht unerklärlich. Das andere Unerklärliche sind die Fingerabdrücke auf der Schreibmaschine, das dritte Stephanie Vaughans Verhalten gestern abend in Surbonadiers Wohnung. Warum täuschte sie vor, daß einer ihrer Briefe fehle und ließ mich danach suchen? Ich ließ einen gefalteten Bogen Papier in der Kassette, und während ich nicht im Zimmer war, nahm sie diesen Bogen Papier an sich. Warum? Weil sie glaubte, es sei das Dokument, hinter dem sie her war.«

»Der Brief Mortlakes oder die gefälschten Unterschriften?«

»Nicht der Brief Mortlakes. Warum sollte sie diese Risiken eingehen, um Saint zu retten?«

»Die Unterschriften also?«

»Ich glaube. Wenn Sie das mit dem Bruchstück der Unterhaltung, die Mr. Bathgate am Morgen belauscht hat, in Verbindung bringen, was ergibt sich dann?«

»Das Bruchstück der Unterhaltung«, wiederholte Fox langsam.

»Jawohl.«

»Ich glaube, Sie haben recht, Sir. Aber wird das den Geschworenen genügen?«

»Ich habe augenblicklich einen Mann in Cambridge, der in seiner Vergangenheit wühlt. Wenn er versagt, werde ich dennoch auf dieser Fährte bleiben. Diese Rekonstruierung, die ich morgen früh vorhabe, wird uns helfen.«

»Aber er wird nicht dort sein . . . Saint, meine ich.«

Das Telefon läutete. Alleyn antwortete.

»Hallo . . . Ja . . . Wo? . . . Aber was ist mit unserem Mann vor der Tür? . . . In der Simons-Gasse . . . Ach so . . . Also gehen Sie sofort dorthin zurück, und wenn er herauskommt, halten Sie ihn fest. Ich werde hinkommen . . . Nein, gehen Sie nicht allein hinein. Wie lange sind Sie schon fort? . . . So. Und jetzt gehen Sie sofort wieder zurück.«

Alleyn legte den Hörer auf und sagte:

»Fox, wir gehen ins Unicorn.«

»Jetzt?«

»Jawohl, und verdammt rasch. Ich erkläre Ihnen alles unterwegs.«

20

»Nachdem Naseby die King's Road verlassen hatte«, erklärte Alleyn, als sie im Wagen saßen, »beobachtete Thompson den Requisiteur in der Telefonzelle, wo er zwei Anrufe erledigte. Sowie er herausgekommen war, ging Thompson in die Zelle und versuchte, vom Amt die Nummern zu erfahren, mit denen er gesprochen hatte, aber das Amt konnte sie ihm nicht mitteilen. Thompson stürmte auf die Straße, und es gelang ihm, Hickson wieder aufzuspüren. Kurz bevor Thompson anläutete, hatte ihn der Requisiteur in das Gassengewirr hinter dem Theater geführt. Er behielt ihn im Auge, bis der Requisiteur in einer Sackgasse namens Simons-Gasse verschwand. Thompson folgte ihm und gelangte zu einem Tor, das in einen Hof führt, der sich offensichtlich an der Rückseite des Theaters befindet. Er kletterte über das Tor und fand ein offenstehendes Fenster, das seiner Ansicht nach zum Theater gehört. Innen war es stockfinster. Thompson war in einer Zwickmühle. Er beschloß, mich anzurufen. Doch zunächst suchte er einen unserer Leute und erzählte ihm, was er gesehen hatte. Das erforderte einige Zeit. Dieser Mann ergatterte einen Sergeanten und übergab ihm seinen Posten, während er selbst zu dem Tor ging. Das erforderte noch mehr Zeit. Thompson irrte in der Gegend umher auf der Suche nach einem Telefon und rief mich endlich an. Gott weiß, wie lange das Tor unbewacht war. Mindestens fünf Minuten, meiner Ansicht nach, wenn nicht noch länger.«

»Was immer der Requisiteur vorhatte, Sir, so wird es ihn wahrscheinlich länger in Anspruch nehmen.«

»Ja. Natürlich war es sehr schwer für Thompson. Er konnte nicht zu gleicher Zeit mit seiner Pfeife Lärm machen und ihn weiter unbemerkt beobachten. Also hier wollen wir aussteigen und uns zu der Simons-Gasse tasten. Aber erst möchte ich mit den andern sprechen.«

Sie stiegen aus und gingen ein kleines Stück Weges zurück, wo ein zweiter Polizeiwagen vorgefahren war. Alleyn gab den sechs Polizeibeamten, die darin saßen, die Anweisung, einzeln durch die verschiedenen Eingänge ins Theater zu gehen und die dort Posten stehenden Leute zu verstärken.

»Ich weiß nicht, was wir finden werden«, erklärte er, »aber ich rechne damit, daß es im Bühnenteil des Theaters sein wird. Ihr vier geht leise ins Parkett durch die verschiedenen Türen und wartet vor dem Orchester. Benutzt eure Taschenlampe nur, wenn es unbedingt nötig ist. Ihr geht durch die Hintertür und durch den Bühneneingang. Bewegt euch nicht, ehe ihr ein Wort von Inspektor Fox oder von mir hört. Wenn euch jemand begegnet, packt ihn. Verstanden?«

»Jawohl, Sir.«

»Also los! Kommen Sie, Fox!«

Alleyn führte die Leute durch ein Gassengewirr zu der düsteren Rückseite des Theaters. Schließlich gelangten sie in eine enge Sackgasse. Alleyn deutete auf das Straßenschild und Fox las: »Simons-Gasse«.

Leise gingen sie auf der linken Straßenseite. Das Dach des Theaters ragte zu dem dunklen Himmel empor. Niemand war in der Gasse zu sehen. Aus der Ferne hörte man den Straßenlärm vom Piccadilly und Trafalgar Square. Es schlug elf. Dann sahen sie im Schatten einen Mann unbeweglich stehen.

»Sind Sie es, Thompson?« fragte Alleyn leise.

»Jawohl, Sir. Es tut mir leid, wenn ich einen Fehler gemacht habe.«

»Es ist nicht nur Ihr Fehler, aber es wäre besser gewesen, wenn Sie Ihre Ablösung bei sich behalten hätten. Sind Sie sicher, daß Hickson hier hineingegangen ist?«

»Jawohl, Sir. Ich mußte das Tor unbewacht lassen, während ich einen Sergeanten suchte. Es dauerte ziemlich lange, aber höchstens acht Minuten. Ich hoffe, daß Hickson noch drin ist.«

»Bleiben Sie hier. Rühren Sie sich erst, wenn Sie mich pfeifen hören. Kommen Sie, Fox.«

Er kletterte über das Tor, Fox folgte ihm. Der Hof war mit Gerümpel und Abfall übersät. Vorsichtig tasteten sie sich zu der Mauer vor ihnen, bogen um die Ecke, wo sich der Hof hinter einem niederen Bau zu einer Gasse verengte. Dort fanden sie das offenstehende Fenster. Alleyn zog sich hoch, zwängte sich durch die zerbrochene Scheibe und wartete auf Fox, der bald neben ihm stand. Sie zogen die Schuhe aus und horchten gespannt.

Allmählich gewöhnten sich Alleyns Augen an die Dunkelheit, und er erkannte, daß sie sich in einem kleinen Abstellraum befanden, dessen einzige Tür offenstand. Der Raum roch feucht und schien schon seit langer Zeit unbenutzt zu sein. Für einen Augenblick drehte er seine Taschenlampe an. Dann gingen sie hinaus in einen engen Korridor, stiegen ein halbes Dutzend Stufen hinauf und gingen durch eine andere Tür. Schließlich bogen sie um eine Ecke und kamen an einer Reihe von Türen vorbei, die alle verschlossen waren. Wieder gelangten sie zu einer Ecke, und nun wurde der Korridor heller. Alleyn stieß Fox an, deutete zur Seite und nach vorn. Fox nickte. Sie befanden sich auf bekanntem Boden. Da waren die Garderoben. Nun bewegten sie sich mit noch größerer Vorsicht und gelangten zu der Biegung im Korridor, wo Alleyn und Nigel am Abend des Mordes Simpson begegnet waren. Dort lag Gardeners Garderobe, und daneben die Tür mit dem aufgemalten Stern. Von der Bühne her drang ein dünner Lichtschein zu ihnen; anscheinend hatte der Requisiteur Licht gemacht. Alleyn schlich vorwärts, dann hielt er die Hand hoch. Irgendwo hörte man ein leises, raschelndes Geräusch, so schwach, als rieben zwei Flächen aneinander.

Er schlich weiter, bis er einen Teil der Bühne, die nur schwach beleuchtet war, übersehen konnte. Nichts bewegte sich. Wieder warteten sie eine Weile. Alleyn sah zwischen den Kulissen, daß der Vorhang aufgezogen war. In der dahinter gähnenden schwarzen Leere mußten zwei seiner Leute stehen. Zu seiner Linken beim Bühneneingang stand ein weiterer Mann und lauschte, ein vierter stand bewegungslos an der Hintertür. Er wußte, daß alle da waren und daß sie sich ebenso still verhielten wie er und der Requisiteur.

Schließlich trat er auf die Bühne und ging dann zu dem Korridor, der zum Bühneneingang führte. Dort blieb er stehen, da er wußte, daß der wartende Polizeibeamte ihn gegen das Licht sehen mußte; bald berührte auch jemand seinen Arm.

»Hier ist niemand, Sir.«

Fox war auf die Bühne gegangen und dann hinter den Kulissen verschwunden. Alleyn wartete eine Weile, dann schlich er längs der Rampe, wo ihn seine Leute vom Parkett aus sehen mußten, zur Souffleurecke. Er tappte auf der Bühne umher, die noch die Dekoration der letzten Szene aufwies. Die ganze Zeit über vernahm er das raschelnde Geräusch, und nun stellte er fest, daß es über seinem Kopf war.

Vielleicht war der Requisiteur oben auf dem Schnürboden. Vielleicht wartete er mit einem Strick in der Hand, bereit, wieder einen todbringenden schweren Gegenstand herunterfallen zu lassen. Aber warum stellte Hickson dieses Geräusch dort nicht ab? Es gab ja keinen Durchzug.

Von der Mitte der Bühne aus rief nun Alleyn laut.

»Fox! Wo sind Sie?«

»Hier, Sir.« Fox stand vor der Souffleurecke.

»Steigen Sie die Eisenleiter hinauf zur Beleuchterbrücke. Wenn er hier ist, hat er sich irgendwo versteckt. Machen Sie alle Lichter im Haus an. Ich denke nicht daran, mit Mr. Hickson Katz und Maus zu spielen.«

Fox kletterte die Leiter hinauf.

Im nächsten Augenblick waren sowohl Parkett wie Bühne in grelles Licht getaucht. Das ganze Theater war lebendig.

In der Mitte der Bühne stand Alleyn und schaute, vom Licht geblendet, hinauf zu den Soffitten.

Von der Beleuchterbrücke aus sagte Fox:

»Das ist jetzt Licht genug, um einen unsichtbaren Mann zu sehen.«

Alleyn beugte sich über die Rampenlichter und sagte in den Zuschauerraum hinunter: »Ihr zwei dort vorn sucht gründlich alles ab. Das Büro, den ersten Stock, die Publikumsgarderoben, die Logen und alles. Wir befassen uns mit der Bühne.«

Den Leuten, die inzwischen auf die Bühne getreten waren, befahl er:

»Ihr dürft nur zu zweit gehen. Er hat im Krieg einen Nervenschock erlitten, es ist ihm alles zuzutrauen. Irgendwo muß er sich versteckt halten. Ich glaube, daß er in seiner Bude hinter der Bühne stecken wird. Aber wir warten, bis die beiden von da vorne zurückkommen.«

»Es ist unheimlich hier, wenn nichts geschieht«, sagte Fox.

»Ja«, stimmte Alleyn zu, »es liegt was in der Luft.«

»Haben Sie eine Ahnung, warum er herkam, Sir?«

»Leider ja, und es ist ein schauerlicher Gedanke.«

Fox und die Leute standen erwartungsvoll da.

Alleyn erklärte:

»Ich glaube, er hatte eine Verabredung ... mit einem Mörder, es könnte auch eine Mörderin sein.«

»Aber alle stehen doch unter Bewachung«, entgegnete Fox.

»Das schon, doch Thompson ist sein Mann entschlüpft. Und so kann es auch einem anderen von unseren Leuten ergangen sein. Kein tröstlicher Gedanke, aber er kommt einem. Wie spät ist es?«

»Zwanzig nach elf, Sir.«

»Was zum Teufel, ist das nur für ein Geräusch?« fragte Alleyn gereizt. Er schaute hinauf zu den Soffitten, eine Plane war von der untersten Galerie aus gespannt und versperrte den Blick auf den Schnürboden.

»Am Abend des Mordes habe ich etwas Ähnliches gehört«, sagte Fox. »Es muß dort oben einen Durchzug geben, durch den diese Plane bewegt wird.«

Offensichtlich hörte ihm Alleyn nicht zu. Er ging zu der Leiter, auf der der Requisiteur heruntergekommen war, und blieb an deren Fuß einen Augenblick stehen. Dann sagte er mit merkwürdig veränderter Stimme:

»Am besten beginnen wir mit dem Schnürboden.«

Die beiden Leute kamen aus dem Zuschauerraum zurück. Alleyn ging zur Tür der Proszeniumsloge, sie war verschlossen; der Schlüssel hing an einem Nagel daneben. Er schloß auf und öffnete die Tür, die laut quietschte.

»Das ist gegen Nigels Theorie«, murmelte er.

Die Leute kamen durch die Tür.

»Wartet hier, ich gehe auf den Schnürboden.«

»Sie nicht, Sir«, mahnte Fox. »Der Kerl kann dort oben auf Sie lauern.«

»Ich glaube nicht. Kommen Sie hinter mir her, wenn Sie wollen.«

Er kletterte die Eisenleiter hinauf; langsam umhüllte ihn der Schatten der Plane. Fox folgte ihm; die vier Polizisten schauten ihnen gespannt nach.

»Einen Moment, Fox!« ertönte Alleyns Stimme über ihren Köpfen. Fox blieb stehen und hörte Alleyns Schritte auf der Galerie. Die Plane bewegte sich und fiel dann, eine dichte Staubwolke verbreitend, herunter. Alleyn hatte die Stricke, die sie hielten, gelöst.

Als sich der Staub verzogen hatte, sah man die Gummisohlen von einem Paar Schuhen, die langsam hin- und herpendelten. Da die Plane fort war, hatte das raschelnde Geräusch aufgehört, aber bei jedem Schwanken der Leiche rieb der um den Hals des Requisiteurs geschlungene Strick mit knirschendem Geräusch an der Holzleiste, an der er befestigt war.

21

Inspektor Fox war an den Anblick grauenvoller Dinge gewöhnt, aber beinahe hätte er die Eisenleiter losgelassen.

»Der Requisiteur«, sagte er langsam, »also war es doch der Requisiteur.«

»Kommen Sie her!« rief ihm Alleyn zu.

Fox lehnte sich vor und berührte die Hand. »Er ist noch warm.«

»Es ist geschehen, kurz bevor Thompson mich anrief«, sagte Alleyn, der noch immer das Geländer fest umklammerte und unwillkürlich auf die Leiche starrte.

»Ich hätte das verhindern müssen«, murmelte er. »Ich hätte die Verhaftung heute nachmittag vornehmen müssen.«

»Das sehe ich nicht ein«, widersprach Fox in seiner bedächtigen Art. »Sie konnten das doch nicht voraussehen, diese . . .«

». . . diese unsagbare Unverschämtheit!« beendete Alleyn den Satz. »Der arme Requisiteur.«

»Solche Menschen neigen zum Selbstmord.«

»Selbstmord?« Alleyn wandte sich zu ihm um. »Das ist kein Selbstmord.«

»Wie?«

»Es ist Mord. Kommen Sie mit mir 'rauf.«

Sie kletterten die Leiter weiter hinauf. Alleyn blieb plötzlich stehen und drehte seine Taschenlampe an.

»Hier wurde gefegt!« rief er, es klang fast triumphierend. »So, jetzt habe ich dich!«

»Was soll das heißen, Sir?« fragte Fox von unten.

»Die Galerie ist gefegt worden. Fegt ein Selbstmörder den Boden, ehe er sich aufhängt? Weiter hinten liegt dicker Staub. Auch die Schreibmaschine war so schön sauber gemacht, ebenso wie dieser Galgen hier. Es gibt keine Fußspuren und Fingerabdrücke, aber die Spuren des Verbrechers sind offensichtlich. Wir können jetzt die Leiche herunternehmen, Fox. Ich bleibe einen Moment hier, Sie gehen zurück.«

Sie mußten die Leiche zur ersten Galerie hinunterziehen und sie dann die Leiter hinunterschleppen, was sehr schwierig war.

Schließlich lag der Requisiteur auf der Bühne in seiner gewohnten Umgebung. Auf Fox' Pfeifen hin waren sämtliche Polizeibeamten hinzugeeilt. Thompson war kreidebleich und konnte kein Wort hervorbringen. Alleyn sagte zu ihm:

»Wir haben heute Pech gehabt, Thompson. Ich hätte besser auf ihn aufpassen müssen.«

»Es ist meine Schuld, Sir.«

»Nein«, widersprach Alleyn, »der arme Teufel war zu schnell für Sie.«

»Ich verstehe noch immer nicht, wie das passieren konnte.«

»Nehmen wir an, ich hätte Sie hier getroffen. Nehmen wir an, ich hätte Surbonadier umgebracht und Sie hätten es gewußt. Ich komme zuerst hierher. Ich klettere auf die Galerie, mache eine Schlinge in den Strick und knüpfe das andere Ende fest. Dann klettere ich wieder hinunter. Sie kommen herein, sehr nervös. Sie sind beobachtet worden, erzählen Sie, aber es ist Ihnen gelungen, den Mann abzuschütteln. Wir fangen eine Unterhaltung an. Dann sage ich, daß ich jemanden im Gang herankommen höre. ›Mein Gott, die sind hinter uns her‹, sage ich. ›Klettern wir rasch die Leiter 'rauf.‹ Ich klettere als erster hinauf. Er folgt. Ich komme auf die oberste Galerie und warte dort, mit der Schlinge in der Hand. Als sein Kopf auftaucht, werfe ich ihm die Schlinge um den Hals, er versucht, sich mit den Händen freizumachen, ich gebe ihm einen Stoß, wodurch sich die Schlinge zusammenzieht und . . . so ist es geschehen.«

»Mein Gott!« stieß Fox hervor.

»Aber ich habe dort oben einen Besen, weil ich weiß, daß meine bestrumpften Füße im Staub Spuren hinterlassen. Während also der Requisiteur in der Luft baumelt, fege ich den Staub weg. Er wird durch die Plane verborgen. Er wird erst morgen früh vermißt. Es ist ein alter Bau, bis dahin wird wieder Staub gefallen sein. Sie werden ihn nicht sofort finden, und selbst wenn, sieht es nach Selbstmord aus. Ich nehme also den Besen mit hinunter und stelle ihn an seinen gewohnten Platz. Dann laufe ich durch diese düsteren Korridore zu dem kleinen Abstellraum. Thompson ist draußen im Hof. Ich warte. Dann höre ich, wie er fortgeht, um den Polizisten am Theatereingang zu holen. Das ist meine Chance: Wenn er zurückkommt, bin ich fort.«

»Ich verstehe«, sagte Fox schwer atmend.

»Jetzt schauen Sie sich das an.« Alleyn beugte sich über die Leiche. »Der Kopf und die Schultern sind mit Staub bedeckt, der auf ihn gefallen ist, als die Galerie gefegt wurde. Das wird die Analyse beweisen, wir müssen wissenschaftlich vorgehen, Fox.«

»Es kann nicht Saint gewesen sein und auch nicht der Requisiteur. Also zwei Menschen kommen nicht in Frage, Sir.«

»So ist es.«

»Was sollen wir jetzt tun?«

»Unsere Leute ausfragen, die den Rest der Gesellschaft beobachtet haben.«

»Ich rufe sofort in Scotland Yard an, die Meldungen sollten inzwischen eingegangen sein.«

»Ja, tun Sie das, Fox«, sagte Alleyn. »Vor allem interessiert mich die Meldung aus Cambridge.«

»Jawohl.«

»Und die von Sergeant Watkins. Stellen Sie fest, ob er abgelöst wurde, und wenn ja, soll er sofort herkommen.«

»Jawohl, Sir.«

»Und rufen Sie Bailey an. Er wird zwar jetzt im Bett liegen, der arme Kerl, aber wir müssen ihn aufscheuchen. Und auch den Polizeiarzt ... Mein Gott, jetzt brauchen wir ihn schon wieder.«

Fox verschwand durch die Tür der Proszeniumsloge, und Alleyn ging zurück in den Korridor. Er machte Licht, untersuchte sorgfältig Boden und Wände und trat dann in den Raum mit der zerbrochenen Fensterscheibe. Auch dort untersuchte er den Boden, die Wände, die Fensterbank und den Hof. Dann kletterte er auf das Tor und untersuchte peinlich genau den oberen Rand. Schließlich fand er ein Stückchen schwarzen Stoff, den er in die Tasche steckte.

Dann kehrte zur Bühne zurück.

Er schüttelte etwas von dem Staub aus dem Haar des Requisiteurs in einen Briefumschlag, klebte ihn zu und wandte danach seine Aufmerksamkeit dem oberen Teil des Mantels zu. Dann kletterte er wieder auf die oberste Galerie und nahm auch dort eine Probe des Staubes. Sorgfältig untersuchte er mit einem Vergrößerungsglas den Strick, vor allem die Schlinge und die Stelle etwa einen Meter darüber. Auch betrachtete er das Geländer und den Boden der Galerie. Dann maß er die Höhe ab.

Als er zur Bühne zurückkam, fand er unter der Beleuchterbrücke einen Besen und nahm auch von ihm eine Staubprobe. Schließlich untersuchte er nochmals die Leiche, vor allem interessierten ihn die Hände. Während er das tat, kamen Bailey und der Polizeiarzt.

»Sie werden keine Spuren außer den seinen finden«, erklärte Alleyn.

Der Arzt untersuchte den Leichnam.

»Ich höre, daß es sich um einen Mord handelt«, sagte er. »Der Tod ist durch Genickbruch erfolgt. Sonst sehe ich keine andern Zeichen, außer einem kleinen Striemen am Genick.«

»Könnte er vom Tritt eines nur mit einem Strumpf bekleideten Fußes herrühren?« fragte Alleyn.

»Ja«, antwortete der Arzt und schaute zu der Galerie hinauf. »Ich verstehe«, sagte er.

Alleyn fragte Fox, der wieder auf die Bühne gekommen war: »Was ist mit Watkins?«

»Er ist nach Hause gegangen, aber er wird geholt.«

»Nachrichten aus Cambridge?«

»Eine lange Aussage eines Dienstboten von Peterhouse. Der Mann, der dort war, bringt sie her. Der Leichenwagen ist auch schon da.«

»Gut. Sie sollen 'reinkommen.«

Fox ging zum Bühnenausgang und kam mit zwei Leuten zurück, die eine Bahre trugen.

Der Requisiteur wurde punkt zwölf Uhr nachts aus dem Theater hinausgetragen.

»Da ist Watkins!« rief Fox.

»Sergeant Watkins war ein stämmiger Mann mit strohblondem Haar. Er blickte bekümmert drein.

»Sie wollen mich sprechen, Sir?« fragte er Alleyn.

»Ich möchte einen genauen Bericht Ihres heutigen Tages.«

»Er war sehr monoton. Der Mann, den ich beobachtete, blieb die ganze Zeit über im Haus.«

»Sind Sie sicher?«

Watkins wurde rot.

»Ich saß auf einer Bank im Park gegenüber, direkt neben einer Laterne. Ich ließ die Haustür nicht aus den Augen, Sir.«

»Wer ging ein und aus?«

»Verschiedene Bewohner des Mietshauses, mein Mann blickte mehrmals aus dem Fenster.«

»Wann zum letztenmal?«

»Um Viertel vor zehn, Sir«, antwortete Watkins stolz.

»Wer verließ danach noch das Haus?«

»Eine ganze Menge Leute, Sir. Ich erkannte die meisten als Hausbewohner.«

»Waren welche darunter, die Sie nicht kannten?«

»Eine Frau, die aussah wie eine Arbeiterfrau, zwei Dienstmädchen und vor ihnen ein alter Herr mit einem weichen Hut und Smoking und einem Abendumhang. Er hinkte leicht. Der Portier holte ihm ein Taxi, und ich hörte ihn sagen: ›Zum Plaza-Theater‹. Ich fragte den Portier über diese Leute aus, um sicherzugehen, er ist aber sehr stur. Die Frau hätte wohl in einer der Wohnungen saubergemacht. Den alten Herrn kannte er nicht, er sagte aber, er wäre vom fünften Stock gekommen, wahrscheinlich hätte er dort zu Abend gegessen. Die Dienstmädchen kamen aus der Parterrewohnung.«

»Das ist alles?«

»Nein, Sir, noch etwas. Ein junger Mann mit einem steifen Hut und einer dunkelblauen Krawatte mit weißen Streifen kam zum Haus. Ich hörte, wie er dem Fahrstuhlführer die Wohnung unseres Mannes nannte.«

»Hatte er einen blonden Schnurrbart?«

»Jawohl, Sir.«

»Kam er wieder?« fragte Alleyn scharf.

»Nach etwa fünf Minuten kam er wieder heraus und ging in Richtung des Platzes davon. Das ist alles, Sir. Um zehn Uhr fünfzehn wurde ich von Allison abgelöst, er ist noch dort.«

»Gut, Watkins, danke schön.«

»Habe ich etwas falsch gemacht, Sir?«

»Ja. Sie haben einen Mörder für einen unschuldigen Menschen gehalten. Lassen Sie Allison ablösen, er soll sofort herkommen und Meldung erstatten.«

Nach einer kleinen Weile sagte Watkins schüchtern: »Wenn Sie gestatten, Sir, möchte ich Allison ablösen.«

»Schön, Watkins. Halten Sie jeden, der aus dem Haus kommt, Mann oder Frau, an, stellen Sie die Personalien und die Adresse fest und überzeugen Sie sich, daß sie wirklich die sind, die zu sein sie angeben. Thompson, Sie können auch gehen.«

»Jetzt telefoniere ich«, sagte Alleyn zu Fox. »Die Meldung aus Peterhouse müßte jeden Moment eintreffen. Wenn Allison inzwischen kommt, lassen Sie sich von ihm Bericht erstatten.«

»Werden Sie in der Nacht noch eine Verhaftung vornehmen?« fragte Fox.

»Ich glaube nicht. Erst soll morgen die Aufführung stattfinden.«

Alleyn ging in die Telefonzelle am Haupteingang und wählte eine Nummer.

»Hallo!« antwortete eine verschlafene Stimme.

»Hallo. Ich hatte dir doch gesagt, du dürftest keine Besuche mehr machen.«

»Ah . . . du bist es!«

»Ja«, erwiderte Alleyn grimmig.

»Ich hatte eine Idee. Du brauchst gar nicht so wütend zu sein. Ich habe niemanden getroffen. Ich habe fünf Minuten lang geläutet und bin dann weggegangen. Nicht einmal der Diener war da.«

»Fünf Minuten lang hast du geläutet?«

»Ja. Ist alles in Ordnung?«

»Ja. Gute Nacht!«

22

Am Morgen des 17. Juni um Viertel vor elf hängte der alte Blair seinen schäbigen steifen Hut an den Haken in seiner Portierloge. Dann schaute er in die Postfächer, wo nur eine an Miss Susan Max gerichtete Karte steckte. Er las:

> Liebe Susan, wie schrecklich ist das alles. Ich kann es Dir nachfühlen, wie Dir zumute sein muß. Unser Stück hat hier großen Erfolg, und wir machen gute Geschäfte. Alles Liebe, Daisy.

Von draußen ertönten Schritte. Der alte Blair seufzte und ging zum Bühneneingang. Der Sergeant salutierte. Chefinspektor Alleyn und Inspektor Fox, gefolgt von Sergeant Bailey und drei Polizeibeamten kamen herein.

»Guten Morgen, Blair«, sagte Alleyn.

»Morgen, Sir.«

Auf der Bühne wurden die Herren von zwei andern empfangen: Thompson und Watkins.

»Alles vorbereitet?« fragte Alleyn.

»Jawohl, Sir.«

Alleyn schaute hinauf zu den Soffitten: Wieder war die Plane über die Bühne gespannt und am Geländer der unteren Galerie festgeknüpft.

»Wollen Sie bitte hören, Sir«, sagte Thompson.

Alle verstummten. Ein leises Rascheln hörte man von oben, dazwischen ein leises Knistern. In gleichmäßigen Abständen blähte sich die Plane.

»So ist's gut«, sagte Alleyn. »Haben Sie die Garderoben aufgeschlossen?«

Das war geschehen. Nun schaute sich Alleyn auf der Bühne um, auf der noch immer die Dekoration für die letzte Szene des Stückes aufgebaut war. Der Vorhang war aufgezogen. Vom Gang her hörte man Schritte, und Simpson erschien. Er blickte sich nervös um, dann begrüßte er Alleyn.

»Guten Morgen, Mr. Simpson«, sagte Alleyn. »Ich warte, bis alle versammelt sind, ehe ich Ihnen den Grund der heutigen Zusammenkunft erkläre.«

»Es sind schon ein paar draußen.«

»Gut. Sowie alle da sind, holen Sie sie auf die Bühne, dann werde ich meinen Vortrag halten.«

Sergeant Watkins kam mit einer Karte in der Hand, und Alleyn fragte ihn:

»Was haben Sie denn da, Watkins?«

»Es ist eine Visitenkarte von Ihnen, Sir. Der junge Herr, den ich gestern gesehen hatte, möchte sich ins Parkett setzen.«

»Zeigen Sie mir mal die Karte.«

Grimmig betrachtete Alleyn seine Visitenkarte, auf der mit seiner Schrift stand: »Überbringer darf das Theater betreten. R. A.« Es war die Karte, die er Nigel vor Saints Verhaftung gegeben hatte und die Nigel mit beachtlichem Weitblick aufbewahrt hatte.

Alleyn trat an die Rampe und rief in den dunklen Zuschauerraum:

»Mr. Bathgate!«

Schweigen.

»Mr. Bathgate, ich kann dich sehen!« log Alleyn.

»Du schaust ja gar nicht in meine Richtung«, ließ sich Nigel vernehmen.

»Komm her!« sagte Alleyn.

»Ich denke nicht daran.«

»Ich bitte darum.«

Es folgte Schweigen und Alleyn befahl:

»Bitte Licht an im Zuschauerraum, Mr. Simpson!«

Ich nächsten Augenblick war das Parkett hell beleuchtet.

In der zehnten Reihe saß eine einsame Gestalt, Mr. Nigel Bathgate. Als ihm Alleyn winkte, stand er verlegen auf und kam zur Rampe.

»Ich hatte meine Gründe, dich zur Schlußvorstellung nicht zuzulassen, aber da du nun mal hier bist, kannst du von mir aus bleiben.«

Dann sagte er zum Inspizienten: »Verdunkeln Sie bitte den Zuschauerraum wieder, Mr. Simpson.«

»Es sind jetzt alle da, Mr. Alleyn«, erklärte Simpson nervös.

»Sie sollen hereinkommen«, befahl Alleyn.

Das Ensemble von »Die Ratte und der Biber« versammelte sich zum letztenmal auf der Bühne des Unicorn. Sie stellten sich im Halbkreis erwartungsvoll auf, und Alleyn begann sofort seine Rede:

»Meine Damen und Herren, ich habe Sie hergebeten, um eine Wiederholung der ersten Szene des letzten Aktes von ›Die Ratte und der Biber‹ vorzunehmen. Wie Sie wissen, lud in dieser Szene der Ermordete, Mr. Arthur Surbonadier, die Pistole, mit der er nachher erschossen wurde. Sie wissen, daß Mr. Jacob Saint verhaftet ist, er kann also nicht anwesend sein. Sonst sind alle außer dem Ermordeten, dessen Rolle Mr. Simpson lesen wird, zugegen.«

Er hielt einen Moment inne, denn der Inspizient schien etwas sagen zu wollen.

»Bitte, Mr. Simpson?«

»Ich . . . ich weiß nicht, ob es wichtig ist, aber der Requisiteur ist nicht gekommen. Da er mir die falschen Patronen gab, glaubte ich . . .«

»Wir werden ohne ihn fertig«, sagte Alleyn. »Sind der Garderobier und seine Tochter da?«

Auf einen auffordernden Blick von Simpson hin kamen Beadle und Trixie zwischen den Kulissen hervor und stellten sich verlegen an den Rand des Halbkreises.

»Zunächst muß ich Ihnen erklären, daß die Polizei eine Theorie über diesen Fall aufgestellt hat. Um diese zu bestätigen, muß die Szene wiederholt werden. Ich möchte Sie aber darauf aufmerksam machen, daß Sie, abgesehen von der Aufrührung trauriger Erinnerungen, nichts zu befürchten haben. Ich bitte nur die unschuldigen Mitglieder des Ensembles eine bestimmte Szene zu wiederholen, um meine Theorie bestätigt zu erhalten. Ich bitte Sie dringend darum, sich genauso zu verhalten wie bei der letzten Aufführung – soweit Sie sich erinnern können. Ich bitte Sie um höchste Aufmerksamkeit. Wie schon gesagt, haben Sie nichts zu befürchten.

Der einzige Unterschied zwischen der richtigen und der heutigen Aufführung besteht darin, daß ich die Bühne nicht verdunkeln lasse. Ich bitte diejenigen von Ihnen, die am Ende der Pause nach dem zweiten Akt in ihren Garderoben waren, sich jetzt dorthin zu begeben. Falls Sie von einer Garderobe zu einer anderen gegangen waren, tun Sie das jetzt ebenfalls. Sie werden feststellen, daß ich in den Gängen Polizeibeamte postiert habe. Tun Sie, als ob die nicht da wären. Die Unterhaltung auf der Bühne zwischen Miss Max, Mr. Surbonadier, Miss Emerald und Mr. Simpson vor Aufgang des Vorhangs bitte ich möglichst genau zu wiederholen. Ich gebe mit der Pfeife ein Signal, um zu bezeichnen, wann die Verdunklung anfing, und wieder ein Signal, wann sie aufhörte. Gehen Sie jetzt bitte alle in ihre Garderoben.«

Schweigend verließen sie die Bühne, und Simpson ging in die Souffleurecke. Nach einer Weile trat er auf ein Zeichen von Alleyn hin in den Gang und rief: »Letzter Akt, auf die Bühne, bitte!«

Als erste kam Miss Max aus ihrer Garderobe, setzte sich in ihren Sessel gegenüber der Souffleurecke und nahm ihr Strickzeug hervor. Ihr folgte Janet Emerald, die sich an ein Kulissenfenster stellte.

»Bleiben Sie dort, als würden Sie mit Surbonadier sprechen«, sagte Alleyn ruhig. »Bitte, Mr. Simpson.«

Simpson kam aus der Souffleurecke hervor, trat zum Schreibtisch und tat, als lege er etwas in die obere Schublade.

»Bitte, Miss Emerald!« rief Alleyn.

»Ich erinnere mich nicht mehr, was ich gesagt habe.«

»Etwas von den Patronen, mein Kind«, soufflierte ihr Miss Max.

»›Ich . . . ich habe immer Angst, daß du einmal diese Patronen vergißt‹«, sagte Janet Emerald.

»›Verlaß dich auf George‹«, sagte Simpson.

»›George, komm doch mal her. Ich will dir etwas zeigen. Der Teppich liegt hier schlecht, mein Guter‹«, sagte nun Susan Max.

»›Wieso, Susan?‹«

»›Er klemmt an der Tür und verdirbt mir den Abgang.‹«

»›Ist es so besser?‹«

»›Ja, so ist's richtig. Jetzt komm her, ich möchte an dir die Länge meines Schals messen.‹«

»Jetzt kommen Sie wieder dran, Miss Emerald, Sie haben zu Surbonadier gesprochen.«

»Ich ... ich kann nicht, es ist zu schrecklich.«

»Gehen Sie zu Mr. Simpson und sagen Sie: ›Arthur ist betrunken, und ich bin nervös.‹«

»›Arthur ist betrunken, George, und ich bin nervös.‹«

»›Er spielt aber trotzdem ausgezeichnet!‹«

»Jetzt flüstern Sie: ›Ich möchte ihn am liebsten umbringen‹ und stützen Sie sich mit der Hand auf den Schreibtisch.«

»›Ich ... möchte ... ihn am liebsten ... umbringen ...‹«

»Bühne frei!«

Janet Emerald stand auf und schaute nach hinten.

»Achtung, Vorhang. Bühne, Licht aus!«

Alleyn gab mit seiner Pfeife ein deutliches Zeichen. Simpson ging mit dem Regiebuch in der Hand auf die Bühne. Alleyn stellte sich zwischen die Kulissen, von wo aus er die Bühne und den Garderobenkorridor übersehen konnte. Melville, der in der Nähe der Souffleurecke gestanden hatte, ging auf Zehenspitzen durch den Korridor und bog um die Ecke. Stephanie Vaughan kam aus ihrer Garderobe, ließ die Tür offen und klopfte an Gardeners Tür. Er rief: »Herein!« Sie trat ein und machte die Tür hinter sich zu. Er öffnete sie wieder und ließ seinen Garderobier hinausgehen. Der blieb vor der Tür stehen, zog eine Zigarette aus der Tasche und steckte sie, ohne sie anzuzünden, in den Mund. Seine Tochter kam aus Stephanie Vaughans Garderobe, und gemeinsam gingen sie durch den Korridor.

Jetzt erschien Felix Gardener und ging langsam auf die Bühne, wo er stehen blieb, sich bückte, seinen Fuß rieb, »verdammt nochmal« flüsterte und dann hinkend ein paar Schritte machte. Der Garderobier ging mit seiner Tochter zur Statistengarderobe. All das erforderte nur wenig Zeit. Auf der Bühne rief Simpson: »Vorhang!« Die Schauspieler sprachen noch einmal probeweise ihren Dialog, der ungefähr eine halbe Minute dauerte, und dann rief der Inspizient:

»Licht!«

Alleyn gab wieder ein Zeichen mit der Pfeife und rief:

»Alle auf die Bühne, bitte!«

Wieder versammelten sich alle.

»Ich danke Ihnen sehr, meine Damen und Herren«, sagte Alleyn, »Sie haben mir sehr geholfen. Ich weiß, daß es für Sie unangenehm war. Jetzt kann ich Ihnen einige Erklärungen geben, Sie haben ein Anrecht darauf. Diese Wiederholung der Szene hat bewiesen, daß niemand, der jenseits der Biegung des Korridors war, zur Bühne hätte kommen können, ohne dem Garderobier und seiner Tochter zu begegnen, die erst gegen Ende der Verdunklung der Bühne zur Statistengarderobe gingen. Mr. Gardener hat ausgesagt, daß ihm jemand, als er zur Bühne ging, auf den Fuß getreten sei. Es gab nur drei Männer, die zu der Zeit hinter der Bühne gewesen sein konnten: Mr. Simpson, der Requisiteur – und Mr. Jacob Saint.«

Janet Emerald wollte aufbegehren, doch Alleyn warf ihr einen kalten Blick zu, und sie schwieg.

»Mr. Saint war in seiner Loge auf der Seite des Souffleurs. Es gibt eine Theorie, nach der er durch die Tür der Proszeniumsloge auf die Bühne kam, die Patronen austauschte und dann auf dem gleichen Weg in seine Loge zurückkehrte. Watkins, gehen Sie zu der Tür, machen Sie sie auf, und gehen Sie zum Schreibtisch.«

Sergeant Watkins ging zur Tür der Proszeniumsloge und öffnete sie. Man hörte ein lautes, quietschendes Geräusch.

»Damit scheidet er aus«, sagte Alleyn, »es bleiben nur noch Mr. Simpson und der Requisiteur. Der Requisiteur war, so lautet die Theorie, während der Verdunklung auf der Bühne. Er tauschte die Patronen aus und verschwand dann. Niemand hat ihn hinter der Bühne gesehen, als das Licht wieder anging. Wohin war er gegangen? Es wird angenommen, daß er auf dieser Leiter zum Schnürboden hinaufgeklettert ist. Wenn jemand so freundlich wäre, mir zu helfen, will ich Ihnen das vorführen. Mr. Simpson ist in der Souffleurecke, Miss Max, Miss Emerald und Mr. Surbonadier sind auf der Bühne. Mr. Gardener kommt vom Korridor und stößt mit dem Requisiteur zusammen, der gerade die Patronen ausgetauscht hat. Er stößt Mr. Gardener beiseite und klettert diese Treppe hinauf. Er hat Gummisohlen und wird daher nicht gehört. Und er trägt Mr. Saints Handschuhe, die dieser auf der Bühne liegen gelassen hat. Mr. Simpson, übernehmen Sie die Rolle des Requisiteurs.«

Simpson kaute verlegen an seinen Lippen.

»Ich ... ich kann nicht ... die Leiter hinaufsteigen ... Ich ... werde schwindlig ... ich ... kann es nicht!«

Alleyn blickte zweifelnd auf den stämmigen Crammer und auf das verängstigte Gesicht Melvilles. Dann wandte er sich zu Gardener.

»Seien Sie so nett«, sagte er.

»Gern«, antwortete Gardener ruhig.

»Wenn Ihre Nerven es zulassen, Mr. Simpson, übernehmen Sie bitte Mr. Gardeners Rolle.«

Simpson schwieg.

»Aber das können Sie doch?«

»Ich tue es«, erklärte Melville.

»Danke sehr ... aber es wäre mir lieber, wenn Mr. Simpson die kleine Rolle spielen würde. Also bitte, Mr. Simpson.«

Simpson drehte sich um und ging in Gardeners Garderobe.

»Jetzt Sie, bitte«, sagte Alleyn zu Gardener. Dieser nickte und trat zum Schreibtisch. Er zog die oberste Schublade auf, tat, als nehme er etwas heraus und lege etwas anderes hinein. Dann öffnete er die untere Schublade, schloß sie wieder, zögerte, blickte Alleyn fragend an und ging zu den Kulissen zurück.

»Kommen Sie heraus, Mr. Simpson«, rief Alleyn.

Die Garderobentür öffnete sich, Simpson kam heraus und ging durch den Korridor zur Bühne. Gardener stieß gegen ihn, trat beiseite und begann, die Leiter hinaufzuklettern.

»Bis ganz hinauf?« fragte er.

»Ja, bitte.«

Gardener stieg die Leiter hinauf, alle schauten ihm nach. Plötzlich bemerkten sie das raschelnde Geräusch und die Bewegungen der Plane. Gardeners Kopf verschwand über der Plane, und dann hörte man einen entsetzten Aufschrei.

»Mein Gott, was ist denn?« fragte Simpson.

Gardeners Füße rutschten aus, er hing nur noch mit den Händen an der Sprosse, und man glaubte schon, er stürze herunter. Dann riß er sich zusammen und schrie: »Alleyn, Alleyn!«

»Was ist los?« brüllte Alleyn.

»Er ist hier ... er hat sich aufgehängt ... er ist hier.«

»Wer?«

»Der Requisiteur ... Hickson.«

Mit schreckverzerrtem Gesicht blickte er hinunter.

»Der Requisiteur!« wiederholte er.

Fox, Bailey, Watkins und Thompson eilten zum Fuß der Leiter.

»Kommen Sie herunter«, sagte Alleyn.

Gardener kletterte herunter. Auf der sechsten Sprosse über dem Boden drehte er sich um und sah die Männer, die ihn erwarteten. Er betrachtete sie mit wutverzerrtem Gesicht.

»Woher wissen Sie, daß es der Requisiteur ist?« fragte Alleyn.

Gardener versuchte, ihm ins Gesicht zu treten.

Fox mußte Gardener an den Fußgelenken herunterziehen. Diesmal hatte Alleyn an die Handschellen gedacht.

23

Die Bühne hatte sich geleert. Gardener war abgeführt worden. Nur Alleyn, Stephanie Vaughan und Nigel waren zurückgeblieben. Die Plane hatte man entfernt, und der mit Sand gefüllte Sack, der von der obersten Galerie heruntergehangen hatte, lag auf dem Boden. Alleyn schaute den etwas niedergeschlagen wirkenden Nigel an und sagte:

»Siehst du, mein lieber Nigel, man soll sich nie mit einem Polizisten anfreunden.«

»Daran habe ich überhaupt nicht gedacht«, erwiderte Nigel langsam.

»Du bist großmütig«, sagte Alleyn.

»Warum hast du es mir nicht erzählt?«

»Wenn ich es getan hätte, was hättest du denn getan?«

Darauf hatte Nigel keine Antwort.

»Ich weiß es nicht«, sagte er.

»Ich auch nicht.«

»Ist dir das nie in den Sinn gekommen?« fragte Alleyn dann.

»Ich verstehe dich.«

»Zuerst glaubte ich, es sei Saint und dann ...« Er blickte durch die Kulissen auf die Bühne.

Stephanie Vaughan saß dort in demselben Sessel, in dem sie am Abend des Mordes von Alleyn verhört worden war. Sie schien in Gedanken versunken zu sein.

»Warte irgendwo auf mich«, sagte Alleyn, und Nigel ging hinaus in den Hof. Alleyn trat zu Stephanie.

»Kommen Sie wieder zu sich«, sagte er leise.

Sie hob den Kopf und schaute ihn an.

»Ich kann überhaupt nichts mehr denken«, murmelte sie.

Er berührte ihre Hand und sagte: »Sie ist ja eiskalt. Das ist der Schock. Immer, wenn ich Ihre Hände berührte, waren sie kalt, kein Wunder. Soll ich Ihnen ein Taxi besorgen?«

»Noch nicht. Ich muß erst zu mir kommen.«

Gedankenverloren schaute sie auf ihre Hände, als versuche sie, sich an etwas zu erinnern.

»Ich nehme an, daß Sie die ganze Zeit wußten, worauf ich aus war«, sagte sie schließlich.

»Zunächst nicht. Ich begann erst zu überlegen, als Sie sagten, der Striemen an Ihrer Schulter stamme von Surbonadier. Ich erinnerte mich, wie Gardeners Hand auf Ihrer Schulter lag, als Surbonadier Sie beschimpfte. Ich bemerkte, daß Gardener sich in Sie verkrallte.«

Sie erschauerte.

»Ich fürchtete, er würde etwas Schreckliches tun«, sagte sie.

»Wenn es ein Trost für Sie ist, sage ich Ihnen, er hätte es auch getan, wenn Sie nicht existiert hätten.«

»Ich weiß es. Ich war nach der Tat nur eine Mitschuldige, nicht das Motiv.«

»In Surbonadiers Wohnung wurde mir klar, wieviel Sie für ihn riskieren wollten. Ich ließ Sie Ihre Rolle spielen, ließ Sie in dem Glauben, sie erfolgreich gespielt zu haben.«

»Warum reiben Sie mir das unter die Nase?«

»Weil ich glaubte, es würde Sie dazu bringen, mich zu hassen und somit ein Gegenmittel zu schaffen.«

»Oh«, entgegnete sie nachdenklich, »ich hasse Sie nicht.«

»Das ist merkwürdig.«

»Was wird mit ihm geschehen?« fragte sie plötzlich, die Augen weit aufgerissen.

»Ich weiß es nicht. Er wird verurteilt. Er ist schuldig, und er ist ein gemeiner Kerl. Sie lieben ihn nicht, spielen Sie kein Theater. Es wird grauenvoll für Sie sein, aber Sie hatten aufgehört, ihn zu lieben, als Sie wußten, daß er es getan hat.«

»Ja, das stimmt.«

Sie begann zu weinen. Er sah ernst auf sie hinunter, und als sie die Hand ausstreckte, gab er ihr sein Taschentuch. Dann ging er in Surbonadiers Garderobe, wo er eine kleine Flasche Whisky fand. Er nahm ein Glas, füllte es voll und brachte es ihr.

»Trinken Sie das, das wird Ihnen gut tun.«

Sie trank das Glas leer, holte tief Atem und schüttelte sich.

»Jetzt besorge ich Ihnen ein Taxi«, sagte er.

Nigel kehrte zur Bühne zurück, als er sie zusammen aus dem Theater treten sah. Sie stieg in ein Taxi.

»Auf Wiedersehen!« sagte sie, »Sie wissen, wo Sie mich finden, wenn ... ich benötigt werde.«

Sie reichte ihm die Hand, und nach kurzem Zögern küßte er sie.

»Sie werden sich erholen«, sagte er, »auf Wiedersehen.«

Er gab dem Chauffeur ihre Adresse und stand eine Weile in dem leeren Hof. Dann ging er zu Nigel.

»Na? Was willst du wissen?« fragte er.

»Alles.«

»Gut. Sperr die Ohren auf.«

Er stellte zwei Sessel hin, zündete sich eine Zigarette an und begann seinen Vortrag:

»In diesem Fall war für die Polizei zunächst der Hauptverdächtige der Mann, der die Pistole abdrückte – Gardener. So beobachtete ich ihn von Anfang an aufs genaueste. Hätte jemand anderer gewagt, die Patronen auszutauschen? Angenommen, Gardener hätte die Pistole nicht abgedrückt oder zu früh? Würde jemand anderer dieses Risiko eingegangen sein? Es könnte sein, aber wenn Gardener der Mörder war, riskierte er nichts. Als nächstes war mir klar, daß ich gegen eine hervorragende Schauspielkunst anzugehen hatte. Ich nahm daher seine Selbstvorwürfe und seine Verwirrung nicht ernst. Und wie geschickt sprach er von der Unaufrichtigkeit der Schauspieler und stellte sich allmählich als den einzig aufrichtigen dar. Ich schluckte alles. Nachdem ich die andern verhört hatte, stellte ich fest, daß er und Stephanie Vaughan am nächsten bei der Bühne gewesen waren.

Zu diesem Zeitpunkt beobachtete ich natürlich noch alle. Aber er war mit ihr in seiner Garderobe gewesen, und ihre Garderobe neben der seinen war unbesetzt und ganz dicht bei der Bühne. Wie leicht für ihn, dorthin zu eilen, nachdem er sie in seiner zurückgelassen hatte, Saints Handschuhe, die er auf der Bühne gefunden hatte, anzuziehen (ein unvorhergesehener Glücksfall – er hatte die seinen benutzen wollen), sich zu überzeugen, daß niemand auf dem Korridor war, dann hinauszuschlüpfen, auf die Bühne zu gehen und im Dunkeln die Patronen auszutauschen. Ich zweifelte daran, daß ihm jemand auf den Fuß getreten sei, und fragte bewußt nach dem Geruch, und er fiel darauf herein.

Danach betrachtete ich ihn mir genauer. Bald darauf teilte er dir die Geschichte mit dem Beleidigungsprozeß mit, aber erst, nachdem er erfahren hatte, daß wir es sowieso herausfinden würden. Er erzählte dir, Surbonadier hätte den Artikel geschrieben, aber ich hielt es für möglich, daß er selbst ihn geschrieben hatte. Als ich dann die gefälschten Unterschriften in Surbonadiers Wohnung fand, war ich überzeugt, daß Gardener der Autor gewesen war. Nehmen wir an, Surbonadier habe ihn erpreßt, indem er drohte, ihn bei Saint bloßzustellen. Saint hätte Gardeners Karriere ruiniert. Angenommen, Surbonadier drohte ihm, Stephanie Vaughan zu erzählten, was die Wahrheit über ihrer beider Cambridger Studienzeit war? Alles Vermutungen – aber begründete.

Ich schickte jemanden nach Cambridge, der Gardeners alten Diener aufstöberte. Dieser hatte eine Unterhaltung zwischen ihm und Surbonadier belauscht, in der Surbonadier ihn beschuldigte, den Artikel geschrieben zu haben. Gardener war viel mehr in die Rauschgiftgeschichte verwickelt, als er dir erzählte. Zweifellos war die Schilderung seiner Leidenschaft zu Stephanie Vaughan und seines Hasses auf Saint wahr. Diese Leidenschaft wurde noch durch Rauschmittel verstärkt, und sie war auch die Ursache für den Artikel. Ich erhielt die Nachricht aus Cambridge erst gestern abend. Das war der letzte Stein im Puzzlespiel.

Und dann dieses Bühnenweiß. Die Flasche wurde umgeworfen, nachdem wir die Garderobe verlassen hatten. Miss Vaughan sagte aus, daß nur sie und Trixie in der Garderobe geblieben waren, nachdem Surbonadier sie verlassen hatte. Gardener war der einzige Mensch, der hineingehen konnte. Alle andern wären Vater und Tochter Beadle begegnet, die an der Biegung des Korridors standen, ehe sie in die Statistengarderobe gingen. Gardener hatte Stephanie in seiner Garderobe gelassen, um unbemerkt auf die Bühne gelangen zu können. Wenn der Requisiteur der Täter gewesen wäre, wäre er nicht in die Nähe von Stephanies Garderobe gegangen, ebensowenig Simpson, der auf der Bühne war. Dasselbe trifft auf Saint zu, wenn er durch die Tür der Proszeniumsloge gekommen wäre, die übrigens einen Höllenlärm verursachte. Aber Gardener konnte es tun.«

»Du glaubst also«, unterbrach ihn Nigel, »daß er sie in seiner Garderobe ließ, in ihre ging, die Handschuhe anzog, sich überzeugte, daß niemand im Korridor war, und dann auf die Bühne eilte? Und zwar nachdem er sich die Handschuhe mit Bühnenweiß verschmiert hatte?«

»Ja.«

»Und was ist mit dem Drohbrief?«

»Das war sein erster Bock. Er tippte diesen Brief auf der Bühne im letzten Akt, um nötigenfalls diese romantische Geschichte mit dem verletzten Fuß unterstreichen zu können. Dann fiel ihm plötzlich ein, daß er nach dem Mord wahrscheinlich untersucht werden würde, und er hatte sich nichts ausgedacht, um das zu vermeiden. Die ganze Geschichte mit diesem Brief war ihm erst durch sein zufälliges Zusammentreffen mit jemandem in der Dunkelheit in den Sinn gekommen. Man kann sich vorstellen, daß er dann seine Schlauheit bedauerte, weil er diesen Bogen Papier schwerlich auf der Bühne vernichten konnte. Wahrscheinlich hat er ihn unter dem Haufen leeren Schreibmaschinenpapiers versteckt. Nachdem ich ihn durchsucht hatte, holte er ihn vermutlich hervor, während er auf der Bühne auf die Vaughan wartete. Du hast mir erzählt, daß er in dieser Szene besonders stark auf den Buchstaben Q hieb. Er muß sich daran erinnert haben, daß er dir das gesagt hatte, und als er den Brief wieder hatte, wischte er alle Tasten mit Ausnahme des Buchstaben Q ab. Höchst überlegt, aber zum Glück hatte Bailey, pflichtbewußt wie er ist, die Maschine geprüft und Gardeners Fingerabdrücke darauf gefunden. Als wir sie wieder prüften, fand man nur noch am Buchstaben Q einen Fingerabdruck.«

»Aber Stephanie Vaughans Geständnis . . .« begann Nigel.

»Ihr Geständnis bestand darin, daß sie ihm erzählte, sie sei in Surbonadiers Wohnung gegangen und habe versucht, den Bogen mit den gefälschten Unterschriften, der, wie sie wußte, in der Kassette war, zu holen. Sie erzählte, daß ich sie überrascht hätte, aber sie glaube, daß sie mir weisgemacht hätte, sie suche ihre Briefe. Sie erzählte, daß ich sie in den Armen gehalten hatte und daß ich sein schlimmster Feind sei . . .« Alleyn hielt inne, eine lange Pause trat ein.

»Und der Requisiteur?« fragte Nigel schließlich.

»Ihn hatte ich nie in Verdacht. Ein schuldiger Mann hätte nie Surbonadier angeschwärzt, wie er es getan hat, und außerdem war der arme Kerl zu dumm, um so etwas zu tun. Er hatte wohl Gardener in der Dunkelheit erkannt; vielleicht war er mit ihm zusammengestoßen und hatte ihm die Idee mit dem verletzten Fuß eingegeben. Das ist möglich. Jedenfalls wollte der Requisiteur den Mörder des Verführers seiner Braut schützen, bis er in der Zeitung die Verhaftung Saints las. Dann schrieb er mir diesen Zettel. Er rief Gardener an und wird ihm wohl gesagt haben, er wisse etwas. Gardener schlug das Theater als Treffpunkt vor, wahrscheinlich hatte der Requisiteur die zerbrochene Scheibe des Fensters zur Simons-Gasse erwähnt. Gardener verkleidete sich als alter Herr mit Abendumhang und führte unseren Mr. Watkins irre. Watkins' Nachfolger sah den alten Herrn mit dem Umhang zurückkehren und erkannte ihn nicht.

Seine Wohnung wird heute morgen durchsucht, und ich hoffe, daß man diese Verkleidungsstücke findet. Die Ermordung des Requisiteurs war ein schlimmer Fehler, und doch – was konnte er tun? Der Requisiteur hatte ihm offensichtlich erklärt, er würde es nicht zulassen, daß ein unschuldiger Mensch verurteilt wird. Also mußte er unschädlich gemacht werden. Die Mordmethode war höchst gerissen ausgedacht. Wenn du nicht durch deinen Besuch festgestellt hättest, daß er nicht zu Hause war, wenn der alte Diener nicht vor Jahren diese Unterredung zwischen ihm und Surbonadier belauscht hätte, wenn er die Handschuhe nicht mit dem Bühnenweiß beschmiert hätte, hätten wir ihn wohl nicht erwischt.«

»Warum wolltest du mich aus dem Weg haben?«

»Nun ... weil du sein Freund warst, weil er nicht wußte, wieviel du in der Wohnung mitangehört hattest, weil ... kurz gesagt, weil er ein Mörder ist.«

»Ich bin nicht überzeugt davon, Alleyn.«

»Du willst es nicht sein. Der Gedanke ist natürlich scheußlich für dich. Stand er dir sehr nahe?«

»Das wäre zu viel gesagt, aber wir waren doch so etwas wie Freunde.«

»Wo warst du, als ich ihn festnahm?«

»Ich stand unter der Beleuchterbrücke.«

»Dann hast du gesehen, wie er die Leiter herunterkam und nach mir trat, so wie er den Requisiteur ins Genick getreten hat. Du hast ...«

»Ja ... ich habe sein Gesicht gesehen.«

»Als ich ihn die Leiter hinaufschickte, wußte ich, daß er beabsichtigte, den entsetzten Entdecker eines Selbstmordes zu spielen. Ich dachte, er würde diesen Sandsack sehen, und ich wollte feststellen, wie er darauf reagierte. Ich konnte nicht hoffen, daß er das tun würde, was er getan hat.«

»Was soll das heißen?«

»Er hat nicht einmal hingeschaut. Er sah etwas, das sich an der Plane rieb, und er glaubte, es seien die Füße der Leiche. Im Geiste sah er noch die baumelnde Leiche, und er schaute nicht hin – er wollte nicht hinschauen ... und dann führte er die Komödie des entsetzten Entdeckers auf und sah angeblich den Requisiteur! Ein unschuldiger Mann hätte hingeschaut und sofort den an einem Strick hängenden Sandsack erkannt.«

»Es wundert mich, daß er zustimmte, die Leiter hinaufzuklettern.«

»Er konnte sich nicht weigern.«

»Ich verstehe überhaupt nicht, warum er diese Morde begangen hat.«

»Du mußt den Fall genau betrachten. Wenn Surbonadier aus der Schule geplaudert hätte, wäre Gardener für Saint ein erledigter Mann gewesen. Saint hätte ihn, wenn er erfahren hätte, daß Gardener den Artikel geschrieben hatte, unermeßlichen Schaden zugefügt. Du kannst sicher sein, daß Surbonadier ihm schöne Summen abgenommen hat. Ein Rauschgiftsüchtiger braucht viel Geld. Und Surbonadier hätte Stephanie Vaughan so manches über Felix Gardener erzählen können. Ich frage mich, wieviel Gardener ihr selbst erzählt hat; jedenfalls genug, daß sie das Risiko auf sich nahm, in Surbonadiers Wohnung zu gehen. Sie ist ein tapferes Mädchen.«

Nigel sah ihn neugierig an.

»Du interessierst dich stark für sie, nicht wahr?« fragte er.

Alleyn antwortete darauf:

»Wenn sie nicht Hauptdarstellerin ist, ja.«

»Du bist schon eigenartig.«

»Meinst du? Komm und iß mit mir zu Mittag. Ich muß bald ins Büro zurück.«

»Mir ist nicht nach Essen zumute«, entgegnete Nigel.

»Versuche es.«

Sie verließen nun das Theater.

»Dieser Fall hat etwas Einzigartiges an sich«, sagte Alleyn.

»Ja?«

»Dank dir konnte ich bequem einen Mord von einem Fünfzehneinhalb-Schilling-Platz in der vordersten Parkettreihe beobachten, von einem Platz aus, den mir der Mörder zur Verfügung gestellt hatte.«

Er winkte ein Taxi herbei, und schweigend fuhren sie davon.

Leseprobe Arthur W. Upfield

»Mit Arthur Upfield begann der ethnische Kriminalroman.«

Frankfurter Rundschau

»Seine 30 Krimis gehören zum Besten, was die australische Literatur zu bieten hat.«

Reclams Kriminalromanführer

»Upfields glücklichster Kunstgriff war die Einführung des unkonventionellen Mischlingsinspektors Napoleon Bonaparte... Inspektor Bonapartes überdurchschnittliche Fähigkeiten haben ihn zu einem hervorragenden und ungewöhnlichen Kriminalisten gemacht. Er läßt sich von seinen Vorgesetzten nicht gängeln, und seine Fälle sucht er sich selber aus. Ein simpler Mord, bei dem das blutige Messer noch neben der Leiche liegt, ist unter seiner Würde. Ein zwei Monate altes Verbrechen hingegen, dazu noch ohne augenfällige Spuren, das ist so recht nach seinem Geschmack.«

Frankfurter Rundschau

»Arthur Upfield war ein geborener Geschichtenerzähler. Kaum ein anderer Autor hat es wie er verstanden, eine scheinbar tote Wüste mit solch buntem Leben zu erfüllen, und keinem ist es wie ihm gelungen, die unerwartete Schönheit der australischen Hügel und Wälder und Felsenküsten mitzuteilen.«

Times

Leseprobe Arthur W. Upfield

Von Arthur W. Upfield sind
im Goldmann Verlag lieferbar:
Der sterbende See (214)
Der neue Schuh (219)
Die Giftvilla (180)
Der Kopf im Netz (167)
Die Leute von nebenan (198)
Der Schwarze Brunnen (224)
Der streitbare Prophet (232)
Bony und die schwarze Jungfrau (1074)
Fremde sind unerwünscht (1230)
Bony stellt eine Falle (1168)
Bony wird verhaftet (1281)
Bony und der Bumerang (2215)
Todeszauber (6244)
Tödlicher Kult (5132)

Als Leseprobe stellen wir das erste Kapitel aus
Upfields berühmtestem Roman »DER STERBENDE SEE« vor:

Inhalt

Der Lake Otway in Südaustralien, dessen Wasserspiegel während einer anhaltenden Dürre unaufhaltsam sinkt, birgt ein Geheimnis. Kriminalinspektor Napoleon Bonarparte versucht ein Verbrechen zu klären, das vor Jahren in dieser Gegend geschah.

Arthur W. Upfield

Der sterbende See

I

Der Lake Otway lag im Sterben. Bald sollte von ihm nichts weiter übrig sein als flache Bänke eisenhart getrockneten Lehms. Vom Vorwerk der großen Schafzuchtfarm, auf einer niedrigen Klippe am Südrand dieses Sees, lief ein einzelner Telefondraht fünfzig Meilen weit über noch jungfräuliches Land bis zum Stammsitz, der ›Porchester-Farm‹, wo der Eigentümer, Mr. Wallace, wohnte. Er besaß über eine halbe Million Morgen Land, auf dem seine sechzigtausend Schafe weideten, betreut von zwanzig bis fünfundzwanzig Männern unter dem Verwalter Richard Martyr.

Martyrs äußere Gestalt täuschte über seine Qualitäten. Er war klein, aber drahtig, in jeder Bewegung seines gewandten Körpers voll verhaltener Kraft. Gesicht und Arme hatten die Farbe alten Zedernholzes, so daß seine hellgrauen Augen merkwürdig scharf hervorstachen. Stets tadellos gekleidet, trug er an diesem Morgen sauber gewaschene Reithosen, ein weißes Seidenhemd und Reitstiefel aus Känguruhleder mit silbernen Sporen. Das konnte er sich leisten, denn er war immerhin der Stellvertreter des Chefs und leitete das ganze Vorwerk selbständig.

Er stand auf der breiten, zum See gelegenen Veranda und betrachtete den Lake Otway, diesen See, der vor drei Jahren in einer stauberfüllten Senke geboren worden war, drei Jahre lang gelebt, im Wind getanzt und seine eigene Melodie gesungen hatte – und jetzt den Tod erwartete. Die volle Sommerhitze mußte jeden Tag einsetzen, dann mordete die Sonne ihn unweigerlich.

Mit den Fingern auf dem Geländer der Veranda trommelnd,

stierte Martyr schwermütig über die große Fläche, die wie ein mit Diamanten besticktes Tuch glitzerte. Drei Meilen breit war der See bis zu dem Buchsbaumwäldchen, hinter dem sich lachsfarben die Sanddünen als Vorläufer der weiten Hügellandschaft erstreckten. Links von der Klippe machte das Ufer einen weiten Bogen, nach rechts zeichnete es über eine Strecke von vier Meilen eine Anzahl kleiner Halbinseln und winziger Buchten ab, um dann zum Bach einzubiegen, der das Wasser vom See aufnahm. Dort stand eine Windmühle mit unbewegtem Flügelrad, und das eiserne Dach eines Schuppens war sichtbar. Hier, bei ›Johnsons Brunnen‹, sollte, wenn der See geschwunden war, Wasser auf Vorrat gepumpt werden. Dann mußten ein oder zwei Mann auf längere Zeit dort wohnen, sechshundert Meilen von der Meeresküste.

Hell klimperte der Triangel: Die Küche rief alle Mann zum Frühstück. Martyr zog wieder blinzelnd die Augen zusammen, um die Zahlen an dem schon weit vom ursprünglichen Ufer abgerückten Pegel lesen zu können. Den Höchststand hatte der See mit neunzehn Fuß gehabt, jetzt erkannte er die ›3‹. Nur drei Fuß Wasser noch, nein; weniger sogar. Zwei Fuß zehn Zoll. Brachte der Februar eine längere Hitzewelle, dann hatte der Lake Otway keine fünf Wochen mehr zu leben.

Die Männer kamen aus ihren Quartieren, um im Anbau neben der Küche zu essen. Der Hofknecht brachte die Arbeitspferde von der Weide in den Wirtschaftshof, die Hühner tummelten sich tüchtig, bevor die Sonne sie zwang, den Schatten aufzusuchen, die Kettenhunde kläfften die trabenden Pferde an, über den Schlachtpferchen krächzten die Krähen, und ein Schwarm Galahpapageien, der über das Anwesen zog, stieß leise Töne aus, die wie freundliche Grüße klangen. Stadtmenschen vermochten nie zu begreifen, wie jemand sich hier, sechshundert Meilen von der nächsten Stadt entfernt, wohl fühlen könnte.

Martyr drehte sich um und trat in das große, hohe und helle

Eßzimmer, wo er allein am weißgedeckten Tisch aß. Er konnte die Männer im Anbau reden hören und Mrs. Fowler, die Köchin, die ihnen auftrug. Er hob den Blick, denn vor ihm stand ihre Tochter, Joan.

»Morgen, Mr. Martyr. Was soll's sein, außer den Haferflokken? Kotelett vom Grill oder Lammbraten mit Speck?«

Joan mit ihren zwanzig Jahren hatte einen schmiegsamen, starken Körper, ihr Haar sah aus wie australisches Gold, die Farbe ihrer Augen spielte zwischen Blau und Grün. Ihr Mund war groß und sah, wenn sie freundlich war, hübsch aus, doch ihre Stimme klang hart, oft schrill.

»Koteletts bitte, Joan. Keine Flocken. Aber reichlich Kaffee.« Er bemerkte, wie sie den Mund verkniff: »Na, Krieg heute morgen?« fragte er.

»Ach, Mama hat wieder ihre Tour.« Sie schleuderte sich das seidig glänzende Haar mit einem Ruck aus der Stirn und verließ mit den Schritten einer trainierten Balletteuse das Zimmer. Martyr mußte daran denken, daß sie genauso gegangen war an dem Morgen, als der See entstand und sie erst siebzehn war. Damals hätte der Boss sie und ihre Mutter beinahe entlassen, weil dieses Mädchen hier, unter lauter Männern, eine Gefahr werden konnte.

»Worüber regt sich Ihre Mutter denn auf?« fragte er, als sie ihm eine zugedeckte Schüssel vorsetzte.

»Oh, über alles mögliche.«

»Haben Sie auch nicht mir ihr genörgelt, wie?«

Sie kam um den Tisch herum und blickte ihn voll an. Die Augen sind doch grün, nicht blau! dachte Martyr. Als sie ihre üppige Brust straffte und leise wiegend die Hände in die Hüften stemmte, ward ihm klar, daß einem leichtfertigen Frauenzimmer diese Künste angeboren sein mußten.

»Nörgeln tun junge Mädchen nie, Mr. Martyr – erst, wenn sie verheiratet sind.«

»Na, ich will's mal glauben, Joan. Nun gehen Sie, aber ärgern Sie Ihre Mutter nicht mehr.«

»Ach, sie hat ja angefangen.«

»Was angefangen?«

»Oh, nichts weiter«, sagte sie und ging hinaus, indem sie mit den Hüften wackelte.

Martyr widmete sich seinem Frühstück bis Viertel nach sieben. Mutter und Tochter stritten ständig über Dinge, von denen die Männer nichts Näheres erfuhren. Als Köchin und Hausmädchen bildeten sie ein Paar, wie es bisher am Lake Otway noch keins gegeben hatte. Das Essen wurde vortrefflich zubereitet, die Haushaltführung war ohne Tadel. Der Hauptgrund der Streiterei zwischen diesen beiden Frauen mußte wohl, wie Martyr ganz scharfsinnig erkannte, in ihrem geringen Altersunterschied liegen, denn die Mutter war noch jung und in ihrer lebhaften Art auch reizvoll. Ihr war noch das Leichtfertige anzumerken, das sie auf ihre Tochter vererbt hatte. Über ihren Mann war noch nie ein Wort gefallen.

Martyr mußte daran denken, wie es am Lake Otway aussah, als er seine Stellung angetreten hatte. Damals war das Seebecken trocken gewesen, das ganze Hauspersonal bestand aus einem männlichen Koch und der Frau eines eingeborenen Knechts. Das Haus diente nur als Schlafquartier; erst diese zwei sich zankenden Frauen hatten Leben hineingebracht.

Als Martyr in sein Büro trat, klingelte das Telefon, zweimal. Das mußte der Anruf für Barby sein, den Mann, der für die Viehhüter an der zwischen der Hauptfarm und dem Vorwerk liegenden Station am ›Sandbrunnen‹ kochte.

Martyr setzte sich an den Schreibtisch und stopfte seine Pfeife. Als er sie anzündete, klingelte es dreimal. Aha, die Anfrage nach dem See! Er zählte bis zehn, ehe er den Hörer abnahm.

»Morgen, Richard«, sagte eine tiefe, wohlklingende Stimme.

»Morgen, Mr. Wallace.«

»Na, wie steht der See heute früh?«

»Zwei Fuß zehn. Seit gestern nachmittag um ein Zoll gefallen.«

»Hm! Kein Anzeichen für Regen, und nach den Wetterpropheten auch bis zum achtzehnten März keiner zu erwarten. Noch genug zu essen da?«

»Innerhalb zwei Meilen vom See, ja. Karnickel zu Millionen. Auch mehr Känguruhs diese letzte Woche. Hab' so viele auf einmal noch nie gesehen. Kommen jetzt aus den Dürregebieten ran. Der Weißdammbach hat nur noch vier Fuß Wasser.«

»Dann lassen Sie lieber die Jährlinge den Weidegrund wechseln«, riet der Boss. »Wir müßten eigentlich sowieso eine Menge Schafe aus Ihrer Gegend auf die Koppeln beim ›Sandbrunnen‹ umsetzen. Wenn der See verschwindet, ist er fix weg. Das letzte bißchen Wasser kann in einem Tag austrocknen. So wie voriges Mal. Sie haben ja davon gehört. Damals sind uns in dem Priel zweitausend Mutterschafe umgekommen. Was wollen Sie heute machen lassen?«

»Carney soll die Koppel am Weißen Damm abreiten, und MacLennon wollte ich nach ›Johnsons Brunnen‹ schicken, er soll das Windrad, die Pumpe und den Tank überholen.«

»Schicken Sie lieber auch Lester mit, und sie sollen erst ein Licht in den Pumpenschacht runterlassen, ehe sie hineinsteigen. Nach so langer Zeit wird er unten voll Gas sein.«

»In Ordnung, Mr. Wallace. Wie wird's mit den Pferden? Noch keinen Zureiter gefunden?«

»Doch. Das wollte ich noch erwähnen«, gab der Boss zurück. »Habe gerade einen Mann hier, der das machen will. Hat gute Empfehlungen. Ich schicke ihn morgen auf dem Lastwagen mit raus. Geben Sie mir bis heute abend durch, was Sie sonst noch brauchen.«

»Der Zureiter – soll er hier freie Hand haben?«

»Ja, weil er in festem Kontrakt arbeitet. Ißt natürlich mit bei den Leuten. Er heißt Bony.«

Leseprobe Arthur W. Upfield

»Wie noch?«

»Bloß Bony. Redet wie 'n Universitätsprofessor. Kommt, glaube ich, aus Queensland. Wenn Sie die Jungpferde für ihn aussortiert haben, schicken Sie die übrigen am besten hierher. Wir werden sie auf die Bogenkoppel bringen. Na, gut jetzt – ich rufe Sie abends wieder an.«

Martyr legte den Hörer auf und langte nach seinem breitkrempigen Hut. Er verließ das an der Seite des Haupthauses gelegene Büro. Von dort sah man hinter einem geräumigen Hof das Schlafhaus für die Männer. Rechts lagen vor einer Gruppe von Pfefferbäumen das Vorratshaus, der Schuppen für Maschinen und Motoren, die Geschirrkammer, der Stall für das Nachtpferd, und hinter diesen Gebäuden die Viehhöfe und Pferche, der Brunnen mit Windradantrieb und das Pumpenhaus. Am Schuppen warteten die Männer auf ihre Tagesbefehle.

Es waren sieben – fünf Weiße, zwei Schwarze. Die Eingeborenen trugen grellfarbiges, eigentlich zu gutes Zeug, die Weißen waren mit ihren schlichten Baumwollhemden und den enganliegenden Hosen zufrieden, die schon so oft gekocht worden waren, daß sie ihre alten Farben längst verloren hatten.

Der Verwalter rief einen Namen. Ein Eingeborener kam zu ihm und erhielt den Auftrag, eine fünfzehn Meilen lange Koppel abzureiten. Der zweite Eingeborene sollte nachsehen, ob sich nirgends Schafe in einem Winkel zusammengekauert hatten. Einen Schweden, der schon vierzig Jahre in Australien lebte und noch immer nicht richtig Englisch sprach, schickte Martyr nach einer Windmühle, die er ölen und schmieren sollte, und einem kleinen, zäh aussehenden Kerl mit grauen Augen, namens Witlow, gab er den Auftrag, nachzusehen, ob an einem bestimmten Platz am Bach das Vieh ungestört zur Tränke gehen konnte. Carney, ein junger blonder Mensch, der sich lebhaft bewegte und vergnügt lächelte, sollte am Weißbachdamm wieder die Wassertiefe nachmessen. Jetzt blieb noch Edward MacLennon übrig, ein düster dreinblickender Mann mit schwarzem Schnurrbart und vorgeschobenem Kinn, der sich gut auf Maschinen verstand.

»Sie sollten mir mal ›Johnsons Brunnen‹ ordentlich überholen, Mac«, sagte Martyr. »Werden die Handpumpe mitnehmen müssen, um den Wasserspiegel im Schacht zu drücken. Dann nehmen Sie die Bodenpumpe raus und überholen sie. Auch das Windrad sehen Sie genau nach und merken sich, welche Teile ersetzt werden müssen. Morgen kommt der Lastwagen dann raus.«

»Ist auch ganz richtig. Der blöde See wird's sowieso nicht mehr lange machen, wenn Sie mich fragen, Mr. Martyr.«

»Und nicht vergessen: den Schacht erst mit Licht prüfen, eh Sie hineinsteigen.«

»Oh, da komme ich schon klar.«

»Das hat der gute Mann oben in Belar auch gesagt«, erinnerte Martyr ihn kühl. »Der Brunnen da ist auch jetzt noch ›klar‹, Mac, aber der Mann, der vor fünf Jahren ohne Lichtprobe einstieg, ist schon fünf Jahre tot. Ich gebe Ihnen Lester mit, zu zweien geht's besser. Lester soll für euch Essen einpacken lassen.«

Bob Lester kam eben vom Frühstück heraus. Ein Mann in mittleren Jahren, von Sonne und Wind wie eine Mumie eingeschrumpft. Um seine lange Nase möglichst zu verbergen, pflegte er mühsam einen kümmerlichen Schnurrbart. Seine blaßblauen Augen waren stets rot umrändert und wässerig, und er machte immerfort schnüffelnde Geräusche, die manchmal wie Kichern klangen. Mit dem Vieh verstand er gut umzugehen, war zuverlässig und hatte vorläufig die Arbeiten des Hofknechts übernommen, das heißt, alles vom Hereinholen der Zugpferde in der Frühe bis zum Kühemelken und dem Schlachten der Schafe für den Küchenbedarf spät abends.

»Morgen, Bob.«

»Morgen, Mr. Martyr.« Die wässerigen Augen lugten unter grauen, buschigen Brauen hervor.

Leseprobe Arthur W. Upfield

»Eigentlich nicht Ihr Fach, Bob – aber wollen Sie nicht mal mit Mac zum Brunnen fahren?« Ohne auf Antwort zu warten, fuhr Martyr fort: »Holen Sie Verpflegung für beide und dann helfen Sie Mac die Handpumpe aufladen. Übrigens kommt morgen der Zureiter.«

Lester schnüffelte. »Morgen, so? Kennen wir den?«

»Ich nicht. Reist unter dem Namen Bony. Ein Mischblut, wie ich den Boss verstanden habe. Schon von dem gehört?«

»Nee – jedenfalls nicht unter diesem Namen. Diese Kerle sind, wenn sie was taugen, ganz groß mit Pferden. Aber wenn sie nichts taugen, ist's äußerst faul.« Lester hielt das für eine große Weisheit. »Wollen Sie ihm gleich ein schwieriges Pferd geben?«

»Weiß ich noch nicht«, erwiderte der Aufseher, plötzlich reserviert. Lester zog schnüffelnd zur Küche ab, um sich bei Mrs. Fowler die Verpflegung zu holen.

Martyr ging langsam zu dem Schuppen, in dem der Dynamo untergebracht war, und ließ ihn anlaufen. Dann ging er zu den Viehhöfen hinüber, wo die übrigen Männer ihre Pferde sattelten. Das sogenannte Nachtpferd, das Lester benutzt hatte, um die Arbeitspferde einzuholen, stand noch bereit. Martyr schwang sich in den Sattel und trieb die nicht benötigten Zugpferde wieder auf die Koppel hinaus, was sonst die Aufgabe des Knechts war. Als er zurückkam, half er MacLennon und Lester die Handpumpe aufladen und prüfte nach, ob sie alles für die Arbeit am Brunnen nötige Werkzeug zusammen hatten. Nachdem sie abgefahren waren, ging er ins Haus und stand zum zweitenmal an diesem Morgen auf der vorderen Veranda, wie versunken auf den See starrend.

Von Richard Martyr, der als Viehzüchter und Wollfachmann einen großen Namen hatte, wurde manchmal behauptet, er passe trotz dieser Vorzüge nicht recht hier in das Land der riesigen Weiten unter dem glühend heißen Himmel. Vielleicht paßte gerade er besonders gut hinein. ›Ein mürrischer Kerl‹, lautete Mrs.

Fowlers Urteil. ›Hat's hinter den Ohren‹, das ihrer Tochter. Einem Psychiater wäre Martyrs heimliches ›Laster‹ interessant gewesen: Er machte nämlich Gedichte. Wahrscheinlich hätte der Arzt ihm, nach Proben aus seiner Feder, den Rat gegeben, sich nicht in morbiden Phantasien zu ergehen.

Ihn bedrückte die nahende Austrocknung des Lake Otway immer mehr, er formte im Geist schon Verse zu einem geeigneten Grabgesang für den See. Vielleicht kamen seine poetischen Schrullen davon, daß er zuviel allein war, wie der Kapitän eines Schiffes oder ein Direktor mit großer Verantwortung, der seine Autorität nur durch Unnahbarkeit wahren kann.

Er hatte die Entstehung des Sees erlebt und wußte auch, was sein Tod bedeutete. Er hatte gesehen, wie die Wasserflut sich in diese achttausend Morgen große Senke ergoß, die achtzehn Jahre trocken gelegen hatte. Eigentlich war es eine Wiedergeburt gewesen, da der See schon jahrhundertelang in gewissen Zwischenräumen immer wieder entstanden und vergangen war.

Wo die Libellen den ganzen Tag geschwirrt, die Luftspiegelungen wie brennendes Wasser gelegen hatten, tanzten funkelnd die wechselnden Himmelsfarben auf den Wellen, die singend ans Gestade rauschten und die Vögel aus der Ferne herbeiriefen, sogar die Möwen vom Ozean her. In Riesenschwärmen kamen Pelikane gesegelt, um hier zu nisten und sich zu vermehren. Mit den Stelzvögeln erschienen die Kormorane, und wenn in den dichter besiedelten Gebieten Australiens die Entenjagd anfing, kamen die Enten zu Tausenden in die Geborgenheit an diesem See.

All das lag nur drei Jahre zurück. Neunzehn Fuß hoch bedeckte damals das Wasser die drei Meilen breite und fünf Meilen lange Bodensenke. Und dann begann der See – so wie der Mensch im Moment seiner Geburt schon zu sterben beginnt – unter Auszehrung durch Sonne und Wind zu leiden. Im ersten Jahr trocknete er bis auf vierzehn Fuß aus, und im zweiten auf acht.

Leseprobe Arthur W. Upfield

Im zweiten Jahr war Ray Gillen auf seinem Motorrad von Ivanhoe gekommen und hatte nach Arbeit gefragt. Er wußte sein Motorrad auf den unmöglichsten Wegen und auch im pfadlosen Gelände geschickt zu handhaben und war außerdem ein guter Reiter. Noch jetzt glaubten die anderen manchmal sein frohes Lachen zu hören, das so lange schon, seit jener Mondnacht, verklungen war, da er zum Schwimmen ging und nicht zurückkehrte.

Eigentlich hätte er an den Strand treiben müssen. Seltsam auch, daß die Adler und die Krähen nie die suchenden Männer an die Leiche geführt hatten, denn im See gab es nur wenige Stellen, an denen sie sich verfangen konnte, und in diesem Jahr reichte das Wasser nicht einmal bis zum Übergang in den Bach, der den Namen Tallyawalker trug.

Wenn man bloß das Benehmen dieses Mädchens und ihren Körper vergessen könnte! Sie hatte immer den Atem angehalten, wenn Ray Gillen lachte, und wenn er sie neckte, waren ihre Augen blau gewesen, so blau wie – wie ein blauer See.